Vom gleichen Autor erschien
außerdem als Heyne-Taschenbuch

Ein guter Polizist · Band 01/6122

JOSEPH WAMBAUGH

DER MÜDE BULLE

Roman

Deutsche Erstveröffentlichung

WILHELM HEYNE VERLAG
MÜNCHEN

HEYNE-BUCH Nr. 01/6221
im Wilhelm Heyne Verlag, München

Titel der amerikanischen Originalausgabe
THE BLUE KNIGHT
Deutsche Übersetzung von Sepp Leeb

Printed in Germany 1983
Umschlagfoto: Photomedia, New York
Umschlaggestaltung: Atelier Heinrichs & Schütz, München
Gesamtherstellung: Ebner Ulm

ISBN 3-453-01754-4

MEINEN ELTERN
UND
UPTON BIRNIE BRADY

Oft denke ich an meine ersten Jahre bei der Polizei und an jene Kollegen, die dem Zauber des Reviers verfallen waren. Damals hielt ich sie nur für etwas wunderliche alte Knaben. Aber jetzt wünsche ich mir, sie wären noch am Leben und sähen sich durch dieses Buch bestätigt.

MITTWOCH, DER ERSTE TAG

1.

Das Rad summte, und Rollo murmelte jiddische Flüche vor sich hin, während er Poliermittel auf die schimmernde Bronzeoberfläche auftrug.

»Nicht einen Kratzer hat dieses Abzeichen«, meinte er.

»Sieh doch mal genauer hin, Rollo«, entgegnete ich. »Zwischen dem S in *Los* und dem großen A in *Angeles*. Ich bin damit mal gegen die Tür meines Schließfachs gestoßen.«

»Dieses Abzeichen hat noch keinen einzigen Kratzer«, beharrte Rollo und fing zu polieren an, worauf ich beobachten konnte, wie sich unter seinem Quengeln und Nörgeln Bronze zu Gold und Chrom zu Silber verwandelte. Mir sprangen die blau emaillierten Lettern, die sich zu der Bezeichnung ›Polizeibeamter 4207‹ zusammenfügten, in die Augen.

Er seufzte und beugte sich über den Ladentisch, um mir das Abzeichen zu reichen. »Bist du jetzt zufrieden?«

»Nicht schlecht«, bedankte ich mich, wog das metallene Oval in meiner Hand und genoß seine Schwere. Auf Hochglanz poliert, würde es das Sonnenlicht wie ein Spiegel reflektieren.

»Schade, daß das Geschäft nicht bessergeht. Sonst hätte ich es nicht nötig, so einem verrückten alten Kerl von der Polente schön zu tun.« Rollo kratzte sich am Kopf. Sein Haar, weiß und struppig, stand von seinem Kopf ab wie gesträubte Hühnerfedern.

»Was willst du denn, du alter Gauner? Hast du vielleicht Angst, deine Einbrecherfreunde könnten jemanden von der Polizei in deinem Laden sehen und ihren heißen Schmuck zu einem anderen Ganoven bringen?«

»Haha! Bob Hope sollte sich mal besser vorsehen. Wenn du es irgendwann einmal vielleicht doch satt bekommen solltest, die Steuerzahler zu schröpfen, könntest du ihm ja fast noch Konkurrenz machen.«

»Tja, ich muß jetzt leider los und ein paar schweren Jungs das Handwerk legen. Was bin ich dir für diese lausige Poliererei schuldig?«

»Du weißt, ich habe eine schwere Nierenentzündung. Also bring mich bitte nicht zum Lachen. Du kriegst hier schon seit zwanzig Jahren alles gratis, und jetzt kommst du plötzlich daher und willst bezahlen?«

»Also, dann bis später, Rollo. Ich gehe mal eben zu Seymour's zum Frühstücken rüber. Er weiß meine Anwesenheit wenigstens zu schätzen.«

»Seymour also auch? Ich weiß ja, daß für uns Juden die Welt ein einziges Leidenstal ist. Aber muß es uns denn gleich alle auf einmal so schwer erwischen?«

»Bis bald, alter Socken!«

»Paß gut auf dich auf, Bumper!«

Ich schlenderte in den ätzenden Smog hinaus, der über der Main Street hing. Ich fing bereits zu schwitzen an, als ich noch einmal kurz stehenblieb, um Rollos Arbeit zu bewundern. Die meisten Kanten waren schon seit Jahren abgewetzt, und durch das zwanzigjährige, tägliche Reiben und Polieren hatte das Metall einen unglaublichen Glanz bekommen. Ich hielt die Vorderseite des Ovals gegen die grelle Sonne und beobachtete, wie sich das Licht in dem Gold und Silber fing. Dann steckte ich mir das Abzeichen an mein Uniformhemd und begutachtete in der blauen Plastikfolie, mit der Rollos Schaufenster überzogen war, mein Spiegelbild. Die Folie hatte Falten und Blasen geworfen, und ich sah aus wie ein Monstrum. Obwohl ich kerzengerade dastand, hing mir mein Bauch herunter, als wäre ich ein blaues Känguruh, und mein Arsch war so breit, als hätte ich zwei Gummiknüppel quer nebeneinander verschluckt. Meine Backen hingen mir in diesem Zerrspiegel bis auf die Brust herab, und mein breites, rosiges Gesicht mit der geröteten Nase war von einem tiefen, geäderten Blau, ähnlich der Farbe meiner Uniform, die aus irgendeinem Grund unverändert reflektiert wurde. Insgesamt also ein häßlicher Anblick, aber es war das Abzeichen, das mich daran hinderte, meine Augen abzuwenden. Das zehn Zentimeter große Oval an meiner Brust funkelte und blitzte so sehr, daß ich nach ein paar Augenblicken den blau gekleideten Mann dahinter gar nicht mehr sehen konnte. Vielleicht eine ganze Minute lang stand ich einfach nur so da und starrte auf das Abzeichen.

Seymour's Delikatessenladen liegt zwar nur einen halben Häuserblock von Rollos Juweliergeschäft entfernt, aber ich entschloß mich trotzdem, den Wagen zu nehmen. Mein Schwarzweißer war wegen des verheerenden Verkehrs im Parkverbot vor Rollos Laden geparkt. Gäbe es nicht diese rot markierten Randsteine, fände man vermutlich nicht einmal für ein Polizeiauto einen Parkplatz. Ich öffnete die weiße Tür und setzte mich vorsichtig hinter das Steuer. Das Sonnenlicht brannte durch die Windschutzscheibe und heizte den Sitz unerträglich auf. Ich fuhr schon seit sechs Monaten denselben Schwarzweißen und hatte mir im Lauf der Zeit eine richtig schön bequeme Kuhle in das Sitzpolster gesessen, so daß ich mir wie in einem lang vertrauten, eingerittenen Sattel vorkam. Und mit einem Gewicht von zwei Zentner zwanzig ist es ja schließlich auch keine Kunst, ein paar Sitzfedern ein bißchen zum Nachgeben zu zwingen.

Ich fuhr also zu Seymour's, und als ich davor hielt, sah ich auf der anderen Seite der Fourth Street auf dem Parkplatz hinter dem Pink Dragon zwei Männer. Ich beobachtete sie etwa eine halbe Minute lang, und sie erweckten den Anschein, als heckten sie irgend etwas aus, vermutlich ein kleines Drogengeschäft. Selbst nach zwanzig Jahren hat dieses Gefühl noch nicht seinen Reiz verloren, das jeden Polizisten überkommt, wenn ihm etwas auffällt, was einem normalen Sterblichen einfach entgehen würde. Aber was nützte mir das schon? Ganz gleich, wann ich die Main Street hinunterfuhr, würde es da irgendwelche Junkies, Ganoven und sonstige Galgenvögel zu sehen geben.

Und sollte ich dann sechs oder acht Stunden kostbarer Zeit an diese kleinen Fische verschwenden, um am Ende doch mit leeren Händen dazustehen? Die Zeit reichte nur aus, sich um die hundertprozentigen Fälle zu kümmern. Den Rest beobachtete man dabei nur aus dem Augenwinkel und merkte sich die Gesichter.

Die zwei auf dem Parkplatz interessierten mich, und ich beschloß sie eine Weile zu beobachten. Es waren zwei dumpfe, abgewrackte Giftler. Sie hätten mich schon längst bemerken müssen. Als ich noch jünger war, hatte ich es immer auf die ehrliche Tour probiert. Inzwischen hatte ich mir das allerdings so gut wie ganz abgewöhnt. Im Grunde ist das Problem ganz einfach zu erklären: Ich muß einem imaginären Richter in schwarzer Robe (Euer Ehren) erklären, woher Officer William A. Morgan wissen kann, daß diese Männer einen kriminellen Akt begehen. Wenn der Richter dann findet, daß ich nicht genügend berechtigte Gründe hatte, meinen Mann anzuhalten und zu durchsuchen, habe ich ausgespielt. Ungerechtfertigtes Festhalten und Durchsuchen – Fall erledigt.

Inzwischen komme ich mit diesem Spielchen ganz gut zurecht – ganz gleich, ob es sich auf der imaginären oder der realen Ebene abspielt. Mein Auftreten vor Gericht muß recht beeindruckend sein. Für so einen alten Polizisten kann ich mich recht gut ausdrücken, hat man mir gesagt. Außerdem wirke ich wie ein ehrlicher Einfaltspinsel, der mit seinen unschuldigen blauen Augen kein Wässerchen trüben zu können scheint. Die Geschworenen waren immer regelrecht vernarrt in mich.

Es ist sehr schwer, dieses untrügliche ›Gefühl‹ zu erklären. Manche schaffen das nie. Ich fange also einfach an, ich *wüßte*, diese Typen wären gerade dabei, ein Geschäft abzuwickeln, und zwar aufgrund – der Kleidung. Das ist ein guter Anfang. Es ist ein stickig heißer Tag, Euer Ehren, und der größere von den beiden trägt ein langärmeliges Hemd, das am Handgelenk auch noch sauber zugeknöpft ist. Natürlich, um seine Nadeleinstiche zu verbergen. Und der andere trägt immer noch diese Schuhe, aus denen eindeutig ersichtlich wird, daß er eben aus einem Staatsgefängnis entlassen worden ist. Und der andere – so ein ungesundes, bleiches Aussehen kriegt man selbstverständlich nur im Knast – in San Quentin oder vielleicht auch in Folsom. Der war lange weg vom Fenster. Und dann würde ich noch herausfinden, daß die beiden eben aus dem Pink Dragon gekommen waren – einem Schuppen, in den außer Nutten, Dealern, Junkies und irgendwelchen kleinen Ganoven kein Mensch seinen Fuß setzen würde. All das würde ich natürlich auch meinem Richter erklären, der mich freilich über kurz oder lang zum Schweigen bringen würde, sobald ich zu subtileren Ausführungen überginge. Meinem imaginären Rechtspfleger konnte ich dieses instinktive Wissen erklären – diesen Zustand, in dem man wie ein Tier *spürt*, was los ist, ohne es erklären zu können. In der Realität begriff jedoch so ein Richter nie, daß man einfach *spürt*, worum's geht, und daß man sich seiner Sache absolut sicher ist. Versuch *das* mal einem Richter klarzumachen, dachte ich. Versuch *das* einmal zu erklären.

Gerade in diesem Augenblick schlurfte ein Säufer bei Rotlicht über die Main Street, und ein Lincoln hätte ihn um ein Haar erfaßt, wenn dessen Fahrer nicht im letzten Augenblick noch auf die Bremsen getreten wäre.

»Verdammt noch mal!« brüllte ich ihn an, als er schließlich wieder auf dem Gehsteig angelangt war. »Komm sofort hierher!«

»Hallo, Bumper«, krächzte er mir entgegen. Er hielt sich seine fünf Nummern zu große Hose um seine knochigen Hüften und gab sich alle Mühe, einen möglichst nüchternen Eindruck zu erwecken, während er schwankend auf mich zukam.

»Mensch, Noodles, um ein Haar wärst du überfahren worden!« fuhr ich ihn an.

»Na und?« grunzte er und wischte sich mit seiner schmutzigen freien Hand den Speichel vom Kinn. Mit der anderen Hand hatte er sich so fest an seine Hose geklammert, daß die Knöchel durch all den Dreck weiß durchschimmerten.

»Ich habe ja auch nicht gesagt, daß ich mir deinetwegen Sorgen gemacht hätte. Aber ich möchte auf keinen Fall, daß in meinem Revier irgendwelche Lincolns zu Schaden kommen.«

»Okay, Bumper.«

»Ich werde dich leider einkassieren müssen.«

»Aber so besoffen bin ich doch gar nicht, oder?«

»Nein, aber du bist schon halb am Verrecken.«

»Seit wann ist das ein Verbrechen?« Er hustete, und der Speichel, der darauf aus seinen Mundwinkeln trat, war rot und schaumig.

»Ich muß dich leider einkassieren, Noodles«, sagte ich noch einmal und füllte automatisch eines der Formulare für Verhaftungen wegen Trunkenheit aus, die ich immer noch in meiner Gesäßtasche mit mir herumschleppte, als würde ich in meinem Revier Streife gehen und keinen Schwarzweißen fahren.

»Wie war doch dein richtiger Name? Ralph M. Milton, nicht wahr?«

»Millard.«

»Millard«, murmelte ich und trug den Namen ein. Sicher hatte ich Noodles schon ein dutzendmal verhaftet. Ich vergaß nie einen Namen oder ein Gesicht. »Und jetzt laß dich mal ansehen. Augen blutunterlaufen, Gang schwankend, Verhalten stumpfsinnig, Wohnsitz unbekannt ...«

»Haben Sie eine Zigarette?«

»Ich rauche doch nicht, Noodles.« Ich riß das Formular mit den Durchschlägen aus dem Block. »Aber wenn du dich einen Moment geduldest – die Männer von der Nachtschicht haben ein halbes Päckchen im Handschuhfach liegengelassen. Du kannst sie dir ja schon mal holen, während ich nach einem Wagen rufe, der dich abholen kann.«

Während der Säufer nun auf den Streifenwagen zuschlurfte, ging ich ein Stück die Straße hinunter, wo eine

Notrufsäule stand, die ich mit meinem großen Messingschlüssel aufschloß, um einen Wagen anzufordern, der Noodles von der Main Street, Ecke Fourth, abholen sollte. Es wäre natürlich einfacher gewesen, den Wagen über Funk herzubestellen, aber ich war zu lange Streife gegangen, um mich an die Umstellung zu gewöhnen.

Daß ich plötzlich nicht mehr Streife ging und statt dessen in einem Schwarzweißen durch die Gegend kurvte, hatte ich meinem Körper zu verdanken. Ein Fußknöchel, den ich mir vor Jahren als blutiger Anfänger im Zuge einer Verfolgungsjagd mit einem Handtaschendieb gebrochen hatte, war zu dem Entschluß gelangt, er könnte meinen fetten Arsch nicht mehr länger durch die Gegend bugsieren. Er schwoll nämlich jedesmal, wenn ich ein paar Stunden auf den Beinen war, merklich an. Also ging ich nicht mehr länger Streife in meinem Revier und bekam statt dessen einen Schwarzweißen.

Allein in seinem Revier Streife zu gehen, ist der beste Job, den man sich bei der Polizei nur vorstellen kann. Ein Polizist kann deshalb auch immer nur amüsiert lachen, wenn in einem Film irgendein Oberganove oder ein korrupter Politiker mit der Drohung kommt: »Ich werde dafür sorgen, daß Sie für den Rest Ihres Lebens Streife gehen können, Sie blödes, plattfüßiges Arschloch.« In Wirklichkeit ist das nämlich ein heißbegehrter Job. Um Streife gehen zu können, braucht man Koteletten, und man muß groß und kräftig gebaut sein. Wenn nur meine verdammten Beine nicht schlapp gemacht hätten! Aber wenn ich es auch nicht zu Fuß durchstreifen konnte, so war es doch immer noch *mein* Revier, und jeder wußte, daß es mir mehr gehörte als irgend jemandem anderen.

»Also gut, Noodles, dann gib dieses Formular den Beamten in dem Wagen, der dich abholen kommt, und sieh zu, daß du die Durchschläge nicht verlierst.«

»Sie kommen gar nicht mit?« Er schaffte es nicht, sich mit seiner zitternden Hand eine Zigarette aus der Packung zu schütteln.

»Nein, aber du gehst jetzt mal schön brav zur Ecke da rüber und winkst sie ran, wenn sie vorbeikommen. Sag ihnen, du möchtest gern zu ihnen an Bord kommen.«

»Das ist das erstemal, daß ich mich selbst verhafte«, hustete er, während ich ihm eine Zigarette ansteckte und ihm das restliche Päckchen mit dem Verhaftungsformular in seine Hemdtasche stopfte.

»Bis dann also.«

»Ich werde sicher sechs Monate kriegen. Letztesmal hat mich der Richter schon verwarnt.«

»Wie schön für dich, Noodles.«

»Wenn sie mich wieder rauslassen, fange ich ja doch gleich wieder zu saufen an. Ich kriege dann einfach Schiß und brauche den Fusel. Sie haben ja keine Ahnung, wie das ist, nachts Angst zu haben – wenn man ganz allein ist.«

»Woher willst du das so genau wissen, Noodles?«

»Ich werde einfach hierher zurückkommen und in irgendeinem Hinterhof krepieren. Irgendwann werden mich die Katzen und die Ratten ja sowieso auffressen, Bumper.«

»Jetzt mach dich mal auf die Socken, sonst versäumst du womöglich den Wagen.« Ich beobachtete ihn noch eine Weile, wie er die Main Street hinunterwankte, und rief ihm dann nach: »Glaubst du denn nicht an Wunder?«

Er schüttelte nur den Kopf, worauf ich mich wieder den zwei Kerlen auf dem Parkplatz zuwandte, die soeben im Pink Dragon verschwanden. Eines Tages, dachte ich, werde ich diesen Drachen töten und sein Blut trinken.

Um mit der Arbeit weiterzumachen, war ich zu hungrig, und so ging ich in Seymour's. Normalerweise frühstücke ich immer gleich nach dem Morgenappell, aber jetzt war es bereits zehn Uhr, und ich trieb mich immer noch in der Gegend herum.

Ruthie beugte sich über einen der Tische, um das Trinkgeld zu nehmen, das ein Gast dort liegengelassen hatte. So von hinten gefiel sie mir außerordentlich gut, und sie mußte aus den Augenwinkeln wohl mitbekommen haben, wie ich ihren Anblick genoß. Vermutlich löst ein blau gekleideter Mann, dunkelblau mit schwarzem Leder, in manchen Leuten irgend etwas aus.

»Bumper!« rief sie und wirbelte herum. »Wo waren Sie denn die ganze Zeit?«

»Hallo, Ruthie«, begrüßte ich sie, immer wieder von neuem verwirrt, weil sie sich so freute, mich zu sehen.

Hinter der Theke klappte Seymour, ein sommersprossiger Rotschopf in meinem Alter, gerade ein Pastrami-Sandwich zusammen. Er grinste, als er Ruthie meinen Namen nennen hörte.

»Na, wen haben wir denn da? Den besten Polizisten, den man für Geld kriegen kann.«

»Bring mir lieber was Kaltes zu trinken, du altes Schlitzohr.«

»Aber sicher.« Seymour reichte das Sandwich einem Kunden, kassierte und stellte dann ein kaltes Bier und ein gekühltes Glas vor mich. Er blinzelte dem gutgekleideten Mann zu, der links von mir an der Theke saß. Die Bierflasche war noch zu.

»Was denkst du eigentlich – daß ich die Flasche mit den Zähnen aufmache?« brummte ich Seymour an, indem ich auf seinen Witz einging. Niemand in meinem Revier hatte mich je im Dienst trinken sehen.

Kichernd beugte er sich vor. Er nahm das Bier wieder von der Theke und füllte mein Glas mit Buttermilch.

»Wo warst du denn die ganze Woche, Bumper?«

»Da draußen.« Ich deutete mit dem Daumen über meine Schulter. »Die Straßen für Frauen und Kinder sicher machen.«

»Bumper ist da!« brüllte Seymour dann nach hinten zu Henry, was gleichbedeutend war mit fünf Rühreiern und der doppelten Menge Lox, wie sie normale zahlende Kunden bekamen. Und es bedeutete auch drei frische Zwiebeltoasts, triefend vor Butter und dick mit cremigem Käse bestrichen. Obwohl ich weiß, daß ich bei Seymour täglich drei Gratismahlzeiten bekommen könnte, frühstücke ich hier nur ein- bis zweimal die Woche.

Seymour wandte sich wieder zu mir. »Der junge Slagel hat mir erzählt, er hätte dich kürzlich in der Hill Street den Verkehr regeln sehen.«

»Ja, der Mann, der dafür zuständig war, bekam Magenkrämpfe. Und da ich in diesem Moment gerade dort vorbeikam, habe ich seinen Posten übernommen, bis sein Sergeant jemand anderen vorbeigeschickt hat.«

»Dort unten den Verkehr zu regeln – das ist normalerweise eine Aufgabe für blutige Anfänger.« Seymour blinzelte neuerlich dem Geschäftsmann neben mir zu, der mir zulächelte und gierig in seinen Seymour's Special Corned Beef on Pumpernickel Sandwich biß.

»Und hast du da unten wenigstens was Nettes kennengelernt, Bumper? Eine Stewardeß vielleicht? Oder eine nette Sekretärin?«

»Du weißt doch, Seymour, daß ich für die schon viel zu alt bin. Aber eines kann ich dir sagen – mit all diesem knackigen jungen Gemüse um mich herum mußte ich den Verkehr so regeln ...« Damit stand ich auf und führte eine Pantomime auf, als regelte ich den Verkehr weit vornübergebeugt und die Beine krampfhaft überkreuzt.

Seymour brach in schallendes Gelächter aus. Das machte Ruthie auf uns aufmerksam, und sie kam zu uns herüber.

»Bitte, Bumper, zeig es ihr auch!« Seymour schnappte nach Luft und wischte sich die Tränen aus den Augen.

Ruthie wartete, mit diesem vielversprechenden Lächeln auf ihren Lippen. Sie ist gut fünfundvierzig, aber noch durchaus knackig und goldblond – kurzum, verdammt sexy. Und die Art, wie sie sich benimmt, gibt mir immer zu verstehen, daß das alles für mich bestimmt ist, obwohl ich nie Gebrauch davon gemacht habe. Sie gehört zu den Leuten, die fester Bestandteil meines Reviers sind, und der Grund meiner Zurückhaltung liegt darin, daß sie *alle* an mir hängen und daß ich niemanden bevorzugen will. Ich weiß von einigen Kollegen, daß sie Frauen en masse hatten. Aber um ihr Revier haben die sich einen Dreck geschert. Deshalb habe ich schon vor langer Zeit beschlossen, Ruthies üppige Formen nur aus der Ferne zu bewundern.

Jetzt stand sie vor mir, die Hände in ihre geschwungenen Hüften gestützt. »Ich warte, Bumper.»

»Noch was Komisches ist passiert, während ich den Verkehr geregelt habe«, bemühte ich mich, das Thema zu wechseln. »Ich stehe also mitten auf der Kreuzung, die Trillerpfeife im Mund, und dirigiere mit der einen Hand den Verkehr. Die andere Hand hatte ich mit der Handoberfläche nach oben ausgestreckt. Da kommt doch tatsächlich so eine verhutzelte alte Dame – sie war sicher schon achtzig – auf mich zu und legt mir einen dicken Briefumschlag in die Hand. ›Könnten Sie mir bitte sagen, wieviel das Porto dafür macht, Officer?‹ hat sie gefragt. Hier stehe ich also, während auf der Straße bis rauf zur Olive ganz schön was los ist, halte meine beiden Arme ausgestreckt. Und da liegt nun dieser Brief auf meiner Hand. Na ja, was soll's, ich stelle mich, die Arme immer noch ausgestreckt, kerzengerade hin und fange an, wie eine Waage hin und her zu schaukeln. Und dann sage ich: ›Das macht genau einundzwanzig Cents, Ma'am, wenn Sie's per Luftpost schicken wollen.‹ Und sie: ›Ach, *vielen* Dank, Officer.‹«

Seymour brüllte neuerlich los, und auch Ruthie mußte lachen, doch sie beruhigten sich beide wieder, als mein Essen kam. Um die Mahlzeit besser genießen zu können, schnallte ich erst einmal meinen Gürtel auf. Aber als dann mein Bauch gegen die Kante der gelben Resopaltheke drückte, ärgerte mich das doch.

Seymour hatte sich um eine ganze Reihe von Bestellungen zu kümmern, so daß ich für zehn Minuten meine Ruhe hatte. Nur Ruthie mußte sich unbedingt vergewissern, daß ich genügend zu essen hatte und daß meine Eier locker genug waren. Außerdem rieb sie sich dabei mit einer Hüfte oder sonst etwas an mir, so daß ich mich gehörig anstrengen mußte, an meinen dritten Toast zu denken.

Der Mann, der neben mir an der Theke saß, hatte seine zweite Tasse Kaffee leer getrunken, worauf Seymour zu ihm rannte.

»Noch eine Tasse Kaffee, Mr. Parker?«

»Nein, danke, das reicht.«

Ich hatte den Mann nie zuvor gesehen, aber seine Kleidung gefiel mir außerordentlich. Er war dicker als ich, und sein Gewebe wirkte ziemlich schlaff, aber sein Anzug, der sicher nicht von der Stange war, kaschierte das sehr gut.

»Kennen Sie eigentlich Officer Bumper Morgan schon, Mr. Parker?« fragte ihn Seymour.

Beide zu vollgestopft und faul, um aufzustehen und uns über zwei Hocker hinweg die Hände zu schütteln, lächelten wir uns nur freundlich an.

»Ich habe schon von Ihnen gehört«, sagte Parker. »Ich habe seit kurzem ein Geschäft im Roxman Building. Uhren. Wenn Sie mal eine brauchen sollten – bei mir bekommen Sie auf jeden Fall einen Sonderpreis.« Er legte eine Visitenkarte auf die Theke und schob sie ein Stück zu mir herüber. Seymour transportierte sie dann bis zu mir weiter.

»Es gibt hier niemanden, der noch nicht von Bumper gehört hätte«, verkündete Seymour stolz.

»Eigentlich hätte ich Sie mir größer vorgestellt, Officer«, meinte Parker. »Nach dem, was ich von Ihnen gehört habe, müßten Sie etwa eins fünfundneunzig groß sein und an die zweieinhalb Zentner wiegen.«

»Mit dem Gewicht haben Sie sich da ja gar nicht so arg getäuscht«, spöttelte Seymour.

Ich bin es gewohnt, daß mir die Leute sagen, ich sei nicht so groß, wie sie erwartet hätten oder wie ich ihnen im ersten Augenblick erschienen wäre. Ein Streifenpolizist muß groß und kräftig gebaut sein, sonst hat er ständig Ärger am Hals. Es gibt ja einige durchaus stämmige, aber eben kleine Polizisten, die das nicht wahrhaben wollen, aber es ist nun mal Tatsache, daß die meisten Leute vor einem klein gewachsenen Typen keine Angst haben. Und so ein Kerl müßte dann eben dauernd den starken Mann rauskehren, bis ihm früher oder später jemand seinen Gummiknüppel wegnimmt und seinen Arsch hochschiebt. Natürlich fahre ich inzwischen mit einem Streifenwagen durch die Gegend, aber, wie gesagt, ich fühle mich mehr oder weniger immer noch als Streifenpolizist zu Fuß.

Das Problem mit meiner Statur besteht darin, daß sie eigentlich für einen Mann mit etwa eins neunzig oder fünfundneunzig geschaffen ist und nicht für meine knapp eins achtzig. Meine Knochen sind massig und schwer, und das gilt insbesondere für meine Hände und Füße. Wenn ich nur so groß geworden wäre, wie es eigentlich für mich vorgesehen war, hätte ich mich nicht mit diesem verdammten Gewichtsproblem herumschlagen müssen. Mein Appetit war offensichtlich für einen Riesen gedacht, wovon ich schließlich sogar diese Polizeiärzte überzeugen konnte, die eine Zeitlang ständig ›Fett-Beschwerdebriefe‹ an meinen Captain schickten, in denen sie forderten, daß ich mein Gewicht auf zwei Zentner reduzierte.

»Bumper ist eine richtige Ein-Mann-Bande«, erzählte Seymour. »Ich kann Ihnen sagen, der hat hier schon richtige Kriege ausgefochten.« Seymour deutete nach draußen auf die Straße.

»Jetzt laß aber mal gut sein, Seymour«, versuchte ich, ihn zu stoppen. Aber es hatte keinen Zweck. Wenn mir dieses Gerede auch enorm peinlich war, schmeichelte es mir andererseits doch, daß Parker schon von mir gehört hatte. Ich fragte mich, wie günstig sein ›Sonderpreis‹ wohl ausfallen würde. Meine alte Uhr war nämlich nahe daran, ihren Geist aufzugeben.

»Wann hast du eigentlich dieses Revier hier zugeteilt bekommen, Bumper?« wandte sich Seymour wieder an mich, gab mir aber keine Gelegenheit, seine Frage zu beantworten. »Tja, das ist jetzt schon fast zwanzig Jahre her. Ich weiß das deshalb, weil ich damals, als Bumper bei der

Polizei anfing, noch ein ganz junger Spritzer war. Ich habe hier für meinen Vater gearbeitet. Und das waren ganz schön harte Zeiten. Wir hatten hier eine ganz schöne Menge leichter Mädchen, von den Zuhältern und sonstigen Ganoven ganz zu schweigen. Zu dieser Zeit gab es hier haufenweise Kerle, die dem Revierpolizisten das Leben schwer machten.«

Ich sah zu Ruthie hinüber, die mich anlächelte.

»Vor Jahren, als Ruthie gerade hier zu arbeiten angefangen hatte, rettete Bumper ihr mal das Leben, als an der Bushaltestelle an der Second Street so ein Kerl über sie herfiel. Er hat dich doch gerettet, Ruthie, oder nicht?«

»Und ob er das getan hat. Er ist ein richtiger Held.« Damit schenkte sie mir lächelnd eine Tasse Kaffee ein.

»Bumper hat die ganze Zeit hier Dienst getan«, fuhr Seymour fort. »Erst ist er Streife gegangen, und jetzt fährt er einen Wagen, weil er ein bißchen Schwierigkeiten mit seinem Fuß hat. Sein zwanzigjähriges Dienstjubiläum steht zwar kurz bevor, aber wir werden auf keinen Fall zulassen, daß er sich schon in den Ruhestand zurückzieht. Ich meine, was wären wir denn ohne unseren Bumper?«

Als Seymour das sagte, sah Ruthie für eine Weile ernstlich besorgt aus, und das beunruhigte mich.

»Wann ist denn Ihr zwanzigstes Jahr um, Bumper?« erkundigte sie sich.

»Ende dieses Monats.«

»Du denkst doch wohl hoffentlich nicht einmal im Traum daran, dich schon pensionieren zu lassen, Bumper?« drang Seymour in mich.

»Was denkst *du* denn?« fragte ich zurück. Das schien Seymour zufriedenzustellen, und er erzählte Parker noch ein paar weitere Begebenheiten aus dem ereignisreichen Leben des Bumper Morgan. Ruthie beobachtete mich immer noch. Frauen sind wie Polizisten. Für gewisse Dinge haben sie einen Riecher. Als Seymour seinen Bericht beendet hatte, verabschiedete ich mich mit dem Versprechen, Freitag auf einen Deluxe Businessman's-Teller vorbeizukommen. Für Ruthie ließ ich ein paar Münzen Trinkgeld zurück, die sie jedoch nicht in die Schüssel mit dem Trinkgeld legte, die unter der Thekenplatte stand. Stattdessen sah sie mich an und ließ das Geld in ihren Büstenhalter gleiten.

Ich hatte die Hitze ganz vergessen. Und als sie mir beim Verlassen von Seymour's plötzlich wieder ganz unvermittelt entgegenprallte, beschloß ich, schnurstracks zum Elysian Park zu fahren, mich auf den Rasen zu setzen, eine Zigarre zu rauchen und das Funkgerät so laut zu stellen, daß ich es hören konnte, wenn ich gerufen wurde. Ich wollte mich über das Spiel der Dodgers vom vorigen Abend informieren, und so ging ich, bevor ich in den Wagen stieg, noch zum nächsten Tabakwarenladen. Ich suchte mir ein halbes Dutzend Fünfzig-Cent-Zigarren aus, und da der Laden erst kürzlich den Besitzer gewechselt hatte und ich den neuen Inhaber noch nicht sonderlich gut kannte, fischte ich einen Fünf-Dollar-Schein aus meiner Tasche.

»Jetzt lassen Sie das mal«, wehrte der alte Mann hinter dem Ladentisch entschieden ab und nahm das Geld nicht an. Also ließ ich mich als Gegenleistung auf ein kleines Gespräch ein und hörte mir ein paar Klagen über das Geschäft an. Als ich ging, vergaß ich eine Zeitung mitzunehmen. Ich wäre schon fast noch einmal in den Laden zurückgegangen, aber ich hatte es mir zur Regel gemacht, niemals von jemandem an einem Tag zweimal etwas umsonst anzunehmen. Also mußte ich mir die Zeitung auf der anderen Straßenseite von Frankie, dem Liliputaner, holen. Er hatte seine Dodgers-Baseballkappe nach vorn gezogen und tat so, als sähe er mich nicht. Aber als ich dann direkt hinter ihm stand, wirbelte er plötzlich herum und rammte mir seine deformierte, kleine Faust in den Oberschenkel.

»Da, du Fettwanst. Du magst ja alle anderen hier in der Straße einschüchtern, aber mir machst du nichts vor. Warte nur, bis ich dir mal ein Bein stelle und die Kniescheibe zertrümmere.«

»Was gibt's Neues, Frankie?« erkundigte ich mich, während er mir, ohne zu fragen, eine zusammengelegte Zeitung unter den Arm schob.

»Nichts Neues, Killer. Wie kommst du denn mit dieser Affenhitze zurecht?«

»Na ja, es geht so.« Ich schlug die Sportseite auf, während Frankie an einer King-Size-Zigarette paffte. Sie steckte in einer schicken Silberspitze, die halb so lang wie sein Arm war. Sein kleines Gesicht war verhutzelt und faltig, aber er war trotzdem erst dreißig Jahre alt.

Nicht weit von mir standen eine Frau und ein etwa vier Jahre alter Junge am Straßenrand und warteten, bis die Fußgängerampel auf Grün schaltete. Die Frau zeigte auf mich. »Siehst du den Mann dort? Das ist ein Polizist. Der kommt und holt dich und wirft dich ins Gefängnis, wenn du böse bist.« Dann lächelte sie mich zuckersüß an, weil sie dachte, sie könnte mit dieser Art von Erziehung Eindruck auf mich schinden.

Frankie, der höchstens einen halben Kopf größer war als der kleine Junge, trat einen Schritt auf die beiden zu und fuhr die Frau an: »Das ist aber wirklich ganz besonders schlau, Gnädigste. Reden Sie ihm ruhig weiterhin ein, daß er sich vor der Polizei fürchten muß – damit er dann, wenn er einmal erwachsen ist, jeden Polizisten haßt, bloß weil *Sie* ihm ständig Angst gemacht haben.«

»Ist ja schon gut, Frankie«, versuchte ich ihn, leicht überrascht, zu beruhigen.

Die Frau hob den kleinen Jungen hoch und flüchtete, kaum daß die Ampel auf Grün geschaltet hatte, vor dem wütenden Liliputaner.

Frankie grinste mich an. »Tut mir leid, Bumper. Dabei habe ich für euch von der Polente bei Gott nicht viel übrig.«

»Vielen Dank für die Zeitung, alter Socken«, verabschiedete ich mich von ihm. Auf meinem weiteren Weg hielt ich mich möglichst im Schatten und nickte ein paar Lokalcharakteren und Pennern zu, die mich mit »Hallo, Bumper« begrüßten.

Ich schlenderte in Richtung Broadway, um zu sehen, wer sich dort so alles herumtrieb, und um eventuelle Taschendiebe zu verscheuchen, die sich dort möglicherweise über die Passanten und Schaufensterbummler hermachten. Ich steckte mir eine von diesen Fünfzig-Cent-Zigarren an, die durchaus einen annehmbaren Ersatz darstellen, wenn mir meine guten Handgedrehten einmal ausgegangen sind. Als ich schließlich den Broadway erreichte, fiel mein Blick zuerst auf sechs Hare-Krischna-Jünger, die an ihrem Lieblingsplatz auf der Westseite der Straße zugange waren. Sie waren alle noch sehr jung, der älteste mochte vielleicht fünfundzwanzig sein. Es waren Mädchen und Jungen, die Köpfe bis auf einen dünnen, langen Pferdeschwanz kahl geschoren, barfüßig, kleine Glöckchen um die Knöchel gebunden und in orangegelbe Saris gekleidet. Zum Klang ihrer Gitarren, Flöten und Tamburine sangen und tanzten sie auf dem Gehsteig herum und veranstalteten ein Mordstamtam. Inzwischen waren sie an dieser Stelle so etwas wie eine feste Einrichtung und machten damit dem alten Herman, dem Teufelsaustreiber, das Leben schon in dieser Welt zur Hölle. Man konnte zwar sehen, wie er den Mund aufriß und aus Leibeskräften schrie, aber kein Wort von ihm hören, sobald die Krischna-Jünger loslegten.

Noch bis vor kurzem war dies Hermans Ecke gewesen. Und schon bevor ich hier zu arbeiten begonnen hatte, war Herman berechtigt gewesen, an dieser Stelle zehn Stunden pro Tag seine Traktate zu verteilen und die Vorübergehenden lauthals über Dämonen und Verdammnis aufzuklären, was ihm im Schnitt vielleicht zwölf Dollar täglich einbrachte, die er jedoch ausschließlich von Leuten bekam, die einfach Mitleid mit ihm hatten. Er hatte früher einmal einen durchaus aufgeweckten Eindruck gemacht, aber inzwischen wirkte er alt und müde und verstaubt. Sein schimmernd schwarzer Anzug war abgewetzt, und sein ausgefranster weißer Kragen hatte inzwischen ein schmutziges Grau angenommen. Aber das alles schien Herman nicht weiter zu stören. Ich hatte mir schon überlegt, ob ich ihn nicht dazu überreden sollte, sich ein paar Häuserblocks weiter den Broadway hinunter aufzustellen, wo er nicht mit diesen farbenprächtigen Jugendlichen und ihrer Musik konkurrieren müßte. Aber mir war klar, daß das keinen Zweck gehabt hätte. Herman hatte seinen Stammplatz schon zu lange. Während ich zu meinem Wagen ging, mußte ich an ihn denken, den armen, alten Teufelsaustreiber.

Als ich in meinen Sattelsitz stieg, machte sich in meinem Magen ein allzu vertrauter Schmerz bemerkbar, und ich nahm ein paar Tabletten gegen Sodbrennen. Ich schleppte ganze Hosentaschen voller Pillen mit mir herum. In der rechten Tasche hatte ich die Tabletten gegen Sodbrennen und in der linken die Luftblasenkiller. Die Luftblasenkiller nehme ich gegen Blähungen, die mich zusammen mit meinem übersäuerten Magen mehr oder weniger ständig beschäftigen. Ich lutschte meine Pillen, und das Sodbrennen ließ nach. Dann dachte ich an Cassie. Das half nämlich manchmal auch, meinen Magen zu beruhigen. Die Entscheidung, mich nach zwanzig Dienstjahren pensionieren zu lassen, war schon vor einigen Wochen gefallen, und Cassie hatte bereits eine Menge Pläne gefaßt. Allerdings wußte sie nicht, daß ich mich am Abend zuvor entschlossen hatte, schon am Freitag zum letztenmal Dienst zu tun. Heute, morgen und Freitag – und dann war Schluß. Wenn ich alle mir noch zustehenden Urlaubstage zusammennahm, reichten sie dann genau bis zum Monatsende, wo ich offiziell in den Ruhestand hätte treten sollen.

Freitag war auch ihr letzter Tag am Los Angeles City College. Sie hatte für die Abschlußprüfungen bereits alles vorbereitet und deshalb die Erlaubnis erhalten, den Schuldienst verfrüht zu quittieren, da man bereits eine Ersatzkraft für sie gefunden hatte. Sie hatte ein günstiges Angebot – eine ›großartige Gelegenheit‹, wie sie es nannte –, an einer teuren Mädchenschule in der Nähe von San Franzisko zu unterrichten. Die Schulleitung wollte jedoch, daß sie möglichst jetzt schon dort antanzte, bevor die Sommerferien anfingen, damit sie sich noch ein bißchen einarbeiten konnte. Sie hatte geplant, am Montag abzureisen, um am Monatsende, wenn ich meinen Dienst quittieren sollte, wieder nach Los Angeles zurückzukommen, wo wir dann heiraten wollten. Und dann würden wir gemeinsam in unsere neue Wohnung ziehen, die sie inzwischen voll eingerichtet haben würde. Aber ich hatte mich kurzfristig entschlossen, schon am Freitag aufzuhören und mit ihr zu kommen. Es hat keinen Sinn, noch länger herumzutrödeln, dachte ich. Es war besser, das alles möglichst schnell hinter uns zu bringen, und ich wußte auch, daß das ganz in Cruz' Sinn war.

Cruz Segovia war mein Sergeant und seit zwanzig Jahren mein nächster Vertrauter. Er hatte ständig Angst, es könnte noch etwas passieren, und ich hatte ihm versprechen müssen, mir das nicht mehr zu versauen – die größte Chance, die sich mir je in meinem Leben geboten hatte. Und das war Cassie auch – daran bestand kein Zweifel. Lehrerin, geschieden, kinderlos, mit einer hervorragenden Ausbildung, also nicht nur ein paar College-Abschlüssen. Mit ihren vierundvierzig Jahren sah sie noch jung aus und hatte alles, was man sich von einer Frau wünschen konnte.

Ich hatte mich daraufhin also ein wenig umgehört, was es für einen pensionierten Polizisten in der Bay area so zu tun geben könnte. Und ich hätte doch verdammt sein wollen, wenn ich dabei nicht gleich an einen hervorragenden Job bei einer Gesellschaft für die Überwachung industrieller Anlagen herangekommen wäre. Die war von einem ehemaligen Polizeiinspektor aus Los Angeles gegründet worden, den ich noch von früher her kannte. Ich bekam die Stelle eines Sicherheitsabteilungsleiters bei einer Elektronikfirma, die laufend Regierungsaufträge hat. Neben einem eigenen Wagen standen mir auch ein Büro und eine Sekretärin zu, *und* ich würde im Monat einen Hunderter mehr nach Hause tragen als bisher bei der Polizei. Unter all den anderen Anwärtern auf die Stelle, bei denen es sich hauptsächlich um pensionierte Captains und Inspectors handelte, fiel seine Wahl deshalb auf mich, weil er meinte, er hätte genügend Bürohengste und wollte lieber einmal einen richtig kernigen Polizisten von der Straße haben. Das war also vielleicht das erste Mal, daß ich für meine Arbeit bei der Polizei belohnt wurde. Und ich war schon richtig gespannt darauf, etwas Neues anzufangen und auszuprobieren, ob sich solide polizeiliche Methoden und Vorstellungen auch bei der Sicherung industrieller Anlagen bewähren würden, um die es in der Regel nicht gerade gut bestellt war.

Der 30. Mai, der Tag meines offiziellen Ausscheidens aus dem Dienst, war auch mein fünfzigster Geburtstag. Es war kaum zu glauben, daß ich mich nun schon ein halbes Jahrhundert auf diesem Planeten herumtrieb. Aber noch schwerer fiel es mir zu glauben, daß ich bereits dreißig Jahre auf dieser Welt gelebt hatte, bevor ich mein Revier bekam. Meine Vereidigung hatte an meinem dreißigsten Geburtstag stattgefunden. Ich war der Zweitälteste meines Ausbildungsjahrgangs. Der älteste war Cruz Segovia gewesen, der schon dreimal versucht hatte, bei der Polizei anzukommen, aber nie die mündliche Prüfung geschafft hatte. Der Grund hierfür war vermutlich, daß er so schüchtern war und diesen starken spanischen Akzent hatte. Er war ein Mexikaner aus El Paso. Wenn man sich jedoch die Mühe machte, über seinen Akzent hinwegzuhören, sprach er ein grammatikalisch hervorragendes Englisch. Und schließlich war er auch an eine Prüfungskommission geraten, die klug genug gewesen war, diese Tatsache zu berücksichtigen.

Ich fuhr gerade durch den Elysian Park, als mir diese Dinge durch den Kopf gingen, und sah vor mir zwei Polizisten auf Motorrädern, die in Richtung Polizeiakademie ratterten. Der vordere war ein junger Bursche namens Lefler – einer der etwa hundert Neulinge, die ich bisher in die Polizeiarbeit eingeweiht hatte. Er war erst kürzlich zur

Verkehrspolizei versetzt worden, und da saß er nun, stolz aufgerichtet, in seinen neuen, glänzenden Lederstiefeln, dem weißen Helm und den gestreiften Hosen auf seinem Motorrad. Sein Partner, der ihn auf dem Motorrad einarbeitete, war ein wettergegerbter alter Haudegen namens Crandall. Er ist der Typ, der über einen Verkehrssünder in Weißglut geraten kann und gelegentlich die Imagepflege der Polizei mit einem Schlag zunichte macht, indem er zum Beispiel einen Autofahrer vom Motorrad aus anbrüllt: »Verdrück dich ein bißchen auf die Seite, du Arschloch!«

Leflers Helm war strahlend weiß und leicht nach vorn geneigt, so daß das kurze Visier bis auf seine Nase herabreichte. Ich fuhr neben ihm her und rief ihm zu: »Du hast ja wirklich einen tollen Sturzhelm, Kleiner! Aber zieh ihn doch mal ein bißchen hoch, damit man auch was von deinen blauen Augen sehen kann!«

Lefler grinste und kam leicht ins Schwanken. Trotz der Hitze trug er teure schwarze Lederhandschuhe.

»Tag, Bumper«, begrüßte mich Crandall und nahm für eine Minute seine Hand vom Lenker. Langsam fuhren wir Seite an Seite dahin, und ich grinste zu Lefler hinüber, der einen leicht verlegenen Eindruck machte.

»Na, wie macht er sich denn, Crandall?« erkundigte ich mich. »Habe ich ihn gut eingearbeitet? Ist er bumperisiert?«

Crandall zuckte mit den Schultern. »Für so ein Baby ist er gar nicht so übel.«

»Wie ich sehe, hast du ihm ja auch schon die Trainingsräder abgeschraubt«, stichelte ich weiter. Lefler kicherte und kam auf seiner schweren Harley neuerlich leicht ins Wanken.

Ich konnte die Eisenränder an seinen Absätzen sehen, und ich wußte, daß vermutlich auch seine Sohlen mit Eisen beschlagen waren.

»Laß dich mit diesen Stiefeln bloß nicht in meinem Revier blicken, Kleiner!« brüllte ich ihm zu. »Mit den Dingern schlägst du ja Funken, und aus Funken wird bekanntlich

Feuer.« In diesem Zusammenhang mußte ich an einen anderen Motorradpolizisten denken, der einmal wegen seiner Eisen mit zwei Tassen Kaffee in seinen behandschuhten Händen mitten auf seinem Arsch gelandet war.

Ich winkte Lefler zu und fuhr weiter. Diese jungen Hitzköpfe, dachte ich. Ich war froh, daß ich schon etwas älter gewesen war, als ich meinen Polizeidienst angetreten hatte. Aber mir war auch von vornherein klar gewesen, daß ich auf keinen Fall Verkehrspolizist werden wollte. Strafzettel zu verteilen – das lag mir absolut nicht. Der einzige Vorteil dabei war lediglich, daß man unter dem Vorwand, einen Strafzettel schreiben zu müssen, einen verdächtigen Wagen anhalten konnte. Nichts kann zu so vielen erfolgreichen Verhaftungen führen wie diese Kontrollen wegen vermeintlicher Verkehrsübertretungen. Allerdings haben auf diese Weise auch schon einige Polizisten daran glauben müssen.

Ich gelangte zu dem Entschluß, daß ich zu aufgeregt und hektisch war, um mit meiner Zeitung im Park herumzuhängen. Seit ich wegen des Freitags eine Entscheidung getroffen hatte, konnte ich kaum mehr still sitzen. Letzte Nacht hatte ich kaum geschlafen. Ich fuhr wieder in mein Revier zurück.

Eigentlich sollte ich nach dem Einbrecher Ausschau halten, dachte ich. Da mir jetzt nur noch ein paar Tage Zeit blieben, hätte ich ihn zu gern gefaßt. Er trieb sich untertags in den besten Hotels der Innenstadt herum und raubte an die vier bis sechs Hotelzimmer aus, wenn er zuschlug. Die Detektive hatten uns beim Morgenappell in den Fall eingeweiht und unter anderem darauf hingewiesen, daß der Bursche mit Vorliebe an Wochentagen arbeitete – und zwar vor allem an Donnerstagen, Freitagen und speziell mittwochs. Dieser Typ brach einfach die Türen auf, was ja in den meisten Hotels kein Problem darstellt, da sie über miserable Sicherheitsvorkehrungen verfügen, und räumte dann das Zimmer aus – ganz gleich, ob jemand drin war oder nicht. Natürlich wartete er damit, bis der Betreffende unter der Dusche stand oder ein Nickerchen machte. Ich war richtig heiß darauf, Einbrecher zu schnappen. Die meisten Polizisten halten so etwas für einen Kampf gegen Windmühlen und geben die Jagd früher oder später auf. Aber ich fasse lieber einen cleveren Einbrecher als einen Straßenräuber. Und ein Einbrecher, der es schafft, ein Zimmer oder eine Wohnung auszunehmen, wenn die Leute zu Hause sind, ist mit Sicherheit nicht ungefährlicher als ein Räuber.

Ich entschloß mich, ein Auge auf die Hotels am Harbor Freeway zu werfen. Meiner Theorie zufolge gab sich dieser Kerl als Handwerker aus und operierte möglicherweise von einem kleinen Transporter oder Reparaturwagen aus. Er war nämlich bisher noch in keinen einzigen Hinterhalt gelaufen, den ihm die Leute von der Einbruchsabteilung gelegt hatten. Ich stellte mir vor, daß er irgendwo außerhalb wohnte und über den Harbor Freeway zur ›Arbeit‹ fuhr.

Übrigens hatte sich dieser Einbrecher bei verschiedenen Jobs etwas eigenartig aufgeführt. Er zerschnitt Kleidungsstücke – in der Regel von Frauen oder Kindern –, riß die Zwickel aus der Unterwäsche, und erst kürzlich hatte er wie wild auf einen großen Teddybär eingestochen, den ein kleines Mädchen, mit einer Decke zugedeckt, auf seinem Bett zurückgelassen hatte. Ich war froh, daß niemand zu Hause gewesen war, als er in *diesem* Fall zugeschlagen hatte. Er war abartig veranlagt, aber ein äußerst geschickter Einbrecher. Und er hatte eine Menge Glück. Ich plante, die Hotels ein bißchen zu beobachten, aber erst wollte ich noch Glenda sehen. Wahrscheinlich hatte sie gerade Probe. Es war durchaus möglich, daß ich sie nie mehr sehen würde, und sie gehörte zu den Leuten, denen ich ein paar nette Abschiedsworte schuldig war.

Ich betrat das kleine, heruntergekommene Theater durch den Seiteneingang. Im Augenblick bekam man hier außer einer Menge Haut praktisch nichts mehr zu sehen. Aber früher war hier ein ganz passables Varieté geboten worden, mit einigermaßen witzigen Komikern und hübschen Mädchen. Und damals war auch Glenda als ›Gilded Girl‹ berühmt gewesen. Sie war in einem goldenen Kleid auf die Bühne gekommen, um sich dann bis auf einen ebenfalls goldenen Tanga und einen goldenen BH zu entblättern. Sie war groß und graziös und tanzte überdurchschnittlich gut. Ab und zu war sie sogar in ein paar besseren Klubs aufgetreten, aber mittlerweile war sie achtunddreißig und hatte zwei oder drei Ehen hinter sich, so daß sie sich wieder mit der Main Street begnügen mußte. Hier mußte sie nun den Kunden die Zeit vertreiben, wenn gerade ein neuer Pornofilm eingelegt wurde. Zwischendurch arbeitete sie in einer Bar weiter unten an der Straße als Animierdame. Obwohl sie inzwischen an die zehn Kilo Gewicht zugelegt haben dürfte, gefiel sie mir immer noch ausnehmend gut, da ich sie noch immer so sah, wie sie früher gewesen war.

Ich stand also im Halbdunkel hinter der Bühne und versuchte, mich an das Dunkel und an die Stille zu gewöhnen. Sie hatten nicht einmal mehr jemanden, der an der Tür aufpaßte. Vermutlich hatten es selbst die letzten abgetakelten Lustmolche aufgegeben, sich heimlich durch den Seiteneingang in dieses Loch zu schleichen. Die Tapete war feucht und fleckig und löste sich wie alte Schriftrollen von den Wänden. Auf einer Reihe von Stühlen lagen schmutzige Kostüme herum. Der Popcorn-Automat, der inzwischen nur noch an den Wochenenden seine Bestimmung erfüllte, lehnte mit einem kaputten Bein an der Wand.

»In diesem Schuppen servieren die Kakerlaken das Popcorn. Du willst doch hoffentlich keines, Bumper?« begrüßte mich Glenda, die aus ihrer Garderobe gekommen war und mich aus dem Dunkel heraus beobachtete.

»Da bist du ja!« Ich folgte ihrer Stimme durch das Dunkel zu der schwach erleuchteten Garderobe.

Sie küßte mich auf die Wange, wie sie es immer tat, und ich nahm meine Mütze ab und ließ mich auf dem üppig gepolsterten, abgewetzten Stuhl an ihrem Schminktisch nieder.

»Na, heiliger Franziskus, wo sind denn all die Vögelchen?« neckte sie mich und kitzelte mich an der kahlen Stelle auf meinem Kopf. Sie konnte es einfach nicht lassen, mit ihren Späßen über mich herzufallen, wenn wir uns trafen.

Glenda trug einen metallisch schimmernden Tanga und Netzstrümpfe, von denen einer ein Loch hatte. Oben war sie nackt, machte aber keinerlei Anstalten, sich etwas anzuziehen. Ich konnte das durchaus verstehen, da es an diesem Tag verdammt heiß war. Andrerseits war ich es nicht gewohnt, sie so zu sehen, und deshalb machte mich ihr Aufzug doch etwas nervös.

»Ganz schön heiß, was?« Glenda setzte sich und machte sich an ihren Schminktöpfen zu schaffen. »Ab wann hast du wieder Nachtschicht?«

Glenda kannte meine Gepflogenheiten. Im Winter arbeitete ich tagsüber und im Sommer, wenn die Los-Angeles-Sonne den blauen Uniformstoff in Sackleinen verwandelt, nachts.

»Ich werde nie mehr nachts arbeiten, Glenda«, entgegnete ich wie beiläufig. »Ich lasse mich pensionieren.«

Sie wandte sich abrupt zu mir um, so daß ihre schweren, weißen Melonen ein paarmal hin und her schaukelten. Ihr Haar war lang und blond. Sie behauptete zwar immer, das Blond wäre echt, aber ganz sicher war ich mir dessen nie.

»Du wirst doch nicht etwa aufhören«, sagte sie. »Du machst doch so lang weiter, bis sie dich rauswerfen. Oder bis du abkratzt. So wie ich.«

»Wir werden beide hier weggehen.« Ich lächelte sie an, als sich ein leicht verwirrter Ausdruck auf ihrem Gesicht auszubreiten begann. »Irgendein netter Kerl wird vorbeikommen und ...«

»So ein netter Kerl hat mich hier schon dreimal rausgeholt, Bumper. Das Problem ist nur, daß ich kein so nettes Mädchen bin. Einfach zu abgenutzt, ganz gleich, für wen.

Aber das mit deiner Pensionierung soll doch hoffentlich nur ein Witz sein, oder?«

»Wie geht's Sissy?« erkundigte ich mich, um das Thema zu wechseln.

Als Antwort holte Glenda ein paar Schnappschüsse aus ihrer Handtasche und reichte sie mir. Ich bin inzwischen etwas weitsichtig, und so konnte ich in dem Dämmerlicht kaum mehr erkennen als die Umrisse eines kleinen Mädchens, das einen Hund hielt. Ich hätte nicht einmal sagen können, ob der Hund echt war oder nur ein Spielzeugtier.

»Hübsch ist sie«, lobte ich, da ich wußte, daß das der Fall war. Ich hatte sie zum letztenmal vor ein paar Monaten gesehen, als ich Glenda eines Abends von der Arbeit nach Hause gefahren hatte.

»Jeder Dollar, den du mir je gegeben hast, kam auf ihr Sparkonto – genauso, wie wir es von Anfang an verabredet hatten«, sagte Glenda.

»Ich weiß.«

»Und ich habe auch aus meiner Tasche immer noch ein bißchen dazugelegt.«

»Dann wird sie ja eines Tages in Geld schwimmen.«

»Darauf kannst du Gift nehmen.« Glenda steckte sich eine Zigarette an.

Ich überlegte, wie viel ich Glenda im Lauf der letzten zehn Jahre wohl gegeben hatte. Und ich versuchte mich zu erinnern, wie viele Verhaftungen mir aufgrund der Informationen, die ich von ihr bekommen hatte, geglückt waren. Sie war eines meiner großen Geheimnisse. Die Detektive hatten zwar Informanten, die sie bezahlten, aber von uns Uniformierten wurde an sich erwartet, daß wir von so etwas die Finger ließen. Nun ja, ich hatte meine Informanten auch bezahlt – allerdings nicht mit dem Geld der Steuerzahler, sondern aus meiner eigenen Tasche. Und wenn ich aufgrund eines solchen Tips eine erfolgreiche Verhaftung durchzog, stellte ich es immer so hin, als wäre alles reiner Zufall gewesen. Oder ich dachte mir für das Protokoll irgendeine schöne Geschichte aus. Auf diese

Weise konnte Glenda nichts passieren, und zugleich konnte niemand sagen, Bumper Morgan wäre total verrückt, weil er seine Informanten aus eigener Tasche bezahlte.

Das erstemal hatte mir Glenda einen Kerl zugeschanzt, der aus einem Bundesgefängnis entflohen war. Er traf sich öfter mit ihr, hatte ständig eine Knarre bei sich und war auf Raubüberfälle spezialisiert. Ich wollte ihr damals zwanzig Dollar geben, aber sie nahm das Geld nicht an. Sie meinte, dieser Kerl würde nichts taugen und gehörte auf jeden Fall wieder in den Knast, und außerdem würde sie niemand für Geld verpfeifen. Schließlich hatte ich sie trotzdem so weit gebracht, das Geld für Sissy zu nehmen, die damals noch ein Baby gewesen war – ein armes vaterloses Kind. Seitdem hatte ich im Lauf der Jahre sicher einen Tausender auf Glendas Konto überwiesen. Und auf mein Konto konnte ich wahrscheinlich die meisten Verhaftungen von allen Uniformierten des Polizeihauptquartiers verbuchen.

»Wird sie auch so ein Blondschopf wie Mami werden?« fragte ich.

Glenda strahlte mich an. »Sogar blonder als ich. Und sicher zehnmal so clever. Ich glaube, sie ist sogar jetzt schon schlauer als ich. Ich bin wie eine Verrückte am Lesen, um einigermaßen mit ihr Schritt halten zu können.«

»In diesen Privatschulen wird ja auch einiges verlangt«, meinte ich. »Da lernt man wirklich was.«

»Hast du das gesehen, Bumper?« Sie kam lächelnd zu mir herüber und setzte sich auf die Lehne meines Sessels. Jetzt dachte sie an Sissy, und auf ihrem Gesicht breitete sich ein seliges Lächeln aus. »Der Hund zerrt sie an den Haaren. Sieh dir nur ihre Miene an!«

»Ja, ja«, erwiderte ich brav, obwohl ich nichts als verschwommene Farbflecken erkennen konnte. Auf meiner Schulter lastete jetzt eine von diesen schweren Melonen. Glendas Brüste waren groß und echt, nicht – wie heutzutage bei so vielen Frauen – mit einer Menge Plastik aufgepumpt.

»Auf dem ist sie ganz schön sauer.« Glenda beugte sich weiter zu mir herunter, und nun preßte sich eine gegen meine Wange. Und endlich hörte ich ein Glöckchen läuten.

»Verdammt noch mal, Glenda!« platzte ich heraus und sah zu ihr auf.

»Was ist?« erwiderte sie und wich leicht zurück. Und dann begriff sie und brach in ihr hartes, heiseres Lachen aus. Bald wurde ihr Lachen jedoch sanfter, sie lächelte, und ihre großen Augen nahmen einen zärtlichen Ausdruck an. Mir fiel auf, daß ihre Wimpern unter den Augen schwarz waren – aber nicht von Wimperntusche. Ich fand Glenda in diesem Augenblick attraktiver denn je zuvor.

»Ich mag dich sehr gern, Bumper«, flüsterte sie und küßte mich auf den Mund. »Du und Sissy, ihr seid die einzigen Menschen, an denen mir etwas liegt. Ist dir klar, was das bedeutet?«

Glenda war wie Ruthie. Sie war einer von den Menschen, die einfach zum Revier gehörten. Es gab da ein paar Grundsätze, an die ich mich unverbrüchlich hielt, und sie war jetzt fast nackt und in meinen Augen so schön wie nie zuvor.

»Warum nicht?« fragte sie sanft, wohl wissend, daß ich kaum mehr an mich halten konnte. »Du hast es nie probiert, und ich habe mir nie etwas sehnlicher gewünscht.«

»Ich muß zu meinem Wagen zurück«, stieß ich hervor. Ich sprang auf und durchquerte mit drei langen Schritten den Raum. Dann murmelte ich noch, ich könnte einen Funkspruch überhören, aber Glenda bat mich, noch einen Augenblick zu warten.

»Du hast deine Mütze vergessen«, erinnerte sie mich und reichte sie mir.

»Danke.« Ich setzte mir die Mütze mit einer zitternden Hand auf. Glenda hielt die andere, um mit ihren warmen, feuchten Lippen die Handfläche zu küssen.

»Bilde dir bloß nicht ein, du könntest uns im Stich lassen, Bumper«, ermahnte sie mich und blickte mich dabei unverwandt an.

»Da, nimm das für Sissy.« Ich fischte einen Zehner aus meiner Hosentasche.

»Heute habe ich aber keine Informationen für dich«, protestierte sie, aber ich steckte ihr den Schein in ihren Tanga, was sie zum Grinsen brachte.

»Für die Kleine.«

An sich hätte ich sie ja noch ganz gern nach dem jungen Schnösel gefragt, von dem ich gehört hatte, daß er in den Strip Clubs und Animierbars herumhing, aber ich konnte es unmöglich riskieren, noch eine einzige Minute länger allein mit ihr in einem Raum zu bleiben. »Bis dann also, Glenda«, verabschiedete ich mich etwas halbherzig.

»Ciao, Bumper«, erwiderte sie, während ich mich bereits durch das Dunkel zum Ausgang vorarbeitete. Sah man einmal davon ab, daß ich von Cassie alles bekam, was ich wollte, gab es auch noch einen zweiten Grund, weshalb ich mich so plötzlich von Glenda losriß. Jeder Polizist weiß, daß man es auf jeden Fall vermeiden muß, sich zu sehr auf eine Informantin zu konzentrieren. Wenn man eine Informantin aufs Kreuz legt, liegt man am Ende selbst dumm auf der Fresse.

2.

Nachdem ich Glenda entflohen war, kam es mir auf der Straße richtig kühl vor. Alle führten sich ein wenig komisch auf, wenn ich auf meine Pensionierung zu sprechen kam. Und ich hatte eigentlich überhaupt keine Lust, mich wieder in meine Kiste zu setzen und mir das Gebrabbel am Funk anzuhören.

Es war immer noch Vormittag, und ich fühlte mich richtig gut, als ich, meinen Knüppel in der Hand, so dahinschlenderte. Ich glaube, ich muß sogar richtig *daherstolziert* sein. Die meisten Streifenpolizisten stolzieren. Genau das erwarten die Leute schließlich von einem. Auf diese Weise zeigt man dem Ganovenpack, daß man keine Angst hat, und das wollen die Leute. Außerdem erwarten sie von einem älteren Polizisten, daß er seine Mütze etwas schief auf dem Kopf sitzen hat, und so komme ich auch in diesem Punkt ihren Vorstellungen nach.

Ich trug immer noch die traditionelle achteckige Mütze, und an meinem Knüppel hing ein langer Lederriemen. Jetzt sollten zwar modernere, runde Mützen eingeführt werden, aber ich wollte noch bis zum Schluß bei meiner achteckigen bleiben. Dabei mußte ich unwillkürlich daran denken, daß am Freitag Schluß sein würde, und ich führte ein kleines Kunststück mit dem Knüppel auf, um mich ein wenig abzulenken. Ich ließ den Schlagstock vom Gehsteig in meine Hand zurückspringen. Drei Schuhputzerjungen – zwei Mexikaner und ein Schwarzer – beobachteten mich dabei. Dieser Knüppeltrick beeindruckte sie mächtig. Er schwebte wie ein Jo-Jo nach unten, ich wirbelte ihn ein paarmal durch die Luft und ließ ihn – alles in einer einzigen, fließenden Bewegung – wieder in die Halterung an meinem Gürtel zurückgleiten.

»Soll ich Ihnen die Schuhe putzen, Bumper?« sprach mich einer der Mexikanerjungen an.

»Danke, Kleiner, das ist momentan nicht nötig.«

»Ich mach's Ihnen aber umsonst«, beharrte er und zog noch eine Weile neben mir her.

»Was hältst du davon, wenn ich dich auf eine Cola einladen würde?« schlug ich vor und schnippte zwei Vierteldollar in die Luft, die der Junge mit einer lässigen Bewegung auffing, um auch schon im nächsten Augenblick ausgelassen zu einem Getränkeladen ein paar Häuser weiter zu laufen. Die Holzkästen mit ihren Schuhputzutensilien an einem Seil über die Schulter gehängt, jagten ihm die anderen beiden fröhlich nach, so daß ihnen die Kisten rumpelnd gegen die Hüften schlugen.

Vermutlich hatten diese Jungen noch nie zuvor einen Revierbeamten gesehen, der seinen Knüppel durch die Luft wirbelte. Schon vor ein paar Jahren war von oben offiziell angeordnet worden, die langen Lederriemen zu entfernen. Ich hatte mich jedoch nie daran gehalten, und die

Sergeants taten ausnahmslos so, als wüßten sie nichts davon, solange ich mir für die Inspektionen einen vorschriftsmäßigen Knüppel borgte.

Inzwischen wird der Knüppel nämlich durch einen dikken Gummiring, ähnlich einem Dichtungsring, gehalten. Wir haben von ein paar jungen japanischen Polizisten, die etwas von Karate und Aikido verstehen, neue Methoden gelernt, mit dem Knüppel umzugehen. In diesem Zusammenhang benutzen wir jetzt das dickere Ende häufiger, und ich muß zugeben, daß diese Methode um einiges effektiver ist als meine alte Steinzeitmenschentechnik. Mir sind in meiner Laufbahn an den Köpfen, Armen oder Beinen von irgendwelchen Kerlen schon sicher sechs Schlagstöcke zu Bruch gegangen. Aber jetzt habe ich von diesen Nisei-Jungs gelernt, den Knüppel in einem großen Bogen zu schwingen und mein ganzes Körpergewicht dahinterzulegen. Wenn ich wollte, könnte ich so einen Kerl damit glatt in der Mitte entzweihauen, ohne daß der Knüppel davon auch nur eine Schramme bekäme. Und es sieht auch verdammt elegant und gekonnt aus. Außerdem habe ich das Gefühl, mich im Ernstfall wesentlich besser behaupten zu können.

Aber leider konnten diese Burschen die Leute von der Verwaltung auch davon überzeugen, daß der lange Lederriemen völlig überflüssig ist, was nur zeigt, daß diese Burschen nie wirklich Streife gegangen sind – ganz zu schweigen natürlich von den Herren Bürokraten. Die haben keine Ahnung, was den Leuten ihr Revierbeamter bedeutet, wenn er, seinen Knüppel durch die Luft wirbelnd, eine verlassene Straße hinunterschlendert und mit seiner achteckigen Mütze auf dem Kopf überallhin seinen riesigen Schatten wirft. Na ja, ich habe mich von meinem Lederriemen sowieso nie getrennt. Von der Vorstellung, eine Polizeiwaffe durch einen Gummidichtungsring zu stecken, wird mir richtig übel.

An der Arkade blieb ich stehen und sah einen großen, muskelbepackten Burschen herumlungern. Ich sah ihn nur kurz scharf an, worauf er sich betont unauffällig verdrückte. Als nächstes fielen mir zwei kleine Ganoven auf, die nebeneinander an einer Wand lehnten. Einer der beiden warf in regelmäßigen Abständen eine Münze in die Luft. Offensichtlich warteten sie auf irgendeinen Einfaltspinsel, den sie mit einem Münztrick übers Ohr hauen konnten. Ich starrte sie kalt an, was sie sichtlich nervös machte, und sie trollten sich auf den Parkplatz und verschwanden.

Die Arkade lag nun fast völlig verlassen da. Ich kann mich noch an die Zeiten erinnern, als hier die ganzen geilen Schleimsäcke, Arsch an Nabel, wie die Ölsardinen aufgereiht standen und darauf warteten, durch den Gukker einen Blick auf die Sex Show werfen zu können. Das war damals eine ganz große Sache. Das Gewagteste überhaupt. Ständig mußte die Sitte irgendwelche Typen wegen Masturbierens einsacken. An der Wand vor dem Gucker waren überall Flecken zu sehen. Inzwischen kann man hier in jeder Bar und in jedem Kino Live Sex Shows und Tiernummern sehen, wobei letztere keineswegs von Walt Disney stammen. Frauen und Hunde, Dandys und Esel, Peitschen und Schwule, Hühner und Enten – alles, was man sich nur vorstellen kann. Und manchmal fällt es echt schwer zu sagen, wer oder was mit wem was anstellt.

Dabei mußte ich auch an den Foto Club denken, der direkt neben der Arkade aufgemacht hatte, als Nacktheit noch etwas ganz Besonderes gewesen war. Die Mitgliedschaft kostete fünfzehn Dollar, und dann mußte man für jede Sitzung noch einmal extra fünf Scheine auf den Tisch blättern. Man konnte so viele Aufnahmen von einem nackten Mädchen machen, wie man wollte, solange man ihr nicht näher als einen halben Meter kam und sie nicht anfaßte. Natürlich hatten die meisten dieser ›Fotografen‹ nicht einmal Filme in ihren Kameras, und da sich die Geschäftsleitung dessen durchaus bewußt war, machte sie sich nicht einmal die Mühe, richtige Fotolampen aufzustellen. Offensichtlich beschwerte sich darüber auch niemand. Damals war das alles noch so unschuldig gewesen.

Ich wollte mich eben auf den Rückweg zu meinem Wagen machen, als mir ein Junkie auffiel, der mich beobachtete. Er war offensichtlich noch unschlüssig, ob er dableiben oder sich aus dem Staub machen sollte. Er blieb schließlich doch stehen und schaute, scheinbar gelangweilt und völlig desinteressiert, in der Gegend herum, wobei sein Blick auf so ziemlich alles außer mir fiel. Am liebsten hätte er sich in Luft aufgelöst. Ich hatte es mir längst abgewöhnt, einen Heroinsüchtigen nur aufgrund seiner Einstiche festzunehmen, und dieser Kerl sah auch ziemlich abgeschlafft aus. Aber dann wurde mir doch klar, daß er mir irgendwo schon mal begegnet war.

»Mensch, komm mal her!« rief ich ihm zu, worauf er angeschlichen kam, als wäre nun alles vorbei.

»Hallo, Bumper.«

»Na, hallo, Wimpy«, begrüßte ich den blassen Junkie. »Fast hätte ich dich nicht mehr wiedererkannt. Du bist ganz schön gealtert.«

»Das letztemal haben sie mich drei Jahre eingelocht.«

»Wieso gleich so lang?«

»Bewaffneter Raubüberfall. Sie haben mich nach Q gesteckt. Aber Gewalt ist nichts für mich. Ich hätte lieber bei meiner coolen Tour bleiben sollen. Ich kann dir sagen, Bumper, San Quentin hat mich ganz schön geschafft.«

»Tja, so was ist natürlich übel, Wimpy. Ach ja, jetzt fällt es mir wieder ein. Du hast ein paar Tankstellen ausgenommen, stimmt's?«

Er sah wirklich alt aus. Sein sandfarbenes Haar war von grauen Strähnen durchzogen und ging ihm stellenweise stark aus. Seine Zähne verfaulten und hingen lose in seinem Mund. Und dann kam es plötzlich alles wieder. Mein Gedächtnis läßt mich wirklich nie im Stich: Herman (Wimpy) Brown, zeit seines Lebens an der Nadel und – wenn er wollte – ein verdammt guter Informant. Er war keinesfalls über vierzig, sah aber um einiges älter aus als ich.

»Ich wünschte nur, ich hätte diesen Erzganoven Barty Mendez nie kennengelernt. Erinnerst du dich noch an ihn,

Bumper? Ein Giftler sollte sich nie auf Gewaltverbrechen einlassen. Dafür ist man mit so einem Laster einfach nicht geschaffen. Ich hätte mich darauf beschränken sollen, aus Supermärkten Zigaretten abzustauben. Auf diese Weise wäre ich sicher eine ganze Weile gut durchgekommen.«

»Wo schlägst du denn jetzt gerade immer zu, Wimpy?« erkundigte ich mich und gab ihm Feuer. Er fror und hatte eine Gänsehaut. Wenn er irgend etwas wußte, dann würde er es mir erzählen. Er war im Moment so heiß auf einen Schuß, daß er sogar seine eigene Mutter verpfiffen hätte.

»Nicht hier, Bumper – nicht in der Nähe deines Reviers. Ich fahre immer in den Westen rüber und hole mir da so jeden Tag ungefähr ein Dutzend Kartons Zigaretten aus einem von diesen riesigen Supermärkten. Hier halte ich nur nach Leuten Ausschau, die vielleicht was zu verkaufen haben.«

»Wie sieht's mit deiner Bewährung aus?«

»Alles in Ordnung, Bumper. Ich melde mich regelmäßig. Du kannst ja anrufen und dich erkundigen.« Gierig sog er an seiner Zigarette, aber auch das verschaffte ihm keine nennenswerte Linderung.

»Laß mich mal deine Arme sehen, Wimpy«, forderte ich ihn auf und ergriff seinen knochigen Arm, um ihm den Hemdsärmel hochzuschieben.

»Du wirst mich doch wohl nicht wegen ein paar blöder Einstiche einlochen, Bumper?«

»Ich bin nur ein bißchen neugierig«, beruhigte ich ihn und stellte fest, daß an der Innenseite seiner Ellbogen nichts zu sehen war. Um irgendwelche Einstiche erkennen zu können, hätte ich meine Brille gebraucht, aber die trage ich nie, wenn ich Dienst habe. Ich lasse sie immer in meiner Wohnung.

»Nur ein paar Einstiche, Bumper. Nicht schlecht, was?« Wimpy bleckte seine schwarz verfaulten Zähne. »Ich behandle sie mit Hämorrhoidensalbe. Dann werden sie nicht so groß.«

Ich drehte seinen Ellbogen herum und sah auf den Rükken seines Unterarms. »Verdammt noch mal, auf diesen Geleisen könnte die Union Pacific ja ihren gesamten Frachtverkehr abwickeln!« Diesmal hätte ich keine Brille gebraucht, um die angeschwollenen, vereiterten Wunden zu sehen.

»Bitte, nicht verhaften, Bumper!« winselte Wimpy. »Ich kann ja wieder wie früher für dich arbeiten. Du hast eine ganze Menge guter Tips von mir gekriegt, weißt du noch? Ich habe zum Beispiel diesen Irren reingeritten, der in dem Hinterhof fast dieses Animiermädchen kaltgemacht hätte. Du weißt schon, dieser Typ, der ihr fast eine Titte abgesäbelt hätte.«

»Ja, stimmt«, bestätigte ich, als mir die ganze Geschichte wieder einfiel. *Den* Burschen hatte Wimpy tatsächlich reingeritten. »Sehen sich diese Bewährungshelfer deine Arme eigentlich nicht an?« wollte ich wissen und zog ihm die Ärmel wieder herunter.

»Ein paar sind wie Bullen, und die anderen sind Sozialarbeiter. Ich habe bis jetzt immer Glück gehabt. Entweder habe ich einen totalen Einfaltspinsel erwischt oder einen Typen, der an nichts anderes denkt als an seine Zahlen. Du weißt schon – wie viele Typen er rehabilitiert hat und so. Und die wollen auf keinen Fall, daß man rückfällig wird, verstehst du? Inzwischen sind wir ja schon so weit, daß sie einem richtiges Gift geben und dabei aber behaupten, es wäre was anderes, und dann sagen sie, man wäre geheilt. Auf ihre Statistiken bilden sie sich ja immer eine Menge ein, aber ich kann mir nur vorstellen, daß die Typen, die darin als clean geführt werden, einfach tot sind – an einer Überdosis verreckt.«

»Sieh nur zu, daß du dir keine Überdosis verpaßt, Wimpy«, brummte ich. Dann führte ich ihn ein Stück von der Arkade weg, um mich unter vier Augen mit ihm unterhalten zu können, während ich an der nächsten Rufsäule seine Bewährungsakte überprüfen lassen wollte.

»Als ich zur Therapie eingesessen bin, Bumper, hat es

mir richtig gefallen im Knast. Das kannst du mir wirklich glauben. C.R.C. ist echte Klasse. Ich kenne sogar ein paar Typen, die sich nur wegen der Einstiche ein paar leere Schüsse gegeben haben, nur damit sie dahin kommen und nicht nach Q. Und Tehachapi soll sogar noch besser sein, habe ich gehört. Man kriegt dort gutes Essen, und arbeiten braucht man fast überhaupt nicht. Und dann haben sie dort diese Gruppentherapien. Das macht manchmal sogar richtig Spaß. Und in dieser Handelsschule, die sie dort hatten, wird ja auch nichts als blöd herumgelabert. Ich könnte mir also wirklich was Schlimmeres vorstellen. Ehrlich gesagt, das letztemal tat es mir richtig leid, als sie mich nach dreizehn Monaten entlassen haben. Aber die drei Jahre in Q haben mir das Kreuz gebrochen. Das kannst du mir glauben, Bumper. Wenn du dort sitzt, dann weißt du echt, daß du im Knast bist.«

»Hast du auch im Knast immer noch ans Drücken gedacht?«

»Klar, das geht einem nie aus dem Kopf.« Er entblößte seine verfaulten Zähne wieder zu einem Lächeln, als wir neben der Rufsäule stehenblieben. Zwar gingen hin und wieder Leute an uns vorbei, aber immer in einiger Entfernung. »Im Moment müßte ich mir gerade ganz nötig einen Schuß geben, Bumper. Wirklich.« Er sah mich an, als wollte er jeden Augenblick zu weinen anfangen.

»Jetzt beruhig dich erst mal, Wimpy. Wenn du dich deinerseits ein wenig erkenntlich zeigst, werde ich dich vielleicht laufenlassen. Fang schon mal an, ein bißchen nachzudenken, während ich mal deine Bewährungsakte überprüfen lasse, ja?«

»Ich habe dir doch gesagt – mit meiner Bewährung ist alles in Ordnung.« Dabei schien er bereits wieder merklich aufzuleben, da er merkte, daß ich ihn wegen seiner Einstiche nicht einlochen wollte. »Wir beide wären wirklich ein gutes Gespann, Bumper. Dir habe ich immer getraut. Dir wird ja auch überall nachgesagt, daß du echt nichts über deine Informanten kommen läßt. Wegen deiner Verhaftungen hat noch keiner ins Gras beißen müssen. Ich weiß genau, daß du eine ganze Schwadron von Informanten hast. Aber von denen ist bis jetzt noch keinem was zugestoßen. Du kümmerst dich wirklich um deine Leute.«

»Und das gleiche gilt auch für dich, Wimpy. Du hast von meiner Seite nichts zu befürchten. Wenn du mir hilfst, wird kein Mensch etwas davon erfahren. Niemand.«

Wimpy ging es tatsächlich nicht sonderlich gut, und so schloß ich die Rufsäule auf und beeilte mich mit der Überprüfung. Ich gab dem Mädchen seinen Namen und sein Geburtsdatum durch und zündete ihm die Zigarette an, während wir auf die Antwort warteten. Er fing an, sich umzublicken. Natürlich hatte er keine Angst, zusammen mit mir gesehen zu werden. Er hielt nur nach einem Kontakt Ausschau – nach einem Dealer oder einem Junkie, nach irgend jemandem, der etwas zum Drücken haben könnte. Bevor ich zu fixen anfange,würde ich mir eher den Schädel durchpusten, dachte ich.

»Wo wohnst du eigentlich? In einem Übergangsheim?« erkundigte ich mich.

»Nicht mehr. Weißt du, nachdem ich drei Jahre clean war, dachte ich, daß ich es diesmal packen würde. Und dann kam ich raus und habe mir schon am zweiten Tag einen Schuß gegeben. Darauf fühlte ich mich so miserabel, daß ich zu so einer Rehabilitationsstelle drüben im Osten ging und mich dort aufnehmen ließ. Dort bin ich dann auch noch drei Tage clean geblieben, aber dann bin ich wieder abgehauen, habe mir etwas Stoff besorgt, und seitdem habe ich ständig eine Nadel im Arm stecken.«

»Hast du eigentlich auch im Knast mal gedrückt?« wollte ich wissen. Ich bemühte mich, unsere Unterhaltung in Gang zu halten, bis ich die gewünschte Auskunft bekam.

»Nie. Dazu gab es ja auch gar keine Gelegenheit. Von ein paar Typen habe ich allerdings so was gehört. Und einmal habe ich auch zwei Typen gesehen, die sich selbst eine Spritze zusammengebastelt haben. Die haben von irgendwoher eine kleine Lieferung erwartet. Also, ich weiß echt nicht, was die eigentlich vorhatten, aber sie haben sich tatsächlich das ganze Zeug zusammengefummelt, um sich einen Schuß zu geben.«

»Wie haben sie das denn gemacht?«

»Sie haben eine Glühbirne zerbrochen, und dann hat einer den Draht mit einem Stück Pappe und irgendeinem Lumpen festgehalten, und der andere hat ihn mit Streichhölzern aufgeheizt, und dann haben diese Irren den Draht so lange gedehnt, bis sie eine richtig gute Nadel hatten. Dann haben sie mit einer Stecknadel ein Loch in das Ding gemacht und so ein Nasensprayfläschchen daran befestigt. Wenn ich gekonnt hätte, ich hätte mir echt auch so ein Ding in den Arm gesteckt, solange da nur ein bißchen Gift drin gewesen wäre.«

»Damit es dir dann womöglich in der Vene abgebrochen wäre, wie?«

»Ach, das Risiko wäre es mir wert gewesen. Ich habe Typen gesehen, die keine Spritze hatten, aber so geil auf einen Schuß waren, daß sie sich mit nem Rasiermesser den Arm aufgeschlitzt und sich einen Mund voll Stoff in die Wunde geblasen haben.«

Gierig sog Wimpy an seiner Zigarette. Seine Arme und Hände waren über und über mit Tätowierungen aus dem Gefängnis bedeckt. Bei dieser Methode mischen sie den Staub einer Bleistiftmine mit Spucke und sticheln dieses Zeug dann mit Millionen Nadelstichen in die Haut. Vermutlich stammten Wimpys Tätowierungen aus seiner Jugendzeit, als er noch den starken Mann markieren wollte. Inzwischen hatte er jedoch schon einige Jahre auf dem Buckel, und die Tätowierungen, die an den Stellen lagen, wo er sich spritzte, waren das Werk eines Profis, wenn sie auch keineswegs die Einstichstellen verbergen konnten.

»Ich war übrigens früher mal ein echter Könner, Bumper – nicht nur so ein mickriger Zigarettendieb. Ich habe in Kaufhäusern gute Kleidung und teure Parfums abgestaubt, und sogar vor der Schmuckabteilung habe ich nicht haltgemacht, obwohl das alles andere als einfach ist.

Zu der Zeit bin ich noch in Zweihundert-Dollar-Anzügen rumgelaufen, und diese Dinger konnten sich damals nur Typen mit echt viel Kohle leisten.«

»Hast du eigentlich immer allein gearbeitet?«

»Ganz allein, ich schwör's dir. Ich habe niemanden gebraucht. Damals habe ich auch noch anders ausgesehen. Nicht so kaputt wie jetzt. Damals habe ich richtig gut ausgesehen, wirklich. Und reden konnte ich damals auch wesentlich besser. Ich habe immer eine Menge Bücher und Zeitschriften gelesen. Ich bin einfach nur durch die Kaufhäuser spaziert und habe mich nach diesen Lehrlingen und den Aushilfsverkäufern umgesehen, um mir dann von denen einfach das Geld aushändigen zu lassen. Die haben mir einfach ihr Geld *gegeben*, ob du's glaubst oder nicht.«

»Wie hast du das denn angestellt?«

»Ich habe einfach gesagt, Mr. Freeman, der Leiter der Einkaufsabteilung, hätte mich geschickt, ihre Eingänge abzuholen. Ich sagte dazu immer, er hätte es nicht gern, wenn in den Kassen so viel Geld wäre, und dann habe ich ihnen einfach meinen Geldsack hingehalten, und sie haben mir brav für Mr. Freeman den ganzen Zaster reingefüllt.« Wimpy fing an zu lachen, kam aber immer mehr ins Keuchen und Husten, so daß er eine Weile brauchte, um sich wieder zu beruhigen.

»Diesem Mr. Freeman schulde ich wirklich eine ganze Menge. Ich werde diesem Scheißkerl einiges zurückzahlen müssen, wenn ich ihm noch mal begegnen sollte. Ich schätze, daß ich diesen Namen in rund fünfzig Kaufhäusern verwendet habe. Und das Witzige ist, daß Freeman eigentlich mein richtiger Name ist. Mein Vater hieß so. Nur habe ich, als ich klein war und meine Mutter noch mal geheiratet hat, den Namen meines Stiefvaters angenommen. Ich habe mir immer vorgestellt, mein richtiger Alter hätte was für uns getan, wenn er noch da gewesen wäre. Und auf diese Art und Weise hat er uns dann ja auch tatsächlich geholfen. Ich muß von dem guten, alten

Mr. Freeman an die zehn Riesen gekriegt haben, und das auch noch steuerfrei. Zeig mir doch mal den Vater, Bumper, der seinen Kindern so viel Zaster zukommen läßt!«

Ich grinste. »Meiner wäre dafür jedenfalls nicht in Frage gekommen, Wimpy.«

»Ich war echt gut in diesem Job, kann ich dir sagen. Mit einer Nelke im Knopfloch und dem ganzen Scheiß. Richtig schick habe ich damals ausgesehen. Und dann hatte ich noch einen anderen Trick, mit dem sich reichlich Zaster machen ließ – teure Babysachen, Koffer und allen möglichen anderen Kram. Ich ließ das Zeug mitgehen und brachte es dann in einer Originaleinkaufstüte wieder in den Laden zurück. Ich erzählte, ich hätte die Quittung nicht mehr, und ob sie mir das Geld aber nicht trotzdem zurückgeben könnten, weil der kleine Bobby all die Sachen nicht mehr brauchen würde, da er letzten Dienstag in seinem Bettchen unter seiner Decke erstickt wäre. Oder der gute alte Onkel Pete wäre selig entschlafen, gerade bevor er die Reise antreten wollte, auf die er sich schon seit achtundvierzig Jahren so gefreut und auf die er sein ganzes Leben lang gespart hatte. Und ich könnte es nicht mehr länger ertragen, seine Koffer herumstehen zu sehen. Also ehrlich, Bumper, die konnten ihr Geld gar nicht schnell genug aus der Kasse holen. Und ich habe sogar *Männer* zum Heulen gebracht. Eine Frau hat mich einmal gebeten, noch zehn Dollar zusätzlich aus ihrer eigenen Tasche für die Bestattung meines Babys zu nehmen. Ich habe die zehn Dollar natürlich genommen und mir davon ein Päckchen Stoff gekauft, und jedesmal, wenn ich mir davon etwas zum Drücken zurechtmachte, dachte ich: ›Na, mein Baby, du bist echt mein Baby.‹ Und wenn ich mir dann die Spritze ansetzte und sie unter die Haut dringen spürte, sagte ich so vor mich hin: ›Danke, Gnädigste, besten Dank, allerherzlichsten Dank, das ist das schönste Begräbnis, das mein Baby bekommen konnte.‹« Wimpy schloß die Augen und hob bei dem Gedanken an sein kleines Baby lächelnd den Kopf.

»Macht dir denn dein Bewährungshelfer nie eine Urinanalyse oder so was?« Ich konnte immer noch nicht recht begreifen, daß man bei einem alten Giftler wie Wimpy nicht die Arme und den Urin überprüfte, während er unter Bewährung stand – selbst wenn er nicht wegen Drogenhandels verurteilt worden war.

»Bis jetzt noch nicht, Bumper. Und wenn doch, ist mir das auch egal. Mit meinen Bewährungshelfern habe ich bis jetzt immer Glück gehabt. Wenn sie mit dieser Urintesterei anfangen, wende ich einfach meinen Gummiflaschentrick an. Ich habe da so einen alten Freund, Homer Allen, von dem ich immer eine frische Flasche Pisse kriege, und die fülle ich dann in so eine kleine Plastikflasche, die ich in meiner Hose vom Gürtel runterhängen habe. Dieses blöde Arschloch von Bewährungshelfer dachte natürlich, er wäre besonders schlau und könnte mich mal während der Arbeit oder nachts zu Hause erwischen und eine Urinprobe machen. Und ich gehe dann mit ihm schnurstracks aufs Klo – er steht direkt hinter mir und beobachtet mich –, und ich lange einfach in meine Hose und mache ihm seine Glasflasche mit Homers Pisse voll. Er kam sich ganz besonders schlau vor, aber erwischt hat er mich nie. So ein Blödmann! Aber ich habe ihn trotzdem gemocht. Irgendwie habe ich ihm gegenüber richtig väterliche Gefühle bekommen.«

Inzwischen kam das Mädchen wieder an den Apparat und las mir Wimpys Akte vor. Es gab keinerlei Beanstandungen.

»Tja, tatsächlich alles in Ordnung.« Ich nickte ihm zu und hängte den Hörer ein. Dann schloß ich die Metalltür der Rufsäule und befestigte den Messingschlüssel an meinem Gürtel.

»Ich hab's dir doch gleich gesagt, Bumper. Erst letzte Woche war ich noch bei meinem Bewährungshelfer. Ich melde mich wirklich ganz regelmäßig.«

»Also gut, Wimpy, dann kommen wir mal aufs Geschäft zu sprechen.«

»Mir fällt da dieser miese Arschficker ein, der mich mal aufs Kreuz gelegt hat, Bumper. Wenn du den Dreckskerl einlochen würdest, hätte ich absolut nichts dagegen.«

»Aha«, erwiderte ich nur, um ihm Zeit zu lassen, seine Pfeiferei vor sich selbst rechtfertigen zu können. Irgendwie brauchen das alle Informanten, wenn sie so etwas die ersten Male machen oder wenn sie, wie Wimpy, schon längere Zeit niemanden mehr verpfiffen haben.

»Der Kerl hat es echt verdient«, schimpfte Wimpy los. »Jeder weiß, daß er nichts taugt. Er hat mich mal bei einem kleinen Geschäft übers Ohr gehauen. Weißt du, ich habe ihm da so einen Typen vermittelt, der ein bißchen Gras von ihm kaufen wollte. Nicht daß dabei für mich eine Kommission rausgesprungen wäre oder so was. Und dann dreht ihm dieser Scheißkerl Baldrian an, und ich habe ihm noch ausdrücklich gesagt, ich würde den Kerl gut kennen. Du kannst dir natürlich vorstellen, daß mir dieser Typ die Hölle heiß gemacht hat, als ihm aufgegangen ist, daß das nur Baldrian war.«

»Na gut, dann kassieren wir uns den Burschen eben. Aber ich kann dir gleich sagen, Wimpy, daß ich nicht an irgend so einem kleinen Fisch interessiert bin, der jede Woche seine paar Gramm verhökert.«

»Wo denkst du hin, Bumper! Dieser Typ ist echt schwer im Geschäft. Den werden wir ganz schön reinreiten. Ich werde ihm erzählen, daß ich da so einen Typen mit echt viel Kohlen kenne, und er soll drei Kilo mitbringen und sich mit mir an einer bestimmten Stelle treffen. Dann kannst du ja – oder sonstwer – so ganz zufällig vorbeikommen, wenn wir das Zeug aus dem Wagen holen, dann fangen wir natürlich beide zu laufen an, und du rennst hinter ihm her – klar. Und schon hast du diese miese Ratte mit drei Kilo am Schlafittchen.«

»Nein, so geht das nicht. Ich kann nicht mehr so schnell laufen. Da müssen wir uns schon was anderes ausdenken.«

»Wie du willst, Bumper. Für dich verpfeife ich jeden.

Wenn du mich in Frieden läßt, liefere ich dir jeden ans Messer.«

»Außer deinem besten Kontakt, nehme ich an.«

»Klar, daß das was anderes ist. Aber ich glaube, im Augenblick würde ich sogar meinen Kontakt für einen Schuß reinreiten.«

»Wo lebt denn dieser Dealer? Irgendwo in der Nähe von meinem Revier?«

»Ja, nicht allzuweit weg. In der East Sixth. Wir könnten ihn in seinem Hotel schnappen. Vielleicht wäre das die beste Möglichkeit. Du könntest die Tür eintreten und mich durchs Fenster entkommen lassen. In Wirklichkeit ist dieser Kerl nämlich nur ein ganz mickriges, kleines Arschloch. Sie nennen ihn alle Little Rudy. Er macht aus Hühnerknochen und Streichholzheftchen Filter für seine Joints und diesen ganzen anderen Giftlerquatsch. Aber sieh auf jeden Fall zu, daß ich nicht mein Fett abbekomme. Weißt du, dieser Typ ist nämlich mit so einer Alten verbandelt, die in diesem Geschäft einiges zu sagen hat, und die kennt in solchen Fällen gar nichts. Ein paar von uns kommen immer bei ihr zum Drücken vorbei, und wenn die spitzkriegt, daß einer gepfiffen hat, dann kann es leicht sein, daß sie dir Batteriesäure auf deinen Löffel träufelt und sich einen ins Fäustchen lacht, während du dich damit nach Hause verdrückst. Die Frau hat echt keine Skrupel.«

»Also gut, Wimpy, und wann soll das Ganze über die Bühne laufen?«

»Am Samstag, Bumper, wie wär's mit Samstag?«

»Das geht nicht«, warf ich rasch ein, während mein Magen revoltierte. »Freitag ist der absolut letzte Termin.«

»Mensch, Bumper, wie stellst du dir das vor? Der Typ ist gerade nicht in der Stadt. Das weiß ich ganz sicher. Ich glaube, er ist an die Grenze gefahren, um dort irgendein Geschäft abzuwickeln.«

»Länger als bis Freitag kann ich auf keinen Fall warten. Dann mußt du dir schon jemand anderen einfallen lassen.«

»Scheiße, laß mich erst mal nachdenken.« Wimpy kratzte sich mit seinen knochigen Fingern an der Schläfe. »Ach ja, ich hab's. So ein Typ aus dem Rainbow Hotel. Ziemlich groß, blondes Haar, etwa vierzig, fünfundvierzig. Er wohnt im ersten Zimmer im zweiten Stock auf der linken Seite. Erst gestern abend habe ich mitgekriegt, daß er so ein mickriger Hehler ist. Kauft alles auf, was nur irgend jemand geklaut hat. Und soviel ich gehört habe, ganz billig. Er zahlt weniger als zehn Prozent. Ein echtes Dreckschwein. Dem geschieht so was ganz recht. Soviel ich weiß, bringen die ganzen Giftler immer Radios und so Zeug bei ihm vorbei, und zwar normalerweise immer ganz früh am Morgen.«

»Na gut, vielleicht habe ich morgen bei ihm Glück«, erwiderte ich, nicht sonderlich interessiert.

»Tja, vielleicht hat er sogar eine ganze Menge Sachen zu Hause. Auf diese Weise könntest du möglicherweise eine ganze Reihe von Einbrüchen aufklären.«

»Also gut, Wimpy, dann kannst du jetzt gehen. Aber ich möchte dich in Zukunft regelmäßig sehen. Mindestens dreimal die Woche, verstanden?«

»Noch was, Bumper ... Könntest du mir nicht ein bißchen was im voraus leihen?«

»Das soll wohl ein Witz sein, Wimpy! Einem Junkie einen Vorschuß zahlen?«

»Mir geht's heute wirklich verdammt übel, Bumper.« Seine brüchig flüsternde Stimme klang, als spräche er ein Gebet. Er sah nicht schlechter aus als sonst irgendeiner von diesen Kerlen. Aber dann fiel mir ein, daß ich ihn nie wieder zu Gesicht bekommen würde. Nach diesem Freitag würde ich keinen einzigen von ihnen je wiedersehen. Er konnte nichts für mich tun, und es war sagenhaft blöd, aber ich gab ihm einen Zehner. Und das war ungefähr genau dasselbe, als hätte ich den Schein fein säuberlich zusammengerollt und ihm in seinen Arm gesteckt. Und dann würde es ihm in zwölf Stunden kein bißchen besser gehen als jetzt. Er starrte den Geldschein an, als würde er seinen

Augen nicht trauen. Ich ließ ihn stehen und ging zum Wagen zurück.

»Und diesen Gift-Heini werden wir dir schon auch noch ans Messer liefern!« krächzte er mir nach. »Der Kerl ist ziemlich schlampig. In dem seiner Bude liegen überall Grassamen herum, zwischen den Teppichen und in den Ritzen im Boden vor der Tür. Ich kann dir genügend Gründe besorgen, um dem Burschen ein bißchen auf den Zahn zu fühlen.«

Ich wandte mich noch einmal kurz zu ihm um. »Ich weiß, wie man eine Rauschgifthöhle auseinandernimmt, Wimpy.«

»Bis dann also, Bumper, bis dann!« rief er mir hinterher und bekam einen schrecklichen Hustenanfall.

3.

Ich bemühe mich immer, von den Leuten in meinem Revier etwas zu lernen, und während ich nun losfuhr, überlegte ich, ob es sich gelohnt hatte, Wimpys Geschwätz zu ertragen. An sich kannte ich dieses Geseire ja schon von vielen tausend Giftlern. Und dann fiel mir die Sache mit der Hämorrhoidensalbe ein, mit der er seine Einstichstellen behandelte, damit sie nicht so groß wurden. Das war immerhin etwas Neues. Davon hatte ich bisher noch nie gehört. Deshalb versuche ich den Anfängern auch immer klarzumachen, daß sie den Mund halten und die Ohren aufsperren sollen. Diese jungen Burschen rücken bei so einem Verhör oft mehr Informationen heraus, als sie ihrerseits bekommen. Selbst von so einem Wrack wie Wimpy kann man etwas lernen, wenn man ihm nur eine Gelegenheit dazu gibt.

Ich sah auf meine Uhr, da ich langsam hungrig wurde. Eigentlich bin ich immer hungrig, oder besser – ich könnte ständig essen. Aber ich nehme zwischen den Mahlzeiten nichts zu mir und halte mich an fixe Essenszeiten, soweit mir das meine Arbeit erlaubt. Ich bin ein Gewohnheitstier und halte viel von Routine. Wenn man sich in kleinen Dingen Regeln aufstellt – Regeln, die man sich selbst gemacht hat – und wenn man sich an diese Regeln hält, bringt man Ordnung in sein Leben. Ich ändere meine Gewohnheiten nur, wenn es notwendig ist.

Einer der Beamten von der Tagschicht, ein junger Kerl namens Wilson, fuhr in seinem Schwarzweißen vorbei, ohne mich zu bemerken, da er einen Junkie beobachtete, der gerade über den Broadway in den überfüllten Grand Central Market huschte – wahrscheinlich, um dort ein Geschäft abzuwickeln. Der Bursche hatte es ganz schön eilig, als hätte er ein paar Beutel Goldstaub in den Taschen seiner Jeans. Wilson war ein tüchtiger, junger Polizist. Aber wenn ich ihn mir manchmal so wie eben ansah – von der Seite her – und er gerade irgendwoanders hinsah, erinnerten mich diese Haarsträhne und seine Kindernase und noch irgend etwas, von dem ich jedoch nicht hätte sagen können, was es eigentlich war, an irgend jemand anderen. Das hatte mich eine ganze Weile beschäftigt, bis es mir eines Nachts letzte Woche – ich dachte gerade über meine bevorstehende Heirat mit Cassie nach – plötzlich klargeworden war. Er erinnerte mich ein bißchen an Billy. Doch diesen Gedanken verdrängte ich schleunigst, da ich grundsätzlich nicht an tote Kinder und überhaupt tote Menschen denke. Das ist eine weitere von meinen Grundregeln. Dafür fing ich jedoch an, an Billys Mutter zu denken und wie übel meine erste Ehe verlaufen war und ob sich alles anders entwickelt hätte, wenn Billy am Leben geblieben wäre. Und ich sagte mir, daß die Ehe vielleicht noch heute bestünde, wenn Billy nicht gestorben wäre.

Als nächstes dachte ich darüber nach, wie viele unglückliche Ehen, die während des Krieges ihren Anfang genommen hatten, sich wohl noch zum Guten gewendet hatten. Aber es war nicht nur das – da war noch etwas anderes, das Sterben. Fast hätte ich Cruz Segovia die ganze Geschichte einmal erzählt, als wir noch Partner und gerade während einer einsamen Frühschicht um drei Uhr morgens unterwegs waren – wie meine Eltern gestorben waren, wie sich dann mein Bruder um mich gekümmert hatte und ebenfalls gestorben war, wie mein Sohn gestorben war und wie ich Cruz bewunderte und beneidete, weil er eine Frau und all diese Kinder hatte und ihnen sein ganzes Leben so vorbehaltlos widmete. Aus irgendeinem Grund sprach ich dann doch nicht davon, und als schließlich Esteban, sein ältester Sohn, in Vietnam fiel, beobachtete ich mit den anderen Cruz' Reaktion. Und auch nach diesem herzzerreißenden, leidvollen Verlust sollte sich an seiner liebevollen Hingabe an seine Familie nichts ändern. Aber ich beneidete ihn danach nicht mehr. Ich machte mir zwar meine Gedanken darüber, aber ich beneidete ihn nicht mehr. Und ich könnte auch jetzt noch nicht sagen, was ich davon halte.

Während ich nun diesen müßigen Gedanken nachhing, begann sich in meinem Bauch langsam eine Luftblase zu bilden, und ich konnte mir richtig vorstellen, wie sie größer und größer wurde. Ich steckte mir einen Luftblasenkiller in den Mund, zerkaute ihn und schluckte ihn hinunter. Und dann entschied ich, lieber an Frauen oder Essen oder sonst irgend etwas Angenehmes zu denken. Ich erhob mich leicht von meinem Sitz, furzte, sagte: »Guten Morgen, Euer Ehren«, und fühlte mich gleich wesentlich besser.

4.

Es ging mir immer gleich besser, wenn ich einfach durch die Gegend fuhr, *ohne* zu denken. Also stellte ich den Funk ab und tat genau das. Ziemlich bald – ich brauchte gar nicht erst auf die Uhr zu sehen – wußte ich, daß es Zeit zum Essen war. Ich konnte mich nicht recht entscheiden, ob ich nach Chinatown oder nach Little Tokyo fahren sollte. Mexikanisch wollte ich auf keinen Fall essen, da ich Cruz Segovia versprochen hatte, an diesem Abend bei seiner Familie zum Essen vorbeizukommen. Und bei dieser Gelegenheit würde ich sicher so mit mexikanischem Essen vollgestopft werden, daß ich eine Woche lang über die Runden kommen würde, ohne zu essen. Seine Frau Socorro wußte, wie sehr ich *Chile relleno* mochte, und sie würde sicher allein für mich ein ganzes Dutzend davon machen.

Ich hatte Lust auf ein paar Hamburger, und ich kannte ein Lokal, in dem es die besten von ganz Hollywood gab. Jedesmal, wenn ich nach Hollywood komme, muß ich unwillkürlich an Myrna denken, hinter der ich vor einigen Jahren einmal her war. Sie war eine ziemlich ausgeflippte Hollywood-Type, aber sie hatte einen guten Job in einem Fernsehstudio, und wenn wir ausgingen, gab sie mehr Geld aus als ich. Sie liebte es, Geld zu verschleudern, aber was mich letztlich wirklich an ihr anzog, war der Umstand, daß sie aussah wie Madeleine Carroll, deren Fotos wir während des Krieges überall in unseren Spinden herumhängen hatten. Nicht nur, daß Myrna wirklich Stil hatte und ganz bezaubernde, hüpfende Titten – sie sah wie eine wirkliche Frau aus und benahm sich auch so. Nur fixte sie ein bißchen arg viel, und es störte mich auch, daß sie sexuell so gern improvisierte. Solange sich so etwas in Grenzen hält, finde ich das ja gar nicht einmal so übel, aber in manchen Dingen war mir Myrna dann doch etwas zu extravagant, zumal sie auch darauf bestand, daß ich mitrauchte.

Schließlich ließ ich mich breitschlagen und qualmte einen Joint mit ihr. Allerdings kam ich dabei keineswegs so gut in Fahrt wie mit einem anständigen Scotch. Auf dem Couchtisch in ihrem Wohnzimmer lag einfach ein halbes Kilo Shit herum, und was das bedeutete, wußte ich als Polizist leider nur allzugut. Ich malte mir schon richtig aus, wie sie uns bei einer Razzia deswegen die Hölle heiß machen würden. Jedenfalls wurde es für mich ein eher deprimierendes Erlebnis, wobei ich nicht sagen könnte, ob das nun auf die beruhigende Wirkung von Haschisch zurückzuführen war oder sonstwas. Jedenfalls sank meine Stimmung zusehends, und am Ende fühlte ich mich so miserabel, daß ich sie am liebsten verprügelt hätte. Wenn ich es mir so im nachhinein überlege, war es vermutlich gerade das, was Myrna an der ganzen Sache am meisten Spaß machte. Jedenfalls trat ich – Madeleine Carroll hin oder her – den Rückzug an, und sie gab es nach ein paar Wochen ebenfalls auf, mich anzurufen. Vermutlich hatte sie in der Zwischenzeit irgendeinen dressierten Gorilla oder etwas Ähnliches aufgerissen.

Da war jedoch eines an Myrna, das ich bestimmt nie vergessen werde. Sie war eine großartige Tänzerin – keine gute Tänzerin, eine *großartige* Tänzerin. Myrna hörte nämlich beim Tanzen völlig zu denken auf. Und genau das, glaube ich, ist das ganze Geheimnis. Sie stand mächtig auf Hard Rock, und sie bewegte sich wie eine Schlange. Wenn sie auf die Tanzfläche trat, hörten alle anderen zu tanzen auf, um ihr zuzusehen. Über mich haben sie natürlich nur gelacht – das heißt, zumindest anfangs. Aber dann merkten sie plötzlich, daß da *zwei* tanzten. Mit dem Tanzen ist es schon komisch – es ist so wie Essen oder Sex. Man tut es einfach und vergißt darüber ganz, daß man noch ein Hirn hat. Man ist dabei ganz Körper, und es fährt einem tief in die Eingeweide, und zwar besonders bei Hard Rock. Und Hard Rock ist auf musikalischem Gebiet momentan wirklich das Größte. Wenn Myrna und ich wirklich loslegten – zum Beispiel in einer Disco am Sunset Strip, wo die jungen Leute hingingen – dann waren wir körperlich vereint. Das hatte nicht nur mit Sex zu tun – es war einfach das Gefühl, als befänden sich unsere Körper in totaler Harmonie, und es war gar nicht mehr nötig, irgend etwas zu *denken*.

Am Anfang experimentierte ich mit dem ›Funky chikken‹. Ich weiß, daß der ›Funky chicken‹ inzwischen etwas aus der Mode ist, aber mir war das egal, und am Anfang lachten auch alle, weil mein Bauch so komisch herumschaukelte und wackelte. Das gleiche machte ich aber noch einmal gegen Ende eines Stücks, und dann lachte niemand mehr. Jeder lächelte, aber niemand lachte, weil plötzlich alle merkten, wie anmutig ich mich trotz meiner Statur bewegen kann. Niemand konnte den ›Funky chicken‹ so gut wie ich, und so stand ich einfach da, flatterte mit den Ellbogen und wackelte mit den Knien, nur um die anderen herauszufordern. Und trotz Myrnas ungezügelter, animalischer Bewegungen hatten die Leute auch für *mich* Augen. Sie sahen uns beiden beim Tanzen zu. Und das vermisse ich, seit ich nicht mehr mit Myrna zusammen bin.

An diesem Tag hatte ich keine Lust, mich zu weit von meinem Revier zu entfernen. Daher entschied ich mich für ein Rindfleisch-Teriyaki und fuhr in Richtung J-Town. Die Japaner haben das Geschäftsviertel um die First und Second Street zwischen Los Angeles Street und Central Avenue in Beschlag genommen. Es gibt hier eine Menge von abwechslungsreichen Geschäften, Restaurants und Bürobauten. Sie haben auch ihre eigenen Banken, und an Geld herrscht dort alles andere als Mangel.

Als ich die Geisha Doll in der First Street betrat, war der größte Mittagstrubel bereits vorüber, und die Mama-san huschte mit anmutigen kleinen Schritten so grazil durch den Raum, als wäre sie zwanzig und nicht schon fünfundsechzig. Sie trug immer ein seitlich geschlitztes Seidenkleid und sah für ihr Alter recht passabel aus. Ich zog sie immer damit auf, daß sie als Japanerin ein chinesisches Kleid trug, worauf sie lachend erwiderte: »In Tokio machen wir mehr chinesische Sachen als in ganz China. Und vor allem bessere – viel bessere.« Das Lokal war gemütlich und ziemlich dunkel, mit einer Menge Bambus und Perlenvorhängen und Laternen.

»Na, Bumper, wo haben Sie denn gesteckt?« begrüßte sie mich, als ich eintrat.

»Hallo, Mutter!« Ich griff ihr unter die Arme und hob sie hoch, um sie auf die Wange zu küssen. Sie wog höchstens vierzig Kilo und wirkte richtig zerbrechlich. Aber wenn ich diese Begrüßungszeremonie nicht aufführte, geriet sie mächtig in Rage. Sie erwartete das einfach von mir, und die Gäste im Lokal hatten einen Heidenspaß, wenn sie uns dabei beobachteten. Und auch die Köche, die hübschen Bedienungen und Sumi, die Hosteß, erwarteten es von mir. Auch diesmal konnte ich sehen, wie Sumi, in einen grell orangegelben Kimono gekleidet, einem japanischen Gast auf die Schulter tippte, als ich das Lokal betrat.

Normalerweise hielt ich die Mama-san für etwa eine Minute so hoch und scherzte dabei so lange mit ihr herum, bis es im ganzen Lokal niemanden mehr gab, der nicht leise vor sich hin kicherte – allen voran natürlich die Mama-san selbst. Und dann setzte ich sie wieder ab, damit sie jedem in Rufweite mitteilen konnte, ›wie stark unser Bumper ist‹.

Obwohl mit meinen Beinen kein Staat mehr zu machen ist, sind meine Arme noch durchaus in Ordnung, und außerdem wog sie wirklich fast nichts. Sie sagte immer ›unser Bumper‹, was ich so auffaßte, daß ich offensichtlich auch zur J-Town gehörte – eine Vorstellung, die mir sehr gefiel. Die Polizisten von Los Angeles haben sowieso eine spezielle Vorliebe für die Buddha-Leutchen, da sie manchmal die einzigen zu sein scheinen, die auf dieser Welt noch etwas für Disziplin, Ordnung und harte Arbeit übrig haben. Ich habe schon Verkehrspolizisten gesehen, die irgendeinem einbeinigen Behinderten einen Strafzettel verpassen und gleichzeitig einen Japsen trotz eines ziemlich dicken Hunds ungeschoren davonkommen lassen, da sie praktisch keinerlei Beitrag zur allgemeinen Kriminalitätsrate leisten, obgleich sie gemeinhin als auffällig schlechte Autofahrer gelten. Im Lauf der letzten Jahre ist mir allerdings aufgefallen, daß in zahlreichen Verbrechensfällen immer häufiger Asiaten als Verdächtige in Frage kamen. Sollten also auch sie ihren guten Ruf verlieren, bliebe keine Gruppe mehr, vor der man Respekt haben könnte – nur noch Einzelpersonen.

»Wir haben einen besonders schönen Tisch für Sie, Bumper«, begrüßte mich Sumi mit einem Lächeln, das mich fast das Essen vergessen ließ – aber nur fast. Allmählich nahm ich die Gerüche wahr, die in meine Nase drangen – Tempura, Reiswein, Teriyaki-Steak. Ich habe eine sehr feine Nase und kann einzelne Gerüche unterscheiden. Es sind wirklich nur die einzelnen, *individuellen* Dinge, die in dieser Welt zählen. Wenn man alles zusammenmantscht, bekommt man nichts als Gulasch oder Chop suey oder einen fettigen Eintopf. Solches Essen habe ich schon immer gehaßt.

»Ich glaube, ich werde mich an die Sushi-Bar setzen«, sagte ich zu Sumi, die mir einmal gestanden hatte, daß sie eigentlich Gloria hieß. Aber die Leute erwarteten natürlich, daß eine Geisha einen japanischen Namen hatte, und Gloria, Amerikanerin dritter Generation, kam diesen Vorstellungen nach. Ich war in dieser Hinsicht ganz ihrer Meinung. Es hat keinen Sinn, die Leute zu enttäuschen.

An der Sushi-Bar saßen noch zwei andere Männer, beides Japaner. Mako, der hinter der Theke stand, lächelte mir zu, wenn er auch der Aufgabe, die seiner nun harrte, mit gemischten Gefühlen entgegensah. Mama-san hatte er einmal erklärt, es wäre genauso schlimm, nur Bumper zu bedienen, wie an einer Sushi-Bar zu schuften, an der nur Sumos säßen. Aber was sollte ich machen? Ich war nun einmal verrückt nach diesen köstlichen kleinen Reisbällchen, die von Hand geformt und in Streifen von rosa Lachs und Polyp, Abalonen, Thunfisch und Krabben gewickelt wurden. Ich liebte die kleinen, versteckten Taschen mit Meerrettichfüllung, auf die man völlig überraschend biß und die einem die Tränen in die Augen trieben. Und dann die Schale mit Suppe, vor allem mit Sojabohnen und Algen, und das alles trank man dann nach japanischer Art aus der Schale.

Ich putzte meinen Teller schneller leer, als Mako nachfüllen konnte, und ich muß wohl an der Sushi-Bar wie ein Büffel gewirkt haben. So sehr ich mich auch bemühte, mich etwas zurückzuhalten und mich der vielgerühmten japanischen Selbstdisziplin zu befleißigen, schaufelte ich doch das Essen in mich hinein wie ein Wilder und putzte die kleinen Teller leer, während Mako grinsend und schwitzend voll damit beschäftigt war, sie wieder zu füllen. Mir war natürlich klar, daß das für die Sushi-Bar eines guten Restaurants absolut kein Benehmen war. Eigentlich war dieser Ort nur für die Gourmets bestimmt, die Kenner japanischer Küche, und ich schlug zu wie eine blaue Heuschrecke. Aber, so wahr mir Gott helfe, Sushi zu essen, ist für mich schon der halbe Himmel. Ehrlich gesagt, ich wäre damit vollauf zufrieden und würde auf der Stelle zum Buddhismus übertreten, wenn der Himmel eine Sushi-Bar wäre.

Ich hatte nur ein Plus zu verzeichnen, das mich davor bewahrte, die Achtung der Japaner zu verlieren – ich konnte mit den Stäbchen umgehen wie einer von ihnen. Das hatte ich nach dem Krieg in Japan gelernt, und da ich während der letzten zwanzig Jahre regelmäßig in der Geisha Doll und verschiedenen anderen Restaurants von J-Town esse, ist das also weiter kein Wunder. Selbst ohne meine Uniform bräuchten sie mich nur mit den Stäbchen hantieren sehen, um zu wissen, daß ich nicht einfach irgendein Tourist war, der hier eben mal aus Versehen hereingeschneit war. Manchmal, wenn ich gerade nicht daran dachte, aß ich allerdings mit beiden Händen. Ich konnte dieses fantastische Essen einfach nicht schnell genug in mich hineinstopfen.

An kühleren Tagen trank ich zum Essen immer Reiswein oder heißen Sake, aber heute begnügte ich mich mit Eiswasser. Als ich mit dem Essen fertig war – und von der Menge wären sicher zwei bis drei kräftig gebaute Japaner satt geworden –, begann ich Tee zu trinken, wobei Mama und Sumi öfter bei mir vorbeikamen, um sich zu vergewissern, ob ich auch genug hatte und ob mein Tee schön heiß war. Außerdem versuchten sie, mich zu etwas Tempura zu verführen, und die zart gebratenen Krabben sahen tatsächlich so gut aus, daß ich mir noch ein halbes Dutzend davon einverleibte.

Wäre Sumi nicht zwanzig Jahre zu jung gewesen, hätte

ich sicher auch erwogen, mich von ihr verführen zu lassen. Aber sie war so zart und schön und so jung, daß ich daran nicht einmal zu denken wagte. Darüberhinaus gehörte sie ja auch zu meinem Revier. Und ich muß Rücksicht darauf nehmen, was die Leute über mich denken. Aber trotzdem war es meinem Appetit jedesmal wieder von neuem zuträglich, in einem Lokal zu essen, wo es ein paar hübsche Frauen gab. Dabei muß ich jedoch gestehen, daß ich sie frühestens zu bemerken begann, wenn ich halbwegs gesättigt war. Wenn ich etwas esse, was mir wirklich schmeckt, kriege ich nichts mehr von dem mit, was um mich herum passiert.

Ich konnte nie begreifen, daß Mama mir jedesmal dankbar war, wenn ich ihre halbe Küche leerputzte. Natürlich ließ sie kein einziges Mal zu, daß ich für eine Mahlzeit zahlte. Statt dessen bedankte sie sich mindestens zehnmal bei mir, bevor ich das Restaurant verließ. Das schien mir selbst für eine Asiatin etwas übertrieben. Ich hatte deswegen auch ein schlechtes Gewissen, und ich wünschte mir bei meinen Besuchen auch ab und zu, ich könnte unsere Routine durchbrechen und etwas für mein Essen bezahlen. Aber bei ihr hatten die Polizisten schon vor meiner Zeit umsonst gegessen, und daran würde sich auch in Zukunft nichts ändern. So war das eben. Ich erzählte Mama nicht, daß Freitag mein letzter Tag sein würde, und ich versuchte, gar nicht darüber nachzudenken, da ich es mir mit einer halben Tonne Sushi im Bauch nicht leisten konnte, von Verdauungsstörungen geplagt zu werden.

Bevor ich ging, kam Sumi noch zu mir herüber und hielt mir die kleine Teetasse an die Lippen. Und während ich daran nippte, fragte sie: »Na, Bumper, wollen Sie mir nicht eine Räuber-und-Gendarm-Geschichte erzählen?« Das tat sie öfter, und ich bin mir sicher, daß sie wußte, welche Wirkung es auf mich hatte, ihren süßen Atem so nahe zu spüren und ihre schokoladenbraunen Augen und ihre zarte Haut zu betrachten.

»Na gut, meine kleine Lotosblüte«, brummte ich wie

W. C. Fields, was sie zum Kichern brachte. »Aber paß auf, daß du keine Gänsehaut bekommst.«

Und dann erzählte ich ihr, wieder mit meiner normalen Stimme, von diesem Typen, den ich eines Tages angehalten hatte, weil er an der Second Street, Ecke San Pedro, ein Rotlicht überfahren hatte. Er war schon vor einem Jahr aus Japan in die Staaten gekommen und hatte auch einen kalifornischen Führerschein, aber er sprach kein Wort Englisch, beziehungsweise tat er so, um sich um den Strafzettel herumzudrücken. Ich ließ mich aber nicht dadurch beeindrucken und wollte ihm auf jeden Fall einen verpassen, da er fast einen Fußgänger über den Haufen gefahren hätte. Und als ich den Strafzettel dann ausgefüllt hatte, weigerte er sich, ihn zu unterschreiben. »Nicht schuldig, nicht schuldig«, brachte er zu seiner Verteidigung nur immer wieder mühsam hervor, worauf ich ihm fünf Minuten lang zu erklären versuchte, daß er mit der Unterschrift lediglich sein Erscheinen vor Gericht zusicherte und einen Prozeß haben konnte, wenn er darauf bestand – daß ich ihn aber verhaften müßte, falls er sich weiterhin weigerte zu unterschreiben. Aber er schüttelte nur immer wieder den Kopf, als verstünde er mich nicht, bis es mir schließlich zu dumm wurde und ich etwas auf die Rückseite eines Strafzettels zeichnete. Dasselbe Bild zeichnete ich jetzt noch einmal für Sumi. Es war ein vergittertes Gefängnisfenster, durch das ein Strichmännchen mit traurig herabhängendem Mund und Schlitzaugen sah. Ich zeigte dem Burschen dieses Bild und forderte ihn auf: »Würden Sie jetzt vielleicht unterschreiben?« Und daraufhin hatte er es so eilig, seine Unterschrift unter diesen Strafzettel zu setzen, daß er meine Bleistiftmine abbrach.

Sumi lachte und wiederholte die ganze Geschichte für Mama auf japanisch. Als ich mich, nachdem ich Mako ein Trinkgeld gegeben hatte, zum Gehen anschickte, dankten sie mir wieder alle so herzlich, daß ich wirklich ein schlechtes Gewissen bekam. Das war das einzige, was ich an J-Town nicht mochte. Ich wünschte mir nichts mehr, als hier für mein Essen bezahlen zu dürfen, wobei ich zugeben muß, daß ich diesen Wunsch sonst nirgendwo verspürte.

Ehrlich gesagt, es gab für mich praktisch keine Möglichkeit, mein Geld loszuwerden. Ich aß in meinem Revier drei Mahlzeiten. Und Getränke, Kleidung, Schmuck und alles, was man sonst noch so braucht, konnte ich ausnahmslos zum Einkaufspreis oder noch günstiger kriegen. Eigentlich bekam ich immer irgend etwas von irgend jemandem geschenkt. Ich hatte meine spezielle Bäckerei und einen Milchladen, in dem ich tonnenweise umsonst Eiscreme, Milch, Hüttenkäse und alles einstreifen konnte, wonach mein Herz begehrte.

Meine nette Wohnung kostete mich auch nichts, und ich mußte nicht einmal für die Nebenkosten aufkommen, weil ich dem Manager bei der Verwaltung der zweiunddreißig Wohnungen half. Oder zumindest bildete er sich ein, ich wäre ihm dabei eine Hilfe. Wenn bei irgendeiner Party die Gäste ein bißchen zu laut wurden, verständigte er mich, worauf ich aufstand, mich unter die Gäste mischte und sie überredete, ein wenig leiser zu sein, während ich mich an ihren Getränken und Snacks gütlich tat. Ab und zu schnappte ich auch einen Spanner oder irgendeinen anderen Spinner, und da der Manager ein Angsthase war, hielt er mich für unentbehrlich. Sah man einmal von meinen Freundinnen und meinen Informanten ab, gab es praktisch nichts, wofür ich mein Geld hätte ausgeben können. Manchmal verstrich eine ganze Woche, ohne daß ich mit Ausnahme einiger Trinkgelder irgend etwas bezahlte. Im Gegensatz zu den meisten Polizisten gebe ich immer reichlich Trinkgeld.

Wenn es darum ging, von den Leuten in meinem Revier etwas anzunehmen, hielt ich mich immer an eine Grundregel – kein Geld. Ich hatte das Gefühl, ich würde mich kaufen lassen, wenn ich das Geld genommen hätte, das mir die Leute zu Weihnachten anboten. Aber ich hatte nie das Gefühl, gekauft zu werden, wenn mir jemand ein Essen spendierte oder ein paar Flaschen Schnaps, wenn mir jemand einen Mantel zu einem Sonderpreis gab oder wenn ein Zahnarzt meine Zähne preisgünstiger behandelte oder wenn ich für eine neue Brille nur die Hälfte zahlte. All das war für mich kein Geld, und ich war auch niemals raffgierig. Ich nahm nie mehr an, als ich für meinen persönlichen Bedarf brauchte oder an Leute wie Cruz Segovia oder Cassie weiterverschenken konnte, wobei sich Cassie in letzter Zeit hin und wieder zu beschweren begann, ihre Wohnung würde allmählich wie eine Schnapsbrennerei aussehen. Außerdem nahm ich nie etwas von jemandem an, den ich vielleicht einmal würde verhaften müssen.

Bevor wir zum Beispiel angefangen hatten, einander wirklich zu hassen, versuchte Marvin Heywood, der Besitzer des Pink Dragon, mir ein paar Kartons Scotch zuzustecken, und zwar vom Besten, was ich jedoch ablehnte. Mir war seit der Eröffnung dieses Ladens klar gewesen, daß sich dort nur Gesindel herumtreiben würde. Und es kam mir so vor, als würden dort täglich neue Kongresse von San-Quentin-Insassen abgehalten. Je länger ich darüber nachdachte, desto mehr beunruhigte mich die Vorstellung, daß nach meiner Pensionierung den Leuten im Pink Dragon niemand mehr auf die Finger klopfen würde, wie ich das getan hatte. Ich sorgte zum Beispiel dafür, daß Marvin zweimal für sechzig Tage die Alkoholausschanklizenz entzogen wurde. Darüberhinaus verursachte ich ihm monatlich sicher an die zweitausend Dollar Verdienstausfall, da es eine ganze Menge Ganoven gab, die aus Angst vor mir nicht mehr in dem Schuppen verkehrten.

Ich sprang in meinen Wagen und beschloß ein letztesmal im Pink Dragon vorbeizuschauen. Als ich den Schwarzweißen auf dem Parkplatz hinter der Bar abstellte, sah mich ein Junkie von der Tür aus und rannte sofort hinein, um alle zu warnen. Ich nahm meinen Knüppel, schlang mir den Lederriemen um die Hand, was wir ja inzwischen eigentlich nicht mehr tun sollten, woran ich aber schon seit zwanzig Jahren gewöhnt war. Dann stieg ich die

Betontreppe hinab und betrat die Kellerbar durch den Eingang, der hinter einem Vorhang versteckt war. Die Vorderfassade wird nämlich durch einen pinkfarbenen Drachenkopf geziert, dessen Maul die Eingangstür ist. Der Hinterausgang befindet sich unter dem Schwanz. Der Anblick dieser großspurigen idiotischen Drachenmaultür ärgerte mich jedesmal wieder von neuem. Ich ging deshalb durch die Hintertür hinein, praktisch durch den Arsch des Drachen. Während ich meine Augen langsam an die Dunkelheit zu gewöhnen versuchte und durch den Raum wandern ließ, tippte ich mit dem Knüppel leicht gegen die leeren Stühle. Die ganzen Kotzbrocken hatten sich im hinteren Teil des Lokals versammelt. Insgesamt waren jetzt, am frühen Nachmittag, vielleicht zehn Gäste anwesend, und Marvin grinste am Ende der Bar mit seinen eins fünfundneunzig auf einen übel aussehenden Kerl herunter, der sich gerade mit einem recht ordentlich gebauten Schwarzen im Armdrücken übte.

Wenn Marvin auch grinste, so war ihm doch keineswegs danach zumute, denn er wußte von meiner Anwesenheit. Er brauchte nur zu sehen, wie ich mit meinem Knüppel gegen sein Mobiliar klapperte, und schon geriet sein Blut in Wallung. Genau das war auch der Grund, weshalb ich es tat. Wenn ich seinem Etablissement einen Besuch abstattete, gab ich mir immer alle Mühe, möglichst mies und eklig zu sein. Ich war hier schon in zwei Schlägereien verwickelt gewesen und wußte, daß Marvin jedesmal fast in seine Hosen gemacht hätte, weil er sich schließlich doch nicht getraut hatte, sich mit mir einzulassen. Beide Male hatte seine Vernunft gesiegt.

Er wog mindestens zwei Zentner fünfunddreißig und war ein ganz schön harter Brocken. Das mußte man auch sein, wenn man einen Laden wie den Pink Dragon führen wollte, in dem vor allem Buchmacher, Nutten, kleine Ganoven, Giftler und Dealer und sonstige zwielichtige Gestalten beiderlei Geschlechts und jeden Alters verkehrten. Obwohl in einschlägigen Kreisen allgemein bekannt war, daß der Schuß, der eines Nachts aus einem vorüberfahrenden Wagen auf mich abgefeuert worden war, aus der Kanone eines von Marvin gedungenen Killers stammte, hatte ich es doch nie geschafft, den Schuft so zu provozieren, daß er auf mich losging. Und eigentlich hatte ich erst seit diesem Vorfall angefangen, dem roten Drachen auf seinem verdammten Schwanz herumzutrampeln. Obwohl ich ihm natürlich nichts nachweisen konnte, wachte und schlief ich ab diesem Zeitpunkt mehr oder weniger vor seiner Eingangstür, was zur Folge hatte, daß der Pink Dragon plötzlich auffällig schlecht besucht wurde. Als Marvin das nach ein paar Monaten zu dumm wurde, hetzte er zwei Anwälte auf meinen Captain und die Polizeidirektion los, um mich loszuwerden. Darauf zog ich mich, so weit dies nötig war, wieder zurück, warf ihm aber dennoch nach Kräften Knüppel zwischen die Beine.

Wenn ich nicht in Pension gegangen wäre, hätte Marvin noch einiges von mir zu spüren bekommen. Wenn man nämlich seine zwanzig Dienstjahre auf dem Buckel hat, kann man es sich durchaus mal erlauben, ein bißchen über die Stränge zu schlagen. Ich meine, wenn man in Schwierigkeiten gerät, ganz gleich, welcher Art, können sie einem zumindest die Pension nicht mehr streichen, selbst wenn sie einen vom Dienst suspendieren. Wenn ich also noch weitergemacht hätte, wäre noch einiges auf den guten Marvin zugekommen. Zum Teufel mit den Anwälten und der Polizeidirektion! Ich würde diesem Drachen gehörig auf dem Rücken herumtrampeln. Bei diesem Gedanken sah ich auf meine Schuhe, Größe achtundvierzig, hinunter, die typischen Revierbeamtenlatschen – hoch, mit metallenen Ösen für die Senkel, klobig, mit runder Kappe und Knöchelstütze. Vor einigen Jahren waren die Dinger bei den jungen Schwarzen eine Weile richtig in Mode gewesen und gelangten so wieder zu Ehren. Sie hießen gemeinhin ›Altmännertreter‹ und waren tatsächlich enorm weich und bequem, aber häßlich wie die Sünde. Wahrscheinlich würde ich in Zukunft nie mehr andere Schuhe tragen. Außerdem hatten meine Altmännertreter schon in zu viele Ärsche getreten, die das vollauf verdient hatten, als daß ich mich von ihnen trennen könnte.

Marvin bekam es schließlich satt, die beiden Armdrücker zu beobachten und so zu tun, als würde er mich nicht bemerken.

»Was willst du hier, Morgan?« begrüßte er mich. Selbst in dem Schummerlicht konnte ich sehen, wie sein Gesicht rot anlief und wie er das Kinn vorschob.

»Ich wollte nur mal sehen, wie viele Schleimsäcke sich heute hier rumtreiben, Marvin«, entgegnete ich in einer solchen Lautstärke, daß vier oder fünf von ihnen unwillkürlich aufsahen. Heutzutage hatte man rasch irgendwelche Disziplinarmaßnahmen am Hals, wenn man sich eines solchen Tons befleißigte, obwohl sich diese Idioten andererseits halb kaputt gelacht hätten, wenn ich höflich oder zumindest normal aufgetreten wäre.

Das einzige echte weibliche Wesen in der ganzen Bar war eine mordsmäßig aufgetakelte Nutte. In so einem Laden mußte man ja erst einmal jedermanns sanitäre Anlagen vor Ort überprüfen, um feststellen zu können, was daran nun eigentlich echt war. Zwei weitere Gestalten in Frauenkleidern waren Transvestiten, und der Rest setzte sich aus ein paar Zuhältern und Kleinganoven zusammen. Ich erkannte auch einen schleimigen Buchmacher namens Harold Wagner. Einer der Zuhälter war noch ziemlich jung, vielleicht um die Zweiundzwanzig. Zumindest war er noch jung genug, um sich durch meine Bemerkung auf den Schlips getreten zu fühlen, zumal sie in Gegenwart der Tunte in dem roten Minikleid gefallen war, die vermutlich zu ihm gehörte. Er murmelte etwas vor sich hin, worauf ihm Marvin sagte, er sollte sich wieder beruhigen. Natürlich wollte er vermeiden, daß jemand in seinem Laden verhaftet wurde. Der junge Bursche sah aus, als wäre er ordentlich mit Gras umnebelt. Wer war das heutzutage nicht?

»Ist das dein neuer Gespiele, Roxie?« fragte ich die

Tunte in dem roten Kleid, deren richtiger Name John Jerey Alton lautete.

»Ja«, erwiderte die Tunte mit schriller Falsettstimme und gab dem jungen Burschen mit einer Kopfbewegung zu verstehen, daß er den Mund halten sollte. Er war einige Zentimeter größer als ich und hatte einen mächtigen Brustkasten. Vermutlich gingen sie miteinander ins Bett und teilten sich, was sie mit ihren Vermittlungsgeschäftchen verdienten. Roxie nimmt sich der Kerle an, die eine Tunte haben wollen, und ihr Kerl kümmerte sich um die Leute, die nach einem Jocker suchten. Dieser Jocker würde wahrscheinlich mal selbst eine Tunte werden. Mir taten die Tunten immer leid, weil sie ständig so verzweifelt auf der Suche waren. Manchmal gehe ich sie wegen irgendwelcher Informationen an, aber meistens lasse ich sie in Ruhe.

Mir wurde richtig übel bei dem Gedanken, daß niemand den Leuten hier ein bißchen auf die Finger klopfen würde, wenn ich nicht mehr da war. Im Augenblick starrten sie mich böse an, allen voran Marvin mit seinen fiesen grauen Augen und rasiermesserdünnen Lippen.

Ein anderer junger Bursche, zu jung, um es besser zu wissen, lehnte sich in seinem Sessel zurück, um ein paarmal zu grunzen und zu sagen: »Hier riecht es nach Schweinen.«

Ich war dem Kerl noch nie zuvor begegnet. Eigentlich sah er aus wie irgendein College-Boy, der sich mal den Duft der großen weiten Welt um die Nase wehen lassen will. In einer gewöhnlichen Studentenkneipe hätte ich seine Bemerkung wahrscheinlich mit einem Achselzucken überhört, aber hier im Pink Dragon regierten die Revierbeamten nur mit nackter Gewalt. Wenn sie plötzlich keine Angst mehr vor mir hatten, konnte ich einpacken, und dann würde die Straße wirklich zum Dschungel – was sie ja an sich sowieso schon ist, nur kann man sich im Augenblick noch darin bewegen, wenn man sich vor Kobras oder tollwütigen Hunden hütet. Ich konnte mir vorstellen, daß es ohne Leute wie mich keine begehbaren Pfade durch dieses gefährliche Gestrüpp geben würde.

»Oink, oink«, grunzte der junge Bursche von neuem – diesmal mit etwas mehr Selbstvertrauen, da ich beim erstenmal keine Reaktion gezeigt hatte. »Also, hier riecht es tatsächlich nach Schweinen.«

»Und was mögen Schweine am liebsten?« Ich lächelte ihn an und ließ meinen Knüppel in die Halterung gleiten. »Schweine putzen doch gern Abfälle weg, und hier sehe ich gerade einen richtig großen Haufen.« Immer noch lächelnd, trat ich gegen sein Stuhlbein, so daß er schnurstracks zu Boden ging und sein Glas Bier über Roxie kippte, die plötzlich ganz ihre Falsettstimme vergaß und in einem recht markigen Bariton losbrüllte: »Blödes Arschloch!« Das Bier rann ihr nämlich inzwischen munter über den Ausschnitt und in ihren Büstenhalter.

Bevor der junge Bursche wußte, wie ihm geschah, hatte ich ihn im Polizeigriff und stieß ihn zum Ausgang. Vorsichtig sah ich mich nach allen Seiten um, falls einer von den anderen auf dumme Gedanken kommen sollte.

»Du Dreckskerl!« schrie Marvin. »Du hast einen meiner Kunden angegriffen. Du Dreckskerl! Ich werde meinen Anwalt verständigen.«

»Nur zu, Marvin«, ermunterte ich ihn, während der junge Bursche vor mir winselnd auf Zehenspitzen zum Ausgang trippelte. Da ich ihm den Arm hinter dem Rükken nach oben gebogen hatte, versuchte er, sich so groß wie möglich zu machen. Seine Kleider rochen nach Gras, aber offensichtlich dämpfte die Wirkung der Droge nicht den Schmerz in seinem Arm, der von meinem Griff herrührte. Wenn man es mit einem Kerl zu tun hat, der wirklich voll ist, darf man nicht zu fest zupacken, da diese Burschen dann nicht mehr auf den Schmerz reagieren. Und dabei kann es leicht passieren, daß man so einem Kerl das Handgelenk bricht, wenn man sie einschüchtern will. Dieser Lümmel spürte allerdings noch eine ganze Menge und ließ sich unter ständigem Wehgeheul artig zum Ausgang führen. Marvin war inzwischen hinter der Theke hervorgekommen und folgte uns zur Tür.

»Da sind Zeugen!« dröhnte er. »Diesmal gibt es Zeugen dafür, daß du einen meiner Kunden völlig zu Unrecht verhaftet hast! Was willst du denn gegen ihn vorbringen? Wie soll die Anklage lauten?«

»Er ist betrunken, Marvin«, antwortete ich grinsend. Ich hielt den jungen Burschen inzwischen nur mit einer Hand fest – für den Fall, daß bei Marvin die Sicherung durchbrannte. Ich war voll da, jede Faser meines Körpers angespannt.

»Das ist eine Lüge. Der Junge ist stocknüchtern. Er ist genauso nüchtern wie du.«

»Jetzt mach mal einen Punkt, Marvin«, erwiderte ich. »Der Bursche da ist in aller Öffentlichkeit betrunken und weiß nicht mehr, was er tut. Ich bin verpflichtet, ihn zu seinem eigenen Schutz zu verhaften. Nach dem, was er eben zu mir gesagt hat, muß er doch offensichtlich betrunken sein, findest du etwa nicht? Und wenn du nicht aufpaßt, könnte ich sogar noch auf die Idee kommen, daß du gegen eine Verhaftung Widerstand leistest. Das möchtest du doch ganz sicher nicht, oder, Marvin?«

»Dich werden wir schon noch kriegen, Morgan«, zischte Marvin hilflos. »Eines Tages wird dich das deinen Job kosten.«

»Wenn ihr Saftsäcke imstande wärt, mich um meinen Job zu bringen, könnte er mir gestohlen bleiben«, konterte ich, wobei mein Hochgefühl bereits wieder abklang, da die Sache nun zu Ende war.

Der junge Bursche war nicht so voll, wie ich gedacht hatte. Er benahm sich relativ normal, als wir ins Freie und in die mehr oder weniger frische Los-Angeles-Luft hinaustraten.

»Ich bin nicht betrunken«, wiederholte er auf dem ganzen Weg zum Glashaus, wobei er sich ständig sein blondes Haar aus dem Gesicht schüttelte, da ich ihm inzwischen Handschellen angelegt hatte. Das Glashaus ist die Hauptwache. So wird es wegen seiner vielen Fenster genannt.

»Nicht schlecht, wie du dich da eben ins Gefängnis *geredet* hast, mein Junge.« Ich steckte mir eine Zigarre an.

»Sie können nicht einfach einen nüchternen Menschen einlochen, als wäre er besoffen – und das nur, weil er Sie ein Schwein genannt hat«, quengelte das Jüngelchen. Wie er sprach und aussah, hielt ich ihn für einen stinknormalen Mittelschichtstudenten, der einen gewissen perversen Reiz darin sah, beim Ganovenvolk herumzuhängen. Und vielleicht hatte er in seinem Innersten auch selbst etwas von einem Ganoven an sich.

»Es gibt viel mehr Typen, die wegen ihrer Quatscherei ins Gefängnis kommen als aus anderen Gründen«, klärte ich ihn auf.

»Ich möchte einen Anwalt«, nörgelte er weiter.

»Du kannst einen anrufen, sobald du sitzt.«

»Diese Leute werden für mich aussagen. Sie werden bezeugen, daß ich nüchtern war. Ich werde Sie wegen dieser unerlaubten Festnahme belangen.«

»Damit wirst du nicht weit kommen, mein Junge. Das haben schon mehr Leute versucht. Und die Arschlöcher aus dem Dragon würdest du um diese Zeit nicht einmal vor Gericht kriegen, wenn du eine ganze Kiste mit Reiseweckern unter ihnen verteilst.«

»Wie können Sie mich wegen *Trunkenheit* einlochen? Werden Sie vielleicht bei Gott schwören, daß ich betrunken war?«

»Hier im Revier gibt es keinen Gott, mein Guter, und im Pink Dragon würde er sich schon gar nicht blicken lassen. Und die Entscheidungen des Obersten Gerichtshofes der Vereinigten Staaten haben hier in dieser Umgebung auch nicht viel Wirkung. Deshalb war ich gezwungen, mir meine eigenen Gesetze zu machen, Kleiner, und eines davon hast du gerade verletzt. Ich werde dich demnach für schuldig befinden müssen, weil du einem Polizisten den Respekt versagt hast.«

5.

Nachdem ich den jungen Burschen eingeliefert hatte, wußte ich absolut nicht mehr, was ich tun sollte. Ich hatte nun dieses Leeregefühl, das mich ziemlich deprimierte. Zwar dachte ich wieder über den Hoteldieb nach, fühlte mich aber zu träge, um irgend etwas zu unternehmen. Es war dieses Leeregefühl. Meine Stimmung war auf dem Nullpunkt angelangt, als ich in die Figueroa einbog. Dort sah ich in der Nähe einer Telefonzelle einen Post-Buchmacher namens Zoot Lafferty stehen. Früher hatte er sich immer auf der Main und dem Broadway rumgetrieben, aber inzwischen hatte er die Figueroa zu seinem Revier erklärt. Wenn wir es je schaffen sollten, ihn noch einen Häuserblock weiter zum Harbor Freeway zu ekeln, würden wir diesen Dreckskerl eines Tages von der Überführung stoßen können, dachte ich in meiner trübseligen und deshalb mordgierigen Stimmung.

Lafferty zählte vor allem die Geschäftsleute in dieser Gegend zu seinen Kunden. Er nahm ihre Wetten entgegen und zeichnete sie in einem frankierten Kuvert auf, das er an sich selbst adressiert hatte. Und er hing ständig in der Nähe eines Briefkastens und einer Telefonzelle herum. Wenn er jemanden sah, den er für einen Beamten von der Sitte hielt, rannte er schnurstracks zum Briefkasten und warf den Brief ein. Auf diese Weise trug er nie irgendwelches Beweismaterial, wie zum Beispiel Wettaufzeichnungen oder Schuldscheine, bei sich, aufgrund derer er überführt werden könnte. Er bekam aber trotzdem schon am nächsten Tag mit der Post seine Wettunterlagen, und das war früh genug, um die fälligen Beträge auszuzahlen beziehungsweise einzutreiben. Wie alle Buchmacher hatte er vor Leuten von der Sitte in Zivilkleidung enormen Respekt, während er uniformierte Polizisten praktisch ignorierte.

Als ich eines Tages an ihm vorbeigefahren war, hatte ich gebremst, war aus meinem Schwarzweißen gesprungen und hatte Zoot an seinem dürren Hühnerhals gepackt, bevor er es bis zum nächsten Briefkasten schaffte. Ich erwischte ihn mit seinen Wettaufzeichnungen, worauf er wegen unerlaubter, betrügerischer Wettgeschäfte vor Gericht gestellt wurde. Die Anklage kam dann vor Gericht auch durch, da ich dem Richter klarmachen konnte, daß ich von einem geheimen, zuverlässigen Informanten alles über Zoots Geschäfte wußte, was auch der Wahrheit entsprach. Ich erklärte, ich hätte mich hinter einem Busch in der Nähe der Telefonzelle versteckt und so mit anhören können, wie er über das Telefon die Wetten entgegennahm, was natürlich eine Lüge war. Aber ich schaffte es, den Richter zu überzeugen, und das ist ja schließlich das einzige, was zählt. Zoot mußte über zweihundertfünfzig Dollar Strafe zahlen und erhielt ein Jahr Bewährung, worauf er noch am selben Tag zur Figueroa hinüberwechselte, die nicht mehr in meinem Revier lag und wo es auch keine Telefonzellen mit Büschen dahinter gab.

Als ich nun an Zoot vorbeifuhr, stand er gerade neben einem Briefkasten und winkte mir grinsend zu. Ich überlegte, ob uns nicht vielleicht ein paar Spezialagenten der Post unter die Arme greifen könnten, diesem Burschen das Handwerk zu legen. Aber das hätte sicherlich eines Aufwands bedurft, den dieser Kerl einfach nicht wert war. Die Nase in anderer Leute Post zu stecken, ist mit nicht unerheblichen Schwierigkeiten verbunden. Als nun mein Blick zum letztenmal auf dieses Ohrfeigengesicht fiel, wurde meine Stimmung nur noch düsterer. Und ich mußte unwillkürlich daran denken, daß sich mit Sicherheit kein uniformierter Polizist mehr die Mühe machen würde, ihm ein bißchen auf die Finger zu schauen, wenn ich nicht mehr hier war.

Dann fing ich an, über die Buchmacherei im allgemeinen nachzudenken, was mich nur noch mehr in Wut brachte, weil das genau die Art von Verbrechen war, gegen die ich absolut nichts unternehmen konnte. Ich bekam zwar mit, wie auf diese Weise Riesengewinne gemacht wurden, und ich kannte sogar einige Leute, die in solche Geschäfte verwickelt waren. Trotzdem waren mir die Hände gebunden, weil diese Leute bestens organisiert waren und sämtliche Trümpfe in der Hand hielten. Sie machten so viel Geld, daß sie richtige halb legitime Wettunternehmen gründen konnten und damit den legalen Büros das Leben schwer machten, da sie aufgrund ihrer enormen finanziellen Rücklagen wesentlich konkurrenzfähiger waren. Außerdem waren sie rücksichtsloser und skrupelloser und verfügten auch über andere Mittel und Wege, etwaige Konkurrenten auszuschalten. Ich hätte gern einmal einen von diesen Kerlen geschnappt – jemanden wie Red Scalotta zum Beispiel, einen dicken Hecht von Buchmacher, dessen Vermögen sich, wie es hieß, nicht einmal schätzen ließ.

An all das mußte ich im Augenblick denken, und mir wurde auch bewußt, wie wütend ich immer werde, wenn ich in einem Film so einen sympathischen Damon-Runyon-Typ von Buchmacher sehe. In diesem Zusammenhang fiel mir Angie Caputo ein, und es bereitete mir ein diebisches Vergnügen, mich zu erinnern, wie er von einem anderen geschlagenen alten Mann, Sam Giraldi, fertiggemacht worden war. Nachdem Sam ihm so übel mitgespielt hatte, war Angie nie mehr dazu gekommen, sein wahres Potential als Ganove zu verwirklichen.

Sam Giraldi war letztes Jahr gestorben, vierzehn Monate, nachdem er nach zwanzig Jahren bei der Polizei aus dem Dienst geschieden war. Er war mit vierundvierzig einem Herzinfarkt erlegen, was ja eine typische Polizistenkrankheit ist. In einem Job wie diesem, wo man oft endlos lange untätig auf seinem fetten Hintern herumsitzt und dann mit einem Schlag wie ein Verrückter loslegen muß, kann man täglich mit einem Herzinfarkt rechnen. Vor allem deshalb, weil die meisten von uns mit zunehmendem Alter auch entsprechend zunehmen.

Als Sam den guten Angie Caputo aufs Kreuz gelegt hatte, war er siebenunddreißig Jahre alt gewesen, hatte aber wie siebenundvierzig ausgesehen. Er war zwar nicht sonderlich groß, doch er hatte enorme Schultern, ein fleischiges Gesicht und Pranken, die noch riesiger als meine und über und über mit stark hervortretenden Adern überzogen waren. Er spielte hervorragend Handball, und sein Körper war so hart und elastisch wie ein gefederter Knüppel. Er hatte lange Jahre bei der Sitte gearbeitet, dann aber wieder eine Uniform übergestreift. Während ich Downtown als Revier hatte, war Sam für Alvarado zuständig, und er fuhr manchmal zu mir herüber oder umgekehrt. Wir gingen gemeinsam essen und unterhielten uns über alles mögliche, vor allem aber über Baseball, wofür ich mich manchmal interessiere, während Sam ein regelrechter Fanatiker war.

Wenn wir ab und zu gemeinsam in seinem Lieblings-Imbiß an der Alvarado gegessen hatten, begleitete ich ihn danach noch ein Stück, und bei diesen Gelegenheiten machten wir auch einige recht gute Fänge. Es war an einem herrlichen Sommerabend – vom MacArthur Park blies eine leichte Brise herüber –, als ich Angie Caputo zum erstenmal sah.

Sam war damals plötzlich wie vom Donner gerührt, und sein Gesicht nahm einen höchst sonderbaren Ausdruck an, als er murmelte: »Siehst du den Kerl da? Das ist Angie Caputo, Zuhälter und Buchmacheragent.«

Ich wußte nur zu erwidern: »Na und?« Mir kam das Ganze nämlich reichlich spanisch vor, da Sam aussah, als würde er diesen Kerl jeden Augenblick niederschießen. Angie war gerade aus einer Bar gekommen und wollte in einen lavendelfarbenen Lincoln steigen, der in der Sixth Street stand. Wir setzten uns in Sams Wagen, denn wir hatten soeben losfahren wollen, um uns die Acht-Uhr-Vorstellung in dem Varieté in seinem Revier anzusehen.

»Er treibt sich weiter drüben im Westen rum, in der Nähe der Eighth Street«, weihte mich Sam über Angie Caputo ein. »Er wohnt dort auch – übrigens ganz in meiner Nähe. Ich halte jetzt schon seit ein paar Tagen nach ihm Ausschau. Man hat mir nämlich geflüstert, daß er Mr. Rovitch den Unterkiefer gebrochen hat. Du weißt schon, das ist der Mann, der in der Reinigung arbeitet, wo ich immer meine Uniform hinbringe.« Sam sprach mit einer unnatürlich sanften Stimme. Er war zwar ein netter, freundlicher Mensch und sprach immer ruhig und gefaßt, aber diesmal war es anders.

»Warum hat er das gemacht?«

»Der Alte war mit seinen Zinsen an Harry Stapleton, den Kredithai, im Verzug. Und der hat Angie beauftragt, Rovitch ein bißchen auf die Sprünge zu helfen. Angie hat so was eigentlich nicht mehr nötig, aber manchmal macht es ihm doch noch Spaß. Soviel ich gehört habe, benutzt er dabei mit Vorliebe Lederhandschuhe mit Eisenbolzen in den Handflächen.«

»Und können sie ihm dafür an den Kragen?«

Sam schüttelte den Kopf. »Der Alte hat geschworen, drei Nigger hätten ihm die Abreibung verpaßt.«

»Bist du sicher, daß es Caputo war?«

»Ich habe einen guten Informanten, Bumper.«

Und dann gestand mir Sam, daß Caputo aus demselben miesen Nest in Pennsylvania kam wie er und daß sich ihre Familien gekannt hatten, als sie noch Kinder gewesen waren. Sie waren sogar entfernt miteinander verwandt. Darauf wendete Sam den Wagen, fuhr die Sixth Street zurück und hielt an der Ecke.

»Steig ein, Angie«, forderte er Caputo auf, der mit einem freundlichen Lächeln zum Wagen kam.

»Du willst mich verhaften, Sam?« Das Lächeln auf Caputos Lippen wurde noch breiter, und ich konnte kaum glauben, daß er genauso alt war wie Sam. Sein gewelltes Haar war blauschwarz, ohne den geringsten Grauton, und sein schönes Profil wirkte glatt und jugendlich. Außerdem trug er einen eleganten grauen Anzug. Unwillkürlich wandte ich mich Caputo zu, als er mir lächelnd seine Rechte entgegenstreckte.

»Angie ist mein Name«, stellte er sich vor, während wir uns die Hände schüttelten. »Wohin soll's denn gehen?«

»Wie ich gehört habe, hast du diesen alten Mann fertiggemacht«, sagte Sam in einem noch sanfteren Tonfall als zuvor.

»Das soll wohl ein Witz sein, Sam. Ich habe doch wirklich wichtigere Dinge zu tun. Da seid ihr diesmal an der falschen Adresse.«

»Ich habe schon die ganze Zeit nach dir gesucht.«

»Und weshalb willst du mich bitte verhaften, Sam?«

»Ich kann dich nicht verhaften. Seit ich dich kenne, ist mir das noch kein einziges Mal gelungen, obwohl es nichts gibt, was ich lieber täte.«

Caputo wandte sich lachend an mich und steckte sich eine Zigarette an. »Sam ist wirklich ein Witzbold. Ich kann schon richtig damit rechnen, daß er mir mindestens einmal im Monat unter die Nase reibt, wie gern er mich im Knast sehen würde. Was gibt's denn Neues von den Leutchen in Aliquippa, Sam? Wie geht's Liz und Dolly? Und was machen Dollys Kinder?«

»Bis jetzt hast du keinem was angetan, den ich persönlich gekannt habe«, fuhr Sam fort, immer noch mit dieser seltsamen Stimme. »Und du weißt, daß ich den alten Rovitch wirklich gut gekannt habe.«

»Ist er vielleicht einer von deinen Informanten, Sam?« erkundigte sich Caputo. »Das wäre natürlich schade. Heutzutage ist das mit den Informanten nicht mehr so einfach.«

»So ein armer alter Kerl! Es ist möglich, daß seine Brüche gar nicht mehr heilen.«

»Nun, das mag ja wirklich bedauerlich sein. Aber jetzt sag mir schon, wohin wir fahren. Und was das Ganze überhaupt soll. Ich würde das nämlich ganz gern wissen.«

»Hierher fahren wir, wir sind schon da«, antwortete Sam und lenkte den Wagen auf eine einsame, dunkle Schotterstraße und unter eine Auffahrtsrampe des noch im Bau befindlichen Freeway.

»Was, zum Teufel, soll das?« Zum erstenmal verging Caputo das Lachen.

Sam wandte sich an mich. »Du bleibst jetzt bitte im Wagen, Bumper. Ich möchte mich mit Angie mal unter vier Augen unterhalten.«

»Ich warne dich, *Fratello*«, zischte Caputo. »Ich bin nicht irgendein mickriger Pimpf, dem du einfach mal so ein bißchen Angst machen kannst. Ich warne dich – sei lieber vorsichtig!«

»Nenn mich nicht *Fratello*«, flüsterte Sam. »Du bist nicht mal der Bruder eines Hunds. Du vergehst dich an alten Männern. Du schlägst Frauen und nutzt sie nach Strich und Faden aus. Du saugst den Schwachen das Blut aus den Adern.«

»Das wird dich deinen Job kosten, du blöder Polyp«, fauchte Caputo, und im nächsten Augenblick sprang ich auch schon aus dem Wagen, als ich den dumpfen Aufprall von Sams Faust und Caputos überraschten Aufschrei hörte. Sam hielt Caputo am Kopf umklammert, und ich konnte schon das Blut von seinem Gesicht tropfen sehen, während Sam darauf einhämmerte.

Und dann lag Caputo plötzlich auf seinem Rücken und versuchte verzweifelt, die Schläge der gewaltigen Faust abzuwehren, die sich langsam zurückzog, um dann mit um so größerer Schnelligkeit und Wucht wieder vorzustoßen. Caputo leistete inzwischen kaum mehr Widerstand und schrie auch nicht mehr, als Sam seine schwere Sechs-Inch-Smith-&-Wesson zog. Sam kniete sich auf Caputos Arme und rammte ihm den Lauf der Waffe durch die Zähne in den Mund. Caputos Kopf zuckte vom Boden hoch, als er an dem klobigen Lauf der Smith-&-Wesson würgte, mit der Sam in seiner Kehle herumbohrte. Sam flüsterte in leisem Italienisch auf Caputo ein, während er seinen Kopf gegen den harten Boden quetschte. Und dann stand Sam plötzlich wieder auf, während Caputo sich auf den Bauch wälzte und blutig matschiges Gewebe hervorwürgte.

Ohne zu sprechen, fuhren Sam und ich wieder zurück. Sam atmete schwer und öffnete ab und zu das Fenster, um hinauszuspucken. Als er sich schließlich zum Reden entschlossen hatte, sagte er: »Mach dir wegen der ganzen Sache keine Sorgen, Bumper. Angie wird kein Sterbenswörtchen sagen. Er hat seinen Mund ja nicht mal aufgemacht, als ich ihn verprügelt habe, oder?«

»Ich mach mir ja gar keine Sorgen.«

»Der wird den Mund halten, das kann ich dir sagen«, fuhr Sam fort. »Und im Revier werden bessere Zeiten anbrechen. Die werden sich jetzt nicht mehr über uns lustig machen und in Zukunft ein bißchen vorsichtiger sein. Denen wird der Arsch ganz schön auf Grundeis gehen. Und Angie ist ein für allemal erledigt, das kannst du mir glauben.«

»Ich fürchte nur, daß er dich umlegen wird, Sam.«

»Das wird er nicht wagen. Dafür hat er viel zuviel Angst. Angie hat Angst, daß *ich ihn* umbringe. Und das werde ich auch tun, wenn er mir irgendwie dumm kommen sollte.«

»Mensch, Sam, es bringt doch absolut nichts, sich wegen eines solchen Arschlochs persönlich zu engagieren.«

»Jetzt hör mir mal gut zu, Bumper. Ich war bei der Sitte und dann in der Zentrale auf Buchmacher spezialisiert. Ich habe ganze acht Jahre lang nichts anderes getan, als Buchmacher und andere organisierte Ganoven einzulochen. Einmal habe ich ganze sechs Monate an *einem* Buchmacher gearbeitet. Sechs Monate! Ich habe Ermittlungen eingeleitet und Beweismaterial zusammengetragen, gegen das kein Anwalt etwas hätte machen können, und ich habe mir aus ihren Büros Aufzeichnungen besorgt, aus denen hervorging – und zwar eindeutig –, daß dieser Typ mit seinen linken Geschäften Millionen gemacht hat. Und dann wurden diese Kerle auch verurteilt, aber du hättest mal die Strafen sehen sollen, die sie gekriegt haben. Ich habe noch keinen einzigen Buchmacher gesehen, der wegen seiner krummen Touren in ein Bundesgefängnis gesteckt worden wäre. Und schließlich dachte ich mir, soll sich jemand anderer mit diesen Halunken herumärgern, und ich habe mir wieder eine Uniform verpassen lassen. Aber mit Angie ist das was anderes. Ich kenne ihn. Ich kenne ihn schon seit meiner Kindheit, und ich wohne in Serrano, so wie er. Das ist praktisch unser gemeinsames Viertel. Und ich bin immer in die Reinigung gegangen, wo dieser Alte arbeitet. Natürlich war er mein Informant, aber ich habe ihn gemocht. Ich habe ihm nie Geld gegeben. Er hat mir einfach alles mögliche erzählt. Er hat einen Sohn, der Lehrer ist. Jedenfalls werden die Bookies nach dem, was jetzt geschehen ist, zumindest in der nächsten Zeit ein wenig leiser treten. Für eine Weile werden sie Respekt vor uns haben.«

Ich mußte Sam in dem, was er sagte, ausnahmslos recht geben, obwohl ich andrerseits noch nie jemanden gesehen hatte, der so übel zugerichtet worden war wie Angie, und schon gar nicht von einem Polizisten. Das beunruhigte mich. Ich machte mir Sams und meinetwegen Sorgen und fragte mich, was passieren würde, falls Caputo sich an die Polizeidirektion wandte.

Aber Sam sollte recht behalten. Caputo hielt den Mund, und ich muß zugeben, daß es mir nicht eine Sekunde leid tat, wie Sam mit ihm umgesprungen war. Ich hatte bei dieser Sache so ein unbestimmtes Gefühl, das ich nicht näher hätte definieren können, aber eines Nachts, als ich gerade im Bett lag und noch einmal über den Vorfall nachdachte, wußte ich es plötzlich. Es war einfach das Gefühl, daß etwas genau *richtig* war. Dies war eines der wenigen Male gewesen, daß ich während meiner Polizeilaufbahn miterlebt hatte, wie jemanden, dem anscheinend niemand etwas anhaben konnte, doch noch die gerechte Strafe ereilte. Ich spürte, daß meine Rachsucht etwas besänftigt worden war, und ich hatte wegen Sams Tat nie irgendwelche Gewissensbisse.

Aber Sam war inzwischen tot, und ich würde bald aus dem Dienst ausscheiden. Jetzt gab es in unserer Abteilung nicht mehr viele Uniformierte, die einen Buchmacher aufs Kreuz legen würden. Ich wendete und fuhr zu Zoot Lafferty zurück, der immer noch in seinem erbsengrünen Anzug an derselben Stelle stand. Ich parkte den Schwarzweißen am Randstein, stieg aus und trat – mein verschwitztes Uniformhemd klebte an meinem Rücken – ganz langsam auf Zoot zu, der den Einwurfschlitz des rotblauen Briefkastens öffnete und seinen Arm hineinsteckte. Ich blieb fünf Meter von ihm entfernt stehen und starrte ihn an.

»Hallo, Morgan!« Er grinste mich verschlagen an. Irgend etwas an seinem Verhalten sagte mir jedoch, daß er sich bereits wünschte, er hätte sich längst aus dem Staub gemacht. Er war ein blasser, hektischer Kerl, etwa fünfundvierzig Jahre alt. Sein sommersprossiger Schädel war so gut wie kahl.

»Hallo, Zoot«, brummte ich zurück und steckte meinen Knüppel in den Halterungsring, während ich die Entfernung zwischen uns abschätzte.

»Sie haben sich doch schon mal gehörig abreagiert, indem Sie mich einkassiert haben, Morgan. Warum schleichen Sie sich nicht in Ihr Revier und bleiben mir vom Hals? Ich bin doch eigens in die Figueroa übersiedelt, um Ihnen aus dem Weg zu gehen. Was wollen Sie eigentlich noch von mir?«

»Na, was hast du denn da alles Schönes aufgezeichnet, Zoot?« Ich trat einen Schritt näher. »Du wirst dich doch grün und blau ärgern, weil du das alles in den Briefkasten stecken mußt, oder etwa nicht?«

»Verdammt, Morgan!« Zoot blinzelte nervös und kratzte sich auf der Kopfhaut, die schlaff und gummiartig wirkte. »Warum lassen Sie die Leute nicht einfach in Frieden? Sie sind doch schon ein alter Mann. Wissen Sie das nicht? Warum hauen Sie nicht einfach ab und benehmen sich, wie es sich in dem Alter gehört?«

Kaum hatte dieser Schleimer das gesagt, wurde diese schwarze Leere in mir blutrot, und ich sprintete die letzten drei Meter auf ihn zu, während er das Kuvert in den Briefkasten gleiten ließ. Seine Hand bekam er allerdings nicht mehr heraus. Ich drückte auf die metallene Klappe des Einwurfschlitzes, die sein Handgelenk festhielt, und legte mich mit meinem ganzen Gewicht darauf, so daß er vor Schmerz aufschrie.

»Es wird allmählich Zeit, daß wir beide uns ein bißchen unterhalten, Zoot.« Meine Hand preßte sich nach wie vor auf die Briefkastenklappe. Einen Moment lang versuchte Zoot, sich zu befreien, erstarrte dann aber vor Schmerz mit vorquellenden Augen.

»Bitte, Morgan«, flüsterte er. Ich sah mich währenddessen kurz um und stellte fest, daß auf der Straße zwar reger Verkehr herrschte, aber kaum Passanten in unserer Nähe waren.

»Bevor ich pensioniert werde, Zoot, möchte ich gern noch einen richtig dicken Buchmacherfisch schnappen. Nicht so einen unbedeutenden Schwächling wie dich – einen richtigen Buchmacher, verstehst du? Und da habe ich gedacht, daß du mir dabei ein wenig helfen könntest.«

Tränen begannen über seine Wangen zu fließen, und seine kleinen gelben Zähne kamen zum Vorschein, als er sein Gesicht zum Himmel wandte, um einen neuerlichen Befreiungsversuch zu starten. Ich drückte daraufhin noch fester zu. Zoots Geheul ging allerdings im Lärm der vorbeifahrenden Autos unter.

»Um Himmels willen, Morgan«, flehte er. »Ich weiß doch niemanden. Bitte, lassen Sie jetzt meinen Arm los!«

»Ich werde dir was sagen, Zoot. Ich werde mich mit deiner Telefonstelle zufriedengeben. Wem gibst du über Telefon immer deine Wetten durch?«

»Die rufen doch *mich* an …« Er schnappte nach Luft, während ich den Druck auf die Klappe etwas verringerte.

»Erzähl mir keine Märchen«, knurrte ich ihn an und drückte wieder fester zu.

»Ist ja schon gut, ist ja schon gut. Ich werde Ihnen die Nummer geben«, plapperte er hemmungslos drauflos. Erst widerte mich das Ganze an. Dann bekam ich eine Mordswut auf Zoot und mich und vor allem auf den Buchmacher, den ich niemals schnappen würde, da er viel zu gut abgesichert war, als daß ich ihm mit meinen beschränkten Möglichkeiten gefährlich werden könnte.

»Ich breche dir deinen gottverdammten Arm, wenn du mir jetzt irgendeine falsche Nummer gibst«, fauchte ich ihn an, mein Gesicht unmittelbar vor seinem. In diesem Augenblick kam eine junge hübsche Frau vorbei, die erst in Zoots schweißüberströmtes Gesicht sah und dann in meines und um ein Haar Hals über Kopf über die Straße gerannt wäre, bloß um vor uns zu fliehen.

»Die Nummer ist 6682733«, stieß Zoot schluchzend hervor.

»Wiederhol sie noch mal.«

»6682733.«

»Noch einmal, und ich will hoffen, daß es die gleiche ist wie die beiden Male zuvor.«

»6682733. Gütiger Gott!«

»Wie meldest du dich, wenn du die Wetten durchgibst?«

»Löwenzahn. Ich sage nur das Wort Löwenzahn, und dann gebe ich die Wetten durch. Ich schwör's Ihnen, Morgan.«

»Jetzt würde mich nur noch interessieren, was wohl Red Scalotta dazu sagen würde, wenn er wüßte, daß du mir diese Information gegeben hast?« Ich lächelte und ließ ihn schließlich los, als ich in seinen Augen las, daß ich richtig geraten hatte und er für diesen speziellen Buchmacher arbeitete.

Er zog seinen Arm aus dem Briefkastenschlitz und setzte sich auf den Randstein. Während er den Arm hielt, als wäre er gebrochen, fluchte er leise vor sich hin und wischte sich die Tränen aus dem Gesicht.

»Wie wär's, wenn du dich darüber mal mit einem Mann von der Sitte unterhalten würdest?« schlug ich vor und zündete mir eine frische Zigarre an, während er anfing, seinen Arm zu massieren.

»Sie haben sie ja nicht alle, Morgan.« Er sah zu mir hoch. »Sie haben sie wirklich nicht alle, wenn Sie glauben, ich würde irgend jemanden verpfeifen.«

»Hör zu, Zoot, du redest jetzt mit einem Beamten von der Sitte, und dafür werden wir dich beschützen. Kein Mensch wird dir etwas anhaben. Und falls du dich weigern solltest, wird Scalotta erfahren, daß du mir die Telefonnummer und das Codewort gegeben hast, damit wir dem Typen am Telefon eine Wette unterjubeln können. Ich werde dann bekanntmachen, daß du gegen Bezahlung singst, und was wird er wohl tun, wenn er spitzkriegt, was du mir gesagt hast? Und denke bloß nicht, er würde das Ganze vielleicht nicht glauben. Hast du eigentlich schon mal gesehen, wie jemand wie Bernie Zolitch mit Leuten wie dir umspringt?«

»Sie sind der mieseste Dreckskerl, der mir je begegnet ist.« Zoot stand zitternd und kreidebleich auf.

»Sieh das Ganze doch auch mal von der anderen Seite, Zoot. Du erklärst dich nur dieses eine Mal bereit, mit uns zusammenzuarbeiten. Wir werden uns einen unbedeutenden Kotzbrocken schnappen, der da am Telefon sitzt, und das wär's dann auch schon. Wir werden uns schon irgendeine Geschichte ausdenken, wie wir an die Telefonnummer gekommen sind. Das machen wir doch immer, um unsere Informanten zu schützen. Kein Mensch wird etwas von der Sache erfahren. Du kannst wieder deine miesen krummen Geschäfte betreiben, und ich gebe dir mein Wort, daß ich dich nie wieder behelligen werde. Zumindest nicht persönlich. Du wirst vermutlich wissen, daß ich mein Wort halte. Daß dir irgendwann einmal ein Kollege ein wenig auf die Zehen treten wird, kann ich natürlich nicht verhindern.«

Er zögerte kurz und nickte schließlich. »Na gut, mir langt es schon, wenn nur *Sie* mich in Ruhe lassen, Morgan. Mit den Typen von der Sitte werde ich schon fertig.«

»Na, dann fahren wir los. Wie geht's übrigens deinem Arm, Zoot?«

»Sie können mich mal, Morgan«, grunzte er. Das brachte mich unwillkürlich zum Kichern, und meine Stimmung besserte sich etwas. Wir fuhren zum Sittendezernat, wo ich zum Glück den Mann, den ich sprechen wollte, auch gleich in seinem Büro antraf.

»Eigentlich solltest du um diese Zeit unterwegs sein, um unseren Freunden, den Buchmachern, ein bißchen auf die Finger zu sehen, oder nicht, Charlie?« begrüßte ich den jungen Beamten, der gefährlich weit zurückgelehnt in seinem Drehstuhl saß, die Füße mit den kreppbesohlten Leisetretern auf den Schreibtisch gelegt hatte und gelangweilt auf seinem Notizblock herumkritzelte.

»Tag, Bumper!« Er grinste mir entgegen, und dann erkannte er Zoot, den er selbst schon ein paarmal verhaftet hatte.

»Was verschafft uns die Ehre Ihres Besuches, Mr. Lafferty?« wollte Charlie Bronski von Zoot wissen. Er war ein stämmiger Kerl, der seit etwa fünf Jahren bei der Polizei war. Als er damals gerade frisch von der Polizeiakademie gekommen war, hatte ich ihn angelernt. Er war mir damals als ein aggressiver und cleverer junger Bursche aufgefallen, dem es jedoch nicht an dem nötigen Maß an Bescheidenheit fehlte. Genau das mag ich. Solchen Burschen kann man eine Menge beibringen. Ich schäme mich keineswegs, zuzugeben, daß er bumperisiert war.

Charlie stand auf und zog sich ein grün gestreiftes, kurzärmeliges Hemd über den Schulterhalfter, den er über einem weißen T-Shirt trug.

»Unser Freund Zoot hat soeben beschlossen, seinem unsittlichen Lebenswandel zu entsagen und Buße zu tun«, gab ich Charlie mit einem amüsierten Blick auf Zoot zu verstehen, der wirklich so betrübt aussah, als hätte sein letztes Stündlein geschlagen.

»Jetzt bringen wir das Ganze endlich hinter uns, Morgan!« schimpfte Zoot. »Und Sie werden mir schwören müssen, daß Sie auch wirklich dichthalten.«

»Schwör schon, Charlie«, forderte ich meinen jungen Kollegen auf.

»Ich schwöre«, erwiderte Charlie. »Und würdet ihr mir

vielleicht zwischendurch auch mal verraten, worum es sich eigentlich dreht?«

»Zoot würde uns gern eine telefonische Annahmestelle verraten.«

»Und wofür?« erkundigte sich Charlie.

»Für nichts«, warf Zoot ungeduldig ein. »Einfach nur so, weil ich so ein verdammt ehrenwerter Bürger bin. Wollen Sie die Information nun haben oder nicht?«

»Na gut«, murmelte Charlie, und ich konnte ihm ansehen, daß er überlegte, wie ich Zoot diesmal wohl wieder kleingekriegt hatte. Da Charlie ein paar Monate mit mir zusammengearbeitet hatte, war er mit meinen Methoden durchaus vertraut. Ich habe immer versucht, ihm und all den anderen jungen Polizisten klarzumachen, daß man sich nicht sklavisch an die Vorschriften halten kann, wenn man es mit diesem Gesindel aufnehmen will. Beziehungsweise kann man das natürlich schon und wird am Ende sogar zum Captain befördert oder gar zum Polizeichef oder sonstwas. Aber eines ist klar – es muß immer Leute wie mich geben, damit sich diese Bürohengste im Glanz ihres Elfenbeinturms sonnen können. Letztlich sind wir es nämlich, die dafür sorgen, daß die da oben überhaupt noch etwas zu sagen haben und die Stadt nicht unter der Fuchtel des Ganovenpacks steht.

»Sie wollen uns also die telefonische Annahmestelle verraten?« wandte sich Charlie an Zoot, der nur verbissen nickte.

»Ist es auch wirklich eine Annahmestelle? Sind Sie sich dessen sicher?« fragte Charlie weiter.

»Mit Sicherheit weiß ich überhaupt nichts«, plapperte Zoot drauflos und rieb sich das Handgelenk. »Ich sage nur aus, weil man ein bißchen zuviel Druck auf mich ausübt. Ich kann es nicht ertragen, verhaftet und dann auch noch gefoltert zu werden.«

Charlie sah mich an, und ich dachte schon, ich würde durchdrehen, wenn dieser alte Erzganove nun tatsächlich zu flennen anfing. Ich verachtete diesen Kotzbrocken

Zoot, aber nicht, weil er sang – das tat jeder, wenn man ihn nur am richtigen wunden Punkt erwischte. Es war vielmehr dieses wehleidige Getue, das ich absolut nicht ausstehen konnte.

»Verdammt noch mal, Zoot!« explodierte ich schließlich. »Du bist nun schon dein ganzes Leben lang ein Gauner und hast jedes verdammte Gesetz gebrochen, das dir mit deinem bißchen Grips nur irgendwie umgehbar erschien. Und jetzt hockst du hier und führst dich auf wie eine bigotte Nonne. Wenn du's schon unbedingt auf deine eigene Tour haben willst, dann halte dich gefälligst auch jetzt daran. Also sperr schon mal deine Fresse auf, du verschimmelter Hämorrhoidenarsch!«

Ich trat einen Schritt auf Zoots Stuhl zu, worauf er wie von der Tarantel gestochen hochschoß. »Ist ja schon gut, Morgan, ist ja schon gut. Was wollen Sie denn wissen? Ich sage Ihnen alles, was Sie wissen wollen. Aber werden Sie nicht gleich wieder so grob!«

»Ist die Nummer, die du immer anrufst, eine Annahmestelle?« wiederholte Charlie ruhig.

»Ich glaube schon«, antwortete Zoot. »Offensichtlich hat diese Alte dort keine Ahnung, was hier eigentlich gespielt wird. Ich bekomme nun schon seit einem halben Jahr immer dieselbe Alte an den Apparat. Wahrscheinlich ist sie irgendeine blöde Hausfrau, die Wetten für jemanden entgegennimmt, den sie nicht mal kennt.«

»In der Regel schreiben diese Frauen die Angabe auf Resopal«, erklärte mir Charlie, »und dann werden sie ein paarmal am Tag angerufen, um sich die von ihnen aufgeschriebenen Eingänge durchgeben zu lassen. Und falls tatsächlich mal die Leute von der Sitte vorbeikommen, brauchen sie die Notizen nur schnell wegzuwischen. Das ist ja bei Resopal kein Problem. So eine Alte weiß meistens nicht einmal, wer sie bezahlt oder woher die Anrufe kommen.«

»Das wird sie in diesem Fall allerdings nicht wissen«, schaltete sich Zoot ein und sah mich an. »Die ganze Sache ist einfach zu groß aufgezogen, Morgan, viel zu groß. Sie werden niemandem an den Kragen können, bloß weil Sie mich einsacken. Sie verstehen eines nicht, Morgan: Die Leute *wollen,* daß es uns gibt. Was kriegt denn so ein Typ wegen seiner Wettgeschäfte schon aufgebrummt? Selbst ein dicker Fisch? Höchstens eine lausige Geldstrafe. Haben Sie schon mal von einem Buchmacher gehört, der gesessen ist? Ich jedenfalls nicht.«

Zoot hatte sich inzwischen wieder an Charlie gewandt, der nur den Kopf schüttelte. »Nein, nein, meine Herren, das wird Ihnen nicht gelingen, sosehr Sie sich auch anstrengen. Es gibt nun mal einen Haufen Leute, die gern wetten, und die brauchen eben uns Buchmacher. Und die Typen, die uns nicht brauchen, haben eben irgendein anderes Laster. Geben Sie es doch auf, Morgan. Sie sind nun schon so lange bei der Polizei und haben immer noch nicht kapiert, daß es keinen Sinn hat, dagegen vorzugehen. Sie können diese verdammte Scheißwelt nicht retten.«

»Das versuche ich doch auch gar nicht, Zoot«, entgegnete ich. »Mir macht es nur einfach Spaß zu kämpfen.«

Darauf verließ ich das Büro und ging in die Cafeteria, da ich dachte, es wäre besser, Charlie mit Zoot allein zu lassen. Nachdem ich nun ausgiebig den Bösen gespielt hatte, konnte er ja den Guten markieren. Ein Verhör klappt nie, wenn nicht eine gewisse Privatsphäre gewahrt bleibt, und Charlie verstand sich recht gut auf so etwas. Ich hatte berechtigte Hoffnungen, daß er mehr aus Zoot herausbekommen würde, nachdem ich seine Zunge gelockert hatte. Wenn jemand anfängt, Reden zu halten, ist er zu packen. Wenn er in einem Punkt ins Wanken gerät, dann vielleicht auch in einem anderen.

Ich konnte mir nicht vorstellen, daß man Zoot mit Geld hätte kaufen können. Dazu hatte er eindeutig zuviel Angst. Aber da er vor uns genausoviel Angst hatte wie vor seinen Freunden aus der Unterwelt, bestand eine Möglichkeit, ihn zu knacken. Charlie würde das schon schaffen.

In der Cafeteria traf ich Cruz Segovia an, der an einem

Bericht arbeitete. Ich trat hinter seinem Rücken ein. Außer ihm befand sich niemand im Raum. Cruz saß über einen Tisch gebeugt und schrieb in ein Buch. Er war so dünn, daß er selbst in seiner Uniform wie ein kleiner Junge bei seinen Schularbeiten aussah. Sein Gesicht hatte sich seit den Tagen, seit wir gemeinsam die Akademie besucht hatten, kaum verändert. Bis auf sein graues Haar war er immer noch der alte. Er war nur knapp einen Meter siebzig groß, und als er nun so allein da saß, wirkte er richtig winzig.

»*Qué pasó, compadre*«, sprach ich ihn an, da er immer gewünscht hatte, ich wäre katholisch gewesen, um für seine letzten sieben Kinder den Paten abzugeben. Aber seine Kinder betrachteten mich auch so als ihren Paten, und auch er nannte mich *Compadre*.

»*Órale, panzoń*«, antwortete er wie ein Pachuco, was er nur meinetwegen tat. Er sprach ein ausgezeichnetes Spanisch und konnte auch Spanisch lesen und schreiben, was für einen Mexikaner relativ ungewöhnlich ist. Auch sein Englisch war nicht schlecht, aber der Einfluß der Elendsviertel von El Paso, Texas, ließ sich nicht verleugnen, so daß Cruz mit einem leichten Akzent Englisch sprach.

»Wo hast du denn den ganzen Tag gesteckt?« erkundigte ich mich und steckte eine Münze in den Automaten, um ihm eine frische Tasse Kaffee – ohne Milch und mit der doppelten Portion Zucker – zu bringen.

»Wo *ich* den ganzen Tag gesteckt habe, du Halunke?« frotzelte er. »*Dich* haben sie heute schon den ganzen Tag zu erreichen versucht. Du weißt wohl immer noch nicht, daß sich dieses komische kleine Kästchen in deinem Wagen Funk nennt und du eigentlich auf sämtliche eingehenden Funksprüche hören solltest, wenn du dich schon nicht nach ihnen richtest.«

»*Chale, chale.* Jetzt hör aber mal auf, den Sergeant zu spielen«, erwiderte ich. »Erzähl mir lieber, was los ist. Kaum bin ich heute mal in meinem Schwarzweißen gesessen, mußte ich schon wieder aussteigen, weil ständig was los war. Wie konnte ich da auf die verdammten Funksprüche achten?«

»Du wirst doch dein ganzes Leben ein Revierbeamter bleiben.« Cruz schüttelte den Kopf. »Du kannst mit so einem Funkgerät einfach nichts anfangen, und wenn du nicht deinen besten Freund zum Sergeant hättest, wärst du schon längst gefeuert worden.«

»Ja, aber ich habe ihn nun mal.« Grinsend stieß ich ihn in den Rücken, so daß er laut losfluchte.

»Jetzt aber mal ernsthaft, Bumper«, fing Cruz schließlich an, wobei er sich das ›ernsthaft‹ hätte sparen können, weil er stets seine großen dunklen Augen senkte, wenn er es ernst meinte. »Also, jetzt ganz im Ernst, der Chef hat mich gebeten, dich darauf hinzuweisen, künftig etwas mehr auf den Funk zu achten. Er hat mitbekommen, daß sich ein paar von den jüngeren Beamten schon des öfteren beschwert haben, sie müßten sich immer um deine Funksprüche kümmern, da du nie den Funk eingeschaltet hättest und ständig durch die Gegend spazieren würdest.«

»Diese verdammten Grünschnäbel!« schimpfte ich los. »Auf die könnte ja eine Schlange losgehen und sich an ihrem Dingdong festbeißen, und die würden nichts merken. Du solltest diese jungen Spritzer mal sehen, wie sie die Straßen runterfahren und nichts als Weiber im Kopf haben. Die haben ja Angst, ihre Mützen aufzusetzen, weil sie sich damit ihre verdammten Frisuren zerquetschen könnten. Scheiße! Ich habe doch tatsächlich so einen jungen Schnösel in seinem Schwarzweißen sitzen und sich die Haare einsprühen sehen! Ich sage dir, Cruz, die meisten dieser jungen Laffen könnten ihren Arsch nicht von einem verbrannten Keks unterscheiden.«

»Ich weiß, Bumper«, sagte Cruz mitfühlend. »Und dem Chef ist es auch klar, daß eine ganze Schwadron von diesen Grünschnäbeln nicht halb so viel ausrichten würde wie so ein alter Hase von deinem Kaliber. Das ist ja auch der Grund, weshalb sich niemand bei dir beschwert. Aber,

Hombre, du mußt dich wenigstens ab und zu um einen Funkspruch kümmern, anstatt dauernd im Revier herumzulatschen.«

»Ich weiß«, murmelte ich und starrte auf den Kaffee in meiner Hand hinab.

»Du brauchst es ja nur so einzurichten, daß man dich ein bißchen öfter über Funk erreichen kann.«

»Ist ja schon gut, ist ja schon gut. Du bist ja schließlich der *Macho.* Du hast ja die *Huevos de oro*.«

Da er mir nun meine Standpauke gehalten hatte, konnte Cruz bereits wieder lächeln. Er war der einzige, der an mir herumnörgelte oder mir sagte, was ich tun und lassen sollte. Wenn jemand anderer in dieser Hinsicht irgendwelche Wünsche und Vorstellungen hatte, wandte er sich damit an Cruz, und wenn der dann fand, daß sie berechtigt waren, übermittelte er sie mir. Sie dachten wohl alle, daß ich zumindest auf Cruz ein wenig hörte.

»Und vergiß nicht, *Loco,* daß du für heute abend zum Essen eingeladen bist.«

»Kannst du dir wirklich vorstellen, ich könnte eine solche Einladung vergessen?«

»Bist du sicher, daß Cassie nicht mitkommen kann?«

»Du kannst mir glauben, daß sie wirklich gern kommen würde. Aber du weißt ja, Freitag ist ihr letzter Tag in der Schule, und sie veranstalten deshalb ein kleines Fest für sie. Und da kann sie natürlich unmöglich fehlen.«

»Das verstehe ich selbstverständlich«, erwiderte Cruz. »An welchem Tag fährt sie jetzt eigentlich nach Norden rauf? Weiß sie das inzwischen schon?«

»Nächste Woche wird sie ihre Siebensachen gepackt haben und über alle Berge sein.«

»Eigentlich verstehe ich nicht so recht, weshalb du dir deinen Urlaub nicht einfach jetzt nimmst und mit ihr gehst. Wieso willst du unbedingt noch bis zum Monatsende hierbleiben? Dieser zusätzliche Verdienst ist es doch nicht wert, sie ein paar Wochen allein zu lassen. Am Ende kommt sie tatsächlich noch zur Besinnung und fängt sich an zu fragen, weshalb sie eigentlich ausgerechnet so einen alten Dreckskerl wie Bumper Morgan heiraten muß.«

Ich wunderte mich über mich selbst, warum ich Cruz nicht sagen konnte, daß es genau das war, wozu ich mich entschlossen hatte. Warum zum Teufel machte ich so ein Geheimnis aus der Sache? Freitag würde mein letzter Tag sein. Um das zusätzliche Geld hatte ich mich noch nie geschert. Hatte ich wirklich Angst, es ihm zu sagen?

»Wird schon komisch sein, alles einfach so zurückzulassen«, brummte ich in meinen Pappbecher.

»Ich freue mich jedenfalls für dich, Bumper.« Cruz fuhr sich mit seinen schlanken Fingern durch sein dichtes graues Haar. »Ich kann dir sagen, wenn die Kinder nicht wären, hätte ich schon längst alles hingeschmissen. Das schwöre ich dir. Und ich bin wirklich froh, daß du's geschafft hast.«

Seit dem Zeitpunkt, da Cassie in mein Leben getreten war und sich unsere Beziehung immer mehr dahingehend entwickelt hatte, daß ich sie heiraten und nach meinen zwanzig Jahren den Dienst quittieren würde, hatte ich mich mit Cruz, der sich erst nach dreißig Jahren pensionieren lassen konnte, unzählige Male über dieses Thema unterhalten. Aber nun, da der entscheidende Augenblick in greifbare Nähe gerückt war, kam es mir plötzlich so vor, als wären alle diese Gespräche nie geführt worden. Es war schon verdammt eigenartig.

»Cruz, ich gehe ja auch schon am Freitag«, platzte ich schließlich heraus. »Ich werde Cassie sagen, daß ich schon am Freitag aufhöre. Ich meine, weshalb sollte ich noch bis zum Monatsende warten?«

»Das ist ja wunderbar, *'mano*!« Cruz strahlte über das ganze Gesicht, und ich dachte schon, er müßte seiner Freude mit einem lauten Juchzer Luft machen, wie er das immer tat, wenn er betrunken war.

»Ich werd's ihr noch heute sagen.« Erleichtert trank ich den letzten Rest Kaffee aus und stand auf. »Es ist mir völlig egal, wenn ich einen Monat lang nichts anderes zu tun habe, als auf der faulen Haut zu liegen. Ich werd's mir einfach gutgehen lassen, bis ich Lust bekomme, mich in meine neue Arbeit zu stürzen.«

»Ganz recht!« stimmte mir Cruz mit leuchtenden Augen zu. »Bleib ruhig ein ganzes Jahr auf deinem breiten, fetten *Nalgas* hocken, wenn dir danach ist. Die wollen *dich* als Sicherheitschef. Und die werden auch auf dich warten. Außerdem wirst du ja weiter vierzig Prozent deines bisherigen Gehalts bekommen. Cassie hat einen guten Job, und auf deinem Bankkonto wirst du sicher auch noch ein bißchen was haben.«

»Das kann man wohl sagen.« Ich ging zur Tür. »Viel Geld habe ich ja wirklich nie gebraucht – bei der Großzügigkeit der Leute in meinem Revier.«

Cruz grinste. »Psssst! Weißt du es denn noch immer nicht? Wir gehören zu der neuen Generation von Beamten. Wir nehmen keine Trinkgelder.«

»Wer hat hier etwas von Trinkgeldern gesagt? Ich nehme nur den mir zustehenden Tribut entgegen.«

Cruz schüttelte den Kopf. *»Ahí te huacho.«* Das ist eine anglisierte Slang-Redewendung, die in etwa bedeutet: ›Ich sehe dich später‹, oder, noch besser ausgedrückt: ›Ich werde nach dir schauen.‹

»Ahí te huacho«, erwiderte ich und verließ den Raum.

Ich begab mich wieder in Charlies Büro. Während Zoot geknickt auf seinem Stuhl saß, machte Charlie einen recht munteren Eindruck, woraus ich schloß, daß er sein Ziel erreicht hatte.

»Ich würde gern einen Augenblick mit dir allein sprechen, Bumper«, sagte Charlie und führte mich ins Nebenzimmer. »Er hat mir wesentlich mehr erzählt, als ihm überhaupt bewußt ist«, fing Charlie an, nachdem er die Tür hinter uns geschlossen hatte. Er war richtig in Fahrt, wie es sich für einen guten Polizisten auch gehört, wenn er auf etwas Interessantes gestoßen ist.

»Denkt er jetzt, du würdest mir sagen, ich sollte ihn künftig in Ruhe lassen?« fragte ich.

»Ja«, erwiderte Charlie lächelnd. »Also spiel das Spiel mal mit. Er glaubt, ich würde ihm den fiesen Morgan vom Leib halten. Laß ihn also mal ein Weilchen in Frieden, ja, Bumper? Er hat mir erzählt, er hätte vor, in ein paar Wochen zur Alvarado überzusiedeln. Im Augenblick müßte er jedoch noch auf der Figueroa bleiben. Ich habe ihm gesagt, ich würde mit dir reden.«

»Sag Zoot, er braucht sich Bumpers wegen keine Sorgen mehr machen«, entgegnete ich, während sich mein Magen schmerzhaft zusammenkrampfte. Ich schwor mir, das nächstemal, wenn ich wieder in J-Town essen sollte, einen weiten Bogen um die Sojasauce zu machen.

»Klar, dann werden ihn die Jungs von dort drüben auf dem Hals haben.« Charlie hatte meine letzte Bemerkung natürlich nicht richtig verstanden.

»Soll ich ihn wieder zurück zur Fig bringen?«

»Das werde ich schon machen, Bumper. Ich möchte mich noch etwas weiter mit ihm unterhalten.«

»Könntest du mir einen Gefallen tun?«

»Aber sicher, Bumper.«

»Glaubst du, daß ihr mit dem, was Zoot erzählt hat, etwas Konkretes anfangen könnt?«

»Und ob! Zoot denkt, daß die Alte, die seine Wetten telefonisch entgegennimmt, Reba McClain ist. Und wenn das stimmt, wäre es verdammt interessant.«

»Wie das?«

»Sie ist Red Scalottas Freundin. Wir haben sie vor etwa einem halben Jahr an einer anderen Annahmestelle hopsgehen lassen, worauf sie sechs Monate auf Bewährung gekriegt hat. Sie ist drogensüchtig, ganz schön von der Rolle. Gesessen hat sie auch schon mal. Und sie hat auch eine Sexmacke – eine Paranoia vor Gefängnissen und kessen Vätern und so weiter. Sie ist wirklich nicht ganz richtig im Kopf, aber sehen solltest du diese Maus mal – nicht von schlechten Eltern. Erst letzte Woche haben wir über sie gesprochen. Wenn wir sie noch mal auf frischer Tat ertappen könnten, wäre das vielleicht eine Gelegenheit, Red Scalotta selbst ein bißchen auf die Pelle zu rücken. Diese Reba würde nämlich ihre eigene Mutter reinreiten, wenn sie dadurch ihren Kopf aus der Schlinge ziehen könnte. Als du Zoot mit dieser Telefonnummer angeschleppt hast, war das wirklich genau das, was wir gebraucht haben.«

»Na gut, dann werde ich dich wirklich um den Gefallen bitten.«

»Schieß schon los! Was willst du?«

»Schnappt sie euch noch heute oder morgen. Und wenn sie euch was Interessantes zu erzählen hat – zum Beispiel die Adresse eines Büros –, dann laßt das bis spätestens Freitag hochgehen.«

»Ein Büro! Also weißt du, Bumper, daß sie so viel weiß, kann ich mir beim besten Willen nicht vorstellen. Und außerdem, bis Freitag sind es nur noch zwei Tage. Manchmal liegen wir doch Wochen und Monate auf der Lauer, bis wir so ein Büro ausheben können. Meine Güte, dort haben sie doch ihre ganzen Aufzeichnungen, und wir bräuchten dafür einen Durchsuchungsbefehl. Um den wiederum zu kriegen, müßten wir uns eine ganze Menge Informationen besorgen. Warum übrigens ausgerechnet bis Freitag?«

»Weil ich am Freitag in Urlaub gehe. Weißt du, Charlie, ich habe noch nie ein Büro hochgehen lassen, und deshalb möchte ich diese Gelegenheit auf keinen Fall versäumen. Da wäre es natürlich jammerschade, wenn ihr gerade zuschlagt, während ich in Urlaub bin.«

»Du kannst mir glauben, Bumper, daß ich mein Möglichstes tun werde, aber – wie gesagt – bis Freitag sind es nur noch zwei Tage.«

»Geh einfach an deine Arbeit, wie ich dir das beigebracht habe – mit Mut und Köpfchen und ein bißchen Fantasie. Mehr verlange ich ja gar nicht. Versuch's einfach, ja?«

»Klar.« Charlie nickte. »Ich werde mir Mühe geben.«

Bevor ich ging, machte ich Zoot noch ein bißchen was vor, damit er in dem Glauben blieb, Charlie würde ihn vor mir beschützen. Ich tat so, als wäre ich sauer auf Charlie, der mich seinerseits ernsthaft davor warnte, Zoot noch mal durch so einen verdammten Briefkastenschlitz zu quetschen.

6.

Wieder im Wagen, erinnerte ich mich an Cruz' freundschaftliche Rüge und ergriff das Mikrofon meines Funkgeräts. »Eins-X-L-Fünfundvierzig, stehe zur Verfügung.«

»Eins-X-L-Fünfundvierzig, Auftrag für Sie«, meldete sich der Beamte von der Zentrale. »Treffen Sie sich mit Eins-X-L-Dreißig in der Ninth Street, Ecke Broadway.«

»Eins-X-L-Fünfundvierzig, Roger«, brummte ich angewidert und dachte: Das hat man nun davon, wenn man sich über diesen idiotischen Funk meldet. Wahrscheinlich wird wieder mal ein Riesengetue um eine Diebstahlsmeldung von irgendeinem fettarschigen Börsenmakler gemacht, den sie um seine Brieftasche erleichtert haben, während er in einem Sex Shop am Broadway in Pornoheften geblättert hat.

Eins-X-L-Dreißig war ein junger Sergeant namens Grant, den ich nicht sonderlich gut kannte. Er hatte ein glattes, immer leicht gerötetes Gesicht und einen umfangreichen Wortschatz. Ich hatte ihn bisher noch bei keinem einzigen Appell fluchen hören, und ich muß sagen, daß ich keinem Polizisten traue, der niemals so richtig loslegt. Man kann einfach bestimmte Dinge, die man in diesem Job mitbekommt, und die Gefühle, die sie in einem erwecken, nicht ohne eine gewisse blumige Sprache beschreiben.

Grant marschierte südlich der Ninth in der Nähe der Olympic vor seinem Wagen auf und ab, als ich angefahren kam. Ich wußte, es war snobistisch, aber ich konnte einen jungen Burschen wie ihn einfach nicht mit ›Sergeant‹ ansprechen. Und da ich auch nicht unhöflich sein wollte, nannte ich diese jungen Sergeants auch nicht bei ihren Nachnamen. Ich redete sie überhaupt nicht an. Manchmal wurde das tatsächlich etwas schwierig, und ich mußte mich mit Wendungen behelfen wie ›Hören Sie mal, Chef‹, wenn ich mit einem von diesen Kerlen sprechen wollte. Grant kam mir reichlich nervös vor.

»Was gibt's denn?« fragte ich, während ich aus dem Wagen stieg.

»Vor dem Einberufungsamt findet eine Demonstration statt.«

»Aha.« Ich sah die Straße hinunter, wo sich eine Gruppe von fünfzehn Leuten vor dem Einberufungsamt der Army aufgestellt hatte.

»Dort gehen immer eine Menge Wehrpflichtige aus und ein, und es ist gut möglich, daß es irgendwelche Scherereien gibt. Unter den Demonstranten sind ein paar Kerle, die einen ziemlich üblen Eindruck machen.«

»Und was sollen wir jetzt tun?«

»Ich habe Sie angefordert, weil ich jemanden brauche, der sie ein bißchen im Auge behält. Ich werde inzwischen den Lieutenant fragen, ob er einen Einsatz für angebracht hält. Schalten Sie bitte auf Frequenz Neun um und benachrichtigen Sie mich sofort, falls sich irgendwelche Veränderungen ankündigen.«

»Hören Sie mal, das ist doch nur ein Klacks. Ich meine, Sie wollen doch nicht im Ernst wegen dieser fünfzehn Heinis einen Einsatz starten.«

»Man weiß nie, wozu sich so etwas entwickeln kann.«

»Na gut.« Ich seufzte, obwohl ich es mir eigentlich verkneifen wollte. »Dann werde ich eben hierbleiben und ein bißchen aufpassen.«

»Es wäre vielleicht keine schlechte Idee, wenn Sie mit Ihrem Wagen ein bißchen näher ranfahren würden. Parken Sie auf der anderen Straßenseite. Nahe genug, so daß die Kerle Sie sehen können, und weit genug entfernt, damit sie nicht versuchen, Sie aus der Reserve zu lokken.«

»In Ordnung, Chef«, murmelte ich, während Grant in seinen Wagen stieg und zur Station fuhr, um mit Lieutenant Hilliard zu sprechen, einem erfahrenen alten Hasen, der wegen dieser fünfzehn Demonstranten sicher nicht gleich aus dem Häuschen geraten würde.

Als ich mich wieder in den Verkehr einordnete, stieg ein Kerl in einem blauen Chevy wie ein Verrückter auf die Bremsen, obwohl er noch fünfundzwanzig Meter hinter mir war und ganz langsam fuhr. Wenn die Leute einen Streifenwagen sehen, kriegen sie Schwarzweißfieber und machen oft die größten Dummheiten, nur um besonders vorsichtig zu sein. Ich habe schon mehr als einmal beobachtet, wie sich jemand so verbissen auf einen Aspekt der Verkehrssicherheit konzentrierte, wie zum Beispiel ein Handzeichen zu geben, daß er dabei ein Rotlicht überfuhr. So etwas ist eine typische Auswirkung von Schwarzweißfieber.

Plötzlich erregten die Demonstranten auf der anderen Seite des Broadway meine Aufmerksamkeit, als zwei von ihnen, ein Junge und ein Mädchen, mir bedeuteten, ich sollte zu ihnen kommen. Offensichtlich wollten sie sich nur einen Spaß mit mir machen, aber ich beschloß aus verschiedenen Gründen trotzdem, zu ihnen zu gehen. Erstens bestand die Möglichkeit, daß wirklich etwas nicht stimmte. Zweitens hätte es keinen guten Eindruck gemacht, wenn ein Brocken von einem Polizisten wie ich Angst gehabt und sich nicht in die Nähe einer Demonstrantengruppe gewagt hätte. Drittens hatte ich mir eine Theorie zurechtgelegt, derzufolge es zu keinem Aufruhr kommt, wenn man bei solchen Konfrontationen schnell genug mit dem ausreichenden Nachdruck vorgeht. Und da ich noch nie erlebt hatte, daß schnell genug mit dem ausreichenden Nachdruck vorgegangen wurde, hoffte ich endlich einmal, meine Theorie in der Praxis überprüfen zu können, da ich allein war und mir kein Sergeant auf die Finger sehen konnte.

Ein paar Demonstranten, zwei Schwarze und ein bärtiger, langhaariger Weißer in einer dreckigen Hirschlederweste und mit einem gelben Stirnband, sahen radikal genug aus, um sich mit einem übergewichtigen, schon etwas älteren Polizisten wie mir anzulegen. Aber ich war überzeugt, daß sich dieses Völkchen mit ein bißchen Gequengle von wegen brutaler Polizeigewalt schnellstens verdrücken würde, sobald nur einer von diesen Kerlen den Fehler begehen sollte, mir dumm zu kommen, und ich ihm darauf meinen Knüppel zehn Zentimeter die Speiseröhre runterschieben würde. Aber man konnte es natürlich nie wissen. Jedenfalls war die Schar inzwischen auf dreiundzwanzig angewachsen. Davon waren nur fünf Mädchen. So viele Kerle konnten mich natürlich zu Kompott zermanschen, aber eigentlich war ich mir meiner Sache ziemlich sicher, zumal die meisten, obwohl sie ihre Fäuste gegen mich schüttelten, den Eindruck erweckten, als wären sie Sprößlinge der weißen Mittelschicht, die eben mal auf Revolution machten. Wenn man es mit ein paar rauflustigen Profis wie dem Kerl mit dem Stirnband zu tun hatte, konnte man allerdings durchaus in Schwierigkeiten geraten. Ein paar Typen dieses Schlags waren imstande, die anderen mitzureißen, aber er war der einzige, der mir auffiel.

Um nicht vor ihren Augen verbotenerweise auf der Straße zu wenden, fuhr ich um den Block, um – ebenfalls verbotenerweise – auf der Olympic zu wenden, und stellte – wieder auf dem Broadway – den Wagen direkt vor ihnen ab. Die Demonstranten ignorierten mich und marschierten weiterhin mit Sprechgesängen wie ›Wir lassen uns nicht einziehen!‹ und ›Wir scheißen auf Onkel Sam und Tante Spiro!‹ vor dem Gebäude auf und ab.

»Hallo, Officer, ich liebe Sie«, säuselte eine hübsche, kleine, blonde Demonstrantin, die vielleicht siebzehn war, glattgebügeltes, schulterlanges Haar hatte und sich ihre mindestens fünf Zentimeter langen falschen Wimpern offensichtlich verkehrt herum angeklebt hatte.

»Hallo, Schätzchen, ich liebe dich auch«, erwiderte ich lächelnd und lehnte mich an die Tür meines Wagens. Ich verschränkte die Arme über der Brust und paffte an meiner Zigarre, bis sich die zwei, die mir zugewinkt hatten, in meine Richtung bewegten.

Sie flüsterten mit einer anderen Frau, und schließlich kam das kleinere Mädchen, das eigentlich kein Mädchen mehr war, sondern eine etwa fünfunddreißigjährige Frau, direkt auf mich zu. Sie trug einen kurzen gelben Teenager-Mini, ein violettes Leibchen, eine Großmutterbrille und weißen Lippenstift. Ihre Beine waren um einiges zu dick und zu fleischig, und sie hatte ein theatralisches Lächeln aufgesetzt, das jedoch die kalte Arroganz darunter nicht zu verbergen vermochte. Aus der Nähe betrachtet, schien sie ein Profi zu sein und ganz offensichtlich eine Initiatorin dieser netten kleinen Veranstaltung. Manchmal kann eine Frau, wenn sie was von der Sache versteht, noch viel rascher als Katalysator wirken als ein Mann. Und diese Frau schien etwas von der Sache zu verstehen. Ich sah ihr lächelnd in die Augen, während sie an einem Friedenszeichen herumspielte, das ihr vom Hals baumelte. Ihre Augen sagten: ›Du bist ein harmloser, fetter Bulle, und es lohnt sich eigentlich gar nicht, daß wir uns mit dir abgeben, aber im Augenblick haben wir sonst niemanden. Abgesehen davon weiß ich nicht einmal, ob so ein altes Arschloch wie du überhaupt merkt, wenn man es auf den Arm nimmt.‹

Das war es, was ich in ihren Augen und hinter ihrem falschen Lächeln sah. Aber sie sagte noch immer nichts. Dann fuhr ein Wagen von einer der Fernsehstationen vor, und zwei Männer mit Mikrofon und Kamera stiegen aus.

Da sie nun gefilmt werden sollten, nahm der Eifer der Demonstranten sichtlich zu. Ihre Sprechgesänge wurden lauter, ihre Gesten wilder, und der ältliche Teenager in dem gelben Minikleid sprach mich schließlich an. »Wir haben Sie herübergerufen, weil Sie so einen verlorenen Eindruck gemacht haben. Wo ist denn der Rest der Truppe? Oder sollen Sie sich ganz allein um uns kümmern?«

»Lernen Sie mich erst mal kennen, Gnädigste, dann werden Sie auf alle anderen Bullen verzichten.« Ich grinste sie durch den Rauch meiner Zigarre an und sah ihr dabei unverwandt in die Augen. Sie zuckte nicht mit der Wimper, was meine Bewunderung erregte. Natürlich war mir klar, daß sie das typische, geschäftsmäßige Klischeeverhalten erwartete, dessen wir uns in solchen Situationen befleißigen sollen. Ich hätte wetten mögen, daß es sie sehr überraschte, wie lässig ich an meinem Schwarzweißen lehnte und wie wenig mich diese furchterregende Gruppe beeindruckte.

»Sie sollten doch nicht in der Öffentlichkeit rauchen, oder täusche ich mich da, Officer?« Diesmal war ihr Lächeln schon etwas weniger arrogant. Sie konnte sich offensichtlich keinen rechten Reim auf mich machen und nahm sich erst einmal Zeit, um herauszufinden, wie sie mich würde ködern können.

»Ein richtiger Polizist sollte das vermutlich nicht, aber das ist nur eine Verkleidung. Ich habe dieses schlecht sitzende Clownskostüm nur gemietet, um einen Untergrundfilm zu drehen – und zwar über einen fetten, alten Bullen, der Äpfel klaut und Blumenkinder verprügelt – und vor allem alte Schachteln in Miniröcken und Söckchen, die in der Farbe genau zu ihren Krampfadern passen.«

Darauf verging ihr das Lächeln gründlich, und sie stürmte zu dem Kerl mit dem Stirnband zurück, der ebenfalls um einiges älter war, als ich anfänglich gedacht hatte. Sie flüsterten miteinander, wobei sie immer wieder zu mir herüber sah, während ich an meiner Zigarre sog. Dann winkte sie einigen Demonstranten zu, die mich zu veräppeln versuchten. Die meisten waren einfach junge Burschen und Mädchen im College-Alter, die sich lediglich einen Spaß aus der ganzen Sache machten. Bei manchen hatte ich sogar den Eindruck, daß sie mich sympathisch fanden und bei diesem Blödsinn nur mitmachten, um nicht aus der Reihe zu tanzen.

Schließlich kam der Kerl mit dem Stirnband zu mir. Er feuerte nach wie vor die Demonstranten an, die in einem länglichen Oval vor dem Eingang des Gebäudes herumzogen, der von zwei Männern in Zivil bewacht wurde. Vermutlich gehörten sie der Militärpolizei an. Als der Kameramann zu filmen begann, steckte ich meine Zigarre weg und zog meinen Bauch um ein paar Zentimeter ein. Nachdem sie ein paar Black-Panther-Fahnen verteilt hatte, schloß sich meine Freundin in dem gelben Mini den anderen Demonstranten an und wanderte, ohne mich eines Blickes zu würdigen, mit ihnen herum.

»Ich habe gehört, Sie sind nicht so wie die anderen Polizisten, mit denen wir bisher auf diesen Demos zu tun hatten«, sprach mich der Typ mit dem Stirnband an. Er grinste. »Unser lieber Herr Polizeidirektor hält wohl nichts mehr von diesem ach so höflichen, aber entschlossenen Auftreten? Soll das wieder mal eine neue Methode der Aufruhrunterdrückung sein? Eine Karikatur von einem fetten, alten Bullen – so ein richtig gemütlicher, alter Labbersack, dem einfach kein Mensch böse sein kann? Ist es so? Glauben die, wir könnten Sie nicht als Symbolfigur für das Establishment hinstellen? Weil Sie dafür einfach viel zu komisch aussehen, ist es das?«

»Ob du's glaubst oder nicht, Winnetou«, schoß ich zurück, »ich bin nur ein ganz normaler Streifenpolizist. Nicht irgendeine neue Geheimwaffe – nichts, worüber sich irgendwelche auf jung getrimmte alte Schrullen aufregen müßten. Ich bin nichts weiter als der zuständige Beamte.«

Er zuckte leicht zusammen, als ich die Gelbberockte erwähnte, woraus ich schloß, daß die beiden möglicherweise zusammengehörten. Ich konnte mir gut vorstellen, daß sie auf einem College in der Unterstufe Sozialkunde unterrichtete.

»Sind Sie das einzige Schwein, das sie hierhergeschickt haben?« erkundigte er sich mit einem inzwischen wesentlich weniger strahlenden Lächeln, was mich enorm befriedigte. Selbst solchen Profis fällt es schwer, ihr hämisches Grinsen beizubehalten, wenn man sie an ihrem schwachen Punkt erwischt. Vermutlich mochte er einfach alles an ihr –

einschließlich der Krampfadern, die in dem Mini natürlich besonders vorteilhaft zur Geltung kamen. Ich dachte mir, scheiß drauf, geh einfach bei diesen Arschlöchern mal in die Offensive. Mal sehen, wohin das Ganze führt.

»Jetzt hör mal gut zu, Cochise«, knurrte ich, die Zigarre zwischen den Zähnen. »Ich bin das einzige Schwein, das du heute hier sehen wirst. Die kleinen Schweinchen bleiben alle schön im Stall. Warum packst du mit deiner krampfadrigen Alten nicht die Che-Bücher zusammen und ziehst Leine? Laßt diese Leutchen ihre Demo schön friedlich durchziehen. Aber vergeßt nicht, diese beiden Brüder mitzunehmen.« Ich deutete auf die zwei Schwarzen, die uns aus drei Metern Entfernung beobachteten. »Hier werden keine Polizisten mehr auftauchen, und alles wird schön friedlich verlaufen.«

»Sie sind zur Abwechslung richtig erfrischend.« Er versuchte zu grinsen, was ihm allerdings ziemlich mißlang. »Mir wurde schon richtig übel von diesen unnatürlichen Pseudoprofis mit ihren ach so lockeren, platten Sprüchen. Die haben immer so verständnisvoll getan, als würden sie uns voll und ganz durchschauen und verstehen, während sie in Wirklichkeit nichts anderes wollten, als uns in irgendeinem Hinterzimmer auf der Polizeiwache die Schädel einzuschlagen. Ich muß schon sagen, dagegen sind Sie richtig erfrischend. Sie sind wirklich ein dreckiger Faschist und geben auch gar nicht vor, etwas anderes zu sein.«

In diesem Moment kam die Alte in dem Minirock gerade wieder einmal an uns vorbei. »Bedroht er dich, John?« erkundigte sie sich lauthals und sah dabei über die Schulter zurück. Die Männer mit der Kamera waren jedoch gerade am anderen Ende des Demonstrantenovals zugange.

»Sparen Sie sich das lieber auf, bis sie hier rüberkommen.« Ich schätzte ihr Alter inzwischen auf vierzig. Sie war einige Jährchen älter als er, und ihre Teeny-Verkleidung wirkte völlig lächerlich. »Wie wär's mit einem Kaugummi?« stichelte ich.

»Halten Sie Ihr dreckiges Mundwerk!« fuhr er mich an

und trat einen Schritt näher auf mich zu. Inzwischen war ich ganz schön in Fahrt. Meinetwegen konnte es jetzt losgehen. »Immer mit der Ruhe, Sitting Bull.« Ich lächelte. »Hier hast du eine Zigarre.« Ich bot ihm eine von meinen Zigarren an, aber er drehte sich um und entfernte sich, artig gefolgt von der Miniberockten.

Die zwei Schwarzen hatten sich die ganze Zeit nicht gerührt. Auch sie waren Profis, dessen war ich mir inzwischen sicher, aber von einer anderen Sorte. Falls es Ärger geben sollte, wollte ich mich in erster Linie um diese zwei kümmern. Sie waren diejenigen, die wirklich Schwierigkeiten machen konnten. Beide trugen schwarze Kunststoffjacken, und einer hatte eine schwarze Kosakenmütze auf. Er ließ mich nicht aus den Augen. Um den Burschen würde ich mich zuallererst kümmern, nahm ich mir vor. Ich grinste weiter gutgelaunt in die Runde und winkte jedem zu, der mir die Hand mit dem Friedenszeichen entgegenreckte.

Andrerseits begann ich zu bezweifeln, daß ich die Situation auch wirklich im Griff hatte. In der Gruppe befanden sich noch ein paar weitere Kerle, die es sicher in den Fingern juckte, sobald nur jemand den Anfang machte. Und ich hatte schon mehr als einmal gesehen, wie man von zwei solchen Typen zugerichtet werden kann, wenn sie einen mal auf dem Boden haben und mit den Füßen bearbeiten – ganz zu schweigen natürlich von neun oder zehn.

Ich mußte mir wohl oder übel eingestehen, daß ich mir allmählich wünschte, Grant würde mit einem kleinen Trupp von Uniformierten anrücken. Doch dann sagte ich mir, daß es sich im Augenblick immer noch um eine friedliche Demonstration handelte, wie friedlich so etwas eben sein konnte, und es gab eigentlich keinen Grund zur Beunruhigung.

Nach ein paar weiteren Minuten – die Demonstranten marschierten immer noch herum und brüllten ihre Sprüche – kehrten Stirnband und Minirock mit sechs oder acht Leuten im Schlepptau zurück. Sie kamen zweifellos von irgendeinem College, und die meisten steckten in ausgebleichten Jeans. Ein paar Jungen hatten Koteletten und Schnurrbärte, und fast alle trugen ihr Haar schulterlang. Außerdem waren zwei hübsche, sonnengebräunte Mädchen dabei. Sie sahen durchaus friedlich aus, und ich nickte ihnen kurz zu, als sie vor mir stehenblieben.

Ein besonders fies aussehender Schleimer trat mit einem superfreundlichen Lächeln auf mich zu und flüsterte: »Sie sind ein dreckiges, scheißefressendes Schwein.«

»Wie sollen wir hier denn Rambozambo machen, wenn nur ein lausiger Bulle rumsteht?« fragte ein anderer.

»Sei vorsichtig, Scott«, warnte ihn die Miniberockte, die hinter dem jungen Gemüse stand. »Das ist kein gewöhnlicher Bulle – das ist ein richtig wilder Kampfstier.«

»Vielleicht würdest du gern mal so einen richtigen Bullen drüberlassen, Schätzchen – möglicherweise ist das genau dein Problem«, meinte ich mit einem Seitenblick auf den Kerl mit dem Stirnband, was zwei Demonstranten ein Kichern entlockte.

»Sie scheinen im Augenblick ja der einzige Repräsentant des Establishments zu sein, der sich für uns interessiert. Vielleicht hätten Sie Lust, ein bißchen mit uns zu quatschen«, schlug Scott mir vor. Er war ein groß gewachsener junger Bursche mit einem blonden Haarschopf und hatte eine hübsche Kleine am Arm, der das Ganze Spaß zu machen schien.

»Klar, schieß los.« Ich lehnte mich gemächlich zurück und paffte an meiner Zigarre. Allmählich bekam ich nämlich tatsächlich Lust, mich mit ihnen zu unterhalten. Als ich einmal einen von diesen jungen Sergeants gefragt hatte, ob ich nicht auch im Zuge dieses Programms, in dem die Polizei um Verständnis bei der Bevölkerung warb, vor einer High-school-Klasse sprechen könnte, hatte er mich mit einer Menge Geschwafel abgewimmelt. Daraus schloß ich, daß sie für so etwas lieber diese schmalhüftigen, blauäugigen, gutaussehenden Bilderbuchpolizisten wollten, wie man sie immer auf Werbeplakaten sieht. Aber jetzt bot sich mir solch eine Gelegenheit, und ich wollte sie nutzen.

»Wie heißen Sie mit Vornamen, Officer Morgan?« erkundigte sich Scott mit einem Blick auf mein Namensschild. »Und was halten Sie von Demonstrationen?«

Scott lächelte, und ich konnte ihn wegen des lauter werdenden Geschreis kaum hören, als die Demonstranten etwa sieben bis acht Meter näher an uns vorbeizogen, um den Eingang besser blockieren zu können. Dies war auf Anweisung der Alten in dem gelben Mini geschehen. Mehrere Jungendliche schnitten dem Kameramann Grimassen und streckten ihm und mir die zum Friedenszeichen erhobene Hand entgegen.

Ich bemerkte noch, wie sich die zwei Kosaken auf der anderen Seite des Demonstrantenovals mit der Minibe-rockten unterhielten, und wandte mich dann wieder Scott zu. »Um auf deine Frage zurückzukommen – ich heiße Bumper Morgan, und ich habe grundsätzlich nichts gegen Demonstrationen. Nur stehlen sie uns natürlich kostbare Zeit, während wir uns um unser Revier kümmern sollten. Denn eines kannst du mir glauben – wir werden dort wirklich gebraucht. Es ist für alle nur ein Nachteil, wenn wir dort nicht Streife gehen.«

»Erzählen Sie mir bloß nicht, es gäbe irgend jemanden, der nicht liebend gern auf Sie verzichten könnte«, rotzte mich ein Grünschnabel mit einer Sonnenbrille an. Er hatte sich ein Plakat umgehängt, auf dem ein weißer Army-Offizier dargestellt war, der einer schwarzen Mutter gerade telefonisch mitteilte, daß ihr Sohn in Vietnam gefallen war. Die Frau war in einer Ecke des Plakats abgebildet, und ein weißer Polizist mit einem überdimensionalen Knüppel schlug auf sie ein.

»Dieses Plakat ergibt doch absolut keinen Sinn«, sagte ich zu dem jungen Burschen. »Das ist doch wirklich Quatsch. Die Überschrift dafür könnte genausogut lauten: ›Von den Feinden des Imperialismus getötet.‹ Also, damit kannst du mir wirklich nicht kommen.«

»Genau das habe ich ihm auch gesagt«, entgegnete Scott lachend und bot mir eine Zigarette an.

»Nein, danke«, wehrte ich ab, während der Junge und seine Freundin sich eine ansteckten. »Da finde ich das schon wesentlich besser.« Ich deutete auf ein Transparent, auf dem stand: ›Die Schweine von heute sind die Koteletts von morgen.‹

Keiner von den anderen Jugendlichen hatte bis dahin etwas zu erwidern gewußt, nur der Rotzlöffel mit dem Plakat brüllte los: »Warum reden wir eigentlich mit diesem faschistischen Kapitalistenknecht?«

»Jetzt hör mal gut zu, mein Sohn«, riet ich ihm. »Ich werde mich hier keineswegs gleich flach legen und totstellen, bloß weil du mit ein paar saftigen Schimpfwörtern um dich schmeißt. Ich meine, damit kannst du doch inzwischen wirklich niemanden mehr beeindrucken. Wieso unterhalten wir uns also nicht in aller Ruhe miteinander? Es würde mich wirklich interessieren, was ihr zu sagen habt.«

»Gute Idee«, meinte ein junger Schwarzer mit einem wilden Lockenkopf, einer Nickelbrille und einem Halsband aus Tigerzähnen. Wegen des Lärms um uns herum mußte er beinahe schreien. »Dann sagen Sie doch mal, wie man auf die Idee kommen kann, Polizist zu werden! Das ist jetzt kein Witz – ich würde das echt gern wissen.«

Natürlich zog er mich nur auf, da er dem blonden Burschen zuzwinkerte, aber ich dachte: Erzähl diesem jungen Gemüse trotzdem mal, was du an deinem Job gut findest. Ich genoß es, all diese jungen Leute um mich geschart zu haben und zu ihnen sprechen zu können. Die eigentliche Demonstration entfernte sich ein wenig, so daß ich fast wieder mit normaler Lautstärke sprechen konnte.

»Na ja, ich finde es zum Beispiel gut, die Straßen von Gesetzesbrechern zu säubern ...«, fing ich an.

»Einen Moment«, unterbrach mich der junge Schwarze und rückte seine Nickelbrille zurecht. »Sparen Sie sich bitte Ihre Platitüden. Ich komme aus Watts.« Er verfiel in den dort üblichen Slang. »Ich habe schon von klein auf mit der Polente zu tun gehabt.« Die anderen lachten, und er fuhr fort, wieder akzentfrei: »Reden Sie lieber wie ein *richtiger* Polizist, und erzählen Sie uns, wie es wirklich ist – ohne diesen ganzen Blödsinn. Verwenden Sie diesen Lieblingsausdruck der Polizei von Los Angeles – das ist doch ›Arschloch‹, oder nicht?« Er lächelte, und auch ich konnte mir ein Grinsen nicht verkneifen.

»Wo wohnst du denn in Watts?« erkundigte ich mich.

»Eins-Null-Drei, Grape«, erwiderte er.

»Na gut, dann kann ich ja mal Klartext reden. Ich bin bei der Polizei, weil ich es gut finde, Arschlöcher einzufangen und wenn möglich in den Knast zu schicken.«

»Das hört sich schon besser an«, meinte der junge Schwarze. »Allmählich reden Sie ja tatsächlich wie ein richtiger Bulle.«

Die anderen applaudierten und grinsten sich gegenseitig an.

»Ist das auf Dauer denn nicht ein bißchen deprimierend?« erkundigte sich Scott. »Ich meine, würden Sie nicht lieber ab und zu etwas *für* jemanden tun statt immer nur *gegen* jemanden?«

»Ich finde, daß ich jedesmal, wenn ich so einen schrägen Vogel hinter Gitter bringe, auch *für* jemanden etwas tue. Schließlich muß man davon ausgehen, daß jedes echte Arschloch, das ich wegen eines Bruchs oder Raubüberfalls verhafte, zuvor schon mindestens hundert andere Leute geschädigt hat. Ich bewahre demnach zumindest hundert weitere Opfer vor größeren Schäden und rette vielleicht sogar ein paar Leuten das Leben, wenn ich so einen Kerl von der Straße hole. Und ich kann euch sagen, bei den meisten Opfern handelt es sich um Leute, die es sich keineswegs leisten können, Opfer zu sein. Die Leute, die sich das leisten können, sind bestens abgesichert und meistens auch versichert, so daß sie diesen Scheißkerlen nur selten ausgeliefert sind. Versteht ihr, was ich meine?«

Scotts kleine Freundin wollte etwas einwerfen, aber gleichzeitig legten drei junge Burschen los, und schließlich war es Scott, der die anderen übertönte. »Ich bin Jurastudent, und vielleicht werde ich Ihnen eines Tages vor Gericht als Verteidiger entgegentreten. Haben Sie eigentlich wirklich ein gutes Gefühl dabei, wenn Sie einen Mann für zehn Jahre ins Gefängnis bringen?«

»Hör mal, Scott«, entgegnete ich, »erstens stünden heute selbst für Eichmann die Chancen fünfzig zu fünfzig, daß er unter zehn Jahren davonkäme. Um so viel aufgebrummt zu kriegen, mußt du schon einiges ausfressen. Man muß sich geradezu anstrengen, um noch in ein Staatsgefängnis zu kommen. Und ich sage dir, einigen von diesen Kerlen, die ich einloche, würde ich nicht zehn Jahre verpassen, wenn ich könnte, sondern eine Lobotomie, verdammt noch mal!«

Ich kam langsam in Fahrt und warf meine Zigarre zu Boden. Offensichtlich fingen die jungen Demonstranten langsam an, mich ernst zu nehmen. Für eine Weile versuchte ich sogar noch, meinen Bauch einzuziehen, gab es aber schließlich auf, weil es doch etwas zu unbequem war.

»Vor ein paar Jahren stand in irgendeiner Zeitung mal ein Riesenartikel, in dem die Arbeit der Polizei gewürdigt wurde«, fuhr ich fort. »Diese Männer sind keine Bullen, hieß es dort, und dabei wurde ein Polizist vorgestellt, der schon mehrmals als Hebamme fungiert hatte. Einer hatte bei einer Überschwemmung mehreren Menschen das Leben gerettet, und ein anderer war so was wie ein Pfadfinderführer. Also, ich habe auch schon zwei Babys geholfen, das Licht der Welt zu erblicken. Aber wir werden natürlich nicht für unsere Hebammendienste bezahlt, auch nicht dafür, daß wir als Lebensretter oder Sozialarbeiter tätig sind. Es gibt genug andere Leute, die diese Jobs erledigen. Soll doch mal jemand die Leistung eines Polizisten würdigen, der zehn Jahre lang monatlich dreißig Gauner geschnappt und ein paar hundert Kerle nach San Quentin geschickt hat! Für so jemanden hat doch keiner ein gutes Wort übrig. Nicht einmal sein Sergeant wird das anerkennen. Der rückt ihm höchstens auf den Pelz, weil er nicht jeden Tag mindestens einen Strafzettel ausschreibt, wo doch die verdammte Stadtverwaltung das Geld so dringend braucht und in den Gefängnissen sowieso kein Platz ist.«

Ich hätte inzwischen längst etwas merken sollen. Ich hätte merken sollen, daß der Typ mit dem Stirnband und seine Alte sich von mir fernhielten. Das gleiche galt auch für die beiden Schwarzen in den Plastikjacken. Inzwischen standen nämlich alle, die mir besonders aufgefallen waren, am anderen Ende des Ovals. Die Demonstranten wurden langsam müde, die Sprechchöre immer leiser und sanfter. Und ich hätte auch merken sollen, daß Scott, der andere Blonde, der junge Schwarze und die niedliche Kleine in Scotts Arm, die eine große, schwer aussehende Wildledertasche über die Schulter geworfen hatte, näher bei mir standen als die anderen.

Aber ich merkte nichts, da ich für einen der wenigen Augenblicke in meinem Leben aus meiner Rolle als Polizist geschlüpft war. Ich war ein riesiger, blau gekleideter, komischer Esel. Und dabei dachte ich, daß ich dieses junge Gemüse schon halb auf meiner Seite hätte – weil ich etwas tat, was ich noch nie zuvor in meinem Leben getan hatte. Ich stand auf einer umgestürzten Holzkiste und predigte den Massen. Ich stand nicht auf der Bühne, sondern auf einem behelfsmäßigen Podest. Wäre es eine Bühne gewesen, hätte ich keinerlei Schwierigkeiten gehabt. Ich kann jederzeit die Rolle spielen, die man von mir erwartet, und halte nebenbei die Augen offen, ohne mich ganz davontragen zu lassen. Aber diese Rolle des Predigers war etwas anderes. Ich hielt eine Rede nach der anderen über die Dinge, die mir etwas bedeuteten, und hatte nur noch Augen für das warme Strahlen in den Augen meiner Zuhörerschaft. Ich begeisterte mich so am Klang meiner eigenen Stimme, daß ich nichts mehr von dem hörte und sah, was sonst noch um mich herum vorging.

»Vielleicht sollte die Polizei nur Leute mit einem College-Abschluß einstellen«, meinte Scott und trat einen Schritt näher.

»Klar, sie wollen, daß wir bei der Verbrechensbekämpfung nach diesen ›wissenschaftlichen Methoden‹ vorgehen, was immer das heißen mag. Und was tun wir einfachen Polizisten? Wir nicken schön artig mit unseren Köpfen und nehmen staatliche Gelder für die Einrichtung von Computeranlagen entgegen und schicken unsere jungen Leute aufs College. Und worauf läuft das alles hinaus? Auf irgend so einen Schreibtischhengst mit markigem Blick und ein paar heißen Sprüchen, mit denen er dann den Leuten einheizt, die ernsthaft arbeiten.«

»Glauben Sie nicht, daß Polizisten irgendwann einmal überflüssig werden?« fragte mich Scotts Freundin mit einem so treuherzigen Blick, daß ich unwillkürlich grinsen mußte.

»Ich fürchte, daß das wohl immer ein Wunschtraum bleiben wird. Denn so lange es Menschen gibt, wird es auch immer eine Menge schlechte und habgierige und schwache geben.«

»Wie können Sie so über die Menschen denken und ihnen zugleich helfen wollen, indem Sie, wie Sie selbst gesagt haben, jemanden ins Gefängnis bringen?« hielt sie mir entgegen. Auf ihren Lippen lag ein trauriges Lächeln, als hätte sie Mitleid mit mir.

»Meine Güte, Mädchen, die Menschheit ist zwar nicht besonders liebenswert, aber sie ist alles, was wir haben.« Ich dachte, das müßte eigentlich jedem klar sein, aber dann fragte ich mich doch, ob sie nicht noch etwas zu jung waren. »Übrigens, studieren die meisten von euch tatsächlich Sozialwissenschaften und Englisch?«

»Wie kommen Sie denn darauf?« wollte der junge Schwarze wissen, der die Figur eines Footballstars hatte.

»In den Statistiken steht das immer, und ich interessiere mich für so was.«

»Ich studiere Maschinenbau«, meldete sich der blonde Junge, der hinter Scott stand, und in diesem Augenblick wurde mir zum erstenmal bewußt, wie nahe diese kleine Schar um mich gedrängt stand. Mir fiel auf, wie höflich sie sich mir gegenüber benahmen. Sie waren alle politisch geschult, gingen aufs College und hatten zweifellos eine Menge Statistiken und Slogans und Argumente im Kopf, die sie gegen mich hätten vorbringen können. Aber ich hatte sie alle auf meiner Seite. Sie nickten nur und lächelten und ließen mich quatschen. Ich spürte, daß da irgendwas nicht stimmte, aber ich hörte mich einfach zu gern reden, und so fragte der fette, blaue Maharischi wohlwollend: »Soll ich euch noch etwas über die Polizeiarbeit erzählen?«

»Waren Sie eigentlich in Century City dabei?« fragte die kleine Blonde.

»Ja, ich war da, und es war keineswegs so, wie es in diesen Untergrundzeitschriften und in den Fernsehberichten dargestellt wurde.«

»Ach nein?« warf Scott ein. »Ich war aber auch dort.«

»Nun ja, ich will damit nicht abstreiten, daß einige Leute verletzt wurden.« Ich suchte nach irgendwelchen Anzeichen von Feindseligkeit in den jungen Gesichtern. »Aber schließlich galt es, den Präsidenten der Vereinigten Staaten zu beschützen. Da waren Tausende von Kriegsgegnern, und ich kann euch garantieren, daß das mit den angespitzten Stöcken und den Tüten voll Scheiße und den zerbrochenen Flaschen und den Steinen keine Lügenmärchen waren. Also, ich könnte einen Menschen mit so einem Stein umbringen.«

»Und Sie haben dort keine unnötigen Brutalitäten gesehen?«

»Was heißt hier Brutalitäten? Die meisten Uniformierten waren Kerle in eurem Alter. Und wenn jemand so einem Burschen ins Gesicht spuckt, dann wird ihn – wie übrigens keinen Jungen seines Alters – nichts davon abhalten können, dem Betreffenden seinen Knüppel zwischen die Zähne zu rammen. Manchmal bleibt einem in solchen Situationen einfach nichts anderes übrig. Habt ihr eigentlich eine Ahnung, wie fünftausend Leute aussehen, die wie die Verrückten losbrüllen? Natürlich haben wir manchmal ganz schön mit dem Knüppel reingehauen. Das einzige, was diese Kerle zum Teil akzeptieren, ist nackte Gewalt. Und dann soll man immer nur schön freundlich sein und die Personalien einziehen? Wie stellt ihr euch das eigentlich vor? Bei diesen Wichsern muß es doch jeden halbwegs vernünftigen Menschen in den Fingern jucken.«

In diesem Augenblick wurde der blonde Junge hinter Scott aggressiv. »Warum reden wir eigentlich mit so einem Schwein, das irgendwas daherfaselt und behauptet, daß er den Leuten helfen will? Was tut der Saftsack denn schon anderes, als ihnen die Köpfe einzuschlagen? Und er gibt das sogar offen zu. Was tun Sie denn in den Ghettos von Watts für die Schwarzen, die dort leben?«

In diesem Augenblick drängte sich ein Mann in mittleren Jahren, der einen schwarzen Anzug mit dem Kragen eines Geistlichen trug, zwischen den Jungendlichen hindurch, die mich umringten. »Ich arbeite in den Chicano-Barrios in der Eastside«, verkündete er. »Was tun Sie denn für die Mexikaner, außer sie auszubeuten?«

»Was tun *Sie* denn?« fragte ich zurück. Der plötzliche Stimmungsumschwung bereitete mir Unbehagen. Ich stand plötzlich, von fünfzehn bis zwanzig Leuten umringt, mit dem Rücken gegen meinen Wagen gelehnt.

»Ich kämpfe für die Chicanos – für Brown Power«, erwiderte der Geistliche.

»Sie sind doch gar nicht braun«, bemerkte ich und wurde immer nervöser.

»In meinem Innern bin ich braun!«

»Dann laß dir doch einen Einlauf verpassen«, murmelte ich leise vor mich hin und richtete mich zu meiner vollen Größe auf. Mir wurde klar, daß das Ganze plötzlich wesentlich anders zu verlaufen begann, als ich mir das vorgestellt hatte.

Als nächstes fiel mein Blick auf den Schwarzen mit der Kosakenmütze, der links von mir hinter zwei Mädchen stand, die sich durch die Menge gedrängt hatten, um zu sehen, was hier eigentlich vorging. Und dann sah ich eine

Hand, die eine Anstecknadel mit dem Friedenszeichen nach mir schleuderte. Sie traf mich mitten ins Gesicht, und die Nadel kratzte mich unter dem linken Auge leicht auf. Der Schwarze sah mich völlig gelassen und ruhig an, als ich herumwirbelte – bereit, mich mitten durch die Menge auf ihn zu stürzen.

»Versuch das noch mal, du Dreckskerl, und ich schlag dir die Rübe ein«, sagte ich laut genug, daß er es hören konnte.

»Wem?« fragte er mit einem breiten Grinsen unter seinem Schnurrbart.

»Du meine Güte – wem?« fauchte ich ihn an. »Stell dich doch nicht so blöd! Ich spreche mit *dir*.«

»Du fettes Schwein«, knurrte er und wandte sich dann der Menge zu. »Er will mich verhaften! Immer erst auf die Schwarzen! So haben Sie das wohl gelernt, Herr Bulle?«

»Falls es hier Ärger gibt, bist jedenfalls du der erste, den ich mir schnappen werde«, murmelte ich vor mich hin und legte eine Hand auf den Griff meines Knüppels.

»Er will mich verhaften«, wiederholte er, diesmal lauter. »Können Sie mir vielleicht sagen, weswegen? Weil ich schwarz bin? Habe ich vielleicht keine Rechte?«

»Du wirst schon zu deinem Recht kommen, Freundchen«, brummte ich. »Du wirst schon kriegen, was dir zusteht.«

»Ich sollte Sie umlegen«, fuhr der Schwarze fort. »Hier sind fünfzig Gesinnungsgenossen versammelt, und eigentlich sollten wir Sie umbringen – für all die Brüder und Schwestern, die ihr Schweine auf dem Gewissen habt.«

»Dann fang doch schon mal an, du Wichser, wenn du es wagst«, konterte ich mit gespielter Courage, denn jetzt hatte ich wirklich Angst.

Ich konnte mir unschwer vorstellen, daß mich diese Leutchen – sollte es tatsächlich hart auf hart gehen – in drei Minuten zu einem Fußabstreifer zertrampeln konnten. Mein Atem ging schwer, und ich gab mir alle Mühe, mein Kinn am Zittern zu hindern und einen klaren Kopf zu bewahren. Aber die würden nicht so weit kommen, daß ich zu Boden ging. Nicht, so lange ich noch eine Knarre in der Hand hatte. So leicht würde ich es denen sicher nicht machen, mir den Schädel einzuschlagen. Eher würde ich schon losballern, um mich meiner Haut zu wehren. Und so beschloß ich, die zwei Bimbo-Kosaken, Winnetou und Schwester Krampfader abzuknallen, wenn auch nicht unbedingt genau in dieser Reihenfolge.

In diesem Augenblick packte mich eine Hand an der Krawatte, aber da sie nur am Kragen meines Hemds befestigt war, löste sie sich einfach, und ich folgte ihr nicht, als sie von der Hand in die Richtung der Menge gezogen wurde. Fast gleichzeitig zerrte der Maschinenbaustudent an meinem Abzeichen, worauf ich instinktiv meine rechte Hand hochriß und seine Finger gegen meine Brust drückte. Ich wich so weit zurück, bis sein Arm gerade ausgestreckt war, und schlug ihm mit der linken Faust unmittelbar über dem Ellbogen auf den Arm, so daß er japsend zurücksprang. Auf seinen offensichtlichen Schmerzensschrei hin folgten ein paar der Umstehenden seinem Beispiel und wichen von mir zurück.

»Nieder mit dem Schwein! Nieder mit dem Schwein!« brüllte jemand. »Macht ihn fertig!«

Ich zog meinen Knüppel und spürte den Streifenwagen in meinem Rücken, während die Menge, darunter auch dieser Scheißer von Pater, mich drohend anschrie.

Wenn ich es gekonnt hätte, wäre ich auf der Beifahrerseite in den Wagen gesprungen und hätte die Tür von innen verriegelt. Aber die Tür war verschlossen und das Fenster hochgekurbelt, und ich hatte Angst, jemand könnte mich anfallen, während ich das Schloß aufzusperren versuchte.

Offensichtlich bekamen die Leute im Einberufungsamt nicht mit, daß vor ihrer Tür das letzte Stündlein eines Polizisten eingeläutet wurde, da mir niemand zu Hilfe kam. Ich sah noch, wie der Kameramann sich einen Weg durch die Menge zu bahnen versuchte, die sich inzwischen auch auf die Straße ausgebreitet hatte, und ich verspürte den verrückten Wunsch, daß er es schaffen würde. Man könnte das natürlich übertriebene Eitelkeit nennen, aber ich hätte es doch gern gesehen, wenn er Bumpers letztes Gefecht auf Zelluloid gebannt hätte.

Für ein paar Sekunden stand alles auf der Kippe, und dann spürte ich in meinem Rücken plötzlich, wie die Wagentür aufging und gegen mich stieß. Ich hätte vor Schreck fast in die Hose gemacht.

»Sieh schon zu, daß du reinkommst, Bumper«, forderte mich eine vertraute Stimme auf. Kaum hatte ich die Tür hinter mir geschlossen, krachte etwas gegen die Fensterscheibe, so daß sie um ein Haar zerbrochen wäre, und mehrere Leute fingen an, gegen die Tür und die Kotflügel meines Schwarzweißen zu treten.

»Los, gib mir schon die Schlüssel!« riß mich Stan Ludlow, der für die Sicherheitsabteilung arbeitete, aus meiner Lethargie. Schick wie eh und je, saß er in einem dunkelgrünen Anzug und einer minzfarbenen Krawatte hinter dem Steuer.

Ich reichte ihm die Schlüssel, und während er vom Randstein losfuhr, hörte ich einen metallisch klirrenden Gegenstand vom Kotflügel des Wagens abprallen. Während wir uns aus dem Staub machten, fuhren vier Streifenwagen mit jeweils drei Mann vor dem Einberufungsamt vor und begannen die Menge zu zerstreuen.

»Du bist ja wirklich das häßlichste Vergewaltigungsopfer, das mir je unter die Augen gekommen ist«, witzelte Stan, als er in die Ninth Street einbog und hinter einem Zivilstreifenwagen parkte, in dem sein Partner wartete.

»Wovon redest du eigentlich, zum Teufel?«

»Mann, du bist doch gerade noch mal davongekommen.«

»Übertreib nicht so!« verteidigte ich mich. »Mir ist natürlich klar, daß das in die Hose hätte gehen können, aber ...« Mir wurde fast übel bei dem Gedanken, er könnte laut aussprechen, was mir in diesem Augenblick durch den

Kopf schoß. »Haben die mich eigentlich in eine Falle gelockt?«

»Dich in eine Falle gelockt? Wo denkst du hin, Bumper? Das war doch gar nicht nötig. Du hast dich selbst in das Ganze hineinmanövriert. Besser hätten sie es gar nicht planen können. Meine Güte, Bumper, du solltest doch inzwischen wirklich wissen, daß man solchen Leuten keine Vorträge halten kann. Was zum Teufel hast du dir dabei gedacht?«

Stan war schon fünfzehn Jahre bei der Polizei und Sergeant, aber er war erst vierzig und sah trotz seiner grauen Schläfen viel jünger aus. Dennoch kam ich mir wie ein dummer, kleiner Junge vor, als ich nun neben ihm saß. Er erschien mir wesentlich älter und erfahrener, so daß ich seinen Rüffel mit gesenktem Kopf über mich ergehen ließ.

»Wie kommst du eigentlich darauf, ich hätte denen einen Vortrag gehalten, Stan?«

»Weil einer von denen einer von uns ist. Der Mann hatte ein Mikrofon bei sich, und deshalb konnten wir alles mithören, Bumper. Und da wir wußten, was kommen würde, haben wir sofort die vier Streifenwagen angefordert. Fast hätten wir es nicht mehr geschafft, dich rauszuhauen.«

»Wer waren denn die Rädelsführer?« Ich versuchte, wenigstens noch ein paar Punkte für mich zu verbuchen. »Diese Alte in dem gelben Mini und der Guru mit dem Stirnband?«

»Ach, Quatsch«, grunzte Stan verächtlich. »Die beiden heißen John und Marie French. Das sind Pseudointellektuelle, die auf jung machen wollen. Die sind völlig harmlos. Sie ist eine selbsternannte Revoluzzerin aus San Pedro, und er ist ihr Mann. Er hat übrigens heute unseren Mann auf die Demonstration mitgenommen. French ist im Grunde nur so eine Art Laufbursche. Er fährt einen VW-Bus und bringt die Leute zu den Demos. Der ist völlig uninteressant. Hast du denn gedacht, die beiden hätten das Ganze organisiert?«

»Ja, eigentlich schon«, murmelte ich etwas betreten.

»Du hast die beiden doch ziemlich dumm angeredet, oder nicht?«

»Tja ... Und was ist mit diesen beiden Kosakenmützen?«

»Ach, die!« Stan zuckte mit den Schultern. »Die kannst du vergessen. Die hängen nur mit ihren Panther-Anstekkern rum und machen die Weiber an, aber zu sagen haben die nichts. Das sind einfach nur ganz billige Mitläufer – professionelle Schwarze.«

»Dann hat diese nette, kleine Show wohl so ein großer, gutaussehender Bursche namens Scott inszeniert?« fragte ich, als mir langsam ein Licht aufzugehen begann.

»Ja, Scott Hairston. Er ist von der U.C.L.A. Seine Schwester Melba war die kleine Blondine mit dem knackigen Arsch, die er am Arm hängen hatte. Sie war schon in ganz jungen Jahren auf der High-school die treibende Kraft hinter den dort entstehenden subversiven Vereinigungen. Ihr Alter, Simon Hairston, ist Anwalt – ein aalglatter Dreckskerl. Und sein Bruder Josh ist ein altbekannter Aktivist.«

»Dann war die süße Kleine mit den unschuldigen Augen also in Wirklichkeit eine Gifthexe, hm? Ich muß schon sagen, dieses junge Gemüse hat mich ganz schön ausgetrickst.«

Stan lächelte verständnisvoll und steckte mir meine Zigarre an. »Alles halb so schlimm, Bumper«, tröstete er mich. »Diese jungen Leute sind doch mit dem ganzen Blödsinn groß geworden, während du auf diesem Gebiet noch ein blutiger Anfänger bist. Also mach dir nichts draus. Aber um Gottes willen, laß in Zukunft die Finger davon! Und vor allem keine großen Reden mehr, ja?«

Ich fühlte, wie ich bis in die Zehenspitzen errötete. »O Gott, was ich alles gequatscht habe! Wie der letzte Vollidiot ...«

»Ach, das würde nicht weiter etwas ausmachen, Bumper, wenn dich dieses kleine Luder Melba nicht auf Band aufgenommen hätte. Sie sammelt sozusagen spontane

Meinungsäußerungen von Polizisten. Zu diesem Zweck hat sie meistens irgendwo ein Mikrofon versteckt, das mit einem kleinen Tonbandgerät verbunden ist. Hatte sie heute eigentlich eine große Handtasche dabei?«

Ich brauchte gar nicht erst zu antworten. Mein bekümmerter Gesichtsausdruck muß Bände gesprochen haben.

»Deine Bemerkungen sind für die natürlich das gefundene Fressen, Bumper. Einiges habe ich ja durch das Mikrofon mitbekommen, das unser Typ bei sich hatte. Was du da alles von dir gegeben hast – von wegen, diesen Kerlen mal den Knüppel kräftig zwischen die Zähne rammen und Personalien aufnehmen und so weiter ...«

»So habe ich das doch gar nicht gemeint, Stan.«

»Aber so werden deine Äußerungen veröffentlicht werden – aus dem Zusammenhang gerissen. Die werden das alles in so einer Untergrundzeitschrift drucken, oder wenn du Pech hast und der alte Hairston mitmischt, sogar in einer Tageszeitung.«

»Uuuuuh«, wußte ich darauf nur noch zu erwidern, während ich mir die Mütze über die Augen schob und in meinem Sitz zusammensank.

»Du brauchst ja nicht gleich einen Herzinfarkt zu bekommen, Bumper«, ermunterte mich Stan. »Das wird schon alles in Ordnung gehen.«

»In Ordnung? Die ganze städtische Polizei wird mich auslachen.«

»Mach dir keine Sorgen. Melbas Bänder werden sich aus unerfindlichen Gründen in Luft auflösen.«

»Der Mann, den ihr eingeschleust habt?«

Stan nickte.

»Gott sei Dank«, seufzte ich. »Welcher war das eigentlich? Doch nicht der Kerl, dem ich fast den Arm gebrochen hätte?«

»Nein, nein«, beruhigte mich Stan lachend. »Dieser große Schwarze. Ich sage dir das übrigens nur, weil wir ihn in ein paar Tagen als Zeugen brauchen werden und seine Identität preisgeben müssen. Wir haben da nämlich vier Typen auf der Latte, die im Keller eines Wohnhauses in North Hollywood verdammt wirkungsvolle Sprengkörper zusammenbasteln. Der Mann arbeitet schon seit dreizehn Monaten für mich – seit er bei der Polizei ist. Wir haben ihn auf dem College angeworben. Wirklich ein netter Kerl und ein verdammt guter Basketballspieler. Er kann's gar nicht erwarten, in eine Uniform zu schlüpfen und einen Streifenwagen zu fahren. Allmählich hat er es satt, sich ständig mit diesen Revoluzzern herumtreiben zu müssen.«

»Woher weißt du, daß er an Melbas Bänder rankommt?«

»Weil er schon mindestens ein halbes Jahr lang mit Melba befreundet ist und deshalb auch heute abend wieder mit ihr ins Bett steigen wird.«

»Warum beklagt sich der Junge eigentlich über seinen Job?«

»Was diesen Bereich betrifft, habe ich ihn auch noch nicht klagen gehört«, entgegnete Stan kichernd. »Er kann's schon gar nicht mehr erwarten, wie seine Freunde reagieren werden, wenn sie merken, daß er einer von uns ist. Er meint, er hätte die Rolle des verbitterten schwarzen Mannes schon so lange gespielt, daß sie es vermutlich erst glauben werden, wenn sie ihn mit eigenen Augen in dieser verhaßten blauen Uniform sehen. Und warte erst, bis Melba herausfindet, daß sie mit einem Polizisten rumgevögelt hat! Ich gehe jede Wette ein, daß die Kleine alles tun wird, damit das niemand erfährt.«

»Und genausowenig wird man erfahren, was ich da für einen Mist verzapft habe, was, Stan?«

»Ich werde das Band löschen, Bumper«, versicherte mir Stan und stieg aus dem Wagen. »Außerdem war das alles gar nicht mal so schlecht. Scott Hairston hat nämlich für die nächsten Stunden noch hundert weitere Demonstranten erwartet, und deshalb wollte er eigentlich noch gar keinen Aufruhr. Im Grunde genommen hast du ihm heute einen Strich durch die Rechnung gemacht.«

»Bis dann also, Stan«, verabschiedete ich mich mit aller

mir zu Gebote stehenden Lässigkeit, als hätte ich mich niemals zum Narren gemacht.

Ich war noch einmal mit heiler Haut davongekommen, und obwohl es bereits spätnachmittags war, fuhr ich, so schnell es die Verkehrsverhältnisse erlaubten, in Richtung Harbor Freeway. In meinem Hirn schwirrte dabei die halbgare Idee herum, mir ein bißchen das Meer anzuschauen. Heute fiel es mir nämlich sehr schwer, meine Gedanken unter Kontrolle zu bringen – obwohl ich sonst ganz gut damit zu Rande komme. Es würde sicher nichts nützen, mir noch einmal durch den Kopf gehen zu lassen, was eben geschehen war, und so versuchte ich, an etwas anderes zu denken – an gutes Essen, an Cassie oder an Glendas Brüste – an etwas Angenehmes jedenfalls. Meine Stimmung war jedoch ziemlich düster, so daß ich an nichts richtig Schönes denken konnte, weshalb ich schließlich beschloß, an gar nichts zu denken, was ich ebenfalls ganz gut beherrschte.

Ich fuhr in mein Revier zurück und verständigte den Lieutenant per Funk über den Auflauf vor dem Einberufungsamt, wobei ich die Details wohlweislich aussparte. Er teilte mir daraufhin mit, die Demonstranten hätten sich sehr schnell wieder zerstreut und es wären nur noch ein paar Streifenwagen an Ort und Stelle. Mir war klar, daß das kaum Aufsehen erregen würde – vielleicht ein paar TV-Bilder in den Sechs-Uhr-Nachrichten, und das war's dann auch schon. Blieb nur noch zu hoffen, daß der Kameramann mich nicht mit der Zigarre im Mund gefilmt hatte. Auch so eine verrückte Vorschrift, in der Öffentlichkeit nicht zu rauchen – als ob ein Polizist ein Wachtposten vor dem Buckingham Palace wäre.

7.

Als ich noch ein wenig in der Gegend herumfuhr, um mich wieder zu beruhigen, sah ich alle paar Sekunden auf meine Uhr. Ich konnte es kaum erwarten, daß dieser Tag vorüberging. Das hektische Geschnatter aus dem Funk machte mich richtig verrückt, so daß ich ihn einfach abstellte. Scheiß auf den Funk, dachte ich. Über Funk war noch nie etwas Gescheites gekommen. Meine besten Fänge hatte ich immer gemacht, wenn ich mich auf das verließ, worauf ich mich am besten verstand – während ich in der Gegend herumspazierte, meine Augen aufzusperren und genau hinzuhören, was die Leute so erzählten.

Mein Magen machte mir gerade schwer zu schaffen. Ich nahm vier Tabletten gegen Sodbrennen aus dem Handschuhfach und schluckte sie hinunter, ohne daß sie mir Erleichterung verschafften. Nach wie vor wand ich mich unbehaglich auf meinem Sitz. Da Cassies Drei-Uhr-Stunde inzwischen vorüber war, fuhr ich die Vermont zum Los Angeles City College hoch und stellte meinen Wagen in der Parkverbotzone direkt davor ab, obwohl ich mir bei diesen Gelegenheiten bisher immer die entrüsteten Bemerkungen von Lehrern oder Schülern anhören mußte wie: »Sie können sich so was ja erlauben, aber wir kassieren dafür natürlich einen Strafzettel.« Heute hielt sich gerade niemand vor dem College-Gebäude auf, so daß ich mir auch keine dummen Redensarten anhören mußte – woraus ich mir übrigens nicht viel mache, da auch ich nicht unbedingt zu den Leuten gehöre, die sich gern gängeln lassen. Ich bin immer einer der ersten, der auf die Barrikaden steigt, wenn die Polizeidirektion meine Freiheit durch irgendwelche idiotischen Bestimmungen einzuschränken versucht.

Als ich gemächlich die Eingangstreppe hochschlenderte, ließ ich meine Blicke wohlgefällig auf den Titten einer knackig braunen Turnlehrerin mit einer sportlichen Figur und einem Pferdeschwanz ruhen. Sie hatte es offensichtlich eilig und nahm zwei Stufen auf einmal. Und in ihren weißen Shorts, den Turnschuhen und dem weißen Sporttrikot zeigte sie recht deutlich, womit die Natur sie ausgestattet hatte. Während ich dann durch die Gänge ging, mußte ich mir von den entgegenkommenden Studenten die üblichen Bemerkungen anhören. Man rief mir ›Dick Tracy‹ und ›Sheriff John‹ nach, und dann fingen sie zu kichern und zu glucksen an, von wegen Marlene Soundso hätte etwas Gras, worauf Marlene in ein unterdrücktes Gackern ausbrach. In unserer Gegenwart witzelte kaum einmal jemand über Marihuana, und so fiel mir auch der einzige Einwand ein, den man gegen den Gebrauch von Marihuana vorbringen könnte. Wie Alkohol baut es Hemmschwellen ab – aber schneller und leichter. Ich habe das schon oft genug gesehen.

Die Tür zu Cassies Büro stand offen, und sie unterhielt sich gerade mit einem jungen Mädchen mit strähnigen Haaren, und einem Mikro-Mini, der so kurz war, daß man im Sitzen ihren rot geblümten Strapsgürtel sehen konnte.

»Hallo«, begrüßte mich Cassie, als sie mich in der Tür stehen sah. Die Kleine schaute erst mich an und dann Cassie. Ihrem Gesichtsausdruck nach zu schließen, wunderte sie sich, was wohl die Polente hier zu suchen hatte.

Cassie lächelte mir zu. »Wir sind gleich fertig.« Ich nickte und schlenderte den Gang hinunter. In diesem orangegelben Kleid sah sie wirklich verdammt gut aus. Es war eines der vielleicht zwanzig Kleidungsstücke, die ich ihr gekauft hatte, seit wir uns kannten. Mit der Zeit war es mir gelungen, sie davon zu überzeugen, daß ihr kräftige Farben besser standen, obwohl sie natürlich nach wie vor der Auffassung war, daß alle Männer die Dame ihres Herzens am liebsten in grellen Orange- und Rottönen sahen.

Sie hatte sich ihr Haar an diesem Tag nach hinten gekämmt. Ganz gleich, ob sie ihr Haar so oder offen trug, es gefiel mir außerordentlich gut. Es war sehr kräftig und braun und von silbernen Strähnen durchzogen – nicht grau, sondern richtig silbern. Und auch ihre Figur konnte sich für ihr Alter wirklich sehen lassen. Mit ihrer braunen Haut sah sie eher wie eine Turnlehrerin aus und nicht wie eine Französischpaukerin. Sie trug immer Größe zwölf und manchmal sogar zehn. Manchmal fragte ich mich, ob sie noch so gut aussah, weil sie Tennis und Golf spielte oder weil sie in ihrer Ehe keine Kinder gehabt hatte. Aber andrerseits hatte Cruz' Frau Socorro ein ganzes Bataillon Kinder und sah trotz ihres leichten Übergewichts fast noch genausogut aus wie Cassie. Manche Leute halten sich eben einfach gut, dachte ich.

Zugleich brachte es mich aber auch immer etwas in Verlegenheit, mit einer so attraktiven Frau zusammenzusein. Ich konnte mich nie so recht des Gefühls erwehren, daß alle dachten: Der Kerl muß wohl eine Menge Geld haben, wenn er so eine Frau hat. Aber es hatte natürlich keinen Sinn, mir wegen meines Glücks groß Gedanken zu machen. Es war am besten, einfach zuzugreifen, solange sich mir die Gelegenheit bot, und das tat ich auch. Vielleicht gehörte ich zu der Sorte Männer, die in ihrer Häßlichkeit irgendwie anziehend wirken.

»Na?« hörte ich Cassies Stimme und drehte mich um. Sie stand in der Tür ihres Büros und lächelte mich wieder an, während ich meine Blicke bewundernd über sie gleiten ließ. Das Mädchen war inzwischen gegangen.

»Das ist das hübscheste von all deinen Kleidern«, sagte ich und meinte das auch wirklich so. Sie war in diesem Augenblick so schön wie noch nie, obwohl ihr ein paar dicke Haarsträhnen ins Gesicht hingen und von ihrem Lippenstift fast nichts mehr zu sehen war.

Sie grinste mich an. »Warum bewunderst du denn anstatt meines Körpers nicht auch mal meinen Verstand, wie ich das bei dir immer mache?«

Ich folgte ihr in das Büro und trat ganz nahe zu ihr, um sie auf die Wange zu küssen. Zu meiner Überraschung schlang sie mir die Arme um den Hals und gab mir einen langen, sehnsüchtigen Kuß. Die Mütze fiel mir aus der Hand, und ich war wahnsinnig erregt, obwohl wir in der offenen Tür standen und jeden Moment eine ganze Schar Schüler vorbeikommen konnte. Als sie schließlich wieder von mir ließ, lag in ihren Augen der träge, leicht verschwommene Blick einer leidenschaftlichen Frau.

»Sollen wir nicht ganz schnell diesen verdammten Schreibtisch frei machen?« fragte sie mit rauchiger Stimme, und eine Weile dachte ich, das wäre tatsächlich ihr Ernst. Dann ertönte das schrille Läuten einer Glocke, und überall auf dem Gang gingen die Türen auf. Sie lachte und setzte sich auf ihren Schreibtisch, so daß ein Paar wohlgeformte Beine zum Vorschein kam, denen man nie im Leben angesehen hätte, daß sie bereits vierzig Jahre drauf hatten. Mein Mund war ganz trocken, als ich mich in einen Ledersessel plumpsen ließ, und ich glaubte immer noch den sehnsüchtig gegen mich gepreßten Körper zu spüren.

»Willst du heute abend wirklich nicht auf die Abschiedsfeier kommen?« fragte sie schließlich und zündete sich eine Zigarette an.

»Du weißt doch, wie ich darüber denke, Cassie. Das ist ganz *dein* Abend. Deine Freunde und die Studenten werden dich sicher ganz für sich haben wollen. Und danach wirst du ja noch genügend Zeit für mich finden.«

»Bist du dir sicher, daß dir das nicht zu viel werden wird?« wollte sie mit einem Grinsen wissen, das eindeutig darauf schließen ließ, daß sich diese Frage auf ihre Sexualität bezog. Wir sprachen öfter scherzhaft darüber, wie ich ihre sexuellen Bedürfnisse wieder geweckt hatte, die seit den sieben Jahren, nachdem sie von ihrem Mann geschieden worden war, und vielleicht auch schon zuvor eher brachgelegen hatten. Nach dem, was sie mir über diesen seltsamen Heiligen – er war Chemielehrer – erzählt hatte, wäre das jedenfalls nicht verwunderlich gewesen.

Wir gingen zwar davon aus, daß einige ihrer neunzehnjährigen Studenten – sexbesessen, wie sie heutzutage nun mal sind – sich vielleicht häufiger im Bett vergnügten als wir, obwohl Cassie sich das eigentlich nicht so recht vorstellen konnte. Sie meinte, es wäre bei ihr noch nie so intensiv gewesen und sie hätte auch nie geahnt, daß es für sie so gut sein könnte. Ich dagegen hatte schon immer viel dafür übrig gehabt. Ich war schon immer geil – seit ich denken kann.

»Komm doch um elf zu mir in die Wohnung«, schlug sie vor. »Ich sehe zu, daß ich bis dahin zu Hause bin.«

»Meinst du wirklich, du kannst deine Freunde schon so früh im Stich lassen?«

»Du glaubst doch nicht etwa im Ernst, ich hocke da stundenlang mit einem Haufen Pädagogen herum, wo ich zu Hause von Officer Morgan so viel Neues lernen könnte?«

»Willst du damit vielleicht sagen, ich könnte sogar einer Lehrerin noch was beibringen?«

»Ich finde, daß du in deinem Fach zur einsamen Spitze gehörst.«

»Du mußt aber morgen früh noch einmal ins College«, erinnerte ich sie.

»Um elf Uhr also.«

»Aber eine Menge von deinen Kollegen und Studenten, die morgen nicht schon in aller Frühe Unterricht haben, werden viel länger herumhängen wollen. Also, ich glaube, du solltest ihnen zumindest an diesem Abend noch etwas länger Gesellschaft leisten. Das erwarten Sie von dir, Cassie. Du kannst die Leute in deinem Revier nicht so enttäuschen.«

»Na gut«, stimmte sie seufzend zu. »Aber ich werde dich auch morgen abend nicht sehen können. Ich bin mit zwei Vertretern meiner neuen Schule zum Abendessen verabredet. Sie wollen mir noch einmal auf den Zahn fühlen und sich mein Französisch anhören, damit ich ihre Schülerinnen nicht noch mehr verderbe. Natürlich kann ich die beiden auch nicht einfach sitzenlassen, oder?«

»Es wird ja nicht mehr lange dauern, bis ich dich ganz für mich habe. Dann werde *ich* mir dein Französisch anhören und mich von dir verderben lassen, was das Zeug hält, einverstanden?«

»Hast du eigentlich schon offiziell gekündigt?« fragte sie wie beiläufig, sah mir aber direkt in die Augen, so daß ich leicht nervös wurde.

»Ja, Cruz weiß bereits Bescheid, und außerdem habe ich noch eine Überraschung für dich.«

»Und die wäre?«

»Ich habe mich entschlossen, schon am Freitag aufzuhören. Ich werde am Samstag in Urlaub gehen, und der reicht genau für die noch verbleibenden Tage aus. Das heißt also, daß ich mit dir kommen werde.«

Cassie reagierte nicht, wie ich erwartet hatte. Sie stieß weder einen Jubelschrei aus, noch sprang sie überrascht auf. Statt dessen erschlaffte sie nur, als entspannten sich ganz plötzlich alle ihre Muskeln. Dann glitt sie vom Schreibtisch und setzte sich mir auf den Schoß, wo ihr mein Bauch allerdings nicht viel Platz ließ. Sie schlang mir die Arme um den Hals und begann, mich wie wild zu küssen, auf die Wangen, auf die Lippen ... Ich konnte sehen, daß ihre Augen genauso feucht und weich wie ihre Lippen waren, und im nächsten Augenblick drang amüsiertes Kichern an meine Ohren. Acht oder zehn Schüler beobachteten uns vom Gang aus durch die offene Tür. Cassie schien sie gar nicht wahrzunehmen, oder zumindest kümmerte sie sich nicht um sie, was man von mir nicht unbedingt hätte sagen können. Schließlich saß ich hier in meiner Uniform und wurde von ihr in aller Öffentlichkeit abgeknutscht.

»Cassie«, stieß ich atemlos hervor und nickte in Richtung Tür, worauf sie nur aufstand und gelassen die Tür schloß, als wollte sie gleich weitermachen.

Ich stand auf und hob meine Mütze vom Boden auf. »Cassie, wir befinden uns hier in einer Schule. Und ich trage Uniform.«

Cassie fing lauthals zu lachen an. Sie setzte sich in den Stuhl, in dem ich gesessen hatte, schlug die Hände vors Gesicht und lachte hemmungslos. Dabei fiel mir auf, wie jugendlich und sexy selbst ihr Hals noch aussah, obwohl dies der Körperteil ist, an dem sich die Auswirkungen des Alters zuerst bemerkbar machen.

»Ich wollte dich doch nicht vergewaltigen«, stieß sie schließlich hervor, vor Lachen immer noch außer Atem.

»Na ja, ich dachte schon – zumal die Lehrer heutzutage ja besonders freizügig sein sollen. Und am Ende hättest du mich tatsächlich noch auf dem Schreibtisch vernascht, wie du es vorhin schon angedeutet hast.«

»Ach, Bumper!« Sie seufzte glücklich und streckte mir ihre Arme entgegen. Ich ging zu ihr und beugte mich hinab, worauf sie mein ganzes Gesicht mit Küssen bedeckte.

»Ich bin noch nicht einmal annähernd in der Lage, dir zu sagen, wie ich mich freue, daß du dich endlich dazu durchgerungen hast. Als du vorhin erwähnt hast, du würdest diesen Freitag aufhören und hättest es Cruz Segovia schon gesagt, da war ich einfach außer mir. Was du in meinen Augen gesehen hast, als ich die Tür schloß, waren Erleichterung und Freude, nicht Leidenschaft. Obwohl, ein *bißchen* vielleicht auch.«

»Aber so haben wir das doch die ganze Zeit schon geplant, Cassie, und jetzt tust du, als ob es ein richtiger Schock für dich wäre.«

»Ich hatte sogar richtige Alpträume deswegen. Wie oft habe ich mir vorgestellt, daß du mich, wenn ich bereits nach San Franzisko umgezogen wäre, eines Abends anrufen würdest, um mir zu sagen, du würdest nicht nachkommen – weil du dich einfach nicht von deinem Revier trennen könntest ...«

»Cassie!«

»Ich habe dir das bisher nicht erzählt, aber dieser Gedanke quält mich schon die ganze Zeit. Aber jetzt, wo du es Cruz schon gesagt hast und bis Freitag nur noch zwei Tage sind, wird es wohl tatsächlich wahr werden.«

»Also hör mal, Cassie, ich bin doch nicht mit meinem Job verheiratet!« erwiderte ich entrüstet, wobei mir wieder einmal bewußt wurde, wie wenig man doch über eine Frau weiß, selbst wenn man ihr sehr nahe steht. »Du hättest sehen sollen, was mir heute passiert ist – wie mich so ein junger Bursche hereingelegt hat. Er hat wirklich einen kompletten Idioten aus mir gemacht.«

Cassie sah mich gleichzeitig amüsiert und interessiert an, wie sie es immer tut, wenn ich ihr von meiner Arbeit erzähle.

»Was war denn?« fragte sie. Ich holte meine letzte Zigarre hervor und zündete sie an, damit ich wenigstens etwas hatte, woran ich mich festhalten konnte, wenn ich mir diese Blamage noch einmal vor Augen führte.

»Ach, so eine Demonstration vor dem Einberufungsamt. Ein junger Rotzlöffel, so ein richtig scheinheiliges Bürschchen, hat mich drangekriegt, so daß ich über meinen Job zu quatschen anfing. Ich habe so richtig frei von der Leber weg mit ihm gesprochen, um dann später herausfinden zu müssen, daß der Bursche ein richtig hart gesottener Berufsrevoluzzer ist. Und ich dachte noch, wie cool und lokker ich doch wäre. Ich habe einfach zu lange in meinem Revier gelebt, Cassie. Ich war viel zu lange der Obermakker, weißt du. Ich dachte, mir könnte keiner mehr was vormachen, ich könnte ihnen allen an den Kragen – mit Ausnahme der Organisierten natürlich, der Buchmacher und wirklich großen Dealer. Und *manchmal* konnte ich sogar denen ein paar dicke Knüppel zwischen die Beine werfen. Aber das war mal wieder etwas ganz Neues für mich, und diese Leute sind wirklich gut organisiert. Mit so einem Idioten wie mir konnten die natürlich umspringen, wie es ihnen gerade paßte.«

»Aber was hast du denn nun eigentlich *getan*, Bumper?«

»Geredet. Ich habe mit denen geredet, wie ich auch in meinem Innersten denke. Zum Beispiel, daß man den Arschlöchern, die es nicht anders wollen, auch einen aufs Dach geben müßte. Eben in der Art. Ich habe mich in eine richtige Ansprache hineingesteigert.«

»Weißt du was?« Sie legte mir ihre Hand mit den langen, schmalen Fingern aufs Knie. »Was auch immer heute passiert sein mag oder was auch immer du gesagt hast –

ich möchte wetten, daß daraus weder dir noch der Polizei irgendein Nachteil erwachsen kann.«

»Wirklich, Cassie? Du hättest mich nur erzählen hören sollen, wie wir damals beim Besuch des Präsidenten ein paar Leuten die Schädel einschlagen mußten, um das Ganze nicht ausufern zu lassen. Ich war richtig großartig.«

»Kennst du denn eine *friedliche* Methode, einen Aufruhr niederzuschlagen?«

»Nein, natürlich nicht. Aber man erwartet von uns zumindest so viel Sachverstand, daß wir in der Öffentlichkeit nicht genauso daherreden wie während der Mittagspause auf dem Revier.«

»Also, mir ist Officer Morgan lieber als einer von diesen schrecklich tugendhaften und schrecklich langweiligen Fernsehpolizisten, und ich glaube auch nicht, daß es eine friedliche Methode gibt, einen Aufruhr niederzuschlagen. Deshalb finde ich, daß du dir wegen der ganzen Geschichte keine weiteren Gedanken machen solltest. Denk lieber daran, daß du all diese Sorgen bald los sein wirst. Dann wirst du endlich mal eine leitende Position einnehmen und Leute haben, die für dich die Drecksarbeit machen.«

»Ich muß zugeben, daß diese Vorstellung einen nicht unerheblichen Reiz auf mich ausübt. Und ich möchte wetten, daß mir ein paar Sachen einfallen, durch die man die Sicherheit dieser Firma in einem Maße verbessern kann, wie es sich diese Leutchen niemals hätten träumen lassen.«

»Das glaube ich auch.«

»Ganz gleich, was ich tue – du stehst immer zu mir.« Ich lächelte. »Das ist ja auch der Grund, weshalb ich dich unbedingt haben mußte, trotz aller deiner Fehler.«

»Du bist ja auch mein blauer Ritter. Weißt du eigentlich, daß du ein Ritter bist? Du schlägst dich in Turnieren und zehrst von den Erträgen des Landes.«

»Nun – daß ich von meinem Revier lebe, kann man wohl sagen. Nur mit den Turnieren haut es nicht so recht hin.«

»Und was ist mit den paar tausend Ganoven, die du

hinter Schloß und Riegel gebracht hast? Also für mich bist du schon ein blauer Ritter.«

»Jetzt aber mal langsam, meine Liebe. Du kriegst nur einen *ehemaligen* Ritter – falls du mich kriegst.«

»Was heißt hier ›falls‹?«

»Ich meine, es ist durchaus in Ordnung, wenn du mich ein bißchen zum Helden hochstilisierst, oder was weiß ich, wofür du mich hältst. Aber wenn ich pensioniert bin, ist das alles vorbei.«

»Bumper!« Sie lachte und küßte meine Hand, wie Glenda das getan hatte. Schon die zweite Frau, die mir heute die Hand küßt, dachte ich. »Ich lasse mich nicht durch irgendwelche Amtsinsignien blenden. Wenn ich deine Hände küsse, dann gilt das einzig und allein deiner Person.« Sie tat es von neuem, und dabei hatte ich immer gedacht, ein Mann könnte es nicht ertragen, sich von einer Frau die Hände küssen zu lassen. »Du wirst eine verantwortungsvolle Stellung einnehmen – eine leitende Position. Du hast eine ganze Menge zu bieten, und zwar vor allem mir. Ehrlich gesagt, ich finde das sogar so toll, daß ich es gar nicht für mich allein beanspruchen möchte.«

»Du weißt doch, daß ich schon froh bin, wenn ich mit einer Frau allein zurechtkomme.«

»Kannst du dich an Nancy Vogler erinnern? Sie unterrichtet Englisch.«

»Ja. Willst du dir vielleicht mich mit ihr teilen?«

»Quatsch!« Cassie lachte. »Nancy und ihr Mann waren zwölf Jahre verheiratet und hatten keine Kinder. Vor ein paar Jahren haben sie sich entschlossen, einen Jungen zu sich zu nehmen. Er ist jetzt elf.«

»Sie haben ihn adoptiert?«

»Nein, sie sind nur seine Pflegeeltern.« Cassies Stimme wurde ernst. »Jedenfalls meint Nancy, ein Pflegekind zu sich zu nehmen, wäre die schönste und dankbarste Aufgabe, die man sich nur denken könnte. Sie sagt, sie hätte gar nicht gewußt, wieviel sie bis dahin in ihrem Leben versäumt hätte, bis der Junge zu ihnen gekommen wäre.«

Cassie schien mein Gesicht nach einer Reaktion abzusuchen. Dachte sie dabei an *meinen* Jungen? Ich hatte ihr nur einmal von ihm erzählt. Gab es da etwas, das sie wissen wollte?

»Was hältst du davon, Bumper, wenn wir ein Pflegekind aufnehmen würden, wenn wir geheiratet und uns in unserem neuen Heim eingelebt haben? Wir müssen es ja nicht adoptieren, wenn du nicht willst. Aber du wärst sicher ein guter Vater. Hättest du nicht Lust, so einen Jungen zu erziehen, ihm den Einstieg ins Leben zu erleichtern?«

»Ein Kind! Aber ich dachte eigentlich nie daran, eine Familie zu gründen.«

»Ich habe darüber schon einige Zeit nachgedacht. Und nachdem mir Nancy von ihrem Glück erzählt hatte, überlegte ich, wie schön das auch für uns sein könnte. Wir sind zwar jetzt noch nicht alt, aber in zehn oder fünfzehn Jahren werden wir anfangen, alt zu werden. Und dann wäre es doch schön, wenn wir beide noch jemanden hätten.« Sie sah mir in die Augen und senkte dann den Blick. »Du hältst mich vielleicht für verrückt, und möglicherweise bin ich das auch. Aber ich fände es trotzdem gut, wenn du dir die Sache mal durch den Kopf gehen lassen würdest.«

Das Ganze traf mich so unvorbereitet, daß ich nichts darauf zu erwidern wußte, sondern sie nur mit einem dämlichen Grinsen auf die Wange küßte und mich mit den Worten verabschiedete: »Ich habe in einer Viertelstunde Feierabend. Bis dann also, altes Mädchen.«

Sie sah irgendwie jünger und ein wenig traurig aus, als sie lächelte und mir nachwinkte, während ich bereits das Ende des Gangs erreicht hatte und die Treppe hinunterstieg. Ich fühlte mich ganz schön mies, als ich in meinen Schwarzweißen stieg. Seufzend nahm ich zwei Tabletten und fluchte leise über jeden Idioten, der mir im abendlichen Berufsverkehr in die Quere kam, als ich auf der Temple in Richtung Osten fuhr. Das war doch nicht zu fassen! Nach all den Jahren den Dienst zu quittieren und zu heiraten – das war doch schon eine Veränderung. Aber jetzt auch noch ein Kind? Cassie hatte mich nur ein einziges Mal nach meiner ehemaligen Frau gefragt – nachdem wir begonnen hatten, miteinander zu gehen. Ich hatte ihr damals erzählt, daß ich mich hatte scheiden lassen und daß mein Sohn tot war. Und da ich mich hinsichtlich dieses Themas nicht sonderlich gesprächig und mitteilsam erwiesen hatte, brachte sie es auch nie mehr zur Sprache.

Verdammt noch mal, dachte ich, anscheinend muß doch tatsächlich jede Frau wenigstens einmal in ihrem Leben ihren Bauch schwellen sehen – sonst ist sie nicht glücklich. Dann verdrängte ich diese Gedanken, als ich in die Tiefgarage der Station fuhr, und zwar ganz nach unten, wo es trotz der Frühlingshitzewelle noch angenehm kühl war. Ich vervollständigte die Eintragungen in meinem Dienstbuch, steckte den Block mit den Strafzetteln ein und ging erst noch ins Büro, um das Dienstbuch abzugeben, bevor ich mich umzog. Ich schrieb zwar nie Strafzettel aus, aber sie gaben mir trotzdem immer wieder neue Blöcke. Da ich jedoch immer ein paar ordentliche Verhaftungen verbuchen konnte, regte sich niemand groß darüber auf, daß ich kein eifriger Strafzettelverteiler war. Die Blöcke mit den Dingern gaben sie mir aber trotzdem immer wieder, und ich brachte sie meistens unbenutzt zurück. So war das eben mit den Konformisten – sie würden nie aufhören, mir einen Strafzettelblock in die Hand zu drücken.

Nachdem ich das Dienstbuch in den dafür vorgesehenen Korb gelegt hatte, alberte ich noch mit ein paar jungen Nachtstreifengängern herum, die wissen wollten, wann ich im Sommer auf Nachtschicht umsteigen würde. Sie kannten meine Gewohnheiten bereits. Jeder kannte sie. Allerdings paßte es mir keineswegs, mich so auf meine Gewohnheiten festlegen zu lassen. Die erfolgreichsten Räuber und Einbrecher sind nämlich jene, die ab und zu ihre Methoden und Gewohnheiten ändern. Damit lassen sie einem keine Chance, sich schon vorher ausrechnen zu können, wo und wie sie das nächstemal zuschlagen werden. Das erinnerte mich an einen abgebrühten alten Streifenpolizisten namens Nails Grogan, der für Hill Street zuständig war.

Nails bekam es – das Ganze lag übrigens schon etwa fünfzehn Jahre zurück – eines Tages endgültig satt, sich ständig beim Appell von irgendeinem grünen Lieutenant dumm anquatschen zu lassen, weil wir angeblich nicht genügend Einbrecher schnappten. Zu dieser Auffassung war Wall – so hieß besagter Lieutenant – gekommen, weil sich auf der Karte unseres Reviers, und zwar vor allem in Grogans Bereich, immer so viele rote Nadeln befanden, die für nächtliche Einbrüche standen. Grogan sagte mir, er könnte sich nicht vorstellen, Wall hätte je eine Einbruchsmeldung in der Hand gehabt, und er wäre überhaupt zu blöd, um Scheiße von Bratensoße zu unterscheiden.

Schließlich fing Grogan damit an, vor dem Abendappell jedesmal ein paar von den roten Nadeln umzustecken. Er nahm immer einige von seinem Revier und plazierte sie irgendwo in der Eastside. Nach ein paar Wochen fing Wall dann auch tatsächlich an, Grogan beim Appell regelrecht als glorreiches Beispiel hinzustellen, da er sich so gut um die Einbruchsfälle in seinem Revier kümmerte. Statt dessen hackte der Lieutenant nun auf den Jungs herum, die für die Eastside zuständig waren. Ich war der einzige, der wußte, worauf dieser plötzliche Umschwung zurückzuführen war, und wir lachten uns immer ins Fäustchen, bis Grogan schließlich zu weit ging und der Eastside eine regelrechte Einbruchswelle verpaßte, so daß Lieutenant Wall beim Captain eine Sondereinheit anforderte, um etwas gegen dieses Überhandnehmen von Einbrüchen zu unternehmen. Der ganze Schwindel flog schließlich auf, als niemand auch nur ein einziges Protokoll für all die roten Nadeln finden konnte.

Wall wurde in das alte Lincoln Heights-Gefängnis versetzt, das sozusagen als Abstellgleis für die Polizei von Los Angeles fungiert. Dort ließ er sich dann ein paar Jahre später pensionieren. Nails Grogan konnte zwar nie etwas nachgewiesen werden, aber ich bin mir sicher, daß Wall wußte, wem er das alles zu verdanken gehabt hatte. Nails gehörte auch zu den Kollegen, die nicht mehr sehr alt wurden, nachdem sie aus dem Dienst ausgeschieden waren. Er hatte sich erschosen. Bei diesem Gedanken lief es mir eiskalt den Rücken hinunter, so daß ich mich schleunigst auf den Weg in den Umkleideraum machte, wo ich die Uniform ablegte und mein Fischgrätjackett, meine graue Hose und ein zitronengelbes Hemd ohne Krawatte anzog. In Los Angeles kommt man eigentlich fast überall auch ohne Krawatte aus.

Bevor ich ging, griff ich schnell noch nach dem Rasierapparat, um meinen Stoppeln zu Leibe zu rücken. Unter den Männern, die sich währenddessen noch im Umkleideraum aufhielten, war auch ein ehrgeiziger junger Bücherwurm namens Wilson, der wie gewöhnlich las, während er auf der Bank vor seinem Schließfach saß und in seine Zivilklamotten schlüpfte. Er besuchte jede Woche drei- oder viermal Abendvorlesungen in einem College und hatte immer ein Lehrbuch dabei. Man sah ihn kein einziges Mal im Aufenthaltsraum oder in der Cafeteria, ohne daß er etwas las. Ich war ja an sich auch eine Leseratte, aber bei dem Gedanken, lesen zu *müssen*, wurde mir fast übel.

»Was lesen Sie denn da?« fragte ich ihn.

»Ach, nur ein bißchen Strafrecht«, erwiderte Wilson, ein junger Kerl mit hoher Stirn und großen blauen Augen. Er war erst seit ein paar Monaten bei der Polizei und machte gerade seine Probezeit durch.

»Du arbeitest wohl schon auf den Sergeant hin?« hänselte ihn Hawk, ein frecher, stämmiger Kerl in Wilsons Alter, der zwei Jahre dabei war und zur Zeit die Phase durchlief, in der sie alle ganz heiß darauf sind, einen Streifen mehr an ihren Ärmel zu kriegen.

»Na ja, ich besuche eben ein paar Kurse.«

»Was haben Sie denn als Hauptfach?« wollte ich wissen. »Kriminologie?«

»Nein, ich mache gerade meinen Abschluß in Politologie, und dann würde ich ganz gern Jura studieren.« Er sah mich dabei nicht an. Das bin ich von jüngeren Polizisten gewohnt, besonders, wenn es sich um einigermaßen gebildete Burschen handelt wie in Wilsons Fall. Sie wissen nie so recht, wie sie sich verhalten sollen, wenn sie einen alten Hasen wie mich vor sich haben.

Einige werden dann betont vorlaut wie etwa Hawk und tun so, als gingen sie selbst schon jahrelang Streife, was natürlich ausnahmslos lächerlich wirkt. Ein paar Jungs geben sich bescheidener, als sie das normalerweise sind, weil sie glauben, ein alter Fuchs wie ich würde sie gleich in der Luft zerreißen, wenn sie mal aus Unerfahrenheit einen Fehler machen. Wieder andere, wie zum Beispiel Wilson, verstellen sich kaum. Allerdings denken sie wie die meisten jungen Leute, daß ein alter Knacker, der es in zwanzig Jahren nicht einmal zum Sergeant gebracht hat, praktisch ein Analphabet sein muß, so daß sie in der Regel nur über die simpelsten Belange des Polizeialltags mit einem sprechen, um einen nicht bloßzustellen. Diesen Burschen ist es in der Regel auch, wie jetzt Wilson, etwas unangenehm, wenn man sie mit einem Buch in der Hand sieht. Die Kluft zwischen den Generationen ist in diesem Job genauso tief wie anderswo, mit einer Ausnahme – die mit dieser Arbeit verbundenen Risiken helfen sie sehr rasch zu überbrükken. Nach ein paar Konfrontationen mit wirklich gefährlichen Situationen verlieren diese jungen Burschen ziemlich schnell ihre Unschuld. Und das ist es eigentlich, was die Kluft zwischen den Generationen ausmacht – die Unschuld.

»Ich hätte da eine rechtliche Frage«, verkündete Hawk und schlüpfte in seine mächtig weit ausgestellte Hose. Wir sind zu militärisch und zu streng, um auffällige Koteletten oder Schnurrbärte zu dulden, sonst hätte er sicher welche gehabt. »Wenn man Selbstmord begeht, kann man dann wegen Mordes belangt werden?«

»Bis jetzt war das zumindest noch nicht der Fall«, erwiderte Wilson und grinste, während Hawk kichernd in ein melonengrünes Samthemd schlüpfte.

»Nur weil in unserem Staat alles toleriert wird«, warf ich ein, worauf mir Wilson amüsiert zulächelte.

»Was ist das denn für ein Buch in Ihrem Schließfach, Wilson?« Ich deutete mit dem Kopf auf ein dickes Taschenbuch im obersten Regal.

»›Kanonen im August‹.«

»Tatsächlich? Das kenne ich auch. Über den Ersten Weltkrieg habe ich schon eine ganze Menge gelesen. Wie finden Sie es denn?«

»Ganz interessant.« Dabei sah er mich an, als hätte er plötzlich das Geheimnis des Lebens entdeckt. »Ich muß es für einen Kurs in Geschichte lesen.«

»Als ich mich damals intensiv mit dem Ersten Weltkrieg beschäftigte, habe ich mich auch durch T. E. Lawrences ›Sieben Pfeiler der Weisheit‹ gefressen. Ich habe diesen Schinken von vorn bis hinten durchgewälzt. In meiner Wohnung sind damals überall Bücher und Landkarten herumgelegen. Dieser kleine Knirps hat ja nur knapp sechzig Kilo gewogen, aber davon waren sicher zwanzig Köpfchen und noch mehr Courage. Der Bursche hatte wirklich was auf dem Kasten.«

»Ja, ein richtiger Einzelkämpfer.« Wilson sah mich nun zum erstenmal richtig an.

»Ganz genau, und das ist es auch, was mir an ihm gefällt. Noch besser hätte es mir allerdings gefallen, wenn er das nicht alles so offen beschrieben hätte, daß es jeder lesen kann – obwohl ich dann andrerseits nichts darüber erfahren hätte. Vielleicht bekommt es so ein Kerl mit der Zeit einfach satt, das Ganze nur zu genießen. Vielleicht *muß* man am Ende einfach alles noch einmal zusammenfassen, um zu sehen, ob es auch einen Sinn gehabt hat.«

»Vielleicht sollten Sie auch Ihre Memoiren schreiben, wenn Sie mal endgültig Ihre Uniform ausziehen, Bumper«, schlug Wilson vor. »Hier sind Sie ja mindestens genauso bekannt wie Lawrence von Arabien.«

»Wieso nehmen Sie eigentlich nicht Geschichte als Hauptfach? Wenn ich aufs College ginge, wäre das mein Fach. Nach ein paar Kursen in Strafrecht ist doch dieser ganze juristische Kram nur noch Quatsch – nichts als Verträge und Klauseln, eine einzige Rechtsverdreherei. Das wäre mir viel zu öde.«

»Ach, wenn man sich dafür interessiert, kann das richtig spannend sein«, meinte Wilson, während Hawk mit einem leicht beleidigten Gesichtsausdruck aufstand und ging, weil er sich nicht an dem Gespräch beteiligen konnte.

»Kann schon sein«, antwortete ich. »Sie müssen ja schon ein paar Jahre aufs College gegangen sein, bevor Sie Polizist wurden.«

»Ja, zwei Jahre«, bestätigte mir Wilson. »Aber jetzt geht das alles wesentlich langsamer und schleppender voran, wenn man voll arbeitet und nebenbei noch studiert.«

»Na, Sie werden das schon hinkriegen.« Ich setzte mich neben Wilson auf die Bank und steckte mir eine Zigarre an. Während sich ein Teil von mir auf das Gespräch mit dem jungen Mann konzentrierte, war ein Teil meiner Gedanken ganz woanders. Ich hatte das ungute Gefühl – ein Gefühl, das manchmal richtig beängstigend werden kann –, daß ich schon einmal so mit ihm gesessen und mich mit ihm unterhalten hatte. Oder vielleicht war es auch jemand anderer gewesen. Und dann dachte ich: Ja, das war es – vielleicht erinnerte mich die Locke in seiner Stirn an Billy, und ich spürte eine zitternde Leere in meinem Magen.

»Wie alt sind Sie denn, Wilson?«

»Sechsundzwanzig.«

Ein stechender Schmerz durchzuckte mich, so daß ich mir fluchend den Bauch rieb. Billy wäre inzwischen auch sechsundzwanzig gewesen.

»Ich wünsche Ihnen nur, daß Ihr Magen durchhält, wenn Sie in mein Alter kommen. Waren Sie eigentlich beim Militär?«

»Ja.«

»Vietnam?«

Er nickte.

»Und? Fanden Sie's sehr schlimm?« fragte ich und erwartete, daß er die Frage wie alle jungen Burschen bejahen würde.

»Der Krieg war natürlich schrecklich. Das hat mich ganz schön fertiggemacht. Aber die Zeit beim Militär an sich fand ich gar nicht so schlimm, wie ich es befürchtet hatte.«

»So ähnlich ging es mir auch.« Ich lächelte. »Ich war acht Jahre beim Marine Corps.«

»In Korea?«

»Nein, dafür bin ich schon zu alt. Ich bin 1942 dazugekommen, und 1950, nach meiner Entlassung, ging ich dann zur Polizei.«

»Dann waren Sie ja ganz schön lange dabei.«

»Zu lange. Der Krieg hat mir schwer zu schaffen gemacht, aber der Frieden kann manchmal auch ziemlich schlimm werden, wenn man beim Militär ist.«

Ich sagte ihm allerdings nicht ganz die Wahrheit, da sie ihm vielleicht nicht schmecken würde. In Wahrheit macht mir der Krieg zwar Angst, aber ich hasse ihn nicht. Nicht daß er mir gefallen würde, aber ich kann ihn auch nicht hassen. Ich weiß, daß es heutzutage modern ist, gegen den Krieg zu sein, aber auf mich trifft das nicht zu.

»Als ich aus Vietnam heimkam, schwor ich mir, nie wieder eine Waffe in die Hand zu nehmen, und jetzt bin ich bei der Polizei«, sagte Wilson. »Soll daraus einmal einer schlau werden.«

Ich fand es ganz enorm, daß er *mir* so etwas sagte. Plötzlich war der Altersunterschied nicht mehr zu spüren. Dieser junge Kerl erzählte mir Dinge, die er vermutlich sonst nur seinen jungen Kollegen in den einsamen Stunden nach zwei Uhr früh gestand. In jenen Stunden, wenn man anfing, gegen den Schlaf zu kämpfen, oder sich mit dem Streifenwagen an ein verstecktes Plätzchen zurückzog, um vielleicht für eine Stunde ein Nickerchen zu machen, ohne sich dabei wirklich ausruhen zu können ... Da war einfach immer die Angst, ein Sergeant könnte einen erwischen, und auf den Funk mußte man ebenfalls aufpassen. Was würde geschehen, wenn man so tief schlief, daß man einen wichtigen Funkspruch überhörte?

»Vielleicht bringen Sie zwanzig Dienstjahre hinter sich, ohne je Ihre Waffe abfeuern zu müssen«, tröstete ich ihn.

»Mußten Sie denn mal zur Waffe greifen?«

»Ein paarmal schon.«

Zum Glück ließ er es dabei bewenden und stellte keine Fragen, wie das Zivilisten immer tun – zum Beispiel: »Was ist es für ein Gefühl, wenn man auf jemanden schießt?« Ich halte das alles für absoluten Blödsinn, weil man nicht viel dabei fühlt, wenn man als Soldat im Krieg oder als Polizist Schüsse abfeuert. Wenn man tut, was getan werden muß – weshalb sollte man da etwas fühlen? Ich habe jedenfalls nie was gespürt. Wenn die Angst um das eigene Leben vorbei und das Adrenalin verbraucht ist, bleibt nichts übrig. Aber wer kann schon der Wahrheit ins Auge sehen? Da die Leute offensichtlich lieber irgendwelchen Blödsinn hören, richte ich mich eben nach ihren billigen Klischeevorstellungen.

»Was wollen Sie denn machen, wenn Sie Ihr Jurastudium abgeschlossen haben?« fragte ich. »Scheiden Sie dann aus dem Dienst aus?«

»Wenn ich je damit fertig werden sollte, werde ich vielleicht schon kündigen«, erwiderte Wilson lachend. »Aber im Augenblick bezweifle ich, daß ich je fertig werde.«

»Es könnte ja sein, daß Sie dann gar nicht mehr gehen wollen. Das ist schon ein verdammt eigenartiger Job. Er ist so – intensiv. Ich kenne ein paar, die würden nicht mal für eine Million Dollar gehen.«

»Und wie ist das mit Ihnen?«

»Ach, ich kratze die Kurve schon. Ich bin ja praktisch schon pensioniert. Aber dieser Job hat es wirklich in sich. Wenn man sieht, wie hilflos und verletzlich die Leute sind ... Und dann ist es natürlich großartig, einen richtig schweren Jungen hopsgehen zu lassen, wenn man einen Riecher für so was hat.«

Er sah mich kurz an und sagte dann: »Rogers und ich haben letzten Monat einen Kerl einkassiert, dem sie fünf bewaffnete Raubüberfälle angehängt haben. Er hatte eine Sieben-Komma-Fünfundsechziger im Gürtel stecken, als wir ihn wegen einer Verkehrsübertretung angehalten haben. Wir haben Lunte gerochen, weil er plötzlich zu schwitzen anfing und recht nervös wurde, als wir mit ihm geredet haben. Das ist schon ein Ding, so einen dicken Fisch zu erwischen – vor allem, wenn man nicht weiß, wie dumm die ganze Sache hätte ausgehen können. Ich meine, dieser Kerl saß nur einfach da und sah zwischen Rogers und mir hin und her, und dabei hat er nur überlegt, ob er uns abknallen sollte. Das haben wir allerdings erst später gemerkt. Aber das Ganze ist dadurch noch spannender geworden.«

»Klar, das gehört dazu. Man fühlt sich irgendwie lebendiger. Mann, Sie reden ja, als wären Sie bumperisiert worden. Dabei hatten wir doch nie was miteinander zu tun.«

»Doch, eine Nacht haben wir zusammengearbeitet. Können Sie sich noch erinnern? Das war meine erste Nacht nach der Polizeiakademie. Und Sie können mir glauben, daß ich vor Ihnen mehr Angst hatte als vor sämtlichen Ganoven, die sich damals rumgetrieben haben.«

»Stimmt, wir waren mal zusammen – jetzt kann ich mich wieder erinnern«, log ich.

Zu meiner Enttäuschung beendete Wilson unsere Unterhaltung. »Ich muß jetzt in die Schule. Bis nächste Woche muß ich zwei Arbeiten fertig kriegen, und ich habe noch nicht mal damit angefangen.«

»Na, dann halten Sie mal die Ohren steif, Wilson«, verabschiedete ich mich und machte mein Schließfach zu.

Ich ging auf den Parkplatz hinaus und nahm mir vor, in meiner Stammkneipe in der Nähe des Silverlake ein paar hinter die Binde zu kippen, bevor ich zu Cruz fuhr. Der Inhaber war ein alter Kumpel von mir, der in meinem früheren Revier in der Innenstandt eine Bar betrieben hatte, bevor er diese hier gekauft hatte. Er gehört zwar nicht mehr zu meinem Revier, aber er spendierte mir trotzdem immer noch ein paar Drinks – vermutlich aus Gewohnheit. Die meisten Barbesitzer sind Polizisten gegenüber in der Regel nicht sonderlich spendabel, da viele Kollegen, wie ich weiß, diese Großzügigkeit ausnutzen. Und am Ende hat so ein armer Teufel so viele Uniformierte um sein Wasserloch, daß er früher oder später dichtmachen kann. Und deshalb gab Harry auch nur mir und ein paar Beamten, die er wirklich gut kannte, einen aus.

Es war fünf Uhr, als ich meinen Ford, Baujahr 51, vor Harrys Bar parkte. Ich hatte den Wagen damals neu gekauft und fuhr ihn immer noch. Nach fast zwanzig Jahren hatte er erst gute zweihunderttausend Kilometer drauf und immer noch denselben Motor. Ich fuhr ja auch nicht viel damit herum – höchstens, daß ich mal eine kleine Urlaubsreise machte oder an irgendeinen Fluß zum Fischen fuhr. Seit ich Cassie kannte, hatte ich den Wagen häufiger benutzt, obwohl ich auch mit ihr nur selten eine größere Reise unternahm. In der Regel fuhren wir nur nach Hollywood, um uns einen Film oder eine Operette anzusehen. Cassie hörte gern in der Bowl Konzerte, während ich am liebsten ins Dodger Stadion ging. Recht häufig gingen wir auch auf dem Strip tanzen. Cassie tanzte ganz ordentlich. Sie wußte sich zu bewegen, konnte sich aber nie ganz gehenlassen und den Kopf völlig ausschalten. Wenn ich aus Los Angeles wegzog, würde ich den Ford mitnehmen. Es interessierte mich einfach, wie lange so ein Auto hielt, wenn man es richtig behandelte.

Harry war allein, als ich in die kleine Bar mit dem urigen Kiefernholzmobiliar trat. Die Einrichtung bestand aus ein paar Tischen in Nischen, einem Billardtisch und einem Dutzend Barhocker. Die Kneipe war noch nie besonders gut gegangen. Es war ruhig und kühl und dunkel, und das war genau das, was ich im Moment brauchte.

»Hallo, Bumper«, begrüßte mich Harry und zapfte mir bereits ein Glas Bier.

»Abend, Harry.« Ich nahm mir eine Handvoll Brezeln

aus einer der Schalen auf dem Tresen. Harry's war eine der wenigen Bars, wo man noch etwas umsonst bekam – wie in diesem Fall Brezeln.

»Na, wie gehen die Geschäfte, Bumper?«

»Ich kann mich eigentlich nie beklagen, Harry.« Das war die typische Antwort, die von einem Polizisten erwartet wurde.

»Ist in letzter Zeit in deinem Revier irgend etwas Aufregendes passiert?« Harry war etwa siebzig – ein häßlicher, kleiner Gnom mit knochigen Schultern, der wie ein Spatz hinter dem Tresen auf und ab hüpfte.

»Laß mich mal kurz nachdenken.« Ich überlegte, was ich ihm erzählen könnte. Da Harry einmal eine Bar in der City gehabt hatte, kannte er eine Menge Leute, die auch ich kannte. »Ach ja, erinnerst du dich noch an Frog LaRue?«

»Dieser kleine Giftler mit dem vornübergebeugten Gang?«

»Genau der.«

Harry seufzte. »Diesen Burschen muß ich wohl mindestens eine Million Mal rausgeschmissen haben, nachdem du mir erzählt hast, daß er dealt. Ich habe allerdings nie so recht begreifen können, warum er sich ausgerechnet meine Bar ausgesucht hat, um seine Geschäftchen abzuwickeln.«

»Sie haben ihn abgeknallt«, sagte ich.

»Wie das? Hat er versucht, jemandem Puderzucker anzudrehen?«

»Nein, ein Mann vom Rauschgiftdezernat hat ihn kaltgemacht.«

»Tatsächlich? Wie kann man denn einen Kerl wie Frog umlegen? Der tat doch niemandem etwas zuleide – außer sich selbst.«

»Jeder kann jemandem etwas zuleide tun, Harry. Aber in diesem Fall war es ein Mißverständnis. Frog hatte immer in seinem Hotelzimmer ein Klappmesser auf dem Fensterbrett liegen – ganz gleich, wo er war. Und so kalt konnte es gar nicht sein, daß er das Fenster nicht aufließ. Auf diese Weise hat er sich eben abgesichert. Wenn jemand an seine Tür klopfte, den er für einen Polizisten hielt, schlitzte Frog das Fliegengitter auf und warf seinen Stoff mitsamt Spritze aus dem Fenster. Eines Abends bekamen die Leute vom Rauschgiftdezernat einen Tip und statteten Frog wieder mal einen Besuch ab, worauf der gute alte Frog einen Löffel voll H aus dem Fenster leerte. Dazu mußte er jedoch erst das Fliegengitter aufschlitzen, und als der Mann vom Dezernat zur Tür hereinstürmte, trug ihn sein Schwung praktisch noch durch den ganzen Raum und auf Frogs Bett, wo Frog saß, das Messer noch in der Hand. Der Mann, der als zweiter ins Zimmer stürzte, hatte seine Waffe gezogen, und damit war's um Frog auch schon geschehen. Zwei Kugeln, mitten ins Schwarze.« Ich legte meine Faust etwas rechts von meinem Herz auf die Brust, um die Stelle anzuzeigen, wo Frog getroffen worden war.

»Hoffentlich mußte der arme Teufel nicht lange leiden.«

»Zwei Tage hat er noch gelebt. Er hat den Beamten von seinem Trick mit dem Messer erzählt und daß er nie die Absicht gehabt hätte, jemanden damit anzugreifen.«

»Der arme Teufel«, meinte Harry.

»Zumindest ist er so gestorben, wie er gelebt hat. Mit einem Arm voll Stoff. Einer der Detectives hat mir erzählt, daß sie ihm schließlich eine ordentliche Dosis Morphium verpaßt haben. Wie er so mit seinen zwei Löchern in der Brust da gelegen hat, muß der alte Frog am Ende noch einen richtig zufriedenen Eindruck gemacht haben.«

»Warum werden diese armen Teufel eigentlich nicht vom Staat mit Heroin versorgt?« fragte Harry angewidert.

»Denen geht's doch darum, high zu werden. Es genügt Ihnen nicht, daß sie sich einigermaßen gesund fühlen. Und im Lauf der Zeit brauchen sie dann immer mehr, damit sie noch eine Wirkung spüren. Am Ende würde so ein Kerl dann eine Dosis brauchen, die aus King Kong ein zahmes, kleines Kätzchen machen könnte. Und was anderes als Heroin kann man den echten Junkies nicht geben. Die wollen schon den *richtigen* Stoff. Und dann würde es auch nicht lange dauern, bis sie sich Dosen spritzen, die sie umbringen.«

»Na ja, aber das wäre doch trotzdem noch besser als der Tod, den Frog erlitten hat. Ich kann mir vorstellen, daß sich keiner von denen darüber beklagen würde.«

»Da hast du allerdings recht. Finde ich auch.«

»Allmählich könnte dieses Luder wirklich kommen«, murmelte Harry mit einem Blick auf die Wanduhr.

»Was für ein Luder?«

»Ach, Irma, diese dämliche Bedienung, die ich letzte Woche eingestellt habe. Hast du sie noch gar nicht gesehen?«

»Ich glaube nicht«, erwiderte ich und trank von meinem Bier, das so kalt war, daß mir die Zähne weh taten.

»Ein ganz schön heißes Schnuckelchen«, schwärmte Harry. »Aber man sollte sich besser gar nicht erst auf so ein Mäuschen einlassen, weißt du? Die würde dir noch das letzte Hemd ausziehen, wenn du ihr eine Chance dazu geben würdest. Aber eine verdammt geile Figur hat das Mädel. Manchmal könnte ich so richtig über sie herfallen und sie ordentlich durchvögeln.«

»Ich dachte, du hättest mir mal erzählt, für so was wärst du schon zu alt.« Ich leckte mir den Schaum von der Oberlippe und trank mein Glas leer, das Harry eilfertig nachfüllte.

»Weiß Gott, das bin ich auch, aber manchmal überkommt es mich eben immer noch. Weißt du, was ich meine? Manchmal, wenn ich den Laden hier dichtmache und ganz allein mit ihr bin ... Mit meiner Frau läuft ja in der Hinsicht schon seit einigen Jahren nichts mehr, aber wenn ich mit Irma allein bin, dann komme ich mir plötzlich wieder vor wie ein junger Hengst. *So* alt bin ich nun auch wieder nicht. Noch lange nicht. Aber du weißt ja, wie es mit meiner Gesundheit ist. In letzter Zeit hatte ich ja immer Probleme mit der Prostata. Aber wenn Irma in meiner

Nähe ist, werde ich ganz schön geil. Dann könnte ich so ziemlich alles von einem *Burro* bis zu einem Cowboystiefel vögeln.«

»Na, diesen Schnuckel muß ich mir ja direkt mal ansehen.«

»Aber du wirst sie mir doch nicht ausspannen, Bumper, oder?«

Ich dachte zuerst, daß Harry einen Witz machte, aber dann fiel mir sein verzweifelter Gesichtsausdruck auf, und ich rief: »Aber, wo denkst du hin, Harry?«

»Ich glaube wirklich, daß ich es mit ihr noch könnte, Bumper. In letzter Zeit war ich immer so deprimiert – vor allem wegen dieser Prostatageschichte. Aber mit Irma würde ich es tatsächlich noch mal fertigbringen.«

»Klar, Harry.« Ich stellte wieder einmal fest, daß er sich im Lauf des letzten Jahres langsam verändert hatte. Er vergaß manchmal, das Geld von der Bar zu nehmen, was er sonst nie versäumt hatte. Er verwechselte die Namen seiner Gäste und erzählte einem öfter Geschichten, die er schon früher einmal zum besten gegeben hatte.

Vor allem das war es – er wiederholte sich ständig. Ich hörte das auch von verschiedenen anderen Stammgästen, wenn wir beim Billardspielen außer Harrys Hörweite waren. Harry wurde langsam senil, und das war nicht nur traurig, sondern auch beängstigend. Bei diesem Gedanken lief mir ein kalter Schauer über den Rücken. Wie lange würde er sich mit seiner Bar wohl noch halten können? Ich legte einen Vierteldollar auf die Theke, den der zerstreute Harry auch prompt einsteckte. Das war das erstemal, daß ich in Harrys Bar für ein Getränk bezahlt hatte.

»Meine Frau wird es nicht mehr lange machen, Bumper. Habe ich dir eigentlich schon erzählt, daß ihr die Ärzte nur noch ein Jahr geben?«

»Ja, das hast du schon erzählt.«

»In meinem Alter ist es einfach nicht gut, ganz allein zu sein. Und dann diese Prostatageschichte ... Weißt du, manchmal stehe ich erst mal zwanzig Minuten da und probier es, bis ich endlich pinkeln kann. Und du machst dir keine Vorstellung, was es für ein Genuß ist, sich einfach hinhocken zu können und ohne langes Herumgedrücke sein Geschäft zu machen. Das kannst du mir wirklich glauben, Bumper, das ist echt ein Genuß.«

»Kann ich mir gut vorstellen.«

»Mit einem Mädchen wie Irma könnte ich mir das schon ganz gut vorstellen. Das wäre eine regelrechte Verjüngungskur für mich. Das wäre schon eine Sache mit Irma.«

»Klar.«

»Versuch mal, dich allein durchzuschlagen, wenn du alt wirst, und schon bist du verschimmelt, bevor du überhaupt merkst, daß es abwärts mit dir geht. Da braucht man einfach jemanden, der einen am Leben erhält, der ein bißchen Schwung in die Bude bringt. Sonst stirbst du, ohne daß du's überhaupt merkst. Weißt du, was ich meine?«

»Ja.«

Diese Unterhaltung mit Harry war so deprimierend, daß ich beschloß, mich zu verdrücken. Aber da kam ein alter Bekannter herein.

»Hallo, Freddie«, begrüßte ich ihn, als er noch hilflos durch seine zehn Zentimeter dicken Brillengläser in das schummrige Dämmerlicht der Bar blinzelte.

»Hallo, Bumper.« Freddie hatte mich bereits an meiner Stimme erkannt, bevor er nahe genug herangekommen war, um mich durch das Monstrum von Hornbrille auf seiner Nase ausmachen zu können. Seine quäkende Stimme war unverkennbar und konnte einem ganz schön auf die Nerven gehen, wenn man sie zu lange zu hören bekam. Freddie humpelte zu mir und legte seine beiden arthritischen Hände auf die Theke. Er wußte, daß ich ihm ein paar Drinks spendieren würde.

»Ein kühles Blondes für Freddie«, bestellte ich und fürchtete plötzlich, Harry könnte ihn gar nicht erkennen. Aber das war doch lächerlich, dachte ich. Harrys Abstieg nahm doch erst seinen Anfang. Wenn genügend Gäste in der Bar waren, damit es sich für Harry auch rentierte, schmiß ich öfter mal eine Runde, um seinem Umsatz ein bißchen auf die Sprünge zu helfen. Das Problem war nur, daß sich selten mehr als drei oder vier Gäste einfanden. Vermutlich laufen sie einem alle davon, wenn man zu sterben anfängt.

»Wie geht's denn immer so, Bumper?« erkundigte sich Freddie. Seine Finger, die wie knorrige Äste aussahen, umklammerten zitternd das Bierglas.

»Ich kann nicht klagen, Freddie. Recht ordentlich.«

Er lachte schnaubend. Dann nahm er einen kräftigen Schluck aus seinem Glas, und ich beobachtete ihn dabei. Mein Magen brannte höllisch. Das hatte ich Harry zu verdanken. Mit einemmal kam mir auch Freddie reichlich antiquiert vor. Mein Gott, er war ja auch schon mindestens fünfundsechzig. Ich hatte in Freddie eigentlich nie einen älteren Mann gesehen, aber plötzlich war er das für mich. Verhutzelte alte Männer waren die beiden, und ich hatte im Augenblick absolut nichts mit ihnen gemeinsam.

»Wie steht's denn so mit den Mädchen, Bumper?« Harry zwinkerte mir zu. »Bist du in letzter Zeit schwer beschäftigt?« Er wußte nichts von Cassie, und deshalb konnte er auch nicht ahnen, daß ich richtig solide geworden war, seit ich sie kannte.

»In dieser Hinsicht trete ich in letzter Zeit etwas leiser, Harry«, gab ich deshalb zur Antwort.

»Nur nicht locker lassen, Bumper!« Harry neigte seinen Kopf zur Seite und nickte wie ein Vogel. »Die Gabe der Hurerei verliert man nur, wenn man das Training vernachlässigt. Wenn die Augenmuskeln abschlaffen, kriegst du eine Brille wie Freddie. Aber wenn der Liebesmuskel erschlafft, was ist dann?«

»Vielleicht wird er eben auch alt, Harry«, warf Freddie ein. Er warf sein leeres Glas um, während er versuchte, es Harry mit seinen gichtigen Händen zu reichen.

»Alt? Du machst wohl Witze!« rief ich entrüstet.

»Wie ist das denn mit dir, Freddie?« wollte Harry wissen. »Hast du am Schwanz auch schon Arthritis? Wann hast du denn das letztemal einen nackten Weiberarsch gesehen?«

»Ungefähr zur gleichen Zeit wie du«, knurrte Freddie sichtlich gekränkt.

»Mann, ich kann dir sagen, bevor Flossie krank geworden ist, habe ich noch jede Nacht eine Nummer geschoben. Bis sie krank geworden ist! Und ich war damals immerhin achtundsechzig.«

»Pah!« platzte Freddie heraus und schüttete etwas Bier über seine knotigen Finger. »Wenn du während der letzten zwanzig Jahre irgendwas fertiggebracht hast, dann hast du vielleicht ein bißchen rumgeschleckt, aber sonst gar nichts.«

»So?« Harry nickte mehrmals hintereinander, ganz schnell, wie ein verhungernder Vogel vor dem Futternapf. »Weißt du, was ich hier mal mit Irma angestellt habe? Soll ich dir sagen, was ich mit Irma angestellt habe?«

»Was?«

»Ich habe sie auf dem Tisch dort drüben gerammelt, und zwar ganz ordentlich. Was sagst du jetzt, du Klugscheißer?«

»Ha, ha, ha«, wieherte Freddie, der bereits leicht angetrunken gewesen war, als er sich zu uns gesellt hatte.

»Du kannst doch überhaupt nichts mehr, außer vielleicht in irgendwelchen Pornos zu blättern!« schrie Harry erbost. »Ich brauche mir keine Pornos zu kaufen, ich mache es noch! Ich habe die gute Irma gleich hier auf den Tisch gelegt und ihr 'ne halbe Stunde lang tüchtig eingeheizt!«

»Ha, ha, ha!« konterte Freddie. »So lange hast du höchstens gebraucht, um deinen verschrumpelten alten Pimmel zu finden. Ha, ha, ha!«

»Was soll dieser Blödsinn eigentlich?« versuchte ich die beiden zu bremsen. Mir wurde richtig übel von diesem Quatsch. »Könntest du mir vielleicht ein paar Aspirin geben, Harry?« Mit einem verächtlichen Blick auf den grinsenden Freddie brachte mir Harry eine Packung Aspirin und ein Glas Wasser.

Ich nahm mir drei Tabletten und schob das Wasser beiseite, um die Aspirin mit einem Schluck Bier hinunterzuspülen. »Noch ein Bier, bitte«, bestellte ich, »und dann muß ich verschwinden.«

»Wohin gehst du denn, Bump? Auf Brautschau?« Harry zwinkerte Freddie zu, als hätte er bereits wieder vergessen, daß er eigentlich stocksauer auf ihn war.

»Ich bin bei einem Freund zum Abendessen eingeladen.«

»Na, und was wird's denn da als Nachspeise geben, hm?« frotzelte Harry weiter.

»Nicht, was du denkst, Harry. Einfach nur ein ganz gemütliches Abendessen.«

»Ein gemütliches Abendessen«, äffte mich Freddie nach. »Ha, ha, ha!«

»Ach, leck mich doch ...« Einen Augenblick wurde ich richtig wütend auf Freddie, weil er so albern in sein Bier kicherte. Meine Güte, dachte ich dann, ich werde allmählich auch schon ein bißchen irre.

Das Telefon klingelte, und Harry ging ans andere Ende der Theke, um den Hörer abzunehmen. Es dauerte nicht lange, und er fing zu schimpfen an, worauf mich Freddie ansah und den Kopf schüttelte.

»Mit Harry geht's wirklich rapide abwärts, Bumper.«

»Ich weiß. Aber warum mußt du ihn dann noch immer so auf die Palme bringen?«

»Ich will das doch gar nicht«, entschuldigte sich Freddie. »Aber manchmal kann ich einfach nicht anders. Ab und zu fällt Harry einem ja wirklich ganz schön auf die Nerven. Ich habe übrigens gehört, daß die Ärzte gesagt haben, Flossie könnte jetzt jeden Tag sterben. Es geht ihr wirklich verdammt schlecht.«

Ich mußte daran denken, wie sie vor zehn Jahren gewesen war – eine dicke, robuste alte Dame, die immer zu Späßen aufgelegt war. Sie machte immer so leckere Sandwiches, daß mindestens einmal die Woche mein Abendessen nur daraus bestand.

»Ohne sie wird Harry es bestimmt nicht mehr lange machen«, fuhr Freddie im Flüsterton fort. »Seit sie letztes Jahr ins Krankenhaus gekommen ist, wird er von Tag zu Tag kindischer. Ist dir das denn nicht aufgefallen?«

Ich trank mein Bier aus und dachte: Jetzt wird es aber, verdammt noch mal, höchste Zeit, daß ich hier herauskomme.

»Das passiert nur Leuten wie Harry und mir. Wenn man jemanden liebt und wirklich braucht – vor allem, wenn man alt ist –, und wenn man diese Person dann verliert, dann ist das wirklich arg. Das ist wirklich das Schlimmste, was man sich denken kann, wenn plötzlich neben dem Körper auch der Verstand nicht mehr so recht mitmacht. Sieh dir doch Harry und Flossie an! Wenn ich wählen könnte, in wessen Haut ich lieber stecken möchte, für mich wäre das keine Frage. Ich würde lieber mit Flossie tauschen, als so dahinzusiechen wie Harry. Du hast es ja auch gut, Bumper. Du liebst niemanden und bist mit nichts und niemandem verheiratet – außer vielleicht mit deiner Uniform. Dir kann nie was richtig nahegehen.«

»Aber was ist, wenn du zu alt wirst, um deine Arbeit zu machen? Was dann?«

»Daran habe ich noch nie gedacht, Bumper.« Freddie führte das Glas an seine Lippen und verschüttete ein wenig von seinem Inhalt. Er leckte sich einen kleinen Schaumfetzen von den Fingern. »Daran habe ich tatsächlich noch nicht gedacht, aber ich würde sagen, daß du dir deswegen keine Sorgen machen solltest. Du wirst langsam älter und streifst weiter durch die Gegend, und irgendwann kommt so ein Kerl daher und knallt dich über den Haufen. Das mag vielleicht brutal klingen, Bumper – aber was soll's? Sieh dir doch mal *diesen* armen, alten Irren an.« Er deutete auf Harry, der immer noch ins Telefon schimpfte. »Denkt an nichts anderes als ans Vögeln, und ich meine – womit? Und dann schau mich an! Im Dienst zu sterben, das wäre doch sicher nicht der schlechteste Abgang, oder?«

»Soll ich dir mal sagen, warum ich immer hierherkomme, Freddie? Weil's nirgendwo in ganz Los Angeles so hoch hergeht wie hier. Ja, die Atmosphäre hier ist wirklich enorm aufheiternd, und auch die Gespräche, die hier geführt werden, sind so richtig amüsant und anregend.«

Bevor ich gehen konnte, kam Harry zu uns zurück. »Weißt du, wer das war, Bumper?« Seine Augen wirkten glasig und seine Wangen eingefallen. Er hatte in jungen Jahren Akne gehabt, und nun sah seine fahle Gesichtshaut völlig zerfressen aus.

»Wer hat denn angerufen?« fragte ich seufzend. »Irma?«

»Nein – das Krankenhaus. Ich habe schon meinen letzten Heller ausgegeben, obwohl sie mir sowieso schon einiges erlassen haben, und jetzt wird sie auf eine andere Station verlegt, wo noch eine Million anderer sterbender alter Leute herumliegen. Trotzdem muß ich noch eine ganze Menge blechen. Ich kann dir sagen, wenn Flossie eines Tages stirbt, weiß ich nicht, woher ich das Geld für ihr Begräbnis nehmen soll. Meine Lebensversicherung mußte ich mir sowieso schon auszahlen lassen. Kannst du mir vielleicht sagen, wie ich Flossie ein anständiges Begräbnis zukommen lassen soll, Bumper?«

Ich wollte gerade etwas sagen, um Harry zu trösten, als ich hörte, wie Freddie zu schluchzen anfing. Und im nächsten Augenblick folgte Harry seinem Beispiel, so daß ich den beiden nur kurz entschlossen fünf Dollar auf die Theke knallte, damit sie sich ordentlich besaufen konnten, und dann schleunigst ging, ohne mich zu verabschieden. Ich werde nie verstehen, wie manche Leute in Altersheimen oder psychiatrischen Kliniken arbeiten können, ohne verrückt zu werden. Ich fühlte mich schon nach einer knappen Stunde mit diesen beiden alten Knackern reif für die Klapsmühle.

8.

Zehn Minuten später fuhr ich in meinem Ford auf dem Golden State Freeway nach Norden und wurde allmählich hungrig. Ich freute mich schon auf Socorros Enchiladas. Ich erreichte Eagle Rock in der Dämmerung und parkte vor einem großen, alten zweistöckigen Haus mit einem gepflegten Rasen und Blumenbeeten zu beiden Seiten.

Ich überlegte gerade, ob Socorro wohl auch dieses Jahr wieder Gemüse hinter dem Haus angebaut hatte, als ich Cruz im Wohnzimmer am Fenster stehen sah. Er öffnete die Tür und kam auf die Veranda heraus, in einem braunen Sporthemd, einer alten braunen Hose und Sandalen. Er brauchte sich meinetwegen nicht in Schale zu werfen, denn ich gehörte ja sozusagen zur Familie. Die meisten unverheirateten Polizisten haben so eine Familie, wo sie ab und zu mal hingehen können. Wenn man nämlich sein ganzes Leben im Revier verbringt und nicht hin und wieder mit ganz normalen, anständigen Bürgern zu tun hat, kann man schon einen leichten Hau kriegen. Deshalb sucht man sich dann einen Freund oder Verwandten mit Familie, um dort ab und zu wieder seinen Glauben an das Gute im Menschen aufzufrischen.

Ich nannte Cruz öfter meinen alten Hausherrn, da ich, nachdem wir gemeinsam die Polizeiakademie abgeschlossen hatten, als Untermieter in sein großes Haus gezogen war. Dolores war damals noch ein Baby gewesen, und Esteban hatte gerade laufen gelernt. Ich hatte fast ein Jahr lang ein Zimmer im ersten Stock bewohnt und Cruz und Socorro geholfen, die Raten für das Haus zusammenzukratzen, bis wir unsere Uniformen und Waffen abgezahlt und finanziell wieder etwas Luft hatten. Dieses gemeinsame Jahr war keineswegs das schlechteste gewesen, und ich werde vor allem Socorros Kochkünste nie vergessen. Sie hatte oft gesagt, sie würde viel lieber für jemanden wie mich kochen, dem das Essen auch wirklich schmeckte, während Cruz nie viel aß und auch nicht sonderlich viel für gutes Essen übrig hatte. Socorro war damals noch ein schlankes, junges Mädchen gewesen, hatte aber trotz ihrer neunzehn Jahre bereits zwei Kinder. Die beiden hatten ihr Leben genossen, bis Esteban Soldat geworden und bald darauf, vor zwei Jahren, gefallen war. Danach hatten sie sich irgendwie verändert, und sie waren nie mehr die alten geworden.

»Na, wie geht's, *Oso*?« begrüßte mich Cruz, als ich die Betontreppe zur Veranda hochstieg. Ich mußte grinsen, weil eigentlich Socorro damals angefangen hatte, mich ›*Oso*‹ zu nennen. Inzwischen habe ich sogar bei einigen Kollegen den Spitznamen ›Bär‹.

»Alles in Ordnung, Bumper?« erkundigte sich Cruz. »Ich habe gehört, du bist bei dieser Demonstration heute ganz schön in Schwierigkeiten geraten.«

»Ach was, so schlimm war es gar nicht«, wiegelte ich ab. »Was hast du denn so alles gehört?«

»Ach nur, daß sie dich ein bißchen herumgeschubst haben. *Hijo la* ... Warum mußt du dich in deinem Alter auch noch auf so was einlassen? Wieso hörst du nicht auf mich und kümmerst dich bloß um deine Funksprüche und überläßt diese militanten Schlägertypen den jüngeren Kollegen?«

»Ich habe doch auf einen Funkspruch reagiert. So ist das Ganze überhaupt losgegangen. Das hat man nun davon, wenn man auf diesen verdammten Scheißfunk hört.«

»Komm schon rein, du alter Dickschädel.« Cruz hielt mir grinsend die Tür auf. »Was gibt's denn heute abend?« fragte er mich dann und zeigte zur Küche, nachdem er sich das dichte, graue Haar aus der Stirn gestrichen hatte.

»Mal sehen ...« Ich begann zu schnuppern. Eigentlich war ich mir nicht sicher, da ich aufgrund des Chili- und Zwiebelgeruchs kaum etwas unterscheiden konnte, aber ich tat einfach so, als könnte ich riechen, was Socorro kochte.

»*Chili relleno, Carnitas, Cilantro* und Zwiebeln. Und – tja – ein paar *Enchiladas* und *Guacamole*.«

Cruz schüttelte den Kopf. »Ich bin echt baff. Das einzige, was du vergessen hast, sind Reis und Bohnen.«

»Also hör mal, Cruz. Daß es *Arruz y frijoles* gibt, versteht sich wohl von selbst.«

»Eine Nase wie ein Hund.«

»Ist Sukie in der Küche?«

»Ja. Die Kinder sind hinten im Garten.«

Ich ging durch das große Speisezimmer in die Küche, wo Socorro mit dem Rücken zu mir stand und gerade Reis in zwei große Schüsseln füllte. Nach zwanzig Ehejahren und neun Kindern war sie natürlich nicht mehr die Jüngste, aber ihr langes schwarzes Haar hatte nach wie vor seinen lebendigen Glanz. Und obwohl sie inzwischen zehn Kilo zugenommen hatte, war sie immer noch eine jugendliche, energiegeladene Frau mit den weißesten Zähnen, die ich je gesehen hatte. Ich schlich mich hinter sie und kitzelte sie zwischen den Rippen.

»He!« Sie fuhr zusammen und ließ den großen, hölzernen Kochlöffel fallen. »Bumper!«

Ich umarmte sie von hinten, während Cruz mit einem amüsierten Kichern sagte: »Aus deiner Überraschung ist wieder mal nichts geworden. Er hat schon von der Tür aus gerochen, was du alles gekocht hast.«

»Dieser Kerl ist doch gar kein Mensch«, meinte sie lachend. »Oder hast du schon mal einen Menschen gesehen, der so eine Nase hat?«

»Genau das habe ich ihm auch gesagt.«

»Nimm doch Platz, Bumper!« forderte mich Socorro auf und deutete auf den alten Küchentisch, der in der riesigen Küche etwas verloren wirkte, obwohl er ziemlich groß und massiv war. Aber ich hatte schon erlebt, daß es in dieser Küche keinen Fleck gegeben hatte, auf den man seinen Fuß hätte setzen können – zum Beispiel zu Weihnachten, als die Kinder noch klein gewesen waren und ich ihnen Geschenke mitgebracht hatte. Damals war buchstäblich der ganze Boden voller Kinder und Spielsachen gewesen, so daß man nichts mehr von dem Linoleumbelag sehen konnte.

»Ein Bier, Bumper?« fragte Cruz und öffnete zwei vor Kälte beschlagene Flaschen, ohne auf meine Frage zu antworten. Wir tranken beide am liebsten aus der Flasche, und ich hatte meine fast leer getrunken, als ich sie wieder absetzte. Cruz, der meine Gepflogenheiten kannte, öffnete gleich eine neue.

»Cruz hat mir schon alles erzählt, Bumper. Das freut mich für dich.« Socorro schnitt gerade Zwiebeln, und ihre Augen tränten leicht.

»Weißt du, ich hab ihr gesagt, daß du schon dieses Wochenende aufhörst und Cassie begleitest«, erklärte Cruz.

»Ich finde das gut so, Bumper«, fuhr Socorro fort. »Es hat doch keinen Sinn, noch länger hierzubleiben, wenn Cassie schon umgezogen ist. Ich habe mir deswegen ehrlich Sorgen gemacht.«

»Sukie hatte Angst, deine *Puta* könnte dich Cassie abspenstig machen, während sie schon oben in San Franzisko wäre und du noch hier.«

»Meine *Puta*?«

»Dein Revier«, klärte mich Cruz auf und nahm einen Schluck Bier. »Socorro nennt es immer Bumpers *Puta*.«

»Cuidao!« schimpfte Socorro mit Cruz. »Die Kinder sind direkt vor dem Fenster.« Ich konnte sie lachen hören, und Nacho schrie irgend etwas, worauf die Mädchen zu kreischen anfingen.

»Nachdem du das Revier jetzt verläßt, können wir ja darüber sprechen, oder nicht, Bumper?« meinte Cruz lachend. »Den Reizen dieser *Puta* konntest du dich all die Jahre nicht entziehen.«

In diesem Moment fiel mir zum erstenmal auf, daß Cruz, seinem Grinsen und seiner Stimme nach zu schließen, schon ein paar intus gehabt haben mußte, bevor ich gekommen war. Ich sah Socorro kurz an, worauf diese nickte und sagte: »Ja, unser alter *Borracho* säuft schon, seit er von der Arbeit nach Hause gekommen ist. Er möchte Bumpers Junggesellenabschied gebührend feiern.«

»Sei nicht zu streng mit ihm!« bat ich grinsend. »Er ist doch nur ganz selten betrunken.«

»Wer ist hier betrunken?« warf Cruz gereizt ein.

»Du stehst zumindest kurz davor, *Pendejo*«, meinte Socorro, worauf Cruz etwas in Spanisch murmelte. Ich mußte lachen und trank mein Bier aus.

Mein Freund seufzte. »Wenn da nicht die *Puta* gewesen wäre, hätte es Bumper längst zum Captain gebracht.«

»Aber sicher.« Ich ging zum Kühlschrank und nahm für Cruz und mich zwei weitere Bierflaschen heraus. »Willst du auch eines, Sukie?«

»Nein, danke«, erwiderte Socorro, und Cruz rülpste ein paarmal.

»Ich glaube, ich schau mal nach draußen und sag den Kindern guten Abend.« Dabei fiel mir das Geschenk im Kofferraum meines Wagens ein, das ich am Montag gekauft hatte, nachdem Cruz mich zum Essen eingeladen hatte.

»Na, ihr Banditen!« rief ich, als ich ins Freie trat, und Nacho brüllte: »Buuuuumper.« Er schwang sich an einem Seil zu mir, das von einem Ast der riesigen Eiche hing, die fast den ganzen Garten ausfüllte.

»Langsam wirst du groß genug, um Heu zu fressen und einen Wagen zu ziehen, Nacho«, begrüßte ich ihn. Und dann kamen schon vier Kinder, aufgeregt schnatternd und mit leuchtenden Augen, auf mich zugerannt. Sie wußten sehr wohl, daß ich nie zum Abendessen kam, ohne ihnen etwas mitzubringen.

»Wo ist denn Dolores?« erkundigte ich mich. Dolores, nach Esteban der älteste Cruz-Sprößling, war mein Liebling – das genaue Ebenbild ihrer Mutter in jungen Jahren. Sie studierte auf dem College Physik und war mit einem Kommilitonen verlobt.

»Dolores ist mit Gordon aus, was denn sonst?« klärte mich Ralph auf, ein pausbäckiger Zehnjähriger und das Nesthäkchen der Familie, das ständig für Unruhe sorgte und die ganze Familie in Trab hielt.

»Und wo ist Alice?«

»Bei einer Freundin – spielen«, antwortete Ralph. Die vier, Nacho, Ralph, Maria und Marta, waren fast am Platzen, und ich genoß das richtig, obwohl es eigentlich eine Schande war, sie dieses blöde Theater mitspielen zu lassen.

»Nacho«, bemerkte ich scheinbar wie beiläufig, »würdest du vielleicht meine Autoschlüssel nehmen und ein paar Sachen aus dem Kofferraum holen?«

»Ich will helfen!« kreischte Marta.

»Ich auch!« fiel Maria ein und sprang aufgeregt umher – ein Traum von einem elfjährigen Mädchen in einem rosa Kleid, rosa Söckchen und schwarzen Schuhen. Sie war die Hübscheste und würde sicher eines Tages eine atemberaubend schöne Frau werden.

»Das mache ich schon allein«, wimmelte Nacho sie ab. »Ich brauche euch nicht.«

»Ach, Scheiße!« nörgelte Ralph.

»Sagt man denn so etwas, Rafael?« wies ihn Maria zurecht, und ich mußte mich regelrecht abwenden, um nicht vor Lachen zu platzen, als ihr Ralph seine rosige kleine Zunge herausstreckte.

»Mama!« schrie Maria. »Ralph hat etwas Unanständiges getan!«

»Blöde Petzliese«, zischte Ralph und rannte mit Nacho zu meinem Auto.

Immer noch lachend, schlenderte ich in die Küche zurück, wo mich Cruz und Socorro lächelnd erwarteten, da sie wußten, wieviel Spaß ich mit ihren Kindern hatte.

»Geht ihr zwei Männer inzwischen schon mal ins Wohnzimmer, Cruz«, schlug Socorro vor. »Das Essen ist erst in zwanzig Minuten fertig.«

»Also gut, wenn du meinst ... Komm, Bumper.« Cruz nahm vier Flaschen Bier aus dem Kühlschrank. »Ich würde wirklich gern wissen, wieso sich diese mexikanischen Frauen mit zunehmendem Alter zu regelrechten Tyrannen entwickeln. In der Jugend sind sie nämlich richtig zahm und brav.«

»Im Alter! Meine Güte! Hör dir diesen *Viejo* mal an, Bumper!« Socorro deutete mit ihrem Kochlöffel auf Cruz, während wir ins Wohnzimmer gingen, wo ich mich auf Cruz' Drängen in seinem Lieblingssessel niederließ. Er verrückte sogar noch extra das Sofa, damit ich die Beine hochlegen konnte.

»Also wirklich, Cruz ...«

»Nichts da, Bumper! Du bist heute abend der Ehrengast.« Er öffnete mir eine Flasche Bier. »Du siehst hundemüde aus, und ich fürchte, es wird lange dauern, bis wir dich wieder mal einladen können.«

»Ach, mit dem Flugzeug ist es doch nur eine Stunde hier runter. Cassie und ich werden sicher ab und zu mal nach Los Angeles kommen. Außerdem wirst du uns bald besuchen – mit Socorro und den Kindern.«

»Mit der ganzen Schwadron?« Cruz lachte.

»Wir werden uns bestimmt öfter mal sehen.« Während ich dies sagte, mußte ich jedoch bereits gegen das bedrükkende Gefühl ankämpfen, daß wir uns vermutlich nur noch selten treffen würden.

»Klar, Bumper.« Cruz saß mir in dem anderen alten Sessel gegenüber, der fast genauso abgenutzt und bequem wie meiner war. »Ich hatte wirklich Angst, dieses eifersüchtige Luder würde dich nie aus den Klauen lassen.«

»Meinst du mein Revier?«

»Natürlich. Was denn sonst?« Er nahm ein paar kräftige Schlucke von seinem Bier, und ich sagte mir wehmütig, wie sehr mir Cruz fehlen würde.

»Wieso bist du heute abend in dieser philosophischen Stimmung? Mein Revier als Nutte zu beschimpfen – und dieser ganze Kram ...«

»Ich habe heute eben meine poetische Ader.«

»Und einige Mengen an *Cerveza* hast du wohl auch schon intus, was?«

Mit einem Zwinkern warf Cruz einen kurzen Blick zur Küche, wo wir Socorro herumhantieren hören konnten.

Darauf trat er an seine kleine Mahagoni-Hausbar und nahm eine halbvolle Flasche Mescal heraus.

»Ich will nicht, daß Sukie mich das Zeug da trinken sieht«, flüsterte er verschwörerisch. »Meine Leber ist immer noch nicht ganz in Ordnung, und ich sollte eigentlich die Finger von dem Zeug lassen.«

»Ist das dieses Teufelszeug, das du in San Luis gekauft hast? Damals während eures Urlaubs?«

»Genau – das ist der Rest davon.«

»Na ja, wenn du das Zeug trinkst, wirst du sowieso keine Leber brauchen.«

»Das ist echt gut, Bumper. Da, probier mal einen Schluck.«

»Lieber mit Salz und Zitrone.«

»Ach was, es geht auch so. Du bist doch hier der *Macho*, verdammt noch mal. Dann trink auch gefälligst wie einer.«

Ich nahm drei feurige Schlucke, und ein paar Sekunden, nachdem sie in meinem Bauch angelangt waren, bereute ich es bereits und kippte meine ganze Flasche Bier hinterdrein, während Cruz mit einem Schmunzeln ganz langsam an der Flasche nippte.

»Mein lieber Schwan!« japste ich. Und als das Brennen in meinen Eingeweiden langsam nachließ, begann ich mich richtig wohl zu fühlen. Das war genau die Medizin, die mein Körper brauchte.

»In Mexiko haben sie nicht dauernd Salz und Zitronen rumliegen«, erklärte mir Cruz und drückte mir die Flasche noch einmal in die Hand. »Echte Mexikaner verdünnen Mescal nur mit Speichel.«

»Na, kein Wunder, daß das so zähe Kerle sind«, keuchte ich nach *einem* weiteren Schluck und gab die Flasche wieder zurück.

»Wie fühlst du dich jetzt, *'mano*?« fragte Cruz kichernd. Wenn er angetrunken war, kicherte er immer so verrückt, und das brachte mich jedesmal zum Lachen.

»Etwa halb so gut wie du«, erwiderte ich und kippte noch mehr Bier nach, um das Brennen in meinem Magen zu beruhigen. Aber das war ein ganz anderes Brennen als jenes, das von meiner Magensäure verursacht wurde – eher ein warmes Feuer, das sich im Verglühen herrlich anfühlte.

»Hast du schon Hunger?« wollte Cruz wissen.

»Habe ich das nicht immer?«

»Allerdings. Das kann man wohl sagen. Du hast immer auf alles mögliche Hunger. Immer. Ich wünsche mir oft, so wie du zu sein.«

»Wie ich?«

»Du bist ein Genußspecht, in jeder Beziehung. Zu schade, daß das nicht ewig so weitergehen kann. Aber so ist es nun einmal. Und ich bin verdammt froh, daß du jetzt endlich die Kurve gekratzt hast.«

»Du bist doch besoffen.«

»Natürlich bin ich das. Aber ich weiß noch sehr wohl, was ich sage, *'mano*. Cassie ist dir von Gott gesandt worden. Ich habe darum gebetet.« Darauf griff Cruz in seine Tasche und holte einen Lederbeutel heraus, in dem sich sein Rosenkranz befand. Er drückte ihn leicht und steckte ihn wieder in seine Tasche zurück.

»Kommt dieser Rosenkranz wirklich aus Jerusalem?«

»Ja. Ich habe ihn in meiner Schule in El Paso von einem Missionar gekriegt. ›Der erste Preis in Rechtschreibung geht an Cruz Guadelupe Segovia‹, hat der Missionar damals vor versammelter Schule gesagt, und ich wäre an diesem Tag vor Glück fast gestorben. Damals war ich gerade dreizehn. Der Missionar hatte den Rosenkranz aus dem Heiligen Land, und die Perlen waren von Papst Pius XI. geweiht.«

»Wie viele Mitschüler hast du denn damals ausgestochen?«

»In die Endausscheidung sind, glaube ich, sechs gekommen. Wir waren ja an der ganzen Schule nur fünfundsiebzig. Die anderen fünf konnten alle kein Englisch. Die dachten, der Wettbewerb wäre in Spanisch, und so habe ich gewonnen.«

Darüber mußten wir beide lachen. »Ich habe noch nie was gewonnen, Cruz. In dieser Hinsicht bist du mir eindeutig überlegen.« Irgendwie war es schon erstaunlich, sich einen gestandenen Mann wie Cruz vorzustellen, der immer noch diesen Rosenkranz bei sich trug. Und das in diesen Zeiten!

Und dann flog die Eingangstür auf, und das Wohnzimmer füllte sich mit sieben lärmenden Kindern. Nur Dolores fehlte an diesem Abend. Cruz setzte sich kopfschüttelnd in seinem Sessel zurück und trank weiter sein Bier, während Socorro nun ebenfalls ins Wohnzimmer kam und mir Vorhaltungen machte, weil ich so viele Geschenke gekauft hatte. Über dem Lärm, den die Kinder machten, konnte man jedoch sein eigenes Wort nicht hören.

»Ist das wirklich so einer, wie sie ihn auch in der Liga tragen?« fragte Nacho, als ich ihm den Baseballhelm zurechtrückte und die Kinnhalterung befestigte, von der ich wußte, daß er sie auf der Stelle wegwerfen würde, sobald ihm seine Freunde erzählten, daß die wirklichen Könner keine Kinnhalter trugen.

»Seht mal! Hot pants!« quietschte Maria und hielt sie gegen ihren Körper, der sich allmählich rundete. Sie waren aus blauem Jeansstoff mit einem Latz und Flickentaschen.

»Hot pants?« stöhnte Cruz. »Das darf doch nicht wahr sein!«

»Die tragen sie jetzt sogar schon in der Schule, Papa. Wirklich. Frag Bumper!«

»Frag Bumper!« brummte Cruz und trank einen Schluck Bier.

Die größeren Kinder waren inzwischen auch eingetroffen. Linda, George und Alice waren typische Highschool Teenager, und ich hatte für sie natürlich auch was zum Anziehen gekauft. Für George hatte ich ein paar langärmelige Hemden in modischen Farben besorgt, und seiner Miene nach zu schließen, hätte meine Wahl nicht besser ausfallen können.

Nachdem sich die Kinder alle mindestens ein dutzendmal bei mir bedankt hatten, befahl Socorro ihnen, die Sachen wegzuräumen, und rief uns zu Tisch. Dicht gedrängt und auf verschiedenen Stühlen saßen wir um den riesigen, viereckigen Eichentisch herum, der sicher eine Tonne wog. Ich wußte das, weil ich Cruz nämlich geholfen hatte, ihn vor zwölf Jahren ins Haus zu tragen, als noch niemand hätte sagen können, wie viele Kinder einmal an diesem Monstrum von Tisch sitzen würden.

Das Tischgebet wurde immer vom Jüngsten gesprochen. Und als Ralph damit fertig war, bekreuzigten sich alle. Mir lief bereits das Wasser im Mund zusammen, da direkt vor mir auf einer riesigen Platte die *Chiles rellenos* lagen. Die gewaltigen *Chiles* waren mit Käse gefüllt und in Butter gebraten. Und bevor ich mir noch etwas nehmen konnte, hatte mir Alice bereits meinen Teller gefüllt, ohne daß sich eines von den anderen Kindern etwas genommen hätte. Ihre Eltern mußten sie nie zu so etwas anhalten. Sie wußten einfach, was sich gehörte.

»Ihr habt also *Cilantro*«, stellte ich genüßlich fest, während mir schon fast der Speichel aus den Mundwinkeln tropfte. Ich konnte dieses herrliche Gewürz unmißverständlich herausriechen.

Mit den Fingern streute mir Marta noch etwas zusätzliches *Cilantro* über meine *Carnitas,* als ich das sagte, und dann biß ich in eine weiche, hausgemachte Mehltortilla, gefüllt mit *Carnitas* und Socorros eigener Chilisoße.

»Und, Bumper?« erkundigte sich Cruz, nachdem ich etwa einen halben Teller leer gegessen hatte, was etwa fünfunddreißig Sekunden gedauert hatte.

Ich verdrehte stöhnend die Augen, worauf alle zu lachen anfingen, da sie diesen Gesichtsausdruck schon zu gut kannten.

Socorro wandte sich ihrer Tochter zu. »Siehst du, Marta, du würdest sicher viel lieber kochen, wenn du für jemanden wie Bumper kochen könntest, der das Essen dann auch genießen würde.«

Mit einem zufriedenen Grinsen spülte ich etwas *Chile*

relleno und *Enchilada* mit drei mächtigen Schlucken kaltem Bier hinunter. »Eure Mutter ist wirklich eine Kochkünstlerin!«

Ich verdrückte drei Portionen *Carnitas* – zarte, kleine Schweinefleischstückchen, über die ich etwas von Socorros Chilisoße, *Cilantro* und Zwiebeln gab. Als schließlich alle mit dem Essen fertig waren, blieben neun braune Augenpaare ungläubig an mir haften, während ich die letzten drei *Chile rellenos* auf meinen Teller lud und einen in die letzte Tortilla wickelte. Als ich dann auch noch die letzten *Carnitas,* die noch in der Schüssel lagen, verdrückte, wurden diese neun Augenpaare noch größer.

»*Por Dios*«, murmelte Socorro. »Ich dachte, ich hätte ausreichend für zwanzig Leute gekocht.«

»Das hast du doch auch, Sukie«, beruhigte ich sie und räumte in der beglückenden Gewißheit, die Bewunderung aller auf mich zu ziehen, die letzten Reste von meinem Teller. »Ich bin heute abend nur ganz besonders hungrig, und du hast heute abend besonders gut gekocht. Außerdem wäre es doch einfach jammerschade, etwas von den leckeren Sachen verkommen zu lassen.« Dabei aß ich noch einen halben *Chile relleno* und spülte ihn mit einem Schluck Bier hinunter. Und während ich zufrieden um mich blickte, mußte Nacho stöhnend rülpsen.

Wir alle konnten uns vor Lachen kaum halten, und Ralph fiel sogar von seinem Stuhl und kringelte sich auf dem Boden. Das war schon verdammt komisch, wenn ich es mir genauer überlegte. Mit meiner Gefräßigkeit lenkte ich die gesamte Aufmerksamkeit auf mich, und sie amüsierten sich dabei auch noch köstlich.

Nach dem Essen räumten wir den Tisch ab, und dann mußte ich mit Alice, Marta und Nacho eine Partie Scrabble spielen, während die anderen zusahen. Zwischendurch trank ich immer wieder Bier und nahm einen gelegentlichen Schluck Mescal, den Cruz inzwischen in aller Öffentlichkeit anbot. Um neun Uhr, als die Kinder ins Bett mußten, war ich schon ziemlich vollgetankt.

Mit Ausnahme von George und Nacho, die mir die Hand schüttelten, gaben mir alle einen Gute-Nacht-Kuß, und nach einer Viertelstunde wurde es im Oberstock still, ohne daß es vorher lange Diskussionen wegen des Schlafengehens gegeben hätte. Ich hatte weder Cruz noch Socorro jemals eines der Kinder schlagen sehen. Natürlich verdroschen die älteren nicht selten die kleineren – das war etwas anderes. Aber eine ordentliche Tracht Prügel kann jeder mal vertragen.

Wir schoben den Eßtisch wieder zusammen, breiteten die Spitzendecke darüber und gingen dann – Cruz, Socorro und ich – ins Wohnzimmer. Cruz hatte schon ganz kräftig einen in der Birne und sah auf Socorros Anraten davon ab, sich noch ein Bier zu genehmigen. Ich hatte eine Flasche in meiner rechten Hand und den letzten Rest Mescal in meiner linken.

Cruz saß neben Socorro auf der Couch und rieb sich sein Gesicht, das sich vermutlich ganz taub anfühlte. Er küßte seine Frau auf den Hals.

»Sieh bloß zu, daß du hier rauskommst!« schimpfte sie. »Du hast ja eine Fahne, die meilenweit gegen den Wind stinkt.«

»Wie soll ich gegen den Wind stinken?« lallte Cruz. »Hier drinnen weht doch gar keiner.«

»Erinnert ihr euch noch, wie wir früher immer nach dem Abendessen so zusammengesessen sind?« schaltete ich mich ein. Allmählich begann ich den Mescal zu spüren und sah die beiden vor mir leicht verschwommen.

»Weißt du noch, wie schlank und zierlich Sukie damals war?« Cruz grinste und stieß sie zwischen die Rippen.

»Ich werde dir gleich mal was zeigen«, drohte Socorro und hob eine Hand, die für eine Frau ihres Alters derb und abgearbeitet aussah. Sie war noch nicht ganz vierzig.

»Sukie war das hübscheste Mädchen, das man sich nur denken kann«, schwelgte ich in Erinnerungen.

Cruz nickte mit einem einfältigen Grinsen. »Ja, das glaube ich auch.«

»Und sie ist es immer noch«, fügte ich hinzu. »Und Cruz war der schönste Mann, den ich je gesehen habe – außer Tyrone Power und vielleicht Clark Gable.«

»Glaubst du wirklich, daß Tyrone Power besser aussah?« wollte Cruz wissen. In meinen Augen hatte er sich – bis auf die grauen Haare – kein bißchen verändert. Dieser Kerl hat sich wirklich gut gehalten, mußte ich, nicht ohne Neid, denken.

»Weil gerade von hübschen Mädchen die Rede ist«, schaltete sich Socorro ein. »Erzähl doch mal ein bißchen was von deinen Plänen mit Cassie, Bumper.«

»Na ja, wie ich bereits gesagt habe, wollte sie schon mal nach Norden rauffahren, um eine Wohnung zu suchen und sich in der Schule einzuarbeiten. Ende Mai, wenn Cruz und ich unsere zwanzig Jahre hinter uns haben werden, wollte sie dann wieder runterfliegen, und dann wollten wir heiraten. Aber ich habe mich inzwischen entschlossen, die ganze Sache ein wenig einfacher zu machen. Ich werde die nächsten zwei Tage noch arbeiten, und dann wird mein Urlaub genau bis zum Monatsende ausreichen, wo ich offiziell aufhöre. So kann ich jetzt schon mit Cassie losfahren. Vermutlich werden wir Sonntag oder Montag aufbrechen und zwischendurch in Las Vegas noch schnell heiraten.«

»Ach, Bumper, wir wären doch so gern dabei gewesen, wenn du heiratest«, meinte Socorro enttäuscht.

»Ach was, in unserem Alter ist doch so eine Hochzeit nichts Besonderes mehr«, versuchte ich sie zu trösten.

»Wir mögen Cassie wirklich gern, Bumper«, sagte Socorro. »Du hast eine Menge Glück gehabt. Eine bessere Frau hättest du gar nicht finden können.«

»Und wie sie aussieht!« Cruz zwinkerte mir zu und versuchte zu pfeifen. Aber es gelang ihm nicht. Er war schon zu betrunken.

Socorro schüttelte den Kopf und sagte: *»Sinvergüenza«*, worauf wir beide über ihn lachten.

»Was wirst du denn am Freitag machen?« wollte Socorro

weiter wissen. »Wirst du einfach wie immer zum Appell erscheinen und dann aufstehen und sagen, daß du in den Ruhestand trittst und das dein letzter Tag ist?«

»Nein, ich werde mich einfach davonstehlen. Ich werde keinem Menschen etwas davon erzählen. Ich hoffe doch, daß du auch dichtgehalten hast, Cruz?«

»Aber selbstverständlich«, erwiderte Cruz und mußte rülpsen.

»Ich werde mich so verabschieden wie vor jedem Wochenende und der Personalabteilung und dem Captain einen Einschreibebrief schicken. Und die Entlassungspapiere werde ich einfach unterzeichnen und ihnen mit der Post zuschicken. Mein Abzeichen und den Ausweis kann ich ja Cruz geben, bevor ich gehe, und dann kann er sie für mich abliefern, so daß ich mich gar nicht mehr auf der Station blicken lassen muß.«

»Aber irgendwann mußt du auf jeden Fall nach Los Angeles zurückkommen«, meinte Cruz. »Wir müssen noch eine Abschiedsfeier für dich schmeißen.«

»Das ist wirklich nett, Cruz – vielen Dank. Aber ich habe Abschiedsfeiern noch nie gemocht. Ich finde so etwas immer todtraurig. Ich weiß dieses Angebot durchaus zu schätzen, aber trotzdem – bitte, keine Abschiedsfeier für mich!«

Socorro seufzte tief auf. »Stell dir das mal vor – ein völlig neues Leben anzufangen ... Ich fände es schön, wenn auch Cruz schon aufhören könnte.«

»Wem sagst du das?« murmelte Cruz mit glasigen Augen. Er saß jedoch inzwischen wieder kerzengerade da. »Aber wir haben ja auch die Kinder, und ich hab mich auf dreißig Jahre verpflichtet. Dreißig Jahre ... Mein Gott, das ist ja schon fast das ganze Leben. Wenn ich endlich mal aufhören kann, bin ich schon ein alter Mann.«

»Ich glaube, ich kann wirklich von Glück reden«, sagte ich. »Kannst du dich noch an die Zeiten in der Akademie erinnern, Cruz? Damals dachten wir auch schon, wir wären alte Männer – mit all diesen Zwanzigjährigen um uns herum. Damals warst du einunddreißig, der Älteste in unserem Kurs, und ich war nicht viel jünger. Kannst du dich noch an Mendez erinnern, der uns immer *Elefante y ratoncito* nannte?«

»Der Elefant und die Maus«, kicherte Cruz.

»Die zwei Alten! Wir waren damals dreißig, und ich dachte, ich wüßte schon eine Menge. Aber wenn ich mir's recht überlege, waren wir damals noch ganz schön feucht hinter den Ohren.«

»Natürlich, *'mano*«, stimmte mir Cruz zu. »Aber doch nur deshalb, weil wir noch nicht da draußen waren.« Er deutete mit einer vagen Geste auf die Straße hinaus. »Da draußen wird man dann schnell erwachsen. Und manchmal denke ich wirklich, daß es nicht unbedingt gut ist, so viel und so schnell auf einmal zu lernen. Irgendwie beeinträchtigt das die Art, wie man über die Dinge denkt und was man so fühlt. An bestimmte Dinge sollte man einfach noch glauben, aber wenn man einmal zwanzig Jahre da draußen war, dann kann man einfach nicht mehr daran glauben. Das bekommt niemandem gut.«

»Aber du glaubst doch immer noch daran, Cruz?« fragte ich ihn. Socorro sah uns an, als faselten wir in unserem Suff nur noch sinnloses Zeug, wenn es auch für Cruz und mich keineswegs sinnlos war.

»Ich glaube immer noch daran, Bumper, weil ich daran glauben möchte. Und schließlich habe ich ja auch Sukie und die Kinder. Wenn ich nach Hause komme, ist all das andere einfach nicht mehr real. Du hattest niemanden, zu dem du gehen konntest. Aber jetzt hast du ja Cassie.«

»Ich muß für die Kinder die Pausenbrote fertigmachen«, entschuldigte sich Socorro und schüttelte dabei ihren Kopf auf eine Art, die besagen sollte, daß sie die beiden betrunkenen Polizisten nun lieber allein ließ. Da Cruz in dieser Hinsicht jedoch kaum einmal über die Stränge schlug, machte sie ihm auch keinen Vorwurf, obwohl er Schwierigkeiten mit seiner Leber hatte.

»Ich kann dir gar nicht sagen, Bumper, wie froh wir waren, als du Cassie das erstemal zum Abendessen mitgebracht hast. In dieser Nacht lagen wir noch lange wach im Bett, und ich war genauso wie Socorro der Meinung, daß Gott sie dir geschickt haben muß – obwohl du ja nicht an Gott glaubst.«

»Ich glaube nur an die *Götter,* das weißt du doch.« Ich grinste und spülte den letzten Mescal mit einem kräftigen Schluck Bier hinunter.

»Es gibt nur einen Gott, verdammt noch mal!« stieß Cruz hervor.

»Selbst dein Gott hat drei Gesichter, verdammt noch mal«, konterte ich. Dabei starrte ich ihn über den Hals meiner Bierflasche an, bis er lachen mußte.

»Hör mal, Bumper, ich möchte wirklich mal mit dir reden.« Dabei senkte er den Blick, wie immer, wenn er es ernst meinte. Und wenn Cruz das tat, konnte ich ihn nicht mehr verspotten.

»Also gut.«

»Cassie ist die Antwort auf ein Gebet.«

»Warum mußtest du deine Gebete ausgerechnet an mich verschwenden?«

»Weshalb wohl, *Pendejo*? Weil du mein Bruder bist – *mi hermano*.«

Das bewog mich, meine Bierflasche abzustellen und mich kerzengerade aufzusetzen. Cruz hob wieder den Kopf, und ich sah in seine großen braunen Augen. Er hatte allerdings sichtlich zu sehr mit dem Bier und dem Mescal zu kämpfen, um mir sagen zu können, was er mir mitteilen wollte. Ich fragte mich, wie er eigentlich die körperlichen Voraussetzungen gehabt haben konnte, um bei der Polizei anzukommen. Er war kaum eins siebzig groß und nichts als Haut und Knochen. Er hatte nicht ein Gramm Fett angesetzt und das schönste Gesicht, das man sich vorstellen konnte.

»Ich hätte nie gedacht, daß du dir meinet- und Cassies wegen so viele Gedanken machen würdest.«

»Aber natürlich habe ich das. Schließlich habe ich sie ja

auch für dich herbeigebetet. Begreifst du denn nicht, worauf du zugesteuert wärst, Bumper? Du bist jetzt fünfzig. Natürlich warst du der *Macho* auf der Straße. Aber bei Gott, Bumper, ich konnte es schon richtig vor mir sehen, wie dich eines Tages irgendein junger Spritzer fertigmacht oder wie du irgendeinen Halunken zu stellen versuchst und plötzlich sterbend auf dem Pflaster liegst. Und schließlich – ist dir eigentlich schon mal bewußt geworden, wie viele von unserem Jahrgang schon einen Herzinfarkt hatten?«

Ich zuckte mit den Schultern. »Auf so was muß man bei der Polizei eben gefaßt sein.«

»Ganz zu schweigen von dem Risiko, daß dich irgend so ein Arschloch mal über den Haufen knallt. Kannst du dich noch an Driscoll erinnern? Er hatte erst letzten Monat einen Herzinfarkt, und er ist nicht annähernd so fett wie du und außerdem ein paar Jährchen jünger. Ich möchte außerdem wetten, daß der kaum mehr tut, als einen Bleistift in die Hand zu nehmen. Während du dich heute gleich wieder wie der blutigste Anfänger ganz allein unter verrückte Demonstranten mischen mußtest. Was bildest du dir eigentlich ein, Bumper? Glaubst du vielleicht, ich möchte Sargträger für einen Kerl werden, der gut und gern seine zwei Zentner zwanzig wiegt?«

»Zwei Zentner achtzehn, bitte.«

»Als Cassie dann auftauchte, sagte ich mir: ›Gott sei Dank! Das ist Bumpers Chance.‹ Aber Sorgen habe ich mir natürlich trotzdem gemacht. Mir war zwar klar, daß dir nicht entgehen würde, was für einen großartigen Fang du mit dieser Frau gemacht hast. Aber ich hatte immer Angst, diese *Puta* würde dich nicht loslassen.«

»Habe ich es eigentlich dir zu verdanken, daß sie mich ständig in diese Norddistrikte versetzen wollten? Lieutenant Hilliard hat mir nämlich jedesmal, wenn ich mich deswegen beschwert habe, erklärt, es hätte sich dabei um ein Versehen gehandelt.«

»Ja, das war ich. Ich habe alles versucht, um dich und

dein Revier auseinanderzubringen, aber irgendwann habe ich es dann aufgegeben. Du bist einfach wieder zurückgekommen, was zur Folge hatte, daß sich niemand um den Norden kümmerte. Ich kann mir ganz gut vorstellen, was es für dich für ein Gefühl gewesen sein muß, der *Campeón* zu sein und von den Leuten entsprechend behandelt zu werden.«

»Na ja, so toll ist das nun auch wieder nicht.« Ich spielte nervös mit meiner leeren Bierflasche herum.

»Weißt du eigentlich, was mit den alten Hasen passiert, die sich zu lange auf der Straße herumtreiben?«

»Was?« In diesem Moment machte mir in meinem Magen eine *Enchilada* höllisch zu schaffen.

»Sie werden zu alt für die eigentliche Polizeiarbeit, und sie entwickeln sich zu richtigen *Charakteren.* Genau das möchte ich nicht miterleben – wie du einfach nur so ein Unikum wirst, dem vielleicht sogar noch was zustößt, bevor es merkt, daß es schon zu alt ist. Ja, zu alt!«

»Verdammt noch mal, Cruz! So alt bin ich wirklich noch nicht.«

»Nein, für ein normales Leben ganz sicher nicht. Du hast noch eine Menge guter Jahre vor dir. Aber für einen Krieger, *'mano,* ist jetzt die Zeit gekommen, seinen Abschied zu nehmen. Ich war sehr besorgt, als Cassie erst ohne dich abreisen wollte und du dann ein paar Wochen später nachkommen solltest. Ich hatte echt Angst, die *Puta* würde dich wieder in Beschlag nehmen, wenn du allein hierbleibst. Und ich bin froh, daß du gemeinsam mit Cassie fährst.«

»Mir geht es doch genauso, Cruz«, erwiderte ich sehr leise, als hätte ich Angst, meine Gedanken laut auszusprechen. »Du hast völlig recht. Das alles ist mir auch schon durch den Kopf gegangen. Ich glaube, ich würde mir eine Kugel durch den Kopf jagen, wenn ich jemals so einsam werden sollte wie einige von den Leuten, die ich im Lauf meines Lebens kennengelernt habe – wie einige Leute in meinem Revier – Heimatlose, Gestrandete, die nirgendwohin gehören ...«

»Genauso ist es, Bumper. Sieh dir doch all die einsamen alten Männer an, die es gibt! Solange man jung und stark ist, kommt man ganz gut allein und ohne Liebe zurecht. Manche schaffen das – Kerle wie du zum Beispiel. Ich dagegen hätte das nie fertiggebracht. Aber wenn man älter wird, hält man's nicht mehr aus, das kannst du mir glauben. Du solltest keine Angst vor der Liebe haben, *'mano*.«

»Habe ich das denn, Cruz?« Ich kaute an zwei Tabletten, da meine Eingeweide fürchterlich brannten. »Ist das vielleicht der Grund, weshalb ich jetzt, wo ich aufhöre, so unsicher bin?«

Ich konnte Socorro in der Küche summen hören, während sie die Lunchpakete für die ganze Mannschaft vorbereitete. Zum Schluß würde sie den jeweiligen Namen auf jedes Päckchen schreiben und sie alle in den Kühlschrank legen.

»Erinnerst du dich noch an früher?« fragte Cruz. »Als du mit Socorro und mir und den zwei ersten Kindern zusammengewohnt hast? Und wie du damals fast nie von deinem früheren Leben erzählt hast – auch nicht, wenn du betrunken warst? Nur über deinen Bruder Clem, der tot war, und deine Frau, die dich verlassen hat, hast du ab und zu gesprochen. Über deinen Bruder hast du uns wesentlich mehr erzählt als zum Beispiel über deine Frau. Manchmal hast du im Schlaf nach ihm geschrien. Aber meistens hast du nach jemandem anderen geschrien.«

Ich lehnte mich in meinen Sessel zurück und hielt mir den Bauch, in dem es heftig rumorte, und all die Pillen in meiner Tasche konnten nichts dagegen ausrichten.

»Du hast uns zum Beispiel nie von deinem Sohn erzählt. Ich fand es immer ein bißchen schade, daß du mir nicht einmal von ihm erzählt hast, obwohl wir uns doch so nahestanden. Nur im Schlaf hast du mir von ihm erzählt.«

»Was habe ich da gesagt?«

»Du hast ›Billy‹ gerufen und alles mögliche zu ihm gesagt. Hin und wieder hast du auch geweint, und ich bin in dein Zimmer gegangen und habe dein Kopfkissen und die

Decke vom Boden aufgehoben und dich zugedeckt, weil du alles durch die Gegend geworfen hast.«

»Ich habe nie von ihm geträumt. Nie!«

»Aber woher sollte ich es denn sonst wissen, *'mano*? Socorro und ich haben viel darüber gesprochen, und wir fragten uns, ob ein Mann, der einen Bruder und einen Sohn verloren hat, jemals wieder lieben kann. Aber wenn man alt wird, muß man jemanden lieben können. Man *muß*!«

»Aber wenn man es *nicht* tut, kann einem nichts passieren, Cruz!« Ich krümmte mich vor Schmerzen. Da er es nicht gewohnt war, so mit mir zu sprechen, sah Cruz zu Boden, und deshalb merkte er nicht, welche Höllenqualen ich ausstand.

»In gewisser Hinsicht kann dir natürlich nichts passieren, Bumper, aber das Entscheidende, worum es sich letztlich dreht, entgeht dir dadurch. Kein Mensch kann ohne Liebe leben.«

»Hast du das auch gedacht, als Esteban fiel? Hast du das auch damals wirklich geglaubt?«

Cruz sah zu mir auf, seine Augen waren noch weicher als sonst, und die Art, wie er sie dann wieder senkte, sagte mir, daß ihm dies alles sehr ernst war. Er blinzelte zweimal und seufzte dann. »Ja, sogar nach Estebans Tod habe ich daran geglaubt – und dies, obwohl er der Älteste war. Das erste Kind nimmt ja immer irgendwie eine Sonderstellung ein. Auch nachdem Esteban gefallen war, hielt ich an dieser Wahrheit fest – trotz all des Leids und all der Trauer um ihn. Selbst in diesen schweren Stunden habe ich daran geglaubt.«

»Ich hole mir noch eine Tasse Kaffee. Mir tut der Magen ziemlich weh. Etwas Warmes wäre jetzt vielleicht genau das Richtige ...«

Cruz lehnte sich lächelnd in seinem Sessel zurück. Socorro wurde gerade mit ihren letzten Lunchpaketen fertig, und wir unterhielten uns ein wenig, während wir den Kaffee aufwärmten. Die Magenschmerzen wurden langsam besser.

Während ich dann meinen Kaffee trank, ließ ich mir noch einmal durch den Kopf gehen, was Cruz gesagt hatte. Er hatte völlig recht. Und doch passierte jedesmal, wenn man an irgend jemanden sein Herz verliert, etwas Trauriges, und dieses verbindende Element wird durchgehackt – ich meine, wirklich durchgehackt, mit einem blutigen Beil.

»Sollen wir wieder zurückgehen und sehen, was unser Alter treibt?«

»Aber sicher, Sukie.« Ich legte einen Arm um ihre Schultern. Cruz lag schnarchend auf der Couch.

»Es ist sinnlos, ihn aufzuwecken, wenn er betrunken ist«, meinte Socorro. »Ich werde ihm einfach sein Kopfkissen und eine Decke holen.«

»Ich finde es nicht gut, wenn er auf der Couch schläft. Hier in dem großen Wohnzimmer ist es doch ganz schön zugig.« Ich kniete neben ihm nieder.

»Was machst du denn da?« fragte Socorro.

»Ich bringe ihn ins Bett.« Damit nahm ich ihn auf die Arme.

»Bumper, du wirst dir noch einen Bruch heben!«

»Ach was, er wiegt doch fast überhaupt nichts.« Und Cruz war tatsächlich überraschend leicht. »Wieso bringst du ihn eigentlich nicht dazu, daß er wenigstens ein bißchen mehr ißt?« Ich folgte Socorro die Treppe hinauf.

»Du weißt doch, daß er für Essen nichts übrig hat. Warte, ich helfe dir.«

»Zeig mir nur den Weg, Mama. Ich komme schon allein mit ihm zurecht.«

Als wir schließlich in ihr Schlafzimmer traten, war ich nicht einmal außer Atem. Socorro hatte die Decke zurückgezogen, und ich legte ihn aufs Bett. Cruz schnarchte und pfiff inzwischen, was das Zeug hielt, und wir mußten beide lachen.

»Er schnarcht schrecklich«, meinte Socorro kichernd, während ich auf das kleine Bündel vor mir hinuntersah.

»Er ist der einzige *wirkliche* Freund, den ich während der

letzten zwanzig Jahre hatte. Ich kenne Millionen Leute, die ich ab und zu besuche und mit denen ich etwas unternehme und die mir irgendwie fehlen werden. Aber bei keinem habe ich das Gefühl, daß mir etwas aus meinem tiefsten Innern gerissen wird – so wie bei Cruz.«

»Aber du wirst ja jetzt Cassie haben. Ihr wirst du noch zehnmal näher sein.« Sie ergriff meine Hand. Ihre beiden Hände fühlten sich rauh und hart an.

»Du redest genauso daher wie dein Alter.«

»Wir sprechen eben oft über dich.«

»Gute Nacht, Sukie.« Ich küßte sie auf die Wange. »Cassie und ich werden noch auf einen Sprung vorbeischauen, um Lebwohl zu sagen, bevor wir endgültig abreisen.«

»Gute Nacht, Bumper.«

»Gute Nacht, alter Socken«, schrie ich Cruz an, der ungerührt weiterschnarchte. Dann stieg ich schmunzelnd die Treppe hinunter. Ich schaltete das Licht im Vorraum aus und verließ das Haus.

Als ich an diesem Abend ins Bett ging, bekam ich, ohne zu wissen, warum, plötzlich Angst. Ich wünschte, Cassie wäre bei mir gewesen. Und dann fiel ich in einen tiefen, traumlosen Schlaf.

DONNERSTAG, DER ZWEITE TAG

9.

Am nächsten Morgen polierte ich fünf Minuten an meinem Abzeichen herum und war dann richtig enttäuscht, als Lieutenant Hilliard keine Inspektion durchführte, da ich einen so guten und ordentlichen Eindruck machte. Cruz dagegen sah erbärmlich aus. Er saß neben Lieutenant Hilliard am Schreibtisch und las mühsam die eingegangenen Verbrechensmeldungen herunter. Ein paarmal schielte er zu mir herüber und verdrehte die Augen, die an diesem Morgen wirklich sehr traurig wirkten. Er hatte einen schrecklichen Kater. Nach dem Appell konnte ich kurz mit ihm sprechen.

»Du siehst heute ja wirklich ein bißchen *crudo* aus«, sagte ich und gab mir Mühe, nicht zu grinsen.

»Ach, du Scheißkerl!« brummte er.

»Das war nicht der Mescal«, witzelte ich weiter. »Ich glaube, du hast den Wurm mitverschluckt.«

»Hör bloß auf, du Dreckskerl!«

»Hast du für die Mittagspause schon was vor? Ich würde dich gern zum Essen einladen.«

»Sei bloß still! Mir wird schon bei dem Wort Essen schlecht!« stöhnte er.

Ich mußte lachen. »Na gut, aber dann nimm dir wenigstens morgen für mich Zeit. Und such dir das beste und teuerste Restaurant aus, das du dir nur denken kannst. Irgendwo, wo sie uns Uniformierten keine Gratisverköstigung erteilen. In so einem Laden möchte ich mein letztes Mittagessen als Polizist einnehmen.«

»Du wirst doch nicht ernstlich im Dienst für ein Mittagessen *zahlen* wollen?«

»Dann wird es eben das erstemal sein«, erwiderte ich grinsend. Auch Cruz lächelte. Er machte allerdings den

Eindruck, als ob dies für ihn mit einigen Schmerzen verbunden wäre.

»*Ahí te huacho*«, verabschiedete ich mich.

»Vergiß nicht, daß du heute nachmittag einen Termin bei Gericht hast, *'mano*.« Er konnte es nicht lassen, mich zu gängeln.

Bevor ich in meinen Schwarzweißen stieg, inspizierte ich den Wagen noch einmal genau. Vor allem den Rücksitz sah ich mir an, falls einer der Anfänger von der Nachtstreife irgendeinem Häftling erlaubt hatte, seine Knarre dort zu verstecken – oder ein Kondom voll Heroin oder eine verdammte Handgranate.

Es dauert manchmal ganz schön lange, aus diesen Grünschnäbeln einen richtigen Polizisten zu machen. Bei diesen jungen Burschen mußte man mit allem rechnen. Aber dann hielt ich mir vor Augen, wie es war, zweiundzwanzig zu sein. In diesem Alter ist man ja noch ein halbes Baby, und es ist ganz schön hart, in so einer Uniform als zweiundzwanzigjähriges Establishment-Symbol erwachsen zu werden. Trotzdem kann ich es manchmal einfach nicht mitansehen, wie sie oft fünf Jahre lang wie die letzten Hornochsen durch die Gegend stolpern und sich von jedem nächsten besten dahergelaufenen Ganoven übers Ohr hauen lassen. Eines Tages, dachte ich, werde ich in der Ritze des Rücksitzes noch einen zerquetschten Liliputaner finden.

Sobald ich dann losgefahren war und durch die Gegend kreuzte, dachte ich über den Fall nach, mit dem ich mich am Nachmittag würde befassen müssen. Es handelte sich dabei um einen Termin beim Untersuchungsrichter mit einem Kerl namens Landry. Der Mann hatte bereits einmal im Gefängnis gesessen und war bei uns wegen unerlaubten Besitzes einer Waffe und einmal auch von Marihuana aktenkundig geworden. Ich rechnete allerdings mit keinerlei nennenswerte Schwierigkeiten bei der Verhandlung. Ich hatte Landry auf einen Tip von meinem Informanten Knobby Booker hin verhaftet.

Unter irgendeinem Vorwand, der mir erst beim Lesen des Protokolls wieder einfiel, hatte ich Landry in seinem Hotelzimmer in der East Sixth Street eingesackt, während er gerade seinen Mittagsschlaf hielt. Um sich für seine Raubüberfälle etwas Mut zu machen, hatte er in der Schublade seines Nachtkästchens eine Tüte mit Gras und unter der Matratze eine geladene Fünfundvierziger-Automatic von der Army. Fast hätte er es noch geschafft, das Ding hervorzuholen, als ich durch die Tür kam, und ich hätte ihn um ein Haar abgeknallt, als er danach griff. Die Szene erinnerte mich ein wenig an einen Western, wie er seine Hand bereits ein Stück unter die Matratze geschoben hatte und ich geduckt auf sein Bett zuschlich, wobei ich meine Smith auf seine Oberlippe gerichtet hatte und ihm in leuchtenden Farben ausmalte, was ich mit ihm anstellen würde, wenn er seine Hand nicht ganz, ganz langsam wieder unter der Matratze hervorziehen würde – was er dann auch tat.

Landry war für eine Kaution von fünftausend Dollar, die eine ältere Dame aufgebracht hatte, auf freien Fuß gesetzt worden. Er hatte einige Jahre zuvor ab und zu eine Rolle im Fernsehen bekommen und verdingte sich als eine Art Gigolo für ältere Damen. Darauf hatte er versucht, sich aus dem Staub zu machen, wurde allerdings in Denver wieder geschnappt und an uns ausgeliefert.

Das Ganze lag inzwischen vier Monate zurück, und ich konnte mich an die Einzelheiten natürlich nicht mehr erinnern. Aber bevor ich vor Gericht aussagte, würde ich mir noch einmal das Protokoll seiner Verhaftung genau durchlesen. Ich mußte ihn bei dieser Vorverhandlung zum Reden bringen, ohne meinen Informanten Knobby Booker ins Spiel zu bringen. Es durfte nicht herauskommen, daß ich einen Informanten gehabt hatte. Wenn man wußte, wie man so etwas am besten bewerkstelligte, war das auch weiter kein Problem.

Es wurde langsam heiß und stickig, und ich fing bereits an, unter den Achselhöhlen zu schwitzen. Meine Blicke streiften kurz ein riesiges Plakat in der Olive Street, auf dem stand: ›Führen Sie einen jungen Burschen nicht auf den Weg des Verbrechens, indem Sie Ihre Wagenschlüssel steckenlassen.‹ Mein Kommentar dazu bestand nur aus einem verächtlichen Schnauben und einigen heftigen Furzen. Das sind die verdammten Träumer von der Public-Relations-Abteilung, die sich diese netten Slogans ausdenken. Solche Sprüche haben nichts weiter zur Folge, als daß sich jeder mit Ausnahme der Verbrecher selbst schuldig fühlt. Und diese Kerle werden es noch schaffen, daß die *wirklichen* Polizisten bald keine Lust mehr haben, ihre Arbeit zu tun.

Als ich gegenüber dem Grand Central Market an den Straßenrand fuhr, torkelte gerade ein Säufer den Broadway herunter. Er nuckelte an einem Flachmann, und als er mich sah, wirbelte er herum, so daß er hinfiel. Dabei glitt ihm die Flasche aus der Hand. Er stand wieder auf, als wäre nichts geschehen. Während die Flasche noch auf dem Gehsteig lag und ihr braunflüssiger Inhalt sich über das Pflaster ausbreitete, machte er sich scheinbar unauffällig aus dem Staub.

»Heb deinen Flachmann auf, du Arschloch!« schrie ich ihm nach. »Ich werde dich schon nicht verhaften.«

»Danke, Bumper«, erwiderte er betreten und griff nach der Flasche. Er winkte mir zu, dann schwankte er weiter den Broadway hinunter. Seine schmierige graue Jacke schlenkerte traurig um seine abgezehrte Gestalt.

Ich überlegte, woher ich den Mann kannte. Natürlich war er mir aus meinem Revier bekannt, aber er war kein gewöhnlicher Säufer. Da war irgend etwas anderes. Und dann sah ich durch all die Hagerkeit und den Schmutz hindurch und erkannte ihn. Ich mußte lächeln, da es mir in diesen Tagen immer ein gutes Gefühl verlieh, mich erinnern zu können und mir zu beweisen, daß mein Gedächtnis noch intakt war.

Er hieß mit Spitznamen Beans. Seinen wirklichen Namen wußte ich nicht, obwohl ich ihn sogar einmal auf einer falschen Urkunde gedruckt gesehen hatte. Er hätte mich vor etwa zehn Jahren fast einmal dazu gebracht, einen anderen Polizisten zu verprügeln – eine Situation, in die ich weder zuvor noch danach je wieder gekommen war.

Dieser Kollege war Herb Slovin. Herb wurde schließlich gefeuert, weil sie herausbekamen, daß er für einen Kautionsbürgen Werbung machte. Er war bei der Sitte und riet jedem, den er verhaftete, sich an die Laswell Brothers Bail Bonds zu wenden, wofür ihm Slim Laswell jedesmal eine kleine Entschädigung in Form von ein paar Scheinchen zukommen ließ. So etwas wird mindestens so schlimm wie Diebstahl erachtet, und deshalb wurde Herb auf der Stelle gefeuert, als sie ihm auf die Schliche kamen. Allerdings wäre es bei Herb sicher nicht dabei geblieben, wenn seiner Laufbahn bei der Polizei nicht auf diese Weise ein frühzeitiges Ende bereitet worden wäre. Er war ein brutaler Schlägertyp und so geil, daß er auch über einen Vogelkäfig hergefallen wäre, wenn nur ein Kanarienvogel drin war. Ich hatte mir damals schon gedacht, daß ihm schließlich entweder die Weiber oder seine Brutalität zum Verhängnis werden würden.

Und Beans war dann auch schuld daran gewesen, daß Herb und ich uns beinahe in die Haare geraten wären. Herb haßte nichts mehr, als mit der Grünen Minna durch die Gegend zu fahren und die ganzen Betrunkenen aufzulesen. Eines Abends waren wir wieder einmal gemeinsam unterwegs, als die Meldung hereinkam, daß Beans bäuchlings auf der San Pedro lag und zwei Fahrbahnen blockierte. Er war von oben bis unten vollgekotzt und bepißt und wachte nicht auf, als wir ihn zum Wagen schleppten und hineinpackten. Das war weiter kein Problem. Wir trugen Handschuhe, und es saßen nur noch zwei andere Säufer hinten im Wagen. Etwa zehn Minuten später – wir befanden uns gerade in der East Sixth Street – hörten wir plötzlich hinten im Wagen einen Mordsaufruhr, so daß wir anhielten und ausstiegen, um nachzusehen, was los war. Wir konnten die zwei anderen Säufer gerade noch davon abhalten, Beans, der inzwischen aufgewacht war und sich vielleicht zum erstenmal in seinem Leben wie ein Löwe wehrte, den Schädel einzuschlagen. Ich hatte ihn sicher schon zehn- bis zwanzigmal wegen Trunkenheit verhaftet, ohne daß es je Schwierigkeiten gegeben hätte. Die gab es mit Typen wie Beans eigentlich nie.

Sobald Herb die Hintertür aufriß und ihnen damit drohte, ihnen die Ohren auszureißen, beruhigten sie sich wieder. Ich kam dann gerade dazu, als Beans, der gleich neben der Tür saß, loslegte: »Leck mich doch am Arsch, du glatzköpfiger Maulesel!« Ich konnte mich vor Lachen kaum halten, da Herb nämlich eine Glatze hatte und mit seinem langen Gesicht und den großen gelben Zähnen wirklich an einen kahlen Esel erinnerte, wenn er in seiner typischen Lache loswieherte.

Herb fand das jedoch alles andere als witzig und zerrte Beans aus dem Wagen auf die Straße, um dann mit seinen mächtigen, behandschuhten Pranken haltlos auf sein Gesicht einzuschlagen. Anhand der Geräusche, die dabei entstanden, merkte ich, daß Herb Handschuhe mit Metallverstärkung trug. Beans' Gesicht war bereits völlig zerschunden und blutüberströmt, als ich Herb schließlich zurückreißen konnte. Dabei mußte ich natürlich etwas unsanft vorgehen, so daß Herb zu Boden ging.

»Verdammt, du blödes Arschloch«, knurrte er mich an, als er in einer Mischung aus ungläubigem Staunen und unbändiger Wut zu mir hochsah. Er war so verblüfft, daß sein Fluch eher wie eine Frage klang.

»Mensch, das ist doch nur ein blöder Saufkopf«, versuchte ich ihn zu beruhigen. Und das hätte eigentlich jedem Polizisten genügen müssen, auf jeden Fall einem alten Hasen wie Herb, der schon zwölf Dienstjahre auf dem Buckel hatte. Einen Säufer ließ man einfach in Frieden – ganz gleich, wie dumm er einem kam. Das hatten wir früher zuallererst von den alten Revierbeamten gelernt, wenn sie uns einarbeiteten. Wenn so ein Kerl handgreiflich zu werden droht oder sogar wird, versteht es sich natürlich von selbst, daß man ordentlich hinhaut. Auf diese Weise erspart man es vielleicht einem Kollegen, von so einem Kotzbrocken noch einmal behelligt zu werden, wenn er seine Lektion ein für allemal richtig gelernt hat.

Aber jeder richtige Polizist weiß natürlich auch, daß man sonst einen Säufer nicht schlägt – selbst wenn sich so ein Kerl extrem aufführt. Als Polizist ist man sich nämlich durchaus im klaren, wie viele Kollegen Probleme mit dem Alkohol haben, und so schwirrt da in vielen Hinterköpfen sicher der Gedanke herum, man könnte selbst das Häufchen Elend sein, das da auf dem Gehsteig seinen Rausch ausschläft.

Jedenfalls hatte Herb gegen ein ungeschriebenes Gesetz verstoßen, und er wußte das auch, was uns beiden möglicherweise eine ordentliche Keilerei auf offener Straße ersparte. Ich war mir dabei keineswegs sicher, ob das meinem rosigen Gesicht letzten Endes so gut bekommen hätte, wenn ich mir überlegte, daß Herb mit seinen metallverstärkten Handschuhen ein ehemaliger Ringer und überhaupt ein ganz schön harter Brocken war.

»Mach so etwas nie wieder mit mir«, zischte er mich schließlich nur an, während wir Beans zurück in den Wagen verfrachteten und die Tür schlossen.

»Das werde ich auch nicht tun, solange du keine Säufer mehr verprügelst, wenn du mit mir zusammenarbeitest«, entgegnete ich gelassen, obwohl ich innerlich ziemlich nervös war und sogar schon daran dachte, meine Waffe zu ziehen, da Herb im Augenblick einen enorm gefährlichen Eindruck machte. Und man kann ja nie wissen, wozu ein bewaffneter Mann in seiner Wut fähig ist. Er gehörte zu diesen Kerlen, die immer noch ein verstecktes Schießeisen bei sich trugen und prahlten, sie würden es, wenn sie jemanden umbrachten, den sie eigentlich nicht hätten umbringen dürfen, der betreffenden Leiche in die Hand drükken, um auf Notwehr plädieren zu können. Zum Glück kam eben in diesem Augenblick ein Funkspruch herein. Ich ging dran, und dann brachten wir die Nacht in einmütigem Schweigen hinter uns. Am nächsten Abend stellte Herb einen Antrag, wieder einen Streifenwagen fahren zu dürfen, da er mit mir ›private Probleme‹ hätte.

Kurz darauf kam Herb zur Sitte und wurde gefeuert. Ich hatte den Vorfall inzwischen längst vergessen, bis ich vor etwa einem Jahr Beans auf der Main Street traf. An diesem Abend legte ich mich mit zwei Kerlen an, die ich von einer Pfandleihe aus mit dem Fernglas beobachtet hatte, als sie einem alten Mann mit einem Kartentrick fünfhundert Dollar abknöpften.

Die beiden waren noch ziemlich jung, und der größere von ihnen, ein Kraftpaket mit einem mächtigen Quadratschädel auf dem Stiernacken, machte mir ganz schön zu schaffen, obwohl ich ihm mit meinem Knüppel bereits zwei Rippen gebrochen hatte. Ich konnte ihn nicht überwältigen, weil mich sein Kumpel ständig von hinten anfiel und auf mich einschlug, bis ich ihn rückwärts einmal gegen ein Auto und einmal gegen eine Wand rammte. Er ließ trotzdem nicht locker, bis schließlich doch eines von den etwa zwanzig Arschlöchern, die um uns herumstanden und den Kampf beobachteten, eingriff und sich des Kerls annahm. Da machte ich den Großen endgültig fertig, indem ich ihm mit dem Knüppel eine über den Adamsapfel zog.

Ich kettete die beiden Kerle mit einem Paar Handschellen aneinander, und nun sah ich auch, daß es Beans gewesen war, der mir geholfen hatte. Er saß auf dem Boden und übergab sich. Über dem Auge hatte er eine Platzwunde, die ihm der kleinere von den beiden zugefügt hatte. Ich steckte Beans zum Dank ein paar Scheine zu und brachte ihn zu einem Arzt. Außerdem ließ ich ihm vom Adjutanten des Captains eine Urkunde für vorbildliches Betragen als Staatsbürger ausstellen. Natürlich log ich dabei ein wenig. Ich behauptete nämlich, Beans wäre ein angesehener Geschäftsmann, der die Schlägerei beobachtet hätte und mir zu Hilfe gekommen wäre. Wenn ich ihnen gesagt hätte, daß Beans ein kaputter Säufer war, hätten sie ihm die

Urkunde sicher nicht ausgestellt. Sie war sauber gerahmt und trug Beans' wirklichen Namen, an den ich mich jedoch im Augenblick beim besten Willen nicht mehr erinnern konnte. Als ich ihn dann wieder einmal stockbesoffen in der East Sixth Street traf, händigte ich sie ihm aus, und sie schien ihm ausnehmend gut zu gefallen.

Während mir all dies wieder einfiel, dachte ich schon daran, ihn zurückzurufen und zu fragen, ob er die Urkunde noch hätte. Aber vermutlich hatte er den Rahmen längst verhökert, um sich einen Flachmann kaufen zu können, und mit der Urkunde selbst hatte er wahrscheinlich die Löcher in seinen Schuhen zugestopft. Es ist immer besser, den Leuten nicht zu viele Fragen zu stellen und nicht allzuviel über sie in Erfahrung zu bringen. Auf diese Weise erspart man sich eine Menge Enttäuschungen. Jedenfalls stolperte Beans, den Flachmann unter dem Arm, inzwischen bereits einen halben Block weiter die Straße hinunter.

Ich nahm meine Sonnenbrille hinter der Sonnenblende in meinem Wagen hervor und machte mich daran, ein bißchen auf und ab zu fahren und zu beobachten, was sich so abspielte. Ich war irgendwie ziemlich hektisch. Schließlich beschloß ich, nicht länger zu warten, sondern gleich zu Cassies Schule zu fahren, wo sie wie jeden Donnerstag schon sehr früh erscheinen würde. Sicher ging es ihr genauso wie mir. Auch sie hatte vermutlich das seltsame Gefühl, alles zum letztenmal zu tun. Aber sie wußte zumindest, daß sie in einer anderen Schule etwas Ähnliches tun würde.

Ich parkte vor der Schule, was mir die üblichen Bemerkungen von ein paar Schülern eintrug, aber ich dachte nicht im Traum daran, das ganze Stück vom Parkplatz für den Lehrkörper bis zum Haus zu Fuß zu gehen. Cassie war noch nicht in ihrem Büro, aber da die Tür nicht abgeschlossen war, machte ich es mir bequem und wartete.

Der Schreibtisch war ein exaktes Spiegelbild der Frau, die daran arbeitete – aufgeräumt und ordentlich, interessant und weiblich. Auf einer Seite stand ein seltsam geformter Keramikaschenbecher, den sie einmal bei einem Trödler erstanden hatte. Eine kleine, zart bemalte chinesische Vase enthielt einen Strauß verwelkter Veilchen, die sie sicher sofort auswechseln würde, sobald sie im Büro erschien. Unter den Plastiküberzug ihrer Schreibtischauflage hatte Cassie eine etwas kuriose Bildersammlung gesteckt – Porträts von Leuten, die sie bewunderte. Die meisten waren französische Dichter. Cassie schwärmte für Lyrik und hatte auch einmal versucht, mich für die Kunst der japanischen Haikus zu begeistern. Aber schließlich hatte ich sie doch davon überzeugen können, daß ich keine poetische Ader habe. Wenn ich lese, dann interessiere ich mich hauptsächlich für geschichtliche Themen und neue polizeiliche Arbeitsmethoden. Ein Gedicht, auf das Cassie mich hingewiesen hatte, gefiel mir allerdings. Es handelte von wolligen Schafen, Schäfern und wilden, reißenden Hunden. Dieses Gedicht konnte auch ich verstehen.

Die Tür ging auf, und Cassie kam mit einer Kollegin, einer wohlproportionierten jungen Dame in einem verdammt heißen, rosa Mini, in den Raum. Die beiden kicherten ausgelassen.

»Oh!« rief Cassies junge Begleiterin. »Wer sind Sie denn?« Die blaue Uniform erschreckte sie offensichtlich.

Ich lehnte mich in dem ledergepolsterten Schreibtischsessel zurück, lächelte Cassie zu und sog an meiner Zigarre. »Ich bin der liebe gute Schäfer.«

»Was soll das nun wieder heißen?« murmelte Cassie kopfschüttelnd, um dann ihren Packen Bücher abzulegen und mich zur Überraschung ihrer Begleiterin zu küssen.

»Dann sind Sie also Cassies Verlobter.« Sie lachte, als ihr endlich ein Licht aufging. »Ich bin Maggie Carson.«

»Freut mich, Sie kennenzulernen, Maggie. Ich bin Bumper Morgan«, stellte ich mich vor, immer erfreut, die Bekanntschaft einer Frau zu machen, und dies vor allem, wenn sie hübsch war und einen kräftigen, freundlichen Händedruck hatte.

»Ich habe schon von Cassies Polizisten gehört, aber als ich dann so plötzlich die Uniform sah, war ich doch ein wenig verblüfft.«

»Wenn die Leute so eine Uniform sehen, werden sie alle nervös, Maggie«, beruhigte ich sie, um noch scherzhaft hinzuzufügen: »Na, und was haben Sie denn ausgefressen, daß Sie gleich davonlaufen wollen, wenn Sie einem Bullen begegnen?«

»Jetzt reicht's, Bumper!« meinte Cassie lächelnd. Ich war inzwischen aufgestanden, und sie hatte meinen Arm genommen.

»Dann werde ich euch zwei mal allein lassen«, verabschiedete sich Maggie mit einem wissenden Zwinkern, wie sie es sicher in Tausenden billiger Liebesfilme gesehen hatte.

»Nettes Mädchen«, sagte ich, nachdem Maggie die Tür hinter sich geschlossen hatte. Ich küßte Cassie vier- bis fünfmal.

»Du hast mir gestern abend sehr gefehlt«, fing Cassie an, während sie sich an mich preßte. Sie roch verdammt gut und sah in ihrem gelben, ärmellosen Kleid sehr anziehend aus. Ihre Arme hatten von der Sonne ein rötliches Braun, und ihr offenes Haar fiel ihr auf die Schultern herab.

»Dieses Dinner heute abend fällt nicht zufällig aus?«

»Ich fürchte, nein«, murmelte sie.

»Dafür werden wir ab morgen so viel Zeit für uns haben, wie wir nur wollen.«

»Kannst du dir wirklich vorstellen, daß wir je genügend Zeit füreinander haben werden?«

»Wart erst mal ab. Du wirst mich noch schnell genug satt bekommen, wenn ich die ganze Zeit zu Hause rumhänge.«

»Das bezweifle ich. Außerdem wirst du genug zu tun haben, wenn du deine neue Karriere startest.«

»In dieser Hinsicht habe ich eigentlich gar keine Bedenken. Die betreffen eher meine andere Karriere ...«

»Welche?«

»Na ja, ich weiß nicht, ob ich als Ehemann wirklich so

sein werde, wie du dir das vorstellst. Vielleicht kannst du gar nicht so viel mit mir anfangen.«

»Bumper!« Sie trat einen Schritt zurück und sah mich an, um festzustellen, ob ich Witze machte oder ob es mir Ernst war, worauf ich ein schiefes Grinsen aufzusetzen versuchte.

Ich küßte sie sehr zärtlich und nahm sie in den Arm. »So, wie es geklungen hat, habe ich es ja auch nicht gemeint.«

»Ich weiß. Aber ich bin nun mal eine alte Dame, die sich leicht verunsichern läßt.«

Ich hätte mir selbst in den Arsch treten können. Mit so einem Unsinn herauszuplatzen, von dem ich wußte, daß ich sie damit verletzen würde ... Es war fast so, als wollte ich sie dafür bestrafen, daß sie das Schönste und Beste auf der ganzen Welt für mich war, daß sie mich vor dem traurigen Schicksal bewahrte, als alter Mann zu versuchen, die Arbeit eines jungen zu tun. Denn eines war mir klar – für einen Schreibtischjob war ich ganz bestimmt nicht geschaffen. Zum Bürohengst, der den Uniformierten ihre Aufträge erteilt, eigne ich mich wahrlich nicht.

Dieser grausigen Zukunft entriß mich Cassie. Ich schaffte den Absprung, so lange ich noch nicht ganz zum alten Eisen zählte und noch einige erfolgversprechende Jahre vor mir hatte. Und ich hatte jemanden, für den ich sorgen konnte. Eben in diesem Augenblick machte sich wieder einmal mein Magen sehr schmerzhaft bemerkbar. Ich wünschte, ich wäre allein gewesen, um eine Tablette schlucken zu können.

»Ich bin eben ein bißchen dumm«, entschuldigte sich Cassie.

»Wenn du nur wüßtest, wie sehr ich mir wünsche, den ganzen Kram hinzuschmeißen, Cassie, würdest du dir bestimmt keine Sorgen mehr machen.« Ich tätschelte ihr wie einem kleinen Kind den Rücken, als wollte ich sie zum Aufstoßen bringen, während in Wirklichkeit ich es war, der gern ordentlich gerülpst hätte. Ich konnte richtig spüren, wie die Luftblase in meinem Magen immer größer und größer wurde und nach oben drängte.

»Na gut, Bumper Morgan. Wann wollen wir dann also aus Los Angeles abreisen? Ich meine, als Mann und Frau. Wir haben immerhin noch einiges zu erledigen.«

»Warte bis morgen abend, mein schönes Herzblatt«, antwortete ich. »Warte doch bis morgen abend, wenn wir etwas mehr Zeit zum Reden und Feiern haben werden. Dann werden wir ganz groß ausgehen und dabei in aller Ruhe unsere Pläne schmieden.«

»Wieso wollen wir nicht in meiner Wohnung essen?«

»Einverstanden.«

»Mit einer guten Flasche Champagner?«

»Die werde ich mitbringen.«

»Auf Polizeirabatt gekauft?«

»Aber sicher. Das letztemal.«

»Wir werden morgen abend den letzten Tag feiern, an dem du diese Uniform anziehen und für eine Menge Leute, die das gar nicht zu schätzen wissen, Kopf und Kragen riskieren mußt.«

»Ja, das wird der letzte Tag sein, an dem ich Kopf und Kragen riskieren werden. Aber ich habe ihn nie für jemand anderen riskiert als für mich selbst. Diese zwanzig Jahre haben mir Spaß gemacht, Cassie.«

»Ich weiß.«

»Obwohl es ein ganz schön mieser Job ist, den ich niemandem wünschen würde, hat es mir doch Spaß gemacht. Ich habe meine Arbeit gern getan, und wenn ich meinen Kopf hingehalten habe, dann nur für Bumper Morgan und niemanden sonst.«

»Ich weiß, mein Liebling.«

»Also, dann setz dich jetzt mal auf deine leckeren vier Buchstaben und sieh zu, daß du erledigst, was du heute noch alles zu erledigen hast. Ich habe immerhin auch noch fast zwei Tage Polizeidienst vor mir.« Ich trat von ihr zurück und nahm meine Mütze und meine Zigarre.

»Kommst du heute noch kurz vorbei?«

»Morgen.«

»Heute abend«, drängte sie. »Ich werde zusehen, daß ich vor Mitternacht zu Hause bin. Komm gegen zwölf in meine Wohnung.«

»Laß uns heute nacht lieber ordentlich ausschlafen, Liebling. Morgen ist für uns beide der letzte Arbeitstag, und den sollten wir doch richtig fit über die Runden bringen.«

»Ich mag meine Arbeit gar nicht mehr so besonders, seit du in meinem Leben eine Rolle zu spielen begonnen hast. Weißt du das eigentlich?«

»Was willst du damit sagen?«

»Na ja, dieses Akademikerleben ... Ich war doch eine von den Studentinnen, die nie so richtig die Schule verlassen haben. Am liebsten habe ich mit ein paar intellektuellen Klugscheißern herumdiskutiert und palavert, und dann kamst *du* daher, und ... Ich weiß es auch nicht. Jedenfalls ist jetzt alles irgendwie anders.«

»Jetzt komm aber wieder mal auf den Teppich, Kleines. Anders gefällst du mir viel besser.«

»Ich möchte, daß du heute nacht kommst«, beharrte sie und sah mir in die Augen.

»Du weißt ganz genau, daß ich diese Nacht mit niemandem lieber verbringen würde als mit dir. Aber ich müßte heute abend in Abds Harem vorbeischauen und meinen Freunden dort auf Wiedersehen sagen. Und dann sind da noch ein paar andere Kneipen, wo ich kurz mal reinsehen sollte.«

»Du kannst einfach niemanden enttäuschen«, meinte sie lächelnd.

»Man sollte sich zumindest Mühe geben.« Mir wurde ganz schön heiß von der Art, wie sie mich anblickte.

»In letzter Zeit war es ein bißchen schwierig, mit dir ins Bett zu gehen.«

»Nur noch ein paar Tage«, tröstete ich sie.

»Also bis morgen«, seufzte sie. »Paß nur auf, daß ich nicht noch hier in meinem Büro über dich herfalle, wenn ich dich zwischen die Finger kriege.«

»Aber doch nicht im Dienst!« Mit gerunzelter Stirn setzte ich meine Mütze auf – diesmal in einem besonders verwegenen schrägen Winkel. Immerhin ist es ein tolles Gefühl, wenn eine Frau wie Cassie so heiß darauf ist, einen ins Bett zu kriegen.

Sie lächelte traurig. »Wiedersehen, Bumper.«

»Bis bald, Kleines. Bis bald.«

Kaum saß ich wieder in meinem Wagen, kam ein Funkspruch herein.

»Eins-X-L-Fünfundvierzig, Eins-X-L-Fünfundvierzig«, meldete sich eine weibliche Stimme. »Fahren Sie in das Hotel, vierfünfundzwanzig in der South Main. Möglicherweise befindet sich dort eine Leiche.«

»Eins-X-L-Fünfundvierzig, Roger«, antwortete ich und dachte gleichzeitig, daß dies wohl das letztemal war, daß ich wegen einer Leiche gerufen wurde.

Im Eingang des Hotels stand ein älterer, einbeiniger Mann mit all den untrüglichen Kennzeichen eines ehemaligen Alkoholikers.

»Haben Sie auf der Wache angerufen?« wandte ich mich an ihn, nachdem ich den Schwarzweißen vor dem schäbigen Hotel abgestellt, meinen Knüppel aus der Halterung an der Wagentür genommen und durch den Ring an meinem Gürtel gesteckt hatte.

»Ja, ich bin Poochie, der Portier«, erwiderte der alte Mann. »Ich glaube, da oben liegt ein Toter.«

»Und wie kommen Sie darauf?« fragte ich sarkastisch, da der Leichengeruch bereits unverkennbar war, als wir die Treppe zum ersten Stock hinaufstiegen. Die Bodenbretter waren zum Teil herausgerissen, so daß man den Beton darunter sehen konnte.

Ohne auch nur einmal haltzumachen, hopste der Alte mit seiner Krücke ganz schön schnell die Treppe hinauf. Bis zum ersten Stock waren es ungefähr zwanzig Stufen, und es stank dort oben dermaßen, daß es einem normalen Menschen die Besinnung geraubt hätte. Die meisten Hotelgäste waren jedoch Penner und Säufer, die ihre Sinne bereits so erfolgreich abgetötet hatten, daß sie nichts mehr wahrnahmen. Die Absteige machte einen so schmutzigen Eindruck, daß es mich nicht gewundert hätte, wenn sie im ersten Stock einen gestampften Lehmboden gehabt hätten.

»Ich habe diesen Typen, der in Nummer zwei-zwölf wohnt, schon mindestens – äh, eine Woche nicht mehr gesehen«, berichtete Poochie, in dessen eingefallenem Mund kein einziger Zahn mehr steckte.

»Können Sie ihn denn nicht riechen?«

»Nein.« Er sah mich überrascht an. »Riechen Sie was?«

»Schon gut.« Ich wandte mich auf dem Korridor nach rechts. »Wo Nummer zwo-zwölf ist, brauchen Sie mir gar nicht erst zu sagen – ich würde es sogar mit verbundenen Augen finden. Bringen Sie mir einen Kaffee.«

»Milch und Zucker?«

»Nein, ich meine gemahlenen Kaffee – aus der Dose. Und dann bräuchte ich noch eine Bratpfanne.«

»Sofort«, erwiderte er, ohne irgendwelche dummen Fragen zu stellen. Wahrscheinlich hatte er schon fünfzig Jahre Übung darin, von Polizisten herumkommandiert zu werden. Ich drückte ein Taschentuch auf meine Nase und öffnete ein Fenster im Gang, das auf die Feuerleiter hinausführte. Dann steckte ich den Kopf hinaus, was jedoch nichts nützte. Ich konnte es immer noch riechen.

Nach zwei langen Minuten kam Poochie mit einer Pfanne und einer Büchse Kaffee die Treppe hochgehüpft.

»Hoffentlich ist da drinnen auch eine Kochplatte«, brummte ich. Obwohl gerade in solchen billigen Absteigen die Zimmer für gewöhnlich mit einer Kochplatte ausgestattet waren, befürchtete ich plötzlich, daß dies hier womöglich nicht der Fall war.

»Ja, er hat eine«, entgegnete Poochie jedoch zu meiner Beruhigung und reichte mir den Zimmerschlüssel.

Der Schlüssel drehte sich zwar im Schloß, aber die Tür ließ sich nicht öffnen.

»Das hätte ich Ihnen gleich sagen können, daß die nicht aufgeht«, sagte der Portier. »Deshalb habe ich Sie doch auch verständigt. Herky ist ein richtiger Angsthase. Er hat sein Zimmer immer von innen verriegelt. Ich habe ja auch schon probiert, in sein Zimmer zu kommen.«

»Gehen Sie ein bißchen weg.«

»Wollen Sie die Tür einbrechen?«

»Haben Sie vielleicht eine bessere Idee?« japste ich, das Taschentuch an mein Gesicht gepreßt.

»Nein ... Ich kann ihn jetzt übrigens auch riechen.«

Ich trat direkt neben dem Schloß gegen die Tür. Krachend flog sie auf. Ein rostige Angel splitterte aus dem Holz des Türstocks, so daß die Tür nur noch an der unteren Angel hing.

»Ja, er ist tot«, sagte Poochie mit einem Blick auf Herky, der sicher schon vor fünf Tagen verblichen war. In dem drückend heißen Raum gab es nicht nur eine Heizplatte, sondern auch einen kleinen Gasofen, der an diesem Dreißig-Grad-Tag auf vollen Touren lief.

»Kann ich ihn mir mal ansehen?« fragte Poochie, der direkt neben Herkys Bett stand und seinen aufgedunsenen Bauch und sein Gesicht begutachtete, das bereits zu verfaulen begann. Von seinen Lidern war nichts mehr vorhanden, und seine Augen starrten silbern und starr auf den Hotelangestellten, der zahnlos grinste und sich über die Maden auf Herkys Gesicht und Geschlechtsteil lustig machte.

Ich schoß quer durch das Zimmer und riß das Fenster auf. Unzählige Fliegen krochen über die beschlagenen Scheiben. Als nächstes stürzte ich auf die Kochplatte zu, schaltete sie an und stellte die Pfanne darauf. Dann kippte ich den Inhalt der Kaffeedose in die Pfanne. Poochie war jedoch so sehr mit dem Toten beschäftigt, daß er gar nicht merkte, wie großzügig ich mit seinem Kaffee umging. Nach wenigen Minuten fing der Kaffee zu brennen an, und ein stechender, rauchiger Geruch erfüllte den Raum, so daß der Leichengestank fast überdeckt wurde.

»Es macht Ihnen doch nichts aus, wenn ich ihn mir genauer ansehe?« fragte Poochie noch einmal.

»Viel Spaß dabei!« ermunterte ich ihn und ging zur Tür.
»Der ist schon eine ganze Weile tot, nicht wahr?«
»Noch ein bißchen länger, und er wäre glatt durch die Matratze gefault.«
Ich ging an den Münzfernsprecher am Ende des Gangs. »Kommen Sie mal mit«, forderte ich den Alten auf, da ich mir vorstellen konnte, daß er den Toten ausnehmen würde, sobald ich ihm den Rücken kehrte. Schließlich ist es schon schlimm genug, ausgenommen zu werden, wenn man noch am Leben ist.
Ich steckte eine Münze in den Apparat und wählte die Nummer des Fernmeldeamts. Ich verlangte, mit der Polizei verbunden zu werden, und wartete, daß die Münze zurückkam, während ich mit der Station verbunden wurde. Sie kam jedoch nicht zurück. Ich sah Poochie scharf an, worauf er sich mit einer gekonnten Unschuldsmiene abwandte.
»Irgend jemand hat den Geldrückgabeschlitz verstopft«, brummte ich. »Da wird wohl irgend so ein Arschloch ganz gut absahnen, wenn es den Apparat mal aufmacht.«
»Sie wissen ja, was sich hier für ein Gesindel herumtreibt, Herr Wachtmeister«, entgegnete Poochie, noch faltiger und bleicher als zuvor.
Ich sprach mit den Detectives und forderte einen von ihnen an, der sich um den Fall kümmern sollte. Dann hängte ich ein und steckte mir eine Zigarre an. Nicht, daß mir im Moment nach Rauchen gewesen wäre, aber zumindest würde es ein wenig helfen, diesen schrecklichen Gestank zu überdecken.
»Stimmt es eigentlich, daß sie nach einer Weile wie eine Bombe explodieren?«
»Wer?«
»Na ja, so Tote – wie Herky.«
»Ja. Es hätte nicht lange gedauert, und Sie hätten ihn von der Tapete kratzen können.«
»Das ist ja 'n Ding«, meinte Poochie mit einem breiten Grinsen, bei dem eine Menge Zahnfleisch zum Vorschein

kam. »Ein paar von diesen Kerlen wie Herky haben manchmal eine Menge Moneten in ihrem Zimmer versteckt«, gab er mir mit einem Zwinkern zu verstehen.

»Dann lassen wir sie ihm auch, wenn er sie schon so lange gehabt hat.«

»Ich habe doch gar nicht gemeint, daß wir sie ihm wegnehmen sollten.«

»Natürlich nicht.«

»Ich dachte nur – wegen dieser Leichenbeschauer. Die lassen doch alles mitgehen, was nicht niet- und nagelfest ist.«

»Wie lange hat Herky denn schon hier gewohnt?« erkundigte ich mich, ohne mir Mühe zu geben, seinen richtigen Namen herauszufinden. Damit sollten sich die Detectives herumschlagen.

»Mit Unterbrechungen so an die fünf Jahre, soviel ich weiß. Er war immer allein – hatte keine Freunde, niemanden. Lag immer nur den ganzen Tag auf seinem Zimmer herum und nuckelte an einer Flasche. Der hat ganz schön was gesoffen, kann ich Ihnen sagen. Ich glaube, er hat von der Wohlfahrt gelebt. Er hat seine Miete bezahlt und ein bißchen gegessen und getrunken. Ich käme damit ja nie über die Runden. Darum habe ich zusätzlich noch diesen Job hier.«

»Haben Sie je mit ihm gesprochen?«

»Klar, obwohl er eigentlich nie viel zu erzählen wußte. Er hatte keine Familie, war nie verheiratet. Von seiner Verwandtschaft hat er auch nichts erzählt. Der war wirklich allein, wissen Sie? Ich habe immerhin acht Kinder, übers ganze Land verteilt. Ab und zu stecken sie mir sogar ein bißchen was zu, wenn ich nicht mehr zu Rande komme. Jedenfalls wird mir so was nicht passieren.« Er tippte sich mit einem Blick in Herkys Zimmer auf seine knochige Brust. »So Typen wie Herky, die scheren sich um niemanden einen Dreck, und niemand schert sich einen Dreck um sie. Die machen einfach ihren Abgang, indem sie in einem verlassenen Hotelzimmer an die Decke starren. Das sind genau die Typen, die langsam aufschwellen und dann platzen, so daß man sie von der Tapete kratzen kann. Diese Typen wie der alte Herky ...« Der Hotelangestellte stellte sich vor, wie Herky platzte, und er fand das wohl so verdammt komisch, daß er in ein kehliges, keuchendes Gelächter ausbrach.

Ich wartete unten im Vorraum auf den Detective, und während ich mir so die Zeit vertrieb, fing ich an, mir die Wände im Treppenhaus genauer anzusehen. In etwa zwei Metern Höhe zog sich daran eine altmodische Stuckverzierung entlang. Auf dem ersten Treppenabsatz waren ein paar Fingerspuren zu erkennen. Der Rest der Wand war einheitlich dreckig. Ich stieg zu der Stelle hinauf und griff nach dem Vorsprung, den die Stuckverzierung bildete, wobei ich ein kleines, in Toilettenpapier gewickeltes Päckchen ertastete. Als ich es herunternahm und öffnete, enthielt es die typischen Fixerutensilien – Spritze, Nadel, ein Stück dicken Draht, einen angebrannten Löffel und eine Rasierklinge.

Ich zerbrach die Spritze, verbog die Nadel und warf das Ganze in den Abfalleimer hinter dem wackligen Tisch an der Rezeption.

»Was ist denn?« wollte Poochie wissen.

»Eine Spritze.«

»Von einem Fixer?«

»Ja.«

»Wie haben Sie die denn gefunden?«

»So was lernt man mit der Zeit, mein Lieber.«

»Nicht schlecht.«

Der Detective hatte einen ganzen Block voller Formulare dabei, als er schließlich im Hotel ankam. Er machte noch einen ziemlich jungen Eindruck und kam offensichtlich vom College. Ich kannte ihn nicht. Ich unterhielt mich kurz mit ihm, worauf ihn Poochie nach oben führte.

»Mir wird so was nie passieren!« rief er mir noch von der Treppe herab nach. »Mir wird das bestimmt nicht passieren, daß es mich wie einen verdammten Luftballon zerreißt und die mich dann von der Wand kratzen können!«

»Na, dann seien Sie mal froh.« Seufzend trat ich ins Freie hinaus, wo ich erst einmal tief Luft holte. Ich glaubte die Leiche immer noch zu riechen und stellte mir vor, wie sich dieser Gestank in meinen Kleidern festsetzte. Daraufhin fuhr ich mit meinem Schwarzweißen so ruckartig an, daß ich in meiner Eile den Geruch von verbranntem Gummi nach mir zog.

Ich rollte eine Weile durch die Gegend und überlegte, was ich nun tun sollte. Ich mußte wieder an diesen Hoteldieb denken und überlegte, wo ich Link Owens auftreiben könnte, einen geschickten kleinen Hoteldieb, der mir vielleicht etwas über diesen Kerl sagen konnte, der uns nun schon so oft entwischt war. Alle Hoteldiebe kannten sich untereinander. Manchmal trieben sich so viele in den Foyers der besseren Hotels herum, daß man glauben konnte, sie hielten dort gerade eine Diebeskonferenz ab. Dann kam eine Code-Zwei-Funkspruch herein, und ich mußte zur Station zurückfahren.

10.

Code-Zwei bedeutet, man soll sich beeilen, und jedesmal, wenn ein Polizist auf die Station gerufen wird, fängt er an, sich wegen aller möglichen Dinge Gedanken zu machen. Ich kenne das schon in- und auswendig. Meine unzähligen Partner haben es mir oft genug erzählt. Man fängt sich zu fragen an: »Was habe ich falsch gemacht? Stimmt irgend etwas nicht? Ist meiner Frau etwas zugestoßen? Den Kindern?« Solche Bedenken kannte ich bisher nicht. Für mich bedeutete ein Code-Zwei-Ruf, daß ich mich auf die Station begeben mußte und daß sie jemanden für eine besonders unangenehme Aufgabe brauchten. Diesmal war die Wahl eben wieder auf mich gefallen.

Als ich das Chefbüro betrat, saß Lieutenant Hilliard an seinem Schreibtisch und las die Morgenzeitung. Die zahllosen Falten noch tiefer als sonst in die Stirn gegraben, sah er wie immer richtig gemein aus, wenn er gerade irgendwelche Leserbriefe studierte, in denen über die Polizei hergezogen wurde. Trotzdem mußte er diesen Kram jeden Morgen lesen und sich dementsprechend darüber erbosen.

»Tag, Bumper.« Er sah von seiner Zeitung auf. »Ein Beamter von der Sitte möchte mit Ihnen reden. Irgendwas wegen eines Buchmachers, den Sie angeschleppt haben.«

»Ach ja, einer meiner Informanten hat ihm gestern ein paar interessante Dinge erzählt. Vermutlich möchte Charlie Bronski noch einiges mit mir besprechen.«

»Wollen Sie vielleicht einen Buchmacher einkassieren, Bumper?« spöttelte Hilliard, ehemals selbst ein toller Hecht von einem Polizisten. Er trug sieben Streifen an seinem linken Unterarm, von denen jeder fünf Polizeidienstjahre symbolisierte. Seine schmalen, knotigen Hände waren von stark hervortretenden blauen Adern überzogen. Er litt an Knochenverfall und ging deshalb am Stock.

»Ich fahre einen Streifenwagen. Da kann ich mich doch nicht um die Angelegenheiten der Sitte kümmern. Dafür habe ich keine Zeit.«

»Falls Sie mit Bronski gerade etwas aushecken, dann machen Sie mal und nehmen sich genügend Zeit dafür. Schließlich leisten auch die Jungs von der Sitte Polizeiarbeit. Abgesehen davon habe ich noch nicht viele Uniformierte gesehen, die einen Buchmacher aufs Kreuz gelegt haben. Das ist so ziemlich das einzige, Bumper, was Sie bis jetzt noch nicht geschafft haben.«

»Wir werden sehen, was sich tun läßt.« Ich grinste und ließ Hilliard mit seiner Morgenzeitung allein. Eigentlich hätte der alte Lieutenant schon vor Jahren aufhören sollen, aber jetzt war es zu spät dazu. Er würde es sicher nicht lange überleben, seine Arbeit niederzulegen. Andrerseits richtete er auch nicht mehr viel aus. Er saß mehr oder weniger nur noch herum und palaverte mit ein paar anderen Kerlen herum, die ebenfalls glaubten, die Aufgabe der Polizei bestünde im wesentlichen nur darin, möglichst viele schräge Vögel hinter Gitter zu bringen.

Die jungen Beamten hatten richtig Angst, sich in die Nähe von Hilliards Büro zu wagen, wenn er sich darin aufhielt. Ich habe schon oft mitgekriegt, daß ein Neuling draußen auf dem Gang einen Sergeant bat, ihm ein Protokoll abzunehmen, damit er damit nicht zu Lieutenant Hilliard gehen mußte. Er verlangte ganze Arbeit, und zwar vor allem, was die Protokolle betraf. So etwas hatten diese jungen Spritzer natürlich nie gelernt. Und so gingen die Leute dem Lieutenant möglichst aus dem Weg.

Charlie Bronski saß gerade mit zwei Kollegen in seinem Büro, als ich eintrat.

»Was gibt's Neues, Charlie?« fragte ich.

»Wir hatten wirklich unglaubliches Glück, Bumper. Wir haben die Telefonnummer überprüfen lassen, und sie gehört zu einer Wohnung in der Hobart Street, in der Nähe Eighth. Und Red Scalotta treibt sich ja bekanntermaßen recht häufig in der Eighth Street rum, wenn er nicht gerade in seinem Restaurant in der Wilshire ist. Ich möchte wetten, daß diese Telefonnummer, die du dir von deinem Freund Zoot verraten hast lassen, tatsächlich zu Reba McClains Wohnung gehört. Sie hält sich immer in Reds Nähe auf, aber auch nicht *zu* nahe. Red ist seit dreißig Jahren glücklich verheiratet und hat eine Tochter in Stanford und einen Sohn, der Medizin studiert. Dieses Arschloch macht richtig auf ehrenwerter Bürger.«

»Letztes Jahr hat er zwei verschiedenen Kirchen in Beverly Hills jeweils neuntausend Eier spendiert«, warf einer der beiden anderen Beamten ein, der mit seinem schulterlangen Haar und seinem Bart recht freakig aussah. Dazu hatte er noch einen verbeulten Schlapphut auf, der über und über mit Friedensemblemen und Anstecknadeln verziert war, die für die Legalisierung des Drogengebrauchs werben. Sein abgewetztes Jeanshemd hatte keine Ärmel mehr, und er sah wie ein typischer Main-Street-Dealer aus.

»Und Gott wird es ihm hundertfach zurückerstatten«, fiel der zweite Beamte ein. Er hieß Nick Papalous und sah mit seinen Koteletten, dem mächtigen Zapata-Schnurrbart und den kleinen weißen Zähnen richtig melancholisch aus. Ich hatte mit Nick eine Weile zusammengearbeitet, bevor er zur Sitte ging. Für sein Alter war er ein recht ordentlicher Polizist.

»Du scheinst ja mächtig scharf darauf zu sein, einen Buchmacher zu schnappen, Bumper. Deshalb dachte ich, du würdest vielleicht gern mit uns kommen. Wir gehen zwar in kein Büro, aber möglicherweise werden wir auf diese Weise eines ausheben können – dank der tatkräftigen Mithilfe deines Freundes Zoot. Nun? Kommst du mit?«

»Muß ich mir dafür normale Sachen anziehen?«

»Nur, wenn du willst. Wir beide können ja von einer Zelle aus dort anrufen, während Nick und Fuzzy dann die Tür eintreten. Du kannst deine Uniform also ruhig anlassen.«

»Also gut.« Ich war schon richtig aufgeregt. »Das ist das erste Mal, daß ich bei einem Einsatz der Sitte dabei bin. Müssen wir auch unsere Uhren vergleichen und diesen ganzen Kram?«

Nick grinste. »Ich werde die Tür eintreten. Fuzzy wird sich am Fenster postieren und euch beide unten in der Telefonzelle im Auge behalten. Sobald ihr eure Wette durchgegeben habt, wird Fuzzy euer Zeichen sehen und es an mich weiterleiten. Und dann werde ich der Dame einen überraschenden Besuch abstatten.«

»Tritt nur nicht zu fest gegen die Tür mit deinen Weichgummitretern«, spöttelte ich.

»Tja, da wären deine Latschen schon eher geeignet«, meinte Nick. »Was hast du denn für eine Schuhnummer? Siebenundvierzig?«

»Achtundvierzig«, korrigierte ich ihn.

»Ich würde ja zu gern diese Tür eintreten«, sagte Fuzzy. »Ich finde, es gibt nichts Schöneres, als durch so eine gottverdammte Tür zu rumpeln.«

»Dann sag doch Bumper mal, weshalb du das im Moment nicht kannst, Fuzzy«, forderte Nick ihn auf.

»Ich habe einen verstauchten Knöchel und eine Sehnenzerrung.« Fuzzy machte ein paar hinkende Schritte, um es mir zu demonstrieren. »Ich war zwei Wochen krank geschrieben.«

»Erzähl doch Bumper auch, wie es dazu gekommen ist«, drängte Nick grinsend.

»Ach, so ein verrückter Transvestit«, brummte Fuzzy und nahm seinen breitkrempigen Hut ab, um sein langes, blondes Haar zurückzuwerfen. »Wir haben da eine Beschwerde über so einen Kerl reingekriegt, der sich immer in der Nähe der Bibliothek rumtreibt und jeden jungen Burschen anmacht, der dort vorbeikommt.«

»Das war vielleicht ein Brocken«, warf Charlie ein. »Der Kerl war fast so schwer wie du, Bumper. Und ganz schön kräftig.«

»So eine Scheiße!« fluchte Fuzzy kopfschüttelnd. Obwohl Nick immer noch grinste, hatte er inzwischen eine ernste Miene aufgesetzt. »Du hättest mal die Arme von diesem Monstrum sehen sollen! Na ja, jedenfalls sollte ausgerechnet ich mich um diesen Kerl kümmern.«

»Weil du eben so hübsch bist, Fuzzy«, frotzelte Charlie.

»Ja, natürlich. Ich rücke dort also so gegen zwei Uhr nachmittags an, und da steht er auch schon – ihr wißt schon, unter dieser riesigen Eiche ... Ich brauche erst 'ne Weile, um herauszufinden, was nun eigentlich dieser verdammte Baum und was dieser Kerl war. So breit war dieser Typ. Und ich kann euch sagen, ich habe in meinem ganzen Leben noch keinen geileren Typen gesehen als diese Tunte. Ich bin nämlich nur auf ihn zugegangen und habe gesagt: ›Hi.‹ Das war alles, ich schwör's euch.«

»Ach was, Fuzzy – du hast ihm doch zugeblinzelt«, stichelte Charlie.

»Ach, laß mich doch in Frieden, du Idiot!« schimpfte Fuzzy. »Ich schwöre euch, ich habe nichts weiter gesagt als: ›Hi, Brucie.‹ Irgendwas in der Art jedenfalls. Und dann hat mich dieser Scheißkerl auch schon gepackt. Mich gepackt! Und zwar so, daß ich die Arme nicht mehr bewegen konnte! Das war ein ganz schöner Schock für mich. Und dann hat er angefangen, mich gegen seinen fetten Bauch zu rubbeln, und dabei hat er immer nur gestöhnt: ›Bist du süß! Bist du süß! Bist du süß!‹«

Darauf stand Fuzzy auf und fing an, die Arme seitlich an den Körper gepreßt, auf und ab zu hüpfen, so daß sein Kopf haltlos hin und her schlenkerte. »So hat er mich gebeutelt«, erklärte er dazu. »Wie eine Spielzeugpuppe. Und ich habe nur gesagt: ›S-s-sie s-s-s-ind v-v-verh-h-haftet.‹ Das hat seine Zuneigung dann etwas gebremst, und er starrt mich an und sagt: ›Was?‹ Worauf ich sage: ›Sie sind verhaftet, Sie fettes Arschloch!‹ Und dann hat er mich einfach durch die Luft geschleudert! Ich bin die Böschung hinuntergerollt und gegen die Betontreppe geknallt. Und weißt du, was dann war? Mein feiner Partner hier läßt diesen Scheißkerl entkommen. Er behauptet, er hätte diesen Kotzbrocken nicht erwischen können, und dabei konnte der Fettsack nicht schneller laufen als ein schwangeres Krokodil. Mein sauberer Partner!«

»Fuzzy möchte sich diesen Kerl unbedingt schnappen«, sagte Charlie grinsend. »Ich hab mir wirklich Mühe gegeben, ihn einzuholen, Fuzzy, ehrlich.« Und dann wandte er sich wieder an mich. »Ich glaube, Fuzzy hat sich verliebt. Er wollte die Telefonnummer von diesem fetten Liebling.«

»Ach ...« Fuzzy wurde jetzt noch wütend, wenn er daran dachte. »Wir können dieses Brechmittel jetzt wegen Körperverletzung an einem Beamten kassieren. Wartet nur, bis ich den Kerl erwische! Dem werde ich den Hals so lange zudrehen, bis ihm die letzte Gehirnzelle abgestorben ist.«

»Was benutzt ihr übrigens für ein Zeichen, wenn ihr die Tür eintretet?« erkundigte ich mich.

»Wir machen es immer so«, sagte Charlie und bewegte seinen Arm mit geschlossener Faust ein paarmal auf und ab.

Ich mußte grinsen. »Das erinnert mich ja an die alten Zeiten bei der Army.« Ich freute mich inzwischen richtig darauf, einmal etwas anderes zu machen. Vielleicht hätte ich doch zur Sitte gehen sollen, dachte ich. Aber nein, in meinem Revier war schon wesentlich mehr los. Daran gab es keinen Zweifel. Die Arbeit in meinem Revier war für mich das Größte.

»Reba muß übrigens eine verdammt heiße Muschi haben.« Fuzzy paffte an einer schlanken Zigarre und neigte dabei Charlie seinen Kopf zu. Dem Geruch nach zu schließen, war es eine Zehn- oder Fünfzehn-Cent-Zigarre. Bei den Dingern würde ich schleunigst das Rauchen aufhören, dachte ich.

»Sie ist inzwischen schon einige Jährchen mit Red zusammen«, sagte Nick zu Fuzzy. »Warte nur, bis du sie in natura siehst. Die Fotos aus unserer Kartei sind ja wirklich nur ein schwacher Abglanz. Diese Maus sieht irre geil aus.«

»Euch Burschen von der Sitte ist es doch scheißegal, wie gut so ein Ding aussieht«, stichelte ich gegen Charlie. »Ihr denkt doch bei so einem Mädchen nur, daß ihr wieder mal eine Verhaftung mehr verbuchen könnt. Ich möchte wetten, wenn so eine knackige kleine Nutte vor euch die Beine breit macht, wißt ihr nichts Besseres zu tun, als ihr euren verdammten Ausweis unter die Nase zu halten.«

»Das kannst *du* wetten«, erwiderte Nick grinsend. »Aber *ich* wette, daß die gute Reba ein bißchen mehr zu bieten hat als eine enge Muschi. So ein Typ wie Scalotta könnte doch eine halbe Million Weiber haben. Die muß schon noch ein paar Extras zu bieten haben. Wahrscheinlich hat die Kleine auch eine verdammt agile Zunge oder sonst was in der Art.«

»Das wäre jetzt genau das richtige, so ein flinkes Züngelchen«, meinte Fuzzy und lehnte sich in seinem Drehstuhl zurück, die Schuhe mit den weichen Gummisohlen auf den Schreibtisch gelegt. Über seinem Bart hatte er ein rosiges Jungengesicht, und ich schätzte ihn keinen Tag älter als vierundzwanzig.

»Gib doch nicht so an, Fuzzy!« reizte ihn Nick. »Du hast doch von Tuten und Blasen keine Ahnung.«

»Ha!« fuhr Fuzzy auf, die Zigarre zwischen den Zähnen. »Ich hatte mal eine chinesische Freundin – die war Go-go-Girl und ...«

»Ach, laß doch den Quatsch!« versuchte Charlie ihn zu bremsen. »Lüg uns nicht schon wieder vor, wen du alles gevögelt hast, als du noch in Hollywood warst.« Er wandte sich mit einem Zwinkern an mich. »Es gibt nämlich kein Vögelchen auf dem Sunset Boulevard, das Fuzzy noch nicht vernascht hätte.«

»Ich weiß, wovon ich rede«, knurrte Fuzzy. »Diese Schlitzäuglein verstehen echt was von der Sache. Und diese Kleine hat's nur mit mir getrieben – einen anderen hat die nicht drüber gelassen. Die ist schon ganz feucht geworden, wenn sie nur an meiner Brustbehaarung rumgespielt hat.« Fuzzy stand auf und zeigte seinen Bizeps.

Nick, nie ein Mann großer Worte, brummte nur: »Setz dich, alter Tuntenköder.«

»Jedenfalls besorgt's einem Reba nicht nur mit dem Mund«, lenkte Charlie ein. »Das ist nicht der Grund, weshalb Scalotta so lange bei ihr geblieben ist. Der steht nämlich auf Leder und diesen Kram und mag's gern ein bißchen brutal. Er zieht ihr so Tierfelle an und prügelt ordentlich rum.«

»Ich habe von diesen Gerüchten nie viel gehalten«, warf Nick ein.

»Stimmt das tatsächlich?« fragte Fuzzy, plötzlich wirklich interessiert.

»Wir hatten einen Informanten, der uns das alles mal erzählt hat«, fuhr Charlie fort. »Der Informant meinte, Red Scalotta stünde auf Peitschen und diesen ganzen Sado-Kram, und Reba wäre seine absolute Favoritin. Sonst würde Scalotta keinen mehr hochkriegen, hat er gesagt.«

»Er ist ja auch schon ganz schön alt«, warf Fuzzy in vollem Ernst ein. »Seine fünfzig Jahre hat der doch mindestens auf dem Buckel.«

»Jedenfalls hat Reba eine kleine Meise. Das könnt ihr mir glauben.« Charlie wandte sich Nick zu. »Weißt du noch, wie wir sie hochgehen ließen? Wie sie ständig etwas von irgendwelchen kessen Vätern dahergefaselt hat, als wir sie abgeliefert haben, und wie sie sie durch diese verdammte Gefängniszelle gehetzt hätten, bevor sie auf Kaution wieder freikam?«

»Die Alte hat wirklich nicht alle Tassen im Schrank«, stimmte Nick zu.

»Und selbst die wenigen, die sie hat, haben alle einen Sprung«, meinte Charlie.

»Da macht sie wegen ein paar Weibern in die Hose, und mit Scalotta läßt sie sich dann auf irgendwelche Sado-Spielchen ein?« Auf Fuzzys bärtigem Babygesicht erschien bei dieser Vorstellung ein breites Grinsen.

»Sehen wir zu, daß wir die Sache hinter uns bringen.« Charlie wurde langsam ungeduldig. »Dann können wir uns für den Rest des Tages bei einer Partie Billard in einer netten, kleinen Bar Fuzzys Geschichten über seine Hollywood-Groupies anhören.«

Nick und Fuzzy fuhren in ihrem Wagen, während Charlie mich in seinem mitnahm. Es bestand nämlich durchaus die Möglichkeit, daß sich in der Wohnung nicht nur eine Person aufhielt, und so war es besser, für eventuelle Gefangene ausreichend Platz zu haben.

»Gar nicht so schlecht, diese Kiste.« Voller Bewunderung begutachtete ich den neuen Wagen, der über eine Klimaanlage verfügte. Das Funkgerät war im Handschuhfach verborgen.

»Ich kann nicht klagen«, sagte Charlie. »Vor allem die Klimaanlage ist natürlich toll. Hast du je ein Polizeiauto mit Klimaanlage gesehen, Bumper?«

»Die Kisten, in denen ich immer durch die Gegend kutschiere, haben jedenfalls keine.« Ich steckte mir eine Zigarre an, während Charlie kräftig beschleunigte, um mir zu demonstrieren, daß die Maschine einigen Saft hatte.

»Die Arbeit bei der Sitte macht schon eine Menge Spaß, Bumper, aber weißt du, ich denke immer noch gern an die Zeiten zurück, als ich mit dir Streife gegangen bin.«

»Wie lange warst du eigentlich mit mir zusammen, Charlie? Ein paar Monate?«

»Ungefähr drei Monate. Weißt du noch, wie wir diesen Einbrecher geschnappt haben? Diesen Kerl, der immer die Todesanzeigen gelesen hat?«

»Ach ja.« Es war mir allerdings entfallen, daß es Charlie gewesen war, der mich damals begleitet hatte. Wenn man so viele Neulinge eingearbeitet hat wie ich, verschmelzen sie im Gedächtnis mehr oder weniger zu einer Person, und man kann sich nur noch schwer an die Dinge erinnern, die man mit jedem einzelnen Jungen erlebt hat.

»Weißt du noch? Wir haben diesen Kerl vor der kleinen Bar in der Nähe der Third geschnappt, wo immer die ganzen Indianer rumhingen, und dann hast du gemerkt, daß er die Seite mit den Todesanzeigen in seiner Hemdtasche zusammengefaltet hatte. Du hast mir damals erzählt, daß einige Einbrecher ständig die Todesanzeigen lesen und in die Wohnungen der Toten einbrechen, nachdem diese bestattet worden sind. Dann können sie nämlich damit rechnen, daß sich vorerst niemand dort blicken läßt.«

»Ja, ich weiß.« Ich blies eine Rauchwolke in Richtung Windschutzscheibe und dachte daran, wie eine Witwe oder ein Witwer meistens eine Weile bei ihrer Familie bleibt. Ganz schön beschissen, diese Grabräuberei. Meiner Meinung nach sollte das Opfer zumindest eine kleine Chance haben.

»Wir haben damals für diesen Fang sogar ein Sonderlob eingeheimst, Bumper.«

»Tatsächlich? Das habe ich ganz vergessen.«

»Ich habe natürlich nur abgesahnt, weil ich eben dein Partner war. Dieser Typ hatte nämlich auf diese Weise an die zehn bis fünfzehn Wohnungen ausgeräumt. Weißt du nicht mehr? Ich war damals noch so feucht hinter den Ohren, daß ich nicht kapiert habe, weshalb er in seiner Gesäßtasche ein Paar Socken hatte. Ich habe dich sogar noch gefragt, ob diese Typen, die ständig auf Achse sind, öfter ein frisches Paar Socken anziehen. Du hast mir dann die Stellen in den Socken gezeigt, wo sie sich von seinen Fingern gedehnt hatten, da er die Dinger nämlich über seine Hände streifte, um keine Fingerabdrücke zu hinterlassen. Aber du hast mich nie zur Schnecke gemacht, auch wenn ich dumme Fragen gestellt habe.«

»Ich fand es immer gut, wenn ihr jungen Burschen Fragen gestellt habt.« Langsam begann ich mir zu wünschen, Charlie würde damit aufhören.

»Sag mal, Charlie«, versuchte ich ihn vom Thema abzubringen, »wenn wir heute diese Telefonannahmestelle ausnehmen, wie stehen dann die Chancen, daß wir einen wirklich dicken Fang machen?«

»Wie meinst du das? Daß wir auf ein Büro stoßen?«

»Ja.«

»Ziemlich gering. Wieso bist du eigentlich so scharf darauf, ein Büro hochgehen zu lassen?«

»Ich weiß auch nicht. Ich höre ja jetzt bald auf und habe nie so einen richtig dicken Hecht wie Red Scalotta geschnappt. Ich würde eben mal gern so einen Burschen hopsgehen lassen.«

»Meine Güte, ich habe auch noch nie so einen dicken Fisch wie Scalotta an die Angel gekriegt. Und was soll das überhaupt? Du willst aufhören? Willst du dich vielleicht pensionieren lassen?«

»Ja, demnächst.«

»Du und dich pensionieren lassen? Das kann ich mir einfach nicht vorstellen.«

»Aber *du* hörst doch nach zwanzig Jahren auf, oder etwa nicht?«

»Sicher, aber nicht *du*.«

»Ach, vergiß es«, stieß ich hervor. Charlie sah mich eine Minute lang eindringlich an und öffnete dann das Handschuhfach, um sich mit Nick und Fuzzy über Funk in Verbindung zu setzen.

»Eins-Victor-Eins an Eins-Victor-Zwei«, sprach er ins Mikrofon.

»Eins-Victor-Zwei, bitte melden«, antwortete Nick.

»Eins-Victor-Eins, ich glaube, wir parken am besten in der nächsten Straße. Das ist die Harvard. Falls gerade jemand aus dem Fenster schauen sollte, würde er euch von hinten nicht ins Haus gehen sehen.«

»In Ordnung, Charlie«, antwortete Nick, und wenige Minuten später waren wir angekommen. Die Eighth Street besteht ausschließlich aus Geschäfts- und Bürohäusern mit ein paar Bars und Restaurants dazwischen. Wir warteten, bis die beiden den ersten Stock des Wohnhauses in einer der Querstraßen zur Eighth erreicht haben würden, worauf Charlie in die Harvard einbog. Wir stiegen aus und gingen zu einer Telefonzelle an der Ecke Hobart. Nach ein paar Minuten lehnte sich Fuzzy über ein schmiedeeisernes Gitter im ersten Stock und winkte uns zu.

»Also los, fangen wir an, Bumper.« Charlie warf eine Münze ein, um jedoch gleich wieder einzuhängen. »Belegt.«

»Hat dir Zoot den Code und alles gesagt?«

»Achtundzwanzig für Löwenzahn ist das Codewort.« Charlie nickte. »Das ist eine richtige Annahmestelle. Wenn es nur eine Leitstelle wäre, dürfte die Sache etwas schwierig werden.«

»Wieso? Was ist da der Unterschied?« Ich stellte mich hinter die Telefonzelle, so daß man meine Uniform vom Haus aus nicht sehen konnte.

»Um eine Leitstelle handelt es sich, wenn ein Wettkunde oder ein Straßenbuchmacher wie Zoot dort anrufen kann. Das Hauptbüro ruft dann etwa alle zwanzig Minuten in der Leitstelle an und läßt sich die Nummer des Wettkunden geben, um ihn dann selbst anzurufen. Wenn es so wäre, stünden unsere Chancen ziemlich schlecht, weil nämlich die Jungs im Büro meistens etwas cleverer sind als so eine Emmi, die alle diese Anrufe entgegennimmt. Als wir Reba McClain das letztemal geschnappt haben, war es eine richtige Annahmestelle, wo die Leute anriefen und wo sie dann die Wetten auf eine Resopalplatte aufschrieb. Ab und zu riefen dann die vom Hauptbüro an, und sie gab ihnen die Wetten durch und wischte die Platte wieder sauber. Für uns ist das wesentlich besser, weil wir vielleicht ein paar handfeste Beweise kriegen, wenn wir schnell genug zuschlagen.«

»Du meinst die Aufzeichnungen auf der Resopalplatte?«

»Genau.« Charlie nickte. »Manche von uns treten die Tür ein und bewerfen den Typen am Telefon sofort mit etwas, damit er abgelenkt wird und nicht mehr dazu kommt, die Wetten wegzuwischen. Ich habe schon Kollegen gesehen, die so einem Typen einen Tennisball mitten in die Fresse geworfen haben.«

»Warum eigentlich nicht gleich einen Baseball?«

»Gar keine schlechte Idee. Du würdest bei der Sitte sicher eine gute Figur machen.«

»Aber der Typ am Telefon weiß doch in beiden Fällen die Nummer des Hauptbüros nicht, oder?« fragte ich.

»Natürlich nicht. Deshalb habe ich dir doch gesagt, daß wir dann keine Chance hätten.«

Charlie warf neuerlich eine Münze in den Apparat und hängte sofort wieder ein.

»Die Geschäfte gehen offensichtlich nicht schlecht«, brummte ich.

»Klar. Red Scalotta kann über Kundschaft nicht klagen. Ich kenne zwei Richter am Obersten Gerichtshof persönlich, die bei ihm wetten.«

»Und ein paar Kollegen sind sicher auch darunter.«

»Aber natürlich«, bestätigte mir Charlie. »Jeder hat so seine kleinen Laster.«

»Wie nennt ihr diesen Trick, wenn das Telefon in einem anderen Raum steht?«

»Ach, du meinst eine Verlängerung. Manchmal stehst du nämlich in einem leeren Zimmer und siehst nichts als einen Telefonanschluß, von dem ein Kabel zum Fenster hinausläuft. Und wenn man dann das Kabel bis in die richtige Wohnung verfolgt hat, ist der Typ natürlich längst über alle Berge. In der Regel kombinieren sie so eine Verlängerung mit einer Alarmvorrichtung, so daß der Kerl am

Telefon mitkriegt, wenn wir in die Tarnwohnung eindringen. Sie haben dann einen Kippschalter, mit dem ein Anruf auf eine andere Nummer umgeleitet werden kann. Ein Typ aus dem Hauptbüro ruft zum Beispiel die Annahmestelle an, wo sich dieser Kippschalter befindet, und hängt nicht ein. Dann ruft der Wettkunde in der Annahmestelle an, und das Hauptbüro kann die Wetten selbst entgegennehmen. Alle diese praktischen, kleinen Hilfsmittel sind allerdings auch mit einigen Nachteilen verbunden. Zum Beispiel wollen die meisten Wettkunden nicht zurückgerufen werden. Die meisten Typen, die gern wetten, gehen einer regulären Arbeit nach, und sie haben oft nur in der Kaffeepause ein paar Minuten Zeit, um sich mit ihrem Buchmacher in Verbindung zu setzen. Und diese Leute haben dann natürlich nicht die Zeit und die Geduld, zehn Minuten oder so zu warten, bis man sie zurückruft. Deshalb ist so eine ganz stinknormale telefonische Annahmestelle, wo irgendein Typ oder eine Hausfrau den ganzen Tag ans Telefon geht und die Wetten entgegennimmt, immer noch die beste und einfachste Methode.«

»Schnappt ihr in diesen Annahmestellen eigentlich viele Frauen?«

»Und ob! In den Annahmestellen und in den Hauptbüros. Soviel wir wissen, zahlt Red Scalottas Organisation für einen Posten in einer Annahmestelle hundertfünfzig die Woche und in einem Hauptbüro dreihundert. Für eine Frau ist das kein schlechtes Gehalt – vor allem, wenn man noch berücksichtigt, daß es steuerfrei ist. Wenn so eine Alte in einer Annahmestelle arbeitet, muß sie natürlich damit rechnen, daß sie früher oder später mal ins Kittchen wandert, aber letztlich ist das auch nur halb so wild. Die Organisation holt sie auf Kaution wieder raus und kommt auch sonst für sämtliche Kosten auf, und dann gehen sie gleich wieder an die Arbeit. Du wirst kaum einen Richter finden, der jemanden wegen Buchmacherei in ein Landesgefängnis stecken wird, und eine Frau schon gar nicht. Von einem Staatsgefängnis ganz zu schweigen. Ich kenne im Süden der Stadt einen Typen, der sicher schon achtzigmal verhaftet wurde und immer noch im Geschäft ist.«

»Muß ja eine blühende Branche sein.«

»Es ist ein Witz, Bumper. Ich weiß gar nicht, wieso ich das Ganze überhaupt noch mache. Soviel wir wissen, nimmt Red Scalotta mit seinen Büros jährlich zwischen einer und zwei Millionen ein. Und er hat mindestens drei Büros laufen. Er macht damit also eine Menge Kohle, auch wenn ihm von dieser Summe dann nur zwischen elf und sechzehn Prozent bleiben. Und wenn wir dann einen von seinen Leuten einkassieren, brummen sie denen eine Zweihundertfünfzig-Dollar-Strafe auf. Das ist doch wirklich ein Witz, und ein schlechter noch dazu.«

»Habt ihr Scalotta selbst jemals etwas anhängen können?«

»Nie. Red hält sich immer von den Büros fern. Er hat jemanden, der sich um alles kümmert. Ab und zu gelingt es uns mal, eine telefonische Annahmestelle auszuheben – und alle heiligen Zeiten auch mal ein Hauptbüro. Das ist auch schon alles. Aber jetzt probier ich noch mal, unsere Wette durchzugeben. Vielleicht hebt diesmal jemand ab.«

Charlie warf die Münze ein und wählte die Nummer. Dann wurde sein Gesichtsausdruck plötzlich sehr aufgeregt, woraus ich schloß, daß jemand drangegangen war.

»Hallo«, meldete sich Charlie. »Hier ist achtundzwanzig für Löwenzahn. Geben Sie mir Nummer vier in der zweiten, fünf nach rechts. Dann eine Zwei-Dollar-Dreierwette in der zweiten. Das Pferd Nummer zwei zur Nummer vier in der dritten zu Nummer sechs in der vierten zu Nummer sieben in der fünften.«

Dann gab Charlie noch ein paar Wetten für die Rennen in Hollywood Park durch. Während des Gesprächs beugte Charlie sich dann aus der Zelle und gab Fuzzy mit der Faust das verabredete Zeichen, worauf dieser in dem Wohnhaus verschwand. Danach winkte Charlie mich zu sich. Ich nahm meine Mütze ab und zwängte mich zu ihm in die Zelle. Grinsend hielt er mir den Hörer ans Ohr.

Plötzlich hörte ich über das Telefon lautes Krachen. Eine entsetzte Frauenstimme schrie auf, und dann meldete sich Nicks Stimme: »Hallo Süßer, willst du lieber eine Dreierwette oder auf Sieg setzen?«

Kichernd hängte Charlie ein. Wir sprangen in unseren Wagen und fuhren zum Eingang des Wohnhauses.

Im ersten Stock angekommen, versuchte Fuzzy gerade eine erboste Frau zu beruhigen, die sich wegen der eingetretenen Tür beschwerte, die Nick vorsorglich von innen verrammelt hatte. In der Wohnung saß ein hübsches, dunkelhaariges Mädchen auf einer Couch und heulte sich die Augen aus dem Kopf.

»Tag, Reba«, begrüßte Charlie sie gutgelaunt, als wir eintraten und uns umsahen.

»Tag, Mr. Bronski«, stieß sie schluchzend hervor und betupfte sich mit dem einen der beiden Taschentücher, die sie in der Hand hielt, die Wangen.

»Der Richter hat Sie doch das letztemal extra gewarnt, Reba«, hielt ihr Charlie vor. »Das ist nun schon das drittemal, daß Sie wegen Buchmacherei geschnappt werden. Jetzt werden Sie Ihre sechs Monate Bewährung wohl doch noch absitzen müssen, und wenn Sie Pech haben, bekommen Sie sogar noch zusätzlich was draufgebrummt.«

»Bitte, Mr. Bronski!« flehte sie und warf sich bäuchlings auf die Couch. Sie schluchzte so heftig, daß die Polsterung zu wackeln begann.

Sie trug eine schicke blaue Jerseybluse und einen blauen Rock und hatte sich ein dazu passendes blaues Tuch in ihr schwarzes Haar gebunden. Mit den leichten Sommersprossen auf ihren relativ hellhäutigen Beinen sah sie sehr attraktiv aus – und sehr irisch.

Charlie führte mich in das lauschige Schlafzimmer, wo das Telefon stand und in dem es sehr gut roch. Reba hatte die Hälfte der Aufzeichnungen noch von einer kleinen Schiefertafel wischen können, aber die restlichen Eingänge waren noch deutlich zu lesen. Neben der Tafel lag ein feuchter Lappen.

»Wetten, daß sie auch diesmal wieder halb in die Hose macht«, meinte Charlie, als er, immer noch grinsend, die Eintragungen auf der Schiefertafel las. Daneben stand jeweils, von wem die Wetten stammten. Offensichtlich hatte ein gewisser K. L. eine ganze Menge Wetten durchgegeben, bevor Charlie angerufen hatte.

»Aus der werden wir schon einiges herauskriegen«, flüsterte Charlie mir zu. »Wenn du glaubst, Zoot wäre ein Angsthase, dann solltest du erst mal unsere Freundin Reba sehen. Die wird gar nicht mehr zu singen aufhören.«

»In Ordnung«, hörte ich Nick in den Hörer des Telefons sagen, als wir wieder in den Wohnraum gingen. Fuzzy nickte der aufgebrachten Frau, offensichtlich der Hausbesitzerin, höflich zu, schloß dann aber die geborstene Tür vor ihrer Nase und stellte einen Stuhl davor.

»Gut – geht in Ordnung.« Nick legte auf. Eine Minute später klingelte das Telefon von neuem.

»Hallo!« Nick nahm wieder ab. »In Ordnung – schießen Sie schon los.« Alle paar Augenblicke murmelte er: »Ja«, als zeichnete er die Wetten auf. »Geht in Ordnung.« Er legte wieder auf.

»Nick nimmt ein paar Wetten entgegen, um Scalotta eins auszuwischen«, erklärte mir Charlie. »Ein paar von diesen Kerlen könnten ja richtig tippen, oder sie bekommen auch spitz, daß Reba hopsgegangen ist. Und dann werden sie natürlich behaupten, sie hätten so und so gewettet. Da ihnen der Buchmacher nicht beweisen kann, daß das gar nicht der Fall war, muß er diese Leute auszahlen, wenn er nicht riskieren will, seine Kunden zu verlieren. Die meisten Hinweise bekommen wir nämlich von verärgerten Wettkunden. Daß ein richtiger Straßenbuchmacher wie Zoot bei uns reinschneit und ganze Arien zu singen anfängt – so was passiert nicht allzu häufig.«

»Könnte ich bitte unter vier Augen mit Ihnen sprechen, Mr. Bronski?« jammerte Reba, während Nick und Fuzzy ans Telefon gingen und die Wetten entgegennahmen.

»Gut, gehen wir nach nebenan«, schlug Charlie vor, und

wir folgten Reba ins Schlafzimmer, wo sie sich auf das weiche französische Bett setzte und sich die verschmierte Wimperntusche aus dem Gesicht wischte.

»Aber ich habe keine Zeit, mir irgendwelchen Blödsinn anzuhören, Reba. Ich möchte nur, daß das von vornherein klar ist. Sie brauchen gar nicht zu probieren, ob Sie mit uns handeln können. Wir haben Sie nämlich am Schlafittchen.«

»Ich weiß, Mr. Bronski«, erwiderte sie keuchend. »Ich werde nicht versuchen, Sie auszutricksen. Ich will Ihnen helfen, so gut ich kann. Ich schwöre Ihnen, daß ich alles tun werde, was Sie von mir verlangen. Aber sorgen Sie bitte dafür, daß ich nicht ein drittesmal vor Gericht komme. Dieser Richter Bowers ist ein mieser Schweinehund. Er hat mir gedroht, mich einzulochen, wenn ich gegen meine Bewährung verstoße. Bitte, Mr. Bronski – Sie können ja gar nicht ahnen, wie es im Gefängnis ist. Sechs Monate würde ich auf keinen Fall überleben. Ich glaube, ich würde nicht einmal sechs Tage verkraften. Eher würde ich mich umbringen.«

»Sie wollen mir helfen? Was könnten Sie denn für mich tun?«

»Einiges. Ich weiß zum Beispiel eine Telefonnummer. Sogar zwei. Sie könnten noch zwei andere Annahmestellen wie diese hier ausnehmen. Ich gebe Ihnen die Nummern.«

»Woher wissen Sie die denn?«

»Ich bin doch nicht auf den Kopf gefallen, Mr. Bronski. Ich kriege eben so einiges mit im Lauf der Zeit. Wenn sie besoffen oder high sind, dann erzählen sie mir alles mögliche – wie alle Männer.«

»Sie meinen Red Scalotta und seine Freunde?«

»Bitte, Mr. Bronski! Ich gebe Ihnen die Nummern, und Sie sorgen dafür, daß ich nicht ins Gefängnis komme.«

»Dafür müßten Sie schon ein bißchen mehr bieten, Reba.« Charlie setzte sich in einen mit violettem Satin bespannten Sessel, der neben einem unaufgeräumten

Schminktisch stand, und steckte sich eine Zigarette an, während Reba an ihrer Unterlippe nagte und uns abwechselnd anstarrte. »Also, da müssen Sie sich wirklich was Besseres einfallen lassen«, fügte Charlie hinzu.

»Was wollen Sie denn sonst noch, Mr. Bronski? Ich werde alles tun, was Sie von mir verlangen.«

»Ich möchte das Hauptbüro«, sagte Charlie wie beiläufig.

»Wie, bitte?«

»Ich möchte eines von Red Scalottas Hauptbüros. Nicht mehr und nicht weniger. Nehmen Sie hier weiterhin Ihre Anrufe entgegen. Am besten arbeiten Sie wie bisher für Red. Aber ich möchte das Hauptbüro, und ich glaube, Sie können mir dabei helfen.«

»Aber Mr. Bronski, ich bitte Sie! Mein Gott, darüber weiß ich doch überhaupt nichts. Das schwöre ich Ihnen. Woher sollte ich so etwas auch wissen? Ich nehme hier nur die Anrufe entgegen.«

»Sie sind immerhin Reds Freundin.«

»Red hat auch andere Freundinnen!«

»Aber Sie nehmen bei ihm eine Sonderstellung ein. Außerdem sind Sie nicht gerade auf den Kopf gefallen, und Sie bekommen auch einiges zu hören. Also sperren Sie mal schön Ihre Lauscher auf.«

»Aber Mr. Bronski, darüber weiß ich ganz bestimmt nichts. Ich schwöre Ihnen bei Gott, daß ich es Ihnen erzählen würde, wenn ich auch nur irgend etwas wüßte.«

»Da, rauchen Sie erst mal eine.« Charlie drückte Reba eine Zigarette in die zitternde Hand. Ich gab ihr Feuer, worauf sie wie ein gefangenes kleines Kaninchen aufsah. Sie würgte ein bißchen an dem Rauch, aber dann nahm sie einen tiefen Zug. Charlie ließ sie erst eine Weile rauchen. Sie stand kurz vor dem endgültigen Zusammenbruch, worauf er es ja abgesehen hatte, und man sollte in einem solchen Augenblick eigentlich nicht zögern. Aber andrerseits war sie offensichtlich mit den Nerven völlig fertig, und man mußte immer ein wenig improvisieren, wenn das

Opfer angeschlagen war. Also ließ Charlie sie kurz in Ruhe, damit sie sich wieder etwas fassen konnte. Aber nicht lange.

»Sie würden sich doch sicher nicht vor Red Scalotta stellen, wenn Sie sich dadurch ersparen könnten, ins Gefängnis zu wandern, Reba.«

»Ganz bestimmt nicht, Mr. Bronski. Ich würde nicht einmal meine eigene Mutter decken, wenn ich mir das Gefängnis ersparen könnte.«

»Wissen Sie noch, wie ich Sie das erstemal einkassiert habe? Wissen Sie noch, wie wir über all diese entsetzlichen Leute gesprochen haben, mit denen man im Knast so zu tun bekommt? Wissen Sie noch, was für eine Angst Sie damals hatten? Sind Sie damals nicht auch belästigt worden?«

»Ja.«

»Haben Sie auch eine Nacht im Gefängnis verbracht?«

»Nein, ich bin gegen Kaution freigelassen worden.«

»Aber wie stellen Sie sich das vor, wenn Sie jetzt sechs Monate kriegen, Reba? Dann werden Sie sogar mehr als einmal im Gefängnis übernachten müssen. Haben Sie im Gefängnis mal diese Dildos gesehen?«

»Was ist das denn?«

»Diese Plastikpimmel.«

»Das ist ja widerlich.« Sie erschauerte.

»Was meinen Sie denn, wie Ihnen dabei zumute wäre, wenn Sie eines Nachts zwischen zwei richtig strammen, haarigen kessen Vätern aufwachen würden, die sich an Ihnen zu schaffen machen? Und was würden Sie wohl denken, wenn Sie allmählich merkten, daß Ihnen das auch noch Spaß macht? Im Gefängnis geht das vielen Mädchen so. Und früher oder später würden Sie sich dann vielleicht auch die Haare schneiden und Ihre hübschen, großen Titten zusammenschnüren, weil Sie keine Frau mehr sein wollen. Und dann können Sie nach der Entlassung anfangen, Pillen zu schlucken und sich zu spritzen, weil Sie sich selbst nicht mehr ausstehen können.«

»Warum müssen Sie mir das antun, Mr. Bronski?« Reba fing wieder zu weinen an. Sie ließ die Zigarette auf den Teppichboden fallen, worauf ich sie aufhob und ausdrückte. »Warum müßt ihr Männer einem immer weh tun? Es macht euch richtig Spaß, einem weh zu tun.«

»Tut Red Ihnen denn weh?« fragte Charlie ruhig. Er schwitzte leicht, als er sich am Stummel der letzten Zigarette eine neue anzündete.

»Ja! Er tut mir weh!« schrie sie plötzlich, so daß Fuzzy den Kopf durch die Tür hereinsteckte, um zu sehen, was hier vorging. Charlie scheuchte ihn jedoch wieder hinaus, während Reba haltlos zu schluchzen begann.

»Zwingt er Sie denn, irgendwelche schlimmen Dinge zu tun?« fragte Charlie weiter. Reba hatte sich inzwischen in ihre Hysterie hineingesteigert, und so fiel ihr gar nicht mehr auf, daß Charlie mit ihr sprach, als wäre sie höchstens zehn Jahre alt.

»Ja, dieses Schwein! Dieses fiese, widerliche Schwein! Er tut mir weh! Es macht ihm Spaß, mir weh zu tun! Dieser ekelhafte alte Knacker!«

»Ich könnte wetten, daß er Sie dazu zwingt, mit anderen Frauen rumzumachen«, drang Charlie weiter in sie und warf mir einen kurzen Blick zu. Mir wurde klar, daß der Bursche einiges von mir gelernt hatte. Er gehörte nicht zu denen, die ihn nur halb reinstecken.

»Er *zwingt* mich dazu, Mr. Bronski«, wimmerte Reba. »Ich hasse das, Mr. Bronski, aber er zwingt mich dazu. Ich schwör's Ihnen. Ich will das nicht mit diesen Frauen. So etwas hat mir noch nie gefallen, und außerdem ist es eine schreckliche Sünde, so etwas zu tun.«

»Ich möchte wetten, daß es Ihnen genausowenig Spaß macht, hier am Telefon zu sitzen und Wetten entgegenzunehmen, stimmt's?«

»Und wie ich das hasse, Mr. Bronski! Es ist einfach widerlich, den ganzen Tag nichts anderes zu tun – und die ständige Angst dabei ... Er ist so ein verdammter alter Knauser. Niemals gibt er mir Geld. Für jeden Cent läßt er mich arbeiten. Mit diesen Frauen – das muß ich jede Woche so zwei bis drei Abende tun. Und dann muß ich in dieser miesen Wohnung vor diesen Scheißtelefonen herumsitzen, und dabei weiß ich, daß jeden Augenblick jemand von der Polizei kommen und mich ins Gefängnis stecken kann. Ich bitte Sie, Mr. Bronski, helfen Sie mir!«

»Dann werden Sie allerdings aufhören müssen, ihn zu decken«, meinte Charlie.

»Er wird mich umbringen, Mr. Bronski«, flüsterte Reba in panischer Angst.

»Er wird Ihnen schon nichts tun, Reba«, versuchte Charlie sie zu beruhigen. »Es wird Ihnen nicht das geringste passieren. Er wird nie erfahren, daß Sie es waren, die mir das alles erzählt hat. Wir werden dafür sorgen, daß der Eindruck entsteht, jemand anderer hätte uns alles verraten.«

Ihr Gesicht war totenbleich geworden. »Aber außer mir weiß das doch niemand.«

»Das werden wir schon hinkriegen, Reba. Machen Sie sich deswegen keine Sorgen. Wir wissen schon, was wir tun müssen, um die Leute zu schützen, die uns helfen. Wir werden so tun, als hätte ihn jemand anderer hereingelegt. Ich verspreche Ihnen, er wird nicht merken, daß Sie uns das alles gesagt haben.«

»Dann schwören Sie mir bei Gott, daß Sie mich schützen werden!«

»Ich schwöre bei Gott, Sie zu schützen.«

»Schwören Sie mir bei Gott, daß ich nicht ins Gefängnis kommen werde.«

»Verhaften werden wir Sie schon müssen, Reba. Aber Sie können sicher sein, daß Red Sie binnen einer Stunde gegen Kaution wieder freikriegen wird. Wenn Ihr Fall dann vor Gericht kommt, werde ich persönlich mit Richter Bowers sprechen, und Sie werden nicht ins Gefängnis kommen.«

»Sind Sie sich dessen hundertprozentig sicher?«

»Ich bin mir fast hundertprozentig sicher, Reba. Ich werde mich persönlich für Sie einsetzen. Die Richter sind doch immer bereit, jemandem noch eine Chance zu geben. Das wissen Sie doch selbst.«

»Aber dieser Bowers ist ein ganz mieser Dreckskerl!«

»Ich bin mir hundertprozentig sicher, Reba, daß sich das regeln lassen wird.«

»Haben Sie noch eine Zigarette für mich?«

»Erst möchte ich noch mit Ihnen reden. Ich habe nicht den ganzen Tag lang Zeit.«

»Wenn er es doch herausbekommt, ist es um mich geschehen. Sie werden mich dann auf dem Gewissen haben, Mr. Bronski.«

»Wo ist das Hauptbüro?«

»Ich weiß es nur, weil ich Red einmal darüber habe reden hören. Es war an einem Abend, nachdem er sich gerade mit mir und einem Mädchen, das Josie hieß, vergnügt hatte. Sie war genauso pervers wie Red. Er hatte an diesem Abend auch noch einen Mann mitgebracht – einen Juden. Er hieß Aaron.«

»So ein schmächtiger Kerl mit Glatze, einem grauen Schnurrbart und Brille?«

»Ja, genau.«

»Ich habe schon von ihm gehört.« Jetzt war es Charlie, der aufgeregt auf seinem Stuhl umherrutschte, da er offensichtlich auf die richtige Fährte gestoßen war. Und mir erging es ähnlich, wenn ich auch keine Ahnung hatte, wer Aaron war.

»Jedenfalls hat dieser Aaron Josie und mir eine Weile zugesehen, und als Red dann zu uns ins Bett stieg, sagte er Aaron, er sollte ins Wohnzimmer gehen und sich's dort bequem machen. Red war an diesem Abend ganz schön aufgegeilt, aber wenigstens wurde er nicht gemein. Er hat mir an diesem Abend nicht weh getan. Könnte ich jetzt bitte eine Zigarette haben, Mr. Bronski?«

»Da.« Charlies Hand zitterte leicht, als er ihr eine reichte. Das war ein gutes Zeichen, denn es zeigte, daß er sich immer noch ganz schön alterierte, wenn er einer wichtigen Information auf der Spur war.

»Das tut gut«, hauchte Reba und sog heftig den Rauch ein. »Später hat Red dann für Josie ein Taxi gerufen und sie nach Hause geschickt. Danach hat er sich mit Aaron unterhalten, während ich im Schlafzimmer blieb. Die beiden dachten, ich würde schlafen, aber, wie bereits gesagt, bin ich ja nicht gerade auf den Kopf gefallen, Mr. Bronski. Ich halte meine Ohren immer schön offen. Aaron hat ständig irgend etwas von der ›Wäscherei‹ geredet. Ich habe erst nicht kapiert, worum es ging, obwohl ich wußte, daß Red eines seiner Büros verlegen wollte. Aber obwohl ich nie ein Büro gesehen habe, wußte ich doch, daß es sie gab, da er öfter mit Leuten aus der Branche darüber sprach. Aaron machte sich wegen der Tür zur Wäscherei Sorgen. Ich schloß daraus, daß der Eingang zu diesem Büro zu dicht an dieser Wäscherei lag. Aaron versuchte Red jedenfalls dazu zu überreden, eine zweite Tür nach hinten auf den Hinterhof hinaus anzubringen, aber Red befürchtete, dies könnte zu auffällig sein. Das habe ich also mitbekommen. Ein paar Wochen später führte mich Red zum Abendessen aus. Er sagte, er müßte vorher noch ein paar Sachen aus der Wäscherei abholen, parkte in der Sixth Street auf Höhe der Kenmore und verschwand durch einen Seiteneingang. Nach ein paar Minuten kam er dann wieder heraus und sagte, seine Anzüge wären noch nicht fertig. Und dann ist mir die Schrift im Fenster aufgefallen. Es war eine chinesische Wäscherei.« Reba nahm zwei kräftige Züge.

»Das haben Sie aber sehr scharf beobachtet«, lobte sie Charlie.

»Ich kann Ihnen natürlich nicht garantieren, daß das die richtige Wäscherei ist, Mr. Bronski. Ehrlich gesagt, bin ich mir nicht einmal sicher, ob die Wäscherei, über die Red und Aaron sprachen, überhaupt etwas mit diesem Büro zu tun hatte. Ich *vermute* nur, daß es so ist.«

»Ich glaube, daß Sie da richtig vermuten, Reba.«

»Sie müssen mich schützen, Mr. Bronski. Ich muß mit ihm leben, und wenn er es herausfindet, bedeutet das meinen Tod – und zwar einen langsamen, grausamen Tod,

Mr. Bronski. Er hat mir einmal erzählt, was er mit einem Mädchen gemacht hat, das ihn verpfiffen hat. Das lag bereits dreißig Jahre zurück, aber er hat darüber gesprochen, als wäre es erst gestern gewesen – und wie sie geschrien und geschrien hat … Es war so schrecklich, daß ich weinen mußte. Sie müssen mich auf jeden Fall schützen!«

»Das werde ich auf jeden Fall tun, Reba. Darauf können Sie sich verlassen. Wissen Sie die Adresse dieser Wäscherei?«

Sie nickte. »Im ersten Stock waren ein paar Büros, aber an den Fenstern im zweiten Stock stand nichts.«

»Wunderbar!« Charlie zog nun seinen Schreibblock aus der Tasche, da er nicht mehr befürchten mußte, den Fluß des Gesprächs zu bremsen, wenn er sich Notizen machte.

»Gib mir mal deine Schlüssel, Charlie«, bat ich ihn. »Ich werde mich jetzt lieber verdrücken. Du brauchst mich ja nicht mehr.«

»In Ordnung, Bumper. Schön, daß du mitgekommen bist.« Charlie warf mir die Wagenschlüssel zu. »Steck sie unter die Sonnenblende. Du weißt ja, wo wir unsere Autos immer abstellen.«

»Ja.«

»Ich werde dich weiter auf dem laufenden halten, Bumper.«

»Bis dann also, Charlie. Und Ihnen alles Gute«, verabschiedete ich mich von Reba.

»Auf Wiedersehen.« Sie winkte mir wie ein kleines Mädchen nach.

11.

In dem neuen Wagen mit der Klimaanlage war die Rückfahrt zum Glashaus ganz erträglich. Angeblich waren auch einige von den neuen Schwarzweißen damit ausgestattet, aber ich hatte noch keinen zu Gesicht bekommen. Ich schaltete das Radio ein, suchte einen Sender mit ruhiger Musik und steckte mir eine Zigarre an. Im Fenster einer

Bank war die Temperatur angezeigt. Sie betrug zweiunddreißig Grad. Mir kam es allerdings wesentlich heißer vor. Es war verdammt schwül.

Nachdem ich den Harbor Freeway überquert hatte, kam ich an einem großen Maklerbüro vorbei, das ich einmal um einen Großteil seiner Maschinen gebracht hatte. Einer meiner Informanten hatte mich darauf hingewiesen, daß jemand aus diesem Büro von einem Einbrecher Büromaschinen kaufte. Aber er wußte nicht, wer der Käufer war, und den Einbrecher kannte er ebensowenig. Also erschien ich eines Tages während der Mittagspause in dem betreffenden Büro. Um diese Zeit hielten sich dort kaum Angestellte auf, und ich erzählte ihnen, ich käme im Zuge einer Sicherheitsüberprüfung zur Vermeidung von Einbrüchen. Eine hübsche kleine Büromaus, die keineswegs auf den Mund gefallen war, führte mich durch die Räume, so daß ich Fenster und Türen überprüfen konnte. Und dann half sie mir sogar dabei, die Seriennummern der einzelnen Büromaschinen aufzuschreiben, damit wir von der Polizei sie leichter wieder beschaffen könnten, falls sie je gestohlen werden sollten.

Wieder zurück auf der Station, rief ich sofort Sacramento an und gab ihnen die Nummern der Maschinen durch. Wie sich herausstellte, waren dreizehn von neunzehn Maschinen bei verschiedenen Einbrüchen im Großraum Los Angeles gestohlen worden. Zusammen mit den Detectives von der Einbruchsabteilung fuhr ich wieder zu dem Maklerbüro und kassierte die Maschinen zusammen mit dem Abteilungsleiter ein. Elektrische Schreibmaschinen sind im Augenblick der große Renner. Die meisten werden von den Dieben an ›ehrbare‹ Geschäftsleute verhökert, die sich solch eine günstige Gelegenheit natürlich nicht durch die Lappen gehen lassen wollen.

Die Mittagspause rückte näher, als ich Charlies Wagen vor der Station abstellte und in meinen Schwarzweißen umstieg. Ich überlegte, was ich an diesem Tag zu Mittag essen sollte. Olvera Street kam jedenfalls nicht in Frage, da ich ja am Abend zuvor schon bei Socorro und Cruz mexikanisch gegessen hatte. Ich dachte schon an Chinatown, aber dort war ich erst am Dienstag gewesen. Ich entschloß mich gerade für eine gute Hamburgerbude, als mir Odell Bacon einfiel. Ich hatte schon einige Zeit kein Barbecue gegessen, und so fuhr ich auf der Central Avenue in Richtung Süden zur Newton Street, und als ich an so ein saftiges Steak dachte, lief mir das Wasser im Mund zusammen.

Ich sah eine Negerin aus einem Bus steigen und in eine Seitenstraße der Central Avenue biegen. Ohne einen bestimmten Grund bog auch ich in diese von Wohnhäusern gesäumte Straße, um zur Avalon hinüberzuwechseln. Dann fiel mir ein Schwarzer auf der Veranda eines weiß gestrichenen Holzhauses auf. Er beobachtete die Frau und wollte gerade aufstehen, als er den Streifenwagen sah. Er tat so, als schaute er in den Himmel, und setzte sich dann wieder – eine Spur zu gelassen – in seinen Sessel. Ich fuhr einfach an ihm vorbei, bog um die nächste Ecke und trat dann wie ein Verrückter aufs Gaspedal, um möglichst schnell um den Block zu fahren und in derselben Straße wieder herauszukommen. Es war ein altbekannter Trick, daß sich Handtaschenräuber in der Nähe einer Bushaltestelle ein Haus suchten, in dem gerade niemand zu Hause war, um es sich dort dann auf der Veranda bequem zu machen, bis eine Frau vorbeikam. Dann stürzte so ein Kerl auf sie zu, entriß ihr die Handtasche und rannte durch den Garten eines Hauses zur Parallelstraße hinüber, wo sein Wagen geparkt war.

Die meisten schwarzen Frauen in dieser Gegend tragen allerdings keine Handtaschen mehr. Notgedrungen bewahren sie ihr Geld in ihren Büstenhaltern auf, so daß dieser Trick in der Regel nicht mehr allzu häufig angewendet wird. Aber ich wäre jede Wette eingegangen, daß der Kerl, den ich beobachtet hatte, genau dies beabsichtigte, zumal die Frau eine relativ große Ledertasche bei sich hatte. Und eigentlich denkt man sich ja nichts dabei, wenn einem in der Gegend, in der man wohnt, jemand aus einem Haus entgegenkommt.

Ich erblickte die Frau etwa auf halber Höhe des Blocks, und der Mann ging ziemlich rasch hinter ihr her. Ich geriet leicht in Hektik und stieg etwas zu kräftig aufs Gaspedal, so daß der Schwarze auf mich aufmerksam wurde und sich nach mir umdrehte, und im nächsten Augenblick bog er auch schon nach rechts ab und verschwand zwischen zwei Häusern. Ich wußte, daß es keinen Sinn hatte, ihn zu verfolgen. Er hatte noch nichts getan, und abgesehen davon würde er sich bestimmt in irgendeinem Hinterhof verkriechen, so daß ich ihn nie finden würde. Ich fuhr also einfach in Richtung Odell Bacons Barbecue weiter. Als ich die Frau überholte, sah ich sie lächelnd an, und sie lächelte zurück – eine nette alte Dame. Es gab weiße Schafe und schwarze Schafe, und es gab reißende Hunde und ein paar gute Schäfer. Übermorgen wird es einen Schäfer weniger geben, dachte ich.

Der Geruch von Holzkohle und gegrilltem Fleisch drang schon aus hundert Metern Entfernung in meine Nase. Hier wurde immer noch auf drei riesigen, altmodischen Ziegelfeuerstellen gekocht. Odell und sein Bruder Nate standen hinter der Theke, als ich eintrat. Obwohl sie mit dem Kochen nichts mehr zu tun hatten, sondern nur noch bedienten, trugen beide leuchtend weiße Kochhüte und Schürzen. Das Lokal war um diese Zeit noch relativ leer. Da diese Gegend bereits zum Ghetto gezählt wird, aßen hier immer nur sehr wenige Weiße, und im Moment waren außer mir nur Schwarze anwesend. Allerdings gab es kaum jemanden in Los Angeles, der Bacons Lokal nicht gekannt hätte. Es war das beste Barbecue-Restaurant in der ganzen Stadt.

»He, Bumper«, begrüßte mich Nate, der mich als erster gesehen hatte. »Wie geht's, wie steht's, alter Freund?« Er war der jüngere der beiden Brüder – etwa vierzig und kaffeebraun. Früher hatte er als Bauarbeiter gearbeitet, und seine Arme waren immer noch mit dicken Muskeln bepackt.

»Ich kann nicht klagen, Nate«, erwiderte ich grinsend. »Hallo, Odell!«

»Tag, Bumper.« Odells Lippen verzogen sich zu einem breiten Lächeln. Er war ein wohlgenährter Mann mit rundem Gesicht. »Wo hast du denn die ganze Zeit gesteckt, alter Junge? Hab dich ja schon ewig nicht mehr gesehen.«

»Ich trete eben in letzter Zeit etwas kürzer«, erwiderte ich. »Ich komme nicht mehr so viel herum.«

»Das wird vielleicht was werden!« rief Nate lachend. »Wenn's unser guter alter Bumper nicht mehr schafft, wer soll's dann überhaupt noch schaffen?«

»Na, was hältst du von einer kleinen Portion Gumbo, Bumper?« fragte Odell.

»Nein, danke, heute hab ich Lust auf ein paar Rippchen.« Eine Portion Gumbo wäre natürlich auch nicht schlecht gewesen, aber die beiden machten es immer so reichhaltig – mit Krabben und Hühnerfleisch –, daß ich danach sicher keinen Appetit auf Rippchen gehabt hätte. Und ich war schon ganz wild auf die kräftige Soße, die es dazu gab und die ihre Spezialität war.

»Stell dir mal vor, wen ich gestern gesehen habe, Bumper!« sagte Odell, während er einem Kunden zum Mitnehmen Hühnchen, Rindfleisch, Pommes frites und Okraschoten einpackte.

»Wen?«

»Diesen Kerl, den du mal in den Knast gebracht hast, weißt du noch? Den Typen, der Nate an den Kragen wollte, weil er dachte, mit seiner Rechnung würde was nicht stimmen. Du bist damals zufällig gerade hereingekommen und hast den Burschen gleich ordentlich in die Mangel genommen. Weißt du noch?«

»Klar, ich kann mich noch erinnern. Er hieß Sneed und stank wie Hundescheiße.«

Nate nickte. »Genau der. Mir hat es sowieso nie gepaßt, wenn der Kerl zu uns zum Essen kam. Dreckige Kleider, dreckiges Gesicht und dazu noch ein dreckiges Maul.«

»Du kannst echt von Glück reden, daß du nicht Gangräne gekriegt hast, wo dich dieser Scheißkerl angefaßt hat, Nate.«

»So ein blödes Arschloch!« erzürnte sich Nate nachträglich noch einmal. Ich hatte dem Kerl damals einen Schlag verpaßt, der ihm für fast fünf Minuten die Lichter ausgehen ließ. »Als er am nächsten Tag wieder hier reinkam, habe ich ihn sofort wiedererkannt und ihm auf der Stelle gesagt, er soll abhauen, sonst würde ich Bumper holen. Er muß sich deinen Namen wohl gemerkt haben, denn er war so schnell wieder hier draußen, daß er gar keine Zeit mehr hatte zu fluchen.«

»Er konnte sich also an mich erinnern, wie?« Ich mußte grinsen.

Odell stellte ein Glas kaltes Wasser vor mich und schenkte mir, ohne zu fragen, eine Tasse Kaffee ein. Die beiden wußten natürlich, daß ich nicht zum Revier in der Newton Street gehörte, und eigentlich bekamen nur die Jungs in den Newton-Street-Schwarzweißen etwas umsonst von ihnen. Aber seit der kleinen Auseinandersetzung mit Sneed mußte auch ich hier nicht mehr für mein Essen zahlen. Sie versuchten mich sogar zu überreden, öfter bei ihnen vorbeizuschauen. Ich wollte ihre Großzügigkeit jedoch nicht ausnützen. Vor dem Zwischenfall mit Sneed hatte ich immer nur die Hälfte bezahlt, wie das für jeden uniformierten Beamten üblich war.

»Jetzt geht der Mittagsansturm los«, meinte Nate, und ich hörte ein paar Wagentüren schlagen. Etwa ein Dutzend Schwarzer kam lachend und schwatzend ins Lokal und nahm die geräumigen Nischen am Eingang in Beschlag. Vermutlich waren sie Lehrer. Es gab nämlich in der Nähe mehrere Schulen, und als Nate schließlich meinen Teller vor mich hinstellte, war das Lokal gerammelt voll. Teller war gut – eher hätte man das ganze eine Schlachtschüssel nennen sollen. Es war immer das gleiche. Ich bestellte Rippchen, und ich bekam Rippchen, allerdings eine doppelte Portion und dazu noch ein Rindersteak, triefend von

Barbecue-Soße, köstliches frisches Brot, das gleich nebenan gebacken wurde, und eine ordentliche Portion Butter. Ich stippte die Soße mit dem Brot vom Teller, und Odell goß mir während des Essens immer wieder neue nach. Dazu hatte ich einen gehörigen Berg herrlich frischen Krautsalat und nur ein paar Pommes frites, da mein Teller unmöglich mehr gefaßt hätte.

Während ich dann noch, mit dem Essen fertig, in Erinnerungen an die herrlichen Rippchen schwelgte, begann eine Kellnerin Nate und Odell an der Theke auszuhelfen, um die hungrige Meute zu befriedigen. Sie war für ihre schätzungsweise fünfunddreißig Jahre noch recht knackig, etwas dunkler als Nate und trug einen gemäßigten Afro, der mir gut gefiel. Ich mag nur diese übertrieben aufgemotzten Afros nicht. Sie hatte eine auffallend schmale Taille, und ihre Brüste ragten weit über ihren flachen Bauch hervor. Sie merkte, daß ich sie durchaus wohlwollend betrachtete, aber das schien sie nicht zu stören. Und schließlich macht so eine hübsche Frau eine hervorragende Mahlzeit erst perfekt.

Odell blinzelte mir zu, als die Kellnerin gerade am anderen Ende der Theke stand. »Sie heißt Trudy.« Sein Gesichtsausdruck gab mir unmißverständlich zu verstehen, daß sie nicht verheiratet oder sonst irgendwie gebunden war. Ich hatte mich nämlich früher einmal ab und zu mit einer anderen von seinen Kellnerinnen getroffen, einem kräftigen Mädchen namens Wilma, das mit zweiunddreißig schon Großmutter war. Sie hatte ihren Job bei Odell bald darauf gekündigt und zum viertenmal geheiratet. Wir hatten damals wirklich viel Spaß miteinander gehabt. Ich brachte ihr den Swim, den Jerk und den Boogaloo bei, als diese Tänze gerade neu herauskamen. Zum Glück hatte ich sie rechtzeitig von meiner Madeleine-Carroll-Freundin gelernt.

»Vielen Dank für den Tip, Odell. Vielleicht setze ich mich das nächstemal an einen Tisch, an dem sie bedient.«

»Ist in letzter Zeit was Komisches passiert, Bumper?« erkundigte sich Nate, nachdem er ein paar Bestellungen in die Küche durchgegeben hatte.

»In letzter Zeit nicht – warte mal! Habe ich euch eigentlich die Geschichte von diesem Riesenkerl erzählt, der genau vor eurem Lokal ein Stoppschild überfahren hat?«

»Nein, schieß schon los«, forderte mich Odell auf und blieb, einen Teller in der Hand, stehen.

»Na ja, dieser Kerl hat also ein Stoppschild überfahren, worauf ich ihm nach bin, und in der Forty-first habe ich ihn dann geschnappt. Der war vielleicht ein Brocken von einem Mann, kann ich euch sagen – sicher zwei Meter groß und um einiges schwerer als ich. Kein Fett, nur lauter Muskeln. Während ich seinen Strafzettel ausstelle, gebe ich noch seine Personalien durch, und da erfahre ich, daß der Kerl wegen einer schweren Verkehrsübertretung gesucht wird.«

»Teufel auch«, flüsterte Nate, inzwischen ganz Ohr. »Habt ihr euch denn geprügelt?«

»Ich sage ihm also, daß ich ihn verhaften muß, worauf er nur meint: ›Tja, Mann, das ist natürlich Pech für Sie. Auf Knast habe ich nämlich absolut keinen Bock.‹ Das hat er einfach so ganz cool gesagt. Und dann tritt er zurück, als würde er gleich loslegen.«

»Das ist ja 'n Ding!« entfuhr es Odell.

»Da kommt mir plötzlich eine Idee – ich weiß auch nicht, wieso. Ich gehe also zu meinem Wagen rüber und gebe ganz laut über Funk durch: ›Eins-X-L-Fünfundvierzig fordert einen Krankenwagen in die Forty-first, Ecke Avalon, an.‹ Dieser Riese sieht sich verdutzt um und meint: ›Wozu soll denn der Krankenwagen gut sein?‹ Worauf ich sage: ›Für dich, du Arschloch, wenn du nicht in zwei Sekunden in meinem Wagen sitzt.‹ Er steigt tatsächlich ein, und auf halbem Weg zur Station fängt er plötzlich zu kichern an, bis er sich vor Lachen nicht mehr halten kann. ›Mann‹, sagt er, ›Sie haben mir ja den Arsch ganz schön auf Grundeis gehen lassen. Und das ist das erstemal, daß ich mich lachend in den Knast abschleppen lasse.‹«

»Mein lieber Schwan, Bumper!« Odell schüttelte den Kopf. »Das ist ja echt 'n Ding.« Die beiden lachten schallend, dann begannen sie wieder ihre Kunden zu bedienen.

Ich nagte noch ein bißchen an meinen Rippchen herum und stippte die letzten Reste Soße auf, aber ich fühlte mich nicht mehr so richtig wohl. Es deprimierte mich jetzt sogar ein wenig, ganz allein inmitten der schwatzenden und schmatzenden Menge zu sitzen, während die Bedienungen mit Tabletts voller Teller und Speisen zwischen den Tischen hin und her sausten. Und so verabschiedete ich mich von Nate und Odell. Natürlich konnte ich den beiden kein Trinkgeld geben, obwohl sie mich persönlich bedient hatten. Also steckte ich Nate zwei Dollar zu und trug ihm auf: »Gib sie Trudy und richte ihr aus, das wäre im voraus für die zuvorkommende Bedienung, wenn ich nächstesmal an ihrem Tisch essen werde.«

»Ich werd's ihr sagen, Bumper«, versprach Nate grinsend, während ich winkend und rülpsend hinausging.

Als ich an der Fassade eines großen Bürogebäudes wieder nach der Temperatur sehen wollte, wurde dort gerade die Uhrzeit angezeigt. Es war halb zwei. Um diese Zeit begannen bei Gericht die Nachmittagsverhandlungen. Mir dämmerte plötzlich, daß ich was vergessen hatte. Ich hatte an diesem Nachmittag einen Termin beim Untersuchungsrichter.

Fluchend trat ich aufs Gaspedal und fuhr zu dem neuen Gerichtsgebäude auf dem Sunset, in der Nähe der Old Mission Plaza. Dann verlangsamte ich meine Fahrt jedoch wieder und dachte: Was soll's? Das ist das letztemal, daß ich im Dienst vor Gericht muß. Vielleicht werde ich noch ein paarmal aussagen müssen, nachdem ich aufgehört habe, aber dies wird das letztemal sein, daß ich in Uniform vor Gericht erscheine. Und ich hatte mich in zwanzig Jahren kein einziges Mal verspätet. Warum also diese Hektik? Ich ging wieder vom Gas und fuhr ganz gemächlich zum Gerichtsgebäude.

Als ich an einer Indianerbar in der Main Street vorbeikam, sah ich zwei besoffene Krieger, die sich gerade auf den Weg in den Hinterhof machten, wo sie es untereinander ausmachen wollten. Sie schrien und stießen einander aufgebracht an. Ich kannte eine ganze Menge Payutes und Apachen, weil so viele hier in meinem Revier gestrandet waren. Diese Burschen konnten einen ganz schön deprimieren. Sie waren so kaputt (ich meine natürlich nur die Kerle, die in der Main Street geendet sind), und so war ich fast froh, daß sie sich wenigstens mal prügelten. Das war zumindest noch ein schwaches Anzeichen dafür, daß sie wenigstens ab und zu noch zurückschlagen konnten, wenn sie sich auch nur gegen einen betrunkenen Stammesbruder wehrten. Sobald sie einmal in meinem Revier auftauchten, waren sie praktisch erledigt, wenn sie das nicht sowieso schon lange zuvor gewesen waren. Sie waren dann Säufer und Penner und die Frauen fette Fünf-Dollar-Nutten. Man fühlte sich unwillkürlich versucht, sie zu packen, einmal ordentlich durchzubeuteln und sie dann irgendwohin zu schicken, wobei das Problem allerdings darin bestand, daß es keinen Ort gab, an den sich ein Indianer gern hätte schicken lassen. Sie waren verlorene Menschen, bar jeder Hoffnung. Ein alter Streifenpolizist hat mir einmal gesagt, sie könnten einem das Herz brechen, wenn man sich zu oft mit ihnen befaßte.

Auf einem Parkplatz in der Nähe der Third und der Main sah ich eine Zigeunerfamilie auf ihren rostigen alten Pontiac zugehen. Die Mutter war eine gebeugte, schmutzige Alte mit überdimensionalen Ohrringen, einer bunten Bluse und einem roten Faltenrock. Der Mann ging vor ihr her. Er war etwa in meinem Alter, zehn Zentimeter kleiner als sie und sehr dünn. Ein dunkles, unrasiertes Gesicht wandte sich mir zu, und ich erkannte ihn. Er trieb sich immer mit einer Zigeunerin in der Innenstadt herum und lockte dort den Leuten mit ein paar billigen Kartentricks das Geld aus der Tasche. Die Alte war vermutlich seine Frau, aber ich konnte mich nicht mehr an ihr Gesicht erinnern. Drei Kinder folgten ihnen – ein ebenso schmutziges wie hübsches Mädchen im Teenie-Alter, ein abgerissener, etwa zehnjähriger Range und ein vierjähriges schwarzgelocktes Schnuckelchen, das die gleichen Kleider trug wie die Mutter.

Ich fragte mich, womit sie wohl im Augenblick gerade ihr Geld verdienten, und versuchte, mir den Namen des Mannes ins Gedächtnis zurückzurufen, aber er fiel mir nicht ein. Nun wollte ich zumindest herausfinden, ob er sich noch an mich erinnern konnte. Obwohl ich bereits etwas spät dran war, hielt ich am Straßenrand.

»He, einen Moment mal, bitte!« rief ich ihnen zu.

»Was ist los?« fragte der Mann verdutzt. »Was gibt's, Herr Wachtmeister? Was wollen Sie von mir? Ich bin nur ein ganz einfacher Zigeuner. Sie kennen mich doch, Herr Wachtmeister, oder nicht? Ich habe doch schon mal mit Ihnen gesprochen. Wir waren nur einkaufen, Herr Wachtmeister. Nur einkaufen. Ich und meine Kinder und die Mutter meiner Kinder.«

»Wo habt ihr denn eure Einkaufstüten?« wollte ich wissen. Von der Sonne geblendet, blinzelte er von der Beifahrerseite in meinen Wagen herein. Seine Familie stand wie am Schnürchen aufgereiht neben ihm und beobachtete mich.

»Wir haben nichts gefunden, was uns gefallen hätte, Herr Wachtmeister. Und viel Geld haben wir ja auch nicht gerade. Da können wir nicht einfach das Nächstbeste kaufen.« Er redete mit Händen und Füßen und sämtlichen Muskeln und Fasern seines Körpers, und zwar vor allem mit dem Dutzend, die sein beredtes Gesicht bewegten, das zwischen Hoffnung, Verzweiflung und Ehrlichkeit schwankte. Oh, was war das für eine Ehrlichkeit ...

»Wie heißen Sie doch gleich?«

»Marcos. Ben Marcos.«

»Sind Sie mit George Adams verwandt?«

»Natürlich. Es war mein Vetter, Gott sei seiner Seele gnädig.«

Ich mußte laut loslachen, da so ziemlich jeder Zigeuner,

mit dem ich während der letzten zwanzig Jahre gesprochen hatte, behauptete, er wäre mit dem verstorbenen Zigeuneranführer verwandt.

»Ich kenne Sie doch von irgendwoher, oder nicht, Herr Wachtmeister?« fragte er mich lächelnd, da ich so herzhaft hatte lachen müssen. Ich wollte noch nicht weiterfahren, da es mir Spaß machte, seinem Zigeuner-Singsang zuzuhören und seine ungewaschenen, aber nichtsdestoweniger ausnehmend hübschen Kinder zu bewundern.

Und ich fragte mich wieder einmal, ob ein Zigeuner wohl je die Wahrheit würde sagen können, nachdem ihm über Generationen hinweg immer und immer wieder eingeschärft worden war, nur seinen Stammesbrüdern gegenüber ehrlich zu sein. Andrerseits bedauerte ich es auch, keinen Zugang zu diesen Menschen zu finden, da ich gern mehr über die Zigeuner gewußt hätte. Einen Zigeuner zum Freund zu gewinnen, war sicher eines der Dinge, die man am schwersten erreichen konnte. Und doch wollte ich das noch schaffen, bevor ich sterben mußte.

Ich hatte einmal einen Stammesführer namens Frank Serna gekannt, der mich sogar einmal in sein Haus in Lincoln Heights zum Abendessen eingeladen hatte. Damals war seine halbe Verwandtschaft um die riesige Tafel versammelt gewesen, aber sie sprachen natürlich nicht über die Themen, über die sie sich normalerweise unterhalten hätten. Darüber konnte die etwas gequälte Heiterkeit, mit der sie mir begegneten, keineswegs hinwegtäuschen. Offensichtlich war es für diese Leute etwas höchst Ungewohntes, einen Außenseiter – und noch dazu einen Polizisten – in ihrer Mitte zu haben. Dennoch lud Frank mich ein zweitesmal ein, und ich bemühte mich auch darum, die Freundschaft und das Vertrauen dieses Mannes und seiner Familie zu gewinnen, da es eine Reihe von Zigeunergeheimnissen gab, über die ich mich gern informiert hätte. Das hätte mir jedoch nur gelingen können, solange ich noch bei der Polizei war. Sie hätten mich in ihre Geheimnisse nur eingeweiht, wenn sie davon überzeugt gewesen wären, daß ich etwas für sie tun würde, da ja die Zigeuner mit der Polizei auf ständigem Kriegsfuß stehen. Aber nun war es dafür zu spät, da ich bald nicht mehr bei der Polizei sein würde. Und so würde ich nie in die Geheimnisse der Zigeuner eingeweiht werden.

»Können wir jetzt gehen, Herr Wachtmeister?« fragte der Zigeuner und faltete dabei die Hände wie im Gebet. »Für die Mutter meiner Kinder ist es sehr unangenehm, hier so in der prallen Sonne zu stehen.«

Jetzt erst sah ich der Zigeunerin ins Gesicht, und sie war keineswegs die alte Hexe, für die ich sie erst gehalten hatte. Sie stand nun kerzengerade aufgerichtet und funkelte mich aus ihren dunklen Augen an, während mir ihr Mann um den Bart strich. Es war unschwer zu erkennen, daß sie einmal genauso hübsch gewesen war wie ihre Tochter. Ich mußte unwillkürlich daran denken, daß mir immer vorgeworfen wird, ich würde an allen Frauen nur das Gute sehen, auch wenn sie meinen Kollegen oder Freunden auf den ersten Blick häßlich erscheinen. Und möglicherweise hatten sie sogar recht damit. Ich übertreibe einfach, wenn es um die Schönheit der Frauen geht, die ich zu Gesicht bekomme. Jedenfalls stimmte mich dieser Gedanke traurig.

»Bitte, Herr Wachtmeister. Können wir jetzt endlich gehen?« Dem hageren Zigeuner rann inzwischen der Schweiß durch die Falten in seinem Gesicht auf den ungewaschenen Hals hinab.

»Geh deines Wegs, Zigeuner«, verabschiedete ich mich melodramatisch und fuhr los, um wenige Minuten später in der Nähe des Gerichtsgebäudes zu parken und es durch das imposante Eingangsportal zu betreten.

12.

»Ich habe schon auf Sie gewartet, Bumper«, begrüßte mich der Detective, ein faltiger alter Hase namens Miles. Er hatte schon in der Abteilung für Raubüberfälle gearbeitet, bevor ich zur Polizei gekommen war, und er gehörte zu den wenigen Detectives, die immer noch einen breitkrempigen Filzhut trugen. Sie hatten früher mal den Spitznamen ›Hutstaffel‹ gehabt, und die breiten Filzhüte waren ihr Wahrzeichen. Aber natürlich stülpte sich jetzt kaum jemand mehr in Los Angeles einen solchen Hut auf den Kopf. Miles war jedoch ein sturer alter Teufel und hielt nach wie vor an diesem Brauch fest. Zu seinem breitkrempigen Hut trug er eine etwas zu große Jacke mit einer Pistole an jeder Hüfte. Er arbeitete schon, seit er denken konnte, für die Raubüberfall-Abteilung, und so setzte er seinen ganzen Stolz darein, diese alte Tradition zu wahren.

»Tut mir leid, daß ich zu spät komme, Miles«, entschuldigte ich mich.

»Das macht nichts. Der Fall wurde eben an Abteilung zweiundvierzig übergeben. Könnten Sie das vielleicht allein erledigen? Ich habe nämlich noch eine andere Verhandlung in Dreiundvierzig. Und wenn ich dem jungen Staatsanwalt dort nicht sage, wie er vorgehen muß, schafft es dieser Grünschnabel vielleicht, den Fall zu verlieren.«

»Klar, das werde ich schon machen. Bin ich der einzige Zeuge?«

»Sie und der Geschäftsführer des Hotels.«

»Haben Sie das Beweismaterial?«

»Ja, hier.« Aus einer billigen Kunstlederaktentasche zog Miles einen großen braunen Briefumschlag heraus, den ich an dem Aufkleber, den ich damals nach der Verhaftung daran angebracht hatte, sofort wiedererkannte.

»Da drinnen sind die Knarre und zwei Patronen.«

»Zu schade, daß wir dem Burschen keinen Raubüberfall anhängen konnten.«

»Tja, wie ich Ihnen ja schon damals gesagt habe – wir müssen froh sein, daß wir überhaupt so viel erreicht haben.«

»Wir haben ihn doch auch wegen elf-fünf-dreißig, oder nicht?«

»Ach ja, das hätte ich fast vergessen. Hier ist das Gras.«

Miles griff noch einmal in seine Aktentasche und zog einen weiteren Umschlag mit meinem Siegel hervor. Er enthielt das Marihuana, das ein Chemiker untersucht hatte.

»Wie viele Überfälle, glauben Sie, hat der Kerl denn auf dem Gewissen?«

»Ich habe Ihnen damals gesagt, vier.«

»Ja, stimmt.«

»Inzwischen vermuten wir jedoch, daß es sechs sind. Zwei im Rampart-Revier und vier hier im Central.«

»Verdammt schade, daß Sie ihm nicht wenigstens einen Überfall anhängen konnten.«

»Wem sagen Sie das, Bumper? Ich habe den Burschen gleich ein paarmal von verschiedenen Zeugen und Opfern identifizieren zu lassen versucht. Und ich kann Ihnen sagen, ich habe alles probiert. Aber das führte nur dazu, daß eine alte Dame schließlich meinte, er würde wie der Täter *aussehen*.«

»Vom Schminken schien dieser Kerl tatsächlich etwas zu verstehen.«

Miles nickte. »Allerdings. Sie wissen doch, daß er eine Weile als Schauspieler gearbeitet hat, und von daher wußte er wohl auch, wie man sich ein völlig anderes Gesicht zaubert. Scheiße, er ist doch immer nach der gleichen Methode vorgegangen. Er ging immer in irgendwelche Tante-Emma-Läden und fragte nach einem Kasten Bier oder so, von dem gerade nicht mehr viel da war. Und wenn die Leute dann nach hinten gingen, um im Lager nachzusehen – peng, zog er seine Automatic und räumte die Läden aus.«

»Ist er dabei jemals gewalttätig geworden?«

»Nicht bei den Überfällen im Central-Revier. Später fand ich dann allerdings heraus, daß er drüben in Rampart einem Kerl eins mit der Knarre übergezogen hat. Ein siebzigjähriger Verkäufer kam plötzlich auf die Idee, er wäre Wyatt Earp, und versuchte, eine alte Zweiunddreißiger, die er unter dem Ladentisch versteckt hatte, hervorzuholen. Landry hat den armen Teufel ganz schön zusammengeschlagen. Mit einer Fünfundvierziger dreimal über die Augenpartie. Der Alte liegt immer noch im Krankenhaus. Er ist inzwischen erblindet.«

»Wie steht's mit seiner Bewährung?«

»Dieser Dreckskerl hat ein Mordsschwein gehabt. Seine Bewährungsfrist ist genau zwei Wochen, bevor Sie ihn geschnappt haben, abgelaufen. Das ist doch echt ein Ding! Zwei Wochen!«

»Na ja, ich gehe jetzt lieber mal rein. Ein paar von diesen Staatsanwaltsassistenten geraten ja gleich in Panik, wenn man ihnen nicht ständig das Händchen hält. Haben Sie eigentlich einen speziellen Bezirksstaatsanwalt für diesen Fall?«

»Nein. Der Kerl ist mausetot. Da ist nicht mehr dran zu rütteln. Soweit ich das sehe, dürfte es keine Probleme wegen unerlaubter Durchsuchung und Festnahme geben. Aber obwohl wir genau wissen, daß dieser Kerl einige Raubüberfälle auf dem Gewissen hat, können wir heute nur ein paar Kleinigkeiten gegen ihn vorbringen. Ein ehemaliger Strafgefangener im Besitz von etwas Marihuana und einer Waffe ...«

»Wird das denn ausreichen, um ihn wieder in den Knast zu schicken?«

»Ich denke schon, daß wir's schaffen werden. Ich werde sofort vorbeikommen, sobald ich hier fertig bin. Wenn Sie schon vorher fertig werden, dann lassen Sie mich bitte wissen, ob Sie ihn zum Reden gebracht haben.«

»Sie zweifeln daran, daß ich ihn zum Reden bringe?« Ich grinste und wandte mich zum Eingang des Gerichtssaals. Mir war dabei, wie schon den ganzen Tag heute, recht seltsam zumute. Dies war das letztemal, daß ich in Uniform vor Gericht erschien.

Der Gerichtssaal war fast leer. Das Publikum setzte sich lediglich aus drei Personen zusammen – aus zwei älteren Frauen, die sich vermutlich einfach zum Spaß ab und zu mal einen Prozeß ansahen, und einem jüngeren Mann, den man offensichtlich als Zeugen vorgeladen hatte und der seiner Staatsbürgerpflicht nur mit dem größten Widerwillen nachkam, wie seine ärgerliche Miene verriet. Da diese Räume nur für die Vorverhandlungen verwendet wurden, gab es hier keine Sitze für Geschworene, sondern nur eine Richterbank, einen Zeugenstand und einen kleinen Schreibtisch für den Gerichtsdiener.

Zumindest werde ich in Zukunft mit diesem Rechtskram nichts mehr zu tun haben, dachte ich. Die meisten Polizisten halten davon nicht allzuviel und finden das Ganze eher übertrieben und jenseits jeglichen gesunden Menschenverstandes. Aufgrund des kalifornischen Rechtssystems zieht sich so ein Prozeß meist dermaßen in die Länge, daß man es am Ende wegen der horrenden Kosten lieber doch bleiben oder diese Kerle mit geringfügigen Strafen davonkommen läßt.

Außerdem haben wir hier eine Schar von äußerst eifrigen und aus öffentlichen Geldern bezahlten jungen Verteidigern, die einen zur Verzweiflung bringen können, indem sie sich für irgendeinen miesen kleinen Ganoven ins Zeug legen, als säßen Sacco und Vanzetti persönlich auf der Anklagebank. Der Staatsanwaltschaft liegen Millionen Fälle vor, unter denen sie sich die vielversprechendsten aussuchen kann, und deshalb gelangen natürlich auch nur die Fälle vor Gericht, in denen mit ziemlicher Sicherheit mit einem Schuldspruch gerechnet werden kann. Andrerseits kommt es keineswegs zu zahlreichen Verurteilungen, da die Gerichte überlastet und die Gefängnisse überfüllt sind.

All das könnte natürlich dazu beitragen, für einen Polizisten die Arbeit in Los Angeles recht frustrierend zu gestalten, wäre da nicht der glückliche Umstand, daß das öffentliche Leben in den jungen Städten des Westens noch nicht in dem Maße durch den politischen Klüngel beeinflußt ist. Immerhin konnte ich während meiner zwanzig Jahre *jeden*, der es auch verdiente, verhaften, ohne daß er dann durch irgendwelche faulen Tricks wieder auf freien Fuß gesetzt worden wäre. Die einzige Ausnahme bildete in dieser Hinsicht ein widerwärtiger französischer Diplomat, den ich wegen Trunkenheit am Steuer einkassierte, nachdem er mich auch noch reichlich dumm angeredet hatte. Später stritt ich meinen Vorgesetzten gegenüber ab, daß er mich auf seine diplomatische Immunität hingewiesen hatte.

Trotz all der Klagen von seiten der Polizei steht zumindest eines fest – dies ist immer noch das beste System, das es momentan gibt. Selbst wenn es für uns von der Polizei manchmal etwas mühsam ist – wer zum Teufel hätte schon Lust, in Moskau oder Madrid oder irgendwo dazwischen Streifendienst zu machen? Natürlich gefällt es niemandem, abgelehnt zu werden. Aber immerhin wissen die meisten von uns, daß man sich als Polizist nicht gerade viele Sympathien erwirbt. Darum sage ich immer: Wenn man populär werden will, soll man lieber zur Feuerwehr gehen.

Ich hörte der Verhandlung zu, die gerade abgehalten wurde. Der Angeklagte war ein großer, gutaussehender Bursche namens John Trafford, etwa siebenundzwanzig Jahre alt. Eine hübsche junge Frau, vermutlich seine Angetraute, saß hinten im Gerichtssaal. Hin und wieder wandte er sich zu ihr und brillierte dabei mit seiner eindringlichen Gestik, womit er jedoch nicht unbedingt auch Richterin Martha Redford beeindruckte, ein abgebrühtes, strenges altes Mädchen, das ich sehr zu schätzen gelernt hatte.

Dann sagte ein Schwuler aus, dieser so manierlich aussehende junge Bursche, den der Schwule Tommy nannte, hätte ihn in einer einschlägigen Bar angemacht, worauf sie in die Wohnung des Schwulen gegangen wären, wo ihm Tommy nach einem nicht näher beschriebenen sexuellen Akt mit einem Küchenmesser fast den Kopf abgeschnitten hätte. Dann plünderte er die Wohnung des Schwulen und stahl ihm dreihundert blutgetränkte Dollars, die später zwei Uniformierte in seiner Tasche fanden, als sie ihn in der City schnappten.

Die Verteidigung nahm den Schwulen heftig unter Beschuß, einen femininen kleinen Mann, der etwa vierzig

Jahre alt war und ein Fotostudio besaß. Das Ganze hatte seiner Sympathie für ›Tommy‹ offensichtlich keinen Abbruch getan, da er dem Angeklagten ständig nervöse Seitenblicke zuwarf, was mir ebenso typisch wie absurd vorkam. Schwache Menschen brauchen so sehr jemand anderen, daß sie alles zu verzeihen bereit sind. Für meine Begriffe erzielte die Verteidigung einen etwas zu großen Erfolg damit, die ganze Angelegenheit einfach als einen weiteren typischen Fall hinzustellen, in dem ein Homosexueller ein bißchen aufs Kreuz gelegt wurde. Der Schwule hatte im Krankenhaus nämlich ein paar Transfusionen erhalten und war am Hals mehrmals genäht worden.

Der junge Angeklagte drehte sich neuerlich um und warf seiner hübschen kleinen Ehegattin, die recht tapfer war, einen langen, traurigen Blick zu. Und als Richterin Redford ihn aufforderte, sich zu den Anklagen wegen versuchten Mordes und Raubes zu äußern, versuchte sein Verteidiger die Richterin zu einer Herabsetzung der Kaution zu bewegen, da ›Tommy‹ noch nie zuvor straffällig geworden war – wenn man einmal davon absah, daß er seine Frau verprügelt hatte.

Darauf sah Richterin Redford den Angeklagten ganz ruhig an, starrte in sein hübsches Gesicht und in seine gelassenen Augen. Ich konnte ihr förmlich ansehen, wie sie gar nicht auf den Assistenten des Staatsanwalts hörte, der sich gegen eine Herabsetzung der Kaution aussprach und noch einmal auf die schweren Verletzungen des Opfers hinwies. Sie sah einfach nur den jungen Burschen an, und er sah sie an. Sein blondes Haar war ordentlich gekämmt, und er trug einen dezenten Nadelstreifenanzug.

Dann lehnte sie den Antrag auf Herabsetzung der Kaution ab. Ich war mir sicher, daß sie im Gesicht dieses jungen Burschen dasselbe gesehen hatte wie ich. Vor diesem Kerl mußte man sich in acht nehmen. Seine eisige Miene strotzte nur so von Selbstvertrauen und kaltblütiger Intelligenz. Und Durchsetzungsvermögen. Es gibt Leute, die wirklich etwas ausstrahlen, und wenn dies dann eine so negative Energie ist, dann läuft es mir davon kalt den Rükken hinunter. Man kann so jemanden dann als Psychopathen bezeichnen oder böse nennen. Jedenfalls ist so ein Mensch für mich der Feind schlechthin. Ich fragte mich, wie viele seiner zukünftigen Taten wohl noch blutig enden würden. Vielleicht war er es auch gewesen, der diese schwarze Prostituierte auf dem Gewissen hatte, die sie letzten Monat unter einem Haufen Bauschutt in der Seventh Street gefunden hatten.

Man darf vor diesem aggressiven Potential nicht die Augen verschließen, und man darf es nicht als harmlos abtun. Die Richterin spürte diese Energie ganz offensichtlich, und nachdem sie eine Herabsetzung der Kaution abgelehnt hatte, bedachte der Angeklagte sie mit einem von Charme sprühenden, jungenhaften Lächeln, während sie sich von ihm abwandte, ohne ihn eines weiteren Blickes zu würdigen. Dann drehte er sich zu seiner weinenden Frau um und grinste sie an. Plötzlich merkte er, daß ich ihn beobachtete. Er wandte sich mir zu, und wir sahen uns in die Augen. Und diesmal lächelte ich, und mein Blick sagte: Deine Sorte kenne ich – sehr gut sogar. Er blickte mich ein paar Sekunden ruhig an, und dann führte ihn der Gerichtsdiener aus dem Saal. Nun, da ich wußte, daß sich dieser Bursche in der Innenstadt herumtrieb, würde ich in meinem Revier ein Auge auf ihn werfen.

Die Richterin verließ ihren Platz, und der Assistent des Staatsanwalts, ein junger Kerl mit einem Schnurrbart und Koteletten, die irgendwie nicht zu ihm paßten, begann die Anklageschrift zu verlesen, um zu meinem Fall übergehen zu können.

Timothy Landry, mein Angeklagter, wurde von einem Hilfssheriff in den Saal geführt. Er war ein hagerer Kerl, vierundvierzig Jahre alt, mit langem, schwarz gefärbtem Haar, das vermutlich schon ziemlich grau war, und jenem fahlen Gesicht, das bei manchen Typen nie mehr seine normale, gesunde Farbe anzunehmen scheint, nachdem sie einmal gesessen haben. Die Zeit, die er im Knast verbracht hatte, war ihm auf den ersten Blick anzusehen. Er hatte hauptsächlich in Western ein paar kleinere Rollen gespielt, und das war vor ein paar Jahren gewesen, als er gerade aus Folsom entlassen worden war.

Der junge Staatsanwalt wandte sich an mich. »Fangen wir also an, Officer. Wo ist der Detective, der die Ermittlungen zu dem Fall geleitet hat?«

»Der wird gerade bei einer anderen Verhandlung gebraucht. Ich bin Morgan – der Beamte, der ihn verhaftet hat. Ich werde das Ganze schon allein schaffen. Soweit ich das sehe, dürfte es in der Angelegenheit keine nennenswerten Probleme geben.«

Er stand vermutlich erst seit ein paar Monaten im Berufsleben. In der Regel betrauen sie die jungen Staatsanwälte immer mit den Vorverhandlungen, damit sie langsam mit dem Gerichtsalltag vertraut werden. Diesen hatte ich noch nie zuvor gesehen, obwohl ich sehr häufig vor Gericht aussagen mußte, da ich so viele Ganoven verhaftet hatte. Daraus schloß ich, daß er höchstens ein paar Monate Berufspraxis hatte.

»Wo ist der andere Zeuge?« fragte der Staatsanwalt. Daraufhin blickte ich mich zum erstenmal im Gerichtssaal um und entdeckte Homer Downey. Beinahe hätte ich vergessen, daß er im Zusammenhang mit diesem Fall ebenfalls eine Vorladung erhalten hatte. Ich machte mir erst gar nicht die Mühe, herauszufinden, ob er auch wußte, was er aussagen sollte, weil er innerhalb des Ganzen eine so unbedeutende Rolle spielte, daß er eigentlich überflüssig war. Er diente praktisch nur als Erklärung dafür, daß ich mit einem Haftbefehl in das Hotelzimmer eingedrungen war.

»Das werden wir dann schon sehen«, murmelte der Staatsanwalt, nachdem er ein paar Minuten mit Downey gesprochen hatte. Dann setzte er sich an seinen Tisch, um die Anklageschrift durchzulesen. Der Verteidiger sah aus wie ein Sportler, während der Staatsanwalt, der eigentlich einen Law-and-order-Typen verkörpern sollte, auf lässigintellektuell getrimmt war. Er trug sogar eine runde Nikkelbrille.

»Ist Downey der Geschäftsführer des Hotels?«

»Genau«, bestätigte ich, während der Staatsanwalt meinen Verhaftungsbericht las.

»Am 31. Januar sind Sie im Rahmen einer Routineüberprüfung ins Hotel Orchid in der East Sixth Street gegangen, Nummer achthundertsiebenundzwanzig?«

»Richtig. Ich habe in der Vorhalle nachgesehen, ob dort auch keine Penner und Säufer rumhingen. Zwei solche Burschen schliefen dort gerade ihren Rausch aus, und ich weckte sie auf, um sie auf die Wache bringen zu lassen, als plötzlich einer von ihnen die Treppe raufrannte. Ich dachte, das kann kein normaler Säufer sein, und so wies ich den anderen an, sich nicht von der Stelle zu rühren, und lief dem ersten nach. Im zweiten Stock raste er nach rechts den Gang hinunter, und ich hörte eine Tür zufallen. Ich war überzeugt, daß der Kerl in Zimmer Nummer drei-neunzehn gerannt war.«

»Können Sie mit Sicherheit sagen, ob der Mann, dem Sie nachgerannt sind, der Angeklagte war?«

»Nein, das könnte ich nicht. Er war groß und trug dunkle Kleidung. Und in dieser Bruchbude ist es ja sogar untertags stockduster. Außerdem hatte er immer einen Treppenabsatz Vorsprung.«

»Und was haben Sie dann getan?«

»Ich kam wieder die Treppe runter, um natürlich festzustellen, daß der andere Kerl verschwunden war. Daraufhin ging ich zum Geschäftsführer des Hotels, Mr. Downey, und fragte ihn, wer in Zimmer drei-neunzehn wohnte, worauf er mir im Gästebuch den Namen Timothy Landry zeigte. Ich telefonierte vom Münzfernsprecher in der Eingangshalle aus mit der Polizeizentrale, um diesen Landry überprüfen zu lassen. Dabei stellte sich heraus, daß Landry wegen einer Verkehrsübertretung gesucht wurde, und ich erhielt einen Haftbefehl für den Mann. Dann bat ich den Geschäftsführer um den zweiten Zimmerschlüssel, falls Landry die Tür nicht öffnen sollte, und ging zu dreineunzehn rauf, um Landry zu verhaften.«

»Zu diesem Zeitpunkt dachten Sie also, der Mann, der nach oben gerannt war, wäre Landry?«

»Natürlich«, erwiderte ich in vollem Ernst.

Ich beglückwünschte mich insgeheim zu dieser Geschichte, während sich der Staatsanwalt wieder der Anklageschrift zuwandte. So erstunken und erlogen klang das Ganze letztlich gar nicht, wenn ich es mir jetzt noch einmal durch den Kopf gehen ließ. Natürlich hätte ich mir noch etwas Besseres ausdenken können, aber dieses Märchen durfte sich zumindest sehen lassen. Die Wahrheit war, daß ich eine halbe Stunde, bevor ich in Landrys Zimmer aufgetaucht war, Knobby Booker zwanzig Dollar versprochen hatte, wenn er etwas Gescheites für mich hätte. Darauf erzählte er mir, er wäre die Nacht zuvor im Orchid Hotel mit einer Nutte zusammen gewesen, die er ganz gut kannte. Sie hatte ihm erzählt, sie hätte einen Freier direkt gegenüber gehabt und gesehen, daß er eine Pistole unter der Matratze versteckt hatte.

Mit dieser Information war ich in das Hotel gekommen, wo ich das leere Büro des Geschäftsführers aufsuchte und mir das Gästebuch ansah. Dann nahm ich mir den Zweitschlüssel und stieg schnurstracks zu Landrys Zimmer hinauf, wo ich ihn mit der Knarre und dem Gras erwischte. Es gab jedoch keine Möglichkeit, die Wahrheit zu sagen und zwei Dinge gleichzeitig zu erreichen – nämlich meinen Informanten Knobby zu decken und einen gemeingefährlichen Ganoven hinter Gitter zu bringen, wo er auch hingehörte. Eigentlich fand ich meine Geschichte sehr gut.

»Sie wußten also, daß in diesem Zimmer jemand wohnte, der wegen einer Verkehrsübertretung gesucht war. Und Sie schlossen daraus, daß er deswegen vor Ihnen davongerannt war und sich in seinem Zimmer versteckt hatte.«

»Ganz richtig. Ich habe mir also den Zweitschlüssel genommen und bin zu seinem Zimmer raufgegangen. Dann habe ich zweimal an die Tür geklopft und gesagt: ›Polizei, bitte aufmachen!‹«

»Und hat der Mann irgendwie darauf reagiert?«

»Genau, wie es in meinem Bericht steht, Herr Staatsanwalt. Eine männliche Stimme meldete sich: ›Was ist los?‹ Und ich sagte: ›Polizei. Sind Sie Timothy Landry?‹ Darauf er: ›Ja, was wollen Sie?‹ Und dann habe ich gesagt: ›Öffnen Sie die Tür! Ich habe einen Haftbefehl für Sie.‹«

»Haben Sie ihm gesagt, weshalb er verhaftet werden sollte?«

»Ja, ich habe gesagt, wegen einer Verkehrsübertretung.«

»Und was hat er dann gemacht?«

»Nichts. Ich hörte nur, wie das Fenster geöffnet wurde, und da ich wußte, daß es auf dieser Seite des Hotels eine Feuerleiter gab, befürchtete ich, daß Landry einen Fluchtversuch unternehmen würde. Also habe ich mit dem Zweitschlüssel die Tür geöffnet.«

»Und wo war er dann?«

»Er saß neben dem Fenster auf dem Bett und hatte seine Hand unter der Matratze. Ich konnte neben seinem Handgelenk einen Gegenstand, den ich für den Lauf einer Pistole hielt, etwa einen Zentimeter unter der Matratze hervorragen sehen, worauf ich meine Waffe zog und den Mann zum Aufstehen zwang. Da stellte ich fest, daß es sich tatsächlich um eine Pistole handelte. Ich legte dem Angeklagten Handschellen an und erklärte ihn für verhaftet. Und dann sah ich auf der Kommode ganz offen die Tüte mit dem Gras liegen. Wenige Minuten später kam Homer Downey die Treppe hoch und in das Zimmer des Angeklagten.«

Der Staatsanwalt lächelte. »Die Begründung klingt durchaus plausibel. Und eine Menge Glück haben Sie dabei auch gehabt.«

Ich nickte ernsthaft. »Klar, eine ganze Menge Glück sogar. Die Arbeit der Polizei besteht praktisch zur Hälfte aus nichts anderem als einer gehörigen Portion Glück.«

»Das dürfte also keinerlei Probleme geben. Das Rauschgift war deutlich zu sehen. Die Waffe war deutlich zu sehen. Und Sie haben sich völlig legal Zutritt verschafft, da Sie einen Haftbefehl vollstrecken wollten. Sie haben auf Ihre Anwesenheit hingewiesen und darum gebeten, eingelassen zu werden. Mit Paragraph acht-vierundvierzig des Strafgesetzbuchs dürften wir demnach also nicht in Konflikt kommen.«

»Genau.«

»Sie sind also erst in das Zimmer eingedrungen, als Sie den Eindruck hatten, der Mann, auf den Ihr Haftbefehl ausgestellt war, hätte zu fliehen versucht?«

»Ich hatte den Haftbefehl nicht dabei«, erinnerte ich ihn. »Ich wußte nur, daß ein solcher existierte.«

»Das ist in diesem Fall egal. Der Angeklagte wurde doch später gegen eine Kaution auf freien Fuß gesetzt und dann wieder verhaftet?«

»Richtig.«

»Dann ist an der Sache wohl nichts zu rütteln.«

»Allerdings nicht.«

Nachdem der Verteidiger seine Unterhaltung mit Landry beendet hatte, ging er zu meiner Überraschung im Gerichtssaal nach hinten, wo er meinen Bericht las und mit Homer Downey sprach, einem nervösen kleinen Mann, der schon mehrere Jahre im Hotel Orchid angestellt war. Ich hatte schon bei mindestens einem halben Dutzend ähnlicher Gelegenheiten mit ihm zu tun gehabt, wenn ich mir von ihm das Gästebuch zeigen oder einen Zweitschlüssel geben ließ.

Das dauerte nun schon eine ganze Weile, bis ich mich schließlich zum Staatsanwalt hinüberbeugte, der neben mir saß. »Was soll das eigentlich? Ich dachte, Homer tritt für das Volk in den Zeugenstand. Dabei grinst er den Verteidiger an, als wäre er von ihm vorgeladen worden.«

»Machen Sie sich deswegen keine Sorgen«, meinte der Staatsanwalt. »Lassen Sie ihm ruhig seinen Spaß. Der Verteidiger ist erst seit zwei Monaten im Geschäft und natürlich dementsprechend scharf.«

»Wie lange sind Sie denn schon dabei?«

»Vier Monate«, erwiderte der Staatsanwalt und strich sich über den Schnurrbart, worauf wir beide lachen mußten.

Der Verteidiger kam an unseren Tisch zurück und setzte sich neben Landry, der eine enge schokoladenfarbene Hose und ein braunes Seidenhemd mit offenem, modischem Kragen trug. Und dann kam eine alte Schachtel in den Gerichtssaal. Ihr Haar war wie seines gefärbt. Sie trug ein bauschiges Oberteil und einen für ihr Alter lächerlich kurzen Rock. Ich wäre jede Wette eingegangen, daß sie eine von seinen Freundinnen war. Vielleicht hatte sie sogar die Kaution gestellt, die er durch seine Flucht aufs Spiel gesetzt hatte. Aber sie würde ihm das alles verzeihen.

Als ich das Lächeln sah, das sein Anblick auf ihren angeschmierten Lippen hervorzauberte, stand es für mich endgültig fest, daß sie seine Freundin war. Landry sah gerade vor sich hin, und der Gerichtsdiener wirkte keineswegs so ruhig und gelassen wie sonst, wenn sich ein inhaftierter Straftäter im Raum befand. Man konnte ihm förmlich ansehen, daß er von Landry nicht gerade die beste Meinung hatte.

Landry strich sich zweimal das Haar zurück und rührte sich dann für den Rest der Verhandlung nicht mehr.

Richterin Redford nahm wieder ihren Platz ein, und es wurde still im Saal.

»Ist Timothy G. Landry Ihr richtiger Name?« fragte sie den Angeklagten, der neben seinem Verteidiger stand.

»Ja, Euer Ehren.«

Darauf ging sie dazu über, den Angeklagten mit monotoner Stimme über seine Rechte aufzuklären, wobei ihm diese Litanei sicher schon von vielen hundert Polizisten und einem paar Dutzend anderer Richter vorgebetet worden war. Dann erklärte sie ihm die Prozeßordnung, obwohl er sie ohne weiteres *ihr* hätte erläutern können. Ich blickte unruhig auf die Uhr. Schließlich steckte sie sich eine widerspenstige graue Haarsträhne hinter den Bügel ihrer schwarzen Hornbrille und sagte: »Fangen wir an.«

Martha Redford war eine Richterin, die ich durchaus zu schätzen wußte. Ich konnte mich an einen Fall erinnern, wo sie mir nach der Festnahme von drei professionellen Autodieben im Gerichtssaal ein Lob ausgesprochen hatte. Ich hatte diese Burschen angehalten, als sie in einem Buick auf dem North Broadway durch Chinatown fuhren, und ich wußte, daß mit den Brüdern etwas nicht stimmte, daß an dem Wagen etwas faul war. Mir war nämlich aufgefallen, daß am *hinteren* Nummernschild eine Menge zerquetschter Insekten und Fliegen klebten. An den Wagenpapieren und dem Führerschein des Fahrers war jedoch nichts auszusetzen. Trotzdem hatte ich so ein komisches Gefühl und war mir meiner Sache ziemlich sicher. Und dann sah ich mir das Schild mit der Typennummer an, das mit punktgeschweißten Bolzen im Türrahmen befestigt war. Ich fuhr mit dem Fingernagel darunter, und im nächsten Augenblick versuchte einer von den dreien auch schon abzuhauen, was ich nur zu verhindern wußte, indem ich meine Fünfundvierziger zog und ihn anschrie: »Bleib sofort stehen, du Arschloch, oder mach schon mal dein Testament!«

Darauf stellte ich fest, daß die Typennummer nicht angeschweißt, sondern nur geklebt war. Ich riß sie herunter, und später stellten die Detectives fest, daß der Wagen in Long Beach als gestohlen gemeldet war. Richterin Redford hatte mich damals für meine Arbeit ausdrücklich gelobt.

Der Staatsanwalt rief seinen ersten Zeugen auf. Homer Downey mußte ihm bestätigen, daß das betreffende Hotelzimmer von Landry regulär gemietet worden war, damit dieser während des richtigen Prozesses nicht auf die Idee kommen konnte zu behaupten, er wäre nur bei einem Freund zu Besuch gewesen und wüßte nicht, wie die Pistole und das Gras dorthin gekommen wären. Bevor er jedoch mit der Befragung beginnen konnte, beantragte der Verteidiger: »Euer Ehren, ich würde darum bitten, alle

Zeugen aus dem Saal zu entfernen, die im Moment keine Aussage zu machen haben.«

Das hatte ich erwartet. Die Verteidiger sorgen immer dafür, daß die Zeugen nicht im Saal bleiben. Das ist eben so üblich. Manchmal erweist er sich sogar als recht nützlich, wenn sich die Zeugen auf eine bestimmte Geschichte einschießen, aber in der Regel ist es reine Zeitverschwendung.

»Euer Ehren, ich habe nur zwei Zeugen.« Der Staatsanwalt stand auf. »Mr. Homer Downey und Officer Morgan, der den Angeklagten verhaftet hat. Ich möchte darum bitten, daß er im Gerichtssaal bleiben darf.«

»Dem Antrag wird stattgegeben. Mr. Jeffries.« Die Richterin wandte sich dem Verteidiger zu. »Damit bleibt niemand mehr, der aus dem Saal entfernt werden müßte, oder nicht?«

Jeffries, der Verteidiger, errötete, da er sich die Akten nicht genau genug angesehen hatte, um zu wissen, wie viele Zeugen vorgeladen waren, was dem Staatsanwalt und mir ein Lächeln entlockte.

Als der Staatsanwalt schließlich Homer Downey von neuem aufrufen wollte, meldete sich der Verteidiger wieder zu Wort. »Euer Ehren, ich stelle den Antrag, daß Officer Morgan, der in diesem Fall auch als der die Ermittlungen leitende Beamte auftritt, erst vereidigt wird, selbst wenn das nicht üblich ist, und daß der andere Zeuge währenddessen den Saal verläßt.«

Darüber konnte sich der Staatsanwalt, der immerhin eine um zwei Monate längere Prozeßerfahrung hatte, ein deutlich vernehmbares Kichern nicht verkneifen. »Keinerlei Einwände, Euer Ehren.«

»Bringen wir es also hinter uns«, sagte die Richterin, die langsam ungeduldig wurde. Ich dachte schon, die Klimaanlage funktionierte nicht richtig, da es plötzlich etwas schwül im Raum wurde.

Dann fragte sie: »Würde der Staatsanwalt seinen anderen Zeugen bitten, sich aus dem Saal zu entfernen?«

Nachdem man Downey aufgefordert hatte, draußen auf

dem Gang zu warten, und er den Saal verlassen hatte, rief mich der Staatsanwalt in den Zeugenstand, wo mir die Gerichtsschreiberin, eine sympathische Frau im Alter der Richterin, vorsprach: »Schwören Sie, in dem eben abgewickelten Fall dem Gericht die Wahrheit, die ganze Wahrheit und nichts als die Wahrheit zu sagen, so wahr Ihnen Gott helfe?«

Ich sah sie mit meiner professionellen Zeugenmiene an und sagte: »Ja, ich schwöre.«

Das ist zum Beispiel etwas, das ich nie ganz begreifen konnte. In Fällen, in denen ich nicht korrigierend eingreifen mußte, sagte ich immer nur: »Ich schwöre.« Dagegen legte ich in Fällen, in denen ich etwas hinzudichtete, etwas mehr Emphase in meine Aussage und fügte ein ›Ja‹ hinzu. »*Ja*, ich schwöre.« Irgendwie konnte ich das nie so richtig erklären. Nicht daß ich mich schuldig gefühlt hätte, wenn ich ein bißchen was dazufabulierte. Wenn ich das nämlich nicht getan hätte, müßten viele unschuldige Menschen darunter leiden, da auf diese Weise sicher nicht so viele Ganoven in den Knast gewandert wären, wie sie das durch mein Zutun taten. Von den Zeugen der Verteidigung wird ja auch nichts anderes erwartet, als daß sie es mit ihrer Aussage nicht allzugenau nehmen, und weshalb hätte ausgerechnet ich das tun sollen?

»Nennen Sie bitte Ihren Namen«, forderte mich die Gerichtsschreiberin auf.

»William A. Morgan, M-O-R-G-A-N.«

»Welchen Beruf üben Sie aus?« fragte der Staatsanwalt.

»Ich bin Polizei-Officer der Stadt Los Angeles und gehöre der Zentralabteilung an.«

»Waren Sie am 31. Januar dieses Jahres in dieser Funktion tätig?«

»Jawohl.«

»Hatten Sie an jenem Tag Grund, sich zu besagter Adresse in der East Sixth Street, Nummer achthundertsiebenundzwanzig zu begeben?«

»Jawohl.«

»Um welche Tages- oder Nachtzeit war dies ungefähr?«

»Etwa um dreizehn Uhr fünfzehn.«

»Könnten Sie uns bitte erklären, weshalb Sie diesen Ort aufgesucht haben?«

»In der Eingangshalle des Hotel Orchid treiben sich oft Betrunkene herum, die das Mobiliar beschädigen, und deshalb wollte ich dort wieder einmal nach dem Rechten sehen.«

»Ich verstehe. Ist diese Eingangshalle der Öffentlichkeit zugänglich?«

»Jawohl.«

»Hatten Sie dort schon früher einmal Betrunkene verhaftet?«

»Ja, mehrmals, obwohl ich diese Männer meistens nur wegschicke. Es geht mir in der Hauptsache nur darum, dafür zu sorgen, daß die Einrichtung des Hotels nicht beschädigt wird.«

Der Staatsanwalt nickte. »Ich verstehe.« Meine blauen Augen wurden immer größer und runder, und ich konnte mir vorstellen, daß über meinem Haupt schon ein regelrechter Heiligenschein schwebte. Ich legte größten Wert auf mein Auftreten vor Gericht, und in jungen Jahren hatte ich meine Auftritte sogar vor dem Spiegel geprobt. Man hatte mir oft versichert, die Geschworenen hätten den Staatsanwälten gegenüber erklärt, sie hätten einen Angeklagten nur deshalb für schuldig befunden, da Officer Morgan einen so ehrlichen und aufrichtigen Eindruck erweckt hätte.

Als nächstes erklärte ich, wie ich den Mann die Treppe hinauf verfolgt und in Zimmer drei-neunzehn hatte laufen sehen und wie ich dadurch argwöhnisch geworden war. Dann erzählte ich, wie mir Homer Downey das Gästebuch gezeigt und ich Timothy Landrys Namen darin gelesen hatte. Als ich darauf seine Personalien überprüfen ließ, erfuhr ich, daß wegen einer Verkehrsübertretung ein Haftbefehl auf ihn ausgestellt war. Und ich war natürlich der festen Überzeugung, daß Landry der Mann sein mußte, der sich in drei-neunzehn versteckt hatte. Wegen Homers Aussage machte ich mir weiter keine Gedanken, da ich mir tatsächlich von ihm den Zweitschlüssel geben und das Gästebuch hatte zeigen lassen. Und da Homer ja nun den Rest meiner Geschichte kannte, würde er sich danach richten.

Als ich schließlich zu der Stelle kam, wo ich an die Tür klopfte und Landry mir auf meine Frage hin bestätigte, Landry zu sein, befürchtete ich schon, er würde wie von der Tarantel gestochen von seinem Angeklagtenstuhl hochfahren. Dies war nämlich der erste Punkt, an dem für ihn außer Zweifel stehen mußte, daß ich die ganze Geschichte etwas zurechtfrisierte. Die Sache mit dem Fenster hätte ja noch stimmen können, aber als ich dann sagte, die Pistole hätte unter der Matratze hervorgeragt, schnaubte er vor Entrüstung so laut auf, daß ihn der Verteidiger zwischen die Rippen stieß und die Richterin ihm einen mißbilligenden Blick zuwarf.

Um nun die Durchsuchung des Zimmers von meiner Seite zu rechtfertigen, erzählte ich, eine grüne, pflanzliche Substanz, die wie Marihuana aussah, hätte deutlich sichtbar auf der Kommode gelegen. Dazu konnte Landry natürlich nur seine Augen zum Himmel wenden und verächtlich mit der Zunge schnalzen, da ich das Gras nämlich in einem Schuhkarton im Kleiderschrank gefunden hatte. Der Verteidiger fragte mich nicht einmal, woher ich gewußt hätte, daß es sich bei dieser pflanzlichen Substanz um Marihuana gehandelt hätte. Offensichtlich vermutete er, übrigens völlig zurecht, daß ich schon einige tausend Kerle wegen Drogenbesitzes festgenommen hatte.

Der Verteidiger war in der Tat so liebenswürdig zu mir, daß ich eigentlich auf der Hut hätte sein sollen. Der Staatsanwalt brachte die Knarre und das Gras ins Spiel, worauf sich der Verteidiger die chemische Analyse des Marihuana vorlegen ließ. Der Staatsanwalt führte die Pistole als Beweisstück Nummer eins und das Gras als Beweisstück Nummer zwei auf. Der Verteidiger nahm alles unwidersprochen hin, und mein Heiligenschein nahm allmählich solche Ausmaße an, daß ich mit meiner kahlen Stelle am Hinterkopf wie ein blau uniformierter Mönch ausgesehen haben muß. Der Verteidiger machte nicht ein einziges Mal den Mund auf, bis ihm die Richterin schließlich zunickte. »Jetzt sind Sie dran mit dem Kreuzverhör.«

»Ich hätte da nur noch ein paar Fragen, Officer Morgan«, begann er lächelnd. Er sah aus wie fünfundzwanzig, und sein Lächeln war stinkfreundlich. »Können Sie sich noch an den Namen im Gästebuch des Hotels erinnern?«

»Einspruch, Euer Ehren«, meldete sich der Staatsanwalt zu Wort. »Was für einen Namen? Was soll das?«

Die Richterin gab dem Einspruch nicht statt, worauf der Verteidiger fortfuhr: »Ich kann die Frage ja auch anders stellen, Euer Ehren. Officer Morgan, als Sie diesen Mann die Treppe hinauf verfolgten und dann wieder in die Wohnung des Geschäftsführers herunterkamen, haben Sie sich dann den Namen im Gästebuch zeigen lassen? Oder haben Sie Mr. Downey gefragt, wer in diesem Zimmer gewohnt hat?«

»Ich habe mir das Gästebuch zeigen lassen.«

»Haben Sie dort den Namen gelesen?«

»Jawohl.«

»Wie lautete dieser Name?«

»Wie ich bereits bezeugt habe, war es der Name des Angeklagten, Timothy G. Landry.«

»Haben Sie Mr. Downey dann nach dem Namen des Mannes in Zimmer drei-neunzehn gefragt?«

»Ich kann mich nicht mehr erinnern, ob ich das getan habe. Wahrscheinlich nicht, da ich den Namen ja selbst im Gästebuch gesehen habe.«

»Weswegen war der Haftbefehl ausgestellt, Officer Morgan? Wegen welchen Vergehens?«

»Wegen einer Verkehrsübertretung, Paragraph einundzwanzig vierdreiundfünfzig-A. Der Angeklagte ist außerdem nicht zur Verhandlung erschienen.«

»Stand seine Adresse auf dem Haftbefehl?«

»Jawohl.«

»Haben Sie in Ihrem Bericht die Haftbefehlsnummer, die ausstellende Behörde, die Kautionssumme und so weiter vermerkt?«

»Jawohl. Das steht alles in meinem Bericht.« Ich beugte mich leicht – nur andeutungsweise – vor. Ich finde, wenn man sich vorbeugt, macht man immer einen äußerst aufrichtigen Eindruck.

In Wirklichkeit hatte ich erst zwei Stunden nach Landrys Verhaftung in Erfahrung gebracht, daß dieser Haftbefehl existierte. Ich war gerade dabei gewesen, mir eine plausible Erklärung für die ganze Aktion zusammenzureimen, und in diesem Zusammenhang kam mir der Haftbefehl natürlich gerade recht.

»Sie haben also Mr. Landrys Personalien überprüfen lassen und dabei festgestellt, daß wegen einer Verkehrsübertretung ein Haftbefehl auf ihn ausgestellt war?«

»Jawohl.«

»Haben Sie dabei Mr. Downeys Telefon benutzt?«

»Nein, den Münzapparat in der Eingangshalle.«

»Wieso haben Sie nicht von Mr. Downeys Telefon aus angerufen? Sie hätten sich doch das Geld sparen können.« Der Verteidiger lächelte gewinnend.

»Wenn man sich übers Amt mit der Wache verbinden läßt, bekommt man sein Telefongeld wieder zurück. Außerdem wollte ich Mr. Downey nicht mehr weiter behelligen. Deshalb bin ich in die Halle gelaufen und habe dort den Münzfernsprecher benutzt.«

»Ich verstehe. Und dann sind Sie mit dem Zweitschlüssel, den Sie von Mr. Downey erhalten haben, wieder nach oben gegangen?«

»Jawohl.«

»Sie haben an die Tür geklopft und sich zu erkennen gegeben. Außerdem haben Sie sich davon überzeugt, daß der Mann in Zimmer drei-neunzehn Timothy Landry war, auf den, wie Sie nun wußten, ein Haftbefehl ausgestellt war?«

»Jawohl. Es meldete sich die Stimme eines Mannes, der sich als Timothy Landry bezeichnete. Beziehungsweise sagte der Mann ›ja‹, als ich ihn fragte, ob er Timothy Landry sei.« Während ich dies sagte, wandte ich mich mit einem kaum wahrnehmbaren Kopfnicken der Richterin zu. Landry verdrehte verzweifelt die Augen und sackte in seinem Stuhl zusammen.

»Als Sie hörten, wie das Fenster geöffnet wurde, und Sie befürchten mußten, der Mann, auf den ein Haftbefehl ausgestellt war, könnte zu entkommen versuchen, verschafften Sie sich gewaltsam Zutritt zu seinem Zimmer?«

»Ich habe den Zweitschlüssel benutzt.«

»Ja, und Sie sahen Mr. Landry auf dem Bettrand sitzen, als wollte er eben durchs Fenster schlüpfen?«

»Jawohl, genauso war es.«

»Und Sie sahen unter der Matratze einen Metallgegenstand hervorragen?«

»Ich sah einen bläulich schimmernden, metallischen Gegenstand, den ich unmißverständlich für den Lauf einer Pistole hielt«, korrigierte ich ihn vorsichtig.

»Und dann sahen Sie nach rechts, wo ganz deutlich Beweisstück Nummer zwei zu erkennen war, die Papiertüte mit ein paar Gramm Marihuana?«

»Jawohl.«

»Ich habe keine weiteren Fragen an diesen Zeugen«, schloß der Verteidiger, während mir allmählich Bedenken kamen, da er mich ins Kreuzverhör genommen hatte, als wäre er der Staatsanwalt und nicht der Verteidiger. Aber indem er mir die Gelegenheit geboten hatte, das Ganze noch einmal zu erzählen, arbeitete er letztlich uns in die Hände.

Na ja, was soll's, dachte ich, als die Richterin sagte: »Sie können sich wieder setzen.«

Ich nahm wieder Platz, und der Staatsanwalt beantwortete meinen fragenden Blick lediglich mit einem Achselzucken.

»Vernehmen Sie nun Ihren nächsten Zeugen«, forderte

die Richterin den Staatsanwalt auf und nahm einen Schluck Wasser, während der Gerichtsdiener hinausging, um Homer Downey zu holen. Homer war so mager, daß sich der Zwickel seiner Hose in der Höhe der Knie befand, als er in den Zeugenstand schlurfte. Er trug zu diesem Anlaß ein schmutziges weißes Hemd und eine ausgefranste Krawatte. Die Schuppen auf seinem Jackenkragen waren sogar von meinem Platz aus zu sehen. Sein Gesicht war ungefähr so gelb und verbeult wie eine Käsepizza.

Er gab seinen Namen und die Adresse des Hotel Orchid an und erklärte, er würde dort seit drei Jahren als Geschäftsführer arbeiten. Dann fragte ihn der Staatsanwalt, ob ich mich am Tag der Verhaftung an ihn gewandt, mir von ihm das Gästebuch zeigen und den Zweitschlüssel hätte geben lassen und ob er etwa zehn Minuten später in das Zimmer des Angeklagten gekommen wäre und mich dort mit dem verhafteten Angeklagten gesehen hätte. Danach wollte der Staatsanwalt wissen, wie lange der Angeklagte dort gewohnt, ob Homer das Zimmer an den Angeklagten und nur an den Angeklagten vermietet hätte und ob all die bezeugten Geschehnisse in der City und im County von Los Angeles stattgefunden hätten. Da Homer ganz gut reden konnte und ebenfalls einen höchst aufrichtigen Eindruck erweckte, war die Sache nach wenigen Minuten erledigt.

Als das Verhör zu Ende war, erhob sich der Verteidiger und begann wie in den Perry-Mason-Filmen auf und ab zu gehen, worauf ihn die Richterin aufforderte: »Setzen Sie sich bitte.« Er entschuldigte sich und nahm wie in einem richtigen Gerichtssaal wieder Platz, wo sich die Anwälte den Zeugen nur nähern dürfen, wenn ihnen der Richter dazu die Genehmigung erteilt hat, und wo für diese Theatralik kein Platz ist.

»Mr. Downey, Sie haben ausgesagt, Officer Morgan hätte sich von Ihnen das Gästebuch zeigen lassen, als er an besagtem Tag zu Ihnen kam. Ist das richtig?«

»Ja.«

»Hat er Sie gefragt, wer in drei-neunzehn wohnte?«
»Nein, er wollte nur das Gästebuch sehen.«
»Wissen Sie noch, welcher Name für dieses Zimmer ins Gästebuch eingetragen war?«
»Natürlich. Seiner.« Downey deutete auf Landry, der erbost zurückstarrte.
»Meinen Sie damit den Angeklagten? Den Mann zu meiner Rechten?«
»Ja.«
»Und wie heißt dieser Mann?«
»Timothy C. Landowne.«
»Würden Sie seinen Namen bitte wiederholen und buchstabieren?«
Mein Herz fing heftig zu klopfen an, der Schweiß brach mir aus, und ich sagte mir: Nein, das darf doch nicht wahr sein!
»Timothy C. Landowne. T-I-M ...«
»Buchstabieren Sie bitte nur den Nachnamen«, sagte der Verteidiger lächelnd, während mir halb übel wurde.
»Landowne. L-A-N-D-O-W-N-E.«
»Und der Anfangsbuchstabe in der Mitte war C wie Charlie?«
»Ja.«
»Sind Sie sicher, daß Sie sich nicht täuschen?«
»Natürlich bin ich mir sicher. Er wohnt ja jetzt schon an die vier bis fünf Monate im Hotel. Und letztes Jahr hat er auch ein paar Monate da gewohnt.«
»Haben Sie je den Namen Timothy G. Landry im Gästebuch des Hotels gesehen? L-A-N-D-R-Y?«
»Nein.«
»Ist Ihnen dieser Name sonst irgendwie bekannt?«
»Nein.«
Ich konnte förmlich spüren, wie sich der Staatsanwalt neben mir verkrampfte, als er schließlich begriff, was hier gespielt wurde.
»Haben Sie Officer Morgan gesagt, der Mann in drei-neunzehn hieße Timothy G. Landry?«

»Nein, natürlich nicht, weil das ja auch, so weit ich informiert bin, gar nicht sein Name ist und ich diesen Namen heute zum erstenmal höre.«

Der Verteidiger nickte Homer freundlich zu. »Vielen Dank, Mr. Downey.«

Ich konnte mir bestens vorstellen, wie Landry jetzt mit seinen Haifischzähnen grinste, während ich fieberhaft nachdachte, mit was für einem Lügenmärchen ich diesen Patzer wieder ausbügeln könnte. Jedenfalls mußte ich mir ein für allemal reumütig eingestehen, daß ich eigentlich schon seit Jahren nichts mehr hätte tun dürfen, ohne meine Brille zu tragen. Wenn das nämlich zu besagtem Zeitpunkt der Fall gewesen wäre, hätte ich sofort bemerkt, daß Landry seinen Namen so ins Gästebuch eingetragen hatte, daß er sich wie Landowne las. Und obwohl an dem Haftbefehl absolut nichts auszusetzen und er tatsächlich auf ihn ausgestellt war, konnte ich bei der Überprüfung seiner Personalien natürlich nichts davon erfahren haben, wenn ich den falschen Namen durchgegeben hatte. Auf diesen Gedanken würde auch die Richterin früher oder später kommen, da sie ja die Akte des Angeklagten hatte.

Und während ich noch überlegte, sah sie kurz zu mir herüber und flüsterte dann dem Gerichtsdiener etwas zu, worauf er ihr eine Kopie von der Akte des Angeklagten reichte. Aber nirgendwo würde dort vermerkt sein, daß der Angeklagte sich manchmal auch Landowne nannte. Ich saß also in der Falle, und dann machte mir Homer noch endgültig den Garaus.

»Was tat Officer Morgan, nachdem Sie ihm den Zweitschlüssel gegeben hatten?« fragte der Verteidiger.

»Er ging nach oben.«

»Woher wissen Sie, daß er nach oben ging?«

»Die Tür blieb einen Spaltbreit offen. Ich zog mir rasch meine Pantoffel an, weil ich ihm folgen wollte, um das Ganze mitzukriegen. Ich dachte, er würde jemanden verhaften und so.«

»Erinnern Sie sich noch an unsere Unterhaltung kurz zuvor, Mr. Downey, als ich Ihnen ein paar Fragen stellte?«

»Ja.«

»Erinnern Sie sich auch noch, daß ich Sie gefragt habe, ob Officer Morgan von dem Münzfernsprecher in der Eingangshalle aus die Polizeizentrale angerufen hat?«

»Ja.« Ich hatte einen unangenehmen Geschmack im Mund, als Homer das sagte. Mein Magen spielte verrückt, und ich hatte keine Pillen zur Hand.

»Wissen Sie noch, was Sie bezüglich des Telefons sagten?«

»Ja. Es hat nicht funktioniert. Es war schon seit einer Woche kaputt, und ich hatte bei der Telefongesellschaft angerufen. Ich war ganz schön sauer, weil ich dachte, sie hätten es, wie versprochen, am Abend zuvor repariert, als ich außer Haus war. Kurz bevor Officer Morgan kam, habe ich es probiert, und es ging immer noch nicht. Hat wie verrückt gesummt, wenn man eine Münze reingeworfen hat.«

»Haben Sie an besagtem Vormittag eine Münze eingeworfen?«

»Ja. Ich wollte die Telefongesellschaft anrufen, aber da es immer noch wie verrückt summte, ließ ich es bleiben und rief über meinen Apparat an.«

»Sie konnten mit diesem Telefon also *nicht* telefonieren?«

»Nein. Das war unmöglich.«

»Ich nehme doch an, daß sich bei dieser Telefongesellschaft erfragen ließe, wann das Telefon schließlich repariert wurde?«

»Einspruch, Euer Ehren«, meldete sich der Staatsanwalt halbherzig zu Wort.

»Stattgegeben«, sagte die Richterin, die inzwischen nur noch mich ansah, während ich Homer anstarrte, um meine Augen irgendwie zu beschäftigen.

»Sind Sie hinter Officer Morgan nach oben gegangen?« fragte der Verteidiger weiter. Der Staatsanwalt war inzwischen in seinem Sessel zusammengesunken und tippte mit seinem Bleistift nervös auf die Tischplatte. Ich hatte meine Aufregung überwunden und überlegte nur noch eiskalt, wie ich mich aus dieser Klemme würde befreien können und was ich sagen sollte, wenn sie mich noch einmal in den Zeugenstand riefen. Und ich konnte mir sehr gut vorstellen, daß die Verteidigung mich noch einmal aufrufen würde, da ich jetzt *ihr* Zeuge war. Ich gehörte ihnen.

»Ich bin kurz nach Officer Morgan raufgerannt.«

»Was haben Sie gesehen, als Sie oben angelangt waren?«

»Officer Morgan stand vor Mr. Landownes Tür, als lauschte er. Er hatte seine Mütze abgenommen und sein Ohr gegen die Tür gepreßt.«

»Glauben Sie, daß er Sie sehen konnte – beziehungsweise, hat er in Ihre Richtung geschaut?«

»Nein, er hatte mir den Rücken zugewandt, und ich lugte nur ganz vorsichtig um die Ecke, da ich nicht wußte, was er vorhatte. Es hätte ja zu einer Schießerei kommen können, oder was weiß ich. Und so hätte ich gleich wieder die Treppe hinunterlaufen können, wenn es brenzlig geworden wäre.«

»Haben Sie ihn an die Tür klopfen gehört?«

»Nein, er hat nicht geklopft.«

»Einspruch«, meldete sich der Staatsanwalt. »Der Zeuge wurde gefragt ...:«

»In Ordnung.« Die Richterin hob die Hand, und der Staatsanwalt setzte sich wieder.

»Haben Sie Officer Morgan an die Tür klopfen *gehört*?« fragte die Richterin den Zeugen.

»Nein, Euer Ehren«, antwortete Homer, worauf ich hinten im Saal ein leises Kichern hörte. Ich dankte Gott, daß nur ein paar Zuhörer anwesend waren und sich keine Polizisten darunter befanden.

»Hat Officer Morgan irgend etwas gesagt, während Sie ihn beobachteten?« fragte der Verteidiger.

»Nein, er hat nichts gesagt.«

»Wie lange haben Sie ihn etwa beobachtet?«

»Zwei, drei Minuten – vielleicht auch länger. Er kniete nieder und versuchte durchs Schlüsselloch zu sehen. Aber vor zwei Jahren habe ich alle Schlüssellöcher wegen der Hoteldiebe und Spanner und diesem ganzen Gesindel zustopfen lassen.«

»Haben Sie … Glauben Sie, daß Officer Morgan etwas gesagt hat, während Sie die Treppe hochstiegen?«

»Nein, ich habe ihn die ganze Zeit nichts sagen hören.« Homer machte inzwischen einen recht verwirrten Eindruck, da aus meiner Miene wohl unmißverständlich zu erkennen war, daß irgend etwas ganz und gar nicht stimmte und ich mit dem Lauf der Dinge alles andere als zufrieden war.

»Und was hat er dann getan?«

»Er hat die Tür geöffnet, mit dem Schlüssel.«

»Wie hat er sie geöffnet? Sehr rasch?«

»Ich würde eher sagen, vorsichtig. Er hat ganz vorsichtig den Schlüssel umgedreht, und dann zog er seine Pistole. Er drehte am Türknopf, stieß die Tür auf und stürzte mit vorgehaltener Pistole ins Zimmer.«

»Haben Sie die beiden Männer dann reden gehört?«

»Ja, sicher.« Homer entblößte kichernd seine schlechten, fleckigen Zähne. »Officer Morgan hat Mr. Landowne angeschrien.«

»Was hat er zu ihm gesagt? Können Sie sich an den *genauen* Wortlaut erinnern?«

»Er hat gesagt: ›Bleib stehen, du Arschloch, oder du kannst deine einzelnen Bestandteile von der Tapete kratzen.‹«

Ich hörte alle drei Zuhörer gleichzeitig auflachen, während die Richterin und der Staatsanwalt das keineswegs lustig zu finden schienen. Letzterer dürfte wohl inzwischen genauso geknickt ausgesehen haben wie ich.

»Sind Sie auch in das Zimmer gegangen?«

»Ja, ganz kurz.«

»Haben Sie dort etwas Ungewöhnliches bemerkt?«

»Nein. Officer Morgan hat mich wieder hinausgeschickt

und mir gesagt, ich soll in meine Wohnung hinuntergehen.«

»Ist Ihnen aufgefallen, ob etwas auf der Kommode lag?«

»Nein, mir ist nichts aufgefallen.«

»Haben Sie Officer Morgan und den Angeklagten sonst noch etwas reden hören?«

»Nein.«

»Überhaupt nichts?«

»Officer Morgan hat ihn noch vor irgend etwas gewarnt.«

»Was hat er gesagt?«

»Daß Mr. Landowne keine dummen Tricks machen soll – irgendwas in der Art. Ich ging ja in diesem Moment schon wieder aus dem Zimmer.«

»Was hat er wörtlich gesagt?«

»Na ja, ich weiß nicht so recht, ob ich das hier wiederholen kann.«

»Wir sind doch lauter erwachsene Menschen. Also, was hat Officer Morgan gesagt?«

»Er sagte: ›Jetzt steh mal schön von deinem Stuhl auf, sonst steck ich dir meine Knarre so tief in den Arsch, daß noch am Griff Scheiße klebt.‹ Das hat er gesagt. Entschuldigung.« Homer lief rot an, kicherte nervös und wandte sich mit einem entschuldigenden Achselzucken zu mir.

»Saß der Angeklagte auf einem Stuhl?«

»Ja.«

»Hat Officer Morgan dabei von seiner eigenen Pistole gesprochen?«

»Einspruch.« Der Staatsanwalt sprang auf.

»Ich kann die Frage auch anders stellen«, konterte der Verteidiger. »Hielt Officer Morgan zu besagtem Zeitpunkt seine eigene Waffe in der Hand?«

»Ja.«

»Haben Sie währenddessen auch die andere Pistole gesehen?«

»Nein, die andere Waffe habe ich nie gesehen.«

Der Verteidiger zögerte für eine tödlich lange Minute

und kaute am Ende seines Bleistifts, so daß ich fast laut aufgestöhnt hätte, als er schließlich das Schweigen brach und sagte: »Ich habe keine weiteren Fragen mehr.« Es war allerdings schon viel zu spät, und deshalb konnte ich keine Erleichterung empfinden.

»Aber ich hätte eine Frage«, ergriff Richterin Redford das Wort und rückte die Brille auf ihrer schmalen Nase zurecht. »Haben Sie sich an jenem Morgen in der Eingangshalle aufgehalten, *bevor* Officer Morgan ins Hotel kam, Mr. Downey?«

»Nein.«

»Sie sind also nie dort gewesen, und Sie haben auch nicht zufällig einmal von Ihrem Büro aus einen Blick dorthin geworfen?«

»Nein, nur als Officer Morgan seinen Wagen vor dem Hotel parkte. Ich war neugierig, was er vorhatte, und wollte meine Wohnung eben verlassen, als ich Officer Morgan die Eingangstreppe raufsteigen sah. Da bin ich in die Wohnung zurückgelaufen, um mir ein Hemd und Schuhe anzuziehen und halbwegs manierlich auszusehen, falls er mich irgendwie brauchen sollte.«

»Haben Sie in diesem Augenblick in die Eingangshalle geschaut?«

»Ja, natürlich, Madam, sie liegt ja direkt vor meiner Wohnungstür.«

»Und wer hat sich dort aufgehalten?«

»Wer soll sich dort aufgehalten haben? Niemand natürlich.«

»Konnten Sie von Ihrer Wohnungstür aus die ganze Eingangshalle überblicken? Alle Sessel? Ich meine, gibt es dort nicht vielleicht irgendwelche Ecken oder Nischen, die nicht eingesehen werden können?«

»Nein, ich konnte die ganze Eingangshalle überblicken. Sie ist ja nicht gerade groß und liegt direkt vor meiner Wohnung.«

»Denken Sie gut nach. Haben Sie in der Eingangshalle vielleicht zwei Männer schlafen sehen?«

»Nein, Euer Ehren, die Eingangshalle war völlig leer. Ich habe dort keine Menschenseele gesehen.«

»Und wo befand sich Officer Morgan, als Sie in die leere Eingangshalle geschaut haben?«

»Er kam gerade durch die Eingangstür, Madam. Wenige Augenblicke später klopfte er dann an meine Tür, fragte nach diesem Zimmer und ließ sich von mir das Gästebuch zeigen, wie ich bereits gesagt habe.«

Mein Hirn war inzwischen genauso geschrumpft wie meine Gestalt, aber ich hatte immerhin eine idiotische Geschichte parat, um erklären zu können, wieso dies bereits das zweitemal gewesen war, daß ich in der Eingangshalle des Hotels auftauchte, während Homer dachte, ich wäre eben erst angekommen. Ebenso war ich fest entschlossen zu schwören, das Telefon hätte funktioniert. Schließlich war mit so einem defekten Telefon alles möglich. Und selbst wenn mir dieser neugierige kleine Hosenscheißer nach oben gefolgt sein sollte, würde ich das Gericht vielleicht davon überzeugen können, daß ich mich Landry zu erkennen gegeben hatte, bevor Downey oben angelangt war. Und was sollte es schon? Downey konnte nicht wissen, ob das Marihuana auf der Kommode oder im Schrank gelegen hatte, und so versuchte ich mir einzureden, es würde schon alles klappen, so daß ich meine Unschuldsmiene, die ich jetzt mehr denn je brauchte, ruhig beibehalten konnte.

Ich war also bereit, während ich darauf wartete, wieder aufgerufen zu werden, obwohl mein rechtes Knie verrückt spielte und zitterte, was das Zeug hielt. Und dann forderte die Richterin den Staatsanwalt und den Verteidiger auf: »Würden Sie bitte an die Richterbank treten.«

In diesem Augenblick wußte ich, daß es aus war. Ich konnte das Haifischgrinsen in Landrys Gesicht förmlich spüren, als er sich mir zuwandte, obwohl ich wie ein Scheintoter geradeaus vor mich hinstarrte und mir bereits vorstellte, wie ich wegen Meineids in Handschellen aus dem Saal geführt würde. Schließlich hätte wohl kaum jemand so blöd sein können, um nicht zu erkennen, daß dieser Idiot von Homer Downey nichts als die nackte Wahrheit gesagt hatte und nicht im geringsten verstand, worum es dem Verteidiger eigentlich gegangen war.

Als die beiden nach kurzer Beratung mit der Richterin wieder an unseren Tisch zurückkamen, lächelte mich der Staatsanwalt gequält an und flüsterte mir zu: »Es war wegen des Namens im Gästebuch. Als der Verteidiger spitzgekriegt hat, daß Homer den richtigen Namen Landrys gar nicht kannte, hat er ihn wegen des Gästebuchs gefragt. Und deswegen wurde ihm schlagartig alles klar. Sie wird das Verfahren einstellen. Ich weiß gar nicht, was ich Ihnen bezüglich dieser Sache raten soll, Officer Morgan. So etwas ist mir noch nie passiert. Vielleicht sollte ich mich mit meinem Büro in Verbindung setzen und dort anfragen, was ich tun soll, falls ...«

»Würde es Ihnen etwas ausmachen, einen Antrag auf Einstellung des Verfahrens zu stellen, Mr. Jeffries?« wandte sich die Richterin an den Verteidiger, der wie von der Tarantel gestochen aufsprang und genau dies tat, worauf sie das Verfahren für eingestellt erklärte. Und dann konnte ich Landry leise, aber deutlich vernehmbar kichern hören, und ich wußte, daß er dieser kleinen Pythonschlange mit dem Babygesicht, die ihn verteidigt hatte, überschwenglich die Hand schüttelte.

Dann neigte sich Landry am Verteidiger vorbei zu mir herüber und zischte mir ins Ohr: »Besten Dank, Blödmann.« Der Verteidiger stieß ihn jedoch sofort in die Rippen und machte ihm klar, daß er sich gefälligst zusammennehmen sollte. Inzwischen hatte der Gerichtsdiener seine Hand auf meine Schulter gelegt und sagte: »Richterin Redford würde Sie gern unter vier Augen sprechen.«

Sie war inzwischen aufgestanden und in ihr Arbeitszimmer gegangen. Ich erhob mich ebenfalls und stakste wie ein Zinnsoldat zur offenen Tür. Nach wenigen Augenblicken stand ich vor dem Schreibtisch, hinter dem Richterin Redford saß. Sie hatte mir jedoch den Rücken zugekehrt und suchte etwas in dem Bücherregal, das die Wand hinter ihr ausfüllte. Sie atmete schwer und wußte offensichtlich nicht so recht, was sie sagen sollte.

»Nehmen Sie Platz«, forderte sie mich schließlich auf. Das tat ich. Dabei fiel mir meine Mütze zu Boden, und ich fühlte mich so schwindlig, daß ich mich nicht zu bücken wagte, um sie aufzuheben.

»Also, so etwas ist mir in all den Jahren noch nicht passiert, und ich kann wirklich auf eine lange Berufserfahrung zurückblicken. So etwas ist mir noch nicht annähernd passiert. Ich würde wirklich zu gern wissen, weshalb Sie das getan haben.«

»Dann erlauben Sie mir wenigstens jetzt, die Wahrheit zu sagen.« Mein Mund fühlte sich trocken an. Ich hatte Mühe, die einzelnen Worte zu bilden. Jedesmal, wenn ich die Lippen öffnete, schnalzten sie vor Trockenheit. Genau in dem Zustand hatte ich schon Tausende von Verdächtigen gesehen, wenn ich sie am Kragen hatte und sie wußten, daß es für sie kein Entkommen mehr gab.

»Vielleicht sollte ich Sie erst einmal auf Ihre Rechte hinweisen, bevor Sie mir irgend etwas sagen.« Die Richterin nahm ihre Brille ab, und ihre Nase wirkte noch schmaler als zuvor. Sie war eine unscheinbare Frau, die hier in ihrem Büro plötzlich kleiner und zierlicher wirkte als im Gerichtssaal, aber zugleich auch energischer und älter.

»Zum Teufel mit meinen Rechten!« stieß ich unvermittelt hervor. »Ich pfeife auf meine Rechte. Ich möchte Ihnen die Wahrheit sagen.«

»Ich beabsichtige allerdings, Sie durch die Staatsanwaltschaft wegen Meineids belangen zu lassen. Ich werde mir das Gästebuch des Hotels zeigen lassen und außerdem den Angestellten der Telefongesellschaft vorladen, der das Telefon repariert hat – und natürlich auch noch einmal Mr. Downey. Ich kann mir nicht vorstellen, daß Sie dann noch die geringste Chance haben.«

»Interessiert es Sie denn gar nicht, was ich zu sagen habe?« Ich wurde allmählich ebenso wütend wie verängstigt, und ich spürte, wie mir die Tränen in die Augen traten. Es war sicher sehr lange her, daß ich so ein Gefühl gehabt hatte.

»Was sollten Sie schon groß sagen können? Was könnte irgend jemand dazu sagen? Ich bin schrecklich enttäuscht! Ja, ich bin sogar aufs äußerste schockiert.« Sie rieb sich für einen Moment die Augenwinkel, und dann konnte ich mich nicht mehr beherrschen.

»*Sie* sind enttäuscht? *Sie* sind schockiert? Was glauben Sie eigentlich, wie es in mir aussieht? Ich habe ein Gefühl, als drehten Sie ständig eine glühende Fackel in meinen Eingeweiden herum und wollten gar nicht damit aufhören, mich zu quälen. Das ist es, was ich fühle, Euer Ehren. Kann ich Ihnen jetzt die Wahrheit sagen oder nicht? Wollen Sie mich nicht wenigstens anhören?«

»Also gut, schießen Sie schon los.« Sie zündete sich eine Zigarette an und lehnte sich in ihrem Polstersessel zurück, um mich prüfend zu betrachten.

»Ich habe da einen Informanten, Euer Ehren. Und ich muß meine Informanten auf alle Fälle decken – das wissen auch Sie ganz genau. Für diese Leute stünde sonst zuviel auf dem Spiel, und schließlich sind wir ja auch daran interessiert, weiterhin über bestimmte Vorgänge auf dem laufenden gehalten zu werden. Und wie die Dinge heutzutage vor Gericht nun mal stehen, wo alle gleich ganz nervös werden, wenn nur die Sprache auf die Rechte des Angeklagten kommt, kann man es sich praktisch unmöglich erlauben, seine Informanten zu erwähnen, wie das früher noch ohne weiteres möglich war. Und es hat ja praktisch auch keinen Sinn mehr, sich einen Haussuchungsbefehl ausstellen zu lassen, weil sich die Richter immer gleich mordsmäßig anstellen und jeden Informanten vorladen wollen, obwohl dies gar nicht nötig wäre. Und so habe ich im Laufe der Jahre angefangen, mir zu überlegen, wie man das – irgendwie umgehen könnte.«

»Sie haben also angefangen zu lügen.«

»Ja, ich habe zu lügen angefangen. Was glauben Sie eigentlich? Wahrscheinlich liefe das ganze Ganovenpack, das ich inzwischen hinter Gitter gebracht habe, noch frei herum, wenn ich nicht jedesmal zumindest ein bißchen die Wahrheit verdreht hätte. Sie wissen doch selbst am besten, wie es heutzutage um die Durchsuchungs- und Verhaftungsbestimmungen bestellt ist.«

»Schon gut, sprechen Sie weiter.«

Ich erzählte ihr also die ganze Geschichte, wie sie sich wirklich zugetragen hatte und wie mir dann später die Idee mit dem Haftbefehl wegen dieser Verkehrsübertretung gekommen war, als ich herausgefunden hatte, daß dieses Papier tatsächlich existierte. Als ich meinen Bericht beendet hatte, rauchte sie noch mindestens zwei Minuten lang schweigend vor sich hin, ohne ein Wort zu sagen. Ihre eingefallenen Wangen sahen aus, als wären sie aus einer Felswand herausgemeißelt.

Sie war eine energische alte Dame aus einem anderen Jahrhundert, als sie so vor mir saß, mir schließlich ihr Profil zuwandte und sagte: »Ich habe schon Tausende Male erlebt, daß ein Zeuge gelogen hat. Vermutlich lügt auch jeder Angeklagte mehr oder weniger, und auch die Zeugen der Verteidigung drehen und wenden die Wahrheit, wie es ihnen gerade am besten in den Kram paßt. Und natürlich habe ich auch schon mehr als einen Polizisten gesehen, der in dieser Hinsicht der Wahrheit ein wenig nachgeholfen hat. Sie kennen doch sicher auch diese abgedroschene Geschichte, man hätte geglaubt, der Angeklagte hätte in seiner Hosentasche eine Angriffswaffe wie zum Beispiel ein Messer gehabt, die sich dann bei genauerem Nachsehen als ein Joint herausstellte. Diese Story bekommen wir Richter von so vielen Polizisten und so häufig vorgesetzt, daß einem davon schon fast übel werden könnte. Und dann ist da natürlich der flüchtige und deshalb schwer überprüfbare Eindruck, der Angeklagte hätte etwas unter dem Wagensitz versteckt. Das ist immer ein guter Durchsuchungsgrund, der natürlich auch entsprechend überbeansprucht wird. Natürlich habe ich schon eine ganze Reihe von Polizisten lügen hören, aber nichts in dieser Welt läßt sich auf das simple Schwarz-Weiß-Schema reduzieren, und es gibt hinsichtlich des Übergangs von Wahrheit zu Unwahrheit sicher bestimmte Gradabstufungen. Deshalb entscheide ich im Zweifelsfall normalerweise zugunsten der aussagenden Polizisten, da ich mir wie viele andere Richter durchaus im klaren bin, daß ein Polizist heutzutage kaum mehr etwas zum Schutz der Öffentlichkeit tun kann. Aber ich hätte nie gedacht, daß ein Mitglied der Polizei von Los Angeles seine Aussage so *vollständig* verfälschen könnte, wie Sie das eben getan haben. Das ist es, was mich ganz krank macht.«

»Ich habe doch gar nicht alles verfälscht. Er hatte die Pistole. Sie *war* unter der Matratze. Er *hatte* Marihuana. Ich habe doch nur hinsichtlich des Orts gelogen, an dem ich es gefunden habe. Euer Ehren, dieser Mann ist ein gesuchter Räuber. Die Detectives hängen ihm sechs Überfälle an. Er hat einen alten Mann niedergeschlagen, so daß er erblindet ist. Er hat ...

Sie hob ihre Hand. »Ich habe mir auch keineswegs eingebildet, er hätte mit seiner Waffe nur in der Suppe umrühren wollen, Officer Morgan. Mir ist keineswegs entgangen, daß dieser Mann gefährlich ist.«

»Sie konnten es also auch sehen!« stieß ich hervor. »Warum ...«

»Halt!« unterbrach sie mich. »Das hat absolut nichts zu besagen. Unser Rechtswesen ist zwar zweifellos etwas kompliziert und vertrackt, aber Gesetz bleibt nun einmal Gesetz!«

»Euer Ehren«, begann ich langsam, und dann traten mir die Tränen in die Augen, ohne daß ich etwas dagegen hätte tun können. »Ich habe keine Angst davor, meine Pension zu verlieren. Ich war jetzt neunzehn Jahre und elf Monate bei der Polizei, und ich werde morgen den Dienst quittieren und in Pension gehen. Aber es geht mir nicht um meine Pension. Das ist nicht der Grund, weshalb ich Sie bitte, Sie *anflehe*, mir noch eine Chance zu geben. Und es ist auch nicht so, daß ich befürchte, wegen Meineids vor Gericht gestellt und zu einer Haftstrafe verurteilt zu werden. Schließlich muß man in dieser Welt hart im Nehmen sein. So ist das nun einmal. Aber Sie müssen wissen, Euer Ehren, daß mich meine Kollegen und überhaupt die Leute – die Leute in meinem Revier – für etwas Besonderes halten. Ich bin einer von den Männern, zu denen sie noch wirklich aufschauen können, wissen Sie? Ich bin nicht nur einfach so eine spezielle Type, ich bin ein verdammt guter Polizist!«

»Das weiß ich«, sagte sie. »Ich habe Sie schon viele Male vor Gericht beobachtet.«

»Sie können sich tatsächlich an mich erinnern?« Natürlich hatte ich schon in einigen Verhandlungen, die sie geleitet hatte, als Zeuge ausgesagt, aber ich dachte, wir Uniformierten sähen für die Schwarzroben alle gleich aus. »Machen Sie uns das Leben nicht noch schwerer, als es das sowieso schon ist, Richterin Redford. Einige Kollegen lügen grundsätzlich nicht, und andere verdrehen die Wahrheit immer nur ganz geringfügig. Und es gibt nur ein paar, die tun würden, was ich eben getan habe.«

»Aber wieso haben Sie das getan?«

»Weil ich nicht einfach meine Augen vor all dem Unrecht verschließen kann, Euer Ehren. Andere Polizisten reißen einfach ihre neun Stunden herunter und gehen dann zu ihren Familien nach Hause. Womöglich wohnen sie auch noch dreißig Kilometer außerhalb der Stadt. Aber so Kerle wie ich – wir haben niemanden, und wir wollen auch niemanden. Ich bin in meinem Revier zu Hause. Und da ist einfach etwas in mir, das mir befiehlt, diese Dinge gegen mein besseres Wissen zu tun, was wiederum nur beweist, daß ich blöder bin als das blödeste Arschloch in meinem Revier.«

»Sie sind alles andere als blöd. Sie sind ein sehr cleverer Zeuge – ein außergewöhnlich cleverer sogar.«

»Ich habe noch nie so schwerwiegend gelogen, Euer Ehren. Ich dachte eben, das Ganze würde schon hinhauen.

Ich habe nur diesen Namen im Gästebuch nicht richtig gelesen. Wenn ich den richtig gelesen hätte, wäre ich doch nie auf die Idee mit dem Haftbefehl wegen der Verkehrsübertretung gekommen. Dann hätte ich mir sicher eine andere Geschichte ausgedacht und säße jetzt nicht in der Klemme. Der einzige Grund, weshalb ich den Namen nicht richtig lesen konnte und nur annahm, daß der Mann Landry sein mußte, war eben, daß ich mit meinen fünfzig Jahren ziemlich weitsichtig bin und zugleich zu stur, um eine Brille aufzusetzen. Ich mache mir immer noch vor, ich wäre erst dreißig und könnte noch die Arbeit der Jungen tun, während ich dafür schon längst nicht mehr das Zeug habe. Abgesehen davon höre ich jetzt sowieso auf. Und falls ich in diesem Punkt noch meine Zweifel gehabt haben sollte, dann sind die jetzt endgültig ausgeräumt. Morgen ist mein letzter Tag. Der blaue Ritter. Gestern hat mich jemand den blauen Ritter genannt. Warum sagen die Leute so etwas? Sie vermitteln einem wirklich das Gefühl, daß man etwas leistet, und so wirft man sich eben jedesmal wieder von neuem mit vollem Einsatz in den Kampf. Weshalb sollte ich mich einen Dreck darum scheren, ob Landry wieder als freier Mann diesen Gerichtssaal verläßt? Was sollte mir daran gelegen sein? Weshalb *nennen* einen die Leute den blauen Ritter?«

Sie sah mich an und drückte ihre Zigarette aus. Noch nie in meinem Leben hatte ich um etwas gebeten, und noch nie war ich vor jemandem zu Kreuze gekrochen. Ich war froh, daß sie eine Frau war, da es wenigstens nicht ganz so schlimm war, vor einer Frau zu Kreuze zu kriechen – nicht *ganz* so schlimm. Mein Magen brannte inzwischen nicht nur, sondern wand sich auch noch in krampfhaften Zukkungen, als würde er von einer riesigen Faust gedehnt und wieder zusammengezogen. Ich bekam richtig Angst, daß ich vor Schmerzen das Bewußtsein verlieren würde.

»Sie sind doch hoffentlich wie ich der Meinung, Officer Morgan, daß wir das Ganze nicht einfach auf sich beruhen lassen können. Wo kämen wir denn hin, wenn wir Richter uns über die Gesetze hinwegsetzen würden? Das wäre doch das Ende jeder Zivilisation, glauben Sie nicht auch? Sie wissen sehr gut, daß ich, wie auch viele andere Richter, mir sehr wohl bewußt bin, wie erschreckend viele Kriminelle in unserer Stadt frei herumlaufen, vor denen Sie von der Polizei uns schützen sollen. Dazu sind Sie natürlich nicht immer in der Lage, und manchmal sind Ihnen die Hände zusätzlich durch Gerichtsbeschlüsse gebunden, die im Gegensatz zu jeder gesunden Logik davon ausgehen, daß der Mensch in seinem Innersten gut ist. Glauben Sie nicht, daß Sie viele Richter – und sogar Verteidiger – voll auf Ihrer Seite haben? Verstehen Sie denn nicht, daß gerade Sie von der Polizei mehr leisten und darstellen sollen, als man eigentlich von Ihnen erwarten dürfte? Und deshalb müssen vor allem Sie geduldig und insbesondere ehrlich und aufrichtig sein. Begreifen Sie denn nicht, daß wir alle dem Untergang geweiht sind, wenn nicht einmal Sie sich an die Bestimmungen des Gesetzes halten, wie absurd sie uns auch erscheinen mögen? Ist Ihnen das denn nicht klar?«

»Sicher. Natürlich weiß ich das. Aber Knobby Booker sieht das nicht ein. Wenn ich seinen Namen nennen würde, könnte es leicht sein, daß er dafür teuer zahlen müßte ...« Und nun brach meine Stimme, und ich konnte die Richterin kaum mehr sehen, da nun alles aus war, und ich wußte, daß ich abgeführt und ins Gefängnis gebracht werden würde. »Wenn man ganz allein in seinem Revier herummarschiert, Euer Ehren, und alle wissen, daß sie sich auf einen verlassen können ... Wie einem die Leute so begegnen ... Und was das für ein Gefühl ist, wenn sie einem sagen: ›Mensch, Bumper, Sie sind wirklich noch ein Kerl. Sie sind noch ein richtiger Ritter, ein blauer Ritter ...‹« Und dann versagte mir die Stimme, und dies blieben die letzten Worte, die ich an diesem Tag zu dieser Frau sagte.

Die Stille summte in meinen Ohren, bis sie schließlich zu sprechen anfing. »Officer Morgan, ich werde den Staatsanwalt ersuchen, in seinem Bericht an sein Büro Ihre falsche Aussage nicht zu erwähnen. Außerdem werde ich den Verteidiger, den Gerichtsdiener, den Gerichtsreporter und die Gerichtsschreiberin bitten, nicht an die Öffentlichkeit zu tragen, was sich heute im Gerichtssaal abgespielt hat. Und jetzt bitte ich Sie zu gehen, damit ich noch darüber nachdenken kann, ob meine Entscheidung richtig war. Wir werden das alles nie vergessen, aber wir werden auch nichts weiter unternehmen.«

Ich konnte es gar nicht fassen. Wie gelähmt saß ich vielleicht eine halbe Minute lang da, um dann aufzustehen, mir die Tränen aus den Augen zu wischen und zur Tür zu gehen. Ich blieb noch einmal kurz stehen, ohne jedoch daran zu denken, ihr zu danken. Ich wandte mich zu ihr um, aber sie hatte mir bereits den Rücken gekehrt und war wieder mit ihren Büchern beschäftigt. Als ich den Gerichtssaal durchquerte, unterhielten sich der Staatsanwalt und der Verteidiger leise miteinander. Beide warfen mir einen kurzen Blick zu. Ich spürte, wie sie mir dann nachstarrten, aber ich hielt mir nur mit beiden Händen den Bauch und strebte auf die Tür zu. Ich wartete nur darauf, daß die Krämpfe nachließen, damit ich wieder einen klaren Gedanken fassen konnte.

Bereits draußen auf dem Gang, fiel mir ein, daß die Beweisstücke, die Waffe und das Marihuana, sich immer noch im Gerichtssaal befanden. Zum Teufel damit, dachte ich. Ich mußte zu meinem Wagen hinaus und den Fahrtwind im Gesicht spüren, bevor noch alles Blut in meinen Kopf stieg und meine Schädeldecke sprengte.

Ich fuhr direkt zum Elysian Park, stieg aus dem Wagen, füllte mir die Taschen mit Pillen aus dem Handschuhfach und stieg die Anhöhe hinter dem Reservoir hinauf. Es roch nach Eukalyptus, und die Erde unter meinen Schuhen war trocken und locker. Der Hügel war steiler, als ich gedacht hatte, so daß ich nach wenigen Minuten ziemlich ins Schwitzen kam. Und dann entdeckte ich zwei Spanner, weiter unten am Hang. Einer von ihnen hatte sogar ein Fernglas dabei. Sie beobachteten die Straße unter sich, wo zu jeder Tages- und Nachtzeit die Pärchen in ihren Autos saßen und sich liebten.

»Haut bloß ab hier aus meinem Park, ihr Wichser!« fuhr ich sie an, worauf sie sich umwandten und mich sahen. Sie waren beide mittleren Alters. Einer von ihnen – seine Haut hatte die Blässe eines Fischbauchs – trug eine orangerot karierte Hose und einen gelben Pullover und hatte das Fernglas angesetzt. Sobald ich zu sprechen begonnen hatte, ließ er es sinken und floh blitzschnell durch das Gebüsch. Der andere Mann bedachte mich mit einem verdrießlichen Blick und trollte sich steifbeinig wie ein widerborstiger kleiner Terrier. Als ich jedoch fluchend und schimpfend ein paar Schritte auf ihn zuging, besann auch er sich eines Besseren und fing zu rennen an. Ich hob das Fernglas vom Boden auf und schleuderte es ihm nach, ohne ihn jedoch zu treffen. Es krachte gegen einen Baum und fiel ins Gebüsch. Dann stieg ich weiter zum Gipfel des Hügels hinauf, und die Sicht war relativ gut, obwohl es etwas dunstig war.

Als ich mich dann im Gras niederließ und meine Waffe und meine Mütze ablegte, hatten sich meine Magenkrämpfe mehr oder weniger gelegt. Ich schlief fast auf der Stelle ein.

13.

Als ich nach etwa einer Stunde wieder aufwachte, schmeckte die Welt schrecklich, und ich nahm eine Pille gegen Sodbrennen, nur um in meinem Mund einen besseren Geschmack zu bekommen. Ich lag noch eine Weile auf dem Rücken im kühlen Gras und beobachtete einen Eichelhäher, der auf einem Ast herumhüpfte.

»Hast du mir vielleicht ins Maul geschissen?« fragte ich ihn und überlegte dann, was ich wohl geträumt hatte, da ich trotz der relativ kühlen Luft hier oben schwitzte. Die Brise, die über mich hinwegstreifte, fühlte sich herrlich an. Auf meiner Uhr war es bereits nach vier, und ich hätte am liebsten noch weiter hier gelegen, obwohl ich natürlich aufstehen mußte.

Ich setzte mich auf, steckte mir das Hemd in die Hose, schnallte meine Waffe um und kämmte mir das Haar zurück, was allerdings alles andere als eine leichte Aufgabe war, da ich eine recht widerspenstige Bürste habe. Hoffentlich fallen mir bald alle Haare aus, dachte ich, dann brauche ich mich nicht länger damit herumärgern. Es konnte einem ab und zu schon ganz schön auf die Nerven gehen, wenn die Haare nicht so wollten wie man selbst. Nichts hatte man unter Kontrolle, nicht einmal seine eigenen Haare. Vielleicht sollte ich Haarspray benutzen – wie diese jungen Schnösel, die sich heute bei der Polizei rumtreiben. Vielleicht sollte ich mir, solange ich noch ein paar Härchen auf dem Kopf hatte, auch einen von diesen Fünfzehn-Dollar-Haarschnitten verpassen lassen und den ganzen Tag in einer Funkstreife durch die Gegend fahren, anstatt wie ein Blöder hinter irgendwelchen Ganoven herzujagen. Damit könnte ich mir sicher eine Menge Scherereien ersparen, und kein Richter würde mich wegen Meineids in den Knast bringen und alles zunichtemachen, was ich in zwanzig Jahren mühsamer Arbeit erreicht hatte, ganz zu schweigen von dem Ruf, den ich bei den Leuten in meinem Revier hatte.

Gott sei Dank! Ein Tag noch, und dann ist alles vorbei. Verschlafen stolperte ich den Hügel hinunter, da ich immer noch nicht ganz wach war.

»Eins-X-L-Fünfundvierzig, Eins-X-L-Fünfundvierzig, bitte kommen«, meldete sich die Zentrale, kaum daß ich den Wagen angelassen hatte. Die Stimme der Frau am Mikrofon klang ziemlich verzweifelt, woraus ich schloß, daß sie schon eine ganze Weile versucht hatte, mich zu erreichen. Vermutlich irgendein schwerwiegenderer Fall, dachte ich – ein Fahrraddiebstahl oder etwas in der Art.

»Hier Eins-X-L-Fünfundvierzig«, meldete ich mich mürrisch.

»Eins-X-L-Fünfundvierzig, nehmen Sie Kontakt mit

dem Beamten in Zivil auf, der sich an der Südostecke von Beverly und Rampart befindet.«

Ich knurrte mein ›Verstanden‹ ins Mikrofon und überlegte, was das nun wieder sollte. Aber wie mies ich mich auch fühlte und wie sehr mich das Ganze auch ankotzte und wie mir alles und jeder – und vor allem dieser Scheißjob – auf die Eier ging, trotz alledem spürte ich doch, wie mein Herz etwas rascher zu schlagen begann und mich eine Art Glücksgefühl überkam. Ich wußte nämlich, daß es sich bei dem Mann in Zivil um Charlie Bronski handeln mußte.

Charlie war sicher auf einer heißen Fährte, und im nächsten Augenblick stieg ich auch schon aufs Gas und schlängelte mich halsbrecherisch durch den dichten Verkehr auf der Vermont, bis ich Charlie auf dem Parkplatz eines Supermarkts entdeckte. Er stand neben seinem Wagen und machte einen recht aufgebrachten Eindruck. Aber ich wußte, daß er auf einer heißen Fährte sein mußte, da er mich sonst nicht hätte anfordern lassen.

»Da bist du ja endlich, Bumper«, begrüßte er mich. »Ich versuche schon eine halbe Stunde, dich über Funk zu erwischen. In der Zentrale haben sie mir gesagt, du wärst im Gericht schon längst fertig.«

»Ich habe in einem wichtigen Fall Ermittlungen angestellt, Charlie. Aber es würde jetzt zu weit führen, dir Näheres darüber zu erzählen.«

»Was das wohl wieder zu bedeuten hat, möchte ich lieber erst gar nicht wissen.« Charlie grinste breit. »Jedenfalls habe ich was so Erstaunliches, daß du's nicht glauben wirst.«

»Du hast Red Scalotta geschnappt!«

»Jetzt übertreib nicht so maßlos«, erwiderte er lachend. »Aber ich habe einen Haussuchungsbefehl für das Büro, von dem Reba uns erzählt hat.«

»Wie hast du das denn so schnell geschafft?«

»Eigentlich habe ich ihn noch gar nicht. Aber in einer Viertelstunde wird es so weit sein. Ich warte nur noch auf

Nick und Fuzzy und ein paar Leute aus unserer Verwaltungsabteilung. Eben habe ich mich über Funk mit Nick unterhalten. Er ist soeben mit Fuzzy aus dem Gerichtsgebäude gekommen. Sie haben den Haussuchungsbefehl, und das andere Team ist auch schon unterwegs.«

»Wie zum Teufel hast du das nur geschafft, Charlie?« Ich hatte inzwischen Richterin Redford und die ganze Blamage völlig vergessen. Charlie und ich grinsten uns gegenseitig an, da wir nun beide auf einer heißen Fährte waren. Und wenn das einmal der Fall ist, kann ein echter Polizist an nichts anderes mehr denken.

»Nachdem wir mit Reba fertig waren, konnte ich es gar nicht erwarten, alles Nötige in die Wege zu leiten«, erzählte er. »Wir sind zu dieser Wäscherei rübergefahren. Es ist eine Wäscherei in Verbindung mit einer chemischen Reinigung – ein ziemlich großer Betrieb, da die Waschräume gleich hinten dran liegen. Außer dem ganzen Erdgeschoß gehört auch noch ein Teil des ersten Stocks dazu. Sie haben dort vermutlich ein paar Lagerräume. Ich habe das Haus mit dem Fernglas von der Straße aus beobachtet, während sich Fuzzy im Hinterhof herumtrieb, wo er dann auch die Tür entdeckte, die dieser Aaron erwähnt hatte. Du weißt doch – das hat Reba ausgesagt.«

»Wer ist dieser Aaron eigentlich, Charlie?«

»Er ist sozusagen Red Scalottas Kopf. Aaron Fishman, Buchhalter und ein regelrechtes Organisationstalent – nur fehlt es ihm ein bißchen an Mumm in den Knochen. Er ist sozusagen Scalottas rechte Hand. Ich habe den Kerl noch nie zu Gesicht gekriegt, nur öfter was von den Kollegen über ihn gehört. Sobald Reba angefangen hat, diesen kleinen Juden zu beschreiben, wußte ich, wer das sein mußte. Er ist Scalottas Verbindung zu den ganzen Büros. Er tritt für Reds Interessen ein, engagiert die Leute und hält sie auch entsprechend auf Trab. Dick Reeney vom Geheimdienst meint, ohne Aaron Fishman wäre Scalotta völlig aufgeschmissen. Red kümmert sich eigentlich immer weniger ums Geschäft und steigt zunehmend in Hollywood ein. Na ja, jedenfalls ist Fuzzy, der ja bekanntlich seine Nase überall reinstecken muß, durch diese Tür in die Wäscherei gegangen und dahinter auf zwei weitere Türen gestoßen. Eine führte nach oben und war verschlossen. Die andere ging nach unten und war offen. Er lief also runter, wo er einen Kellerraum mit einem alten Heizkessel und einem Haufen Gerümpel in einer Ecke entdeckte. Er hat darin ein bißchen herumgeschnuppert und unter anderem ein paar Papierstreifen gefunden, wie man sie für Rechenmaschinen verwendet. Die letzten Ziffern darauf waren immer nur Fünfer und Nullen. Und dann hat er sogar eine paar verkohlte Zettel mit Schuldeintragungen und ein halb verbranntes Notizbuch aufgestöbert. Ich wette, Aaron würde seinen Leuten den Arsch aufreißen, wenn er wüßte, daß sie so unvorsichtig sind.«

Charlie kicherte vor sich hin, während ich mir eine Zigarre ansteckte und auf meine Uhr sah.

»Mach dir wegen der Zeit mal keine Sorgen, Bumper. Die Jungs, die hier arbeiten, gehen frühestens eine Stunde nach der letzten Post nach Hause. Der Bursche muß doch erst noch seine Tops ausrechnen.«

»Seine Tops?«

»Na ja, die einzelnen Eintragungen mit der Chiffre der jeweiligen Straßenbookies und ihren Wettkunden – und wie viel jeder gewonnen beziehungsweise verloren hat.«

Ich lachte. »Es würde mich interessieren, wie Zoot Lafferty heute abgeschnitten hat ...«

»Die Straßenbuchmacher wie Zoot kriegen immer zehn Prozent«, erklärte mir Charlie. »Übrigens hat Fuzzy dann noch ein Beweisstück gefunden, das Rebas Aussagen bestätigt, und dann haben wir so viel Schwein gehabt wie noch nie. Während Fuzzy also wie eine Ratte in diesem Keller rumkriecht und nach irgendwelchen verkohlten Papierfetzen sucht, sieht er plötzlich einen riesig großen, häßlichen Kerl völlig still in einer Ecke stehen. Zuerst machte er natürlich vor Schreck fast in die Hosen. Er hat ja auch keine Knarre oder sonstwas mitgenommen. Wenn du hinter dem Buchmachergesindel her bist, brauchst du so etwas in der Regel nicht. Dieser Kerl kommt also wie ein Geist aus einem Horrorfilm auf ihn zu, die Tür war hinter ihm, und Fuzzy überlegt schon, ob er ihm nicht einfach seinen Schädel in den Bauch rammen soll, um an ihm vorbeizukommen, als dieser Riese in einer Kleinjungenstimme zu sprechen anfängt: ›Hallo, ich bin Bobby. Wissen Sie, wie man eine elektrische Eisenbahn repariert?‹ Und bevor Fuzzy noch was erwidern kann, führt ihn dieser Kerl in einen kleinen Raum weiter hinten, mit einem Bett und einem Tisch. Und Fuzzy soll also den Defekt an der kleinen elektrischen Eisenbahn finden, die Bobby auf dem Tisch aufgebaut hat. Und dieser Kerl – er stieß mit dem Kopf fast gegen die Decke, so groß war er –, der Kerl steht also die ganze Zeit neben Fuzzy und sieht ihm auf die Finger, damit er auch wirklich seine Eisenbahn repariert.«

»Ja gut, aber ...«

»Laß mich doch erst mal ausreden!« unterbrach mich Charlie lachend. »Fuzzy kriegt die Lok also irgendwie wieder hin, und dieses Riesenbaby fängt an, ihm vor lauter Freude wie verrückt auf die Schultern zu klopfen, so daß Fuzzys Kronen zu wackeln anfangen. Schließlich kriegt Fuzzy dann aus dem Blödmann heraus, daß er sozusagen die Putzfrau in diesem Haus ist – wahrscheinlich ein zurückgebliebener Verwandter des Besitzers. Er wohnt in diesem Kellerloch, schrubbt im ganzen Haus die Böden, putzt die Fenster und macht alles, was eben sonst noch so anfällt. Fuzzy findet schließlich auch heraus, daß es im ersten Stock ein paar Büros mit einem eigenen Treppenaufgang gibt. Und diese verschlossene Tür ist der einzige Zugang zum zweiten Stock – außer natürlich der Feuerleiter, die aber hochgezogen und angekettet ist. Dieses Riesenbaby erzählt Fuzzy dann, daß der zweite Stock praktisch nur ein Lager für eines der Büros im ersten Stock ist. Nur ›Miß Terrys Büro‹ ist noch da oben. Und dann fängt er Fuzzy zu erzählen an, wie gern er Miß Terry mag und wie sie ihm jeden Tag alle möglichen leckeren Sachen zum Essen bringt. Du kannst dir natürlich vorstellen, wie Fuzzy da die Ohren gespitzt hat. Er hat versucht, diesen Kerl weiter auszuquetschen. Aber Bobby ist wohl noch nie in Miß Terrys Büro gewesen, außer daß er ihr ab und zu die Fenster putzt und ihr bei irgendwelchen Arbeiten hilft. Fuzzy läßt also nicht locker, und der Kerl erzählt ihm schließlich von den ganzen Holzgestellen und all den gelben Karten mit den Nummern drauf. Das sind natürlich die üblichen Karteikarten, und dann erwähnt er auch noch zwei Rechenmaschinen. Und als ihm Fuzzy dann noch das angesengte Notizbuch zeigt, sagt Bobby, von den Dingern würde dort immer eine Menge rumliegen. Kurzum, er hat ihm praktisch die vollständige Beschreibung eines Buchmacherbüros geliefert, einschließlich der Art, wie sie ihre Unterlagen gebündelt und gestapelt haben.«

»Ihr habt euch also aufgrund der Aussagen dieses Bobby den Haussuchungsbefehl ausstellen lassen?«

»Genau. Reba konnten wir deshalb völlig aus dem Spiel lassen. Der Haussuchungsbefehl wurde uns nur aufgrund von Bobbys Angaben und unserer eigenen Ermittlungsergebnisse ausgestellt.«

»Werdet ihr auch vor Gericht auf den armen Teufel zurückgreifen?«

»Zumindest werden wir seinen Namen nennen müssen«, erwiderte Charlie.

»Wie alt ist der Bursche denn eigentlich?«

»Keine Ahnung. Fünfzig, vielleicht auch fünfundvierzig.«

»Glaubst du, diese Schufte werden ihm was antun?«

»Weshalb sollten sie das? Er weiß doch nicht einmal, was er da angerichtet hat. Das werden sie sicher einsehen. Sie haben einfach nur einen Fehler gemacht – das ist alles. Weshalb sollten sie diesem Idioten etwas antun?«

»Weil sie Dreckskerle sind.«

»Na ja, man kann natürlich nie wissen.« Charlie zuckte mit den Schultern. »Möglich wäre es schon. Jedenfalls haben wir den Haussuchungsbefehl, Bumper. Und ich habe mein Versprechen gehalten, das ich dir gestern gegeben habe.«

»Vielen Dank, Charlie. Das hast du wirklich toll gemacht. Läßt du das Gebäude eigentlich von jemandem überwachen?«

»Ja, das macht Milburn, einer aus unserem Büro. Wir brauchen nur diese Miß Terry zu verhaften. Wie dieser Blödmann gesagt hat, ist außer ihr nie jemand im Büro. Nur ab und zu kommt auch ein Mann, hat er gesagt. Wie der Mann aussieht, konnte er allerdings nicht beschreiben. Wir haben heute Donnerstag. Das heißt also, daß dort ziemlich viele Wetteingänge rumliegen dürften. Wenn wir genügend erwischen, können wir denen ganz empfindlich auf die Pelle rücken, Bumper.«

»Eine Zweihundertfünfzig-Dollar-Strafe?« brummte ich verächtlich.

»Wenn wir die richtigen Aufzeichnungen erwischen, können wir ihnen die Steuerfahnder auf den Hals hetzen. Die können ihnen dann rückwirkend auf fünf Jahre zehn Prozent Nachzahlung aufbrummen. Und dabei kommt einiges zusammen, Bumper. Das wird selbst für einen Mann wie Red Scalotta keine Kleinigkeit. Aber einfach wird es natürlich nicht werden, das durchzuziehen.«

»Wie wollt ihr denn eigentlich vorgehen, wenn ihr das Büro hochgehen laßt?«

»Zuerst hatten wir die Absicht, Bobby einzusetzen. Wenn wir das Gericht davon überzeugen, daß wir berechtigten Anlaß zu der Befürchtung hatten, diese Organisation würde ihre Aufzeichnungen vernichten, können wir uns auch durch einen Trick Zugang zu dem Büro verschaffen. Fuzzy meinte, Bobby sollte an die Tür zum Treppenaufgang klopfen und nach Terry rufen, damit sie ihm die Tür aufmacht, mit dem elektrischen Türöffner. Wir hätten Bobby ja einreden können, das wäre ein Spiel, aber Nick und Milburn waren dagegen. Sie fanden, Bobby könnte vielleicht auf die Idee kommen, das Ganze sei doch kein

Spiel, wenn wir dann die Treppe hinauflaufen und die gute Terry einkassieren würden. Jedenfalls hatten Nick und Milburn also Angst, wir müßten Bobby etwas antun, und so sprachen sie sich gegen den Plan aus.«

»Und was wollt ihr jetzt machen?«

»Wir haben von den Southwest Detectives eine farbige Beamtin angefordert. Wir stecken sie in einen von diesen blauen Kitteln, wie sie die Mädchen in der Wäscherei tragen. Sie soll an Terrys Tür klopfen und irgendwas Unverständliches schreien. Wir können nur hoffen, daß Terry Schwierigkeiten mit ihrem Dialekt hat und sie mit dem elektrischen Öffner reinläßt. Dann geht sie die Treppe rauf, brabbelt irgendwas von einem Feuer im Keller und versucht, so nahe wie möglich an Terry ranzukommen. Und dann schafft sie es hoffentlich, Terry in den Schwitzkasten zu nehmen und so lange festzuhalten, daß Nick und ich ihr ins Büro folgen können. Ein paar Minuten später werden dann die Jungs von der Verwaltungsabteilung nachkommen und uns aushelfen, da sie auf solche Wettbüros spezialisiert sind. Weißt du, ich habe erst ein einziges Büro hochgehen lassen. Für mich ist das noch was Besonderes.«

»Und was soll ich machen?«

»Tja, mit deiner Uniform werden wir dich natürlich verstecken müssen. Du kannst dich ja irgendwo hinter dem Haus aufhalten, hinter dem Holzzaun auf der Westseite. Wenn wir dann an Ort und Stelle sind und alles geklappt hat, werde ich dir über das Hinterfenster ein Zeichen geben, damit du auch reinkommen und dir die Früchte deiner Arbeit mit Zoot Lafferty ansehen kannst.«

»Was wollt ihr denn eigentlich mit eurem Kronzeugen machen?«

»Mit diesem Idioten? Ach, das wird Fuzzy schon regeln. Er ist ja inzwischen sein bester Freund.« Charlie kicherte. »Bevor wir überhaupt dort anrücken, wird Fuzzy den guten Bobby auf einen Eisbecher einladen, um ihn aus dem Weg zu schaffen.«

»Eins-Victor-Eins an Zwei, bitte kommen«, meldete sich auf Kanal sechs eine Stimme.

»Das ist Milburn, den wir in der Nähe des Büros postiert haben«, erklärte mir Charlie und stürzte ans Funkgerät. »Was gibt's, Lem?«

»Hör mal, Charlie«, meldete sich Milburn wieder. »Soeben hat ein Mann das Haus betreten, durch die Hintertür. Vielleicht ist er auch nach links in die Wäscherei gegangen. Ich konnte nicht genau erkennen, wohin er verschwunden ist. Aber ich wette, daß er rechts die Treppe raufgestiegen ist.«

»Wie hat er denn ausgesehen, Lem?«

»Ein Weißer, zwischen fünfundfünfzig und sechzig, etwa eins fünfundsechzig groß, an die siebzig Kilo schwer, Glatze, Schnurrbart, Brille. Gut angezogen. Ich glaube, er hat einen Block weiter nördlich geparkt und ist dann zu Fuß zurückgekommen. Ich habe nämlich kurz zuvor einen weißen Cadillac mit einem kahlköpfigen Kerl am Steuer gesehen, der zweimal um den Block gefahren ist und sich dabei ständig umgeblickt hat, als hielte er nach der Polente Ausschau.«

»In Ordnung, Lem. Wir werden gleich mal bei dir vorbeikommen.« Charlie hängte mit vor Aufregung hochrotem Kopf das Mikrofon in seine Halterung und nickte mir wortlos zu.

»Fishman«, sagte ich nur.

»Das ist vielleicht 'n Ding«, flüsterte Charlie. »Er ist gerade im Büro!«

Dann nahm er noch einmal das Mikrofon und verständigte Nick und die anderen. Vor lauter Aufregung fiel es ihm ziemlich schwer, seine Stimme unter Kontrolle zu halten. Damit steckte er auch mich an, und mein Puls ging wie verrückt. Charlie sagte ihnen, sie sollten sich beeilen, und fragte, wie lange sie noch bis zu uns brauchen würden.

»Etwa fünf Minuten«, meinte Nick über Funk.

»Verdammt, Bumper, womöglich schnappen wir uns

jetzt auch noch Aaron Fishman! Dieser aalglatte, kleine Wichser geht uns ja schon seit Jahren immer wieder durch die Lappen.«

Ich freute mich natürlich für Charlie, aber wenn ich mir die Sache genauer durch den Kopf gehen ließ, was würde bei dem Ganzen schon groß herauskommen? Sie hatten einen geistig Zurückgebliebenen als Informanten. Ohne gleich schwarz sehen zu wollen, war mir doch sehr wohl bewußt, daß dieser Haussuchungsbefehl vor Gericht wieder angefochten werden konnte, vor allem, wenn Bobby als Zeuge vorgeladen wurde und sich herausstellte, daß sein Intelligenzquotient kaum eine zweistellige Ziffer erreichte.

Und falls der Haussuchungsbefehl nicht angefochten werden sollte und diese Miß Terry und Fishman verurteilt wurden, was konnte den beiden schon groß passieren? Man würde sie höchstens zu einer Zweihundertfünfzig-Dollar-Geldstrafe verknacken. Wahrscheinlich trug Fishman gerade das Vierfache dieser Summe in seiner Hosentasche mit sich herum. Und die Steuer würde ihnen sicher auch nicht allzuviel anhaben. Und wenn schon, was würde das letztlich bedeuten? Red Scalotta würde sich eben nicht mehr für jede kleine Party mit seinen gefügigen Mädchen eine neue Peitsche kaufen können. Und Aaron Fishman würde sich eben erst nach zwei Jahren wieder einen neuen Caddy zulegen. Wenn ich mir die Sache also genauer durch den Kopf gehen ließ, bestand nicht der geringste Anlaß, in Verzückung zu fallen. Im Gegenteil, meine Stimmung sank von Minute zu Minute tiefer. Ich betete, Red Scalotta möchte auch noch in das Büro kommen und sich vielleicht sogar seiner Festnahme widersetzen, obwohl ich mir beim besten Willen nicht vorstellen konnte, daß so etwas im Bereich des Möglichen lag, aber ...

»Sie müßten doch was haben, um die wichtigen Aufzeichnungen sofort zu vernichten«, riß Charlie mich aus meinen Überlegungen. Er sog heftig an seiner Zigarette und trat ungeduldig von einem Bein auf das andere, während er wartete, daß Nick und die anderen auftauchten.

»Meinst du so was wie Blitzpapier? Ich habe schon mal davon gehört.«

»Ja, das Zeug verwenden sie manchmal, aber meistens nur in den telefonischen Annahmestellen. Du brauchst nur mit einem Streichholz oder einer Zigarette daran kommen, und schon verbrennt das Zeug, ohne daß irgendwelche Reste übrigbleiben. Sie haben auch dieses lösliche Papier. Du gibst es in Wasser, und es löst sich so vollständig auf, daß du nicht mal unter dem Mikroskop irgendwelche Reste findest. In manchen Büros haben sie auch einen kleinen Ofen, wo sie die wirklich wichtigen Papiere sofort verbrennen können. Wo zum Teufel bleibt Nick?«

»Da ist er ja schon«, beruhigte ich ihn, als ein Wagen über den Parkplatz raste. Nick wurde von Fuzzy und der schwarzen Polizistin begleitet. In einem zweiten Wagen saßen die beiden Männer von der Verwaltungsabteilung.

Alle machten vor Aufregung fast in die Hosen, als wir ihnen erzählten, daß Aaron Fishman im Büro aufgetaucht war. Mir blieb freilich nichts anderes übrig, als mich über die Jungs von der Sitte zu wundern, weil sie sich wegen einer Sache so aufregen konnten, die letztlich doch zu nichts führen würde. Dann erklärte Charlie den zwei Männern von der Verwaltungsabteilung der Sitte kurz, was ich als Uniformierter eigentlich mit der Sache zu tun hatte. Schließlich war ich es ja gewesen, der das Ganze ins Rollen gebracht hatte. Einen der beiden Verwaltungstypen kannte ich noch aus der Zeit, als er noch bei der Zentralfunkstreife gewesen war. Danach dauerte es noch weitere fünf Minuten, bis wir uns hinsichtlich unseres Vorgehens einig waren und uns auf die drei Autos verteilten.

Wir bogen von der Sixth Street in die Catalina ab, so daß wir die Kenmore von Norden hinunterfuhren. In die Sixth zurückgekehrt, parkten wir dann alle auf der Nordseite, da auf dieser Seite im obersten Stock des Gebäudes sämtliche

Fenster mit Firmennamen und Aufschriften zugemalt waren, so daß man von dort aus nichts sehen konnte. Als wir dann wenige Minuten später Fuzzy mit Bobby den Gehsteig hinunterschlendern sahen, machten wir uns fertig. Dieses Riesenbaby sah selbst aus der Entfernung aus wie Gargantua, und die Festung würde nun nicht mehr ganz so uneinnehmbar sein, da dieses Hindernis beseitigt war.

Während die anderen auf das Gebäude zueilten, umkreiste ich den Block, so daß ich hinter dem Haus herauskam, wo sich der Holzzaun befand. Dort stand ich nun schwitzend und allein in der prallen Sonne und fragte mich, wieso mir an der ganzen Sache eigentlich so viel gelegen war. Die Organisation würde diesen Schlag ohne weiteres verkraften und binnen kürzester Zeit in einem anderen Büro genauso viele Gewinne erzielen wie jetzt; Aaron würde sich eben erst ein Jahr später einen neuen Cadillac kaufen. Und nach der Verhandlung würde er ebenso wie Red wieder auf freien Fuß gesetzt werden und sich einen schönen Tag machen, während vielleicht gleichzeitig jemand wie ich wegen Meineids im Gefängnis in einer Sonderzelle versauern würde. In solchen Zellen bringt man die Polizisten unter, die straffällig geworden sind, da ein Polizist von Glück reden kann, wenn er, zusammen mit dem üblichen Pack in einer normalen Zelle, mehr als eine Stunde lebend übersteht.

Dieser Job war einfach sinnlos. Wie hatte ich mir nur zwanzig Jahre lang einreden können, das Ganze hätte einen Sinn? Wie hatte ich, ein riesiger, dicker blauer Clown, die ganze Zeit in meinem Revier herumstolzieren und mir einbilden können, das alles hätte einen Sinn? Richterin Redford hätte mich wirklich einlochen sollen, dachte ich. Mein Hirn brutzelte in der Sonne, und der Schweiß rann mir brennend in die Augen. Das wäre wenigstens noch eine sinnvolle Form des Irrsinns gewesen. Aber was zum Teufel hampelten wir hier eigentlich groß herum?

Plötzlich konnte ich es so ganz allein, während mein fetter Arsch durch den Holzzaun nur zum Teil verdeckt war, einfach nicht mehr aushalten. Ich überquerte den Hinterhof des Gebäudes und trat auf die Feuerleiter zu, die wie die Zugbrücke einer Raubritterburg hochgezogen und angekettet war. Es verstößt gegen die Sicherheitsbestimmungen, sie anzuketten, dachte ich und sah mich nach einem Gegenstand um, auf den ich steigen konnte. Schließlich fiel mein Blick auf eine Mülltonne in der Nähe des Zauns. Ich leerte sie aus und stellte sie umgekehrt unter die Feuerleiter. Eine Minute später hing ich wie ein dicker, schwitzender Pavian in der Luft, strampelte mich ächzend und stöhnend ab und brachte doch nichts anderes zuwege, als mir an dem rauhen Betonputz meine Uniformhose zu zerreißen. Ich keuchte vor Wut, weil ich es einfach nicht schaffte, mich über das Geländer im ersten Stock zu schwingen.

Schließlich plumpste ich wieder nach unten. Hart schlug ich mit der Schulter auf dem Pflaster des Hinterhofs auf und dachte, daß ich mir diese Erniedrigung erspart hätte, wenn ich nur nicht zu blöd gewesen wäre, diesen Namen im Gästebuch des Orchid Hotels richtig zu lesen. Dann überlegte ich, daß ich auch innerhalb dieser sinnlosen Aktion völlig fehl am Platz war. Wenn sie es nämlich nicht schafften, Red Scalotta und Aaron Fishman nach allen juristischen Regeln der Kunst einzukassieren, dann würden sie nur *mich* ins Gefängnis werfen. Und ich hockte in diesem verdammten Hinterhof auf meinem dicken Hintern und schnappte nach Luft, mit wunden Händen und schmerzender Schulter. Wenn sie mich einlochen und Fishman davonkommt, dachte ich, dann bin *ich* der Ganove und *er* ist der blaue Ritter, und ich versuchte mir vorzustellen, wie er in meiner blauen Uniform aussehen würde.

Und dann schaute ich zur Feuerleiter hinauf und schwor mir, eher in diesem Hinterhof zu sterben, als es nicht zu schaffen, dieses verdammte Ding hochzuklettern. Ich stieg also wieder auf die Mülltonne und sprang hoch, um nach der Leiter zu greifen. Sie gab erst ein wenig nach. Dann arbeitete ich mich laut stöhnend wieder die Wand hoch. Der Schweiß brannte mir wie Essig in den Augen. Schließlich bekam ich ein Bein hoch, und ich machte eine Pause, um wieder Atem zu schöpfen. Fast hätte ich losgelassen und versuchte mir vorzustellen, wie es gewesen wäre, wenn ich kopfüber in den Hinterhof hinabgestürzt wäre und mir an dieser Mülltonne das Genick gebrochen hätte. Dann holte ich in dem Wissen, daß ich es nie schaffen würde, wenn nicht jetzt, tief Luft und hievte meinen Kadaver schwerfällig nach oben, bis ich endlich auf dem Fenstersims im ersten Stock saß und zu meiner Überraschung weder meine Mütze noch meine Waffe verloren hatte. Während ich also in einer dicken Schicht Vogelscheiße auf diesem Sims hockte, saß auf dem Absatz der Feuerleiter über mir eine dicke graue Taube. Gurrend beobachtete sie mich, wie ich mit verzerrtem Gesicht nach Luft schnappte, und überlegte wohl, ob ich ihr gefährlich werden könnte.

»Hau bloß ab, blöder Scheißvogel!« zischte ich, als sie mir auf die Schulter kackte. Ich schlug mit meiner Mütze nach ihr, worauf sie geräuschvoll das Weite suchte.

Dann zog ich mich vorsichtig hoch. Mein Gewicht ließ ich, so gut es ging, auf dem Fenstersims ruhen. Schließlich hatte ich mich über das Geländer gewälzt und stand auf dem Absatz der Feuerleiter im ersten Stock. Mir war so schwindlig, daß ich erst eine Minute ausruhen mußte. Ich sah auf meine Uhr. Die Polizistin würde gerade damit anfangen, ihre kleine Komödie aufzuführen. Also kletterte ich, schwindlig oder nicht, die zweite Feuerleiter hinauf.

Sie war ganz schön steil, und bis zum zweiten Stock hinauf war es ziemlich weit. Die Leiter stand, wie auf einem Schiff, fast senkrecht und hatte eine runde Eisenstange als Geländer. Ich holte tief Atem und stieg so leise wie möglich nach oben. Oben angelangt, war ich froh, nicht auf demselben Weg wieder nach unten klettern zu müssen. Wenn alles klappte, würde ich meinen Rückweg durch das Büro antreten können, und zwar auf der regulären Treppe. Wenn Charlie mich vom Hinterausgang rief, würde ich bereits an Ort und Stelle sein, anstatt in irgendeinem Kellerloch herumzuliegen. Und falls ich hören sollte, wie eine Tür eingeschlagen wurde, konnte ich die Tür zur Feuerleiter eintreten. Dann war vielleicht sogar *ich* der erste in diesem Büro. Möglicherweise würde ich dann auch noch etwas anstellen, was mich neuerlich ins Gefängnis bringen konnte, was mir jedoch im Augenblick völlig egal war, da meine zwanzig Jahre bei der Polizei wirklich absolut sinnlos gewesen wären, wenn Scalotta und Fishman *meine* Uniform trügen, während ich Gefängnisklamotten anziehen und in der Polizistenzelle im Bezirksgefängnis vergammeln würde.

Und dann hörte ich ein Krachen, und im selben Augenblick wußte ich auch schon, daß unser Trick nicht hingehauen hatte, weil dieses Geräusch von sehr weit unten kam. Sie hatten also schon die erste Tür einschlagen müssen, um nun in den zweiten Stock heraufzulaufen und die andere Tür einzutreten. Im nächsten Augenblick warf ich mich auch schon gegen die Feuertür, ohne zu wissen, daß sie durch einen schweren Querbalken aus Stahl zusätzlich verstärkt war. Sie ging nicht auf, und ich konnte in diesem Moment ja auch nicht wissen, wie stabil das Ding eigentlich war, da ich es für eine ganz gewöhnliche Tür hielt. Als ich mich neuerlich dagegenwarf, hätte ich fast aufgeheult, weil ich nicht einmal mehr so eine verdammte Tür aufbekam. Ich war einfach zu *allem* zu blöd.

Ich warf mich immer wieder dagegen, und schließlich trat ich einfach das Fenster links davon ein, wobei ich mir das Bein aufriß. Ich brach das restliche Glas mit den Händen heraus und verlor dabei meine Mütze. Außerdem schnitt ich mir die Stirn auf, bis ich schließlich völlig außer mir und laut brüllend durch das Büro stürmte, wo eine junge Frau und ein kleiner, kahlköpfiger Mann zitternd in der Tür standen. Sie hatten eine Reihe von Schachteln im Arm und starrten mich fassungslos an. Dann begann die Frau hysterisch zu kreischen, während der Mann durch die Tür flitzte und auf die Feuertür zurannte, ich dicht hinter ihm her. Er schob den Riegel zurück, stieß die Tür auf und blieb, einen großen Karton mit Karteikarten und Zetteln in den Händen, auf dem Absatz stehen. Plötzlich sah er, wie steil die Feuerleiter nach unten führte. Den schweren Karton unter den Arm geklemmt, versuchte er hinunterzuklettern, aber ich packte ihn mit meinen blutigen Händen. Er schrie mich aufgebracht an, als uns zwei aufgeschreckte Tauben ins Gesicht flogen.

»Lassen Sie mich los!« brüllte er mich an, und die leicht grünlichen Säcke unter seinen Augen traten noch weiter hervor. »Lassen Sie mich los, Sie Idiot!«

Ich weiß nicht, ob ich ihn wirklich nur losließ oder ihm einen leichten Schubs gab. Ich weiß es wirklich nicht, aber es wäre letztlich auch völlig egal gewesen, da ich genau wußte, was passieren würde, wenn ich plötzlich genau das tat, was er wollte.

Daher bin ich mir also nicht sicher, ob ich ihn ein bißchen anstieß oder einfach nur losließ. Aber das Ergebnis wäre, wie gesagt, sowieso dasselbe gewesen. Außerdem war es in diesem Augenblick meines Lebens das einzige, was noch ein bißchen Sinn hatte, das einzige, was ich noch tun konnte, um dem Ganzen noch einen Sinn zu verleihen. Wenn ich nur tat, was er von mir wollte, würde er ganz sicher nie meine Uniform tragen. Mein Herz flatterte wie die Flügel der Tauben, dann ließ ich einfach nur los, und meine blutenden Hände sanken seitlich an mir hinab.

Er zuckte zurück, und das Gewicht der Schachtel mit den Karteikarten ließ ihn kopfüber die Feuerleiter hinunterstürzen. Das Geräusch, das dabei entstand, erinnerte mich an einen Anker, der zu Wasser gelassen wird. Er schrie entsetzt auf, und der Karton öffnete sich, so daß sein Inhalt herausfiel und Tausende von Karteikarten und Zetteln durch die Luft wirbelten. Es klang tatsächlich wie eine Ankerkette, als er nach unten polterte. Als er schließlich auf dem Absatz im ersten Stock liegen blieb, sah ich, daß er sein Gebiß verloren hatte. Aber es war noch heil, während man das von seiner Brille nicht mehr hätte behaupten können. Der Inhalt des Kartons hatte sich über ihm ausgebreitet, so daß von dem kleinen Mann darunter kaum mehr etwas zu sehen war. Dann wurde er für einen Moment still, um schließlich leise vor sich hin zu wimmern. Am Ende gab er ein Geräusch von sich, das an das Gurren einer Taube erinnerte.

»Was war?« fragte mich Charlie atemlos, als er auf die Feuerleiter herausstürzte.

»Habt ihr die wichtigen Aufzeichnungen erwischt, Charlie?«

»Mein Gott, Bumper! Was ist hier denn los?«

»Er ist die Treppe runtergefallen.«

»Ist er tot?«

»Ich glaube nicht. Immerhin macht er noch eine Menge Lärm. Hörst du ihn nicht stöhnen?«

»Ich rufe besser einen Krankenwagen, und du bleibst inzwischen hier.«

»Und ob ich hier bleiben werde!« Ich nickte grimmig und lehnte mich gegen das Geländer, um Fishman dann etwa fünf Minuten in dieser Stellung zu beobachten. Währenddessen stiegen Nick und Charlie zu ihm hinunter, um ihn richtig hinzulegen und ihm sein übel zerschundenes Gesicht abzuwischen.

Charlie und ich ließen die anderen im Büro zurück und fuhren hinter dem Krankenwagen her, der Fishman mit Blaulicht und Sirene ins Central Hospital brachte.

»Wie sieht es denn eigentlich mit deinem Bein aus?« erkundigte sich Charlie, als er das Blut purpurn durch das Blau der Uniformhose kommen sah.

»Nicht weiter schlimm«, beruhigte ich ihn und betupfte mit der Hand die Schnittwunden.

»Dein Gesicht scheint ganz in Ordnung zu sein. Nur ein kleiner Schnitt über dem Auge.«

»Mach dir meinetwegen keine Sorgen.«

»Da war noch ein zweiter Raum auf der anderen Seite«, erzählte mir Charlie. »Dort hatten sie einen kleinen Gasbrenner, der in Betrieb war. Wenn du nicht durchs Fenster gekommen wärst, hätten sie das ganze Zeug noch dort verbrennen können. Das hast du wirklich gut gemacht, Bumper. Auf diese Weise hast du uns noch einmal die Kastanien aus dem Feuer geholt.«

»Freut mich, daß ich euch helfen konnte.«

»Hat Fishman eigentlich Widerstand geleistet?«

»Er hat sich nur ein bißchen gewehrt, und dann ist er einfach die Treppe runtergefallen.«

»Ich hoffe nur, daß dieser Dreckskerl nicht durchkommt. Wenn ich mir so überlege, was er für die Organisation bedeutet und wer er ist, dann wünsche ich diesem Scheißer, so wahr ich hier stehe, den Tod. Weißt du, im ersten Augenblick habe ich geglaubt, du hättest ihn vielleicht die Treppe runtergestoßen. Ich habe gedacht, du könntest es getan haben, und ich hätte es gut gefunden, wenn du's getan hättest.«

»Er ist aber von selbst runtergefallen, Charlie.«

»Da sind wir. Jetzt wollen wir erst mal dich verarzten.« Charlie parkte in der Sixth Street, vor der Aufnahme, wo bereits ein Arzt auf den Krankenwagen mit Fishman zueilte. Er stieg hinten ein, um jedoch nach wenigen Augenblicken wieder zu erscheinen und den Krankenwagen ins General Hospital weiterzuwinken, wo sie über bessere Operationsmöglichkeiten verfügen.

»Wie sieht's denn mit ihm aus, Doktor?« fragte Charlie den Arzt, als wir in die Notaufnahme gingen.

»Nicht gut«, erwiderte der Doktor.

»Glauben Sie, daß er stirbt?« fragte Charlie.

»Ich weiß nicht. Wenn nicht, wird er sich wahrscheinlich wünschen, er wäre tot.«

Ein Schnitt an meinem Bein mußte mit ein paar Stichen genäht werden, während sie mir die Wunden an den Händen und auf der Stirn lediglich säuberten und mit Desinfektionsmittel bestrichen. Es war fast sieben Uhr, als ich meinen Bericht fertig hatte, in dem stand, wie ich mir die Verletzungen zugezogen und wie Fishman sich aus meinem Griff befreit hatte.

Als ich mich zur Tür wandte, diktierte Charlie gerade einer Stenotypistin seinen Bericht.

»Ich werde jetzt verschwinden, Charlie«, verabschiedete ich mich. Er unterbrach sein Diktat und stand auf, um mich noch ein Stück den Gang hinunter zu begleiten. Fast hatte ich den Eindruck, als wollte er mir die Hand schütteln.

»Vielen Dank für alles, Bumper. So einen dicken Fang habe ich noch nie gemacht, seit ich bei der Sitte bin. Wir haben mehr von ihren Aufzeichnungen erwischt, als ich mir hätte träumen lassen.«

»Vielen Dank auch, Charlie, daß ich mitmachen durfte.«

»Ich bitte dich, Bumper – das war doch *dein* Fall!«

»Wie's Fishman wohl geht?« Ich spürte einen stechenden Schmerz im Bauch. In meinem Magen begann sich eine Luftblase zu bilden, so daß ich zwei Tabletten nahm.

»Fuzzy hat vor etwa einer halben Stunde im Krankenhaus angerufen. Er hat allerdings nicht viel herausgekriegt. Aber eines kann ich dir sagen – Scalotta wird sich nach einem neuen Buchhalter und Berater umsehen müssen. Falls Fishman je wieder das Krankenhaus verlassen sollte, wird er zumindest nicht mehr in der Lage sein, auch nur zweistellige Zahlen zusammenzuzählen.«

»Na ja, dann hat sich ja vielleicht doch noch alles zum Guten gewendet.«

»Das kann man wohl sagen. Zum erstenmal seit Jahren habe ich wieder einmal annähernd das Gefühl, daß es doch noch so etwas wie Gerechtigkeit auf dieser Welt gibt. Obwohl sie dich hinten und vorn austricksen, dir dabei noch ins Gesicht lachen und dir sogar das Recht unter dem Hintern verdrehen, ist mir seit langem wieder einmal der Gedanke gekommen, daß da auch noch andere Hände im Spiel sind, die für ein bißchen Gerechtigkeit sorgen. Vielleicht war es die Hand Gottes persönlich, die diesen Fishman die Feuerleiter hinuntergestoßen hat.«

»Die Hand Gottes? Na ja, Charlie, bis dann also – und halt die Ohren steif, alter Socken!«

»Bis dann, Bumper.« Charlie Bronskis kantiges Gesicht verzog sich zu einem so breiten Lächeln, daß sein herausgebrochener Eckzahn zum Vorschein kam.

Als ich auf der Station ankam, war niemand mehr im Umkleideraum. Ich ließ mich auf der Bank nieder, begann meine Stiefel aufzuschnüren, und da spürte ich plötzlich, wie mitgenommen ich war. Nicht die Schnittwunden waren es, die mir zu schaffen machten. Aber meine Schulter und die Arme schmerzten wie verrückt von meinem Sturz in den Hinterhof und von der Turnerei an der verdammten Feuerleiter. Jung hätte man eben noch sein sollen, um seinen Arsch problemlos zwei Meter hochhieven zu können. Meine Handflächen waren wund und von Blasen überzogen, weil ich mich so fest an den Leitersprossen festgekrallt hatte. Und selbst meine beiden Arschbacken schmerzten tief im Innern von der anstrengenden Klettertour.

Eigentlich gab es keine Stelle an meinem Körper, die nicht weh getan hätte.

In einer Viertelstunde hatte ich mir Jacke und Hose angezogen, mein Haar, so gut es ging, zurückgekämmt, und nun lenkte ich meinen Ford vom Parkplatz des Reviers. Im Moment peinigte mich keine Luftblase im Magen, und auch sonst machte mir meine Verdauung nicht zu schaffen. Und dann mußte ich noch einmal an Aaron Fishman denken, wie er zusammengekrümmt, den zerbeulten Kopf unter seinem schmächtigen kleinen Körper eingeklemmt, wimmernd unter dem Inhalt des Pappkartons auf dem Treppenabsatz gelegen hatte. Aber schon im nächsten Augenblick schob ich dem Fluß meiner Gedanken den Riegel vor. Nein, sagte ich mir, damit werde ich mich nicht lange quälen, davon werde ich mir nicht meinen Nachtschlaf rauben lassen. Es steht nämlich nicht im geringsten zur Debatte, daß ich es war, der dich losgelassen hat. Ich war nichts weiter als das Werkzeug irgendeiner höheren Kraft, die, wenn der richtige Zeitpunkt gekommen ist, über jeden Menschen auf dieser Welt hereinbricht – ganz gleich, ob gut oder böse, ob arm oder reich. Und sie greift immer dann ein, wenn der betreffende Mensch am wenigsten damit rechnet.

14.

Es war inzwischen dunkel geworden, und alles – die Frühlingsnacht, die kühle Brise und selbst der Smog – fühlte sich herrlich an. Ich kurbelte das Fenster herunter, um die Luft einzusaugen. In Gedanken schon bei einem gemütlichen Abend in Abds Harem mit ein paar Arabern, ordnete ich mich in den Hollywood Freeway ein.

Für einen Donnerstagabend war in Hollywood ganz schön was los. Auf dem Sunset und dem Hollywood Boulevard herrschte extrem dichter Verkehr, und vor allem trieben sich dort junge Leute herum. Sie hatten inzwischen buchstäblich von Hollywood Besitz ergriffen. Vom alten Glanz der vierziger und frühen fünfziger Jahre ist nur noch wenig geblieben. Hollywood ist fest in der Hand der jungen Generation, und daher kommt es natürlich auch, daß sich dort eine Menge Dealer und der Dunstkreis der Leute herumtreiben, die ihre Geschäfte mit Sex machen. Aus diesem Grund wirkt zum Beispiel gerade der Strip trist und desolat. Man findet dort in der Hauptsache Oben-ohne-Bars und ausgeflippte Discos, aber es gibt trotzdem noch ein paar gemütliche Kneipen und Restaurants, in denen man hervorragend ißt.

Yasser Hafiz und die anderen hatte ich vor etwa zehn bis zwölf Jahren kennengelernt, als ich noch auf der Main Street Streife gegangen war. Eines Nachts, gegen zwei Uhr, sah ich einen von diesen Typen, die mit Vorliebe besoffene Freier ausnehmen, mit einem Mann die Hintertreppe des Marlowe Hotels hinaufgehen. Das ist eine billige Absteige in der Main Street, die vor allem von Nutten und Zuhältern frequentiert wird. Ich war gerade allein, weil mein Partner, ein Trottel von einem Polizisten namens Syd Bacon, in irgendeinem Hotelzimmer auf der Lauer lag, um einer Gelegenheitsnutte, in die er sich verschossen hatte, wieder einmal gehörig die Leviten zu lesen. Er hätte sich eigentlich vor halb zwei Uhr früh wieder mit mir treffen sollen, tauchte aber die ganze Nacht nicht mehr auf.

Ich rannte zum Vordereingang des Hotels und die Haupttreppe hinauf, um mich hinter dem verlassenen Schreibtisch an der Rezeption zu verstecken. Und als dieser Typ mit seinem Opfer dann den Gang herunterkam, sprang ich in den Schrank hinter der Theke – gerade noch rechtzeitig, da die zwei Partner dieses Ganoven weiter unten am Gang aus ihrem Zimmer kamen.

Sie flüsterten miteinander, worauf einer nach draußen ging, um die Straße zu überwachen. Der zweite trat hinter die Rezeption, knipste eine Lampe an und tat so, als würde er die Zeitung lesen, die er bei sich hatte. Natürlich waren die beiden Kerle Schwarze. Diesen Trick, einen Freier um sein Bargeld zu erleichtern, wandten hauptsächlich Schwarze an. In letzter Zeit hatte ich jedoch auch mehrfach Weiße bei diesem Geschäft gesehen.

»Guten Abend, Chef«, hörte ich den Kerl sagen, der den Freier begleitete. Ich hatte die Schranktür einen Spaltbreit offen gelassen und konnte erkennen, daß der Freier ein gutgekleideter junger Mann war, der sturzbesoffen schwankte und sich immer wieder das dichte schwarze Haar aus den Augen strich. Seine Krawatte hatte er offensichtlich irgendwo verloren, und sein weißes Hemd stand über der Brust offen und war mit Flecken übersät.

»Was gibt's?« erwiderte der Mann an der Rezeption und legte seine Zeitung beiseite.

»Ist Alice heute abend da?« fragte der Kerl, der als Vermittler agierte. Er war der größere von beiden, ein auffallend dunkelhäutiger junger Bursche.

»Ja, die spuckt wieder mal Gift und Galle«, meinte der andere, der ebenfalls noch ziemlich jung war. »Hat heute abend noch keinen einzigen Mann gehabt, und du weißt ja, wie geil dieses Luder ist.«

Der Vermittler nickte. »Das ist sie allerdings.«

»Dann macht doch schon!« drängte der Freier, und nun fiel mir zum erstenmal sein orientalischer Akzent auf.

»Einen Augenblick noch, Mann«, erwiderte sein Begleiter. »Diese Schnalle ist wirklich irre heiß, aber sie hat auch lange Finger. Laß deine Brieftasche lieber hier an der Rezeption.«

»Ja, ich kann sie im Safe aufbewahren«, schlug der gelangweilt wirkende Kerl hinter der Rezeption vor. »Man kann ja nie wissen, ob die Alte Ihnen nicht einredet, die ganze Nacht mit ihr zu verbringen. Und dann raubt dieses Miststück Sie aus, sobald Sie eingeschlafen sind.«

»Ganz recht«, pflichtete ihm der Vermittler bei.

Mit einem Achselzucken zog der Freier seine Brieftasche hervor und legte sie auf die Theke.

»Lassen Sie Ihre Uhr und Ihren Ring lieber auch da«, warnte ihn der Typ an der Rezeption.

»Ja, danke.« Der Freier kam auch dieser Aufforderung nach, worauf der Empfangschef einen braunen Umschlag unter der Theke hervorzog, der für die Wertsachen gedacht war.

»Könnte ich meine fünf Dollar jetzt gleich haben?« fragte der erste Typ. »Weitere fünf sind für Alice – und dann noch drei für das Zimmer.«

»Okay«, antwortete der Freier und blätterte nicht ohne Mühe die dreizehn Dollar auf den Tisch.

»Und jetzt gehen Sie in Zimmer Nummer zwei-siebenunddreißig.« Der Mann hinter der Rezeption deutete auf das Zimmer, das er vorhin mit dem anderen Schwarzen verlassen hatte. »Ich werde Alice Bescheid sagen, und in etwa fünf Minuten wird sie dann zu Ihnen runterkommen. Und ich kann Ihnen sagen, machen Sie sich auf was gefaßt. Die wird Ihnen ganz schön einheizen.«

Der Freier lächelte nervös und stolperte den Gang hinunter, wo er die Zimmertür öffnete und verschwand.

Der Bursche an der Rezeption grinste. »Alles klar?«

»Los, hauen wir ab!« Der andere kicherte leise, während sein Begleiter die Lampe ausschaltete.

Ich trat aus dem Schrank, ohne daß sie mich sahen, und stand nun, meine Smith auf das rechte Auge des Empfangschefs gerichtet, an der Theke der Rezeption. »Brauchen Sie ein Zimmer für die Nacht, meine Herren?« sprach ich sie an. »Unsere Unterkünfte sind zwar nicht sonderlich luxuriös, aber zumindest ist es dort sauber, und es gibt zweimal täglich eine einfache Mahlzeit.«

Als erster begriff der Vermittler, was gespielt wurde, und er überlegte, ob er weglaufen oder etwas Gefährlicheres probieren sollte. Solche Typen trugen in der Regel keine Knarre bei sich, dafür aber häufig ein Messer oder einen Totschläger. Um seinen Gedankenfluß etwas zu bremsen, richtete ich meine Waffe zur Abwechslung auf *sein* rechtes Auge. »Rühr dich nicht von der Stelle, Bürschchen, oder du kannst dich von der Tapete kratzen«, knurrte ich ihn an.

»Entschuldigen Sie, Herr Wachtmeister, was soll das denn?« Der Empfangschef grinste mich an, so daß eine Menge Goldzähne zum Vorschein kamen. »Wo kommen Sie denn so plötzlich her?«

»Den Kamin runter. Und jetzt bewegt mal euren Arsch ein bißchen und stellt euch an die Wand. Los!«

»Jetzt hören Sie mal, was soll denn das Ganze? Wir haben doch gar nichts getan«, protestierte der Vermittler.

»Verdammte Scheiße«, knurrte der Empfangschef.

Das war noch zu der Zeit gewesen, als wir den Leuten befohlen hatten, sich an die Wand zu stellen, damit wir sie nach Waffen absuchen konnten. Aber dann waren dabei so viele Polizisten erschossen oder niedergeschlagen worden, da diese Kerle regelrecht trainierten, wie man aus dieser Position heraus trotzdem noch in Aktion treten kann. Ich hatte von dieser Methode kurz vor dem Zeitpunkt Abstand genommen, bevor uns auch von offizieller Seite davon abgeraten wurde, und ich ließ Verdächtige, die mir besonders gefährlich erschienen, niederknien oder sich auf den Bauch legen. Damals ging ich jedoch nach der alten Methode vor.

»Gehen Sie mit Ihren Beinen weiter von der Wand weg,

Herr Empfangschef!« forderte ich den kleineren von den beiden auf, der sich besonders schlau vorkam und sich nur vorgebeugt hatte. Als er seine Füße nur um ein paar Zentimeter bewegte, trat ich ihm einmal ordentlich unters rechte Knie, so daß er unter einem lauten Aufschrei meiner Aufforderung nachkam. Sein Schrei alarmierte auch den Freier.

»Stimmt hier was nicht?« fragte der Freier, der sich bereits zur Hälfte entkleidet hatte und sich bemühte, möglichst nüchtern zu wirken.

»Ich habe Sie eben davor bewahrt, ausgenommen zu werden, Sie Idiot«, fuhr ich ihn an. »Ziehen Sie sich schleunigst wieder an, und kommen Sie hier raus!« Er stand nur da wie ein Ölgötze und glotzte mich an, so daß ich ihn anbrüllte: »Ziehen Sie sich an, Sie Trottel!« Die Waffe in meiner Linken war immer noch auf die beiden Ganoven an der Wand gerichtet. In meiner Rechten hatte ich bereits die Handschellen bereit, um die beiden Kerle aneinanderzuketten. Und da meine Augen voller Wut diesen Blödmann anfunkelten, der sich gerade daran machte, mir noch weitere dumme Fragen zu stellen, bemerkte ich den dritten Kerl nicht, einen riesigen Brocken, der durch den Eingang hereinschlich, als er den Aufruhr mitbekam, den wir in der Halle verursachten. Wenn er ein alter Hase gewesen wäre, hätte er seine beiden Partner einfach im Stich gelassen und wäre seiner Wege gegangen. Aber aufgrund seiner Unerfahrenheit verhielt er sich seinen Kumpeln gegenüber loyal. Und als ich den Freier eben in den Arsch treten wollte, um ihn ein bißchen auf Trab zu bringen, brachen von hinten zwei Zentner Muskeln über mich herein. Im nächsten Augenblick lag ich auch schon auf dem Boden und kämpfte mit allen drei Ganoven um meine Knarre und mein Leben.

»Schnapp dir die Kanone, Tyrone!« brüllte der Empfangschef den Schmieresteher an. »Die Kanone, Mann!«

Der Vermittler trommelte fluchend auf meinen Kopf und meinen Hals ein, während der Empfangschef meine Rippen bearbeitete. Ich versuchte mühsam, mich mit meinem linken Arm zu schützen, war voll und ganz auf meine rechte Hand konzentriert, in der ich meine Pistole hielt, die mir der dritte mit beiden Händen zu entwinden versuchte. Ein paar Augenblicke lang war es bis auf unser Ächzen und Stöhnen völlig still. Und dann wäre es dem Schmieresteher schon fast gelungen, mir die Knarre zu entreißen, als ich plötzlich einen markerschütternden arabischen Schrei hörte und der Freier einen schweren Metallaschenbecher auf den Schädel des Empfangschefs niedersausen ließ.

Nun schwang der Freier den Aschenbecher mit beiden Händen durch die Luft, und ich konnte gerade noch meinen Kopf einziehen. Aber er traf mich doch an der Schulter. Ich schrie vor Schmerz auf. Später stellte sich heraus, daß ich eine faustgroße Schramme hatte. Als er das vierteoder fünftemal mit dem Riesending ausholte, traf er den Vermittler direkt über den Augen, worauf dieser sofort zu Boden ging und die Hände brüllend vor sein blutendes Gesicht schlug. Er japste, als hätte ihm jemand voll in die Eier getreten.

In diesem Augenblick verließ den dritten endgültig der Mut, und er hob einlenkend die Hände. »Ist ja schon gut – laßt mal gut sein – ist ja schon gut!«

Ich zitterte am ganzen Körper, und mir war so übel, daß ich mich fast übergeben mußte. Ich hätte alle drei umbringen können, wenn der Empfangschef und der Vermittler nicht sowieso schon einen halbtoten Eindruck gemacht hätten. Nur der Schmieresteher hatte noch nichts abgekriegt.

»Steh auf!« schrie ich ihn an, und als er meiner Aufforderung nachkam, steckte ich meine Pistole weg und zog ihm mit meinem Knüppel eins übers linke Schlüsselbein. Darauf fing er an, zu japsen und zu jammern, und er hörte nicht auf, bevor wir ihn ins Krankenhaus gebracht hatten, was mich nur noch mehr anwiderte. Bis dahin hatte ich zumindest noch ein gewisses Maß an Respekt für ihn aufbringen können, da er sich seinen Freunden gegenüber loyal verhalten und immerhin einen Polizisten mit einer Knarre in der Hand angefallen hatte. Aber als er seinen Schmerz nicht schweigend erdulden konnte, verlor ich alle Achtung vor ihm. Ich vermutete, daß dieser Heuler eine Beschwerde wegen meines brutalen Vorgehens einreichen würde. Aber wie sich später herausstellen sollte, täuschte ich mich.

»Kann ich Ihnen irgendwie behilflich sein, Herr Wachtmeister?« fragte der Freier, nachdem ich die drei Ganoven halbwegs auf den Beinen hatte. Ich hatte Mühe, mich auf den meinen zu halten, während ich an der Rezeption lehnte und meine Waffe auf sie richtete. Diesmal war ich auf der Hut.

»Gehen Sie runter und rufen Sie die Polizei an«, keuchte ich. Mir war immer noch nicht ganz klar, ob der Bursche eigentlich nüchtern war, obwohl er um ein Haar alle vier von uns enthauptet hätte. »Sagen Sie, ein Beamter im Marlowe Hotel in der Fifth, Ecke Main, braucht Verstärkung.«

Der Freier nickte. »Marlowe Hotel. Jawohl, Herr Wachtmeister.«

Ich bekam nie heraus, was er am Telefon eigentlich erzählt hatte. Jedenfalls muß seine Geschichte sehr eindrucksvoll gewesen sein, da innerhalb von drei Minuten mehrere Autos vorfuhren. In einem saßen sogar ein paar Detectives. Plötzlich gab es mehr Polizisten als Gäste im Marlowe Hotel, und auf der Straße vor dem Eingang flammten die Rotlichter der Streifenwagen auf, so daß man es bis hinauf zur Sixth Street sehen konnte.

Schließlich stellte sich heraus, daß der Freier Yassers ältester Sohn Abd war, nach dem der Harem benannt worden war. Und auf diese Weise lernte ich die ganze Mannschaft kennen. Abd blieb in dieser Nacht noch ein paar Stunden mit mir zusammen. Ich schrieb meine Berichte, und er entpuppte sich als ein ganz anständiger Kerl, als er nach einem knappen Dutzend Tassen Kaffee allmählich wieder nüchtern wurde.

Als der Fall schließlich vor Gericht kam, konnte er sich an die ganze Angelegenheit nur noch sehr undeutlich erinnern, so daß er am Ende genau das bezeugte, was ich ihm über die Vorfälle an jenem Abend erzählt hatte. Zum Beispiel wußte er nicht mehr, wie er mich herausgehauen hatte, und als ich ihn dann an jenem Abend zum Dank für seine Hilfe heimfuhr, lud er mich in sein Haus ein, weckte seinen Vater, seinen Onkel und drei seiner Brüder auf, stellte mich ihnen vor und erzählte ihnen, wie ich ihn davor bewahrt hatte, von drei Ganoven ausgenommen und umgebracht zu werden. Natürlich sagte er ihnen nie die ganze Wahrheit – nämlich, wie sein Abenteuer in diesem Puff begonnen hatte. Ich sah mich nicht bemüßigt, in diesem Punkt seinem Gedächtnis nachzuhelfen, zumal er tatsächlich glaubte, ich hätte *ihn* herausgehauen, statt umgekehrt. Und da es ihm offensichtlich Spaß machte, sich einzubilden, von mir gerettet worden zu sein, ließ ich ihn die ganze Geschichte so erzählen, wie sie sich seiner Meinung nach ereignet hatte.

Zu diesem Zeitpunkt waren Yasser und seine Sippschaft gerade von New York, wo sie ein kleines Restaurant betrieben hatten, nach Los Angeles gekommen. Sie hatten ihr letztes Geld zusammengekratzt, um dieses Lokal in Hollywood zu kaufen. Die Umbauten waren abgeschlossen, und es sollte demnächst eröffnet werden. Als wir nun in jener Nacht alle in Yassers Küche zusammensaßen und uns mit Arak, Wein und dann Bier vollaufen ließen, wurden wir mit Ausnahme Abds, dem kotzübel war, ziemlich blau, und ich sollte einen Namen für das neue Lokal aussuchen.

Es war ein etwas blöder Name, aber schließlich war ich ganz schön besoffen, als ich meine Wahl traf, und ich hätte mir eigentlich was Besseres einfallen lassen können. Aber ich war zu diesem Zeitpunkt in ihren Augen bereits so ein toller Hecht, daß sie sich um nichts in der Welt von diesem Namen hätten abbringen lassen. Außerdem bestanden sie darauf, mich so oft wie möglich in Abds Harem als Gast zu empfangen. Ich durfte dort nichts zahlen, und das war dann der Grund, weshalb ich dort nicht so oft auftauchte, wie ich eigentlich Lust gehabt hätte.

Ich fuhr auf den kleinen Parkplatz hinter Abds Harem und betrat das Lokal durch die Küche.

»Al-salam 'alaykum, Baba«, begrüßte ich Yasser Hafiz Hammad, einen gedrungenen, völlig kahlen alten Mann mit einem gigantischen grauen Schnurrbart. Er hatte mir den Rücken zugekehrt und knetete gerade mit seinen kräftigen Händen *Kibbi* in einer riesigen Metallschüssel. Zwischendurch steckte er die Finger immer wieder in Eiswasser, damit der *Kibbi* nicht daran kleben blieb.

»Bumper! *Wa-'alaykum al-salam!*« Er grinste mich entzückt an, umarmte mich, ohne mich mit den Händen zu berühren, und küßte mich auf den Mund. Übrigens habe ich nie begriffen, warum die Araber zur Begrüßung nur die Männer und nie die Frauen küssen.

»Wo hast du denn die ganze Zeit gesteckt, Bumper?« erkundigte er sich und streckte mir einen Löffel mit rohem *Kibbi* entgegen, damit ich kostete. »In letzter Zeit hast du dich ja wirklich recht rar gemacht.«

»Mmmmm, lecker«, lobte ich.

»Sicher ist es lecker, aber ist es auch vollkommen?«

»Es ist vollkommen, *Baba*.«

»Du hast sicher Hunger, was, Bumper?« Er machte sich wieder an dem *Kibbi* zu schaffen und formte mir ein paar kleine Bällchen, von denen er wußte, daß ich sie roh verputzen würde. Ich mochte rohen *Kibbi* genauso gern wie gebackenen, und die Krönung war *Kibbi* mit Joghurt.

»Machst du heute abend auch *Labaneeyee, Baba*?«

»Aber natürlich, Bumper. Sicher. Was möchtest du denn sonst noch? *Sfeeha? Bamee?* Alles, was du willst. Wir haben heute abend eine Menge Gerichte, weil ein paar Libanesen und Syrer kommen werden, die zehn verschiedene Hauptgänge bestellt haben. Ich stehe heute schon den ganzen Tag in der Küche. Wenn ich hier fertig bin, komme ich mal kurz raus und trinke ein Glas Arak mit dir, ja?«

»In Ordnung, *Baba*.« Ich aß das letzte Stück *Kibbi* und beobachtete Yasser bei der Arbeit. Nachdem er seine Hände wieder in Eiswasser getaucht hatte, knetete er das gehackte Lammfleisch, den geschroteten Weizen, die Zwiebeln, den Zimt und die übrigen Gewürze weiter durch. Der *Kibbi* war reichlich mit Pinienkernen gespickt, und das Fleisch war in Butter geschmort worden. Als Yasser mit dem Kneten fertig war, breitete er eine Schicht *Kibbi* über den Boden einer Pfanne, gab *Kibbi*-Füllung darüber und legte dann noch einmal eine Lage *Kibbi* darüber. Dann schnitt er alles in rautenförmige, kleine Stückchen und backte es. Und ich konnte mich wieder einmal nicht entscheiden, ob ich nun *Kibbi* mit Joghurt essen sollte oder gebackenen *Kibbi*. Was soll's, dachte ich – werde ich eben beides essen. Ein Glück, daß ich so hungrig war ...

»Schau mal, Bumper.« Yasser Hafiz deutete auf die kleinen *Kibbi*-Fußbälle, die er den ganzen Tag über vorbereitet hatte. Er hatte sie in der Mitte ausgehöhlt und mit Lammfleisch gefüllt, und nun kochte er sie in einer Joghurtsoße.

Klar, ich werde beides nehmen, dachte ich und beschloß, ins Lokal zu gehen und mit ein paar Appetithäppchen zu beginnen. Meine Müdigkeit war plötzlich einem Mordshunger gewichen, und ich konnte an nichts anderes mehr denken als das herrliche Essen in Abds Harem.

Im Lokal fiel mein Blick sofort auf Ahmed, der mich grinsend an einen Tisch nahe der kleinen Tanzfläche winkte, wo eine seiner Tänzerinnen mit ihrem Bauch vor meiner Nase herumwackeln würde. Für einen Araber war Ahmed ziemlich groß. Mit seinen dreißig Jahren war er der jüngste von Yassers Söhnen und schon als kleines Kind in die Staaten gekommen. Er hatte daher auch von einigen arabischen Gepflogenheiten Abstand genommen und küßte mich nicht, wie das sein Vater und seine Onkel taten, wenn sie an den Wochenenden im Lokal oder in der Küche aushalfen.

»Schön, daß du heute abend kommen konntest, Bumper«, begrüßte mich Ahmed mit seinem leichten New Yorker Akzent. Wenn er sich mit den Gästen unterhielt, sprach er mit orientalischem Akzent, dem Umsatz zuliebe.

»Ich glaube, ich werde mir ein paar Appetitanreger genehmigen, Ahmed. Ich habe heute abend einen Mordshunger.«

»So ist es recht, Bumper, so gehört es sich.« Um Ahmeds dunkle Augen bildeten sich Lachfältchen. »Es ist immer ein Genuß, dir beim Essen zuzuschauen.« Er klatschte in die Hände, worauf eine hübsche rothaarige Kellnerin im Haremsdamenkostüm an meinen Tisch kam.

Abds Harem unterschied sich kaum von den üblichen orientalischen Restaurants, aber es war größer. An den Wänden hingen Sarazenenschilde, Krummsäbel und imitierte persische Stickereien, und die Nischen und Tische waren aus schwerem, dunklem Holz mit gehämmerten Bronzeverzierungen. Aus verborgenen Lautsprechern schwebte sanft einschläfernde arabische Musik durch den Raum.

»Bringen Sie Bumper etwas Lammzunge, Barbara. Was hättest du denn sonst noch gern, Bumper?«

»Ein bißchen *Humos tahini*, Ahmed.«

»Richtig, und etwas *Humos* auch, Barbara.«

Mit einem Lächeln fragte mich Barbara: »Möchten Sie etwas trinken, Bumper?«

»Ja, einen Arak vielleicht.«

»Wenn du mich jetzt entschuldigen würdest, Bumper«, verabschiedete sich Ahmed, »ich muß mich für die nächste Stunde um die Gäste im Konferenzraum kümmern. Aber wenn ich dort fertig bin, komme ich auf jeden Fall noch auf einen Drink vorbei.«

»Klar, kümmere dich um deine Gäste. Anscheinend wird es heute abend hoch hergehen.«

»Das kann man wohl sagen, Bumper. Das Geschäft läuft wirklich großartig. Wart erst mal, bis du unsere neue Bauchtänzerin siehst.«

Ich zwinkerte Ahmed verschwörerisch zu, während er

davoneilte, um sich den Gästen im Konferenzraum zu widmen. Ich konnte von meinem Tisch aus hören, wie sie lachten und sich zuprosteten. Obwohl es noch relativ früh am Abend war, schienen sie bereits ziemlich angeheitert zu sein.

Die Appetithäppchen waren schon vorbereitet, so daß die Kellnerin bald wieder an meinem Tisch erschien, mit kleinen Scheiben Lammzunge, gekocht und mit Salz und Knoblauch gewürzt, und mit einer ordentlichen Portion *Humos*. Für mich gibt es nichts Köstlicheres zum Stippen als *Humos*, und sie hatte mir eine wesentlich größere Portion gebracht, als es üblich war. Dazu gab es einen Riesenstapel flaches, rundes syrisches Brot, das noch warm und mit einer Serviette zugedeckt war. Ich tunkte das Brot in den *Humos* und hätte fast laut aufgestöhnt, so gut schmeckte es mir. Obwohl sie gemahlen und mit dem cremigen *Garbanzo*-Bohnenbrei vermischt waren, konnte ich die Sesamkörner herausschmecken. Ich goß Olivenöl darüber und stippte Unmengen davon mit dem Brot auf. Ich schmeckte auch die Nelken und den Knoblauch und hätte über dem fantastischen *Humos* fast die Lammzunge vergessen.

»Hier ist Ihr Arak, Bumper.« Die Kellnerin brachte mir noch einmal eine, diesmal etwas kleinere Portion *Humos*. »Yasser läßt Ihnen ausrichten, Sie sollen sich nicht schon mit der Zunge und dem *Humos* den ganzen Appetit verderben.«

»Keine Sorge«, beruhigte ich sie und schluckte einen ordentlichen Happen Brot und Zunge hinunter. Dann kippte ich etwas Arak nach, so daß ich besser sprechen konnte. »Sagen Sie *Baba*, ich wäre so hungrig wie ein ganzer Beduinenstamm und würde ihm seine ganze Küche leerfressen, wenn er nicht aufpaßt.«

»Und sind Sie heute auch wieder so geil wie eine ganze Herde Ziegen?«

»Ja, richten Sie ihm das auch aus«, erwiderte ich kichernd. Das war eine stehende Redensart zwischen Yasser, Ahmed und mir, was die Mädchen im Lauf der Zeit natürlich auch mitbekommen hatten.

Nun, da der schlimmste Hunger vorüber war, verspürte ich plötzlich wieder Schmerzen in meinem Bein und in der Schulter. Ich goß etwas Wasser auf den klaren Arak, so daß er milchig weiß wurde. Nachdem ich mich umgesehen und vergewissert hatte, daß niemand mich beobachtete, öffnete ich meinen Gürtel und lächelte zufrieden vor mich hin. Es roch einfach wunderbar nach Essen im ganzen Lokal. Dann riß ich mich zusammen, um mich nicht wie der letzte Barbar zu benehmen, und nippte nur ganz vorsichtig an meinem Arak. Barbara erwies sich als eine höchst aufmerksame Bedienung, indem sie mir dreimal prompt nachschenkte. Dann verflogen die Schmerzen allmählich.

Ich sah Ahmed zwischen Küche, Bar und Konferenzraum hin und her rennen und beglückwünschte Yasser im stillen zu seinen Söhnen. Alle hatten es zu etwas gebracht, und nun arbeitete der jüngste im Geschäft mit. Die arabische Musik zog sanft durch den Raum und vermischte sich mit dem Essensgeruch, so daß mir richtig wohlig zumute wurde. In etwa einer Stunde würde die Musikgruppe auftreten. Drei Armenier sollten die Bauchtänzerin begleiten, auf die ich schon gespannt war. Ahmed ging bei der Wahl seiner Tänzerinnen nach strengsten Kriterien vor.

»Alles in Ordnung, Bumper?« rief Ahmed in seinem arabischen Akzent zu mir herüber, da ihn andere Gäste hören konnten.

»Aber sicher«, antwortete ich grinsend, während er bereits wieder in der Küche verschwand.

Ich fing langsam an, mich im Rhythmus der sinnlichen Trommeln mitzuwiegen und besser und besser zu fühlen. Dabei betrachtete ich die Teppiche an den Wänden und die anderen Dekorationsstücke – Wasserpfeifen, mit denen die Jungen inzwischen Gras rauchten, und die Krummsäbel, die außer Reichweite angebracht waren, damit kein Betrunkener auf die Idee kam, damit einen kleinen Säbeltanz zu veranstalten. Abds Harem war wirklich ein tolles Lokal, dachte ich. Eine richtige Oase inmitten dieses sonst so hysterisch aufgeplusterten Teils von Hollywood, der mir in seinem unechten Glanz widerlich war.

Ich sah, daß an diesem Abend Khalid, einer von Yassers Brüdern, an der Bar aushalf. Ich machte mich bereits darauf gefaßt, mit einem weiteren haarigen Kuß begrüßt zu werden, sobald er auf mich aufmerksam wurde.

»Sind Sie bereit, Bumper?« Mit einem netten Lächeln schob Barbara ein Wägelchen an meinen Tisch.

»Aber selbstverständlich!« Ich ließ meine Blicke über die Teller mit gebackenem *Kibbi, Kibbi* mit Joghurt, gefüllten Weinblättern und einem kleinen *Shish-kebab*-Spieß gleiten.

»Yasser meinte, Sie sollten sich noch etwas Platz für die Nachspeise aufsparen«, verkündete Barbara, bevor sie sich wieder von meinem Tisch entfernte. In Augenblicken wie diesem konnte ich an nichts anderes mehr denken als an das Essen vor mir, und ich versuchte mir ernsthaft einzuschärfen, mir damit Zeit zu lassen und es wirklich zu genießen. Das galt vor allem für die gefüllten Weinblätter, die eine Überraschung für mich waren, da Yasser sie nicht jeden Abend machte. Ich schmeckte die aromatische Minze aus dem Joghurt heraus, den ich über die mit Lammfleisch, Reis, Petersilie und Gewürzen gefüllten Weinblätter goß. Und dazu gab Yasser dann noch die für meinen Geschmack genau richtige Menge Zitronensaft.

Nach einer Weile kam Barbara wieder an meinen Tisch, wo ich, mit mir und der Welt zufrieden, genüßlich meinen Wein trank.

»Wie wär's mit einem kleinen Nachtisch, Bumper? *Baklawa?*«

»Bitte nicht, Barbara!« Ich hob flehend die Hände. »Bitte kein *Baklawa*! Sonst platze ich wirklich noch.«

Sie lachte. »Na gut. Yasser hat aber was anderes für Sie – etwas ganz Besonderes. Dafür werden Sie sicher noch ein bißchen Platz haben.«

»Bitte nicht!« jammerte ich, während sie das Wägelchen mit den leeren Tellern davonrollte.

Die Araber waren so gastfreundlich, und es machte ihnen solchen Spaß, mir beim Essen zuzusehen, daß mir nichts schwerer gefallen wäre, als die Früchte ihrer Arbeit zurückzuweisen. Mein Bauch wölbte sich inzwischen so weit vor, daß ich meinen Stuhl fünf Zentimeter zurückschieben mußte, und mein Hemd war zum Zerreißen angespannt.

Ein paar Minuten später kam Barbara mit einem riesigen Eisbecher zurück.

»*Moosh moosh!*« fuhr ich auf. »Es ist sicher schon ein Jahr her, daß ich das letztemal *Moosh moosh* hatte.«

Barbara lächelte. »Yasser hat gemeint, Allah hätte Sie heute abend gesandt, da er Ihren Lieblingsnachtisch gemacht und an Sie gedacht hätte.«

»*Moosh moosh!*« wiederholte ich noch einmal und schüttelte den Kopf, als Barbara wieder ging. Dann nahm ich einen Löffel voll und ließ ihn auf meiner Zunge zergehen, so daß ich den unverkennbaren Geschmack von Aprikosen und Zitronenschale an meinem Gaumen spürte. Dabei mußte ich daran denken, wie Yassers Frau Yasmine die Aprikosen, die geriebenen Zitronenschalen und den Zukker vermischte und unter dieses Püree dann die geschlagene Sahne zog, bevor das Ganze kalt gestellt wurde. Sie alle wußten, daß ich nichts lieber mochte als *Moosh moosh*. Und so blieb es auch nicht bei diesem ersten Becher. Ich aß noch zwei weitere, worauf ich wirklich am Ende war. Barbara räumte zum letztenmal den Tisch ab, und dann leisteten mir noch Ahmed und Yasser für zehn Minuten Gesellschaft.

Es gibt ein arabisches Gebet, das man etwa so übersetzen könnte: ›Gib mir eine gute Verdauung, o Herr, und etwas zum Verdauen.‹ Das war so ziemlich das einzige Gebet, das für meine Begriffe auch einen Sinn hatte. Wenn ich an Gott glauben würde, läge ich sicher nicht auf den Knien herum, um etwas von Ihm zu erbitten oder Ihm faule Versprechungen zu machen. Dieses spezielle arabische Gebet beinhaltete so ziemlich alles, was ich Ihm sagen würde, und so sprach ich es auch jedesmal, bevor ich in Abds Harem aß, obwohl ich nicht an Ihn glaubte. Manchmal sprach ich es sogar bei anderen Anlässen und gelegentlich auch zu Hause.

Als die armenischen Musiker kamen, befand sich zu meiner Freude der alte Mr. Kamian unter ihnen, ein hervorragender *Oud*-Spieler, der nicht mehr allzu häufig in Abds Harem auftrat. Er wurde von seinen Enkeln Berge und George begleitet, die ihm wie aus dem Gesicht geschnitten waren. Alle drei waren groß und hager, und über ihren markanten Hakennasen funkelten herrliche, dunkel geränderte Augenpaare. Berge spielte Violine, und George, mit seinen knapp zwanzig Jahren der Jüngste, schlug die *Darbuka*-Trommeln. Die beiden jungen Burschen machten ihre Sache zwar gut, aber es war vor allem der alte Kamian, der mich faszinierte, wenn er die Saiten der *Oud* mit dem Kiel einer Adlerfeder berührte. Die *Oud* ist ein lautenähnliches Instrument, das im Gegensatz zu einer Gitarre keine Griffleisten hat. Die Finger des alten Mannes wußten jedoch genau, wo sie auf dem Hals des Instruments zu tanzen hatten – und dies mit einer Behendigkeit und Schnelligkeit, daß es kaum zu fassen war. Ich bekam eine Gänsehaut und konnte kaum mehr schlucken, wenn ich die schlanken, hageren Finger des alten Mannes über die zwölf Saiten flitzen sah.

Ich war einmal an einem Nachmittag im Lokal gewesen, als sie gerade mit einer neuen Tänzerin probten, und der alte Kamian hatte Berges Kindern ein paar armenische Märchen erzählt. Ich saß hinter einem Perlenvorhang verborgen und hörte Kamian von den feurigen Pferden Armeniens sprechen, von Granatäpfeln voll von Perlen und Rubinen und von *Hazaran-Bulbul,* der verzauberten Nachtigall aus tausend Liedern. Als ich ihm so zuhörte, kam ich mir plötzlich selbst wieder wie ein Kind vor, und seitdem glaube ich fast, diese Feuerpferde besteigen zu können, wenn ich ihn die *Oud* spielen höre.

Bei einer anderen Gelegenheit, als ich noch spät in der

Nacht in Abds Harem saß und Mr. Kamians Musik lauschte, leistete mir sein ältester Sohn Leon bei einem Scotch Gesellschaft und erzählte mir die Geschichte seines Vaters. Kamian war der einzige Überlebende einer riesigen Familie, die allein ein halbes Dorf okkupiert hatte und von türkischen Soldaten niedergemetzelt worden war. Er war damals vierzehn Jahre alt gewesen und wurde mit den Leichen seiner Eltern, seiner Brüder und Schwestern und all derer, die für ihn die Welt bedeuteten, in einem großen Graben zurückgelassen.

»Das einzige, was ihn an jenem Tag gerettet hat, war der Geruch des Todes«, erklärte mir Leon, der fünf Sprachen beherrschte und es wie alle Armenier liebte, Geschichten zu erzählen. »Als er also damals in diesem Graben lag, wollte er zusammen mit den anderen sterben. Aber es war nicht der Anblick oder die Angst vor dem Tod, die ihn veranlaßte, aus diesem Graben zu kriechen. Es war vielmehr der Gestank der verwesenden Leichen, der sich schließlich als unerträglich erwies und ihn hinauf auf die Straße und fort von seinem Dorf trieb.

Fast ein Jahr lang wanderte er darauf ziellos umher. Sein einziger Besitz war eine *Oud,* die er aus einem geplünderten Haus gerettet hatte. Eines Nachts, als er sich völlig allein in der Wildnis zum Schlafen niederlegte – er fühlte sich wie das letzte lebendige Wesen auf Erden –, wurde er sehr zornig, weil Gott all dies zugelassen hatte, und der junge Hitzkopf forderte ein Zeichen von Ihm. Er wartete und lauschte in die Dunkelheit hinaus, aber er hörte nur den Wind über die russische Steppenlandschaft heulen. Und dann fragte er sich, wie er je an Gott hatte glauben können, wenn dieser duldete, daß in Armenien solche Dinge geschahen, dieser letzten christlichen Insel inmitten eines islamischen Ozeans. Und da kein Zeichen kam, schlug er die *Oud* an und sang die ganze Nacht heldenmütige Lieder in den Nachtwind hinaus.

In der nächsten Nacht wanderte der Junge durch ein Dorf, ganz ähnlich dem seinen, und er kam an vielen hundert verhungerten Flüchtlingen vorbei, die am Straßenrand lagen. Er verließ die Straße, um sich unter den Bäumen einen Schlafplatz zu suchen, damit ihn nicht jemand umbrachte, um ihm die *Oud* zu stehlen. Im Wald sah er plötzlich einen schwarzen Schatten, der sich vor ihm erhob. Im ersten Augenblick dachte der Junge, er hätte einen *Dev* vor sich, eines dieser fürchterlichen armenischen Schreckgespenster, von denen ihm seine *Nany* immer erzählt hatte. Er hob seine zerbrechliche *Oud,* als wäre sie eine Axt, und war bereit, sich zu verteidigen. Der verschwommene Schatten nahm Gestalt an und sprach ihn unter einem zerfetzten Umhang hervor armenisch an: ›Bitte, hast du etwas zu essen für mich?‹

Der Junge sah im Mondlicht ein Kind vor sich. Es war über und über mit Schorf bedeckt, sein Bauch war aufgedunsen, und es konnte sich kaum mehr auf den Beinen halten. Es war ein Mädchen. Seine Zähne saßen nur noch lose im Zahnfleisch, seine Augen waren verquollen, und aufgrund seiner erst vor kurzem gebrochenen Nase konnte es kaum atmen. Er betrachtete ihr Gesicht, das sicher nie besonders schön gewesen war, aber in seinem jetzigen Zustand wahrhaft erschreckend aussah. Er unterhielt sich kurz mit ihr, wobei er herausfand, daß sie dreizehn Jahre alt war, ein ziellos durch die Welt ziehendes Flüchtlingskind, und er mußte an das stolze und vergebliche Ansinnen denken, das er die Nacht zuvor an Gott gestellt hatte. Er mußte lachen und fühlte sich plötzlich stärker. Er konnte nicht aufhören zu lachen, und sein Lachen schenkte ihm neue Kraft. Das verunsicherte das Mädchen, und als er dies merkte, sagte er: ›Der Gott der Armenier hat wirklich Humor. Wie kann man jemandem gegenüber Zweifel haben, der so einen Humor hat wie Er? Du wirst mit mir kommen, mein kleiner *Dev.*‹

›Was wollen Sie von mir, Herr?‹ fragte das Mädchen, inzwischen ernstlich beunruhigt.

›Was ich von dir will?‹ antwortete er sanft. ›Sieh dich doch an! Was hast du denn schon anzubieten? Alles ist dir genommen worden, und alles ist dir angetan worden. Was um alles in der Welt könnte ich also noch von dir haben wollen? Kannst du dir nicht denken, was ich von dir will?‹

›Nein, Herr.‹

›Da ist nur noch eines übrig. Ich will dich *lieben*. Eine andere Wahl haben wir nicht. Und jetzt komm mit mir. Wir werden unser eigenes Armenien finden.‹

Sie folgte dem halbverhungerten Jungen mit den wilden Augen. Sie überlebten beide und zogen ans Schwarze Meer, und irgendwie schafften sie es trotz all der Kriegswirren, zu Fuß ganz Europa zu durchqueren, bis sie den Atlantik erreichten. Sie hatten inzwischen Arbeit gefunden und Kinder gezeugt. Und 1927 trafen sie schließlich, zusammen mit ihren fünf Kindern, in New York ein, von wo sie, die schon die halbe Welt durchwandert hatten, der Macht der Gewohnheit folgend, weiter nach Westen zogen, bis sie schließlich zur Pazifikküste kamen. Dort sagte meine Mutter: ›Weiter geht es nicht mehr. Dieser Ozean ist zu gewaltig.‹ Und so ließen sie sich nieder und hatten vier weitere Kinder, einundsechzig Enkel und bis jetzt zehn Urenkel – insgesamt mehr als vierzig, die den Namen Kamian weiterleben lassen, der nicht in diesem Graben in diesem armenischen Dorf starb. Die meisten seiner Söhne und Enkel haben es zu etwas gebracht, und er kommt nach wie vor einmal die Woche hierher, um für die paar Leute, die seine Musik verstehen, auf der *Oud* zu spielen.«

Das war also die Lebensgeschichte des alten Kamian, und es gab kein Detail darin, an dem ich gezweifelt hätte. Ich habe nämlich im Lauf der Zeit eine Menge zäher Männer kennengelernt, denen ich Ähnliches zugetraut hätte. Aber etwas verblüffte mich, und ich würde es nie ganz verstehen. Wieso hatte er in jener Nacht dieses Mädchen mitgenommen? Ich meine, er hätte ihr natürlich *helfen* können. Aber nein, er lieferte sich ihr in jener Nacht mit seinem ganzen Leben aus. Nach all dem, was er bereits durchgemacht hatte, war er noch in der Lage, sich voll und ganz jemandem hinzugeben! Das war das Unglaublichste an Mr. Kamian. Und woher, zum Teufel, wußten seine Finger so genau, wohin sie auf dieser *Oud* drücken sollten, obwohl sie sich an keinen Griffleisten orientieren konnten?

»Na, hast du ordentlich reingehauen, Bumper?« erkundigte sich Yasser, als er mit Ahmed an meinen Tisch kam. Ich erwiderte seine Frage mit einem breiten, zufriedenen Grinsen und tätschelte ihm die Hand, wozu ich ›*Shukran*‹ flüsterte, und dies in einem Ton, daß man nicht Arabisch zu verstehen brauchte, um zu wissen, daß das ›Danke‹ bedeutete.

»Wenn du mich weiterhin so großartig bekochst, schaffst du es vielleicht, daß ich eines Tages den Glauben wechsle. Womöglich werde ich doch noch Moslem.«

»Was würdest du denn während des Ramadan machen, wenn du fasten müßtest?« fragte Yasser lachend.

»Hast du schon gesehen, wie groß Abds Kinder sind?« Yasser hob seine Schürze, um seine Brieftasche hervorzuholen. Er legte ein paar Fotos vor mir auf den Tisch, und ich tat natürlich so, als sähe ich auch, was darauf abgebildet war.

»Ja, wirklich süße Kinder«, lobte ich und hoffte zugleich, er würde mir nicht alle seine Enkel zeigen, von denen er etwa dreißig hatte. Wie alle Araber war er ganz verrückt nach Kindern.

Ahmed sagte etwas in Arabisch, das offensichtlich mit dem Konferenzraum zu tun hatte, und Yasser schien sich an etwas zu erinnern.

»Entschuldige mich bitte für eine Weile, Bumper. Ich muß leider wieder in die Küche. Aber ich schaue dann später noch mal vorbei.«

»Aber sicher, *Baba*«, beruhigte ich ihn. Lächelnd beobachtete Ahmed seinen Vater, als dieser in die Küche zurückging, das stolze Haupt einer großen Familie und der Leiter eines gutgehenden Lokals.

»Wie alt ist dein Vater jetzt eigentlich?«

»Fünfundsiebzig«, erwiderte Ahmed. »Dafür sieht er doch noch verdammt gut aus, oder nicht?«

»Das kann man wohl sagen. Ißt er eigentlich immer noch so gern und viel wie vor, sagen wir mal, zehn oder fünfzehn Jahren?«

»Er hat immer noch einen recht ordentlichen Appetit. Aber natürlich nicht mehr ganz so wie früher. Er hat ja mal so viel gegessen wie du, Bumper. Es war eine wahre Wonne, ihm beim Essen zuzusehen. Aber er meint, das Essen würde einfach nicht mehr so schmecken.«

Mein Magen machte sich wieder bemerkbar, aber ich wollte keine Tablette nehmen, weil ich das Ahmed gegenüber nach einem so erstklassigen Abendessen als unhöflich empfunden hätte.

»Es muß schon schrecklich sein, wenn man allmählich seinen Appetit verliert«, meinte ich. »Das ist ja, als würde man kastriert.«

»Ich kann nur hoffen, daß ich nie so alt werde.« Ahmed lachte mit der Lebensfreude und dem Selbstvertrauen eines jungen Mannes von kaum mehr als dreißig Jahren. »Außerdem gehört dazu noch etwas, vergiß das nicht – die Verdauung. Ohne die geht es einfach nicht.«

»Da hast du allerdings recht. Wenn es mit der Verdauung nicht klappt, nützt einem der beste Appetit nichts.«

In diesem Augenblick wurden die Lichter schwächer, und ein bläulicher Lichtpunkt tanzte über die Stelle, wo die Musiker saßen. Als erste setzten die Trommeln ein. Und dann trat zu meinem Erstaunen Laila Hammad in einem weißen und goldenen Kostüm auf die Tanzfläche. Die restlichen Musiker setzten ein, während sie sich in Positur stellte. Das kastanienbraune Haar hing über ihre Brüste herab, die Finger schlängelten und wanden sich, und die *Zils*, die kleinen goldenen Fingerzimbeln, schlugen gegeneinander. Lailas Hüften begannen zu den heißen Rhythmen aus Georges *Darbuka*-Trommeln zu schwingen. Ahmed grinste, als er sah, wie ich ihre festen, goldbraunen Schenkel bewunderte.

»Na, wie gefällt dir unsere neue Tänzerin?«

»Laila ist eure neue Tänzerin?«

»Warte erst mal ab«, schlug Ahmed vor, und er hatte recht. Sie war wirklich fantastisch. Sie hatte eine Art zu tanzen, die über bloße sinnliche Bewegungen hinausging. Das konnte sogar ich sehen, obwohl ich herzlich wenig von Bauchtanz verstehe.

»Wie alt ist sie jetzt eigentlich?« fragte ich Ahmed, während ich ihren beweglichen Bauch beobachtete und ihr herrliches Haar, das ihr jetzt den Rücken hinabhing und dann wieder über ihre wundervoll geformten Brüste glitt.

»Neunzehn«, erwiderte Ahmed. Es war eine wahre Freude, zu sehen, wie gut sie sich entwickelt hatte.

Laila hatte schon einige Jahre als Bedienung gearbeitet, obwohl sie dazu eigentlich noch zu jung gewesen wäre. Aber sie hatte schon immer älter ausgesehen, und ihr Vater, Khalil Hammad, ein Vetter Yassers, hatte jahrelang an Krebs gelitten, bevor er schließlich starb, und dementsprechend hoch waren auch die Krankenhauskosten gewesen. Laila war ein intelligentes, fleißiges Mädchen und half mit, für den Unterhalt ihrer drei jüngeren Schwestern aufzukommen. Ahmed hatte mir einmal erzählt, daß Laila ihre Mutter nie richtig gekannt hatte. Sie war Amerikanerin gewesen, die ihre Familie verlassen hatte, als die Mädchen noch ganz klein waren. Während der letzten Jahre hatte Laila in einer Bank gearbeitet und machte sich, wie ich hörte, recht ordentlich.

Lailas arabische Abstammung war unverkennbar – das sinnliche Gesicht, die etwas zu sehr vorspringende Nase, die aber genau zu ihr paßte, der weite Mund mit den vollen Lippen und die funkelnden, braunen Augen ... Kein Wunder, daß diese Menschen so leidenschaftlich sind, wenn sie solche Gesichter haben. Ja, Laila war wirklich ein Juwel, eine halb arabische Stute mit gerade genug amerikanischem Blut, um ihr zu einer passablen Körpergröße und diesen herrlichen Schenkeln zu verhelfen. Ich hätte gern gewußt, ob zwischen ihr und Ahmed etwas lief. Und dann begann Laila, ›Salz zu streuen‹, wie die Araber sagen. Sie drehte sich langsam auf dem Ballen eines bloßen Fußes, wobei zu jedem Trommelschlag die Hüfte leicht zuckte. Wenn an ihrer pulsenden Hüfte ein Säckchen mit Salz befestigt gewesen wäre, hätte sie einen Kreis aus Salz auf dem Boden um sich gezogen. Es ist eine enorm stimulierende und anmutige Bewegung – und keineswegs mühsam. Wenn ich zu Hard Rock tanze, mache ich manchmal das gleiche.

Als Laila ihren Tanz beendet und die Tanzfläche verlassen hatte, als der Applaus langsam verklungen war, wandte ich mich wieder zu Ahmed. »Ist das eine Frau, Ahmed! Hast du sie noch nicht gefragt, ob sie dich nicht heiraten will?«

»Nein, ich habe kein Interesse.« Ahmed schüttelte den Kopf. Er neigte sich über den Tisch und nahm einen Schluck Wein, bevor er fortfuhr: »Es gibt da gewisse Gerüchte, Bumper. Angeblich soll Laila auf den Strich gehen.«

»Das glaubst du doch selbst nicht.« Ich erinnerte mich, daß sie früher im Lokal bedient hatte, als Teenager. Damals war es ihr ziemlich schwergefallen, ihren Lippenstift ordentlich aufzutragen.

»Sie hat ihren Job bei der Bank schon vor über einem Jahr aufgegeben. Dann hat sie angefangen, professionell zu tanzen. Sie war schon immer völlig unberechenbar, auch als kleines Kind. Ich denke oft an die Zeit zurück, als sie drei Jahre alt war und ihre Onkel und Tanten ihr das Tanzen beibrachten. Sie war das hübscheste kleine Ding, das man sich nur vorstellen kann – eine richtig aufgeweckte, freche, kleine Person.«

»Woher willst du denn wissen, daß sie auf den Strich geht?«

»Ach, in diesem Geschäft weiß man so ziemlich alles über die Tänzerinnen«, meinte Ahmed. »Dazu kommt noch, daß sie eine von den wenigen Bauchtänzerinnen ist, die echte Araberinnen sind – beziehungsweise Halbaraberinnen. Ich meine, sie treibt's nicht mit jedem, aber wenn so ein Kerl die entsprechende Summe auf den Tisch blättert, sagt sie nicht nein. Soviel ich gehört habe, nimmt sie zweihundert für eine Nacht.«

»Laila hatte ja bisher auch ein ganz schön hartes Leben, Ahmed«, redete ich ihm gut zu. »Sie mußte schon von klein auf für ihre Schwestern sorgen. Und sie selbst konnte nie so richtig ein Kind sein.«

»Ich mache ihr ja auch gar keinen Vorwurf, Bumper. Ich meine – was soll's? Schließlich bin ich Amerikaner. Ich bin nicht so wie die Männer, die sich am Morgen nach der Hochzeit vergewissern wollen, ob auch wirklich Blut auf dem Laken ist. Aber andrerseits kann ich auch nicht einfach so darüber hinwegsehen, daß sie es für Geld macht. So amerikanisiert bin ich nun auch wieder nicht. Ich habe natürlich früher mit dem Gedanken gespielt, wenn Laila in das Alter käme ... Aber jetzt ist es leider zu spät. Es ist wirklich schade, daß ich in den letzten Jahren so verdammt viel arbeiten mußte. Ich habe mich zuwenig um sie gekümmert, und jetzt ... Nun, vorbei ist vorbei, was soll ich mir deswegen noch lang Gedanken machen?«

Ahmed bestellte mir noch einen Drink und entschuldigte sich dann. Er wollte jedoch gleich wieder zurückkommen. Ganz plötzlich fühlte ich mich ziemlich deprimiert und niedergeschlagen. Ich war mir nicht sicher, ob der Auslöser dafür das Gespräch über Laila gewesen war oder sonst irgend etwas. Jedenfalls mußte ich ständig daran denken, wie sie sich an diese reichen Hollywood-Geier verkaufte. Und dann dachte ich an Freddie und Harry, an Poochie und Herky und an Timothy G. und – verdammt noch mal – an Landry. Aber daran zu denken, war noch wesentlich unerfreulicher. Und dann mußte ich ganz plötzlich ohne ersichtlichen Grund an Esteban Segovia denken, und wie ich mir Sorgen gemacht hatte, daß er tatsächlich Priester werden würde, wie er es beabsichtigt hatte, sobald er aus Vietnam heimkehren würde, während ich mir doch dauernd gewünscht hätte, er möchte Zahnarzt werden. Dieser tote junge Bursche war etwa in Lailas Alter gewesen, als er eingezogen worden war. Kinder ... Niemand sollte schon als Kind sterben müssen.

Laß gut sein, Bumper, sagte ich mir, krach dir jetzt lieber mal die Hucke voll. Wohin soll das denn sonst noch führen? Obwohl ich schon alles mögliche durcheinander getrunken hatte und bereits ziemlich voll war, bestellte ich bei Barbara noch einen doppelten Scotch on the rocks.

Nach meinem dritten Scotch hörte ich plötzlich eine süße Stimme an meinem Ohr. »Hallo, Bumper.«

»Laila!« Ich unternahm einen halbherzigen Versuch, aufzustehen, während sie sich an meinen Tisch setzte. In ihrem schlichten weißen Kleid und dem zusammengebundenen Haar, das ihr seitlich herabhing, wirkte sie sehr elegant und unnahbar. Ihr Gesicht und ihre Arme leuchteten in einem goldenen Bronzeton.

»Ahmed hat mir gesagt, daß du hier bist, Bumper.« Sie lächelte mich an. Allen emanzipierten Frauen zum Trotz gab ich ihr Feuer und winkte Barbara an unseren Tisch.

»Darf ich dich zu einem Drink einladen, Laila?« fragte ich sie. »Ist schon toll, zu was für einer großartigen Frau du dich entwickelt hast.«

Sie bestellte einen Bourbon mit Soda, und ich wußte, daß ich kurz vor dem Punkt stand, wo ich endgültig hinüber sein würde. Daher nahm ich mir vor, es bei dem Glas Scotch, das ich eben noch in meiner Hand hielt, bewenden zu lassen.

»Ich war doch das letztemal, als du mich gesehen hast, auch schon erwachsen, Bumper.« Sie mußte über meine Bemühungen, einen nüchternen Eindruck zu erwecken, nur grinsen. »Aber schließlich wissen es alle Männer besser zu schätzen, daß man eine Frau ist, wenn man mit dem nackten Bauch vor ihnen herumwackelt.«

Ich mußte an das denken, was Ahmed mir über sie erzählt hatte, und stellte fest, daß mich diese Vorstellung keineswegs so störte wie Ahmed. Mir tat es eher leid, daß sie so etwas tun mußte – oder daß sie *dachte,* sie müßte so etwas tun.

»Willst du damit vielleicht sagen, dieser glatte, kleine Bauch hätte sich nur für den guten alten Bumper so hübsch bewegt?« versuchte ich sie wie eh und je zu nekken, obwohl mein Kopf nicht mehr richtig mitmachte.

»Aber sicher, nur für dich. Bist du denn nicht der Held dieser ganzen verdammten Familie?«

»Na, und wie gefällt es dir denn, mit der Tanzerei deinen Lebensunterhalt zu verdienen?«

»Es ist genauso unangenehm, wie man es sich vorstellt.«

»Und warum machst du es dann?«

»Hast du schon jemals versucht, zwei Schwestern mit dem Gehalt einer Bankangestellten zu unterstützen?«

»Quatsch«, sagte ich etwas zu laut. »Erzähl mir doch keinen Blödsinn! Eine Frau wie du, die würde doch jeden reichen Kerl kriegen, den sie wollte.«

»Falsch, Bumper. Ich könnte vielleicht mit jedem reichen Schnösel ins Bett steigen, mit dem ich wollte – und mich dafür noch verdammt gut bezahlen lassen.«

»Wieso mußt du eigentlich so daherreden, Laila?«

»Ach, du alter Brummbär!« Sie lachte, als ich mir das Gesicht rieb, in dem ich absolut kein Gefühl mehr hatte. »Ich weiß doch ganz genau, daß Ahmed dir erzählt hat, ich sei eine Nutte. Diese Araber könnten deshalb vor Scham fast im Boden versinken. Du weißt ja, wie empfindlich sie auf diesem Gebiet sind. Yasser hat kürzlich sogar eine Andeutung gemacht, ich sollte vielleicht meinen Namen ändern, da ich nun ins Showbusineß eingestiegen bin. Hammad klingt zu gewöhnlich, meinte er. Vielleicht einen etwas amerikanischeren Namen. Diese Kerle sind ungefähr so feinfühlig wie der Stiefel, mit dem man in den Arsch getreten wird. Wie wär's denn vielleicht mit Feinberg oder Goldstein, Bumper? Wie fändest du das? Ich könnte wetten, daß sie absolut nichts dagegen hätten, wenn ich mich Laila Feinberg nennen würde. Das würde den anderen Arabern klarmachen, weshalb ich eine Hure bin, oder nicht? Sie könnten das Gerücht in die Welt setzen, meine Mutter wäre eine Jüdin gewesen.«

»Warum zum Teufel erzählst du mir das alles?« Ich spürte, wie plötzlich Wut in mir aufstieg. »Geh doch zu einem von diesen Pfaffen oder Psychoheinis, oder geh in diese verdammte Moschee und sprich mit dem Propheten! Ich habe mir heute schon genug Probleme anhören dürfen. Mir langt es wirklich, und jetzt kommst du noch mit deinem Kram daher.«

»Würdest du mich bitte nach Hause fahren, Bumper? Ich möchte gern mit dir sprechen.«

»Wie viele Auftritte hast du denn noch?« erkundigte ich mich. Ich war mir nicht sicher, ob ich mich noch aufrecht im Sessel würde halten können, wenn ich noch etwas trank.

»Ich bin für heute abend fertig. Marsha wird für mich einspringen. Ich habe Ahmed erzählt, ich hätte Krämpfe.«

Ich suchte Ahmed und verabschiedete mich von ihm, während mich Laila draußen auf dem Parkplatz erwartete. Ich gab Barbara fünfzehn Dollar Trinkgeld, um dann in die Küche zu torkeln und mich bei Yasser zu bedanken. Ich küßte ihn auf seinen riesigen Schnurrbart, während er mich umarmte und mir das Versprechen abrang, in den nächsten Wochen einmal bei ihm zu Hause vorbeizukommen.

Laila war auf dem Parkplatz inzwischen damit beschäftigt, zwei gut gekleidete Betrunkene zu ignorieren, die in einem schwarzen Lincoln saßen. Als sie mich dann über den Parkplatz auf sie zutorkeln sahen, trat der Fahrer aufs Gas, so daß der schwere Wagen unter lautem Reifenquietschen davonschoß.

Laila lachte. »Meine Güte, es ist wirklich kein Wunder, daß die beiden geflohen sind. Du siehst ganz schön verwegen aus, Bumper. Wie bist du denn zu den Kratzern in deinem Gesicht gekommen?«

»Mein Ford steht da drüben.« Und ich trottete wie Frankensteins Monster darauf zu, um einen einigermaßen geraden Kurs einhalten zu können.

»Immer noch dieselbe alte Kiste? Also weißt du, Bumper.« Sie lachte wie ein kleines Mädchen und legte sich meinen Arm über die Schulter, um mich zu meinem Ford zu bugsieren, und zwar zur Tür auf der Beifahrerseite. Dann klopfte sie mir die Taschen ab, bis sie die Schlüssel fand, sperrte auf, ließ mich einsteigen und schloß die Tür hinter mir.

»Mit deinen Fingern bist du ja sehr flink«, murmelte ich. »Hast du's vielleicht auch schon mal mit Taschendiebstahl versucht?«

»Was hast du gesagt, Bumper?« Sie setzte sich hinters Steuer und startete den Motor.

»Nichts, nichts«, murmelte ich und rieb mir neuerlich das Gesicht.

Ich döste vor mich hin, während Laila durch die Nacht fuhr. Sie hatte das Autoradio angestellt und summte leise zur Musik. Ich muß schon sagen, sie hatte eine sehr gute Stimme. Schließlich schlief ich ein, so daß sie mich wachrütteln mußte, als wir zu ihrer Wohnung kamen.

»Ich werde dir einen türkischen Kaffee machen, und dann unterhalten wir uns«, schlug sie vor, während sie mir aus dem Wagen half. Sekundenlang schoß das Pflaster des Gehsteigs auf mich zu, aber dann schloß ich die Augen, und es kam alles wieder ins Lot, während ich einfach nur dastand.

»Glaubst du, du schaffst es die Treppe rauf, Bumper?«

»Aber natürlich. Wo denkst du hin!«

»Also, dann los.« Einen Arm um meine breiten Schultern gelegt, führte sie mich die Treppe hinauf. Sie war ein großes, gut gebautes Mädchen. Ahmed ist komplett verrückt, dachte ich. *Jeder* junge Mann hätte sich die Finger nach so einer Frau abgeschleckt.

Wir brauchten einige Zeit, aber schließlich erreichten wir den zweiten Stock, wo sie wohnte. Die elegante Anlage bestand eigentlich aus drei L-förmigen Bauten, die um zwei riesige Swimming-pools angeordnet waren. In der Hauptsache wohnten hier Singles, was mich an die zwei jüngeren Schwestern Lailas erinnerte.

»Sind die zwei Kleinen zu Hause?« fragte ich.

»Nein, während der Schulzeit bin ich immer allein, Bumper. Nadia hat ein Zimmer an der U.S.C., und Dalal ist im Internat, im Ramona Convent. Sie kommt nächstes Jahr aufs College.«

»Im Ramona Convent? Ich dachte, ihr wärt Moslems?«

»Ich bin gar nichts.«

Wir betraten die Wohnung, wo mich Laila an der bequemen Couch, auf der sich durchaus ein angenehmes Nickerchen hätte machen lassen, vorbeiführte und statt dessen auf einen wenig einladenden Küchenstuhl zusteuerte. Sie nahm mir meine Jacke ab und hängte sie in einen Wandschrank.

»Trägst du sogar nach Dienstschluß eine Waffe?« fragte sie, während sie den Kaffee zubereitete.

»Natürlich«, sagte ich, ohne zunächst zu begreifen, wovon sie eigentlich sprach – so sehr war ich es gewohnt, eine Waffe zu tragen. »In diesem Beruf wird man ein richtiger Feigling. Ich gehe kein einziges Mal ohne Waffe aus dem Haus – höchstens vielleicht zu Harrys Bar oder sonst irgendeiner Kneipe, die gleich in der Nähe ist.«

»Wenn ich schon so viel erlebt hätte wie du, würde ich mich ohne Waffe vielleicht auch nicht auf die Straße wagen.«

Irgendwie war ich wieder eingenickt, bis Laila mich neuerlich wachrüttelte und mir eine kleine Tasse starken, duftenden türkischen Kaffees unter die Nase hielt. Begierig sog ich den süßen Duft ein, und dann spürte ich von neuem ihre kühle Hand an meinem Gesicht und sah ihren vollen Mund lächeln.

»Vielleicht sollte ich dir den Kaffee löffelweise eingeben, bis du wieder nüchtern wirst.«

»Keine Sorge, ich bin schon wieder okay.« Ich rieb mir die Schläfen, dann trank ich den Kaffee so schnell wie möglich, obwohl ich mir damit Mund und Kehle verbrannte. Laila goß mir eine neue Tasse ein, während ich aufs Klo ging, pinkelte, mein Gesicht mit kaltem Wasser wusch und mir das Haar kämmte. Ich war immer noch ganz schön voll, als ich aus dem Bad zurückkam, aber zumindest wieder halb lebendig.

Auch Laila fand wohl, daß mit mir wieder etwas anzufangen war. »Ich mache ein wenig Musik, Bumper, dann können wir uns in Ruhe unterhalten.«

»In Ordnung.« Ich trank die zweite Tasse fast so schnell wie die erste und schenkte mir eine dritte ein.

Für einen Moment erfüllte das sanfte, ergreifende Lied einer arabischen Sängerin den Raum, aber Laila drehte den Apparat sofort leiser. Es war ein fast winselndes, klagendes Geräusch, dessen Zauber man sich früher oder später nicht mehr entziehen kann. Zumindest geht mir das so, wobei diese Musik in mir immer ganz bestimmte Bilder heraufbeschwört – den Tempel von Karnak, die Pyramiden von Gizeh, die Straßen von Damaskus und das unvergeßliche Bild eines Beduinen, der in der grellen Sonne von einem rosafarbenen Kliff auf das Tal der Könige hinunterblickt. Im Gesicht dieses Mannes spiegelte sich für mich ein größeres Geschichtsverständnis wider, als ich es je erlangen würde, obwohl er vermutlich weder lesen noch schreiben konnte. Ich hatte mir vorgenommen, diesen Ort zum Sterben aufzusuchen, wenn ich alt wurde. Das heißt, wenn ich je alt werden sollte.

»Ich mag diese Musik immer noch.« Mit einem Lächeln zeigte Laila auf die Stereoanlage. »Aber den meisten Leuten gefällt sie nicht. Wenn du willst, kann ich auch etwas anderes auflegen.«

»Nein, nein, bloß nicht«, beruhigte ich sie.

Laila sah mir in die Augen. »Du mußt mir helfen, Bumper.«

»Na, dann schieß schon los. Wo drückt dich der Schuh?«

»Könntest du bei meinem Bewährungshelfer ein gutes Wort für mich einlegen?«

»Du stehst unter Bewährung? Weswegen?«

»Prostitution. Im Januar hat die Sitte drei von uns geschnappt. Ich wurde verurteilt und auf Bewährung freigelassen.«

»Und was soll ich jetzt tun?«

»Ich hatte einen ziemlich strengen Richter, und jetzt muß ich mich zwei Jahre lang regelmäßig bei meinem Bewährungshelfer melden. Ich muß für einige Zeit verreisen, und dafür brauche ich eine Genehmigung.«

»Wo willst du denn hin?«

»Ich bekomme ein Kind, und ich will nicht, daß das jemand merkt. Deshalb will ich für eine Weile weg von hier, bis das Kind geboren ist. Dann gebe ich es zur Adoption frei und komme wieder zurück.«

Sie sah diesen ›Warum ausgerechnet ich?‹-Blick in meinen Augen.

»Bumper, du mußt mir unbedingt helfen. Ich möchte auf keinen Fall, daß meine Schwestern etwas davon erfahren. Auf keinen Fall, hast du verstanden? Sie würden das Baby nur selbst aufziehen wollen. Außerdem ist es schon hart genug, sich in dieser Scheißwelt durchzuschlagen, wenn man *weiß*, wer einen gezeugt hat und daß sich die Eltern um einen kümmern müssen. Ich habe da einen Plan, und du bist der einzige, auf den mein verdammter Familienclan hören wird. Sie haben volles Vertrauen zu dir. Du mußt Yasser und Ahmed und den anderen einreden, du fändest es nicht gut, daß ich mir meinen Lebensunterhalt als Tänzerin verdiene, und daß du einen Freund in New Orleans hast, der mir einen gut bezahlten Bürojob angeboten hat. Dann werden sie das alles meinem Bewährungshelfer sagen und ihn davon überzeugen, daß das die Wahrheit ist. Ich werde dann für sieben oder acht Monate verschwinden und irgend etwas erzählen, wenn ich wieder zurückkomme, daß mir der Job nicht gepaßt hätte oder so was Ähnliches. Sie werden zwar alle ganz schön ausflippen, aber das kann mir dann egal sein.«

»Und wo zum Teufel willst du wirklich hin?«

»Das ist doch völlig gleichgültig.« Sie zuckte mit den Schultern. »Irgendwo hin, wo ich das Baby ungestört kriegen kann. Vielleicht tatsächlich nach New Orleans – oder sonst wohin.«

»Aber du wirst doch hoffentlich zu keinem Engelmacher gehen?«

»Eine Abtreibung?« Sie lachte. »Nein, nein, ich glaube, wenn man einen Fehler gemacht hat, dann sollte man die Sache bis zum bitteren Ende durchstehen. So einfach will ich es mir nicht machen. Ich wurde als Araberin erzogen, und so etwas legt man nicht so schnell ab.«

»Hast du denn wenigstens genügend Geld?«

»Ich habe dreizehntausend Dollar auf meinem Konto. Ich werde dir eine Vollmacht ausstellen lassen, daß du darüber verfügen kannst. Sieh bitte zu, daß die Mädchen den Sommer einigermaßen überstehen. Wenn alles klappt, komme ich vielleicht schon zu Silvester zurück. Dann veranstalten wir eine Party – nur mit dir und mir und der besten Flasche Scotch, die man kaufen kann.«

»Aber wirst denn auch du genügend zum Leben haben?« fragte ich, wohl wissend, woher sie die dreizehntausend hatte.

»Mach dir meinetwegen keine Sorgen, Bumper. Es wird schon reichen.«

»Jetzt hör mal zu. Erzähl mir bloß keine Märchen. Ich möchte mit dieser Sache nichts zu tun haben, wenn du gedenkst, in irgendeiner fremden Stadt auf den Strich zu gehen, während du bereits ein Kind im Bauch hast.«

»Nein, darauf würde ich es bestimmt nicht ankommen lassen.« Sie sah mir tief in die Augen. »Das schwöre ich dir. Ich habe noch genug auf einem anderen Konto, so daß ich bis zu meiner Niederkunft ganz gut leben kann. Ich werde dir meine Bankauszüge zeigen. Und ich kann es mir sogar leisten, das Kind in einem guten Krankenhaus zur Welt zu bringen. Wenn ich will, sogar in einem Privatzimmer.«

»Na, wunderbar!« Mir war leicht schwindlig, als ich aufstand. Für einen Augenblick stand ich einfach nur da, um dann ins Wohnzimmer zu schlurfen und es mir auf der Couch bequem zu machen. Mir fiel auf, daß der rote Schlauch von Lailas Wasserpfeife nicht aufgewickelt war.

Diese Pfeifen sind wunderbare Zierstücke, die jedoch erst funktionieren, wenn man alle Anschlußstellen gut abdichtet, wie Laila das getan hatte. Ich rauchte mit Yasser öfter mit Minze versetzten türkischen Tabak. Laila dagegen rauchte Haschisch. Neben der Wasserpfeife stand ein kleines Schächtelchen mit einer schwarzweißen Einlegearbeit. Der Deckel stand offen, und es war bis zur Hälfte mit Haschisch gefüllt – mit hochwertigem, teurem, lederartigem Haschisch, das in flache, dunkle Platten gepreßt war.

Laila ließ mich allein zurück und räumte den Küchentisch ab. Sollten das noch Zufälle sein? Erst der Entschluß, bei der Polizei aufzuhören. Und nachdem ich Cassie von meiner Entscheidung erzählt hatte, schien alles in Ordnung zu sein. Und dann erklärt mir Cassie plötzlich, sie möchte ein Kind! Und dann machen ein paar so halbwüchsige Möchtegern-Bolschewiken einen kompletten Idioten aus mir. Was für eine Blamage! Und dann diese Sache mit dem Meineid. Ich kam mir vor, als drückte jemand seine Zigarren an meiner Mageninnenwand aus, und mein Bauch war so hart und aufgedunsen, daß ich meine Knie nur sehen konnte, wenn ich mich kerzengerade aufsetzte. Aber zumindest hatte ich ein Buchmacherbüro ausgehoben, wenn ich dabei auch fast in der Taubenscheiße verreckt wäre.

»Das war vielleicht ein Tag«, murmelte ich, als Laila ins Wohnzimmer kam und sich zu mir auf die Couch setzte.

»Tut mir leid, daß ich dich jetzt auch noch mit meinen Problemen behelligen mußte, Bumper.«

»Nein, nein, sag das nicht. Ich werde das schon hinkriegen. Ich werde dir schon helfen.«

Ohne etwas zu sagen, stand sie auf und setzte sich neben mich auf den Boden. Ihre Augen schimmerten feucht, und ich will doch verdammt sein, wenn sie mir nicht tatsächlich die Hand küßte!

Darauf erhob sie sich wieder, zog mir ohne ein Wort die Schuhe aus und hob meine Beine auf die Couch. Ich kam mir vor wie ein gestrandetes Walroß und fühlte mich inzwischen sogar wieder stärker betrunken. Ich bekam es richtig mit der Angst zu tun, alles könnte sich zu drehen beginnen, so daß ich wieder zu sprechen anfing. »Das war wirklich ein schlimmer Tag.«

»Erzähl mir doch, was alles passiert ist, Bumper.« Laila saß nun wieder neben mir auf dem Fußboden und legte mir ihre kühle Hand auf meine heiße Stirn, während ich mir den Gürtel löste. Mir war absolut klar, daß ich mich in dieser Nacht nicht mehr vom Fleck rühren, geschweige denn aufstehen und meinen Wagen nach Hause fahren konnte. Ich kuschelte mich so lange zurecht, bis meine wunde Schulter die richtige Lage gefunden hatte.

»Deine Hände und dein Gesicht sind zerschnitten, und du hast am ganzen Körper Schmerzen.«

»Glaubst du, ich kann heute nacht hier schlafen?«

»Aber sicher. Wie ist das denn passiert? Wie hast du dir denn diese Verletzungen zugezogen?«

»Ich bin ausgerutscht und von einer Feuerleiter gefallen. Was hältst du eigentlich davon, daß ich bei der Polizei aufhöre, Laila?«

»Du willst aufhören? Das soll wohl ein Witz sein. Du steckst doch noch bis oben hin voller Energie.«

»Verdammt, ich bin immerhin schon in den Vierzigern. Na ja, dir gegenüber kann ich ja ehrlich sein. Nächsten Monat werde ich sogar schon fünfzig. Stell dir das mal vor. Als ich auf die Welt kam, war Warren G. Harding gerade zum Präsidenten gewählt worden.«

»Ach, du hast mehr Mumm in den Knochen als irgendeiner von diesen jungen Kerlen. Schlag dir diesen Blödsinn also gefälligst aus dem Kopf. Was denkst du dir dabei eigentlich? Du und aufhören?«

»Ich bin an meinem dreißigsten Geburtstag vereidigt worden, Laila. Weißt du das?«

»Erzähl mir doch ein bißchen davon«, forderte sie mich auf und streichelte mir die Wange. Ich fühlte mich so gut, daß ich am liebsten auf der Stelle gestorben wäre.

»Du warst damals noch nicht einmal geboren. So lange bin ich schon bei der Polizei.«

»Warum bist du eigentlich zur Polizei gegangen?«

»Ach, das weiß ich eigentlich gar nicht so genau.«

»Und was hast du gemacht, bevor du Polizist wurdest?«

»Ich war acht Jahre beim Marine Corps.«

»Erzähl mir davon.«

»Wahrscheinlich wollte ich einfach von zu Hause weg. Außer ein paar Vettern und einer Tante hatte ich dort sowieso niemanden mehr. Mein Bruder Clem und ich wurden von unserer Großmutter aufgezogen, und als sie dann starb, kümmerte sich Clem um mich. Das war vielleicht ein Kerl, kann ich dir sagen. Er sah mir nicht ein bißchen ähnlich und war sogar noch größer und kräftiger als ich. Clem war richtig hübsch. Und er liebte nichts mehr als Essen, Trinken und Frauen. Er hatte eine Tankstelle, und dann starb er – im November, kurz vor Pearl Harbor –, als ein Lastwagenreifen platzte und er rückwärts in die Abschmiergrube fiel. Mein Bruder starb in so einer verdammten Grube, wegen eines blöden Lastwagenreifens! Das war einfach lächerlich. Da ich nun niemanden mehr hatte, der mir noch was bedeutete, schloß ich mich dem Marine Corps an. Damals meldeten sich die Leute tatsächlich noch *freiwillig*, ob du's glaubst oder nicht. Ich wurde zweimal verwundet, einmal in Saipan und dann auf Iwo an den Knien. Deswegen hätten sie mich bei der Polizei dann fast nicht genommen. Ich mußte diesem Polizeiarzt ganz schön was vormachen. Weißt du was? Ich hatte nichts gegen den Krieg. Ich meine, weshalb sollte ich nicht dazu stehen? Ich hatte nichts gegen den Krieg.«

»Hast du dich denn nie gefürchtet?«

»Doch, aber irgendwie liebe ich die Gefahr. Außerdem verstehe ich was vom Kämpfen. Das habe ich gleich gemerkt. Jedenfalls bin ich nach dem Krieg nie wieder nach Indiana zurückgegangen. Was hätte ich dort machen sollen? Ich hatte Billy und eine Arbeit, die mir Spaß machte.«

»Wer ist Billy?«

»Billy war mein Sohn.« Ich konnte die Klimaanlage summen hören und wußte, daß es in der Wohnung angenehm kühl sein mußte, da Laila so frisch und knackig aussah. Und doch war mein Rücken klatschnaß, und der Schweiß rann mir über das Gesicht und den Hals hinunter.

»Ich wußte gar nicht, daß du verheiratet warst, Bumper.«

»Das liegt ja auch schon mindestens hundert Jahre zurück.«

»Und wo ist deine Frau jetzt?«

»Keine Ahnung. Irgendwo in Missouri vermutlich. Oder vielleicht ist sie auch tot. Das alles liegt schon so weit zurück. Ich habe sie in San Diego kennengelernt. Sie war eine Farmerstochter. Während des Kriegs kamen eine Menge Mädchen wie sie an die Westküste. Sie waren auf der Suche nach einem Job in den Munitionsfabriken, aber einige gingen dabei ziemlich schnell vor die Hunde. Verna war ein blasses, zierliches kleines Ding. Ich war damals gerade auf Heimaturlaub in San Diego. Ich hatte eine Menge Orden an der Brust und ging am Stock, weil ich das erstemal am Oberschenkel verwundet worden war. Das ist, glaube ich, mit ein Grund, weshalb meine Beine heute nichts mehr taugen. Ich lernte sie in einer Bar kennen, und dann gingen wir noch am selben Abend zusammen ins Bett. Ich habe sie dann immer wieder besucht, wenn ich Zeit hatte, und dann erzählt sie mir eines Tages – das war kurz, bevor ich wieder eingeschifft werden sollte –, sie wäre schwanger. Ich dachte, na ja, jetzt hat's dich eben auch erwischt, und so haben wir uns einen Abend einen Mordsrausch angesoffen, und dann haben wir in Arizona geheiratet. Sie schrieb mir dann regelmäßig, aber ich dachte eigentlich nicht allzuviel an sie, bis ich das zweitemal verwundet wurde und sie mich endgültig nach Hause schickten. Und da erwartete sie mich dann, mit einem kränkelnden, kleinen Billy. Mein richtiger Name ist übrigens William, wußtest du das eigentlich?«

»Nein, das habe ich nicht gewußt.«

»Na ja, ich war jedenfalls von dem Ganzen nicht sonderlich begeistert, aber ich hielt auch nicht viel davon, jemand anderen die Suppe auslöffeln zu lassen, die ich ihm eingebrockt hatte, und so suchte ich uns eine anständige Wohnung in Oceanside. Ich dachte mir, so schlecht ist das alles doch eigentlich gar nicht. Also meldete ich mich noch einmal zum Militär und wurde binnen kurzem zum Master Sergeant befördert. Mit Verna ging es sogar ganz gut. Nachdem Billy auf die Welt gekommen war, hatte sie zu saufen aufgehört und wurde eine ganz anständige Hausfrau. Sie war ja nur eine arme, ungebildete Farmerstochter, aber um Billy und mich hat sie sich wirklich gesorgt, das muß ich schon zugeben. Ich hatte Glück und bekam für fünf Jahre einen Posten beim Hauptquartier, und Billy war für mich, na ja – ich weiß auch nicht, wie ich das sagen soll ... Es ist, als stünde man auf einer Felsklippe und schaute auf die ganze Welt hinunter, vom Anfang bis herauf in die unmittelbare Gegenwart, und als sähe man zum erstenmal einen Sinn hinter dem Ganzen. Ich weiß auch nicht – verstehst du, was ich meine?«

»Ja, ich glaube schon.«

»Du wirst es kaum glauben, aber er hat mir eine Geburtstagskarte geschrieben, als er gerade vier Jahre alt geworden war. Er konnte schon mit vier Jahren lesen und schreiben. Er fragte seine Mutter, wie man die Worte bildet, und dann hat er sie selbst geschrieben. Ich kann mich noch genau an den Text erinnern. ›Vati. Ich liebe Dich. Dein Billy.‹ Und er war erst knapp vier Jahre alt. Wirklich kaum zu glauben.«

»Doch, ich glaube es dir, Bumper.«

»Aber er war wie seine Mutter schon immer etwas kränklich. Seltsam – sogar jetzt, wo ich dir von ihm erzähle, kann ich ihn mir nicht vorstellen. Ich habe ihn irgendwie aus meinem Kopf verbannt, und selbst wenn ich es wollte, ich könnte ihn mir nicht mehr vorstellen. Ich habe mal gelesen, daß nur Schizophrene ihre unbewußten Gedanken unter Kontrolle haben, und es kann leicht sein, daß ich schizoid bin. Ich kann das nämlich auch. Wenn ich manchmal schlafe und im Traum einen Schatten sehe und dieser Schatten ein kleiner Junge mit einer Brille und einer abstehenden Locke ist, dann wache ich unweigerlich auf. Ich sitze, hellwach, in meinem Bett. Jedenfalls kann ich mir Billy nicht mehr vorstellen – ganz gleich, ob im Schlaf oder im Wachzustand. Ich finde es übrigens eine hervorragende Idee, daß du dein Kind zur Adoption freigeben willst, Laila.«

»Wann ist Billy denn gestorben?«

»Mit fünf. Ganz kurz nach seinem Geburtstag. Und eigentlich hätte mich das Ganze keineswegs so unerwartet treffen sollen. Er litt an Anämie und hatte schon als Baby zweimal Lungenentzündung gehabt. Aber irgendwie hat es mich doch überrascht, weißt du? Obwohl er schon so lange krank war, hat es mich völlig unvorbereitet getroffen, und danach war auch Verna wie eine Tote. Wenige Wochen nach der Beerdigung sagte sie, daß sie nach Missouri zurückkehren wollte. Ich fand das eine gute Idee und gab ihr alles Geld, das ich hatte, und seitdem habe ich sie nie wieder gesehen.

Nachdem sie mich verlassen hatte, fing ich ganz schön zu trinken an, und an einem freien Wochenende kam ich nach Los Angeles und soff mir einen solchen Rausch an, daß ich mit ein paar anderen Saufköpfen schließlich in der El Toro Marine Base landete und nicht in Camp Pendleton, wo ich eigentlich hingehört hätte. Die M.P.s am Tor ließen meine Saufkumpane natürlich durch, aber ich hatte den falschen Passierschein, und so hielten mich die beiden Militärpolizisten an. Ich war so besoffen, daß ich anfing, mich mit den beiden anzulegen.

An die Nacht in der Arrestzelle in El Toro kann ich mich nur noch schwach erinnern. Nur die beiden Wächter sehe ich jetzt noch vor mir – ein Weißer und ein Schwarzer. Sie hatten Khakihosen und Unterhemden an und schleiften mich über den Boden der Zelle auf die Toilette, wo sie mich mit ihren Gummiknüppeln hernahmen und dann unter die Dusche steckten, um mir das Blut abzuwaschen. Ich kann mich noch erinnern, wie ich mich an den Wasserhähnen festklammerte und meinen Kopf in ein Waschbekken steckte, um mich vor ihren Schlägen zu schützen. Aber sie schlugen erbarmungslos auf meine Arme und Rippen und auf die Nieren und den Hinterkopf ein. Das war das erstemal, daß ich mir die Nase gebrochen habe.«

Laila streichelte immer noch mein Gesicht und hörte mir zu. Ihre Hände fühlten sich kühl und angenehm an.

»Daraufhin wurde ich vors Kriegsgericht gestellt, und nachdem die beiden M.P.s ausgesagt hatten, rückte mein Verteidiger mit einer ganzen Schwadron von Zeugen an, die sich für meine Zuverlässigkeit und meinen ansonsten untadeligen Lebenswandel verbürgten. Darunter waren sogar ein paar Zivilpersonen, Frauen von Marinesoldaten, die in der Nähe gewohnt hatten, als ich noch mit Billy und Verna zusammengelebt hatte. Sie alle erzählten von mir und von Billy, und wie ungewöhnlich begabt er gewesen wäre. Dann sagte der Arzt, der mich in der Arrestzelle behandelt hatte, zu meinen Gunsten aus. Er erklärte, daß ich mich zum Zeitpunkt der Schlägerei in einem höchst labilen psychischen Zustand befunden hätte und für meine Taten nicht verantwortlich gemacht werden könnte – und das, obwohl er keinerlei psychologische Ausbildung hatte. Jedenfalls kam mein Verteidiger damit durch, und ich mußte nicht sitzen. Ich wurde lediglich degradiert. Ist es eigentlich sehr heiß hier drinnen, Laila?«

»Nein, Bumper.« Sie streichelte mir mit der Rückseite ihrer Hand die Wange.

»Na ja, jedenfalls habe ich dann im Frühjahr 50 meinen Abschied genommen und bin, nachdem ich erst noch ein Jahr verbummelt habe, zur Polizei gegangen.«

»Warum bist du damals ausgerechnet Polizist geworden?«

»Ich weiß auch nicht. Ich war ein guter Kämpfer. Das war vermutlich der Grund. Als es in Korea dann losging, wollte ich mich schon wieder zum Corps melden, aber dann las ich irgendwo den Satz: ›Polizisten sind Soldaten, die selbständig handeln.‹ Und das einzige, was mir am Militär eigentlich nicht gefallen hat, war die Tatsache, daß man dort nie was auf eigene Faust tun konnte. Und als Polizist durfte ich das tun. Also wurde ich Polizist.«

»Hast du nie wieder etwas von Verna gehört?« fragte mich Laila ruhig, und plötzlich spürte ich, wie mir kalt wurde und wie ich zu zittern begann.

»Etwa sechs Jahre, nachdem ich zur Polizei gegangen war, bekam ich einen Brief von einem Anwalt in Joplin. Ich habe keine Ahnung, wie der Kerl meine Adresse herausgekriegt hat. Jedenfalls teilte er mir mit, sie hätte die Scheidung eingereicht, und danach schickte er mir die Scheidungsurkunde zu. Ich bezahlte sein Honorar und schickte ihr noch etwa fünfhundert Dollar, um ihr den Anfang zu erleichtern. Ich hatte immer gehofft, sie würde einen fleißigen Kerl kennenlernen und mit dem eine eigene Farm aufbauen. Sie war eine Frau, die nichts auf eigene Faust unternehmen konnte. Sie brauchte jemanden, den sie lieben konnte, und dann würde sie natürlich entsprechend leiden, wenn ihr jemand die geliebte Person wegnahm oder diese aus eigenen Stücken von ihr fortging. Sie hatte nie gelernt, in dieser Welt *allein* zu leiden. Ich fand nie heraus, was eigentlich aus ihr geworden ist. Und ich habe mich auch gar nicht bemüht, das rauszukriegen, weil ich Angst davor hatte, erfahren zu müssen, daß sie vielleicht wieder zu saufen angefangen hatte oder auf den Strich ging oder sonst irgendwie in der Gosse gelandet war.«

»Bumper?«

»Ja?«

»Bitte, nimm heute nacht mein Bett. Dusch dich, und dann schlaf in meinem Bett. Du bist ja ganz naßgeschwitzt. Du wirst dich nur erkälten, wenn du hier auf der Couch schläfst.«

»Mach dir meinetwegen keine Sorgen. Du hättest mal

sehen sollen, wo ich schon überall geschlafen habe. Gib mir nur eine Decke.«

»Bitte, Bumper.«

Sie versuchte, mich hochzuheben, was mich fast zum Lachen gebracht hätte. Sie war zwar ein kräftiges Mädchen, aber keine Frau würde Bumper Morgan hochheben, und schon gar nicht mit dem Wanst, den ich mir an diesem Abend mit gutem Essen und Alkohol vollgeschlagen hatte.

»Also gut«, brummte ich und stellte fest, daß ich gar nicht mehr so betrunken war, als ich aufstand. Ich wankte in Lailas Schlafzimmer, wo ich mich auszog, und dann nahm ich im Bad eine Dusche. Am Ende stellte ich das Wasser auf kalt. Als ich fertig war, trocknete ich mich in ihrem Badetuch ab, das nach Frau roch, nahm den durchnäßten Verband an meinem Bein ab und fühlte mich in diesem Augenblick besser denn je zuvor an diesem Tag. Ich putzte mir die Zähne, betrachtete mein fleischrotes Gesicht und meine geränderten Augen im Spiegel und schlüpfte nackt in Lailas Bett. Zum Schlafen trage ich, Winter wie Sommer, nie etwas.

Auch das Bett roch nach Laila, oder besser nach Frau, da für mich eigentlich alle Frauen ziemlich gleich sind. Sie alle riechen und fühlen sich gleich an. Es ist die Essenz der Weiblichkeit, die ich brauche.

Ich dämmerte bereits hinüber, als Laila hereinkam und in die Dusche schlich, und es kam mir vor, als wären nur ein paar Sekunden vergangen, als sie plötzlich in ihrem schlichten, weißen Bademantel auf meinem Bett saß. Ich roch Flieder und dann Frau, und während ich allmählich wieder ganz zu mir kam, spürte ich nichts mehr als ihre samtenen Lippen über meinem ganzen Gesicht.

»Was soll das, Laila?« Ich setzte mich auf.

»Ich habe dich heute abend doch schon die ganze Zeit gestreichelt, Bumper«, flüsterte sie. »Du hast mir alles mögliche erzählt. Das ist, glaube ich, das erstemal seit Jahren, Bumper, daß ich wirklich das Gefühl hatte, einen anderen Menschen berührt und gestreichelt zu haben!« Sie legte ihre Hand auf meine nackte Schulter.

»Na ja, dann laß mal gut sein. Du hast mich jetzt wirklich genug gestreichelt.« Ich machte mir schon Vorwürfe, weil ich ihr all diese intimen Dinge aus meinem Leben erzählt hatte, und nahm ihre Hand von meiner Schulter. Nun würde ich in ein paar Wochen noch einmal nach Los Angeles zurückfliegen müssen, um diese Geschichte mit Laila und ihrer Familie zu regeln. Mein Leben wurde in letzter Zeit zunehmend komplizierter.

»Bumper ...« Laila kicherte ausgelassen und zog ihre Beine unter sich hoch. »Du bist einfach wundervoll. Du bist ein richtig wundervoller alter Pandabär. Ein riesiger, blaunäsiger Pandabär. Weißt du eigentlich, daß deine Nase ganz blau ist?«

»Ja, das wird sie immer, wenn ich zuviel getrunken habe.« Ich vermutete, daß sie etwas Haschisch geraucht hatte, während ich zugleich merkte, daß ich durch ihr Negligee ihre Haut sehen konnte, die nun genau die Farbe von Aprikosen hatte. »Mir sind von den vielen Schlägen auf die Nase schon zu viele Gefäße geplatzt.«

»Laß mich doch zu dir unter die Decke, Bumper.«

»Jetzt hör aber mal, Kleine. Du schuldest mir absolut nichts. Eigentlich macht es mir sogar Spaß, deine Familie hinters Licht zu führen.«

»Aber du hast dich von mir streicheln lassen, Bumper.« Und schon wieder spürte ich ihren warmen, weichen Mund auf meinem Gesicht und meinem Hals, und ich war völlig von ihrem kastanienbraunen Haar eingehüllt, bevor mir noch bewußt wurde, wie absurd das alles war.

»Verdammt noch mal!« schimpfte ich und versuchte, sie zurückzuhalten. »Das ist doch absoluter Blödsinn, was du da eben machst. Verdammt noch mal, ich bin doch schon fast ein klappriger alter Tattergreis, und du bist für mich ja immer noch ein kleines Mädchen. Das ist doch widersinnig!«

»Stell mich nicht immer als kleines Mädchen hin, und

vor allem hindere mich nicht ständig daran, es mit dir zu machen.«

»Du – und es mit mir machen? Du hast doch nur einen Vaterkomplex, weil ich Polizist bin. Da bist du keineswegs das einzige junge Mädchen, dem es so geht.«

»Aber ich hasse doch Polizisten«, erwiderte sie kichernd. Ihre Brüste schaukelten leicht gegen meine Arme, die allmählich in ihrem Widerstand erlahmten. »Ich will nur dich, Bumper, und nicht deine Uniform, weil ich noch nie einen Mann wie dich kennengelernt habe.«

»Na ja, meine sechs Kubikmeter Volumen macht mir ja auch keiner so schnell nach«, entgegnete ich mit schwacher Stimme.

»So habe ich das nicht gemeint.« Ihre Hände glitten inzwischen leicht über meinen Körper, und sie fing wieder an, mich zu küssen, während ich alles tat, was in meiner Macht stand, um mich den Freuden aus Tausendundeiner Nacht zu entziehen.

»Jetzt hör doch! Selbst wenn ich wollte, könnte ich gar nicht«, stöhnte ich. »Du bist einfach zu jung. Mit so einem jungen Mädchen wie dir könnte ich es einfach nicht.«

»Wollen wir wetten?«

»Jetzt laß doch endlich diesen Quatsch, Laila!«

»Wie kann ein Mann nur so klug sein und sich zugleich so anstellen.« Sie stand lächelnd auf und streifte ihr Negligee ab.

»Du fällst doch nur auf meine Uniform rein«, krächzte ich heiser. »Wahrscheinlich hast du dich ganz einfach nur in meine Uniform verkuckt.«

Laila konnte sich vor Lachen nicht mehr halten, so daß sie mindestens eine Minute lang kichernd auf dem Bett herumkugelte. Mit einem verlegenen Lächeln starrte ich auf ihren Aprikosenhintern und ihre wundervollen Schenkel und dachte, nun wäre es überstanden. Aber als sie dann zu lachen aufhörte, lächelte sie mich sanfter und wärmer an als je zuvor und kroch unter die Bettdecke, wobei sie etwas auf arabisch flüsterte.

FREITAG, DER LETZTE TAG

15.

Am Freitagmorgen wachte ich mit einem üblen Kater auf. Laila lag halb auf mir, ein zartes, sanftes Reh, das der Grund war, weshalb ich aufwachte. Nach so vielen Jahren des Alleinlebens schlafe ich nicht gern mit jemandem in einem Bett. Cassie, mit der ich sicher schon hundertmal ins Bett gegangen war, hatte noch nie eine ganze Nacht zusammen mit mir geschlafen. Wir würden uns zwei getrennte Betten zulegen müssen, Cassie und ich. Ich halte es einfach nicht aus, jemandem zu lange sehr nahe zu sein.

Da Laila nicht aufwachte, als ich aufstand, zog ich mich im Wohnzimmer an und schrieb ihr einen Zettel, daß ich mich in einer Woche mit ihr in Verbindung setzen würde, um dann genauer zu besprechen, wie wir die Sache mit dem Bankkonto regeln und Yasser mit der ganzen Familie hinters Licht führen wollten.

Bevor ich ging, schlich ich noch ein letztesmal ins Schlafzimmer zurück, um sie mir noch einmal anzusehen. Schlank und schön lag sie im Bett, auf dem Bauch.

»*Salam*, Laila« flüsterte ich. »Tausend *Salams*, meine Kleine.«

Vorsichtig schlich ich die Haustreppe zum Eingang und zu meinem Wagen hinunter, der vor dem Haus stand, und fühlte mich erst besser, als ich, die Fenster heruntergekurbelt, in Richtung Hollywood Boulevard losfuhr. Es war ein windiger, nicht allzu dunstiger Tag.

Dann dachte ich eine Weile darüber nach, wie es mit Laila gewesen war, und ich schämte mich ein wenig, weil es mich immer mit Stolz erfüllt hatte, anders zu sein als diese häßlichen, alten Knacker aus Hollywood, die man mit den hübschesten jungen Mädchen durch die Gegend ziehen sieht. Laila hatte das alles nur getan, weil sie dankbar und neurotisch und verwirrt gewesen war, und ich hatte das ausgenützt. Ich hatte mich mein ganzes Leben lang immer nur auf Frauen meines Kalibers eingelassen, und jetzt hatte ich mich auch in die Reihe dieser geilen, alten Knacker eingefügt.

Ich fuhr nach Hause, nahm eine kalte Dusche und rasierte mich, bis ich mich nach einem Aspirin und drei Tassen Kaffee wieder halbwegs menschlich fühlte. Ich fragte mich, ob sich mein Magen wieder einigermaßen beruhigen würde, wenn ich nicht mehr bei der Polizei war und mit meiner Verdauung Frieden schließen konnte.

Ich kam eine halbe Stunde zu früh im Glashaus an, und bis ich meine schwarzen Schnürstiefel geputzt, meine Dienstpistole poliert und mit einem Tuch und etwas Politur meinem Abzeichen zu Leibe gerückt war, fing ich an, leicht zu schwitzen und mich zunehmend besser zu fühlen. Ich zog mir eine frische Uniform an, da die von gestern voller Blut und Vogelscheiße war. Und als ich schließlich das blank polierte Abzeichen an mein Hemd steckte und meinen zernarbten Knüppel durch den Ring an meinem Gürtel gleiten ließ, verbesserte sich meine Stimmung sogar noch mehr.

Beim Morgenappell saß Cruz wie üblich neben Lieutenant Hilliard, unserem Chef, an dem Tisch vor seinem Büro. Er sah mehrmals zu mir herüber, als erwartete er, daß ich jeden Augenblick aufstünde und großspurig verkündete, daß dies mein letzter Tag war. Das vermied ich natürlich tunlichst, und Cruz wirkte leicht enttäuscht. Ich haßte es, andere Menschen zu enttäuschen, und dies galt insbesondere für Cruz. Aber ich würde meinen Abschied ohne großen Aufhebens nehmen. Ich wünschte mir nur, daß Lieutenant Hilliard an diesem Morgen eine Inspektion abhielt, da dies meine letzte sein würde. Und tatsächlich tat er mir den Gefallen. Er hinkte an unserer Reihe vorbei und sagte, meine Stiefel und mein Abzeichen wären wirklich piccobello. Außerdem äußerte er den Wunsch, die jüngeren Kollegen möchten sich ein Beispiel an mir nehmen. Danach trank ich erst einmal ein paar Schluck Wasser, worauf ich mich gleich noch besser fühlte.

Eigentlich hätte ich mich mit Cruz noch zum Mittagessen verabreden wollen, aber da sich gerade Lieutenant Hilliard mit ihm unterhielt, ging ich zu meinem Wagen hinaus und beschloß, ihn später anzurufen. Ich stieg in meinen Schwarzweißen, steckte den Knüppel in die Halterung an der Tür, riß den obersten Zettel von meinem Notizblock, ersetzte die alten Einsatzformulare, sah nach, ob sich keine toten Liliputaner auf den Rücksitz verirrt hatten, und fuhr los. Es war einfach nicht zu fassen. *Das letztemal.*

Ich schaltete den Funk ein, obwohl ich Angst hatte, ich könnte den Auftrag erhalten, mich um irgendeinen Einbruchsfall oder sonst eine Lappalie zu kümmern, bevor ich etwas im Bauch hatte. Ich hatte absolut keine Lust auf etwas Schweres, so daß ich auf der San Pedro in Richtung Süden zur Milchbar fuhr. Die Milchbar war für mich schon seit langem der beste Ort, einen Kater auszukurieren. Eigentlich war es mehr als nur eine Milchbar, da dazu noch eine Großmolkerei gehörte, deren Produkte in ganz Südkalifornien vertrieben wurden – darunter solche Leckereien wie Hüttenkäse, Buttermilch und Joghurt. Und bei einem ordentlichen Kater ist so etwas genau das richtige. Da die Milchbar noch nicht offen hatte, winkte ich dem Wächter an der Einfahrt zu, worauf dieser den Schlagbaum hochgehen ließ, so daß ich auf das Molkereigelände fahren konnte.

Auch der Laden für die Angestellten war noch nicht geöffnet, aber ich sah einen Verkäufer, der sich bereits an der Registrierkasse zu schaffen machte. Ich klopfte ans Fenster.

»Hallo, Bumper.« Der junge Mann sah lächelnd auf. Er hatte tiefliegende grüne Augen und dichtes schwarzes Haar. »Was darf es denn heute sein?«

»Ein bißchen Plasma«, witzelte ich. »Aber ein wenig Joghurt wird's auch tun.«

»Na, dann kommen Sie rein.« Er schloß mir lachend auf

und ging mit mir auf die große Glastür zum Kühlraum zu, wo der Joghurt gelagert wurde. Ich nahm mir zwei Joghurts, und er gab mir einen Plastiklöffel, als ich sie auf der Theke abstellte.

»Ist das schon alles, Bumper?« fragte er. Ich schüttelte nur den Kopf und löffelte mir, bevor er noch schauen konnte, einen Heidelbeer- und einen Limonenjoghurt hinunter. Was soll's, dachte ich, und holte mir noch einen mit Apfel, den ich hinunterschlang, während der Verkäufer sein Geld zählte. Ab und zu sagte er etwas zu mir, und ich lächelte ihn, den Mund voll kühlem, sahnigem Joghurt, schweigend an, während sich mein geplagter Magen an der fruchtigen Frische labte.

»So wie Sie habe ich noch nie jemanden Joghurt wegputzen sehen«, meinte der junge Kerl, als ich schließlich fertig war.

Ich konnte mich nicht an seinen Namen erinnern und wünschte mir deshalb, die Molkereiangestellten hätten Namensschilder an ihren grauen Arbeitskitteln getragen. Ich hatte es nämlich immer gern, wenn ich jemanden beim Namen nennen konnte, wenn ich mich mit ihm unterhielt, und das vor allem, wenn ich dazu sogar noch etwas zu essen bekam.

»Könnte ich noch eine Buttermilch haben?« fragte ich, nachdem er die Joghurtbecher in den blitzenden Abfalleimer hinter der Theke geworfen hatte. Alles im Raum war, wie es sich für eine Molkerei gehört, blitzsauber, und es roch angenehm frisch und kühl.

»Aber sicher, Bumper.« Er ging nach hinten und kam mit einem halben Liter Buttermilch zurück. Von den älteren Molkereiangestellten hätte mir kaum einer nur einen halben Liter gebracht. Schließlich hatte ich an diesem Morgen einen schrecklichen Brand. Anstatt jedoch etwas zu sagen, öffnete ich den Papptetraeder und kippte mir seinen Inhalt mit drei Schlucken hinunter. Vielleicht würde ihm auf diese Weise sein Fehler bewußt werden.

»Ich schätze, ich hätte Ihnen wohl eher einen Liter bringen sollen, was?« meinte der junge Angestellte dann auch ganz richtig, als ich die Milchpackung abstellte und mir die Lippen leckte.

Ich zuckte lächelnd mit den Schultern, worauf er noch einmal einen halben Liter brachte.

»Vielen Dank«, sagte ich. »Heute habe ich aber auch wirklich einen mordsmäßigen Durst.« Ich öffnete die Pakkung und ließ die köstliche, dickliche Flüssigkeit in meinen Mund rinnen, um dann ganz langsam und genüßlich zu schlucken anzufangen. Als ich auch die zweite Buttermilch getrunken hatte, fühlte ich mich wieder richtig fit. Ich war wieder auf dem Damm. Nun konnte ich zu neuen Taten schreiten.

»Wollen Sie sich nicht noch eine Buttermilch mitnehmen?« fragte mich der Angestellte. »Oder vielleicht ein paar Becher Joghurt oder Hüttenkäse?«

»Nein, danke.« Ich halte nichts davon, die Freigebigkeit der Leute zu sehr auszunutzen, wie ich das schon bei mehreren Kollegen gesehen habe. »Ich muß jetzt zurück an die Arbeit. Am Freitagmorgen ist manchmal eine Menge los.«

Ich hätte mich eigentlich noch ein bißchen mit ihm unterhalten sollen. Mir war das sehr wohl bewußt, aber ich hatte im Augenblick einfach keine Lust dazu. Es war das erstemal, daß mich dieser Mann bediente, und so sagte ich genau das, was alle Polizisten sagen, wenn sie sich zu neunzig Prozent sicher sind, wie die Antwort auf ihre Frage lauten wird.

»Wieviel bin ich Ihnen denn jetzt schuldig?«

»Ach, das ist doch nicht der Rede wert«, antwortete er, wie erwartet. »Kommen Sie lieber wieder mal bei uns vorbei, Bumper. Hier sind Sie jederzeit willkommen.«

Während ich aus dem Werksgelände fuhr, steckte ich mir eine Zigarre an, die meiner Verdauung diesmal kaum etwas anhaben würde, da mein Magen durch dieses Frühstück so gut präpariert war, daß ich wahrscheinlich ein paar Konservenbüchsen verdrücken hätte können, ohne etwas zu merken.

Und dann fiel mir ein, daß das eben mein letzter Besuch in der Molkerei gewesen war. Verdammt, dachte ich. Alles, was ich heute tue, tue ich zum letztenmal. Und dann wünschte ich mir plötzlich, ich würde irgendeinen blödsinnigen Auftrag über Funk hereinbekommen – einen Einbruch oder eine etwas heftigere familiäre Auseinandersetzung, obwohl ich nichts mehr haßte, als in solchen Fällen den Schiedsrichter zu spielen. In meiner momentanen Verfassung hätte es mir nicht einmal etwas ausgemacht, einen Strafzettel auszustellen.

Das wäre schon etwas gewesen, dachte ich, nach meinen zwanzig Jahren immer noch dabeizubleiben, obwohl ich meine Pension schon absolut sicher hatte. Ganz gleich, was man nach diesen zwanzig Jahren tun oder nicht tun würde, war einem diese vierzigprozentige Pension sicher, sobald man aus dem Dienst ausschied. Dabei war es völlig gleichgültig, ob man nun gefeuert wurde, weil man so einen Dreckskerl die Feuerleiter hinunterstieß, oder wegen Meineids vor Gericht in den Knast wanderte, weil man eigentlich einen üblen Ganoven dorthin hatte bringen wollen, oder ob man einem aufmüpfigen Rotzlöffel aus dem College mit dem Gummiknüppel einen über die Rübe zog, weil er einen am Dienstabzeichen zerrte und bei einer Demonstration ein Tonband dabeihatte – ganz gleich, was man tat, man hatte seine Pension im Sack.

Wenn es nötig sein sollte, würden sie einem die Schecks sogar nach San Quentin überweisen. Die Pension konnte einem jedenfalls niemand mehr nehmen. Mit diesem Wissen würde die Polizeiarbeit vielleicht sogar noch etwas mehr Spaß machen, dachte ich. Auf diese Weise würde man sogar noch etwas direkter und skrupelloser vorgehen. Sicher hätte mir meine Arbeit noch mehr Spaß gemacht, wenn ich gewußt hätte, daß mir meine Pension sicher war.

Während ich nun durch die Gegend fuhr, fiel mir in dem Gebrabbel aus dem Funkgerät eine Stimme auf. Es war das Mädchen mit der angenehmsten und heißesten Stimme, die ich je gehört hatte. Sie war heute auf Kanal dreizehn und hatte eine ganz eigene Art, die Nachrichten durchzugeben. Sie plapperte nicht nur einfach unpersönlich darauflos und antwortete mit knappen Sätzen im Telegrammstil und wenig kommunikativen ›Rogers‹. Ihre Sprechweise war auffallend melodisch, so daß sich die Streifenpolizisten sogar über eine Unfallmeldung freuten, wenn dieses Mädchen sie durchsagte, obwohl dies sonst die unbeliebtesten Aufträge waren. Der Kerl in Wagen Vier-L-Neun mußte wohl einen schweren Stein bei ihr im Brett haben, weil mir ihre sanfte, leicht rauchige Stimme einen Schauer den Rücken hinunterjagte, als sie sagte: »Vier-L-Neun, Roger!«

So macht man eine Durchsage, dachte ich. Ich fuhr ohne ein bestimmtes Ziel durch mein Revier, sah mir die Leute an, die ich kannte, und auch die Leute, die ich nicht kannte, und gab mir Mühe, nicht an all das zu denken, was ich in Zukunft nicht mehr tun würde. Ich tauschte das für Dinge ein, die ich *lieber* tun würde, beziehungsweise, die jeder halbwegs vernünftige Mensch lieber tun würde, wie zum Beispiel mit Cassie zusammenzusein, ein normales, bürgerliches Leben anzufangen und mir eine neue Karriere aufzubauen. Komisch, daß ich mir diese Art von Leben als *zivilisiert* vorstellen sollte. Das war auch sicher einer der Gründe, weshalb ich zum Sterben immer nach Nordafrika hatte gehen wollen.

Ich hatte mir immer, wenn auch etwas vage, vorgestellt, nach dreißig Jahren meinen Abschied zu nehmen, falls mich bis dahin noch niemand ins Jenseits geschickt haben sollte und ich so lange durchhielt, da ich mit sechzig dann einfach zu alt für meinen Job bei der Polizei geworden wäre. Aber ich hatte mir tatsächlich eingebildet, ich könnte so lange dabeibleiben. Ich stellte mir vor, daß ich noch bis sechzig durch diese Straßen streifen könnte, wenn ich mich mit dem Essen, dem Trinken und den Zigarren etwas zurückhielt. Dann würde ich so ziemlich alles gelernt haben, was es hier zu lernen gab. Ich hätte alle Geheimnisse gelüftet, die ich schon immer hatte lüften wollen, und dann wäre ich ins Flugzeug gestiegen und zum Tal der Könige gereist, um von einem rosafarbenen Granitfelsen aus in die Weite zu blicken, wo alle Zivilisation ihren Anfang genommen hatte.

Und wenn ich lange genug dort blieb und nicht zuviel soff und von einer Pyramide fiel oder von einem aufgescheuchten Kamel zu Tode getrampelt oder von einem Araber durchlöchert wurde, der alle Amerikaner haßte – wenn ich also noch lange genug überlebte, würde ich vielleicht das letzte herausfinden, was ich noch wissen wollte: ob die Zivilisation wirklich das Aufheben wert war, das man um sie machte.

Dann fiel mir ein, was Cruz dazu sagen würde, wenn ich je betrunken genug sein sollte, um mit ihm über dieses Thema zu sprechen. Er würde sagen: »Leg doch der Liebe, die du in dir verspürst, keinen Riegel vor, *'mano,* und laß dich einfach fallen. Du wirst deine Antwort schon bekommen. Dazu brauchst du keine Sphinx und keinen rosa Granitfelsen.«

»Hallo, Bumper«, drang plötzlich eine Stimme an mein Ohr. Ich wandte meinen Blick zur Seite und entdeckte Percy, der gerade seine Pfandleihe aufschloß.

»Hallo, Percy!« schrie ich zurück und fuhr etwas langsamer, um ihm zuzuwinken. Percy war eine äußerst seltene Spezies Mensch, ein ehrlicher Pfandleiher. Er jagte jeden Dieb oder Hehler auf der Stelle aus seinem Laden, wenn er auch nur den geringsten Verdacht hatte, daß man ihm heiße Ware anbot. Und er verlangte von jedem Kunden, daß er sich ordentlich auswies, bevor er Geschäfte mit ihm machte.

Ich erinnerte mich, daß er mir einmal einen Strafzettel gegeben hatte, den ich für ihn hätte anfechten sollen, da es der erste war, den er bekommen hatte – und zwar, weil er bei Rot über eine Kreuzung *gegangen* war. Percy hatte nämlich keinen Wagen, da er Autos nicht mochte. Er fuhr jeden Morgen mit dem Bus zur Pfandleihe. Ich konnte dem guten Percy damals einfach nicht klarmachen, daß ich keinen Strafzettel anfechten konnte, und so nahm ich ihn einfach und bezahlte die geforderte Summe. Heutzutage ist es praktisch unmöglich, einen Strafzettel anzufechten. Dazu muß man schon mindestens einen Richter oder einen Oberstaatsanwalt kennen. Die Anwälte helfen sich in dieser Hinsicht natürlich schon gegenseitig, aber als gewöhnlicher Polizist richtet man in solch einem Fall absolut nichts aus. Jedenfalls zahlte ich also Percys Strafzettel, worauf er dachte, ich hätte die Sache geregelt, und mich für einen mordseinflußreichen Mann hielt.

Ein anderer Schwarzweißer fuhr in Richtung Süden an mir vorbei. Der Fahrer, ein kraushaariger junger Bursche namens Nelson, winkte mir. Ich nickte ihm grinsend zu. Fast wäre er einem Wagen hinten drauf gebrummt, der an einem Rotlicht hielt, da er einer heißen Biene in Hot pants nachschielte, die gerade in ein Bürogebäude ging. Das war wieder einmal typisch für diese jungen Kollegen, dachte ich. Hatten nichts als Weiber im Kopf und redeten natürlich auch über nichts anderes.

Manchmal hatte ich das Gefühl, daß diese jungen Kerle heutzutage lieber über etwas redeten, als es dann tatsächlich zu tun. Das beunruhigte mich oft. Ich muß zugeben, daß ich von mir nicht gerade behaupten kann, in dieser Hinsicht zu kurz gekommen zu sein. Für so einen häßlichen Kerl wie mich hatte ich wirklich ganz ordentlich abgesahnt, aber ich habe nie jemandem groß erzählt, was nun mit den einzelnen Frauen gelaufen ist. Zu meiner Zeit hätte sich so etwas einfach nicht gehört. Aber meine Zeit war offensichtlich vorüber, rief ich mir ins Gedächtnis zurück und bog in die Grand ein.

Und dann hörte ich, wie eine Streife in eines der großen Hotels in der Innenstadt gerufen wurde, und ich wußte, daß dieser Hoteldieb wieder zugeschlagen hatte. Ich hätte so ziemlich alles darum gegeben, diesen Kerl noch zu schnappen. Das wäre wirklich ein Ding gewesen, nach so einem dicken Fang aufzuhören. Ich fuhr noch etwa zwanzig Minuten durch die Gegend, bis ich mich schließlich doch auf den Weg zu diesem Hotel machte und hinter dem Streifenwagen parkte, der über Funk dorthin bestellt worden war. Ich blieb im Auto sitzen und rauchte eine Zigarre, bis nach etwa einer Viertelstunde Clarence Evans herauskam. Er war eine ellenlange, dünne Bohnenstange, fünfzehn Jahre bei der Polizei, und ich hatte früher Handball mit ihm gespielt, als meine Gelenke noch etwas mehr ausgehalten hatten.

Diese Spiele hatten manchmal wirklich Spaß gemacht. Es ist schon etwas ganz Besonderes, wenn man nach der Nachtschicht so gegen ein Uhr morgens zur Akademie rauffährt und dort dann nach drei harten, schnellen Spielen noch ins Dampfbad geht. Evans war allerdings vom Dampfbad nicht sonderlich begeistert, da er so dürr war. Er hatte immer einen halben Kasten Bier dabei, den er leermachte, nachdem wir geduscht hatten.

Evans war einer der ersten Schwarzen, mit denen ich gearbeitet hatte, nachdem die Polizei von Los Angeles die volle Rassenintegration durchgesetzt hatte. Er war ein guter Polizist und arbeitete immer gern mit mir zusammen, obwohl er wußte, daß ich eigentlich ein Einzelgänger war. Während der Nachtschicht ist es manchmal doch ein beruhigendes Gefühl, jemanden neben sich zu haben. Deshalb hatte ich also neben ihm auch mit vielen anderen Männern zusammen nächtlichen Streifendienst gemacht, obwohl ich lieber allein gewesen wäre. Ich arbeitete mit ihm als Partner, da ich niemanden enttäuschen konnte, und schon gar nicht, wenn jemandem so viel an mir lag.

Clarence kam also mit seinem Notizblock aus dem Hotel. Als er mich sah, lief er grinsend zu meinem Wagen, öffnete die Tür auf der Beifahrerseite und setzte sich neben mich.

»Na, was gibt's, Bumper?«

»Ich wollte nur wissen, ob dieser Hoteldieb wieder zugeschlagen hat.«

Clarence nickte. »Er hat drei Zimmer im fünften und zwei im vierten ausgeräumt.«

»Haben die Leute gerade geschlafen?«

»In vier Zimmern, ja. Im fünften waren sie unten in der Bar.«

»Das heißt also, er hat vor zwei Uhr früh zugeschlagen.«

»Genau.«

»Irgendwie werde ich aus diesem Kerl einfach nicht schlau.« Ich schüttelte den Kopf und nahm eine Pille gegen Sodbrennen. »In der Regel schlägt er doch tagsüber oder am frühen Abend zu. Jetzt bricht er plötzlich mitten in der Nacht ein – egal, ob jemand auf dem Zimmer ist oder nicht. Ich habe noch nie von einem Hoteldieb gehört, der so unberechenbar vorgeht.«

»Tja, das ist es vermutlich«, meinte Evans. »Der Kerl ist wahrscheinlich nicht nur unberechenbar, sondern auch leicht meschugge. Hat er bei einem Bruch nicht auch versucht, einem Kind was anzutun?«

»Eigentlich war es ein Teddybär. Er hat wie ein Verrückter auf so einen Spielzeugteddy eingestochen. Er war mit mehreren Decken zugedeckt und sah aus wie ein schlafendes Kind.«

»Der Kerl hat sicher eine Meise«, brummte Evans.

»Das würde auch erklären helfen, weshalb die anderen Hoteldiebe absolut nichts über ihn wissen.« Ich sog nachdenklich an meiner Zigarre. »Ich habe ihn eigentlich nie für einen Profi gehalten, eher für einen Amateur mit einer Menge Glück.«

»Ja, wahrscheinlich ist das irgend so ein verrückter Einzelgänger mit einer gehörigen Portion Glück«, nickte Evans. »Hast du eigentlich schon mit allen deinen Informanten gesprochen?« Aus der Zeit, da wir zusammengearbeitet hatten, kannte er noch meine Arbeitsmethoden. Er wußte, daß ich Informanten hatte, aber er wußte ebensowenig wie alle anderen Kollegen, wie viele es waren und daß ich die guten bezahlte.

»Ich habe so ziemlich mit jedem gesprochen, der etwas darüber wissen könnte. Ein Hoteldieb hat mir erzählt, daß sich in dieser Sache schon drei Detectives an ihn gewandt hätten und er uns alles erzählen würde, wenn er irgend etwas über diesen Kerl wüßte, da wegen dieses Typen die Hotels so streng überwacht würden, daß er nicht das geringste dagegen hätte, wenn wir diesen Burschen schnappen.«

»Ich könnte ja wetten, daß sicher du's bist, wenn zufällig doch jemand irgendwo über diesen Kerl stolpern sollte.« Damit setzte Evans seine Mütze auf und stieg aus.

»Die Polizei fischt zwar noch im trüben, aber eine Verhaftung steht unmittelbar bevor.« Ich zwinkerte ihm zu und ließ den Wagen an. Das würde ein verdammt heißer Tag werden.

Ich wurde wegen eines Unfalls zum Pershing Square gerufen. Vermutlich war irgendein alter Rentner bei seinem Morgenspaziergang gestürzt und versuchte nun, wegen eines Sprungs im Gehsteigpflaster die Stadt zu verklagen. Ich ignorierte den Funkspruch einfach ein paar Minuten lang, bis der Auftrag an einen anderen Wagen weitergegeben wurde. An sich lag mir so etwas gar nicht. Ich fand immer, man sollte sich gefälligst um die Aufträge kümmern, die man erhielt, aber schließlich blieb mir nur noch ein Tag. In diesem Augenblick fiel mir plötzlich Oliver Horn ein, und ich konnte gar nicht verstehen, weshalb ich nicht schon eher an ihn gedacht hatte. Nun galt es, keine Zeit zu vergeuden. Sollten sich die Kollegen um diesen Unfall kümmern, während ich zu dem Friseurladen in der Fourth Street fuhr.

Oliver saß vor dem Haus auf dem Gehsteig. Sein allgegenwärtiger Besen lag quer über seinem Schoß, während er in der Sonne vor sich hin döste.

Oliver war so ziemlich der letzte Mensch auf Erden, dem man es gewünscht hätte, daß er noch einmal mit demselben Aussehen geboren würde. Er war gebaut wie ein Walroß. Über dem Ellbogen war ihm ein Arm amputiert worden. Das lag inzwischen sicher an die vierzig Jahre zurück, und der schlechteste Chirurg der Welt war sicher dafür verantwortlich gewesen. Die Haut lappte an dieser Stelle einfach über und hing lose herunter. Oliver hatte orangerotes Haar, und zwar sowohl auf dem Kopf als auch auf seinem mächtigen weißen Bauch. Er hatte es nämlich schon längst aufgegeben, sich die Hosen über seine Wampe hochzuziehen, so daß er einem praktisch ständig seinen blanken Nabel entgegenreckte. Da es zu viel Aufwand gewesen wäre, sich mit einer Hand die Schuhe zu binden, waren seine Schnürsenkel offen und vom vielen Darauftreten völlig zerfasert. Auf dem Kinn hatte Oliver eine riesige Warze.

Trotz seines Aussehens war Oliver jedoch alles andere als auf den Kopf gefallen. Neben dem Friseurladen fegte er noch ein paar andere Geschäfte in dieser Ecke der Fourth Street aus, unter anderem auch eine Bar, in der immer einige ehemalige Sträflinge herumhingen. Sie lag in unmittelbarer Nähe der großen Hotels, und die reichen Touristen, die dort ab und zu vorbeikamen, waren natürlich willkommenes Jagdwild. Oliver war ein Mensch, dem nicht das geringste entging und der mir deshalb auch schon mehrmals nützliche Tips gegeben hatte.

»Bist du wach, Oliver?« sprach ich ihn an.

Er hob ein blau geädertes Lid. »Bumper! Na, wie geht's?«

»Alles bestens, Oliver. Wird wieder mal ein heißer Tag heute werden, was?«

»Ja, allerdings. Ich fange schon richtig zu kleben an. Gehen wir lieber hinein.«

»Ich hab's eilig. Hör mal, Oliver, hast du vielleicht was von diesem Hoteldieb gehört, der während der letzten Monate die großen Hotels in der Innenstadt unsicher gemacht hat?«

»Nein, von so einem Kerl habe ich nichts gehört.«

»Tja, vermutlich ist er auch gar kein gewöhnlicher Hoteldieb. Ich meine, keiner von diesen Jungs, die immer in Raymond's rumhängen. Aber vielleicht ist er dir anderweitig mal aufgefallen. Schließlich kippt sich auch ein Verrückter mal einen hinter die Binde, und Raymond's wäre dafür natürlich genau der richtige Ort, bevor man auf der anderen Straßenseite mal schnell zehn Hotelzimmer ausnimmt.«

»Hat der Kerl eine Meise?«

»Ja.«

»Wie sieht er denn aus?«

»Keine Ahnung.«

»Wie soll ich den Kerl dann finden, Bumper?«

»Ich weiß es auch nicht, Oliver. Ich habe im Moment nichts weiter als ein paar vage Ideen. Ich glaube, dieser Kerl hat schon früher einige Brüche gemacht. Ich meine, er versteht was davon, wie man eine Tür aufkriegt und so. Und wie gesagt, er hat auch eine Meise. Wenn du mich fragst, dann dauert es nicht mehr lange, und dieser Kerl ersticht noch jemanden. Er hat ein Messer, und zwar eins mit einer langen Klinge. Er hat damit nämlich glatt durch eine Matratze gestochen.«

»Wieso hat er auf 'ne Matratze eingestochen?«

»Er wollte einen Teddybären umbringen.«

»Hast du heute morgen schon was getrunken, Bumper?«

Während ich darüber noch lächeln mußte, wurde mir bewußt, daß das Ganze tatsächlich absurd war. Wie sollte ich von Oliver irgendwelche Informationen erhalten, wenn ich ihm keinerlei Anhaltspunkte geben konnte? Ich griff nach jedem Strohhalm, der gerade an mir vorbeischwamm, um an meinem letzten Tag noch einmal einen dicken Fang zu machen. Das ist doch lächerlich, dachte ich und schämte mich fast ein wenig.

»Da hast du fünf Dollar, Oliver. Kauf dir dafür mal ein anständiges Steak.«

»Jetzt hör mal, Bumper, ich habe doch noch gar nichts für dich getan.«

»Das macht nichts. Jedenfalls schleppt dieser Psychopath ein mordslanges Messer mit sich rum, und seit kurzem nimmt er diese Hotelzimmer zu jeder Tages- und Nachtzeit aus. Ist ja gut möglich, daß er mal in Raymond's auftaucht und sich was zu trinken bestellt. Vieleicht muß er gerade auf die Toilette, während du dort sauber machst, und vielleicht holt er dort sogar etwas von dem Zeug aus seiner Tasche, das er mitgehen hat lassen, um es sich mal genauer anzusehen. Oder vielleicht sitzt er einfach nur an der Bar rum und holt so einen Klunker raus, oder einer von diesen Hoteldieben, die ständig in Raymond's rumhängen, weiß irgendwas oder erzählt was. Und da du dich dort auch öfter rumtreibst, könntest du vielleicht zufällig mal was aufschnappen.«

»Klar, Bumper. Ich ruf dich sofort an, wenn ich was hören sollte. Auf der Stelle werde ich dich anrufen. Und wenn du noch ein paar zusätzliche Anhaltspunkte hast, verständigst du mich, ja?«

»Klar, mache ich, Oliver.«

»Na, dann haben wir den Kerl ja schon halb«, wieherte Oliver. Er hatte keine Vorderzähne mehr. Bis vor kurzem hatte er jedoch oben noch einen Schneidezahn gehabt.

»Bis dann also, Oliver.«

»Halt, Bumper, nicht so schnell! Du hast mir schon lange keine witzige Geschichte mehr erzählt. Wie wär's, wenn du zur Abwechslung wieder mal eine zum besten geben würdest?«

»Ach, du kennst sie doch sowieso schon alle.«

»Jetzt stell dich nicht so an, Bumper! Nur eine!«

»Na, mal sehen. Habe ich dir schon von dieser fünfundsiebzigjährigen Nymphomanin erzählt, die ich mal auf der Main verhaftet habe?«

»Klar«, prustete er los. »Aber die kannst du ruhig noch mal erzählen. Die fand ich echt witzig.«

»Ich muß jetzt los, Oliver, wirklich. Aber da fällt mir gerade ein, habe ich dir eigentlich die erzählt, wie ich mal im Elysian Park ein Paar überrascht habe, das es auf dem Rücksitz seines Autos getrieben hat?«

»Nein. Erzähl doch, Bumper!«

»Na ja, ich leuchte also mit meiner Taschenlampe in diesen Wagen rein, und da liegen die beiden auf dem Rücksitz, und Vati besorgt's seiner Freundin gerade mit seiner Knackwurst, worauf mein junger Partner fragt: ›Was machen Sie denn da?‹ Und darauf kommt dieser Typ genau mit der Antwort, die man zu neunzig Prozent immer zu hören bekommt, wenn man einen Kerl gerade bei dieser Tätigkeit ertappt. Er sagt also: ›Nichts, Herr Wachtmeister.‹«

»Klar, das kann ich mir schon vorstellen.« Oliver nickte eifrig.

»Sage ich also zu diesem Typen: ›Na ja, wenn *Sie* da gar nichts machen, dann kommen Sie doch kurz raus und halten meine Taschenlampe, damit ich sehen kann, ob *ich* nicht vielleicht was machen kann.‹«

»Haha, das ist ja echt witzig!« brüllte Oliver. »Mann, Bumper, das ist ja wirklich 'n Ding.«

Oliver mußte dermaßen lachen, daß er mich gar nicht weggehen sah. Er saß nur einfach da und hielt sich vor Lachen seinen gewaltigen Bauch.

Ich überlegte noch, ob ich Oliver nicht vielleicht hätte bitten sollen, bei den Detectives in der Zentrale anzurufen, da ich ja ab morgen nicht mehr zum Dienst erscheinen würde. Aber dann hätte ich ihm erklären müssen, weshalb er mich nicht mehr erreichen würde, und ich hatte absolut keine Lust mehr, mir von irgend jemandem anhören zu müssen, ob ich nun aufhören sollte oder nicht. Falls Oliver je anrufen sollte, würde ihm schon jemand sagen, daß ich nicht mehr bei der Polizei war, und dann würde die Information vielleicht sowieso an die Detectives weitergeleitet werden. Was soll's, dachte ich und ordnete mich wieder in den Morgenverkehr ein. Aber es wäre natürlich schon ein Ding gewesen, wenn ich an meinem letzten Tag noch diesen Hoteldieb schnappen könnte – das wäre wirklich ein Ding gewesen.

Ich sah auf meine Uhr. Cassie war inzwischen bestimmt schon in der Schule, so daß ich zum City College fuhr und den Wagen davor abstellte. Ich fragte mich, weshalb ich eigentlich Lailas wegen keinerlei Schuldgefühle hatte.

Vermutlich dachte ich, daß die ganze Geschichte nicht wirklich meine Schuld gewesen war.

Cassie war allein in ihrem Büro. Ich schloß die Tür hinter mir, warf die Mütze auf einen Stuhl, und als ich dann auf sie zutrat, überkam mich sofort dieses vertraute alte Gefühl, das ich schon so oft verspürt habe, wenn sich eine Frau an einen schmiegt.

»Ich mußte die ganze Nacht an dich denken«, sagte sie, nachdem ich sie sicher ein dutzendmal geküßt hatte. »Der gestrige Abend war ziemlich öde. Du kannst dir gar nicht vorstellen, was das für Langweiler waren.«

»Und du hast also die ganze Nacht an mich gedacht, hm?«

»Ja, ganz bestimmt.« Sie küßte mich von neuem. »Ich habe immer noch dieses ungute Gefühl, daß irgend etwas passieren wird.«

»Jeder Mann, der in die Schlacht zieht, hat dieses Gefühl.«

»Glaubst du denn, unsere Ehe könnte eine Schlacht werden?«

»Wenn das so sein sollte, dann wirst sicher du als Siegerin daraus hervorgehen. Ich werde bedingungslos kapitulieren.«

»Warte nur, bis ich dich heute abend zwischen die Finger bekomme«, flüsterte sie. »Dann wirst du schon sehen, wie du kapitulieren wirst.«

»Dieses grüne Kleid steht dir ganz ungemein gut.«

»Aber grelle Farben gefallen dir trotzdem besser, oder nicht?«

»Natürlich.«

»Sobald wir mal geheiratet haben, werde ich nur noch rote Sachen tragen, und orangerote und gelbe ...«

»Ich hätte gern einen Moment mit dir gesprochen.«

»Ja, was gibt's?«

»Cruz hat mir sozusagen die Leviten gelesen – und zwar deinetwegen.«

»Ach ja?«

»Er findet, du wärst das Beste, was mir je hätte zustoßen können.«

»Und weiter?« Sie lächelte.

»Na ja ...«

»Ja?«

»Verdammt, ich bring das einfach nicht heraus. Nicht am hellichten Tag und ohne einen einzigen Drink ...«

»Worüber habt ihr denn nun eigentlich gesprochen? Du brauchst dich doch deswegen nicht so anzustellen.«

»Über dich haben wir gesprochen. Oder besser, über mich. Über Dinge, die ich brauche und vor denen ich Angst habe. Zwanzig Jahre bin ich mit diesem Kerl nun schon befreundet, um zu guter Letzt doch noch herausfinden zu müssen, daß er ein verdammter Intellektueller ist.«

»Was brauchst du denn? Und wovor hast du Angst? Ich kann mir gar nicht vorstellen, daß du jemals vor etwas Angst haben könntest.«

»Na ja, Cruz kennt mich eben doch besser als du.«

»Das finde ich schade. Ich möchte nicht, daß irgend jemand dich besser kennt als ich. Erzähl doch, worüber ihr gesprochen habt!«

»Dazu reicht im Augenblick die Zeit nicht aus«, versuchte ich Cassie abzuwimmeln, während sich in meinem Magen bereits wieder eine Luftblase bildete. Und deshalb log ich dann: »Ich bin gerade unterwegs zu einem wichtigen Auftrag und wollte nur kurz mal vorbeischauen. Heute abend werde ich dir dann alles erzählen. Ich komme um halb acht zu dir in die Wohnung, und dann gehen wir essen, einverstanden?«

»Ja.«

»Und später werden wir es uns dann mit einer guten Flasche Wein auf der Couch gemütlich machen.«

»Klingt nicht schlecht.« Sie lächelte dieses strahlende, sehnsuchtsvolle, weibliche Lächeln, und ich küßte sie liebevoll.

»Bis heute abend«, flüsterte ich ihr ins Ohr.

»Bis heute abend«, keuchte sie, so daß mir bewußt wurde, daß ich sie halb erdrückte. Als ich ging, stand sie noch in der Tür und sah mir nach, bis ich die Treppe erreichte.

Zurück im Wagen, nahm ich zwei Verdauungspillen und füllte mir mit einem ordentlichen Vorrat aus dem Handschuhfach die Hosentaschen.

Als ich dann über die vertrauten Straßen des Reviers zurückfuhr, fragte ich mich, weshalb ich mit Cassie nicht so offen sprechen konnte, wie ich es eigentlich wollte. Wenn man eine Frau heiraten will, sollte man ihr eigentlich alles erzählen können, was sie in irgendeiner Weise betrifft.

Schließlich hielt ich vor einer Telefonzelle und rief Cruz auf dem Revier an. Lieutenant Hilliard ging dran, und kurz darauf hörte ich Cruz' leise Stimme, fast fragend: »Sergeant Segovia?«

»Hallo, Sergeant Segovia, hier spricht der künftige ehemalige Officer Morgan. Was machen Sie eigentlich noch, außer mit Ihrem Bleistift zu kritzeln und mit Papier zu rascheln?«

»Und was machst du, außer deine Funksprüche zu ignorieren?«

»Ich fahre in diesem lausigen Revier herum und ziehe mich an dem Gedanken hoch, daß ich das bald nicht mehr tun muß. Hast du dir eigentlich schon überlegt, wohin wir essen gehen sollen?«

»Aber das muß doch wirklich nicht sein.«

»Jetzt hör aber mal, Cruz! Ich möchte, daß wir irgendwo richtig nobel essen, und wenn du nichts Gescheites weißt, dann bestimme eben ich, wohin wir gehen.«

»Also gut, dann gehen wir zu Seymour's.«

»In meinem Revier? Das kommt überhaupt nicht in Frage. Jetzt hör mal, wir treffen uns um halb zwölf in Seymour's. Du kannst dort ja schon mal eine Tasse Kaffee trinken, aber untersteh dich, was zum Essen zu bestellen. Von dort fahren wir dann nämlich zu einem tollen Lokal, das ich in Beverly Hills kenne.«

»Das ist ja genügend weit weg von deinem Revier.«

»Ich hole dich also dann in Seymour's ab.«

»In Ordnung, *'mano, ahí te huacho.*«

Nachdem ich eingehängt hatte, mußte ich über diese mexikanische Redensart lachen. Wenn man es sich nämlich genauer überlegte, dann war es genau das, was Cruz ständig mit mir machte – er sah nach mir. Die meisten Leute sagen: »Wir sehen uns später.« Aber Cruz sah nach mir. Es war ein gutes Gefühl, jemanden zu haben, der auf mich aufpaßte.

16.

Ich ging zurück zu meinem Wagen und fuhr die Main Street zum Parkplatz hinter dem Pink Dragon hinunter. Ich hatte es gründlich satt, in dieser Blechkiste durch die Gegend zu kutschieren, so daß ich stehenblieb, um ein paar Kerle auf dem Parkplatz zu beobachten.

Sie waren zu dritt und führten eindeutig etwas im Schilde. Ich parkte den Schwarzweißen hinter dem Gebäude, so daß er vom Parkplatz aus nicht zu sehen war. Dann stieg ich aus, nahm meine Mütze ab und schlich an dem Haus entlang, bis ich um die Ecke auf den Parkplatz schauen konnte.

Ein magerer Fixer in einem langärmeligen blauen Hemd unterhielt sich mit einem anderen Burschen in einem braunen. Der dritte im Bunde, ein kleiner Kerl in einem T-Shirt, stand ein paar Schritte von ihnen entfernt. Plötzlich nickte Blauhemd Braunhemd zu, der auf T-Shirt zuging und ihm etwas zusteckte, worauf dieser Braunhemd etwas zurückgab. Darauf eilten die drei in verschiedenen Richtungen davon.

Der Kleine mit dem T-Shirt kam auf mich zu. Er sah sich über die Schulter nach irgendwelchen Polizisten um und ging direkt in meine Richtung. Eigentlich wollte ich meine Zeit nicht damit vergeuden, einen Fixer zu schnappen, aber dieser Fang war einfach zu leicht, um ihn mir durch die Lappen gehen zu lassen. Ich trat in den Eingang des

Hotels zurück, und als T-Shirt, in die Sonne blinzelnd, daran vorbeikam, packte ich ihn am Arm und zerrte ihn zu mir in den Eingang. Er war noch ein Junge und machte vor Schreck fast in die Hosen. Ich stellte ihn mit dem Gesicht an die Wand und tastete die Gesäßtasche seiner Jeans ab.

»Was hast du denn da, mein Junge? Bennies oder Rote? Oder stehst du vielleicht mehr auf Acid?«

»He, lassen Sie mich los!« brüllte er mich an.

Ich nahm die Bennies aus seiner Tasche. Es waren sechs Packungen zu jeweils fünf Stück. Die Zeiten der Zehnerpackungen waren endgültig vorbei.

»Wieviel hast du denn dafür hinblättern müssen, Kleiner?« fragte ich ihn und hielt ihn nach wie vor fest am Arm gepackt. Aus der Nähe betrachtet, war er gar nicht so klein, nur sehr dünn. Er hatte langes braunes Haar und war noch sehr jung – viel zu jung jedenfalls, um hier schon am frühen Morgen mit Pillen zu dealen.

»Sieben Dollar habe ich dafür bezahlt. Aber ich werd's nie wieder tun, wenn Sie mich laufen lassen. Bitte, lassen Sie mich doch frei!«

»Leg die Hände auf den Rücken, Kleiner«, befahl ich und nahm die Handschellen aus dem Behälter.

»Was machen Sie denn da? Bitte, legen Sie mir keine Handschellen an! Ich werde Ihnen ganz bestimmt nichts tun.«

»Das glaube ich schon, daß du mir nichts tun wirst.« Lachend kaute ich auf meinem feuchten Zigarrenstummel herum, bis ich ihn schließlich wegwarf. »Die Sache ist nur, daß meine Beine nicht mehr so wollen, wie ich gern möchte, und ich keine Lust habe, eine kleine Verfolgungsjagd zu veranstalten.« Ich ließ eine Handschelle um sein Handgelenk einschnappen und zog ihm dann beide Hände auf dem Rücken zusammen, um ihm auch die andere anzulegen.

»Wieviel, hast du gesagt, mußtest du für die Pillen zahlen?«

»Sieben Dollar. Ich werd's nie wieder tun, wenn Sie

mich freilassen. Ehrenwort.« Nervös zappelte er vor mir auf und ab und trat mir dabei auf die Zehen.

»Paß doch auf, verdammt noch mal!«

»Oh, Entschuldigung. Bitte, lassen Sie mich doch laufen! Ich wollte Ihnen bestimmt nicht auf die Zehen treten.«

»Diese Typen haben dir die Pillen viel zu teuer angedreht«, klärte ich ihn auf, während ich ihn zum Wagen führte.

»Ich weiß ja, daß Sie mir nicht glauben werden, aber das ist das erstemal, daß ich solche Dinger gekauft habe. Ich weiß ja nicht einmal, wieviel diese Scheißdinger kosten.«

»Das kann ich mir denken.«

»Ich hab's ja gleich gesagt, daß Sie mir nicht glauben würden. Ihr Bullen glaubt einem ja nie was.«

»Du weißt wohl schon alles über uns Polizisten, was?«

»Ich bin schließlich schon ein paarmal verhaftet worden. Ich weiß, wie ihr von der Polente seid. Ihr seid doch alle gleich.«

»Du mußt ja ein richtiger Desperado sein. Wahrscheinlich hast du schon eine zehnseitige Akte. Weshalb haben sie dich denn die anderen Male geschnappt?«

»Ach, ich bin von zu Hause abgehauen – zweimal.«

»Wie alt bist du denn eigentlich?«

»Vierzehn.«

»Los, steig ein!« Ich öffnete die Wagentür. »Und mach bloß keine Dummheiten.«

»Ich hau schon nicht ab«, murrte der Junge, während ich ihm den Sicherheitsgurt anlegte.

»Das habe ich auch nicht befürchtet, Kleiner.«

»Ich habe übrigens auch einen Namen. Tilden heiße ich.« Er reckte sein kantiges Kinn vor.

»Meiner ist Morgan.«

»Mit Vornamen heiße ich Tom.«

»Und ich Bumper.«

»Wollen Sie mich jetzt eigentlich einlochen?«

»Klar.«

»Na, das war ja zu erwarten.« Er schüttelte angewidert

den Kopf. »Wie konnte ich nur denken, ein Bulle würde mal wie ein menschliches Wesen handeln!«

»Du solltest lieber nicht von einem menschlichen Wesen erwarten, daß es wie ein menschliches Wesen handelt. Auf diese Weise kannst du dir ein paar herbe Enttäuschungen ersparen.«

Ich drehte den Schlüssel im Zündschloß, aber der Motor tat keinen Mucks. Die Batterie war leer.

»Bleib mal schön sitzen«, forderte ich den Jungen auf und stieg aus.

»Wo sollte ich denn schon hin?« brüllte er mir nach, während ich die Kühlerhaube aufmachte, um nachzusehen, ob jemand die Kabel herausgerissen hatte. Das kam nämlich ab und zu vor, wenn man seinen Wagen eine Weile unbewacht stehen ließ. Aber daran lag es diesmal offensichtlich nicht. Vielleicht stimmte mit dem Verteiler etwas nicht. Da ich nur knappe zwanzig Meter weiter die Straße hinunter eine Rufsäule entdeckte, ging ich darauf zu, nicht ohne mich mehrmals zu meinem kleinen Gefangenen umzudrehen. Ich forderte einen Mechaniker an, worauf man mir mitteilte, daß in etwa zwanzig Minuten einer bei mir vorbeikommen würde.

Ich überlegte schon, ob ich nicht einen Sergeant verständigen sollte, da diese normalerweise ein Überbrükkungskabel in ihren Wagen hatten, so daß ich deren Batterie hätte anzapfen können. Aber wieso diese Hektik? Was galt es denn noch groß zu beweisen? Und wem? Und wozu?

Auf der anderen Straßenseite befand sich ein kleiner Stehimbiß, und ich wurde allmählich hungrig, als der Geruch von gebratenem Speck an meine Nase drang. Mein Appetit wuchs und wuchs. Ich schaute auf die Uhr und dachte, was soll's? Ich ging zum Wagen zurück und schnallte den Jungen los.

»Was ist los? Wo gehen wir denn jetzt hin?«

»Rüber auf die andere Straßenseite.«

»Wozu? Fahren wir mit dem Bus auf die Wache?«

»Nein, wir warten auf den Mechaniker. Wir gehen auf die andere Straßenseite rüber. Ich will dort was essen.«

»Sie können mich doch nicht so da mit reinnehmen«, begehrte der Junge auf, als ich ihn über die Straße führte. Seine von Natur aus leicht geröteten Wangen waren inzwischen puterrot. »Nehmen Sie mir sofort die Handschellen ab!«

»Du hast sie wohl nicht alle. Wie sollte ich so einen flinken jungen Kerl wie dich je wieder erwischen?«

»Ich verspreche Ihnen, daß ich nicht weglaufe.«

»Ich weiß, daß du das nicht tun wirst, wenn ich dich an den Handschellen habe.«

»Das können Sie doch nicht machen – mich wie einen Hund an einer Kette da reinführen ...«

»Da ist niemand, der dich kennen könnte, Kleiner, und außerdem liegen die meisten, die da drinnen sind, selbst an der Kette. Es gibt also keinen Grund, sich groß aufzuregen.«

»Ich könnte Sie deswegen anzeigen.«

»Ach, tatsächlich?« Ich öffnete die Tür und schob ihn in die Imbißstube.

An der Theke saßen nur drei Kunden – zwei kleine Gauner und ein Penner, der gerade eine Tasse Kaffee trank. Sie blickten nur kurz auf, ohne daß einem aufgefallen wäre, daß ich dem Jungen Handschellen angelegt hatte. Ich deutete auf einen Tisch im hinteren Teil.

»So früh ist die Bedienung noch nicht da, Bumper«, begrüßte mich T-Bone, der Besitzer, ein großer Franzose mit einem weißen Kochhut, einem T-Shirt und einer weißen Hose. Ich hatte ihn noch nie in anderen Kleidern gesehen.

»Wir brauchen aber einen Tisch, T-Bone.« Ich deutete auf die Handschellen des Jungen.

»In Ordnung. Was darf's denn sein?«

»Im Moment bin ich noch gar nicht so arg hungrig. Vielleicht ein paar ganz leicht gebratene Eier mit Speck und ein paar Scheiben Toast. Ach ja, und ein paar Bouletten. Ein Glas Tomatensaft. Kaffee. Und was der Junge noch will.«

»Was hättest du denn gern, Kleiner?« wandte T-Bone sich an den Jungen, indem er seine riesigen, behaarten Pranken auf die Theke legte und ihn mit einem goldenen und einem silbernen Schneidezahn angrinste. Dabei kam mir zum erstenmal der Gedanke, woher er eigentlich diesen Silberzahn hatte. Komisch, daß ich mir deswegen bisher noch nie Gedanken gemacht hatte. T-Bone war kein Mann, mit dem man viel reden konnte. Er ließ seine Stimme nur ertönen, wenn es absolut nötig war. Er bediente seine Kunden immer mit dem geringstmöglichen verbalen Aufwand.

»Ich kann doch gar nicht essen«, nörgelte der Kleine, »wenn ich wie ein Häftling angekettet bin.« Seine Augen wurden feucht, und er sah in diesem Augenblick noch schrecklich jung aus.

»Ich nehm' sie dir ab«, versprach ich. »Und jetzt sag schon, was du willst. T-Bone hat nicht den ganzen Tag Zeit für dich.«

»Ich weiß nicht, was ich will.«

»Dann mach ihm ein paar Spiegeleier mit Speck und ein Glas Milch, T-Bone. Willst du auch ein paar Frikadellen, Kleiner?«

»Ja.«

»Also gut, und dann noch ein Glas Orangensaft und eine Portion Toast. Am besten gleich eine doppelte Portion Toast. Und ein bißchen Marmelade.«

T-Bone nickte und nahm eine Handvoll Eier aus einer Schüssel neben dem Herd. Er hielt vier Eier in seiner mächtigen Pranke und brach eines nach dem anderen auf, ohne dabei die andere Hand zu Hilfe zu nehmen. Der Junge beobachtete ihn dabei.

»Na, das soll ihm mal einer nachmachen, was, Kleiner?«

»Ja. Sie haben doch vorhin gesagt, Sie würden mir die Dinger da abnehmen.«

»Steh auf und dreh dich um«, forderte ich ihn auf. Ich schloß seine rechte Handschelle auf und befestigte sie am Tischbein, so daß er zum Essen eine Hand frei hatte.

»Das nennen Sie, mir die Dinger abnehmen? Jetzt komme ich mir vor wie der Affe von so einem Leierkastenmann.«

»Wo willst du denn einen Leierkastenmann gesehen haben? Die gibt es doch schon seit Jahren nicht mehr.«

»Ich habe mal einen im Fernsehen gesehen, in so einem alten Film. Und ich sehe genauso aus wie so ein Affe an der Kette.«

»Ist ja schon gut – reg dich nicht gleich so auf. Du quengelst ganz schön rum. Sei lieber froh, daß du überhaupt was zum Frühstück bekommst. Ich möchte wetten, daß du heute zu Hause noch keinen Bissen gekriegt hast.«

»Ich war doch heute morgen nicht zu Hause.«

»Wo warst du denn dann die ganze Nacht?«

Mit seiner schmutzigen rechten Hand strich er sich ein paar widerspenstige Locken aus den Augen. »Ein paar Stunden habe ich in einem von diesen Kinos geschlafen, die nachts geöffnet sind. Aber dann hat mich so ein Dreckskerl aufgeweckt, der mir die Hand so komisch aufs Knie gelegt hat. Da bin ich nichts wie abgehauen. Und dann habe ich noch ein bißchen in so einem Hotel in einem Sessel geschlafen, wo gerade niemand aufgepaßt hat.«

»Bist du denn von zu Hause weggelaufen?«

»Nein, ich hatte gestern nur keine Lust, zu Hause zu schlafen. Meine Schwester war nicht zu Hause, und da hatte ich keine Lust, ganz allein rumzusitzen.«

»Du lebst bei deiner Schwester?«

»Ja.«

»Und wo sind deine Eltern?«

»Hab ich keine.«

»Und wie alt ist deine Schwester?«

»Zweiundzwanzig.«

»Also nur du und sie, wie?«

»Nein, meistens hängt bei uns auch noch irgend so ein Typ rum. Der jetzige heißt Slim. Big Blue hat fast immer irgendeinen Typen.«

»Du nennst deine Schwester Big Blue?«

»Sie war mal Tänzerin, in einer Bar. Oben ohne. Und so hat sie sich damals immer genannt. Inzwischen ist allerdings ihr Arsch ein bißchen zu fett. Sie bedient jetzt im Chinese Garden drüben auf der Western. Kennen Sie die Bar zufällig?«

»Ja, natürlich.«

»Na ja, jedenfalls meint sie immer, wenn sie nur dreißig Pfund abnehmen würde, könnte sie wieder zu tanzen anfangen. Aber das ist natürlich ein Witz, weil ihr Arsch von Tag zu Tag fetter wird. Sie mag es, wenn man sie Big Blue nennt. Deshalb hab ich auch angefangen, sie so zu nennen. Wissen Sie, sie hat sich ihr Haar so schwarz gefärbt, daß es fast blau aussieht.«

»Sie sollte dir lieber mal deine Sachen waschen. Dein Hemd sieht ja aus wie der letzte Scheuerlappen.«

»Nur, weil ich gestern unserem Nachbarn geholfen habe, seinen Wagen zu reparieren.« Meine Rüge schien ihn beleidigt zu haben. »Ich konnte es inzwischen bloß noch nicht wechseln. Ich habe sonst immer anständige Sachen an, und ich wasche und bügle sie mir sogar selbst.«

»So finde ich es richtig.« Ich schloß ihm auch die andere Handschelle auf.

»Sie nehmen sie mir doch ab?«

»Ja. Geh erst mal auf die Toilette und wasch dir das Gesicht und Arme und Hände – und vor allem auch den Hals.«

»Woher wollen Sie wissen, daß ich dort nicht durchs Fenster abhaue?«

»Weil es dort kein Fenster gibt. Und kämm dir gefälligst die Haare aus dem Gesicht, damit man dich wenigstens ein bißchen sehen kann.«

»Ich habe keinen Kamm.«

»Dann nimm meinen.« Ich griff in meine Tasche und gab ihm meinen.

T-Bone brachte den Saft, den Kaffee und die Milch, nachdem der Junge auf die Toilette verschwunden war. Inzwischen roch es im ganzen Lokal nach gebratenem

Speck. Ich wünschte mir bereits, ich hätte mir eine doppelte Portion bestellt, obwohl ich wußte, daß mir T-Bone sicher eine ordentliche Ladung auf meinen Teller häufen würde.

Ich schlürfte gerade meinen Kaffee, als der Junge zurückkam. Obwohl sein Hals immer noch schmutzig war, sah er doch wesentlich passabler aus. Er hatte sich das Haar aus dem Gesicht gekämmt, und Gesicht und Hände waren sauber. Er war kein hübscher Junge – dafür war sein Gesicht bereits zu hart und verhärmt. Aber er hatte schöne Augen, die voller Leben waren, und er sah einen richtig an, wenn man mit ihm sprach. Das gefiel mir am besten an ihm.

»Da, dein Orangensaft.« Ich schob ihm das Glas hin.

»Hier haben Sie Ihren Kamm zurück.«

»Behalt ihn. Ich weiß sowieso nicht, weshalb ich das Ding eigentlich mit mir herumschleppe. Mit meiner Drahtbürste läßt sich sowieso nichts anfangen. Ich hoffe nur, daß ich bald eine Glatze kriege.«

»Ja, mit einer Glatze würden Sie bestimmt auch nicht schlechter aussehen«, meinte er mit einem prüfenden Blick auf mein Haar.

»Jetzt trink deinen Orangensaft, Kleiner.«

Während wir beide unseren Saft tranken, schob T-Bone ein Tablett mit unserem Essen über die Theke und sagte: »Hier, Bumper.« Bevor ich noch reagieren konnte, war der Junge bereits aufgesprungen, um das Tablett an unseren Tisch zu bringen und alles zu servieren, als wäre dies das Selbstverständlichste auf der Welt für ihn.

»He, du weißt ja sogar, auf welche Seite man Messer und Gabel legt«, lobte ich ihn.

»Klar. Ich habe mal als Kellnerlehrling gearbeitet. Wenn Sie wüßten, was ich schon für Jobs hatte!«

»Wie alt bist du, hast du gesagt?«

»Vierzehn – das heißt, fast vierzehn. Ich werde nächsten Oktober vierzehn.«

Als er alles serviert hatte, setzte er sich und machte sich

daran, seinen Teller leerzuputzen, als wäre er genauso hungrig, wie ich mir das vorgestellt hatte. Ich legte ihm sogar noch eines von meinen Eiern auf den Teller, als ich merkte, daß ihm seine nicht reichten. Außerdem gab ich ihm noch eine Scheibe von meinem Toast. Von Essen verstand der Junge wirklich etwas. Das war noch etwas, was mir an ihm gefiel.

Als er gerade seinen letzten Marmeladetoast aß, ging ich zur Tür und schaute nach meinem Wagen. Ein Mechaniker wechselte gerade die Batterie aus. Als er mich sah, bedeutete er mir, daß alles in Ordnung war. Ich winkte zurück und setzte mich wieder an unseren Tisch, um meinen Kaffee auszutrinken.

»Bist du jetzt satt?« fragte ich den Jungen.

»Ja, danke.«

»Willst du nicht doch noch ein bißchen Speck und ein paar Scheiben Brot?«

»Nein, so ein Frühstück bekomme ich wirklich nicht allzu oft.« Er grinste mich an.

Als wir uns dann zum Gehen anschickten, versuchte ich, T-Bone etwas für das Essen zu zahlen.

»Also, jetzt hören Sie mal, Bumper. Sie wissen doch, daß ich von Ihnen nichts annehme.«

»Na, dann möchte ich wenigstens alles bezahlen, was der Junge gegessen hat.« Ich wollte ihm ein paar Scheine zustecken.

»Nein, Bumper, das kommt gar nicht in Frage.«

»Na ja, vielen Dank, T-Bone, und bis dann«, verabschiedete ich mich. Er hob seine mächtige, dunkel behaarte Pranke und lächelte golden und silbern. Fast hätte ich ihn gefragt, woher er diesen Silberzahn hatte, da dies die letzte Gelegenheit sein würde.

»Werden Sie mir jetzt Ihre Armreifen wieder anlegen?« fragte der Junge, während ich mir eine Zigarre ansteckte und den Morgensmog einatmete.

»Versprichst du mir, nicht abzuhauen?«

»Ich schwör's sogar. Ich kann Ihnen gar nicht sagen, wie

ich diese verdammten Dinger hasse. Man fühlt sich damit so hilflos, wie ein kleines Kind.«

»Also gut, dann gehen wir zum Wagen zurück.« Ich überquerte mit ihm die Straße.

»Wie oft kommst du eigentlich so in die Stadt, um was einzukaufen?« fragte ich ihn, als wir im Auto saßen.

»Ich war vorher noch nie allein hier. Ehrenwort. Und ich bin auch nicht per Anhalter gefahren. Ich hab den Bus genommen. Sogar zurück nach Echo Park wollte ich wieder mit dem Bus fahren. Ich wollte nicht riskieren, daß mich die Bullen schnappen, während ich die Pillen mit mir rumschleppe.«

»Wie lange nimmst du denn die Aufputschtabletten schon?«

»Ungefähr drei Monate. Aber nur ein paarmal. Ein Freund von mir hat erzählt, man muß nur hier in die Stadt kommen. Hier könnte einem so ungefähr jeder zweite Typ, der hier rumhängt, was verkaufen. Ich weiß auch nicht, warum ich das eigentlich getan habe.«

»Und wieviel schnüffelst du denn so im Schnitt?«

»Ich bin kein Schnüffler. Davon wird man nur verrückt. Und Farbe habe ich schon gar nicht geschnüffelt – nie.«

Und nun fing ich zum erstenmal an, mir diesen Jungen wirklich anzusehen. Normalerweise registriere ich immer nur das Notwendigste an den Leuten, die ich verhafte, aber nun überraschte ich mich selbst dabei, wie ich diesem Jungen meine ganze Aufmerksamkeit schenkte und genau aufpaßte, wann er mich möglicherweise anlog. Das ist auch etwas, das man keinem Richter erklären kann – daß man nämlich seinem Instinkt mehr trauen kann als jedem Lügendetektor. Und ich *wußte,* daß dieser Junge nicht log. Aber andrerseits hatte ich mich in letzter Zeit oft getäuscht.

»Ich werde dich jetzt zwar verhaften, aber dann lasse ich dich von deiner Schwester abholen. Einverstanden?«

»Sie wollen mich nicht vor Gericht bringen?«

»Nein, oder hättest du das gern?«

»Natürlich nicht. Ich hatte ganz schön Schiß, Sie würden mich einlochen. Danke. Vielen Dank. Ich halte das nicht aus, eingesperrt zu sein. Das wäre einfach zuviel für mich, mir ständig von jemandem sagen lassen zu müssen, was ich tun soll.«

»Aber wenn ich dich je wieder erwischen sollte, wie du dir in der Stadt Pillen besorgst, dann weißt du ja, was dir blüht.«

Der Junge holte tief Atem. »Ich werde das nie wieder tun – ich schwör's Ihnen. Höchstens, Sie tauchen mal in Echo Park auf.«

»Dann paß mal lieber ein bißchen auf. Ich wohne nämlich in der Gegend.«

»Tatsächlich? Ich habe überall in Echo Park und in Silver Lake Kunden. Wo wohnen Sie denn genau?«

»In der Nähe von Bobby's Drive-in. Kennst du das? Da hängen alle die jungen Burschen immer rum.«

»Und ob ich das kenne! Ich arbeite bei einem alten Mann, der einen Laster und die ganzen Geräte hat. Wieso lassen Sie uns nicht Ihren Garten machen? Wir machen alles – mähen, zusammenrechen, Unkraut jäten – für acht Dollar.«

»Das klingt nicht schlecht. Und wieviel springt dabei für dich raus?«

»Vier Dollar. Ich mache die ganze Arbeit. Der Alte hockt sich nur irgendwo in den Schatten und wartet, bis ich mit der Arbeit fertig bin. Ich brauche ihn allerdings, weil ihm der Laster und das ganze andere Zeug gehören.«

Der Junge hatte meine Aufmerksamkeit völlig gefesselt, und so merkte ich erst jetzt, daß wir schon eine ganze Weile einfach nur so im Wagen saßen. Ich steckte mir die Zigarre zwischen die Zähne und drehte den Zündschlüssel herum. Der Motor sprang sofort an, und ich fuhr los. Aber ich mußte ständig über diesen Jungen nachdenken.

»Was hast du denn für Hobbys? Spielst du Football oder irgendsoetwas?«

»Nein, am liebsten schwimme ich. In meiner Klasse bin

ich der beste Schwimmer, aber ich hab keine Lust, bei diesen Wettkämpfen mitzumachen.«

»Wieso nicht?«

»Ach, ich habe zu viel mit meinen Freundinnen zu tun. Sehen Sie mal.« Der Junge nahm seine Geldbörse heraus und zeigte mir ein paar Fotos. Ich warf einen kurzen Blick darauf, während ich in die Pico einbog. Drei kleine Gesichter auf Hochglanzpapier, die für mich alle gleich aussahen.

»Recht hübsch«, meinte ich.

»*Verdammt* hübsch«, korrigierte mich der Junge mit einem Zwinkern.

»Du machst doch einen recht kräftigen Eindruck. Warum spielst du nicht Baseball? Das hat mir früher viel Spaß gemacht.«

»Mir sind Sportarten lieber, bei denen ich auf niemanden sonst angewiesen bin.«

»Hast du denn keine Freunde?«

»Nein, ich hab's mehr mit den Mädchen.«

»Aha, ich verstehe schon. Aber es ist nicht so einfach, sich ganz allein durchs Leben zu schlagen. Warum suchst du dir nicht ein paar gute Freunde?«

»Ich brauche niemanden.«

»In welche Klasse gehst du denn?«

»In die achte. Ich bin vielleicht froh, wenn ich endlich aus dieser Scheißschule komme. Das ist ja wirklich das letzte.«

»Aber wie willst du denn deinen Abschluß schaffen, wenn du dauernd schwänzt?«

»Ach, so oft mache ich gar nicht blau. Außerdem bin ich in der Schule ganz gut, ob Sie's glauben oder nicht. Ich war einfach gestern abend nur etwas komisch. Wenn man viel allein ist, kriegt man plötzlich so ein Gefühl, als würde einem die Decke auf den Kopf fallen, und dann muß ich raus und irgendwohin, wo Leute sind. Und da dachte ich natürlich zuallererst an die Innenstadt. Schließlich ist das ja auch das Naheliegendste. Nachdem ich mir aber die Nacht so recht und schlecht um die Ohren geschlagen hatte, fühlte ich mich heute morgen noch mieser, und als ich dann diese beiden Typen sah, fragte ich sie, ob sie nicht ein paar Muntermacher hätten. Und dann haben sie mir auch gleich welche angedreht. Ich wollte wirklich nur ein bißchen was zum Aufdrehen, Ehrenwort, und ich habe überhaupt erst ein paarmal Bennies genommen. Und einmal habe ich mit ein paar Typen aus der Schule einen Trip geschmissen, aber das ist auch schon alles. Irgendwie stehe ich nicht besonders auf das Zeug. Ich trinke nur ab und zu ein bißchen Bier, sonst nichts.«

»Ich stehe auch am meisten auf Bier. Du kannst mich übrigens Bumper nennen.«

»Also hören Sie mal, Bumper – das mit Ihrem Garten habe ich ernst gemeint. Ich bin ein verdammt guter Arbeiter. Der Alte taugt zwar nichts, aber der liegt sowieso nur irgendwo faul herum, während ich loslege. Es wird Ihnen bestimmt nicht leid tun, wenn Sie uns Ihren Garten machen lassen.«

»Das Problem ist nur, daß ich gar keinen Garten habe. Ich wohne nämlich in einem Wohnblock, und ich helfe dem Hausmeister immer ein bißchen bei der Arbeit, weil der das Haus sonst ganz schön verfallen lassen würde. Im Garten haben wir vor allem Efeu und Eiskraut und Wacholder, und die könnten schon immer etwas Pflege vertragen. Und die Rasenfläche ist auch ziemlich winzig.«

»Sie sollten mich mal beim Unkrautjäten sehen, Bumper. Dieses Eiskraut würde in Null komma nichts wieder richtig proper und gesund aussehen. Man muß es nur ein bißchen zurechtstutzen. Und einen Wacholderstrauch kriege ich hin, daß Sie denken, das wäre das Pelzchen einer Jungfrau. Könnten Sie nicht versuchen, daß die uns einen Auftrag zuschustern? Ich könnte Ihnen vielleicht ein paar Dollar Provision zukommen lassen.«

»Ich werde mal sehen.«

»Klar, wenn wir auf der Wache sind, werde ich Ihnen die Telefonnummer und die Adresse des Alten aufschreiben. Dann brauchen Sie nur anzurufen, wenn Sie wollen, daß wir den Garten machen. Ich werde uns jetzt auch bald mal ein paar Visitenkarten drucken lassen. Mit ein bißchen Reklame und diesen Karten kriegen wir sicher doppelt so viele Aufträge.«

»Das würde mich nicht wundern.«

»Ist das hier die Wache?« Der Junge sah zu dem alten Ziegelbau hoch. Ich parkte im Hinterhof.

»Ja, das ist die Wache. Sieht nicht gerade einladend aus, was?«

»Da bekommt man ja schon vom Hinschauen Schüttelfrost.«

»Das Büro ist oben im ersten Stock«, sagte ich, während ich ihn nach drinnen führte, wo wir zufällig gerade auf einen Beamten stießen, der für Drogendelikte bei Jugendlichen zuständig war.

»Tag, Bumper«, begrüßte er mich.

»Na, wie geht's?« erwiderte ich, da mir sein Name nicht einfiel. »Ich habe da einen Jungen mit ein paar Bennies erwischt. Nichts Großartiges. Ich werde mich gleich mal um das Protokoll kümmern.«

»Soll ich mal kurz mit ihm reden?«

»Nein, nicht nötig. Er hatte nur eine kleine Menge. Außerdem hat er mir glaubwürdig versichern können, daß es das erstemal war. Ich werde das schon erledigen. Für wann soll ich ihn denn wieder herbestellen?«

»Vielleicht für Dienstag. Im Augenblick stecken wir bis zum Hals in Vorladungen.«

»In Ordnung.« Ich nickte einem anderen Beamten in Zivilkleidung zu, der sich zu uns gesellte und etwas zu seinem Kollegen sagte.

»Warte mal kurz auf mich«, wandte ich mich an den Jungen, um aufs Klo zu gehen. Als ich wieder herauskam, ging ich an den Getränkeautomaten und holte für mich und den Jungen eine Cola heraus. Als ich dann wieder zu ihm zurückkam, sah er mich mit einem eigenartigen Blick an.

»Hier hast du eine Cola.« Ich reichte ihm eine Dose und

führte ihn in ein leeres Büro. Dann holte ich mir die nötigen Formulare und begann sie auszufüllen.

Er sah mich immer noch mit diesem seltsamen Lächeln auf seinen Lippen an.

»Was hast du denn?« fragte ich ihn.

»Nichts.«

»Und wieso grinst du dann dauernd so komisch?«

»Ich habe gar nicht gemerkt, daß ich gegrinst habe. Ich habe nur an das gedacht, was diese beiden Männer vorhin gesagt haben, als Sie aufs Klo gegangen sind.«

»Wieso? Was haben sie denn gesagt?«

»Ach ja, was Sie eben für ein toller Polizist wären.«

»Tatsächlich?« murmelte ich und kritzelte meine Initialen auf ein paar von den Aufputschpillenschachteln, damit ich sie wiedererkannte, falls dieser Fall vor Gericht kommen sollte. Mir war jedoch klar, daß das nicht passieren würde. Ich würde beantragen, daß der Junge wieder auf freien Fuß gesetzt wurde.

»Du wirst am Dienstag mit deiner Schwester hier aufkreuzen müssen. Aber ich bin sicher, daß dich der Untersuchungsrichter wieder auf freien Fuß setzen wird.«

»Ich bin doch schon zweimal eingebuchtet worden, weil ich von zu Hause abgehauen bin. Das ist ja nicht das erstemal, daß ich mit der Polizei zu tun habe.«

»Mach dir deswegen mal keine Sorgen. Du wirst schon nicht vor Gericht gestellt werden.«

»Woher wollen Sie das wissen?«

»Die werden genau das tun, was ich ihnen sage.«

»Diese beiden Beamten vorhin meinten ja auch, Sie wären ein ganz toller Hecht. Kein Wunder, daß Sie mich so schnell geschnappt haben.«

»Na ja, du warst ja auch wirklich kein schwerer Fang.« Ich schob die Pillen in einen Umschlag und verschloß ihn.

»Da haben Sie allerdings recht. Erinnern Sie mich übrigens daran, daß ich Ihnen die Telefonnummer von meinem Boß gebe, wegen des Gartens. Leben Sie eigentlich mit Ihrer Familie?«

»Nein, ich lebe allein.«

»Tatsächlich?«

»Ja.«

»Vielleicht können wir Ihnen den Garten zu einem Sonderpreis machen. Sie wissen schon – weil Sie Polizist sind und so.«

»Vielen Dank, das ist wirklich nett von dir. Aber du solltest ruhig den vollen Preis verlangen.«

»Haben Sie nicht gesagt, Sie stünden auf Baseball, Bumper?«

»Ja, genau.« Ich hörte kurz zu schreiben auf, weil der Junge so aufgeregt wirkte.

»Mögen Sie die Dodgers?«

»Aber klar.«

»Ich wollte immer schon ein bißchen mehr über Baseball wissen. Maury Wills ist doch bei den Dodgers, oder nicht?«

»Ja.«

»Ich würde gern mal zu einem Spiel der Dodgers gehen und Maury Wills sehen.«

»Warst du denn noch nie bei einem richtigen Spiel?«

»Nein. Aber wissen Sie was? In unserer Nähe wohnt ein alter Mann. Ein fetter alter Knacker. Der ist sicher noch älter als Sie und ganz bestimmt auch fetter. Und der geht jedes Wochenende mit seinem Sohn auf den Schulhof und wirft ihm die Bälle zu. Und während der Spielzeit sehen die beiden sich praktisch jede Woche ein Spiel an.«

»Tatsächlich?«

»Ja, und wissen Sie, was das Beste an dem Ganzen ist?«

»Was?«

»Das tut dem Alten richtig gut. Wissen Sie, der Junge tut ihm einen Gefallen, wenn er mit ihm Ball spielt und ihn ein bißchen auf Trab hält ...«

»Ich ruf jetzt mal besser deine Schwester an«, unterbrach ich ihn. Ich merkte, wie mein Magen plötzlich heftig zu revoltieren begann. Außerdem wurde mir etwas schwindlig von den Gedanken, die plötzlich durch meinen

Kopf schossen, so daß ich beschloß, mir das Ganze lieber noch einmal in Ruhe zu überlegen. Der Junge gab mir die Nummer seiner Schwester, und ich griff zum Hörer und wählte sie.

»Niemand zu Hause, Kleiner«, sagte ich nach einer Weile und legte wieder auf.

»Verdammte Scheiße! Müssen Sie mich einlochen, wenn Sie meine Schwester nicht finden?«

»Ja, leider.«

»Könnten nicht *Sie* mich zu Hause vorbeibringen?«

»Nein, das geht nicht.«

»Scheiße! Dann rufen Sie doch in Ruby's Playhouse auf der Normandie an. Die machen dort immer ziemlich früh auf, und Slim hängt dort häufig rum.«

Ich rief also in Ruby's Playhouse an und verlangte nach Sarah Tilden. So hieß seine Schwester.

»Big Blue«, flüsterte mir der Junge zu. »Verlangen Sie nach Big Blue.«

»Ich hätte gern Big Blue gesprochen«, verbesserte ich mich, und nun wußte der Barkeeper sofort Bescheid.

Eine heisere junge Stimme meldete sich. »Ja, wer ist da?«

»Hier spricht Officer Morgan von der Los Angeles Police. Miß Tilden, ich habe eben in der Innenstadt Ihren Bruder verhaftet. Er befand sich im Besitz gefährlicher Aufputschpillen. Würden Sie bitte in die Georgia Street, Hausnummer dreizehndreißig, kommen und ihn abholen? Das ist südlich vom Pico Boulevard, in der Nähe der Figueroa.«

Am anderen Ende der Leitung trat für eine Weile Schweigen ein, bis sie schließlich sagte: »Das hat ja gerade noch gefehlt. Sagen Sie diesem Lausebengel, er soll sich einen Anwalt nehmen. Ich habe keine Lust mehr, mich noch länger mit ihm herumzuärgern.«

Ich ließ sie noch eine Weile schimpfen, bis ich sie schließlich unterbrach: »Jetzt hören Sie mal, Miß Tilden. Sie werden jetzt vorbeikommen und Ihren Bruder abholen, und dann kommen Sie noch einmal am Dienstag mit ihm hierher, um mit dem Untersuchungsrichter zu sprechen. Vielleicht können die Ihnen einen Rat geben, was Sie mit ihm machen sollen.«

»Und was ist, wenn ich ihn nicht abholen komme?«

»Dann müßte ich ihn vors Jugendgericht bringen, und das möchten Sie doch wohl nicht. Und Ihr Bruder wäre davon sicher auch nicht gerade begeistert.«

»Na ja, ich will meinem Bruder natürlich nicht schaden. Aber vielleicht könnten Sie mir irgendwie helfen. Wissen Sie, ich bin einfach selbst noch viel zu jung, um mir so einen jungen Burschen aufhalsen zu lassen. Ich kann doch keinen Jungen in seinem Alter erziehen. Wie soll ich das denn schaffen, bei meinem miesen Job? Schließlich kann niemand von mir erwarten, daß ich mich voll um meinen kleinen Bruder kümmere. Nicht einmal Sozialhilfe haben sie mir bewilligt. Das ist doch echt das letzte. Wenn ich so ein verdammter Nigger wäre, dann würden sie zahlen. Aber so rücken die keinen Cent raus. Vielleicht wäre es ja doch das Beste, wenn Sie ihn vors Jugendgericht brächten. Vielleicht wäre das auch für ihn das Beste. Letztlich geht es mir ja nur um ihn, wissen Sie. Oder vielleicht könnten Sie ihn in irgendein Heim einweisen, damit sich jemand um ihn kümmert und dafür sorgt, daß er regelmäßig zur Schule geht.«

»Jetzt hören Sie aber mal. Ich habe Ihren Bruder nur verhaftet, und es ist nur meine Aufgabe, dafür zu sorgen, daß er nach Hause gebracht wird. Wenn Sie wollen, können Sie das alles am Dienstagvormittag mit dem Jugendrichter besprechen, aber jetzt sehen Sie zu, daß Sie in einer Viertelstunde hier erscheinen und Ihren Bruder nach Hause bringen. Haben Sie mich verstanden?«

»Ist ja schon gut, ist ja schon gut«, lenkte sie ein. »Kann ich auch einen Verwandten vorbeischicken?«

»Wer ist das?«

»Tommys Onkel, Jake Pauley. Er wird Tommy dann nach Hause bringen.«

»Ja, das geht auch.«

Nachdem ich aufgelegt hatte, sah mich der Junge mit einem schiefen Lächeln an. »Na, wie finden Sie Big Blue?«

»Ganz nett«, antwortete ich und machte mich wieder an meinen Formularen zu schaffen. Es tat mir leid, daß der Junge dieses Gespräch mithören hatte müssen, aber ich hatte nicht damit gerechnet, daß sie sich dermaßen anstellen würde.

»Sie will mich loswerden, oder nicht?«

»Sie wird deinen Onkel vorbeischicken, damit er dich nach Hause bringt.«

»Ich habe doch gar keinen Onkel.«

»Er heißt jedenfalls Jake Pauley.«

»Daß ich nicht lache! Der gute, alte Jake! Das ist vielleicht ein sauberer Onkel.«

»Wer ist dieser Jake? Einer von Big Blues Freunden?«

»Klar, bei dem haben wir gewohnt, bevor wir zu Slim gezogen sind. Aber ich glaube, daß sie jetzt wieder zu Jake zurückgeht. Slim wird ganz schön ausflippen, wenn er das erfährt.«

»Ihr zieht wohl öfter um, wie?«

»Das kann man wohl sagen. Ich war schon auf sieben verschiedenen Schulen. Sieben! Aber solche Geschichten bekommen Sie ja vermutlich dauernd zu hören.«

»Ja, das kann man wohl sagen.«

Ich versuchte mich wieder auf meinen Bericht zu konzentrieren, und er ließ mich auch eine Weile schreiben. Kurz bevor ich damit fertig wurde, unterbrach er mich jedoch noch einmal. »Ja, zu so einem Dodger-Spiel würde ich schon gern gehen. Ich würde sogar die Eintrittskarte und den Bus und alles zahlen, wenn nur jemand mitkommen würde, der von Baseball ein wenig Ahnung hat.«

Nun bekam ich zu meinen Magenschmerzen auch noch Kopfweh, so daß ich mich mit meinem Bericht zurücklehnte, um ihn mir genauer anzusehen und mir alles noch einmal durch den Kopf gehen zu lassen. Es bestand kein Zweifel – die Götter hatten sich wieder einmal gegen die

Menschen verschworen. Sie hatten mir diesen Jungen geschickt. An meinem letzten Tag. Zwei Tage, nachdem Cassie mir von dieser Idee erzählt hatte, die meinen Magen jedesmal umdrehte, sobald ich nur daran dachte. Für eine Minute war ich so aufgeregt, daß ich aufstehen mußte und den Raum durchquerte, um aus dem Fenster zu schauen.

Da haben wir es, dachte ich. Ich kämpfte gegen den Impuls an, Cassie anzurufen und ihr von dem Jungen zu erzählen und seine Schwester zu verständigen, damit sie Onkel Jake nicht vorbeischickte, und dann wurde mir zu meinen Kopfschmerzen auch noch schwindelig.

Ich sah auf mein Abzeichen hinunter, und unwillkürlich griff ich danach und berührte es mit meinem verschwitzten Finger, so daß die zu einem goldenen Schimmer aufpolierte Bronze einen Fleck bekam. Vor meinen Augen nahm mein Fingerabdruck ein mattes Orange an, und ich mußte daran denken, wie es wohl sein würde, mein goldenes und silbernes Abzeichen gegen ein kleines blechernes einzutauschen, das man als Rentner dann in irgendeiner Bar ein paar anderen alten Krauterern zeigen konnte, um ihnen zu beweisen, daß man mal bei der Polizei gewesen war. Aber diese Blechdinger ließen sich nie so polieren, daß sie die Sonnenstrahlen wie ein Spiegel reflektierten.

Und dann ließ meine momentane Aufregung wieder nach und wich einer Angst, die mich fast erstickt hätte, bis ich sie endlich unter Kontrolle bekam. Das war einfach zuviel auf einmal. Das war sogar *viel* zuviel. Schon Cassie allein nahm mein Verantwortungsgefühl ganz erheblich in Anspruch, aber ich brauchte sie. Das hatte mir Cruz gesagt – und Socorro und der Hotelangestellte, der mich zu der Leiche geführt hatte. Und auch die halb verblödeten Sauköpfe in Harrys Bar hatten mir das gesagt. Ich brauchte sie. Ja, vielleicht – aber diese zusätzliche Verantwortung wollte ich mir nicht auch noch aufhalsen. Nein, dieses Kreuz wollte ich mir nicht auch noch aufladen. Nicht ich. Ich ging in den anderen Raum, wo der für Jugenddelikte zuständige Beamte saß.

»Hören Sie mal«, sprach ich ihn an. »Dieser Junge wartet auf seinen Onkel. Ich habe seiner Schwester bereits alles Nötige erklärt und sie für Dienstag wieder hierherbestellt. Ich bin in der Stadt verabredet und sowieso schon spät dran. Könnten Sie sich nicht so lange um den Jungen kümmern? Den Papierkram werde ich dann später erledigen.«

»Aber selbstverständlich, Bumper, kein Problem«, antwortete er, während ich mich über mich selbst wunderte, weil ich nach außen hin einen so ruhigen Eindruck machte.

»Also, dann bis später, Kleiner«, verabschiedete ich mich von dem Jungen, während ich durch den Raum, in dem er saß, auf die Tür zum Korridor zuging. »Warte hier, bis du abgeholt wirst.«

»Wo wollen Sie denn hin, Bumper?«

»Ich habe noch einiges zu erledigen.« Ich versuchte zu grinsen. »Da draußen laufen noch viel zu viele Galgenvögel frei herum.«

»Ach so. Hier ist übrigens unsere Telefonnummer. Ich habe sie Ihnen aufgeschrieben. Und vergessen Sie nicht, mal anzurufen.«

»Weißt du, ich habe mir die Sache ein bißchen durch den Kopf gehen lassen. Unser Hausbesitzer ist ein ganz schöner Geizkragen, und ich kann mir nicht vorstellen, daß der so ohne weiteres acht Dollar rausrückt. Wahrscheinlich würde für dich am Ende kaum etwas herausspringen. Der alte Knauser würde vermutlich ewig nicht zahlen.«

»Das macht nichts. Geben Sie mir Ihre Adresse, dann kommen wir mal vorbei. Sie kriegen auf jeden Fall einen Sonderpreis von uns. Sie wissen ja, daß ich Ihnen ein paar Dollar Provision zukommen lassen könnte.«

»Nein, lieber nicht. Das würde ja doch nichts bringen. Bis später!«

»Wie wär's, wenn wir uns mal gemeinsam ein Baseballmatch ansehen würden, Bumper? Ich würde die Karten besorgen.«

»Ich weiß nicht recht. Eigentlich halte ich in letzter Zeit immer weniger von den Dodgers.«

»Halt, warten Sie noch!« Er sprang von seinem Stuhl auf. »Wir machen Ihnen Ihren Garten für vier Dollar, Bumper. Stellen Sie sich das mal vor! Für vier Dollar! Für uns bedeutet das etwa drei Stunden Arbeit. Ist das etwa kein Angebot?«

»Tut mir leid, Kleiner«, erwiderte ich kleinlaut, während ich wie eine dicke Krabbe zur Tür wackelte.

»Warum haben Sie mich dann überhaupt darauf angespitzt? Warum sagen Sie nur ›vielleicht‹?«

Ich kann dir nicht helfen, mein Junge, dachte ich resigniert. Ich kann dir nicht geben, was du brauchst.

»So ein Mist!« brüllte er mir nach, und seine Stimme brach. »Sie sind genau wie die anderen Bullen!«

Mit einem Gefühl, als hätte mich jemand in den Bauch getreten, ging ich zu meinem Wagen zurück und fuhr in die Stadt. Ich sah auf die Uhr und stöhnte. Wann würde dieser Tag endlich zu Ende gehen?

In der Figueroa, Ecke Pico, sah ich einen Blinden mit einem weißen Stock, der gerade in einen Bus steigen wollte. Ein Mann in einem eleganten Anzug packte den Blinden am Ellbogen, um ihm dabei zu helfen, worauf dieser etwas zu ihm sagte und ohne fremde Hilfe in den Bus stieg.

»Ganz recht«, murmelte ich vor mich hin. »Man muß in dieser Welt auf seinen eigenen Beinen stehen, oder sie machen einen fertig. Die Götter sind mächtige, einsame Scheißkerle, und man selbst muß genauso sein.«

17.

Um Viertel nach elf parkte ich vor Seymour's, um mich mit Cruz zu treffen. Sein Wagen stand zwar da, aber Cruz war nirgendwo zu sehen. Ich überlegte, wo er sein konnte. Und dann sah ich weiter unten an der Straße drei Streifenwagen, zwei ungekennzeichnete Detective-Autos und einen Krankenwagen.

Da ich die ganze Zeit mit dem Jungen beschäftigt gewesen war, hatte ich keinerlei Funkdurchsagen gehört. Ich ging also auf die Stelle zu und bahnte mir einen Weg durch die Menge der Schaulustigen, die sich vor dem Drugstore auf dem Gehsteig angesammelt hatte. Wie alle anderen war auch ich neugierig.

»Was ist denn hier los, Clarence?« fragte ich Evans, der vor dem Eingang stand.

»Hast du denn noch nichts davon gehört, Bumper?« Evans wirkte völlig durcheinander und schwitzte stark. Sein kaffeebraunes Gesicht zuckte nervös, und er sah überallhin, nur nicht in meine Augen.

»Wieso? Was war denn?«

»Da war ein Raubüberfall. Ein Polizist ist rein und wurde erschossen«, klärte mich ein buckliger Schuhputzer mit einer Matrosenmütze auf.

Mir sank das Herz in die Hosentasche, und mich überkam das unangenehme Gefühl, das alle Polizisten kriegen, wenn sie hören, daß ein Kollege erschossen worden ist.

»Wer war's?« fragte ich und machte mir bereits Sorgen, es könnte Wilson, dieser junge Bücherwurm, gewesen sein.

»Es war ein Sergeant«, gab der Bucklige bereitwillig Auskunft.

Ich warf einen Blick zurück zu Seymour's und spürte, wie mir das Blut in den Kopf schoß.

»Laß mich mal rein da, Clarence!« Ich lief zu dem Polizisten am Eingang.

»Immer mit der Ruhe, Bumper. Ich darf niemanden reinlassen, und außerdem könntest du sowieso nichts tun.«

Ich schob Evans jedoch wortlos beiseite und stemmte mich gegen die verriegelten Aluminiumschwingtüren.

»Jetzt laß doch, Bumper!« versuchte Evans mich zurückzuhalten, aber ich riß mich los und trat mit dem Fuß gegen die Mittelachse der Schwingtür, so daß sich die Verriegelung löste.

Die Türen flogen krachend auf, und schon stürzte ich an der Kasse vorbei in den hinteren Teil des Geschäfts. Mir kam es so vor, als wäre dieser Drugstore mindestens einen Kilometer lang gewesen. Ich rannte wie blind und leicht schwindelig zwischen den Regalreihen hindurch und riß ein paar Haarspraydosen herunter, bis ich schließlich die Gruppe von Detectives im hinteren Teil des Ladens erreichte. Ich konnte die allgemeine Aufregung körperlich spüren, und überall flammten die Blitzlichter des Polizeifotografen auf.

Der einzige uniformierte Beamte war Lieutenant Hilliard, und es kam mir so vor, als wäre ich mindestens eine Viertelstunde lang gerannt, was das Zeug hielt, bis ich die Medikamentenabteilung erreichte, wo Cruz Segovia lag.

»Verdammt noch mal, was ...« schimpfte ein rotgesichtiger Detective los, den ich durch den feuchten Schimmer kaum sehen konnte, der sich über meine Augen gelegt hatte. Ich kniete neben Cruz nieder, der wie ein kleiner Junge aussah, als er so rücklings auf dem Boden lag, seine Mütze und seine Waffe neben sich. Von einem Kopfschuß breitete sich wie ein purpurner Heiligenschein eine leicht schaumige Blutlache aus. Links von seiner Nase war ein rot schimmerndes Einschußloch zu sehen, ein weiteres in seiner Brust war auf der blauen Uniform von weinroten Flecken umgeben. Seine Augen standen offen und waren direkt auf mich gerichtet. Die Hornhäute hatten sich noch nicht getrübt, und diese großen, traurigen Augen waren ernster und melancholischer, als ich sie je gesehen hatte. Ich kniete neben Cruz in seinem Blut nieder und flüsterte: »*'mano! 'mano! 'mano!* Ach, Cruz!«

»Los, verschwinden Sie, Bumper, und zwar sofort!« Der kahlköpfige Detective packte mich am Arm. Als ich zu ihm aufblickte, kam mir sein Gesicht bekannt vor, aber ich erkannte ihn immer noch nicht.

»Lassen Sie ihn, Leecher. Wir haben schon genug Bilder«, warf ein anderer Detective in Zivil ein, der älter war und sich gerade mit Lieutenant Hilliard unterhielt. Ihn hätte ich eigentlich auch kennen müssen. Es war ganz eigenartig. Ich konnte mich nicht an ihre Namen erinnern. Eine Ausnahme bildete nur der Lieutenant, der in Uniform war.

Cruz sah mich so traurig an, daß ich es nicht mehr aushielt. Ich griff nach dem kleinen Lederbeutel mit dem Rosenkranz in seiner Tasche.

»Sie dürfen ihm nichts wegnehmen«, flüsterte mir Lieutenant Hilliard ins Ohr. Er hatte mir begütigend die Hand auf die Schulter gelegt. »Dazu ist nur der Leichenbeschauer ermächtigt, Bumper.«

»Sein Rosenkranz«, murmelte ich. »Er hat ihn gewonnen, weil er der einzige in seiner Schule war, der Englisch schreiben konnte. Niemand soll wissen, daß er wie eine Nonne ständig einen Rosenkranz mit sich herumgetragen hat.«

»Also gut, Bumper, dann nehmen Sie ihn.« Lieutenant Hilliard klopfte mir auf die Schulter, und ich nahm den Rosenkranz an mich. Und dann fiel mein Blick auf die Kiste mit billigen Zigarren, die Cruz' Hand entglitten und zu Boden gefallen war. Daneben lag ein Zehn-Dollar-Schein.

»Geben Sie mir die Decke da«, bat ich einen jungen Sanitäter, der, weiß im Gesicht, neben seiner Tragbahre stand und eine Zigarette rauchte.

Er sah erst mich an und dann die Detectives.

»Geben Sic mir schon diese verdammte Decke!« fuhr ich ihn an. Er reichte sie mir. Ich drückte Cruz die Augen zu, damit er mich nicht mehr so anschauen konnte, und deckte ihn zu. »*Ahí te huacho*«, flüsterte ich. »Ich werd nach dir sehen, *'mano*.« Und im nächsten Augenblick war ich auch schon auf den Beinen und strebte, mühsam nach Luft ringend, auf die Tür zu.

»Bumper!« rief Lieutenant Hilliard hinter mir her und humpelte mir aufgeregt nach, eine Hand an die schmerzende rechte Hüfte gepreßt.

Ich blieb stehen, bevor ich die Tür erreichte.

»Würden Sie es bitte seiner Frau sagen?«

»Er ist nur in den Laden gekommen, um mir ein Abschiedsgeschenk zu kaufen.« Der Druck in meiner Brust drohte mich zu ersticken.

»Sie waren sein bester Freund. Sagen Sie es ihr doch!«

»Er wollte mir nur eine Kiste Zigarren kaufen.« Ich packte den Lieutenant an den Schultern. »Verdammt noch mal, diese billigen Dinger hätte ich sowieso nie geraucht! Verdammt noch mal!«

»Ist ja schon gut, Bumper. Fahren Sie auf die Wache zurück. Sie brauchen heute nicht mehr zu arbeiten. Fahren Sie gleich nach Hause. Seine Frau werden dann schon wir verständigen. Und versuchen Sie, sich wieder etwas zu beruhigen, ja?«

Ich nickte und warf einen kurzen Blick auf Clarence Evans, als ich den Drugstore verließ, ohne zu verstehen, was er zu mir sagte. Ich stieg in meinen Wagen und riß meinen Hemdkragen auf, während ich losfuhr und die ganze Zeit an Cruz denken mußte, wie er so verletzlich und nackt und schwach in der Leichenhalle liegen würde, wie sie ihn sezieren und ihm die Lebertemperatur messen würden und wie sie ihm einen Metallstab in das Loch in seinem Gesicht stecken würden, um den Einschußwinkel des Geschosses zu ermitteln. Und ich war richtig froh, daß ich ihm die Augen zugedrückt hatte, so daß er all das nicht mit ansehen mußte.

»Siehst du, Cruz?« murmelte ich vor mich hin, während ich die Fourth Street überquerte, ohne zu wissen, wohin ich eigentlich fuhr. »Siehst du? Fast hättest du mich überzeugt, aber du hast dich getäuscht. Ich habe doch recht gehabt.«

»Du solltest keine Angst davor haben, jemanden zu lieben, *'mano*«, antwortete Cruz, und ich trat abrupt auf die Bremsen, als ich ihn das sagen hörte. Da ich außerdem fast ein Rotlicht überfahren hätte, hupte ein anderer Autofahrer und schrie mich wütend an.

»Natürlich kann dir auf diese Weise nichts passieren, Bumper«, sagte Cruz mit seiner sanften Stimme. »Aber zugleich entgeht dir dadurch auch etwas ganz Entscheidendes. Wenn du nicht liebst, verkümmert deine Seele.«

Als die Ampel auf Grün schaltete, fuhr ich los, ohne irgend etwas wahrnehmen zu können.

»Hast du das auch geglaubt, als Esteban starb? Hast du auch damals daran geglaubt?«

»Ja, auch damals habe ich gewußt, daß es so ist«, erwiderte er und senkte seine dunklen, traurigen Augen. Und diesmal überfuhr ich tatsächlich ein Rotlicht. Ich hörte Reifenquietschen und bog völlig verkehrt nach rechts in die Main Street ein. Trotz eines wütenden Hupkonzerts fuhr ich die Straße bis zur nächsten Kreuzung hinunter, um mich dann wieder richtig in den Verkehrsfluß einzuordnen.

»Schau mich nicht so an mit deinen traurigen Augen!« brüllte ich. Mein Herz flatterte wie ein Taubenflügel. »Du hast nicht recht, du kleiner Narr! Sieh dir doch Socorro an! Sieh dir deine Kinder an! Siehst du denn nicht, daß du dich die ganze Zeit getäuscht hast? Laß mich bloß mit deinen verdammten Augen in Ruhe!«

Darauf bog ich vom Broadway in einen Hinterhof ein und stieg aus dem Wagen. Ich konnte plötzlich überhaupt nichts mehr sehen und übergab mich. Ich kotzte alles heraus, alles. Der Fahrer eines Kombis hielt an und sagte etwas zu mir, aber ich winkte nur ab und würgte alles aus mir heraus.

Dann stieg ich wieder ein, und der Schock legte sich langsam. Ich fuhr zu einer Telefonzelle, um Cassie anzurufen, bevor sie ihr Büro verließ. Ich quetschte mich in die Zelle, von Magenkrämpfen geschüttelt, und ich weiß wirklich nicht mehr, was ich alles zu ihr sagte, außer daß Cruz tot war und ich nicht mit ihr kommen würde. Jetzt nicht, und auch später nicht. Und dann weinte sie am anderen Ende der Leitung, und wir redeten eine Menge sinnloses, wirres Zeug, bis ich mich schließlich sagen hörte: »Ja, ist ja gut, Cassie. Fahr du schon mal ab. Ja,vielleicht denke ich in einer Weile anders über das Ganze. Ja. Ja. Ja. Ja. Ja. Fahr du schon mal nach San Franzisko. Vielleicht komme ich dann eines Tages nach. Vielleicht denke ich in einer Weile wieder anders über die Sache. Ja.«

Und dann saß ich wieder in meinem Wagen und fuhr los. Ich wußte, daß ich an diesem Abend zu Socorro fahren mußte, um ihr beizustehen. Ich wollte Cruz so schnell wie möglich beerdigen lassen, und ich hoffte, daß sie in diesem Punkt einer Meinung mit mir sein würde. Und dann, erst nur langsam und dann immer schneller, hatte ich das Gefühl, als würde eine enorme Last von meinen Schultern genommen. Es hatte keinen Sinn, dieses Gefühl lange zu analysieren – es war einfach da.

Ich fühlte mich irgendwie leicht und frei – genauso, wie ich damals in meinem Revier angefangen hatte. »Jetzt gibt es nur noch die *Puta*. Aber es ist keine *Puta, 'mano*. Nein, das ist es beileibe nicht!« murmelte ich vor mich hin, wohl wissend, daß dies das letztemal war, daß ich uns beide belog. »Du kennst einfach nicht den Unterschied zwischen einer Hure und einer verführerischen Frau. Und ich werde sie so lange wie möglich halten, Cruz, und wenn ich sie einmal nicht mehr halten kann, dann wird sie jemand bekommen, der sie halten kann. Das kannst du ihr nicht zum Vorwurf machen. So ist die Welt nun einmal geschaffen.« Und Cruz antwortete nicht auf meine Lüge, und ich konnte seine Augen nicht sehen. Er war weg. Jetzt war er nichts weiter mehr als Herky.

Ich fing an, über all die wandernden Völker und Stämme nachzudenken – die Indianer, Armenier und den Beduinen auf diesem Granitfelsen, auf dem ich nie stehen würde. Und jetzt wußte ich, daß dieser Beduine nichts als Sand in diesem Tal vor sich sah.

Und während all diese Gedanken noch durch meinen Kopf zogen, blickte ich kurz nach links und starrte genau in den Rachen des Pink Dragon, des Roten Drachen. Ich fuhr weiter in Richtung Wache, aber je weiter ich fuhr, desto größer wurde die Wut in mir, und die Wut vermischte sich mit meinem neu gewonnenen Gefühl der Freiheit, bis ich mich für ein paar Sekunden wie der stärkste und mächtigste Mann auf der ganzen Welt fühlte – wie ein richtiger *Macho,* wie Cruz gesagt hätte. Ich wendete und fuhr zum Pink Dragon zurück. Der Tag war gekommen, an dem der Drachen sterben sollte, dachte ich. Ich konnte Marvin dazu bringen, daß er mich angriff, und die anderen würden ihm helfen. Aber niemand würde es mit mir aufnehmen können, und ich würde den Drachen am Ende vernichten.

Dann sah ich auf mein Abzeichen hinab und stellte fest, daß es durch den Smog erheblich in Mitleidenschaft gezogen worden war. Es war angelaufen und mit einem Tropfen von Cruz' Blut befleckt. Ich hielt vor Rollos Laden an und trat ein.

»Polieren Sie mir mal ganz schnell mein Abzeichen, Rollo! Ich hab's eilig.«

»Sie wissen doch, daß Ihr Abzeichen noch keine einzige schadhafte Stelle hat.«

»Los, polieren Sie mir das verdammte Ding!«

Rollo sah mit seinen müden Augen zu mir auf, und bevor er sich dann über das Poliergerät beugte, wanderte sein Blick über meine Hose und meine blutigen Knie.

»Da, Bumper.« Rollo reichte mir das Abzeichen, als er mit dem Polieren fertig war.

Ich nahm es an der Nadel und eilte aus dem Laden.

»Seien Sie vorsichtig, Bumper!« rief Rollo mir nach. »Seien Sie vorsichtig!«

Als ich an Rollos Schaufenster vorbeihastete, spiegelte ich mich in dem blauen Sonnenschutzüberzug aus Plastik. Ich warf einen kurzen Blick auf mein Spiegelbild und mußte über den grotesk verzerrten, dicken Polizisten lachen, der mit seinem schimmernden Abzeichen in der Hand auf seinen Wagen zustolperte. Die dunkelblaue Uniform war von Schweiß durchtränkt, und der fette Polizist öffnete die von der Sonne aufgeheizte weiße Tür und quetschte seinen dicken Bauch hinters Steuer.

Er setzte sich in seinem Sattelsitz zurecht und steckte den Gummiknüppel neben sich unter das Sitzpolster.

Dann befestigte er das Abzeichen an seiner Brust und fuhr in Richtung Westen los. Die Sonne spiegelte sich in der Kühlerhaube und blendete ihn für einen Augenblick. Er klappte die Sonnenblende herunter und fuhr nach Westen, zum Pink Dragon.

»Jetzt werde ich den Drachen töten und sein Blut trinken«, brummte der komische blaue Polizist vor sich hin. »Und zwar werde ich durch die *Vorder*tür reinstürmen, mitten in den Rachen des Drachen.«

Ich mußte laut lachen, weil das alles war, wozu er noch in der Lage war. Er war widerlich und bemitleidenswert, und er konnte sich selbst nicht helfen. Er brauchte niemanden.

Mein Magen drehte sich um. Er strebte nur nach Ruhm.